처용은 누구인가

처용은 누구인가

김경수 외 저

도서출판 역락

머리말

처용은 누구인가. 이런 질문은 처용설화에 관심가진 몇몇 사람만이 아니라 울산인들, 나아가 나라 사람 모두가 궁금해 하는 일이라 할 수 있다. 왜냐 하면 처용설화는 삼국유사에 실린 우리 민족의 대표적인 설화이고, 배경 무대가 된 지역이 울산이기 때문이다. 이러한 설화문화가 있는 나라, 또 신비스런 설화의 고장에 태어나고 살아가고 있는 사람들로서 설화에 또 처용에 관심을 갖는 것은 지극히 자연스러운 일이다. 우리들의 정체성을 확립하기 위해서도 필요한 일이다.

더구나 이 처용 설화는 스토리 자체가 아름답고 신비롭다. 종합적 설화소가 어울려 있을 뿐만 아니라 꾸밈없는 남녀의 사랑 이야기가 노래 속에 담겨있다. 또한 직설적이다. 이 설화가 이세들이 배우는 교과서에 실림으로서 국민 전체에 파급 효과를 가져 왔으며, 국민의 정서 교육에도 일익을 담당하게 되었다. 이 처용 설화만큼 폭넓고 깊이있게 연구된 설화는 없다. 이 설화에 대한 연구 논문이 300편이 넘었으니 말이다.

나는 처용에 대한 질문을 받을 때마다 처용은 미지의 푸른 바다로부터 도래한 귀화인이라고 말하곤 한다. 또, 미지의 세계에서 개운포의 포구로 등장한 신성한 분이다. 그는 용과 같은 능대능소한 능력을 소유했을 뿐 아니라 청룡의 기상을 가진 분이다. 이것이 내가 연구한 처용에 대한 결론이다. 처용은 아득한 미지의 바다로부터 도래한 신인이다

처용에 대한 연구 결과는 학자들마다 다르다. 처용은 동해안의 용신제와 관련하여 샤먼이라는 설, 망해사 절과 관련하여 불제자라는 주장, 지방호족의 자제라는 설, 신라 화랑의 변형된 모습이라는 설, 아라비아 상인의 출현이라는 설 등등 실로 다양하다.

어쨌든 이러한 그가 우리와 동고동락하며 이 땅을 지켜왔고 그 결과 그는 우리 조상의 한분이 되었다. 설화 상으로 볼 때 외지에서 도래하여 조상이 된 분이 여럿이 있다. 석씨의 시조가 된 석탈해가 있고, 수로왕의 부인 허 왕후가 있다. 또 제주도 고, 부, 양씨의 부인이 된 세 공주도 그런 분들이다. 석탈해는 동해 바다 저 먼 용성국으로부터에서 왔다고 한다. 그는 동해바닷가 하서지촌 아진포로 들어 왔다. 이 하서지촌 아진포가 구체적으로 어딘지는 잘 모른다. 그러나 석탈해가 토함산을 넘어 경주로 온 것을 보면 울산과 가까운 동해변임은 분명해 보인다. 지금도 이 동해변에 하서라는 곳이 있는 것을 보면 이런 심증을 갖게 한다. 남쪽 나라 먼 바다로는 허 왕후가 도래했다. 그는 인도의 아유타국의 공주였다. 열여섯 살의 꽃다운 나이로 뱃길을 따라 수로왕이 있는 가락국으로 상륙했다. 덕과 교양을 갖춘 공주는 부왕이 꿈에 가락국 수로왕의 배필로 보내라는 계시를 받아 보내진 것이다. 제주도에 들어온 세 공주도 부왕의 명을 받아 도래한 분들이다. 그들도 남해 바다 먼 이국 땅에서 흘러 들었다.

따지고 보면 우리 민족의 시조로 일컫는 단군도 하늘에서 내려온 분이다. 이를 아무도 부인하지 않는다. 오히려 단군 신화를 통하여 우리는 하늘과 이어지는 민족임을 자랑하고 싶어 한다. 하늘과 관계된 설화가 어디 단군뿐인가 해모수도 있고 혁거세도 있고 수로왕도 있다. 모두 아름답고 서정 넘치는 설화를 지니고 있고 우리는 그들을 우리의 개국신화로 믿는다. 세속적으로 보면 그들이 어찌 하늘에서 태백산이나, 구지봉에 내려 왔겠는가. 어찌 찬란한 오색실 같은 빛이 구지봉 위로 비치고 상자가 내려 올 수 있었겠는가. 그러나 우리는 그것을 믿는다. 믿을 뿐만 아니라 거기에 더욱 우리 민족 정서를 찾아 내려 한다. 이것이 신화의 세계다.

신화나 설화의 시대가 지나면 역사 시대가 나타난다. 우리 선조들이 살아온 자취가 바로 역사다. 삼국사기나 삼국 유사에 나타난 역사 시대의 주인공들도

시대를 달리하여 이 땅에 살다간 조상들이다.

왕건, 궁예, 견훤, 백제 무왕 같은 이들이 모두 역사의 주인공들이다. 이들의 무용담과 전설들은 우리의 정서를 풍부하게 하며 마음 속 상상의 나래를 펴게 한다. 처용도 이처럼 신화의 주인공과 역사적 실존 인물들이 등장하는 그 중간에 살다간 우리 선인의 한 사람이라고 믿고 싶다.

이 책은 처용이 누구인가에 초점을 맞춰 구성하였다. 당연히 지금까지의 연구 업적이 집약되었다. 그 사이 사이에 저자가 애착을 가지고 탐구했던 논문들을 묶어 놓았다. 이 조그만 작업이 나름대로 의미를 지니기를 기대한다.

2005년 10월

김경수

목 차

처용은 누구인가

처용설화와 處容歌의 研究史的 檢討[*]

김경수

I. 序 論

鄕歌에 대한 學問的 關心이 시작된 것이 1918年이니 대략 90年이 되는 셈이다.[1]

그 사이 이 方面에 對한 연구 업적도 상당히 축적되었고 이 연구 업적에 대한 綜合 檢討도 여러 차례 이루어져 왔다.[2]

주지하다시피 鄕歌는 新羅에서 비롯된 歌謠로 우리 文學의 母胎가 되는 주요한 작품이라 할 수 있다. 이 향가는 『三國遺事』에 14수 『균여전』에 11수가 남아 전하는 바, 이 중 본고에서 다루려는 處容歌에 대한 학계의 관심은 남다른 바가 있었다.

---

[*] 이 논문은 필자의 1986년 처용연구논총에 수록된 것을 보완하여 작성된 것이다. 보완 작업에 협조해 준 서대석, 김학성, 신재홍 교수께 감사드린다.

1) 黃浿江(1984), 「鄕歌研究史序說」, 『鄕歌, 古典小說關係論著目錄』, 檀國大出版部, p. 11.

2) 이에 대한 檢討는 주로 金烈圭, 黃浿江, 金完鎭 諸氏에 의하여 이루어졌는데 그 주요 업적은 다음과 같다.

　金烈圭(1972), 「鄕歌, 麗謠研究의 過去 및 展望」, 『國語國文學』58~60號.

　黃浿江(1974), 「鄕歌研究試論」, 『古典文學研究』2號, 韓國古典文學研究會.

　金完鎭(1982), 「鄕歌의 解讀과 그 研究史的 展望」, 『三國遺事와 문예적 가치해명』, 새문사 등.

　그런데 鄕歌 전반에 대한 研究史의 檢討는 위에 든 것 외에도 황패강에 의해 比較的 소상하게 정리되었거니와3) 鄕歌 25篇에 대한 개별 作品의 研究史 整理는 아직도 미진한 상태이다. 지금까지의 研究 結果를 토대로 하여 새로운 학문적 업적을 도출하는 것이 연구사가 지니는 의의라 생각할 때 이에 대한 관심은 매우 필요한 작업이다. 다만 연구사 정리는 그리 녹록한 작업이 아니다. 의미 있는 연구 업적들을 빠짐없이 조사하고 정밀하게 분석하여 연구자의 의도를 찾아내야한다. 또 다양한 필자들이 원용 또는 직접적으로 적용한 이론들을 간파하고 연구 주제와 연구 방법의 호응, 의의, 문제점 전망 등을 집어 낼 수 있어야한다. 특히 연구결과나 그 성과를 주관적으로 판단하여 사실 이상으로 과장하거나 부당하게 훼손해서는 곤란하다.

　이런 점에 유의하면서 本稿는 處容歌에 한정하여 그 研究의 업적을 정리하여 앞으로의 研究方向의 모색과 課題를 찾아보고자 한다. 이는 지금까지 상당한 量의 연구결과가 있었음에도4) 아직 이 방면의 本格的인 整理 作業이 충분하지 못했다는 지적과 함께 처용가와 처용설화의 研究 現況을 파악하고 새로운 探究를 위한 디딤돌이 되고자 한다. 그럼에도 불구하고 필자의 능력의 한계 등으로 미진함이 많이 남는 것은 다음을 기약할 수밖에 없다. 처용가와 처용설화의 연구사는 그 새 여러 편이 나왔다.5) 그런데 연구사와 관련하여

---

3) 黃浿江(1984), 上揭書, pp. 11~74.
4) 강재철·김영수(1984), 『향가, 古典小說關係 논저목록』, 단국대출판부.
　처용가 및 처용설화에 대한 논문으로 대략 70여 편이 위의 책에 수록되었는데 그로부터 20년이 지난 지금 논문의 양이 300여 편이 된다.
5) 최성호(1979) 「처용가 신역」 국어국문학 81호.
　趙哲煥(1983), 「處容說話의 研究史的 檢討」, 檀國大 碩士學位論文.
　김경수(1986), 처용가의 연구사적 검토, 처용연구논총 울산문화원.

특기할 사항은 분야별 연구사가 새로 정리되었다는 점이다. 이 작업은 지금 발간된 처용연구전집 속에 수록되었다.6) 서대석, 김학성, 신재홍 등 제씨에 의해 기술된 이 연구사는 각 전공자들에 의해 기술된 본격적 연구사로 하나의 업적이라 할 수 있다.

研究史를 整理함에는 여러 방법이 있을 수 있다.

發表 論文의 年代를 따라 編年體로 구분하여 정리할 수도 있고, 主題나 素材에 따라 分類檢討 할 수도 있을 것이다.

여기서는 총괄적 槪觀으로, 項目別로 分類하여 全體 研究者의 업적을 檢討하는 방향으로 서술하려 한다. 여기에도 여러 가지 설정 기준이 있겠으나 敍述의 편의를 위하여 다음 일곱 항목으로 制限하려 한다. 곧 『三國遺事』권 제二에 전하는 '處容郞 望海寺'조에 나오는 처용가의 原文을 어떻게 現代語로 읽을 것인가 하는 문제에서 시작하여, 설화와 노래에 대한 연구 주제에 따라 說話的 側面·民俗學的 側面·文學的인 側面·綜合的인 側面·其他로 項目을 設定하고 各 項目에 속하는 논문 研究者들의 논지를 해석하고, 이에 대한 意見을 간헐적으로 첨가할 것이다. 거듭 밝히거니와 筆者의 無知로 인하여 研究者의 해석을 잘못 전달할 수도 있으리라 여겨 미리 양해를 구한다.

김진영(1986), 「처용의 정체」, 『한국문학사의 쟁점』, 장덕순교수회갑기념논문집, 집문당.

김영수(1999), 「처용가연구의 종합적 검토」, 국문학논집 16집, 1999. 8, 단국대 국문학과.

6) 처용연구전집은 모두 7권으로 된 처용연구 논문을 집대성한 책이다. 처용연구 간행위원회에 의해 발간된 이 책은 어학, 문학, 민속, 역사, 종합, 예술로 이루어졌다.

Ⅱ. 研究史的 檢討

1. 語學的 解釋

주지하는 바와 같이 處容歌 및 그에 관한 說話는 『三國遺事』 卷
二 「處容郎 望海寺」條에 실려 있다. 서술의 편의를 위하여 그 全文
을 보이면 다음과 같다.

東京明期月良
夜入伊遊行如何
入良沙寢矣見昆
脚烏伊四是良羅
二肹隱吾下於叱古
二肹隱誰支下焉古
本矣吾下是如焉於隱
奪叱良乙何如爲理古

이상의 原文을 어떻게 解讀하느냐가 初期 研究者들의 공통된 관
심사였다. 불행하게도 이에 대한 최초의 작업은 日人學者들에 의하
여 시도되었고[7], 梁柱東[8], 權悳奎[9], 申采浩[10] 님들에 의해 진일

---

7) 이에 관계한 日人들의 研究結果는 다음과 같다.
　① 舍澤庄三郎(1918), 「吏讀の研究」, 『朝鮮彙報』4號.
　② 小倉進平(1929), 「鄕歌及吏讀の研究」, 『京城帝大法文學部 紀要』第1號.
　③ 前間恭作(1929), 「處容歌解釋」, 『朝鮮』172, 朝鮮總督府.
　④ 鮎貝房之進(1929), 「國文・吏吐・俗謠・造字・俗字・借訓字」, 『朝鮮史講座』, 朝
　　鮮史學會.

보하였다. 이 시대를 대표하는 小倉進平과 梁柱東의 解讀을 보이면
다음과 같다.

　　㉮ 小倉進平의 解讀
　　　東京 붉은 둘에
　　　밤들어 노너다가
　　　들어사 자리에 보곤
　　　가롤이 네히러라
　　　둘은 나이엇고
　　　둘은 누이언고
　　　믿이 내이다ᄆᆞ론
　　　쌔앗어늘 엇디 ᄒᆞ리잇고

　　㉯ 梁柱東의 解讀
　　　시볼 볼긔 ᄃᆞ래
　　　밤드리 노니다가
　　　드러ᅀᅡ 자리 보곤
　　　가르리 네히어라
　　　둘흔 내해엇고
　　　둘흔 뉘해언고
　　　본디 내해다마론
　　　아ᅀᅡ늘 엇디ᄒᆞ릿고

---

8) 梁柱東(1942), 『朝鮮古歌研究』, 博文書館.
9) 權悳奎(1922), 「處容歌解讀」, 『朝鮮語文經緯』, 廣文社.
10) 申采浩(1925), 「朝鮮古集의 文學과 詩歌의 變遷」, 東亞日報.

이상의 ㉮와 ㉯의 解讀을 보면 先과 後의 時差가 있기는 하지만, 母國語의 情感을 지닌 解讀이 훨씬 우리의 가슴에 와 닿는 바가 크다.

여기서 우리는 梁柱東의 해독이 지극히 詩的이면서도 그의 유추와 어휘구사가 탁월함을 재인식할 수 있다. 풍부한 語學的 識見도 찾을 수 있으니, 연철이라든가 ㅎ終聲의 적용 및 △, ㅸ의 활용 등이 돋보인다.

외국인으로서 우리 歌謠를 解讀한 小倉進平의 노력도 우리는 결코 소홀히 여길 수 없다. 解讀 자체에 대하여 크게 다른 바가 없으나, 東京과 本矣의 讀音에 견해가 엇갈리고 있음을 볼 수 있다. 이는 뒷날 徐在克·金俊榮과 池憲英·金善琪 등에 의하여 '東京' 또는 '셔볼', '사라뿔' 등으로 再論되기도 했으나, 本質的인 문제는 없는 듯이 보인다.

앞에서도 언급한 바와 같이 연구사의 기술은 보다 전문적인 천착을 요하는 작업이다. 이에 알맞게 최근 처용가의 어학 분야 연구사를 심도있게 기술한 논문이 있다11). 이를 소개함으로써 어학분야 연구사의 요체를 제시하고자 한다.

『삼국유사』에 향찰로 기록된 신라 〈처용가〉는 조선시대 『악학궤범』과 『악장가사』에 실린 고려 〈처용가〉에 제6행까지가 한글로 적혀져 오늘날까지 전해 온다. 고려 〈처용가〉가 신라의 향찰 표기를 제대로 옮겼는지에 대해서는 의문이 있을 수 있지만, 작품의 의미를 파악하는 데 별 문제가 없기 때문에 전체 8행 가운데 제6행까지는 이미 오래전에 근사치의 해독이 이루어졌다고 하겠다.

20세기 초에 들어 현존 향가 전작품에 대해 해독해 보려는 시도

---

11) 신재홍(2005.10), 처용가 연구사, 처용연구전집 권1, 역락출판사.

의 출발점이 〈처용가〉였다. 이미 제6행까지 해독된 향찰 표기를 한글과 관련지어 살피기가 쉽고, 시상의 흐름을 고려하고 다른 이두 문자를 참조하면 나머지 제7, 8행에 대한 해독이 가능하다. 이에 다른 작품에 비해 비교적 수월하게 〈처용가〉에 대한 해독이 이루어질 수 있었다.

작품 해독의 선편은 일본 연구자들이 쥐게 되었다. 1918년에 金澤庄三郎이, 1923년에 鮎貝房之進이 우리나라 이두 문자에 대해 논하면서, 해독의 근거를 밝히지 않은 채, 이 작품에 대한 해독을 제시한 바 있다. 후자와 같은 해에 권덕규 역시 우리나라 언어와 문학의 역사를 기술하는 중에 향가의 예로 이 작품을 들면서 해독을 제시하였는데, 제8행 '奪叱良乙'을 '아인들'이라는 피동형으로 읽은 것이 주목된다.

향가 해독의 전사(前史)에 해당하는 이들 논의에 이어, 1929년 현존 향가 전작품을 대상으로 해독한 업적이 小倉進平에 의해 이루어졌다. 향가 해독의 선구적이고 획기적인 업적이라 할 수 있다. 그렇지만 이 작품에 관한 한, 제7행 '本矣'를 말 그대로 '밑에, 밑의 것이'라고 풀이한 것과 같은 미흡한 대목을 노정하고 있다. 그의 연구는 동학들에게 자극을 주어, 책이 나온 그 해에 前間恭作의 소론이 발표되었다. 그리고 1936년에 유창선, 1940년에 辛兌鉉의 논의가 이어졌다. 일본어로 쓰인 신태현의 논문에서 제3행 '寢矣'를 '자리'가 아닌 '몸채'로, 제4행 '脚烏伊'를 '다리, 가르리'가 아닌 '허튀'로 읽은 점이 특이하다.

1942년에 나온 양주동의 업적은 향찰 해독의 이론적 바탕을 마련하고 방대한 중세어 문헌 자료를 섭렵하여 얻어낸 향가 연구의 기념비적 성과이다. 이후 향가의 어학적 해독과 문학적 해석은 모두 이 성과에서부터 흘러나왔다고 해도 과언이 아니다. 〈처용가〉에 한정지어 본다면, 제1행 '東京明期月良'을 '시볼 볼기 드래'로 읽으면서, '동경'이라는 용어가 신라시대에 이미 쓰였다는 점, '볼기'의 '-기'가 명사형이지만 뒷말을 수식하는 기능이 있다는 점 등을 지적하였다. 제3행 '見昆'의 '-곤', 제5, 6행 '下於叱古, 下焉古'의 '-엇고, 언고'의 문법적 기능에 대해서도 상세히 설명하였다. 소창진평에서 잘못 나간 제7행 '本矣'도 '본디'로써 바로잡아 놓았다. 그의 해독을 통해, 문법적 관계에 따른 〈처용가〉의 문맥을 합리적으로 이해할 수 있게 되었다.

1940년대 후반에서 1950년대에 걸쳐 지헌영, 홍기문, 이탁 등이 향가 전작품에 대한 해독을 시도하였다. 이제 논의는 소창진평과 양주동의 업적에 대한 반론의 성격을 띠고 진행되었다. '東京'의 독법에서 지헌영은 양주동을 따랐고, 홍기문은 양주동이 들었던 자료 이외의 것들을 제시하면서 양주동 이전의 독법인 '東京'으로 돌아갔다. 홍기문은 또한 새로운 독법을 시도하여 '本矣'를 현대어 '아예'에 해당하는 '아세'로, '奪叱良乙'을 '일-벗다'의 뒷 형태로써 '바ᅀᅡ늘'로 읽었는데, 이러한 독법이 의미상 변화를 가져온 것은 아니다. 지헌영은 '아ᅀᅡ늘…빼앗긴것을, 빼앗아갔거니'로 풀이하여 피동형과 능동형의 두 가지를 함께 제시함으로써 오히려 의미 파악이 모호해진 경우가 되었다. 양주동은 '寢矣'를 '자리'로 읽으면서 '자래'로 읽을 가능성도 열어 놓았는데, 이탁이 후자를 선택하여 '잘이'로 읽었다.

1960년대에는 김준영, 정렬모, 김선기 등이 향가 전작품을 해독하였다. 김준영은 이탁과 유사하게 '寢矣'를 '자릐'로 읽었고, '奪叱良乙'에 대해서는 1964년에는 양주동처럼 '빼앗은 걸'로 풀이하였다가 1979년에 개정하면서 '빼앗은들(빼앗음을)'로 바꾸었다. 후자에서 '빼앗은들'은 의미가 변하는 어형이므로 문맥 파악에 혼선을 가져오게 되었다. 정렬모는 파격적인 끊어읽기를 통해 색다른 해독을 시도하였다. 보통 '月良 夜入伊'로 끊었던 것을 '月 良夜入伊'로 끊어서 '양야'(좋은 밤)로, '入良沙 寢矣'로 끊는 것을 '入良 沙寢矣'로 끊어 '시침애'(새방에, 신혼부부가 거처하는 방에)로 읽었다. 또한 '奪叱良乙'을 아예 '아스몰'로 읽어 동명사형 '-ㅁ'을 문면에 노출시키기도 하였다. 이는 고려 〈처용가〉에서 명백히 제시된 끊어읽기를 무시하였을 뿐더러 향찰 해독의 상식을 깨뜨린 것이므로, 새롭기는 하되 해독의 의의가 별로 없게 되었다. 김선기의 독법도 독특하여 그가 지닌 만주어, 몽골어, 일본어 등에 대한 음성학적 지식을 우리 고대어에 결부시켜 '東京'을 '시서불(사라뿔-1967년 논문)', '四'를 '넉(낙-상동)', '下'를 '까' 등으로 읽었다. 이렇듯 독법에서는 특이한 점이 많지만, 의미상으로는 '本矣'를 '몬이(모토이-상동)'로 읽고 소창진평의 '밑에, 밑의 것이'로 돌아간 것 말고는 별로 달라진 것이 없다.

　정렬모, 김선기의 독법이 새롭기는 하지만 해독의 진전을 가져왔다고 평가하기는 힘들다. 1960년대에 향가 전작품을 해독하려는 위와 같은 시도들과는 별도로, 1961년 국어사를 기술하는 중에 제시된 이기문의 해독이 새로운 가능성을 열어 놓았다. 그는 작품 해독의 관건이 제7, 8행에 있다는 점을 명시하면서 처용의 '체념'이 아니라 '진노'가 여기에서 표현되었을 것이라고 전제하였다. 독법상으로는 '奪叱良乙'를 '아스롤(아살/아살-1972년 개정판)'로 읽고, '何如'의 '如'는 반드시 '다/더'로 읽어야 한다고 하였다. 그리하여 제8행 '奪叱良乙何如爲理古'를 '아스롤 엇더 흐릿고(빼앗음을 어찌 하릿고, 어찌 (감히) 빼앗음을 하릿고)'로 풀이한 것이다. 그러나 1972

년 개정판에서는 애초의 문제제기 부분을 삭제한 채 구절에 대한 해독만을 제시하여 이전의 주장이 다소 막연하게 처리되었다. 연구 사적으로 개정판보다는 초판의 문제제기가 중요한 의의를 지닌다고 하겠다.

1970년대에는 기존의 해독을 수렴한 김상억, 김근수의 해독이 있었고, 향가 전작품에 대한 서재극의 해독이 이루어졌다. 서재극은 경상도 방언에 대한 지식을 토대로 고대어 단계의 재구형을 염두에 두면서 '脚烏伊'를 '갈외', '二肹隱'을 '두블흔', '本矣'는 '아러' 등으로 읽었다. 재구형을 고려한 독법상의 특징이 있지만, 작품의 의미상 변화를 가져오지는 않았다.

1980년에 김완진의 해독이 일단락되어 나왔다. 이 업적은 국어학적인 견지에서 양주동의 성과를 비판하고 향가 전작품을 새로운 시각에서 해독할 수 있음을 보여주었다는 점에서 향가 해독의 또 하나의 이정표가 되었다. 이 작품의 제1행 '明期'에 대해서 〈원가〉의 '好支'를 '됴히'(좋게)로 읽은 서재극의 견해를 참조하여, '明期'와 '好支'가 같은 어법임을 지적한 점은, 이로써 양주동 이래 명사형의 형용사적 용법으로 설명한 것에 대한 반론을 제기할 수도 있는 시각이었다. 그러나 별 다른 설명 없이 '밝은, 좋은'의 관형사형으로 풀이한 점은 좀더 논의해야 할 대목이다. 그 밖의 것은 대개 양주동의 성과를 수용하였다고 할 수 있다.

김완진 이후 1980년대에서 1990년대 초까지는 고영근, 박창원, 정창일, 고정의, 최남희 등 국어학자들이 대거 해독에 참가하였다. 이 시기 향가 전작품을 해독한 연구자는 정창일뿐이고, 다른 연구자들은 〈처용가〉에 대한 집중적인 고찰을 시도하였다. 정창일의 해독은 작품에 대한 불교적 설명이 낯설 뿐 아니라 독법도 상식에서 벗어난 점이 많지만, '明期'에 '-ㄴ'을 첨가하여 '볼'건'으로 읽은 것은 생각해 볼 만하다.

고영근은 새로운 해독을 시도하였다기보다는 해독된 결과를 놓고 고대국어의 어미 교체, 접속구문의 명사적 용법을 찾아본 것이다. 박창원은 작품 전반에 걸쳐 국어학적인 의문들을 제기하고 그 대안을 제시하였다. '明期'를 'ㄴ' 표기가 생략된 것으로 보았고, '月良'의 '良'을 나열의 뜻을 갖는 '-랑'으로 읽었다. '入良沙'의 '沙'가 문맥상 강세사가 될 수 없다는 판단에 따라 '汝'의 오기로 보았다. '奪叱良乙'은 문맥상 피동태가 되어야 한다고 보아 '叱'을 '시/싀'로 읽었다. 그리하여 '서울 밝혀주는 달과 더불어', '들어 네(아내의) 자리를 보니', '빼앗길 것을 어찌 할 것인가' 등으로 풀이하였다. 오기의 판단, '良, 叱'에 대한 독법 등이 자의적이기 때문에 해독의 진전을 이루었다고 하기는 어렵지만, 문장성분 간의 관계를 좀더 엄밀히 파악할 것을 요구하는 의의가 있다.

고정의는 제1행 '月良'의 '良'을 호격 조사로 보아 '드라'(달아)라고 읽었다. 또한, 이기문이 제기한 문제를 수용하여 제8행을 '아사 늘 엇더 ㅎ리고'로 읽고 '(현재 역신이 범하고 있으니) (내가) 빼앗음을 어떻게 하여야 할 것인가'로 풀이하여, 달에게 묻는 것으로 해독하였다. 이기문의 문제의식을 구체화하였고, 빼앗음의 주체를 '나'로 파악한 점은 해독의 방향 전환이라 할 것이다. 그렇지만 '良'을 호격으로 본 점은 작품 해독의 한 준거가 되는 고려 〈처용가〉와는 동떨어진 결과가 되었다. 작품 제8행만을 집중적으로 고찰한 최남희의 결론은 '(다시) 빼앗음이 어떠합니까?, (다시) 빼앗는 것이 어떻겠습니까?'인데, 이는 앞서 본 고정의의 결론에 근접하고 있다. 다만, 처용의 진노가 아닌, 아량과 관용으로써 자기 아내를 찾으려는 의지의 표현으로 본 점에서 차이를 보인다.

1990년대에도 국어학자의 작품 해독은 이어져서 유창균과 강길운이 향가 전작품을 해독하였다. 김완진 이후 1990년대까지 지속되는 이러한 경향은 어느 정도 완성 단계에 이른 작품 해독을 어학적인 엄밀성을 적용하여 좀더 완성도를 높이려는 학계의 의지가 반영된 현상이라 할 것이다. 유창균은 제1행의 '月良'을 '둘이라'(달이기에)로 풀이한 점이 특색이다. 그 밖에 '寢矣'를 '잘더', '奪叱良乙'을 '아슬랑을' 등으로 읽어 기존의 독법과 차이를 두었으나, 작품의 의미는 양주동에서 크게 벗어나지 않았다. 강길운이 '月良'의 '良'을 호격 조사로 본 점은 고정의의 견해와 같다. 그렇지만 고정의의 해독이 '달아, …(다시) 빼앗음을 어떻게 할 것인가'라고 묻는 데 비해, 강길운의 것은 '달아, …이 일을 어찌하면 좋겠습니까'라고 한탄하는 점이 다르다. 강길운이 '奪叱良乙'을 '아살'(뺏으려 하는 것을)로 읽어 '-려 하다'의 미래형을 밝힌 점은 의의가 있다.

1997년에 향가 전작품을 해독한 양희철의 연구가 나왔다. 어학적 해독과 문학적 해석을 함께 시도한 그는 향찰 중 몇몇 단어를 중의적(重義的)으로 풀이한 점이 특색이지만 이 작품에서는 그 점이 드러나지 않는다. 제8행에 대해 '앗알 엇다 ᄒᆞ리고'로 읽고 '내가 앗을 것을(장차 빼앗음을) 차마 어찌 할 것인고', 곧 '가엾고 애틋하여 차마 다시 빼앗음만은 할 수 없다'는 뜻으로 풀이하였다. 이는 고정의, 최남희가 빼앗음의 주체를 '나'로 파악한 관점을 수용하면서도 뒷 부분의 의미는 반대로 이해한 것이다. 한편, 이 해에 나온 황선엽의 논문에서 '脚烏伊' 한 단어만 다루어 '가롤, 가룔'이 아닌 '허튀'로 읽어야 함을 강조하였다. 이는 해독의 초창기부터 그렇게 읽을 가능성이 제기되었고, 1980년대 이후 국어학자들의 논문에서 '허튀'쪽을 선택하는 경향이 많아진 측면을 반영한 것이다. 그렇지만 고려 〈처용가〉에서 '가롤'의 형태가 나타난 점까지를 국어사적으로 설득력있게 설명하지 못한다면, 이 역시 하나의 미약한 추정에 그칠 가능성이 높다.

2000년에 신재홍이 향가 전작품에 대한 해독을 다시 내놓았다. 근래에 들어 작품 제8행에 대한 의미 파악에 변화가 온 경향을 잇는 한편, 제8행의 '何如'를 '엇뎌다'(어떻다, 어떻다고)로 읽은 점이 기존 논의와 구별된다. 그리하여 '〔도로〕 빼앗아 옴을 〔사람들이〕 어떻다〔고〕 하리오?'라는 풀이가 이루어졌다. 이기문의 문제의식에 바탕을 두고 빼앗음의 주체를 '나'로 파악한 고정의·최남희·양희철의 관점을 이으면서도, 처용의 체념이 이전에 이해된 것과는 전혀 다른 이유에서 나온 문맥으로 해석하였다. 아내를 빼앗아 올 수는 있지만, 그렇게 한다면 남들이 뭐라고 할 것인가, 더러운 사건에 나까지 빠지게 되었다고 비난하지 않겠느냐는 반문인 것이다.

이상에서 〈처용가〉에 대한 어학적 연구의 흐름을 정리해 보았다. 양주동에서 풍부한 근거를 바탕으로 얻어진 결론이 이후 여러 연구자들에게 의해 문제점들이 지적되긴 하였지만, 그 골격은 그대로 수용되어 왔다. 그러다가 1980년대 이후 제8행에 대한 집중적인 검토를 통해 새로운 해석의 결과를 얻을 수 있었다. 앞으로 국어학적인 엄밀성이 강화된 문장 분석과 함께, 언어로 구축된 문학 작품으로의 〈처용가〉에 대한 문예미학적 고찰이 심도있게 이루어지면 좋을 것이다.

2. 說話文學의 解釋

處容歌의 說話文學의 解釋은 民俗學의 接近과 함께 가장 빈번히 논의된 것이 사실이다. 이에 참여한 學者로 孫晉泰·黃浿江·張籌根 등이 가장 대표적 업적을 남기고 있고, 이 밖에 玄容駿·정병헌 등이 이 분야에 참여하고 있다.

說話는 그 속에 내재된 民族 思想의 추출과 함께 사회 變動과 더불어 나타나는 民族的 底層文化를 파악해 보는 척도가 된다. 최근 이부분에 대한 연구사가 김학성 교수에 의해 작성되었다[12]. 유려한 문체와 기술적 방법론이 돋보이는 내용이다.

『삼국유사』의 기이편 처용랑 망해사조에 전하는 처용 텍스트에 관한 문학적 연구는 그 중점을 시가에 두느냐 설화에 두느냐로 대별되지만 둘 사이가 워낙 밀착되어 있어서 시가 연구를 위해서는 설화의 천착이 불가피하고 설화 연구를 위해서는 시가의 성격 파악이 긴요하기 때문에 양자를 분리해 연구하는 경우는 사실상 전무하다고 봐야 할 것이다. 거기다가 처용전승이 워낙 역사성과 문학성, 민속성, 예능성 등을 복합적으로 갖추고 있어서 순전히 문학적 연구로 이루어진 논의는 오히려 드물고 다면적 연구가 중심 흐름을 이루어 왔음은 주지하는 바이다. 그런 점을 충분히 인식하면서도 다만 편집 체재의 편의상 설화에 보다 중점을 두거나 설화성의 문학적 해명에 어느 정도 경사를 보이는 연구 성과를 여기에 모아 그 연구사를 일별해 보고자 하니 일부 어긋나는 면이 있더라도 양해 있기 바란다.

---

12) 김학성(2005.10), 처용전승의 설화 중심 문학적 연구사, 처용연구전집권 2, 역락출판사.

설화의 서술 특성은 N=E±a라는 간명한 공식으로 요약된다. 이는 N(narrative) 곧 설화문맥의 '서술성'이 전혀 허구적으로 기술되는 것이 아니라 E(evidence) 곧 역사적 근거(증거물)를 바탕으로 하여 거기에다 어떤 필요와 흥미 및 합리성을 위해 '윤색과 가감'을 통한 허구적·상징적 조작인 ±a가 가해진 것으로 봄을 의미한다. 따라서 처용전승의 설화 중심 해명 작업은 역사적 근거(evidence)를 어디에 두느냐와 텍스트 서술의 허구성과 상징성(±a)을 어떻게 해석하느냐에 따라 다양한 견해가 나올 수밖에 없었다. 그러나 다양한 해석에도 불구하고 처용설화의 근거가 되는 E를 무엇으로 잡느냐에 따라 연구 경향을 크게 두 가지로 나눠볼 수 있으니 하나는 역사적 근거를 종교적(민속적 혹은 불교적) 대상물 혹은 관념(상상력)에서 파악하는 것이고 다른 하나는 역사적 실재(정치적·사회적 사실)에서 근거를 잡아 설화적 맥락을 이해해 나가는 것이다.

설화 중심 연구사를 일별해 보면 민속적·종교적 이해에 친연성을 갖는 연구에서는 주로 종교적 관념이나 대상물에서 역사적 근거를 찾는 경향이 강하고, 이에 비해 역사적 실재에서 설화가 발생한 것으로 이해하는 경향은 설화의 이론적 토대를 바탕으로 연구되는 것이 대체적 특징이다. 이제 이 두 가지 경향으로 나누어 연구사를 검토해 보기로 한다.

먼저 전자의 경우 초기연구에서부터 근자에 이르기까지 지속적으로 연구경향을 보여주고 있다. 설화 중심 연구사의 길을 연 손진태(1930)는 어떤 숭배대상이나 사실이 먼저 있고 그에 따라 설화가 발생한다는 관점 아래, 벽사진경의 주술적 문신(門神) 즉 처용 화상(畵像)이 민속적으로 먼저 존재하고 두역신(痘疫神) 구축(驅逐)

을 위한 가무와 첩문(貼門) 화상에 의한 벽사의 설화가 생겼다고
보았다. 이에 따르면 처용은 민속적 숭배대상일 뿐 역사적 실재성
을 갖는 인물은 아니라는 것인데 과연 처용에 관한 민속신앙이 먼
저이고 설화가 나중이라는 판단이 옳은 지는 실증적 근거 없이 추
론을 바탕으로 한 것이어서 의문을 갖게 한다. 『삼국유사』의 처용
전승 문맥을 따져서 읽으면 처용에 관한 역사적 사건이 먼저이고
그가 벽사진경의 문신이 된 것은 그 사건을 계기로 한 나중의 일이
라 기술되어 있어 의문을 더해준다. 다음 안자산(1930)의 경우 역
시 큰 틀에서는 손진태와 견해를 같이하므로 마찬가지 한계를 안고
있지만 처용설화의 설명을 세부적으로 좀더 천착하여 신라의 처용
전설이 뒤에 나희(儺戲)와 합해져 나후라(羅睺羅)와 관련하여 불교
적으로 장식된 것이 고려의 百戲의 하나가 되었으며 역신은 손진태
와 달리 두창신(痘瘡神)이 아니라 일반 악병의 신을 가리키는 것으
로 보았다.

　손진태와 안자산이 처용설화 해석의 길을 열었다면, 장주근(1963)
은 Harrison의 신화이론을 처용설화에 적용하여 이 설화의 발생론
을 좀더 정교한 이론으로 해석한 점에서 한 단계 진전을 가져왔다.
즉, 그 역시 벽사가면인 처용가면이 먼저 존재하고 그 가면을 설명
하기 위해 후대에 설화가 형성된 것으로 보아 앞의 두 선학(先學)
과 마찬가지 한계를 갖지만, 가면이 인격신화(人格神化)하고 여기
에 신격적 존재에 대한 지적 욕구로 '설명성'이 개입되어 처용설화
가 형성되고 나아가 망해사 연기설화로 윤색되었다고 논리화함으로
써 설화의 단계적 변화를 정밀하게 추적해낸 점은 발전적이라 할
수 있다. 황패강(1963)은 처용가의 노래 자체로만 볼 때 불찬(佛
讚)이거나 무가이거나 구나(驅儺)의 노래로 설명될 근거는 없다는

중요한 지적을 하면서 처용설화는 불(佛) 도(道) 선(仙)과 무속 관념의 다양한 복합(complex)로 된 작품이라고 했다. 그러나 왜 그러한 관념들의 다양한 복합체인지에 대한 실증적 근거나 논증 없이 추론에 의한 주장이어서 수긍하기는 어렵다.

김정업(1968)은 장주근의 설화 이해와 이론적 틀을 기본적으로 같이하면서 다만 설화의 단계적 변화의 세부를 달리한 점이 차이를 보인다. 즉 처용의 전설이 합리화되면서 개운포 지명전설로 되고 이것이 다시 망해사 창사설화로 변화·합리화되고 여기에 별도로 「꽃섬전설」이 결합 연결되면서 무격(巫覡)들의 작위와 윤색이 가해져 문신신앙과 벽사적 관념이 결합하여 복합설화가 형성되었다는 것이다. 무속사회의 「꽃섬전설」과 결부시킨 것이 특이하나 이 역시 근거 없는 추정의 한계에서 벗어나지 못한 것이었다. 설성경(1974)은 처용전승을 울산 처용암과 장성(長城) 처용암의 두 계열로 파악하면서 전자로만 기울어진 기존 연구의 한계를 지적하고 보다 넓은 시각에서 현지답사를 통한 구전자료까지 연구에 반영함으로써 시각의 폭을 넓혔다. 거기다 두 설화 계열의 공통성과 함께 구조적 유사성을 이유로 '곶감설화'까지 관련시켜 결국 처용을 용신이면서 터주신으로 규정하게 되는데, 그 논리적 근거를 처용의 어의(語義)에 거의 전적으로 의존함으로써 자의적 해석이라는 인상을 준다.

윤영옥(1978)은 신라대의 처용관련 문헌을 거의 섭렵하여 제시하고 그 문헌 자료들을 근거로 처용전승의 성격을 규명하려 한 점에서 문헌 실증적 연구로서 기여하는 바가 인정되나 그러한 자료들을 통해 처용의 실체를 규명하는 이론적 힘이 취약한 한계를 보여 자료의 산만한 나열처럼 보인다. 임기중(1988)은 처용설화를 변신모티프로 이해하고자 했는데 이에 따라 처용암은 바다의 용이 뭍의 사람으로 변신하는 관문으로, 역신은 천연두가 인간이나 신으로 변신한 것으로 보았다. 그리고 처용과 역신의 이러한 변신의 대결담을 創寺연기로 연결하여 불교 포교담으로 전환한 것으로 처용설화의 전체 틀을 이해했는데, 변신담의 인접자료로 든 것들이 처용설화의 변신담의 근거가 될 수 있는 것인지에 대한 입론의 뒷받침이 없어 역시 한계를 보인다.

나경수(1992)는 설화의 전체 구조분석을 선행하여 그 틀을 ① 헌강왕이야기, ②처용랑이야기, ③을 사관(史官)의 기록으로 나누고, ①을 전설, ②를 신화, ③을 역사로 각기 다르게 성격 규정하고 처용가를 신라가 곧 망하리라는 국가의 운명을 절규하듯 노래한 참요적 기능을 갖는 노래라 이해했다. 그러나『삼국유사』의 '처용랑 망해사'조의 동일문맥에 통합적·유기적으로 기술되어 있는 이 설화 텍스트를 왜 군이 세 부분으로 분해하여 각기 그 성격을 달리 보아야 하는지에 대한 납득할 만한 설명이 없으며, 특히 처용가가「지리가」(지리다도파노래)와 등위적 관계에 놓여 있다는 이유로 참요적 기능을 갖는다고 본 것은 처용가의 노래 자체의 의미 지향으로 볼 때 수긍하기 어려운 면이라 할 것이다. 처용가의 중심 주제가 마지막 7~8구에 놓여 있다고 볼 때 거기서 신라의 멸망을 예언하는 참요적 징후를 찾아보기 어렵기 때문이다. 민긍기(1993)의 경우 처용설화를 이루는 화소들은 제의가 시행된 절차에 따른 기술로 보고, 이에 따라 처용설화를 처용의 입사식이 시행된 절차에 따른 기술과 처용이 역신을 물리친 제의가 시행된 절차에 따른 기술로 이루어진 것으로 봄으로써 '신화는 제의의 구술적 상관물'이라는 제의학파의 이론을 충실히 적용하고 있음을 보인다. 이렇게 제의 일변도로 이해하면 망해사 연기와는 어떻게 연결되고 신라 '망국'이라는 설화의 주제와는 어떤 관련이 있는지에 대해서는 설명할 길이 없어 문제가 심각하다.

최용수(1994)는 처용을 변신을 거듭하는 존재로 보고, 또 용을 기능에 따라 분류하면서 처용의 성격을 그에 따라 해명하고자 했으나 논리적으로 선명하게 풀지는 못하고 있다. 이유수(1990)는 울산지방의 내항(內港)인 사포(絲浦)에 선덕여왕대에 용을 위해 호국성지로 태화사(太和寺)를 건립한 바 있는데, 이에 맞추어 처용설화는 울산의 와항(外港)인 하곡(河曲) 즉 개운포에 역시 용신의 가호가 필요하여 헌강왕대에 용을 위해 새 절 곧 신방사(新房寺)를 지어 용신제를 올리게 된 것으로 보고, 외적으로부터의 방어와 뱃길의 안전을 비는 의미에서 망해사(望海寺)라 하게 된 역사적 상황을 서술한 것으로 이해했다. 현지 답사를 통한 설화의 역사적 이해에 한 걸음 진전된 해석을 내어놓았다는 점에서 의의를 갖지만 '망국'이나 역신 모티프와의 관련에 대해서는 의문을 풀지 않고 있다.

다음으로 E를 역사적 사건의 실재에서 잡아 설화문학적으로 접근하는 이해태도를 보이는 후자의 연구를 살펴보기로 한다. 이 방면의 선편을 잡은 연구로 김학성(1977)을 들 수 있는데 그는 처용설화의 형성이 처용의 실제 사건이 있었고 이에 대한 사건담이 소문화 되어 여기에 설화담당층의 흥미소가 작용하여 처용설화를 형성하고 이어 무속사회로 견인되어 효용소가 작용하여 1단계 변이가 일어나고 다시 망해사 창건 연기에 연루되어 2단계 변이가 일어난 것으로 이해했다. 설화의 형성과 변이과정을 흥미소나 효용소 같은 전승동인의 이론을 논리적으로 체계화하여 설명하려는 점에서 진전된 이해를 보이나 처용의 실제 사건을 구체적으로 추적해 내거나 변화단계의 실증적 근거를 밝히지 않고 있어 한계를 보인다. 김승찬(1981)은 처용설화가 당대의 제반상을 반영한다고 보고 헌강왕대의 사회상과 결부하여 이해하고자 했는데 망해사가 농업생산의 증대를 위한 생번력과 내우외환의 평정을 도모하여 왕권의 영원한 안정을 보증받고자 호국호법의 도량으로 건립된 것으로 보았다. 이 역시 처용설화 발생의 근거를 구체적인 역사적 실재에서 밝히지 않고 막연히 당대의 사회상이나 생번력 같은 일반적이고 포괄적인 근거에서 밝히려 한 점에서 한계를 안고 있다.

박노준(1982)은 설화의 '망국'이라는 주제에 무게 중심을 두어 헌강왕대의 유락적·퇴폐적 풍조라는 사회상과 결부하여 좀더 당대의 역사 사회상과 밀착된 이해를 보임으로써 진전된 이해를 보였는데, 그 과정에서 헌강왕의 행차마저도 놀이행각으로 봄으로써 설화 문맥과 어긋나는 면을 보였다. 헌강왕의 순행(巡幸)과 가무는 호국 성지에 있는 신들을 모신 제장(祭場)에서 왕권수호를 위한 왕의 노력의 일환으로 이루어지는 것으로 서술되었기 때문이다. 정병헌(1982)은 김학성의 설화 형성과 변화 단계를 수용하고 루마니아 민속학자의 방법을 원용하여 처용설화의 이해를 보다 심화시켰다. 즉 한 평범한 실제 사건을 기초로 처용설화가 형성되고 이어 이질적인 여러 설화 – 용신설화, 지명(地名)설화, 문신(門神)설화 등 – 이 망해사가 건립될 때 이루어진 연기(緣起)설화에 흡수되어 4단계(처용의 실제사건 → 민중설화 → 무속설화 → 불사연기설화)의 과정을 거쳐 복합설화로 일연에 의해 정착된 것으로 보았다. 그러나 쇼킹한 사건이라면 몰라도 한 평범한 사건이 설화화된다는 논리는 납득하기 어렵다. 김문태(1987)는 이우성(1969)에 의해 제기되고 논리화된— 처용설화를 처용랑 망해사조의 전체문맥에서 이해해야 한다는 논의를 수용하고 정밀하게 이해하여 이 설화가 불교의 영험이나 이적

(異蹟)을 담은 다른 편목에 수록되지 않고 신라국가의 흥망과 관련된 기이편에 편재된 연유를 보다 설득력 있게 밝혔으나 불사연기 등 다른 모티프와의 관련은 소홀하다.

박기호(1988)는 처용랑 망해사와 처용전승을 범주의 오류를 피한다는 이유로 보다 치밀하게 이해하려 시도했는데, 이 때문에 처용설화 이해에 오히려 혼란을 야기하고 있다. 설화의 서술 특징은 안정성 지향의 법칙에 의해 문맥의 기술적(記述的) 안정을 지향하는데 그것을 오히려 분해하여 이해하는 것은 설화의 정교한 이해보다는 혼선을 가중시킬 뿐이다. 또 처용 전체문맥을 이해함에 있어 미약해진 왕권의 강화 의지와 신라 망국의 원인을 신이(神異)의 관점으로 기술한 것으로 보면서 여기에 작용하는 세 가지 축 - ① 신이한 힘들의 도움, ② 인간의 선택, ③ 국가의 운명 - 을 설정하고 그 가운데 기록자인 일연이 ②를 강조함으로써 결과적으로 고려 건국의 합리성을 고양하려 했다는 관점과, 이 조목의 제목으로 보거나 헌강왕이 절의 창건을 명령한 사실과 일연이 이를 선택하여 이 서사문맥을 구성했다는 점에서 보면 망해사 부분은 불교취향으로 읽어야 한다는 이해방식을 보인 것 또한 수긍하기 어려운 것으로 보인다. 일연은 고려 말기 충렬왕대의 사람으로 고려 건국기와는 거리가 먼 시대의 인물인데 그제서야 고려 건국을 합리화해야할 시대적 이유가 없을 뿐 아니라 일연이 승려라는 이유로 그의 선택은 무조건 불교취향으로 읽어야 한다는 논리는 엄정한 객관성과 전거를 중시하는 일연의 기술태도로 볼 때 온당하지 않기 때문이다. 더욱이 처용 자료의 성격 파악은 그것이 생성되고 변화된 당대의 문화문맥에서 이해할 일이지 기록자 일연의 신분 성격으로 판단할 일은 아닌 것이다. 김학성(1990)은 처용설화의 텍스트 이해에 있어서 처용사건 관련 부분만으로 다루던 앞서의 연구태도를 수정하여 처용랑 망해사 전체 문맥에서 서술구조를 파악해야 한다면서 헌강왕대 이후 신라가 멸망하기까지의 역사적 현실을 상징적으로 표현한 것으로 보고 전체 문맥을 '망국'의 주제와 관련하여 이해했다. 그러나 여전히 그 역사적 현실을 구체적으로 파악하지 못하는 한계를 보여주었다.

안태욱(1990)은 헌강왕대를 불국(佛國)의 예토화(穢土化)로 전제하고 처용설화와 가요를 불교적 시각 일변도로 이해하는 문제점을 보였고, 김경수(1997)는 처용이 신라 중앙사회에 들어오는 과정에 헌강왕과의 대결, 역신과의 대결을 거쳐야 했음을 근거로 당시 신라사회에 받아들여지기 힘든 도래인(渡來人)의 유형으로 파악하고, 설화의 구조를 헌강왕의 치적과 신통력(망해사 세우기까지)을 드러냄에 이어, 헌강왕의 위대성(신들의 춤), 그리고 고려집권층에의 경계와 불길함 예고(산신, 지신의 춤)로 짜였다고 봄으로써 헌강왕을 유락행각을 벌인 타락한 왕으로 보는 견해와는 정반대로 긍정적으로 해석했다. 이에 따라 태평성대를 구가하고 신통력을 발휘한 헌강왕이 다스린 신라도 결국 망했는데 고려도 새로운 각오로 외세에의 대응과 국가통치에 힘쓰지 않으면 망할 것이라는 일연의 역사인식이 담긴 텍스트로 보았다. 이는 앞서 박기호가 고려 건국을 합리화하려 했다고 보는 이해에서 진전된 해석이라 할 수 있으되, 다만 도래인 유형으로 파악한 것은 좀더 구체적인 실증이 따라야 할 것이다.

결국 설화 중심 텍스트 연구는 설화서술에서 E를 무엇으로 잡느냐와 허구성($\pm\alpha$)의 부분을 어떻게 파악하느냐, 그리고 원전이 지시하고 있는 역사적 의미가 정확히 무엇인가를 밝혀 텍스트의 역사성을 복원해내는 일이 무엇보다 중요함을 깨닫게 한다. 거기 더하여 처용전승을 처용랑 망해사조의 전체문맥에서 보느냐 처용사건 관련 문맥으로 한정해 보느냐, 또 불교문화적 색채와는 거리를 가지는 기이편에 수록된 편찬체재에 특별한 의미를 부여하느냐 도외시하느냐, 일연의 기술태도를 불교적으로 경사된 것으로 보느냐 엄정 객관적인 것으로 보느냐에 관건이 달린 것으로 생각된다. 이제 연구사를 일별한 결과로 보면, 아무리 처용설화가 민속적 혹은 종교적 사실에 견인된 것이라 하더라도 그 발생의 단초는 역사적 실제 사실에서 찾는 것으로, 처용전승은 부분적이 아니라 전체문맥에서, 그리고 국가와 왕권의 존망과 긴밀한 관련을 갖는 기이편에 실린 것에 대한 고려는 반드시 필요하며, 일연의 기술태도는 술이부작(述而不作)의 객관적 태도를 견지했음이 입증되었으므로 그가 승려라는 특수신분이었다고 하여 사료나 전거적 근거를 무시하고 자의적으로 불교적 윤색이나 개작을 가했다고 보는 태도는 옳지 않음이 지금까지의 연구성과에서 드러났다 할 것이다.

3. 民俗學的 解釋

處容說話의 民俗學的 조명은 어느 분야보다도 활발히 論議되었다. 그만큼 民俗學的 性格 파악에 관심이 컸음을 드러낸 결과라 생각된다. 이 분야의 主된 논의는 대체로 세 가지 측면으로 分類할 수 있다.

첫째, 疫神의 存在에 주목하고 이에 對한 論議와

둘째, 巫俗的 側面을 강조하여 處容을 巫祖로 파악한 경우

셋째로 說話의 構成을 劇的, 舞的으로 초점을 맞추어 演劇的 要

素와 서사무가로 파악한 경우가 그것이다.

　그런데 이번 처용연구전집을 발간하면서 서대석 교수가 이 세 부분을 아우른 연구사를 집필하였다[13].

　다음은 그 내용이다.

　처용설화와 〈처용가〉의 민속학적 연구는 주로 무속적 관점에서 시도되었다. 고려가요 〈처용가〉가 무가임이 확실하기에 신라의 〈처용가〉 역시 주술적 무가로 보려는 관점이 자연스럽게 떠오르게 되었고 처용설화에서 동해용자로 등장한 처용이 역신을 물리치고 그 연유로 처용화상을 문에 부쳐 역신의 침범을 방지하게 되었다는 설화 내용에서 우리민족이 고대부터 가졌던 자생적 신앙인 무속신앙과 연계시켜 처용설화를 해석하는 연구시각을 마련하게 되었다고 본다. 그리하여 처용을 동해용신을 모신 무속사제자로 보고 역신과 처용처의 동침을 무녀와 역신의 교구로 해석하는 견해에서부터 처용은 무당이나 처용처는 역병을 앓았던 일반인으로 보고 처용의 창가작무(唱歌作舞)행위를 역신구축의 굿을 하는 행위로 해석하면서 처용가를 주술적 시가로 해석하는 관점 등 많은 논의가 전개되었다.

　그러나 세부적 해석에서는 연구자에 따라 적지 않은 차이를 보이면서 대립되는 견해가 많았다. 이러한 쟁점들을 중심으로 연구사의 흐름을 정리하고 문제점을 지적하고자 한다.

　처용을 어떤 존재로 볼 것이냐 하는 문제는 처용이란 말의 뜻풀이에서 비롯되었다. 처용이란 말의 의미를 규정하는 연구는 바로 처용의 정체를 해명하는 작업으로서 처용설화를 일관성있게 해석하는 관점을 정립하는 단초가 된다. 안확(1930)이 처용을 '일식신의 성(星)'으로 해석한 이래 양주동이 「조선고가연구」(1942)에서 처

---

13) 서대석, 처용가 및 처용설화의 민속학적 연구사, 처용연구전집4., 역락 출판사.

용가를 해독하고 주석하면서 처용을 인욕의 불자인 라후라(羅睺羅)로 본 이후 처용의 어의(語義)에 대한 풀이가 여러 각도에서 이루어졌다.

김용구(1956)는 「계림유사」에 '용왈칭(龍曰稱)'이라고 한 것에 착안하여 처용(處容)을 반절(半切)로 읽을 때 '춍'이 된다고 하면서 처용의 어의를 용(龍)으로 보았다. 또한 용자가 들어있는 지명에서 용자의 훈독음이 ku, kus, Kut으로 되는데 이 역시 처(處)의 훈독음과 일치한다고 하여 처용의 의미는 용임을 주장하였다. 그리고 신라 이전 원시수렵시대부터 용신에 대한 신앙이 있었는데 신라시대 전래된 대면무(大面舞)가 처용가면과 대치되어 변모되었을 것으로 추정하면서 조선조까지 나례에서 행한 처용무를 검토하였다.

김동욱은 김용구의 설을 비판하여 「계림유사(鷄林類事)」의 '용왈칭'(龍曰稱)은 '용왈미'(龍曰瀰)의 오류라는 설이 있어 충분한 근거가 되지 못하고 용(龍)의 훈음을 kut으로 읽어 처용과 관련짓는 견해에 대해서도 〈해가사〉의 구(龜)를 '검'으로 읽는 견해도 있어 미흡한 증거밖에 되지 않는다고 회의를 표시하였다. 이어서 처용을 무(巫)를 의미하는 차차웅(次次雄) 자충(慈充)과 연계시켜 사제자를 의미하는 '즁' '츙'의 한자음이 아닐까 추론하였다.(김동욱, 1961)

한편 김승찬은 처자(處字)의 상고시에 상통했던 한자음을 추(芻)자에서 찾아 처용을 '쵸웅'으로 읽고 제융민속과 연계시키고 있다.(김승찬, 1961)

이러한 처용의 어의에 관한 연구는 대체로 처용가를 무가로 보고 처용설화를 무조처용의 본풀이로, 처용가를 본풀이 무가에 삽입된 단편무가로 해석하는 연구에서 처용을 무속사제자로 규정하려는 의도에서 이루어진 것이었다.

이와는 달리 처용을 '터알이로 해석한 김영수(金映遂)의 연구가 있다. 김영수는 처용의 명의를 동토병(動土病)을 의미하는 '터알이'라 하고 축귀대신의 신상을 나타내는 가면을 '터알바가지'라고 하며 한자로 '처하용(處下容)'이라고 한다는 민속의 사례를 근거로 처용은 동토의 병귀라는 의미와 터알바가지를 쓴 역신상, 그리고 사귀 역신을 구축하는 벽사대신(辟邪大神)을 의미한다고 하였다.(김영수, 1964)

처용 어의에 대한 해석은 설화에서 처용이 동해용자로 되어있는 점에 주목하여 용을 의미하는 말로 풀이하는 경우와 가무로 역신을 굴복시켰다는 점에서 무(巫)나 벽사신을 의미하는 말로 풀이하는 경우로 요약할 수 있다. 그러나 고대 한국어를 전공한 학자의 견해라기보다 민속학자로서 처용설화 해석을 염두에 두고 이루어진 것이라는 점에서 옳고 그름을 논하기는 어렵다.

다음으로 처용설화에 대한 해석을 살펴보기로 하겠다.

처용설화 해석에서 민속학적 접근을 한 대부분의 연구는 처용을 용신이면서 무속인으로 보고 역신을 물리치는 구역신으로 처용이 신격화된 과정을 서술한 무속신화로 이해한다는 것이다. 그러나 처용 출현의 의미를 용신맞이나 동해용신을 빙의하는 것으로 보고 처용의 가무행각을 무속의례를 통한 국정보좌로 해석한다해도 역신과 처용처의 동침을 이해하는 시각은 다르게 나타난다. 이는 역신이 처용에게 '노를 드러내지 않아서 감동하고 아름답게 여겼다'(不見怒感而美之)는 설화귀절과 '노래를 부르고 춤을 짓고서 물러났다'(唱歌作舞而退)는 구절을 의식하여 처용가의 마지막 구절을 체념으로 보는 견해와 처용가를 역신을 구축하는 주술무가로 보고 〈처용가〉의 마지막구절을 질책과 호령으로 보는 견해로 나뉘어졌다고 할 수 있다.

삼국유사 〈처용랑 망해사(處容郎望海寺)〉조의 기록은 현용준이 지적한 것처럼 개운포 지명전설, 망해사 창사연기, 문신유래, 상염무(霜髥舞)유래, 망국예언 등 잡다한 내용이 들어있다. 이중에서 처용을 중심으로 한 본원설화가 민속학적 연구의 핵심대상이었다고 할 수 있다. 이러한 잡다한 성격의 설화를 하나의 구조로 파악하고 일관성있는 논리로 해명한다는 것은 매우 어려운 일이어서 초기의 처용설화연구는 삽화마다 다른 시각에서 해석하는 복합적 관점으로 접근한 연구가 많았다.

김동욱은 처용설화를 무조본풀이로 보면서도 본풀이로서 설화의 성격을 구명하지는 않았다. 김동욱의 주목할 견해는 역신과 처용처의 관계를 이객관대(異客款待)의 습속으로 해석한 점이다. 처용이 아내와 동침하는 역신에게 노를 보이지 않은 것은 자기 집을 찾아온 이객에게 아내를 동침하게하는 풍습이 반영된 것이라는 것이다. 이에 대한 예증사례로 함경도 재가승의 풍속, 제주도 머슴과 주부, 삼국유사 차득공(車得公)설화를 들고 있다.(김동욱, 1961) 문제는 이객관대 습속과 설화 문맥이 부합하지 않는다는 것이다. 이객관대는 남편이 아내를 권하여 이객과 동침하도록 하는 것인데 설화에서는 역신이 처용 모르게 몰래 처용 아내와 동침을 한 것이고 이를 보고 처용은 창가 작무를 하여 역신을 굴복하게 했다는 것이다. 이객은 말 그대로 외래자로서 친구의 아내를 탐내서 찾아가는 사람이 아니다. 그런데 역신은 처용의 아내를 탐내어 계획적으로 동숙행위를 감행한 것이기에 이객관대 습속과는 다른 간통으로 보는 것이 오히려 설화 내용에는 부합된다고 본다.

처용을 용신을 모신 무당이면서 구역신으로 보고 처용 아내와 역신과의 동침을 역병을 앓는 것으로, 처용의 가무를 역병을 퇴치하려는 구역신의 무속의례로 해석한 견해는 김승찬에서 비롯되었다. 김승찬은 처용이란 말은 무당의 고어인 '줌웅'의 한자표기이고 처용가는 주술적 무가라고 단정하였다. 그러나 이러한 해석에서 문제가 되는 것은 역신을 역귀로 쓰지 않고 역신으로 기술했다는 점과 '창가작무이퇴'(唱歌作舞而退)에서 퇴자를 해석하는데 목적어가 없어 물리쳤다는 해석이 성립하지 않는다는 점, 그리고 처용이 노를 드러내지 않았다는 역신의 말이 주술적 구역행사와 부합되지 않는다는 점이다.

김영수(金映遂)의 해석은 이러한 문제를 의식한 것이라고 볼 수 있다. 김영수는 처용의 어의를 통토병인 '터알이'로 풀이하고 사찰에서 행하는 삼회향놀음을 처용놀음이라고도 하는데 여기서 역신 처용의 인형을 산문 밖으로 끌어내 달아나도록한다는 사례를 들어 벽사신으로서 처용의 성격을 검토하였다. 이어서 처용을 중국의 문신인 종규(鐘馗)나 위장군과 동류로 파악하고 장승을 의미하는 벅수가 한자어 벽사(辟邪)에서 유래된 것이라고 하여 처용의 문신으로서 성격을 장승과 같은 벽사신으로 파악하였다.(김영수, 1964) 이러한 벽사신으로서 처용의 성격을 바탕으로 처용가를 역신에게 고하는 발원문으로 보고 터알이병 환자가 잠을 자고 난 뒤에 하반신불수병이 들어 본래 성한 다리로 회복되게 해달라는 의미로 처용가를 풀이하였다.

동경풍속(東京風俗) 가웃달밤 밤깊도록 노닐다가 늦게 집에 돌아와서 잠자리를 보고나니 아랫두리 잘못쓰는 반신불수(半身不遂)되었으니 본래(本來)에는 성한 몸이 이리되니 어찌해요.(김영수, 1964, 159면)

이러한 견해는 동토병에 대한 민속을 근거로 처용가를 새롭게 해석한 것인데 이후의 연구에서 비판도 계승도 되지 않았다. 동토병과 역병은 전혀 성격이 다른 것이다. 또한 가면을 의미하는 '탈'과 동토병을 의미하는 '터알이'는 의미가 상통되기 어려운 것인데 이것들을 무리하게 결부시키고 역신의 인형인 제웅과 역신을 구축한 처용을 연계시켜 무리한 해석을 했다고 생각된다. 그러나 처용설화연구의 참고할만한 흥미있는 많은 민속사례가 인증되었음에도 불구하고 이후의 연구에서 참조되거나 비판되지 않은 것은 이 논문이 널리 알려지지 않았기 때문이라고 생각한다.

처용이 자기 아내와 동침한 역신을 보고 화를 내지 않고 노래하고 춤추었다는 것을 보다 합리적으로 해석하려는 시도에서 처용처와 역신의 동숙을 신과 인간의 교구로 해석하는 관점이 나타났다. 이러한 견해는 김열규의 해석에 이어 김영수(金榮洙)에게로 이어졌다.

김열규는 처용을 무부(巫夫)로 보고 처용처와 역신과의 관계를 입무식에서 무녀의 빙신이나 접신으로 해석하면서 울주에서의 처용의 출현을 표착이객(漂着異客)인 용신의 출현을 제의적으로 재현한 것으로 보고 처용설화를 해석하여 '그 용신의 자를 재연한 남무는 처용으로 명명되어 처용 자체가 된 뒤 경주로 귀환하고 접신한 무부와 맺어 당대 제1급의 국무노릇을 하게 된 것에서 두 전승이 하나로 맺어진 것이 아닌가 생각한다'라고 하였다.(김열규, 1966) 이러한 견해는 김동욱이나 김승찬이 처용을 무속사제자로 본 것과 궤를 같이하는 것이다. 다만 여기서 새로운 견해는 처용처와 역신의 관계를 입무식에서 무녀의 빙신행위로 본 것인데 무녀가 몸주로 모시는 신격은 병을 주는 부정적 신은 없다는 것이다. 손님신은 굿거리에서 무녀에게 접신이 되기는 하나 몸주신이 되지는 못한다. 몸주가 되는 신은 병마를 구축하는 선신(善神)이고 신자가 잘못하여 신벌로 병을 줄 수는 있지만 전염병과 같은 병을 주는 존재를 몸주신으로 위성하는 사례는 한국무속에서는 보이지 않는다. 설령 처용처가 무녀로서 역신굿을 하면서 접신이 되었을 가능성은 생각할 수 있으나 그렇다면 처용의 창가착무행위를 설명하기 어렵다.

김영수(金榮洙)는 처용설화가 역신신앙과 구역신 신앙이 결합된 것이고 처용처는 역신을 모시는 무녀라고 하였다.(김영수, 1990) 그런데 이러한 해석이 일관성 있게 설화해석에 적용되려면 역신에 대한 굿인 창가작무는 처용 아내가 한 것이어야 하고 처용가는 손님신을 찬양하고 처용신에게 병을 낫게 해달라는 기원의 내용을 담고 있어야 한다. 그러나 역신을 내린 처용처는 아무런 역할도 하지 않고 처용이 가무행위를 하였고 처용가를 들은 역신이 굴복을 하고 사라졌다는 점에서 처용가의 사설은 찬신과 기원으로 보기는 어렵다는 점이다. 또한 고려 처용가에 삽입된 신라 처용가의 가사 내용을 보더라도 역신을 찬양하는 노래라고는 보기 어렵다. 이런 점에서 처용처와 역신의 관계를 무녀와 몸주신의 교구로 이해하는 것도 석연치 못한 점이 있다.

현용준은 처용설화에서 용자출현(龍子出現), 미녀교혼(美女交婚), 보좌왕정(輔佐王政), 교구역신구축(交媾疫神驅逐), 국인문첩처용지형 이벽사진경(國人門帖處容之形 以辟邪進慶)으로 전개되는 처용중심의 본원설화를 추출하고 배경사상으로 역신질병관념등을 검토한 뒤 역신신화가 먼저 있었고 이에 대한 구역신 신화로 용자보정의 영웅전설을 삽입하여 처용설화가 이루어진 것으로 추론하였다. 또한 제주도 무속사례를 예증으로 처용이 무당이고 처용의 가무는 역병을 퇴치하는 구역신 가무임을 논하였다.(현용준, 1968) 이는 역시 처용을 구역신의 무격으로 보고 처용처와 역신의 교구를 역병에 걸린 것으로, 그리고 처용의 가무를 역신구축의 무속의식으로 본 견해로서 기존의 견해와 크게 다르지 않은 주장이라고 할 수 있다.

이러한 김승찬, 현용준으로 이어지는 처용의 무당설을 보다 구체적으로 검토한 논의가 서대석에 의해서 이루어졌다. 서대석은 처용이 신이면서 동시에 인간이라는 양면성이 있다는 점에서 처용을 용신을 모신 인간인 무(巫)로 볼 수밖에 없다고 하고 처용처는 무녀라는 근거가 없다고 하고 역신과 동침을 역병이 들은 것으로 보면서 처용의 가무를 역신구축의 굿으로 해석하였다. 그리고 처용이 물러났다는 것은 굿을 하고 끝냈다는 것이고 노를 나타내지 않았다는 것은 축귀의식의 첫단계로서 사리를 따져 점잖게 꾸짖었다는 의미라고 보았다. 그리고 이에 맞추어 〈처용가〉를 무로서의 자기과시, 무적 영능의 표현, 정체를 드러내라는 명령, 문책으로 전개되는 주술시가로서 성격을 논하였다.(서대석, 1975) 이러한 연구사의 흐름은 보다 포괄적인 민속학적 접근으로부터 처용중심의 본원설화에 대한 구체적이고 세부적인 해명으로 전개되는 양상을 보였다고 할 수 있다.

이후의 연구에서는 다시 처용설화 전반에 대한 포괄적이고 확장된 논의가 이루어졌는데 처용을 용신으로 보고 용의 권능을 추적하면서 불교의 법행용(法行龍)의 행적으로 처용의 보좌왕정의 성격을 해명하는 연구가 김종우와 김갑기등에 의하여 개진되었다.(김종우, 1970, 김갑기, 1980) 김종우가 처용을 불교의 법행용으로 해석한데 이어 김갑기는 용은 제석신의 일등 권속신이고 제석의 신능이 신라인의 의식구조 속에 용신의 사명과 같은 모양으로 자리잡았다고 하고 처용을 용신제의 주제무로 보고 처용의 취처를 인신교합으

로, 처용의 행위를 제석의 자비로 풀이하였다.(김갑기, 1980)

한편 정상균은 처용을 사제자이면서 희생제물의 복합적 성격으로 파악하고 역신은 모계적 요구에 노예가 된 남성상으로 모계의 부정적 측면과 영합하고 있는 인간의 범죄적 속성을 보여주는 것으로 파악하였다. 또한 처용이 역신에게 노를 드러내지 않고 가무한 것은 역신 달래기 수법으로서 역신의 굴복은 모계의식의 굴복으로 보았다.(정상균, 1981) 이러한 논의는 인류학적 이론을 원용한 거시적 해석으로서 처용설화에 내재된 모계의식을 검토했다는 의의가 있다고 할 수 있다.

강산선일랑(剛山善一郎)은 처용설화 전반을 처용과 역신의 종적 이중구조와 무교와 불교의 횡적 이중구조로 파악하면서 처용설화의 중층구조를 해명하였다, 이어서 〈처용가〉와 처용희를 일본의 도조신(道祖神)과 대비하면서 공통점과 차이점을 밝혔다. 그리하여 일본의 도조신 신앙은 처용신과 장승신앙을 합친 것과 일치하며 성적 대우에 의한 벽사관념에서 형성된 것이라고 하고 장승의 배경설화와 도조신상의 유래설화 및 벽사관념이 일치한다는 점에서 도조신과 처용과 장승에 대한 전승은 원초적으로 같은 근원에서 발원되어 시대가 지나면서 분리된 것으로 해석하였다.(강산선일랑, 1982) 이는 김학주가 처용의 문신유래를 중국의 문신인 종규신앙과 비교하여 검토한 것과(김학주, 1965) 함께 문신의 유래와 성격을 비교민속학적 시각에서 검토하였다는 의의를 가진다. 다만 비교민속학적 연구에서 문제가 되는 것은 같은 민속적 전승이 영향관계에 의한 것인가 아니면 여러 민족의 보편적 문화현상으로서 자생한 것인가의 해명이 필요하다는 점이다. 재액과 질병을 막기 위해 문을 지키는 신을 상정한 것은 인간이 사는 사회에서는 어느 곳이나 나타날 수 있는 보편적 현상일 수 있다. 그러나 문신의 형상이나 구체적 기능 또는 이에 대한 의식은 민족마다 다르게 구체화된다는 사실이다. 이런 점에서 문신으로서 처용의 성격이 시대에 따라 어떤 변모를 겪었는지를 김학주의 연구에서 중국의 종규민속의 사례를 시대별로 검토한 것과 같이 한국의 문신습속에 대해서도 역사적 변모를 검토하여 대비하는 것이 필요하다고 본다.

한편 처용설화를 서사무가로 보고 서사무가의 서사구조와 연계지워 설화구성을 파악한 김영일의 연구가 있다. 김영일은 처용설화와 〈처용가〉를 유사원리에 의한 주술매체로서 처용의 접신과 주술의 원형으로서 처용가로 해석하고 처용설화를 한국 서사무가에서 추출한 전기적 유형과 대비하여 무조설화로서 서사유형임을 논하였다. (김영일, 1984) 김영일의 연구는 기존의 연구에서 처용설화를 서사무가로 본 견해를 오늘날 전승되는 서사무가 자료와 대비하여 보다 구체적으로 검토한 연구라고 할 수 있다.

이와는 달리 처용설화를 굿의 구조와 연계시켜 논의한 박진태의 연구가 있다. 박진태는 굿의 전개가 내림굿, 신유(神遊), 싸움굿, 화해굿, 전송굿으로 진행된다고 하고 처용설화를 이에 맞추어 처용의 출현(내림굿), 울산에서 경주로의 이동(신유) 역신과의 싸움(싸움굿) 역신과의 화해(화해굿) 그리고 문신으로 정립(전송굿)으로 전개됨을 검토하였다.(박진태, 1989)

이근표는 처용설화가 전승과정에서 변이되었다는 가정에서 변이의 양상을 검토하고 설화내용을 병굿, 용신굿, 산신굿, 지신굿의 모습이 담겨있음을 고찰하였다. 또한 처용은 신화적 영웅에서 비극적 전설적 영웅으로 변모하였고 〈처용가〉는 주술가요에서 서정성이 강한 노래로 변모하였다고 하였다.(이근표, 1989)

한편 임재해는 처용설화 서두의 태평성대의 기술은 반어적 인식의 산물이고 동해용은 동해에서 호법용 구실을 하는 용신신앙을 가진 무당집단으로 해석하면서 처용은 처용탈을 쓰고 처용굿을 하는 처용광대나 처용무당이라고 하였다. 또한 처용의 급간직 벼슬은 나라굿을 하는 국무로서 사제왕 노릇을 한 것으로 처용과 역신의 동침은 신들림이자 병들림의 두가지 성격이 있는 것으로 해석하였다.(임재해, 1999) 이러한 연구는 처용설화를 한국의 굿 전반과 관련시켜 검토한 것으로서 무속적 해석을 확장한 연구라고 할 수 있다.

이상의 연구성과는 삼국유사 〈처용랑 망해사〉조의 기록과 고려시대 〈처용가〉 그리고 악학궤범의 〈처용무〉에 관한 기록, 그리고 제응민속까지를 통합하여 기존의 연구성과를 교합하여 전개한 것으로서 처용에 관한 매우 다양한 논의가 개진되었다고 할 수 있다. 그러나 처용설화 자체가 중층적 성격을 띄고 있고 연구대상이 설화, 시가, 무용 등 복합성을 가지기에 보다 심화되고 정심한 연구를 위해서는 이들을 종합하여 추상적이고 거시적인 담론으로 모호한 결론을 끌어내기보다는 연구의 초점이 분명한 제한된 범위의 연구가 깊이 있게 이루어져야 하고 기존 연구에 대한 섭렵과 이를 비판하는 새로운 발상과 그 발상을 뒷받침하는 새로운 자료의 탐색이 필요 하리라고 본다.

4. 文學的 解釋

處容歌의 文學的 解釋은 크게 두 見解가 對立되어 있음을 볼 수 있다. 곧 하나의 見解는 "詩的 metaphor가 缺如된 粗雜한 作

品"14)이라는 解釋과 "天上的 image와 地上的 現實의 對立이 文學的인 Tension을 造成하여 높은 次元으로 止揚된 世界"15)라는 解釋이 그것이다.

前者는 鄭炳昱의 見解이고 後者는 黃浿江의 論理이다. 이는 곧 處容歌를 부대 배경을 무시한 채 노래 자체로만 해석하느냐 背景的 要素를 함께 考察하느냐의 관점의 差異로 理解된다.

이는 두 사람의 視角의 差異로 빚어진 것으로 그 方法論이 바뀌지 않는 한 어쩔 수 없는 일이다.

鄭炳昱은 위의 論文에서 作品 自體의 分析에 총력을 기울였다.

다시 말하면 文學은 그 작품에 나타난 것으로 檢討되어야 하고 그 외의 作家나 背景 등은 그리 重要視되지 않는다는 立場이다. 그 결과로 그는 作品에 나타난 修辭를 考察하고 美意識을 추구했으나 별다른 文學的 특징이 없다는 것이다. 詩的 metaphor나 主旨(Tenor), 媒體(Vehicle)가 없는, 따라서 Tension도 결여된 作品이며, 단지 美意識的 側面에서 희극미와 lrony의 새로운 시세계만 약간 드러났을 뿐이라는 것이다. 특히 그는 十句體 향가를 詞腦歌라는 종래의 입장을 고수하고, 특히 이를 首都文學으로 인식하여 貴族文學으로 지칭하여 其意甚高하고 詞淸句麗한 文學이라고 한 반면, 八句體 文學인 이 處容歌·慕竹旨郎歌는 首都圈外의 地方文學의 하나로 분류하여 폄시하였다. 이와 같은 그의 주장은 處容歌의 유래나 형식이 확정되지 않은 이 視點에서 상당한 논란이 예상된다. 왜냐하면 文學作品 자체도 확실히 규명되지 않았을 뿐 아니라, 설령 規明되었다 하더라도 그 形式 하나에 얽매여 十句體는 首都文學이

---

14) 鄭炳昱(1972), 「文學으로 본 處容舞」, 『大東文化研究所』別集Ⅰ, 成大.
15) 黃浿江(1974), 前揭書.

요, 八句體는 地方文學이라고 획일적으로 말할 수 없기 때문이다.

黃浿江은 이미 앞에서 말한 바와 같이 이와 대립적 견해를 나타내고 있다. 노래 자체도 중요하거니와 그 背景이 된 說話의 檢討없이는 올바른 作品解釋이 불가능하다는 입장이다. 결과적으로 이 노래는 佛敎的 解釋을 필요로 하며 그러한 관점에서 볼 때 이 노래는 다음과 같은 構造를 지닐 수 있다고 하였다. 곧 處容歌의 구조적 考察로서

> 1~2구 : 피안으로서의 天上的 image를 示現한 것 같은 佛經에서 흔히
>   佛身이나 覺의 境地를 상징함으로서이다.
> 3~4구 : 煩惱, 不淨, 無常, 垢穢의 現實에 對한 直觀이요
> 5~6구 : 人間的인 分別에서 생긴 갈등으로 修道者의 危機로 看做되며
> 7~8구 : 分別의 위기를 넘어서 人間愚痴의 世界를 超脫하고, 피안에의
>   지향이 展開된 것으로, 昇華된 天上的 image의 實現이요, 次
>   元높은 價値의 世界이다.16)

이와 같은 構造 分析을 전체로 하고 볼 때, 處容歌는 확실히 佛敎的 文化作品으로 훌륭한 내용이 담긴 우수한 作品이라 할 만하다. 곧 그가 말한 "處容 自身의 捨心의 성취요, 人間愛憎의 世界를 초월한 피안의 世界, 離欲無私의 心境"이 나타났다고 하겠다. 處容歌를 이처럼 밀도있게 천착한 분석이 일찍이 없었다. 그러나 이와 같은 解釋에도 여전히 문제점은 남는다. 곧 文學作品은 內容으로만 따질 수가 없으며, 形式이나 리듬에 대한 考察이 결여되어 있다. 또한 佛敎的 해석의 전제가 지나친 나머지 作品 自體를 너무 宗敎的 해석으로만 치우친 감이 있기 때문이다. 이러한 흐름에다 최근

---

16) 趙哲煥(1983), 前揭 論文 p. 41.

김학성에 의해 작성된 문학적 연구사는 보다 정밀하게 기술되어 그 요체를 얻었다할 수 있다.17)

다음은 그 내용이다.

처용전승을 접근하는 방법으로 역사학적, 민속학적, 문학적, 종교적, 심리학적 등 다양한 관점이 있어 왔는데 그 가운데 문학적 연구방법이 중심이 된 것을 여기서 다루되 이를 다시 설화 중심과 시가 중심으로 나누어 후자에 해당하는 연구물을 중점적으로 검토하기로 한다. 물론 시가 중심 연구도 설화문맥을 바탕을 이루어지는 것이기 때문에 양자를 함께 관련시켜 논의한 것도 대상으로 삼음은 물론이다.

처용전승은 어떤 진공(眞空)의 상태에서 창조된 것이 아니라 역사·문화적 실체로 산생된 것이어서 당대의 역사 문화적 맥락과 깊은 상관성을 갖는다. 그러면서도 문학 텍스트는 그 자체로 하나의 소우주(小宇宙)를 형성하기 때문에 그러한 맥락을 넘어서는 자율적 측면을 동시에 갖는다. 이런 연유로 하여 처용전승의 문학적 연구도 사회 문화적 맥락을 중시하여 이해하는 연구와 자율적 측면을 중시하는 연구로 크게 대별된다. 전자는 문학의 제반 현상을 그것이 산생된 사회 역사 사상 이념 등의 의미로 환원해서 이해하는 환원주의라 할 수 있고, 후자는 그 반대로 문학을 역사 문화 맥락에서 분리하여 그 자율적 의미나 문학성을 탐구해내는 분리주의 지향이라 할 수 있다. 이제 이 두 지향에 따라 연구사를 검토해 보기로 한다.

처용전승의 문학적 연구에서 환원주의적 접근은 김사엽(1964)에서 시작된다. 그는 처용가를 〈혜성가〉와 〈도솔가〉 같은 일종의 주

---

17) 김학성(2005.10.), 처용전승의 시가 중심 문학적 연구사, 처용연구전집3, 역락출판사.

술적·제의적 성격을 띤 불계(祓禊)의 노래로 규정하면서 불교적인 용신 숭배사상 혹은 신앙으로 환원하여 이해하는 태도를 보였다. 그러나 그 근거를 고려처용가에서 신라처용가 부분에 앞서 '머즌말' 이라 단언했다는 면에서 찾았는데, 머즌말을 그의 생각대로 주언 (呪言:주술의 언어)으로 봐야할 지도 의문이고, 또 그렇게 본다하더라도 고려처용가가 신라 처용가의 중심문맥인 7~8구를 삭제하고 머즌말이라 인용하고 있음에 대해서는 고려하지 않았다는 점이 논리적 취약점이라 하겠다. 다음 황패강(1973)은 처용전승을 불교 문학적으로 접근하여 이 방면에 수준 높은 이해를 보여주었는데, 그에 따르면 동해용은 호불호국(護佛護國)의 용으로, 처용의 가무는 집(執)을 버린 무애자재(無碍自在)의 깨달음을 노래한 것으로 결국 중생홍화(衆生弘化)의 불교적 교화가무에 해당한다고 보았다. 그러나 호국용의 성격을 불교 일변도로 이해한 것은 그것이 오히려 고유신앙 혹은 화랑의 선도(仙道)와 깊은 관련이 있음을 고려할 때 처용가 텍스트의 모든 의미를 불교적으로 환원하여 이해함은 신라 문화가 무물(巫佛) 습합 혹은 낭불(郎佛) 습합이라는 면에서 볼 때 편향적 시각이란 비판을 면하기 어렵다.

　이에 비해 서대석(1992)은 고려처용가를 무속문학적 관점에서 수준 높은 이해를 보여주었는데 고려처용가는 신라처용가와 달리 궁중의 나례의식에서 불려진 것이므로 그러한 견해의 타당성은 널리 인정되고 있다 할 것이다. 그는 고려처용가의 서술이 축원-찬신 (처용예찬)-공수-축원으로 구성되어 있어서 오늘날의 무가와 구조가 거의 일치함을 밝히고 서술시점을 달리해 다양한 어조를 보이는 점은 희곡적 성격을 보여준다고 했는데 텍스트의 문학성에 대해서는 아직 미흡한 면을 보인다 할 것이다. 김정희(1994)는 처용가를 향가에 능한 화랑에 의해 창작되었을 것으로 보고 그들의 국가수호 의식에서 불린 노래로 이해했는데 화랑문화권과 구체적으로 어떻게 관련되는지에 대한 논증이 없어 근거가 취약하다.

이도흠(1994)은 이라크 풍속화에 인간이 병듦을 여자 역신이 남자인간을 범하는 것으로 묘사한 그림이 있음을 근거로 처용이 이슬람인이고 역신 구축은 의술로써 병을 고치는 것으로 이해함으로써 처용설화를 당대 역사적 현실과 무불습합적 세계관 - 풍류 만다라 - 으로 환원하여 의미를 부여하는 태도를 보였는데, 그림을 근거로 이슬람의 그러한 관념이 전파되었다고 이해하기보다 신라 자체에도 그러한 관념과 민속이 존재하고 있었다고 보는 것이 타당성을 가질 것이다. 김학성(1995)은 처용전승의 역사문화적 기반이 화랑문화권에서 생성된 것임을 세밀하게 논증하고 이에 따라 처용가를 화랑의 인격적 덕망이 배어있는 노래로 이해했으나 논증 자료가 아직 탄탄하다하기 어려운 문제가 있다.

유해춘(1995)은 처용랑 망해사조를 이분화하여 처용과 직접 관련된 부분을 처용설화, 산신들의 춤과 노래부분을 산신설화라 하고 처용가는 혼사장애 극복의 노래로 보았다. 그리고 설화의 이해는 이우성 등의 견해를 수용하여 역사적 현실로 환원하여 이해하는 시각을 보였다. 그런데 처용가를 고려처용가의 위협적 표현을 근거로 관용을 넘어선 위협적이고 역설적인 언술로 본 것은 후대에 변화된 자료를 근거로 전대의 자료 성격을 역추적하는 것이어서 설득력을 갖기 어려워 보인다. 홍기삼(1997)은 처용 텍스트의 분석에 있어서 전체문맥으로 보기, 잘게 쪼개어 자세히 읽기, 기호의 연쇄를 해독하기 등 분리주의적 시각의 텍스트 읽기를 일면 보이면서도 그러한 분석결과의 의미 해독은 당대의 역사현실에서 근거를 찾는 방식을 택하여 환원주의적 시각도 동시에 보여주는 균형 잡힌 시각을 보여주어 설화분석에 진일보한 면을 보였다. 이에 따른 결론도 처용전승이 역사적 사실과 설화적 사실이 혼성적으로 존재한다고 이해했는데 그 혼성적으로 존재하는 양상이 구체화되지 않아 막연한 감을 떨칠 수 없어 아쉽다.

정운채(1998)는 고려처용가가 신라의 처용전승(처용랑 망해사조)을 어떻게 재해석하고 있나를 텍스트를 통한 텍스트 해석이라는 독특한 방법과 시각으로 이해하고자 했는데 이를 통해 고려처용가의 벽사진경의 원리가 어떻게 작용하는지를 역추적해 놓았다. 이로써 벽사진경의 원리는 잘 드러났으나 그 이외의 요인에 의한 텍스트 재해석은 고려하지 않아 일면적 해석의 범위를 벗어나지 못한 한계점을 보였다. 유경환(1998)은 처용전승에서 용의 상징적 의미와 기능을 모색하면서 용왕숭배사상으로 환원하여 이해하는 태도를 보였는데, 이에 따라 처용가를 영웅적 처용이 신라말기에 만연된 음란문화를 왕(王)마귀문화로 보고 그 악신의 문화를 퇴치하기 위해 사투 끝에 승리한 칼노래로 보았다. 논거의 뒷받침 없이 다분히 자의적 해석을 가해 논리적 비약을 초래한 예에 해당한다.

윤성현(1998)은 고려처용가를 통해 신라 처용의 정체와 본질을 밝히는 것이 합리적이라는 전제아래 무속적 관점으로 모든 의미를 환원하여 처용전승을 이해하는 방식을 택했다. 이에 따라 처용은 나라일을 담당하는 국무(國巫)이고, 역신은 질병을 가져오는 범무(凡巫)고, 처용아내는 이들의 대립 갈등을 제공한 여무(女巫)로 보았다. 그러나 텍스트의 문맥에서 처용의 아내와 역신을 무당으로 보아야 할 근거가 전혀 없어 설득력을 갖기가 어렵다. 정지원(2003)은 구성주의의 원리에 바탕하여 처용가의 교육내용을 고안

한 것으로, 처용전승이 한국의 고대종교가 토착신앙과 외래신앙 즉 무불(巫佛) 습합의 특징을 보인다는 관점아래 신라인의 이러한 복합혼성적 세계관을 반영한 것이라 해석했다. 그러나 처용전승의 생성에 관여한 토착신앙이 무속인지 화랑의 선도(仙道)인지에 대한 천착 없이 무조건 무속으로 보는 관점은 지양되어야 할 것이다.

다음은 분리주의 중심의 연구들을 검토해 보기로 한다. 이 방법의 시작은 이미 정병욱(1972)에서 발견되지만 그것은 종합편에서 다루고 여기서는 여증동(1975)이 고려처용노래를 연극하는 노래 또는 극가(劇歌:연극의 노래)로 본 데서 출발한다. 그는 신라 처용가의 경우 사건을 시의 형식에 담아 전개했으니 분명 서사시(epic)라 하고, 고려 처용가는 처용의 마력을 빌어 몽고의 재난을 물리치고자 하는, 고려 고종 때 강화도 궁중내전에서 상연된 극가라 주장했다. 그러나 신라처용가를 사건을 서술했다하여 서사시로 보는 것은 잘못이고 서술시(narrative), 더 정확하게는 서술 서정시로 보는 것이 타당하며, 고려처용가도 화행(話行)짜임의 원리가 행동 언어로 일관되는 연극노래로 보기에는 무리가 따르며 역시 서술서정시로 보아야 할 것이다. 민요에서 유희요(遊戱謠)를 연극노래라 할 수 없듯이 처용희 혹은 처용무로 연행된 고려처용가를 연극노래라 할 수는 없기 때문이다. 최미정(1980)은 처용전승과 관련 자료를 치밀하게 따져 처용이 어떻게 신격화 될 수 있었는가를 논리화하고 그러나 처용은 '예언자적 예술가'였으며 비극적 인식을 예술적으로 승화시킨 '도취의 신'이지만 신화는 아니라 하면서 처용전승에서 다양성을 발휘할 수 있었던 예술성(영원한 생명력)의 본질을 밝히는 섬세한 작업을 했다. 역사적 자료를 다루면서도 역사를 넘어서는 예술의 영원성을 밝혀내려 했다는 점에서 분리주의적 시각의 의의와 한계를 동시에 보여주었다 할 것이다.

홍경표(1981)는 처용가가 인간의 상상력에 의해 구조화된 문학작품이란 전제에서 텍스트에 내재하는 심리현상을 포착하고 언어적 변용에 의한 처용의 인간화와 예술화 과정을 읽어냄으로써 분리주의적 시각을 보인다. 그러나 동해용을 악마적 이미저리로 파악하고 그 아들 처용도 본질적으로 악마적 표상으로 보는 등 분리주의적 시각의 한계를 드러낸 점에서 문제를 보인다. 이어령(1988)은 처용전승을 처용랑·망해사조의 전체문맥의 언술구조에서 파악하고 설화의 각 단위를 형성하는 요소들의 이항대립의 음운론적 구조와 텍스트의 반복·중첩구조를 밝혀 일연의 역사기술이 동양의 우주적 순환구조의 거대한 반영이라 보았다. 이 작업은 처용전승의 다양한 층위의 분석과 다기호적 의미를 치밀하게 파악해냄으로써 기호론적 이해의 높은 수준을 보였다. 그럼에도 모든 해답을 텍스트 내의 기호적 언술에서 찾아냄으로써 헌강왕의 놀이/행차의 의미가 단순히 기호론적으로 파악될 수 없는 문화문맥을 지니고 있음에도 당대의 어떤 문화권과 결부되는지, 그 역사·문화적 함의는 무엇인지 관심이 없으며, 북악신이 남산신과 동격의 신라 국가수호신임에도 둘 사이가 반대지향을 갖는 신격으로 파악하고 있어 기호론적 시각의 한계를 넘어서지 못했다.

최재남(1992)은 처용가의 같은 구절을 두고 상반된 해독이 가능한 것은 언어적 차이라 할 수도 있지만 상황을 받아들이는 태도의 차이로 볼 수도 있다는 견지에서 신라처용가는 적극적 관용의 자세임에 비해 고려처용가는 위협의 언사가 중심이 된다고 하면서 처용의 적극적 화해나 관용의 태도를 선자관비(善自寬譬)의 미학이라 규정했다. 이러한 판단이나 미학적 규정은 텍스트외적 사실보다 텍스트 내적 문맥이나 어조에 기준점을 둔 것이어서 역사적 실감으로 다가오지는 않는다. 최철(1995)은 고려처용가의 노래 짜임을 살피고 표현특징으로 화자의 목소리에 처용, 제주(祭主), 역신의 목소리가 그대로 들어가는 극적 표현 방식을 들었다. 이를 통해 원래 처용가가 지닌 주술적 성격에 극적인 성격이 가미되는 방향으로 변이된 것으로 보았는데, 신라처용가가 주술적 성격을 어떻게 원래부터 지니게 되었는지에 대한 논거가 너무 박약한 것이 문제다.

최혜실(1995)은 처용텍스트를 발신자-전언-수신자의 담화구조로 분석하고 수신자(독자)를 중시하는 수용이론의 관점에서 처용가가 어떻게 해석되었나를 독특하게 추적했다. 즉 처용가의 최초의 독자를 현장에 있었던 역신으로 보고, 그 뒤 신라인들의 해석과 일연의 해석 그리고 고려처용가 작가의 해석과 현대의 독자들의 해석에 이르기까지 다양한 수용과 그 해석양상을 살폈다. 독자의 수용미학을 짚어내었다는 점에서 흥미를 주나 처용에 얽힌 실질적 문제들(처용과 역신의 정체 등)을 푸는 데는 별 도움을 주지 못하고 있는 점이 한계다. 신은경(1997)은 처용전승을 라깡이 제시한 주체 형성 모델의 분석틀을 따라 처용이라는 개체가 자아의식을 가진 주체로 서기까지의 과정을 섬세하고 치밀하게 분석해내었다. 이러한 작업으로 문학적 언술 혹은 그 틈을 통해 내비치는 처용의 내면세계 곧 무의식의 흐름과 의미작용을 읽어내었다는 점은 의의를 가지나 처용을 아버지인 동해용의 욕망의 대리인으로 보는 것이나, 역신에게 아내를 빼앗긴 것이 아니라 빼앗아 가도록 유도하거나 빼앗아간 것을 알고도 모르는 척 묵인함으로써 내어준 것으로 보는 것은 논리적 비약과 함께 처용의 인격적 덕망(동양적 관용)과는 거리가 먼 서구형 인간에서나 가능한 해석이라는 점에서 서구이론의 도입에서 오는 무리와 문제점을 동시에 보여준다 하겠다.

이완형(1999)은 기록자 일연의 기술태도를 중시한다는 면에서 처용전승의 문면에 직핍하는 해석적 입장을 보였는데, 처용의 나들이와 역신과의 대결 및 관용에 대하여는 처용이 외유할 때 인간들처럼 향유했지만 집에 와 아내의 간음현장을 보고 신의 입장으로 돌아와 신의 신에 대한 관용을 베풂으로써 언제라도 본분으로 돌아가면 어떤 문제라도 해결할 수 있음을 체험적으로 보여준 것이라 이해했다. 그리하여 처용가는 왕과 백성을 일깨우기 위해 체험적 사건을 모체로 신의 의지를 계시한 '계시요'로 보았다. 그러나 처용과 헌강왕의 나들이를 향락으로 이해한 것이나 처용가의 마지막 두 구를 처용 자신에 대한 체벌이며 역신에 대한 관용이고 나라에 대한 체념이라 해석한 것은 자신이 '계시요'(신의 메시지 혹은 意中)로 본 것과 논리상 맞지 않고 또 계시요로 본 것 자체도 원전이 지시하는 의미와는 거리가 멀다. 이승남(2003)은 처용가를 관련문맥에서 완전히 분리하여 그 시적 정서의 본질을 밝힌다는 분리주의 시각으로 접근했는데 그 결과로 어느 시대 어느 공간에서나 존재했을 필부필부(匹夫匹婦)들의 산물이라 규정했다. 그렇다면 왜 하필 신라 헌강왕대라는 특정시간과 개운포라는 특정공간이 설정되었는지, 필부필부의 노래가 왜 문제가 되고 배경설화까지 낳게 되었는지, 더욱이 필부필부의 노래가 하필 국가의 흥망과 관련한 기이편에 수록되어야 했는지 이러한 의문에 대한 어떤 해결도 가능하지 않다는 점에서 설득력을 갖기 어렵다.

지금까지의 연구사 검토에서 드러났듯이 기존의 연구는 대체로 환원주의 혹은 분리주의 시각의 어느 일방으로 편향된 경우가 대부분이었다. 여기서 유념할 것은 환원주의로의 편향은 문학 텍스트가 당대의 역사나 사회, 사상 혹은 관념을 증언해주는 문서 정도로 보고 문학의 자율적 안정성에 의한 상상력의 표현마저도 그러한 것들로 환원해서 이해하는 태도는 문학 텍스트에 대한 온당한 결과를 내기 어렵다는 것이다. 마찬가지로 분리주의로의 편향도 문학의 자율성 보편성 영원성의 가치를 탐구해낸다는 명목으로 하나의 기념물 혹은 골동품을 다루듯 한다면 문학이 사회·문화적 실체인 한 그것이 생성된 현실적 맥락에서의 생생한 의미를 탐구해 내기는 어려울 것이다. 그리고 무엇보다 원전이 지시하는 정확한 의미와 거리가 먼 자의적 해석은 처용 텍스트의 이해에 혼란만 가중시킬 뿐이라는 것이다.

5. 綜合的 解釋

文學作品을 生物에 비유하여 유기체로 파악하기도 한다. 이 경우 文學이 生命이 있는 生物에 과연 비유할 수 있느냐의 논란이 있을 수 있기는 하지만 하나의 상관관계를 가진 덩어리로 파악하는 것은 매우 재미있는 견해이다.

그러나 중요한 것은 하나의 덩어리가 각각의 特性을 지니면서도 統一된 유기체로서의 特質을 얼마나 잘 드러내고 있느냐가 文學作品의 우열을 구분하는 척도가 될 수도 있다.

여기서 말하는 處容歌의 綜合的 解釋은 이 문학작품의 유기체설과는 다소의 거리가 있으나, 하나의 說話나 作品을 두고 다각적으로 分析 檢討하여 하나의 공통된, 그리고 통일된 결론을 도출했다는 점에서 그렇게 말할 수도 있다.

그런 면에서 일찍이 성균관대 대동문화연구원에서 이루어진 처용

설화에 대한 심포지움(1972)은 종합적 연구로서 값진 성과라 아니 할 수 없다. 여기서 정병욱은 처용 텍스트의 자율성을 최대로 존중하여 일체의 역사적 민속학적 종교적 사실과의 관련을 배제하고 문학 자체로만 보아, 처용가는 시적 긴장도 은유도 결여된 조잡한 시가로 10구체 사뇌가라는 중앙 귀족문학과 대립되는 지방문학으로 희극미를 보여준다고 그 문학적 성격을 규명했다. 문학 텍스트가 역사-문화적 실체인 한 일체의 사회-문화적 관련을 배제하고 분리주의의 시각으로 작품을 이해하는 것은 작품을 당대에 살아 있는 텍스트로 의미화 하는 데는 절대적 걸림돌이 되지만 문학성을 규명하는 데는 일정한 기여를 할 수 있다고 본다. 8구체의 처용가를 10구체의 사뇌가와는 다른 조야한 면이 있다고 밝힌 점은 민요격 향가로서의 처용가의 성격 규명에 일조한 것으로 보아야 할 것이다. 같은 8구체인 〈모죽지랑가〉는 사뇌격의 축약형이어서 문학성이 결여된 작품으로 보는 것은 문제가 있지만 처용가는 4구체 민요격의 2련형에 해당하는 것이어서 사뇌가의 세련성과는 거리가 있기 때문이다. 강신항은 어학적인 면에서 계림유사에 보이는 '용왈칭(龍曰稱: 용을 칭이라 했다)'을 근거로 '용＝처용＝칭'의 과정을 거친 것으로 이해하고 또한 '차차웅(次次雄)＝자충(慈充)＝처용＝중'의 관계로 보면서 이것이 민속의 '제융'과도 관련 있는 것이라 주장했으나, 토론에서 계림유사의 칭(稱)은 미(彌: 미르＝용의 고어)의 오자(誤字)일 가능성이 크고 처용과 중의 관계에서 무기음과 유기음의 구분을 무시해도 좋은 지가 의문으로 제기되었다. 이두현은 처용 형상이 귀면(鬼面:귀신의 모습)인 것을 근거로 원초 인류가 가졌던 벽사가면(辟邪假面)의 설명설화로 이해했고, 원래 잡귀 역신을 쫓는 공포의 모습이었지만 이것이 종교화되면서 공포와 진노를 제거하고 시적(詩的)으로 미화시켜 유덕(有德)하신 처용으로, 그리고 벽사진경(辟邪進慶)의 처용설화를 형성했다고 보았다. 그러나 처용설화 원전 문맥에는 처용 사건이 먼저이고 처용 형상이나 가면이 그 뒤에 생긴 민속이어서 선후관계가 거꾸로 된 점이 문제가 된다. 김열규는 민속학적 입장에서 해석하면서 처용전승은 신성(神聖)전설이고 역신 퇴치 기능을 가진 문신(門神)의 유래에 관한 이야기이며, 처용은 역신을 퇴치하는 의무주술사(醫巫呪術師)이고 처용가는 감염법칙의 주술원리가 작용한 것으로 이해했다. 이 역시 처용가의 노래 자체에서 역신 퇴치의 원리를 찾는 것은 무리며 처용의 무속과의 관련(문신으로 되는 등)은 후대의 사실이라는 점에서 설득력을 갖기가 어렵다. 이용범은 처용을 울산만에 상륙한 이슬람 상인으로 추정하였다.

個人的으론 處容說話의 綜合的 解釋을 試圖한 이는 李相斐[18]·嚴元大[19]·薛盛璟[20] 等이다. 그러나 이들 모두가 論題에 내세운 綜合的 解釋에는 못미친 느낌이다.

의욕은 살만하면서도 아직도 개인적 노력만으로는 어려운 實情이 우리 학문의 풍토라 할 수 있다. 그러나 그 중 薛盛璟만은 매우 다양하게 고찰한 결과가 드러나 있다. 곧, 歷史的·심층심리학적·文學的 側面에서 이를 綜合 분석함으로써 處容說話의 複合的 意味를 추출하려 하였다. 그러나 그러한 努力에도 불구하고 어떤 決定的 學說의 도출에는 이르지 못하고 있다.

結論的으로 말하여 文學作品(說話를 包含한)의 硏究態度는 다양한 方法이었고, 또 다양한 解釋이 나올 수도 있다. 그러나 궁극적

---

18) 李相斐(1974), 「處容說話의 綜合的 考察」, 『國語國文學 硏究』創刊號, 圓光大.
19) 嚴元大(1976), 前揭書.
20) 薛盛璟(1983), 「處容의 歌舞行爲가 지닌 意味層位」, 『東方學志』第36~37合輯,

으로는 이를 綜合評價하여 하나의 完結된 學說이나 結論에 이르는 것이 바람직한 일이라 생각된다. 그런 점에서 이 處容說話의 심층적 硏究도 그러한 方法으로써만 가능하리라 생각된다.

그리하여 그 作品이나 說話가 지니는 複合的 意味를 찾아낼 수 있다고 보여진다. 處容說話의 硏究方向도 결국 이점을 놓쳐서는 곤란하다.

6. 其 他

앞에서 檢討한 다섯가지 이외에도 이 處容說話에 대한 解釋을 시도한 것이 여러 분야에 걸쳐 나타나 있다. 그것은 또 그들대로의 타당한 論理的 뒷받침에 의해 이루어진 역작들임에 틀림없다. 여기에서는 위의 다섯 項目 이외에 우리의 관심을 끄는 몇 가지 側面의 論文들을 檢討해 보려 한다.

그 첫번째가 이 處容說話를 하나의 歷史的 사실로 파악하여 이를 說明하려 한 論文들이다. 李佑成과 李龍範에 의해 제기된 것으로, 이 說話를 철저히 현실적으로 分析하고 있다. 李佑成은 中央政權과 地方豪族을 상징하는 매개물로 내용을 파악하고 中央政權이 군림했던 경주지역의 王權, 또는 그 척신이 그 변경지역에 해당하는 울산지방의 호족을 포섭한 내용을 설화한 것이라 보았다. 處容 아내의 범접도 中央貴族의 행위로, 그 결과 處容은 그들을 버리고 간 것으로 보인다는 것이다.[21]

또 李龍範은 處容을 자연인 아랍상인이라 主張했다.[22] 그러나

---

21) 李佑成(1969), 「三國遺事所載 處容說話의 分析」, 『金載元博士 回甲紀念論叢』, 乙酉文化史.
22) 李龍範(1969), 前揭書.

이러한 歷史的 사실론의 處容說話에 대한 解釋은 설득력이 없어 보인다. 원래 歷史란 作品 解釋의 보조 장치로 利用될 뿐 아니라 時代的 背景을 뒷받침하는데 불과하다고 생각되기 때문이다. 더구나 심오한 내용의 노래와 說話가 얽힌 이 處容說話를 단순한 상징이나 歷史的 自然人으로 보기에는 論理的 根據가 빈약하다 하겠다.

다음으로는 處容說話를 精神分析學的으로 접근한 경우를 들 수 있다. 이는 徐廷範이나 金光日에 의해 언급된 것들이다. 徐廷範은 處容歌 3·4구의 '자리'를 취침으로 보았는데, 이것은 現實的인 아내의 外道가 아니라 꿈속의 場面이라는 것이다.23)

精神分析學에서 꿈의 解釋이 人間心理 파악에 주요한 자료가 됨은 잘 알려진 일이거니와 이는 너무 견강부회한 論理의 적용으로 보인다. 金光日도 이 說話를 Oedipus Complex로 풀었으나24) 설득력이 貧弱하다.

세번째로 處容說話를 社會學的 觀點에서 分析한 論文들이다. 이에 관한 것으로는 이미 趙東一의 소론을 앞에서 檢討했거니와 崔聖鎬나 朴魯埻이 이에 해당된다. 崔聖鎬는 李佑成과 같은 根據로 處容을 변방족의 하나로 보고 王의 巡撫로 處容說話를 풀이하였다.25) 朴魯埻은 이 說話를 社會相을 반영한 諷刺로 보았다. 둘 다 흥미있는 관점에서 論議된 것으로, 앞으로 더욱 이 觀點의 研究가 深化되리라 본다. 이는 문학의 힘도 重要하나 歷史나 社會學쪽과의 유대가 필요하며 인접학문의 도움을 받아 더욱 發展할 수 있는 계기가 왔으면 한다.

---

23) 徐廷範, 「古典文學에 대한 精神分析學的 試論」, 『現代文學』 75號.
24) 金光日(1972), 「處容說話의 綜合的 考察」, 『大東文化研究』別集 I, 成均館大.
25) 崔聖鎬(1979), 「處容歌新譯」, 『國語國文學』81號.

Ⅲ. 結 論

이상에서 現在까지 發表된 處容說話 및 處容歌에 對한 論文을 수합하여 이를 몇 개 項目으로 分類하여 整理해 보았다. 筆者의 能力의 限界로 말미암아 모든 자료를 수집할 수 없었으나, 거의 이 방면의 주요한 업적들을 망라하려고 努力하였다. 그러나 각 論文에 나타난 先學들의 견해를 충분히 소화하지 못하였을까 염려된다. 원래 文學作品의 解釋이란 다양하기 때문에 筆者들의 완곡한 主張과 견해들을 고르는 일도 그리 쉬운 作業은 아니었다.

어쨌든, 우리 民族傳統文化의 가장 모두에 해당하는 新羅의 處容歌는 處容自體가 승려이든, 무당이든, 地方 豪族이든, 외래인이든 간에 우리의 精神史的 맥락 속에서 길이 記憶되고 우리 先人의 情緒를 오늘에까지 이어 오는데 커다란 役割을 하고 있음은 모두가 인정해야 한다. 그리고 우리의 古代社會라 할 수 있는 新羅의 社會·歷史·言語들이 더욱 완벽하게 硏究되고 學問間의 상호보완이 이루어질 때 이 處容歌의 原來의 모습은 再生되리라 생각된다.

處容歌 研究

김동욱

이제까지 處容歌에 關하여는 研究史를 形成할 程度로 많이 研究되었다.[1] 筆者도 「時用鄕樂譜 歌詞의 背景的 研究」의 「處容歌 挿疑」로써 이에 대한 所信을 開陳한 바 있다. 이제 다시 붓을 든 것은 前記 筆者의 所論의 未洽한 것을 補充하고 다시 새로운 見解를 提示해 보려는 것이다.

處容歌는 鄕歌의 한 歌詞로서, 다시 高麗歌詞에도 남아 있고, 處容舞는 新羅末葉에 生成되어 高麗·李朝를 거쳐 李朝 末葉까지 存在할 수 있었던 것이다. 이런 것을 縱觀함으로서 우리는 悠久로운 傳承의 그늘에서 우리나라의 農村社會的인 停滯性과 佛敎나 儒敎의 밑 層에서도 없어지지 아니한, 또한 때에 따라 轉異하여 간 古代 神格의 一面의 자취를 더듬을 수 있을 것이다.

處容歌는 巫歌라고 한다. 鄕歌 가운데 唯一한 巫歌라고 할 수 있고, 巫歌라는 面에서 漢詩로 傳하는 海歌詞[2]와 더불어 멀리 駕洛國의 龜旨峯 神歌[3]의 傳統을 이은 것이다. 그러나 三國遺事에 傳하는 處容歌만으로는 그것이 巫歌라는 아무런 證表도 없다. 三國遺

---

1) 震檀學報 第一七號 「時用鄕樂譜의 背景的研究」.
2) 三國遺事 卷第二 水路夫人.
3) 三國遺事 卷第二 駕洛國記.

事 處容郎條 全體의 處容說話를 같이 考察할 때 우리는 巫祖 處容의 「本풀이」로서의 그 本然의 姿體를 더듬을 수 있으니 處容歌는 本來의 巫歌 위에 덧붙인 揷入歌謠라고도 보아지며 여기에 三國遺事의 說話의 解釋 問體가 登場하는 것이다.

이 解釋을 둘러싸고 이제까지 解決되지 아니한 많은 論議가 있었다.

巫歌로서의 處容歌의 實態는 어떠한가. 오늘날 處容歌가 舞樂化된 假面戲의 歌詞요. 佛俗과 結合하였다고 하더라도 그것이 巫歌라는 假定에 立脚한다고 하면 서울 十二거리의 倡夫거리와4) 비길 수 있다. 서울 열두거리의 倡夫거리는 「창부청배」와 「창부공수」와 「창부타령」으로 되어있다. 청배는 巫歌에서 神을 請拜하는 노래요, 공수는 秋葉氏가5) 神託으로 飜譯하였으나 結局 하나의 讚歌라고 볼 수도 있다. 鮮初 處容歌에서

「新羅聖代 昭聖代………三災八難이 一時消滅하샷다」
「어와 아븨즈이여 處容아븨즈이여」

는 處容翁의 請拜와 處容공수(神託)를 兼하여, 다음에 處容의 服飾辭說은 處容의 假面服飾을 빙자해서 處容을 讚美하는 辭說로 되어 있다. 이 공수 속에는 疫神에 대한 威嚇과 다시 疫神으로 하여금 處容을 讚美하는 그 效果를 노리고 서로 疫神과의 問答體로 되어 있다. 그러나 이는 言外的 事實이고 言內的 事實에 있어서는 흔히 巫歌에 있어서와 같이 唱者가 善·惡 兩 神格을 代辭해서 問答體로 부른 것이다. 處容歌에 있어서도 唱者는 하나이고 이 唱者가 兩 神

---

4) 赤松智城·秋葉隆, 「朝鮮巫俗의 硏究」 上 p. 107.
5) 赤松智城·秋葉隆, 「朝鮮巫俗의 硏究」 上 p. 121.

格에 憑依해서 부른 것이 따라 믿어진다.
　다시 處容歌에서

　　「滿頭揷花계우샤 기울어신 머리에…」부터
　　「十二諸國이 모다 지어셰온 아으 處容 아비를 마아만 마아만ᄒ니여」

까지에 이르는 假面·服飾 描寫와 다시 處容 讚美는 오늘날의 倡夫
거리6)속에도 그 退行的 形態가 남아 있다.

　　「광대치장이 없을소냐
　　절구통바지 골통행전 고냥나이 속버선에 몽기삼싱 것버선에 아미탑골
　　밋투리에 장창밧고 굽창밧고 매부리징에 잣징박고 어-ㄹ망건 당사끈에 엽
　　낭차고 상낭차고 메고나니 검낭이요 차고나니 상낭이라」

　가 그것이다.
　다시

　　A「千金을 주리어 處容아바 七寶를 주리어 處容아바」
　　B「千金 七寶도 말오 熱病神들 날자바 주쇼셔」
　　C「山이여 미히여 千里外에 處容아비를 어여려거져」
　　D「아으 熱病大神의 發願이샷다」

는 處容歌의 辟邪的 풀이의 絶頂을 이루고 있거니와 이 A, B, C,
D의 昌酬的 構造는 唱者의 處容과 疫神의 憑依를 唱化한 것이고,
(C)에 있어서는 서울 「열두거리」의 「뒷전푸리」의 마지막 辭說 「가
른길 럭림하고 오른길 퇴성해서 다시 집안에 집착업시 도와주옵소

---

6) 赤松知城·秋葉隆 朝鮮巫俗의 硏究 上 p. 111-121.

셔」7)에 該當한다.

이렇게 惡神(疫神)을 풀어내는 辭說이 處容歌가 巫歌라는 機能을
表示한 것이고, 여기서 우리는 千餘年 동안 辟邪의 歌詞로 傳來한
이 노래의 素朴한 民俗信仰的 源流를 다시 이를 起源으로부터 더듬
어 보아야 할 것이다.

池憲英氏의 指導 밑에 이루어진 金容九氏의 「處容研究」8)는 近來
의 勞作이다. 氏는 處容舞의 展開를

> 「從來의 學者들이 說明한 바와 같이 處容歌가 處容의 專門的 民間信仰
> 이 說話에 起因하여 形成된 것이 아니며 處容舞가 處容의 專門的 民間信仰
> 의 發展物도 아니다. 處容이란 名稱이 비록 羅代에 처음 이루어졌다 할지
> 라도 惡神의 驅儺에 쓰인 處容舞的인 假面舞는 멀리 三韓時代나 그 以前의
> 原始時代에 이미 發生한 것이라 본다……………
>
> 이러한 原始 假面舞가 羅代에 繼承되어 當時人의 唯一한 信仰인 佛敎的
> 인 敎理 乃至는 龍神思想과 結合되어 處容이란 名稱을 띄워 集團的인 假面
> 舞에서 使用되는 그 假面만을 門前에 붙여 辟邪進慶의 具로 하는 守門的
> 間信仰이 成立되었으며 이 儀典을 合理化시키기 爲한 儀典의 說明說話가
> 發生한 것이다.」

라고 말하고 있다.

이는 筆者가 이미 發表한 「時用鄕樂譜 歌詞의 背景的 研究」 및
先輩 여러분의 學說의 批判으로 내놓은 것으로 본다. 筆者도 前記
論文에서

> 「<處容의> 駕前 御舞는 여기에 現實性을 摸索한다면 東海岸에 있는 龍

---

7) 赤松知城・秋葉隆 朝鮮巫俗의 研究 上 p. 119.
8) 卒業論文集 第一輯, 忠南大學校理科大學, 四二八九, 九, 金容九,「處容研究」.

神을 祭祀지내는 神樂으로 보아진다」

라 하고, 處容의 語義에 있어서는

「蒼龍・靑龍・燭龍……」

等으로 比擬하고

「東海龍主의 아들이라고 한 處容의 巫俗的 緣起說話가 道敎系統
의 龍神과 結合하여 一聯의 複合說話를 形成하고 나아가 이것이 定
着한 것이리라..

보았고, 이를 結論지어

「處容說話는 東海龍主의 아들인 巫祖로서의 處容이 門神으로 定立하면
서 巫堂거리가 되고 다시 中國門神과 結合하여 辟邪的 意圖를 갖게 되므로
다시 儺舞樂으로 쓰이게 된 것이다..

라고 말한 바 있다.

이 論議에서는 前記 金容九氏의 所論을 效果的으로 再反省의 資
料를 삼아 筆者의 所論을 修正하고 다시 이를 넓게 考察의 視野를
잡고 이에 대한 試論을 提하려는 데 있다.

處容歌와 및 그 說話와 아울러 處容舞나 假面의 發生說話에 있어
서 이제까지 몇몇 學者에 의하여 論及된 바 있다.

門神과의 關聯에서,9) 佛敎의 羅睺羅와 關聯해서,10) 望海寺 創寺

---

9) 金在喆,「朝鮮演劇史」, 李能和,「朝鮮巫俗考」(啓明一九號), 守門將條, p. 57.

說話로,11) 魚鼻大王 및 鉢里公主說話12)와 關聯해서 또 筆者는 巫祖傳說로,13) 또는 原始時代부터 있던 宗敎的 祭儀의 退行過程에서14) 各各 그 源流를 求할려고 하고 있다.

이들 諸說 가운데 이미 筆者가 日蝕과 處容說話의 關聯에 대해서는 明確히 否定한 바 있다.15) 그러나 아직 鮮代에 敷衍된 處容歌에 있어서의 「羅候德」을 다만 羅王德으로 치워버리기는 傍證이 薄弱함을 다시금 느낀다. 그러나 日月蝕神의 羅候德으로 하기에는 너무나 文脈上 矛盾이 많고, 「羅睺羅德」으로 하는 데에 있어서 處容의 忍辱을 佛子羅睺羅의 「忍辱」의 類推에서 求할려고 하는 推論에도 贊成하기 어렵다. 佛典에서 羅怙羅・羅睺羅는 譯障月이고, 日月의 蝕을 일으키는 Ráhu이고, 佛子인 羅睺羅는 阿修羅王이 달을 障蝕했을 때 낳았기 때문에 이렇게 이름지었다고 하나 이러한 故事를 擴張 解釋하여 三國遺事에16) 있는

「忽雲霧冥曀 迷失道路」
「爲龍刱佛寺 施令已出 雲開霧散」
「開雲浦」

등의 雲霧의 所變을 日蝕으로 恣意 解釋한다는 것은 지나친 推論이다.

---

10) 安廓, 「山臺戱と 處容舞と 儺禮」(日文), 朝鮮201號, 倭政 昭和 七年 二月號, 梁柱東, 「麗謠箋註」 p. 147(1947年 4月).
11) 宋錫夏, 「處容舞・儺禮・山臺劇의 關係를 論함」, 震檀學報 第二卷 p. 142~143.
12) 李能和, 前揭書.
13) 筆者, 前揭 論文.
14) 註 8) 論文.
15) 筆者, 前揭 論文.
16) 三國遺事, 卷二 「處容郎」.

　　이를 一般的으로 王을 의미하는 「於羅假」의 意로 하여 現在에도 「어라萬壽」가 巫歌에 있듯이 佛의 加護를 豫定한 巫佛習合의 한 形態의 模型으로 본다면 이는 妥當性을 附與할 수도 있을 것이나 여기에 대하여도 後考를 기다릴 뿐이다.

　　前記 金氏의 所論 가운데 處容舞의 民俗信仰의 儀典을 合理化시키기 爲한 儀典의 說話로서 處容說話를 說明하고 있는 것은 卓見이다. 이는 筆者가 駕前 御舞를 東海龍神를 祭祀지내는 神樂의 거리로 본 것과 어느 點으로서는 通하는 바 있다. 그러나 이러한 儀典으로서의 處容舞의 存在의 뒷견에서 處容說話와 類似한 新羅에 있어서의 巫祖說話를 다시 더듬어 보아야 할 것이다.

　　干先 火神으로서의 志鬼說話가17) 있고 辟鬼神으로 鼻荊郎이 있다.18)

① 志鬼 · 火神

　　「新羅殊異傳」에 실려 있는 志鬼說話는 志鬼라는 火神에 關한 說話가 mårchen으로 昇華되어 있다. 이 志鬼는 實在人物인 듯하며 그가 活里驛人으로서 善德女王을 戀慕하여 形容이 憔悴하게 되었으므로 善德女王이 幸寺行香하면서 불러보아 志鬼가 駕幸을 기다리다가 못해 잠이 들었던바 善德이 臂環을 벗어 가슴에 얹어 주었더니 志鬼가 나중에 깨어 悶絶하여 心火가 그 塔을 둘러 變하여 火鬼가 되었다는 아름다운 說話이니, 王이 術士를 命하여

　　「志氣心中火　燒身變火神　流移滄海外　不見不相親」

---

17) 大東韻府群玉, 卷二十, 「心火繞塔」.
18) 三國遺事 卷二 鼻荊郎.

이라 呪詞를 지었던바, 時俗에 이 呪詞를 門壁에 붙여 火災를 다스렸다는 것이다. 이것은 志鬼가 心火를 일으킬 때에 탄 寺塔에 대한 逸話가 있으므로 이 呪詞는 後來的이라고 보여진다.

② 辟鬼神·鼻荊郎

眞智大王때 桃花女가 眞智大王과 鬼交하여 낳았다고 하는 鼻荊이 成長하여 鬼衆을 使役하여 鬼橋를 이룩하고, 다시 鬼衆 가운데서 吉達을 人間世에 나오게 하여 林宗에게 推薦하여 嗣子를 삼았다가 얼마 후 여우(狐)가 되어 도망갔거늘 鼻荊이 이를 잡아 죽였기 때문에 鬼衆이 鼻荊을 두려워하여 時人이

「聖帝魂生子 鼻荊郎室亭 飛馳諸鬼衆 此處莫留停」

이라 이 詞를 붙여 辟鬼를 삼았다는 것이다. 이는 多分히 marchen的인 說話로서 이를 巫祖說話로 定立시킬 수 있을는지는 여러가지 難點이 있다. 그러나 呪詞의 存在와 鬼衆을 使役하고 辟鬼의 職能을 가졌다는 것을 아울러 生覺한다면 이 說話에 內在되고 變容된 神話的 性格은 이를 巫祖說話로 친다고 하더라도 지나친 類推는 아닐 것이다.

이의 現實性을 求한다면 後世 花郎道의 秘密組織의 先行形態가 이 背景을 이루고 있을지도 모른다. 鼻荊이 鬼衆을 使役해서 鬼橋를 이룩했다는 것은 이런 現實的인 組織으로서 비로소 可能할 것이다. 그러나 이를 證明할 아무런 確證을 提示할 수는 없다.

이것이 門神으로 定立한 바 있어 「巫俗考」에도

「我東風俗 帖詞辟鬼 帖像辟邪 始於新羅時代 三國遺事鼻荊郎及處容郎事是也 是可謂固有之東俗 而與道敎沒交涉者也」[19]

---

19) 李能和, 前揭書 p. 58.

라 있으나 三國遺事의 記錄은 훨씬 後代에 붙여진 說明說話이거나 巫歌
의 本풀이에 해당되지 않을까 한다.

　그러나 한편으로 處容說話가 巫視傳說이 아니고 單純한 하나의
說話라고 하는 點에 있어서는 疑心이 있다. 勿論 이러한 marchen
으로서의 形態가 處容說話에 內在하고 있는 것은 事實이다. 그러나
이러한 巫祖傳說이 民衆의 宗敎的 信仰의 對象으로서의 힘을 喪失
하며는 이러한 變容이 있을 수 있다. 그러나 實際上의 事實로서는
이미 先輩들이 解明한 바와 같이 이러한 巫祖傳說이나 說話는 많이
呪術的 또는 宗敎的 儀禮를 母胎로 하고 發生하고 있는 것도 事實
이다. 本 處容歌에 있어서도 開雲浦에서 始作한 處容假面舞踊과 門
神도, 다른 南方系統의 瓠公이나 駕洛國 神話와 같이 南方의 異人
國이나 異界觀念을 內包하고 新羅라는 社會에 降臨한 것은 같다.
다만 이는 新羅末期이기 때문에 地界의 觀念이 現實性을 具有하게
되니까 이러한 媒介物을 通하여 開雲浦地方에 있던 龍神을 祭祀지
내던 한 祭儀가 新羅社會에 說話的 假飾를 쓰고 나타난 것이라 믿
어진다. 이 儀禮는 龍神이란 巫祖를 爲한 한 祭儀로서의 歌舞이고
處容은 그 歌舞를 하는 舞尺으로서의 社中의 한 사람이고, 이는 아
마 花郎道의 墮落過程에서 武功이나 勳功으로 級干 벼슬을 준 것이
아니라 이러한 歌舞尺으로서 級干벼슬을 준 것은 巫堂들이 덧붙인
尊稱일지도 모른다.
　오늘날도 우리 現在 巫神 가운데도 大監神이 있다. 李能和氏의
大監神 條에20)

---

20) 李能和, 前揭書 p. 53.

曰 殿內大監 卽闕壯繆也
曰 土主大監 或云地神大監
曰 守門將大監 卽門神也
曰 往來大監 謂浮遊之鬼也
曰 府君大監 <府君漢時太守也>
曰 君王大監 <俗號群雄>斗皮大王 着戎服
曰 建立大監
曰 業主大監 卽財神也
曰 龍宮大監 卽水神也
曰 戶口大監 卽痘神也
曰 城主大監 卽城主神也

등이 있다.

憲康王代에 나온 四神中에도 處容과 地神에 級干 벼슬을 주었으니 이도 現在의 大監과도 相通하리라 보여지며 더욱이 憲康王代에 나타난 神 卽 山神·地神·北岳神·處容 등은 그 當時에 存在했던 이런 祭儀가 오랜 傳統을 가지고 있음을 알 수 있다.

다시 地神 出舞에 있어서도 地神의 이름을 地伯級干이라 한 것은 處容의 級干 位階를 준 것과 相通하니 여기에도 무슨 暗示가 들어 있으리라고 보여지는 바이다.

處容이가 歌舞하고 돌아다녔던 月明巷의 傳說이 李朝時代까지 내려왔던 것을 生覺하면 歌舞尺으로서의 處容이 存在했던 것은 우리가 想像할 수 있다. 假面의 탈을 벗은 處容은 美女의 男便으로서, 級干벼슬의 丈夫로서 現實性을 賦與해도 좋을 것이다. 「不知所從來」인 處容의 存在는 이러한 花郞의 墮落過程을 象徵하고 있다. 處容은 南海龍神詞의 覞으로서 新羅 京城에의 來訪者일 것이다. 그는 恒常 떠돌아 다닌다. 그의 妻는 이렇게 生活하는 處容에 比하여 人

間으로서 處理하여야 할 生理的 欲求가 있다. 그녀도 本은 女巫가
아니었을까? 그녀는 姦夫를 데리고 와서 그녀의 집에서 姦通을 했
다. 이러한 生理的 姦通은 雙方의 合意에서만 이루어질 수 있다.
이때 處容이 돌아왔다. 이때 處容은 탈을 쓰지 않은 處容이다. 處
容은 이 光景을 보고 自家 傳統의 탈을 쓴다. 그리고 그의 집 앞
뜰에서 춤을 춘다. 여기에 姦夫는 하나의 恐怖에 사로잡힌다. 處容
은 自己 집에 들어온 姦夫에 대하여 寬待하기보다는 自己 妻에 대
한 寬容과 하나의 自虐意識이 있었을 것이다. 그리하여 그는 탈(假
面)을 통하여 하나의 힘을 呪術을 具現한 巫覡으로서의 本分에 돌
아온다.

　여기에 姦夫인 疫神은 慴伏하고 處容에 대하여 새로운 恐怖를
느낀다. 이것은 한 祭儀에서의 模擬的 實演일 것이다. 이러한 演
劇的으로 昇華된 巫堂거리의 原型은 南方의 倭敵에 대한 模擬 慴
伏의 祭儀인지도 모른다. 여기서 다시 處容의 탈은 惡의 象徵으로
나오는 疫神에 대한 調伏의 靈驗으로서, 新羅人에게 自己 家庭을
노리는 疫神에 대한 禁忌의 象徵으로서 門神으로 崇仰된다.21) 이
門神은 禁繩이나 黃土보다는 具象性을 띤 것이기 때문에 新羅人이
나 이 習俗을 물려받은 高麗人에게 民俗的인 確定 槪念을 賦與했
을 것이다.

　處容이 疫神이 自己 妻를 氾하는 것을 보고도 歌舞而退하였다 하
는 것을 鮮代에 부연된 「羅候德」을 證表삼아 佛子・羅睺羅로 認識
되어 忍辱密行으로 다루고 있다는 것은22) 正鵠을 얻은 理論은 아
니리라 본다.

---

21)『三國遺事』卷二, 「處容郎」.
22) 安自山, 梁柱東氏의 說.

處容歌에 나타난 自己 妻와의 生理的인 交涉을 보고도 歌舞하여 退却하였다는 것은 處容을 來訪者로 한 如上理論에서 合理시킬 수 있으나 疫神과 自己 妻와의 生理的인 交涉을 容認하였다는 것은 다른 觀點에서도 볼 수 있는 것이다.

이는 異客에게 自己 妻를 提供하는 習俗의 具體的 表現이라고 보아진다. 이는 荒唐無稽한 推論은 아닐 것이다. 筆者가 들은 바에도 咸鏡道 在家僧에는 異客이 오면 自己 妻를 提供하는 風이 있고, 濟州島에서도 自己 집에 든 머슴(雇傭人)에게 「새경」을 받고 나가게 한다는 것은 그 主婦의 無能함을 말하는 것이라 하니 이런 「異客款待說話」의 한 形態로 보아지는 것이다.

더욱이 三國遺事에도 이와 類似한 說話가 있으니[23] 文虎王의 庶弟 車得公이 王의 密命을 받아 四海를 微行할 때 車得公이 緇衣를 하고 琵琶를 들고 居士 모양을 하고 諸州를 潛行하여 武珍州에 이르니, 州吏 安吉이 이 「異人」을 보고 自己 집에 맞아들여 情을 다하여 供億하고 밤에 이르러 妻妾 三人을 불러

「오늘 이에 宿客居士에게 侍寢하는 者와 終身 偕老하리라」

하니 二妻는 拒逆하고 그 中 一妻가 「公이 마냥 許諾하고 終身 並居한다면 命을 받들겠다」 하여 이에 따랐다는 것은 奸邪한 州吏의 弄奸이라 하더라도 그 居士가 누구인지도 모르고 다만 「異客」이기 때문에 自己 妻를 바쳤다는 것은 「異客款待」의 한 形態라 보여진다. 다만 이것이 民俗的인 成習이 아니고 하나의 逸話라고 하더라도 이를 露頭로 하여 下庶階級에 있어서는 이러한 風習이 있었다는

---

23) 三國遺事 卷 二,「文虎王 法敏」條.

證據는 되는 것이다.

이렇게 異客에 대한 自己 妻의 供億과 處容이 그 現場을 目睹하고서도 이를 容認하고 歌舞而退하였다는 行爲에 있어서도 이러한 「異客款待」의 一端을 認識할 수 있는 것이다.

過去에 「處容」의 名義의 解明에 대하여 너무나 많은 發言을 하였는데, 이것이 果然 科學的으로 所期한 結果를 얻을 수 있는지도 疑問이다. 이는 우리나라 神格의 모든 것을 이런 名義 속에 解明하여야 한다는 當爲 속에 서 있다. 이러한 神格은 그 意義가 밖으로 내비치는 것도 있고 이것이 透明치 못한 것도 있다. 處容은 漢字로 表記되었기에 透明치 아니한 범주에 가까울 것이다.

神名 卽 處容이란 名稱은 한 개의 死物이다. 다만 記錄上(三國遺事) 또는 民間傳承(이나 呪物〈제용?〉) 가운데 存續하고 있다. 이제 이러한 記錄이나 民間傳承 가운데 存在하고 있는 處容이란 이름의 言語學的 究明을 한다고 하더라도 이러한 民間傳承에 內在한 處容의 職能을 根據로 하고 參考資料로 하고 있다. 이리하여 神名 研究者는 神名의 意味를 增大시키려고 神名이 民間傳承의 解釋 가운데 내비치는 蓋然性의 限界를 넘어 이러한 神名의 意味를 基礎로 하고 이에 관련된 祭儀나 神話의 秘密을 探知하려고 애쓰고 있다.

또 神名의 言語學的 研究 가운데 가로놓여 있는 여러 가지 難點을 抽出한다면 또 다음과 같은 點을 指摘하고 있다.24)

1) 神名은 固有名詞이기 때문에 同一語辭의 變化의 여러 가지 相에 의한 比較 考察이 困難하다.

2) 神名의 大部分은 그 發生이 오래고 宗敎的 對象이기 때문에

---

24) 松村武雄, 「儺禮及神話の 研究」 神名の 言語學的 研究.

또 그 構成法이 特殊하기 때문에 일찍 孤立하여 다른 語辭의 比較로서 그 本義를 把握하기가 困難하다.

3) 神名은 하나의 民間傳承이나 다른 民間傳承-風俗·慣習·祭儀·神話와도 다르다. 後者는 語系를 같이 하고 있지 않은 諸民族과의 比較가 學的 妥當을 가지고 있으나 神名은 그렇지 않다.

4) 神名은 그것이 이름이기 때문에 또 다른 語辭·單句·文章에 關係없이 完結하고 있기 때문에 神名이 나타나 있는 文句와의 콘트라스트에서도 神名 推斷의 當否를 檢證하기에 所用이 없는 때가 있다.

이러한 困難性이 介在하기 때문에 神名 解明에 있어서 자칫하면 民間語源說에 떨어지기 쉽고 그렇지 않으면 하나의 獨斷에 흐르기 쉽다. 이리하여 處容舞의 處容에 있어서도 各人 各色의 意味를 提示하고 그것을 合理化하기에 牽强附會的인 理論를 提示하고 있다. 筆者도 處容을 靑龍이라고 했던 것도 이런 見地에서 再考하여야 할 것이다.

處容을 龍子라 해서 處容의 語義를 龍에 求하려고 한 것은 筆者도 試圖한 바 있다. 梁柱東氏는 注意깊게 處容의 名義는 「제용」이나 「치용」에서 求하여야 된다고 말하였다.25) 池憲英氏의 指導에 依한 前記 金容九氏는 鷄林類事의 「龍曰 稱」를 瀨의 誤字가 아니고 어디까지나 「칭」이란 前提에서 「處容」은 「총」이라 하고, 이는 龍이란 뜻이라 하고 다시 더 올라가서 脫解傳說에 나오는 「龍城國人」條項을 引用하여 龍을 「Ks. Kus. Kut」의 語源을 가진 것이라 하고 다시 혀까지 傍證으로 잡아 古代의 龍 以前의 神格으로 비기었으나,26) 前記 龍曰稱이 瀨의 誤字라 하면 이는 根本的으로 證明이

---

25) 梁柱東, 前揭書, p. 384.

成立되지 않고, 駕洛國 神話나 海歌詞가

「龜乎龜乎」

로 되어 있다고 하여 이를 「귀야 귀야」로 읽어 龍으로 比擬한다고 할 때에 이를

「곰아 곰아」

라 읽어 神格인 「곰」으로 指稱할 수 있다고 하면 이의 傍證도 薄弱하고, 現在 方言이 남아 있지 아니한 龍城國人의 傍證으로도 未洽한 證據밖에 안 된다. (筆者는 다시 Ks. Kut 等이 고래(鯨) クヂラ와 같은 語形이 아닌가 推測해 보는 바다.)

더구나 龍이 蛟龍인 때에는 中國 傳來의 靈物이고, 佛敎로 들어온 南方系統의 龍은 그 原名이 「nēga」이니 그 音으로 神格을 摸索하는 데 또한 難點이 있다. (蒙古語는 nage, Lous이니 梵語나 漢字의 영향인 듯.) 또한 이를 憲康王 時代에 比擬하더라도 北岳山神이 玉刀 鈐으로 되어 있고, 地神名이 地伯級干으로 되어 있으니 「地伯級干」은 「地神大監」이라고 할 만한 名稱이고, 다시 「志鬼」나 「鼻荊郎」 등 類似한 神格을 並別 關係로 놓고 보면 더욱 이런 神格을 語源學的으로 進出하는 데 困難을 隨伴하고 있음을 알 수 있다.

三國遺事 「處容郎 望海寺」條는 處容說話가 前半이 되고 이는 望海寺 緣起說話가 되어 있으나 이 밖에도 「南山神」 「北岳神」 「地神」과 더불어 四神의 하나로서 「龍神」 緣起로서 處容의 本譚(本풀이)는 나와 있는 것이다. 우리는 이러한 四神이 나온 徑路에서 憲康王의 歌舞에 대한 敏感한 反應과 다시 花郎道의 墮落過程 속에서 級干이라 位階를 준 處容이 月明巷에서 歌舞하고 돌아다녔다는 政治와 遊離한 司祭者들의, 한편으로 花郎들의 生活의 斷面을 볼 수 있

---

26) 金容九, 前揭 書文.

는 것이다.

憲康王 自身이 藝術에 대하여 敏感한 反應을 表示하고 있음을 史記에서 볼 수 있다. 三國史記에27)

「七年春三月 燕群臣於臨海殿 酒酣 上鼓琴 左右各進歌詞」
「南山神現舞於御前 左右不見 王獨見之 有人現舞於前 王自作舞 以像示之」28)

등으로 본다면 그는 舞樂에 대하여 普通 以上의 素養을 가졌던 模樣이다.

이 憲康王의 自身에 具有한 音樂的인 素養과 더불어 나타난 四神의 모습을 더듬어야 할 것이다.

이들 說話가 處容說話와 같이한 條項에 收錄했다는 것은 應當한 理由가 있으리라고 보여진다.

于先 山神에 대해서는 三國遺事에 다음과 같이 보인다29).

○ 山 神

「又幸鮑石亭 南山神現舞於御前 左右不見 王獨見之 有人現舞於前 王自作舞以像示之 神之名或曰祥審 故至今國人傳此舞 曰御舞祥審 或曰 御舞山神 或云 旣神出舞 審象其貌 命工摹刻以示後代 故云象審 或云霜髥舞 此乃以其形稱之」

「語法集云 于時山神獻舞 唱歌云智理多都波都波等者……乃山神地神 知國將亡 故作舞以驚之 國人不悟 謂爲現瑞 眈樂滋甚 故國終亡」

增補文獻備考 樂考 處容舞條에30)

---

27) 三國史記 卷十一,「憲康王」條.
28) 三國遺事 卷二,「處容郎」條.
29) 三國遺事 卷二.「處容郎」.

「處容舞 一名 鬚髥舞」

라 있어 이 增補가 어떠한 文獻에 의한 것인지는 밝히지 아니하였
으나 여러가지 示唆가 깃들어 있는 대목이라고 보여진다. 이렇게
增補를 하였다는 것은 宜當 이에 무슨 證據가 있으리라고 보여지나
이에 對하여 確認을 提供할 수 없음이 유감이다(이에 對하여는 再
論해 보겠다.) 이 鬚髥舞가 같은 憲康王時代에 나온 南山神舞・御
舞山神・詳審・霜髥舞일 것이다. 이것이 一然의 三國遺事 時代에「故
至今國人傳此舞」라고 하였으나 一然이 이 山神舞를 處容舞로 誤認
한 것인지 處容舞가 本是 이 山神舞인지 確然히 結論을 決定할 수
는 없다. 文獻備考에도 그 條項은 新羅樂에 들어 있으므로 傳承으
로 類推한 것은 아닌 성 싶다.

○ **地　神**

「又同禮殿宴時 地神出舞 名地伯級干」
「乃地神山神知國將亡 故作舞而警之……」31)
「仙桃山神母…神母本中國帝室之女　多婆蘇　早得神仙之述…飛到此山而止
遂來宅爲地仙 故名曰西鳶山神母 久據玆山 鎭祐邦國 靈異甚多 有國已來 常
爲三祀之…其始到辰韓也 生聖子爲東國始君 盖赫居閼英二聖之所自也 故稱雞
龍雞林白馬等 雞屬西故也 嘗使諸天仙織羅 緋染作朝衣 贈其夫 國人因此始知
神驗…」32)

이 仙桃山神母와 地神과의 類推는 地仙을 介하여 考證할 수 있을
듯 하나 斷案은 못 내리겠다. 그러나 地神이 護國神이고「作舞而警

---

30) 增補文獻備考 樂考,「新羅樂」條.
31) 三國遺事 卷二,「處容郎」條.
32) 三國遺事 卷二,「仙桃山神母」條.

之」라 하면 仙桃山神母 神祠의 司祭者에 의한 王宮에의 降臨(來訪) 作舞로서 그 本然의 姿態를 잡을 수 있을 것 같다. 級干 位階를 준 것도 有國 以來 「三祀」의 하나로 되어 있는 地仙에 대한 追封으로 解釋할 수 있을 것 같다.

○ 北岳神

「又幸於金剛嶺時 北岳神呈舞 名玉刀鈐」[33]

이 北岳神의 이름이 「玉刀鈐」이라 있으나 이는 「玉刀鈴」의 誤字가 아닌지? 北岳의 栢栗寺는 彌勒大悲像이 있고, 이 大悲像의 加護를 받아 新羅 三寶의 하나인 萬波息笛과 玉帶를 다시 찾은 것은 遺事에 昭詳하고[34] 이런 것으로 栢栗寺에 남아 있는 神舞의 再修라 하면 이도 現實性을 具有하게 된다.

이렇게 憲康王代만 하더라도 神格으로 龍神·山神·北岳神·地神이 出舞하였고, 이런 가운데에서 龍神의 아들 卽 司祭者인 處容의 京師의 來訪은 處容說話가 다만 儀禮에서 뿐만아니라 現實性을 빌리게 하는 데에 있어서 어떤 契機가 되었을 것이다.

處容을 龍神의 아들이라고 하는 데에 있어서는 李能和氏도 그의 「巫俗考」에서 「聖神語法」을 引用해서 珊瑚宮 魚鼻大王의 第七女를 鉢里公主라 하고 鉢里公主의 婿를 處容大監이라 한다고 老巫에게 들어

「由是觀之 處容卽魚鼻大王也 其所去珊瑚宮 卽 海龍宮也 處容妻美女 卽 鉢里公主也 況處容善歌舞 是卽巫師之所爲也」

---

33) 三國遺事 卷二,「處容郎」條.
34) 三國遺事 卷2 栢栗寺條

라 하고,

　「新羅時人　門貼處容之形以辟邪　其形怪異　方言可恐曰魚鼻　乃魚鼻大王之
名號之所自出也」

라 하고, 다시

　「處容爲疫神所竊宿　處容見之而退　是乃鉢里公主名稱之所自出也」[35]

라 하고 있으나 여기에는 民間語源說이 덧붙이고 이는 最近의 所傳
이므로 可憑할 것이 못되나 또한 示唆있 는 說이라고도 하겠다.
　羅代에 있어서의 龍神說話는 相當히 많다. 龍神이 本是 中國에서
淵由한 神이라고 하더라도 東海나 南海에 있어서의 海洋神은 애초
부터 있었을 것이고, 龍神은 이 海洋神을 새로운 稱號로 再構했음
이 틀림이 없을 것이다.
　이 龍神이 三國을 鎭護하는 護國龍王으로 나와 있는 것은 興味
있는 일이다.
　遺事 感恩寺 緣起說話로서[36] 文武王이 倭兵을 鎭壓하고저 感恩
寺를 東海邊에 이룩하려 했으나 未幾에 薨하였으므로 神文王이 다
시 이를 繼營하여 開耀二年에 畢했음을 말하고 있다. 또 文武王은
海龍이 되었다고 있으니 이는 神文王代　日官 金春質이 占하여

　「聖考今爲海龍　鎭護三韓」

---

35) 李能和, 「巫俗考」.
36) 三國遺事 卷二 「萬波息笛」 條.

이라는 占卦를 얻고 다시 王이 感恩寺에 나아가 海中에 있는 山에
이르러 龍으로부터 玉帶의 獻納을 받고 다시

「今王考爲海中大龍 庾信復爲天神」

이라는 기별을 받고, 대(竹)의 선사를 얻고 돌아와 보니 그 山이 「隱
不現」하였다는 것이다. 돌아와 玉帶의 左邊 第二窠를 던지니 바로
그 땅이 못이 되고 이를 龍淵이라 했으며, 돌아와 그 竹으로 「萬波
息笛」을 받들어 길이 新羅三寶가 되었다는 것이다.
　이 說話는 記傳과 寺中記에 의한 것일 것이나 龍이 나타나서 神
文王과 說話했다는 것은 處容說話와 그 說話의 構造가 비슷하다.
處容說話에서는 歌舞로 獻納을 하고 이 「玉帶」와 「萬波息笛」에 있
어서는 龍의 威力과 帝王의 權能을 顯揚하기 爲하여 象徵的인 神器
로써 獻納하고 있다.
　이런 것이 龍의 降跡으로서의 各其 一面을 지니고 있다는 面에
있어서는 서로의 徑程이 없다. 龍神에 대하여는 이 說話가 代表的
인 것이나 新羅의 南海神은 東萊 諸神祠條에

「兄邊部曲 在縣南海岸 新羅祀南海神于此 載中祀」37)

라 있고, 蔚山 蔚山戒邊神 條에

「戒邊神駕鶴降神頭山 卽是 今只有遺址」38)

---

37) 東國與地勝覽「東萊」條.
38) 世宗實錄「地理志」.

라 있으니 南海沿岸에 護國神으로 海神을 祭祀지냈음을 알 수 있고,
이러한 海神은 龍神이었음을 다음 記錄 中에도 짐작할 수 있다.
　遺事에 나오는 龍에 대한 傳說을 더듬어보면 다음과 같은 것이
있다.

　　　　脱解王의 龍城國人에서의 降跡 傳說[39]
　　　　延烏郎 細烏女 傳說<一魚>[40]
　　　　文武王의 海龍傳說[41]
　　　　水路夫人의 海龍傳說[42]
　　　　東海龍王의 往來聽法 및 護國龍說話[43]
　　　　處容의 龍子傳說[44]
　　　　居陀知의 老龍救急 및 龍女娶妻 傳說[45]
　　　　武王母의 池龍通交傳說[46]
　　　　皇龍現迹說話[47]
　　　　大藏經의 奉龍歸來傳說[48]
　　　　東海龍 獻如意寶珠 傳說[49]
　　　　東海魚龍 化石 傳說[50]
　　　　龍邀入宮中 念經傳說[51]

---

39) 三國遺事「仙桃山神母」.
40) 三國遺事「延烏郎 細烏女」.
41) 三國遺事「文虎王 法敏」.
42) 三國遺事「水路夫人」.
43) 三國遺事「皇龍寺 九層塔」.
44) 三國遺事「處容郎」.
45) 三國遺事「眞聖女大王」.
46) 三國遺事「武王」.
47) 三國遺事 卷三「迦葉佛宴坐石」.
48) 三國遺事 卷四「前後所將舍利」.
49) 三國遺事 卷四「洛山二大聖」.
50) 三國遺事 卷四「魚山佛影」.
51) 三國遺事 卷五「寶壤梨木」.

龍王의 玉袈裟出獻說話[52]
逐毒龍 傳說[53]
入龍宮 得神印 傳說[54]
雞龍 傳說[55]

處容은 東海龍의 七子의 하나라고 되어 있으나 이는 東海龍王의 神聖家族의 眷屬으로서 人間의 形態를 한 降臨으로 認識된다. 이는 結局 Frazer의 指摘한 Man god로 指目된다. 東海龍王이 三國遺事에 나오는 文武王의 神靈인지는 蔚山이란 地名으로 보아서 疑心이 가고, 現在의 龍宮夫人이 女性으로 되어 있다는 것과는 여기에 여러가지 解明할 것이 남아 있으리라고 보여지나 處容은 東海龍王의 한 眷屬으로 그 模樣을 하고 降臨한 것으로 推測되는 것이다. 卽 이 處容이 神으로 扮裝하기 위하여 假面을 썼다고 보여진다. 이는 處容巖 附近에 있던 龍宮 神祠의 龍王 眷屬神을 象徵하기 爲한 假面의 導入을 前提로 하고 있다. 이 憲康王時代에 崔致遠이 唐에서 科擧에 及第하고[56]그의 鄕樂雜詠이 新羅國末에 있어서의 假面의 存在를 알려 준다면 이러한 外來的 假面에 依한 우리 民俗神의 假面에의 轉移가 있었을 것이다. 勿論 處容假面이 麗朝 것이므로 處容 自體가 그러한 面貌를 가지고 있었다는 것은 아니다. 그러나 三國史記에도[57]

「詣駕前歌舞 形容可駭 衣巾詭異 時人謂之 山海精靈」

---

52) 三國遺事 卷五「關東楓岳鉢淵 藪石記」p. 19.
53) 三國遺事 卷五「惠通降龍條」.
54) 三國遺事 卷五「惠通降龍條」.
55) 三國遺事 卷五「仙桃聖母 隨喜佛事」.
56) 三國史記 卷十一「新羅本紀 憲康王條」.
57) 三國史記 卷十一「新羅本紀 憲康王條」.

라고 있어 애초부터 假面의 存在는 어렴풋이 推想된다.

　앞으로 處容假面의 比較的 考察이 있고, 處容 服色이 樂學軌範에 남아 있는 것을 再構하여 언제 것이라는 鑑定이 이루어질 수 있다면 高麗歌詞로 내려오는 處容歌의 年代도 推定되리라 본다.

　前記 金氏는 處容舞는 原始假面舞의 展開로, 神格의 轉異로, 애초에 있던 神格 위에 龍神으로서의 處容이 代置되어 羅代의 處容舞가 이루어졌다고 하였다. 處容舞가 있기 전에 이미 이와 類似한 神格이 過去부터 있어왔다는 것이다. 이것은 漠然한 類推에 지나지 않지만, 따로 한편으로 崔致遠의 鄕樂雜詠의 「大面」舞를 處容舞의 前身으로 보고 이 大面이 處容의 假面과 代置되어 處容舞로 發展한 것으로 類推하고 있다.58) 崔致遠의 「鄕樂雜詠」의 大面條에

　　　「黃金面色是其人 手抱珠鞭役鬼神」

라 한 鬼神을 驅逐한다는 모티브에 있어서는 處容假面하고 一脈 相通하고 있고 이는 中國의 大面(代面)의

　　　「戲者 衣紫朦金 執鞭也」59)

와 어느 一面은 相通하고 있다. 崔致遠이 處容說話가 나타난 憲康王代에 中國에서 科學에 合格하고 돌아온 것도 同王 十一年60)으로 되어 있다. 이로써 崔致遠의 「鄕樂雜詠」은 이 時代부터 國末에 이르기까지의 사이에 이루어진 것이라고 보여진다. 그러면 處容舞로

---

58) 金容九, 前記論文.
59) 王國維, 「宋元戲曲史」.
60) 三國史記 卷十一.

展開하여 오는 途中에 이 大面과 習合하여 또는 한쪽이 없어지어 處容舞가 남게 된 것인지도 모른다.

다시 處容說話에 있어서 그 記錄을 分析해보면 憲康王이 開雲浦에 놀았다는 것이 史記에는[61]

「五年 三月 巡幸國東州郡 有不知所從來四人 詣駕前歌舞 形容可駭 衣巾詭異 時人謂之 山海精靈 古記謂王卽位元年」

로 遺事의 事實을 裏證하고 있다. 이 開雲浦에 處容巖의 傳說이 李朝時代까지 傳來하고 있다. 즉 世宗實錄 地理志에

「處容巖 在郡南三十七里 開雲浦中 世傳新羅時 有人出其上 狀貌奇怪 好歌舞 時人謂之處容翁 鄕樂有處容歌」[62]

라 있다. 여기에 處容巖 說話가 後來的인 것이라고는 짐작이 되나 한편으로 이런 바위(巖)에 얽힌 龍의 說話는 慶州郡 陽北面 龍堂里에 東海龍이 되었다는 文武王의 緣起說話가 있는 感恩寺가 있고, 다시 海中에는 文武王의 火葬散骨處라고 하는 大王巖의 巖礁가 있다.[63] 이를 類推한다면 處容巖은 前記 大王巖과 같은 龍神의 存在를 象徵시키는 第一次的 變異라고 할 것이며, 靈鷲山 望海寺 또는 新房寺는 이의 佛敎的인 轉異이고, 이는 文武王 傳說의 感恩寺의 緣起說話와 같은 것이다. 이런 모든 것은 뒤에 附會시킨 것이라고 하더라도 바다와 바위와 緣寺와의 關係는 巫佛習合으로서는 重要한

---

61) 世宗實錄 卷150 地理志 蔚山條.
62) 李丙燾「三國史記」Ⅱ, p. 19, p. 373.
63) 李丙燾 Ⅱ, p. 373.

모티브를 提供하는 것이다.

　元來 이 處容巖을 中心으로 하여 있던 龍神에 대한 巫堂굿이 處容舞의 源流가 될 것이며, 處容은 여기 龍神의 眷屬인 司祭者의 하나였을 것이다. 遺事에 나오는 龍神이 惡神 卽 惡龍이냐 善龍이냐 하는 問題는 먼저 雲霧의 變이 있다 하더라도 爲龍刱寺의 令으로써 雲霧가 개었다고 함으로 보면 本是 善龍으로 認識되었고, 이는 日本을 對岸으로 보고 있으니만큼 南海岸의 護國龍으로 認識되어 온 것이 아닐까. 文武大王이 東海王이 되었다는 것을 생각할 때 南海龍王의 存在를 推想할 수 있을 것 같다. 이런 龍王祭에는 新羅末期이니만큼 伎樂의 習用이 이루어졌을 것이고 여기에 處容舞의 現實的 胎生은 있을 것이다.

　이리하여 그 司祭者의 하나인 處容은 서울에 올라와서 歌舞로써 王에게 奉仕하였고, 級干의 稱號까지 받았다고 하며, 月明巷의 故事 등을 分析한다면 來訪者로서 온 그가 京師에 와서 그 龍王神祠를 憑依하여 舞樂의 舞尺들과 關聯 있는 벼슬을 하였다는 假定을 줄 수 없을까. 級干벼슬을 하였다는 것은 假面의 神聖을 讚揚하기 위해서 級干이란 尊稱을 붙인 것인지도 모른다. 오늘날 巫祭에 있어서도 公主·大監·將軍 등은 흔히 볼 수 있는 稱號이기 때문에 이리하여 新羅時代에 있어서는 處容歌와 處容說話를 낳고, 處容舞는 月明巷의 傳說과 더불어 疫神에 대하여 「唱歌作舞而退」라고만 있을 뿐 公式的으로 舞樂으로의 定立은 없고 다만 門神으로의 定立이 보일 뿐이다. 處容戲·處容舞에 대한 公式的으로는 高麗 高宗時代에 비로소 나온다. 內殿에서 開宴을 하는데 僕射 宋景仁이 處容戲를 잘하여 景仁이 「乘酣作戲 略無愧色」하였다 한다.64) 이로써

---

64) 高麗史 世家 卷23.

보면 이는 鄕樂으로서 一般 大衆들에게 模倣者를 낸 것을 짐작할
수 있다. 다시 麗史 樂志에 李齊賢의 解詩가 있으나 여기에 붙은
註釋은

「新羅憲康王 遊鶴城 還至開雲浦 忽有一人形詭服 詣王前歌舞贊德 從王入
京 自號處容 每月夜歌舞於市 竟不知所在 時以爲神人 後人異之 作是歌」[65]

라 있으니 「後人異之作是歌」라 있음을 보면 處容歌가 「後人」이 지
은 것으로 處容이 지은 것은 아니다. 高麗의 處容歌가 客觀的인 巫
歌로 되었음으로도 알 수 있고, 高麗時代에 이미 歲畫로서, 歌舞로
서 알려져 있었음은 몇몇 詩로 남아 있다.
　稼亭集(20) 開雲浦 詩에

「依稀羅代兩仙翁 會見畫圖中 舞月裟婆白 簪花爛熳紅」[66]

이라 있어 여기는 兩仙翁을 畫圖 中에서 보았다는 것이니, 舞
月·簪花가 現實的인 舞樂에서 본 것인지는 未審이다.
　陶隱集에 보이는 處容歌詩는

「十一月十七日夜 聽功益新羅處容歌 聲調悲壯 令人有感」

의 註가 붙고

「聲音傳舊譜 氣像想當時」[67]

---

65) 李齋現, 益齋亂, 小樂府.
66) 稼亭集 卷20.
67) 陶隱集.

라 있으니 이는 處容歌舞를 보고 듣고 지은 것이다.

　牧隱集의 驅儺行

　　「新羅處容帶七室　花技壓頭香露零　低回長袖舞太平　醉瞼爛赤猶未醒」[68]

이 있어서는 七寶니 花技壓頭·低回長神 醉瞼爛赤 等은 服飾과 假面을 敍述한 것이고「舞太平」은

　　「天下太平羅候德」[69]

을 노래한 것인 것 같다. 牧隱의「山臺雜劇」에도

　　「處容衫袖逐風回」

라 있어 處容 衫袖의 一端을 보여 주고 있다.

　李詹詩의

　　「路濶可容長袖舞」
　　「遺曲流傳在慶州」
　　「依然吹動挿花頭」[70]

등은 慶州에 流轉한 現實的으로 存在한 處容舞를 보고 지은 것일 것이다.

　다시 李朝에 내려와서 世祖 때 世宗時代 尹淮가 지은「鳳凰吟」을

---

68) 牧隱集. 卷21.
69) 牧隱集. 卷21.
70) 李詹詩,「處容」.

處容歌詞와 더불어 處容歌曲의 節奏에 맞추어 俗樂에 쓰고[71], 世宗實錄 樂志에 그 樂譜가 남아 있다.[72]

다시 成宗 때에 이르러 「樂院所藏儀軌及譜」에 依據하여 柳子光·成俔 申末平·典樂 朴耕臣·金福根이 讐校해서 「樂學軌範」을 만들 때에[73] 處容舞는 「鶴蓮花臺處容舞合設」로서 鶴舞와 處容舞를 合設하여 五方處容으로 所謂 大部樂으로 排設한 世祖朝의 모습으로 볼 수 있으며, 여기에는 處容歌와 鳳凰吟이 다 같이 보이고 그 舞蹈의 이름도 보이며, 다시 「處容冠服」으로[74]

紗帽 假面及牧丹花
　　　桃實枝耳環附
依<前後> 通長三尺二寸五分
天衣 通長八尺四寸五分 廣五寸六分
吉慶 通長一二尺 廣二寸 段長一寸五分
裳腰紅絹長二尺四寸 廣一村二分
黃綃全 幅二尺 縷長二尺四寸 廣一村五分
裙 段長二尺四寸七分
汗衫 袖一邊長四尺五寸 長一尺三寸
帶 通長七尺 廣一寸八分 凡九鈞
鞋

가 보이고, 다시 「舞童冠服」으로 銅蓮花冠·衣·中單·裳·靴 등을 制定한 것이 보인다. 成俔의 「虛白堂集」에는

---

71) 李詹.
72) 慵齋叢話. 樂學軌範 「鶴蓮花臺處容舞合設」.
73) 世宗實錄 卷150 樂譜.
74) 樂學軌範 序文.

　　「自從新羅到今日　爭加粉藻鬪其容　擬辟妖邪無疾苦　年年元日帖門戶」
　　「入寫絃歌作爲譜　節奏流爲鳳凰吟」
　　「夜領群儺鬧形階　偶因戲劇成歲禮」[75]

　등으로 보면 國初 以來 山臺雜戲에 處容舞를 쓰고 歲畵로서 處容의
圖貌을 그리어 門戶에 붙이고, 樂譜는 鳳凰吟으로 되어 儺禮 때 戲
劇으로 歲禮가 되었다는 것이다.
　山臺雜劇이 處容舞라고 安自山氏가 言及한 것은 梁在淵[76]・趙元
庚[77]其他 諸氏에 依하여 이미 否定되었다. 處容舞는 雜戲의 하나
로 高麗以來 習用된 것이다.
　다시 燕山君 時代에는 「時用鄉樂譜」에 「雜處容」이란 歌詞가 나오
고, 이 가운데 「雙處容」이 있으며,

　　「太宗大王이 殿座를 하시란대.」

란 太宗의 廟號가 나와 太宗 以後의 制作일을 말하고 있으나 이는
麗代의 李穀詩의

　　「依稀新羅兩仙翁」

과 相通하고, 燕山君時代에는 處容冠服을 新調시키는 記事가 나와
있으며 얼마 안가서 處容戲가 規式之戲이므로 다른 새로운 雜戲를
올리라는 새로운 記事가 나온다.[78]

---

75)　成俔 「虛白堂集」 卷九
76)　中央大學校 論文集 第1輯 梁在淵 「山臺戲에 就하여」.
77)　學林 第元輯, 趙元庚 「儺禮謄錄 研究」 p. 20.
78)　筆者, 판소리 發生攷.

宣祖以後에는「寒岡先生逢小浴行錄」에

　　「食後府尹請觀羅樂 先生許之 黃倡郎 處客 懼歌等 雜戲暫設」

이라 있고, 高宗 때의 美錦堂 鄭顯奭 著의「敎坊諸譜」에 處容舞에 대하여

　　「赤面油光尺許長 幞頭鞋帶繡衣裳 新羅古樂今猶在 道是龍王遣七郎」

이라 있어 冠帽가 幞頭로 되어 있고79) 이는 晋州에 殘存했던 것이므로 보다 古色을 띤 것이 아닐까.

　前言한 바 筆者는 먼저 處容의 語義에 대하여「靑龍…」등으로 比擬한 바 있으나 이제 이를 試論으로써 是正해 보려 한다.

　處容이 龍神의 아들이라는 點에서 處容을 龍과 結付해서 考察하려고 池憲英氏와 같이 龍을「곤」으로 하고 處容을 이에 結付한다는 것도 難點이 있는 것은 事實이다. 處容이 儀禮의 象徵으로서 볼 때 處容의 假面이나 職能 속에「龍的」인 것이 殘存하지도 않을 뿐 아니라 處容이 龍의 生理的인 아들이 될 수도 없다. 龍神祭의 司祭者로 나올 때에는 더욱 그렇다.

　그러나 筆者도 龍神과의 結付를 아주 斷念한 것은 아니다. 平安南道 大同郡 大同江面 第二號墳 出土의「七乾龍虎禽獸鏡」의 七乾龍을 바라다볼 때 龍神이 七子를 거느리고 나와 歌舞하였다는 그 說話에, 龍이 七子를 거느리고 나와 춤추었다는 데에 어떤 暗示를 준다. 더욱이 同 第九號墳 出土의「鈍金製 帶金具」속에 꿈틀거리고

---

79) 이 冊 揷畫에도 그렇게 그려져 있다.

있는 母龍一·子龍六이며, 其他 雙龍의 帶金具 其他의 裝飾用具를 볼 때에 이미 寒四郡時代에 우리나라에 들어온 「龍神崇仰」은 佛敎的 龍神과 더불어 어떤 靈的 存在로 認識되어 온 것은 否認하지 못할 것이다. 惡龍인 「이무기」와 善龍中에서 우리에게 信仰되어 온 것은 우리의 農村社會的 性格으로 말미암아 祈雨 其他의 職能을 가지고 있는 善龍이 新羅中葉 以後 많이 信仰되어 온 事跡을 볼 수 있는 것이다.

그러나 龍이 우리 古名이 「미르」이고 蒙古語에 nage. lous. lou. 梵語에 naga이니 漢字音으로 比擬하여야 하겠는데 그러면 靑龍·稚龍·子龍 등이겠으나 筆者는 이를 强力히 裏證할 만한 材料를 갖지 못하고 있다.

오늘날에도 巫覡社會에 「제용」이란 이름이 남아 있고 또 「處容大監」 등이 巫經에 보이므로 이것이 오랜 時日을 通해서 變異를 했었다고 하더라도 그 職能은 變했으나 그 名義가 가지고 있는 化石的인 粘着性을 效果的으로 參酌하여 이의 原義를 더듬어야 할 것이다. 梁柱東博士도 여기에 대하여

> "「處容」은 반드시 漢字義아닌 「치용」 或은 「제용」이란 말에서 그 原義를 찾아야 할 것이다."[80]

라고 言及하고 있다.

筆者의 새로운 見解로는 이 處容이 「즁」 「츙」의 漢字音이 아닐까 한다. 處容이 南海龍神의 아들이라고 하면 이는 司祭者를 말함이

---

80) 梁柱東, 「古歌研究」.

요, 이는 三國史記 卷一, 羅紀一에

　「**次次雄**或云慈充　金大問云　方言謂巫也　世人以巫事鬼神尙祭祀　故畏敬之
逐稱尊長者爲慈充」

이라 있고 三國遺事 卷三 原宗興法條에

　「**異次頓** 姓朴……或作異次 或云伊處」

며 三國史記 卷四, 法興王 十五年條에

　「**異次頓** 或方處道」

등이 이 傍證으로 나서고 있다.
　廣韻・集韻・韻會에

　「**容** 從餘封切音 融多」

라 있다.
　이런 것을 綜合하여 「"chəyoŋ"處容 čachyuŋ 慈充, chachauŋ
次次雄, zwzwŋ 스승(染氏說)」 등에서 慈나 次의 č나 ch音에 가까
운 것이고 Z音이나 S音은 아니리라 보여 次次雄을 點貝氏[81]와 같
이 중(巫・僧)의 原語로 볼 때에 處容은 chonŋ, chunŋ, čiuŋ 등
이 될 것이며, 이것은 現在 제용(čeyuŋ) 等과 別 徑程이 없으리라
본다. 이로써 오늘날 「제용」이 「打處容」「草俑」

---

81) 點貝房之進,「雜攷」第一輯 次次雄 條, 李丙燾,「三國史記」第一冊 p. 49.

「男女年値羅睺直星者 造芻靈 方言謂之 處容 上元前夜 初昏 棄于塗以消厄」
<東國歲時記>

등이 文籍에 보이므로 여기에 現實性을 賦與할 수 있으리라 본다.

處容歲畫가 門神으로, 草俑이 逐鬼拜送으로 쓰인다 하는 것도 그 fetish한 機能은 비슷하며, 變容은 겪어 왔다고 하더라도 羅代? 이후 處容舞를 驅儺에 使用해 왔고 그것이 單純한 娛樂에 轉用해 왔다고 하더라도 그것은 애초에 지니고 있던 「處容」의 祭儀에서 派生한 것이라 믿어진다. 門神이나 驅儺나 逐鬼나 娛樂이나 다 같이 處容 祭儀에서 發生한 것이기 때문이다.

이렇게 處容이 神聖視되었던 司祭者의 末期的 現象이라는 데에 着眼하면 그가 왜 月明巷을 終夜 歌舞하고 돌아다녔던가를 짐작할 수 있으며, 花郞道의 崩壞 直前의 現象도 理解할 수 있을 것이다. 그가 歌舞로 말미암아 美女를 妻로 삼고 級干位階를 받았다 하더라도 그가 實職을 받았다는 것은 없다. 地伯級干과 같은 그것도 虛名이요 오히려 뒷날 巫歌 속에서 再轉移된 稱號인지도 모를 일이다.

여기에 다시 疫神의 美女犯房으로 象徵되고 다시 處容이 歌舞而退하였다 하는 것은 이런 司祭者들의 退行過程에서 考察하여야 할 것이다. 이미 그네들의 現實的인 生活 속에는 神權一如하던 次次雄的 神話時代는 지나고 秘密 세끄날로 말미암아 政治的 權力에 參加하던 時代도 지났다. 그네들은 妻의 姦通을 容認하고, 異客을 款待하고 fetish한 것으로 墮落하던 過程에 있었고 오직 歌舞로 神祀에 섬기는 一面에 그네들의 末路가 制約되기 시작한 때라고 보겠다.

이미 그의 假面도 威嚇的인 威神의 存在가 아니라 해석하고 어릿광대적인 좋게 말하여 圓滿具福相으로 떨어지고 만 것이다. 이미 그는 아바나 翁이지 壯年의 美丈夫는 아니다. 花郎道의 化身이 黃倡舞에 남아 있듯이 破邪의 劍法 속에 어떤 리듬의 線을 찾으려는 것이 아니라 言語의 呪術 속에 疫神을 몰아치는 sorcerer의 位置에 復歸한 것이고, 여기에 佛敎와의 習合도 豫定할 수 있는 것이다.

「處容」의 假面에의 轉異는 亦是 fetish로서의 轉異가 아니고 容身의 來訪者로서의 假托이 될 것이다.

그러나 處容은 龍이 아니요 龍의 아들이고 龍神祭의 司祭者다. 이는 地神은 仙桃山神母 自身이 아니고 그 司祭者이리라는 것과 마찬가지다. 이로써

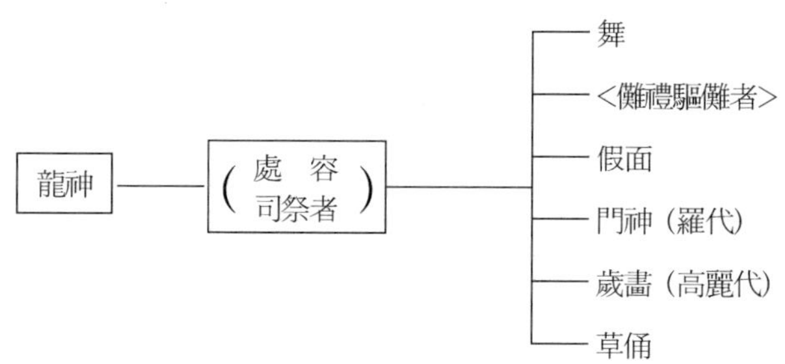

이러한 圖式은 다시 憲康王代에 나온 四神이 다 護國神이고 處容과 같은 意味에서

地神－仙桃山神母－同禮殿 山舞의 <司祭者>
北岳神－金剛山 栢栗寺 山神 <司祭者>
南山神－霜髥舞 祥審舞－御舞山神 <司祭者>

등과 같이 推定할 수 있으리라 본다. 이 가운데서 處容舞와 霜髥舞는 舞樂으로 되었고, 그 중 霜髥舞는 一然의 三國遺事 編撰時에까

지 傳來한 듯하며, 三國遺事에

「故至今國人傳此舞 曰御舞祥審……或云 霜髯舞……」

라 있고, 또 增補文獻備考에

「處容舞一名 鬚髯舞」

라 있으므로 해서 證明된다. 그러므로 高麗 安軸의 詩에

「依稀羅代 兩仙翁」

은 이 處容舞와 山神舞의 類似를 밝힌 것이고 後待에 와서는 이것이 混同이 되지 않았는가 생각된다. 그러기에 增補文獻備考의 處容舞와 鬚髯舞의 同一視에까지 이른 것이라 믿어진다. 이런 것으로 보면 三國遺事 處容郞 條의

「因此國人門帖處容之形 以辟邪進慶」

도 高麗의 一然時代를 中心으로 한 事實記述이 아니었는지? 잠깐 疑問을 남겨 둔다.

　處容을 慈充과의 連關에서 神前司祭者 및 그의 墮落過程에서 神舞 歌尺으로써 李朝時代의 社中·社衆 등의 「중」으로 고찰한다면 이 處容舞가 오랫동안 辟邪進慶에 使用되어 온 本然의 姿態를 效果的으로 理解될 수 있을 것이다. 이러한 論理의 展開를 거쳐 筆者의 見解를 提示하겠다.

　卽 處容說話는 新羅 中世에서 倭寇에 대하여, 또 觀念的으로는

異界에 대하여 新羅의 護國龍神의 京都에의 降跡說話라고 보여지며, 憲康王代의 現實的인 級干 品階를 받은 處容은 이 龍神의 司祭者로서의 來訪者라고 보여진다. 흔히 이들 來訪者는 假面을 쓰고 또는 어떤 fetish한 呪符를 가지고 오는 것이다. 門神으로서의 處容은 이의 taboo的 表象이고, 處容의 妻의 疫神에의 姦通과 이외 宥恕는 異客款待의 民俗과 結付한 逐厄說話에서 惡神을 正面으로 威嚇하여 逐出시키는 것이 아니라 巫堂거리에서 胡鬼拜送과 같이 이러한 惡鬼를 마음으로 和樂하게 하여 보내려는 後殿풀이와 같은 意趣인 것이라고 믿어진다. 人民의 生을 威嚇하는 倭寇나 惡疾이나 平和한 新羅人의 生活을 威脅하기에는 마찬가지다. 이런 가운데서 處容說話는 龍神의 來訪者로서의 어느 구실을 맡았을 것이다. 그러나 處容說話는 Animism 信仰에 물들어 있는 新羅에 있어서는 여러 巫祖나 그들 眷屬 속의 一分子밖에 안된다. 우리는 處容說話와 더불어 憲康王代에 四神〈龍神·北岳神·山神·地神〉出舞를 볼 수 있고, 다시 鼻荊郎, 志鬼의 辟鬼, 火神說話를 代表的으로 볼 수 있는 것이다. 이들 巫俗的인 說話는 巫俗的인 祭典으로 말미암아 生成한 巫祖傳說들이고 이들은 季節的으로 또는 地城的으로, 來訪者 또는 假面으로 出現하는 것이다. 個中에는 山神과 같이 特定人밖에 안 뵈는 神格도 있으니 이는 神聖槪念을 나타내기 위한 한 表象이고 이의 根本的인 性格은 다름이 없다. 이런 가운데서 處容舞가 辟邪進慶의 舞樂으로 累千年 동안 襲用된 根本 動因을 찾을 수 있을 것이다. 處容의 名義에 對하여는 司祭者「慈充」說을 主張하려 하며, 蔚山의 戒邊神의 故事가 鶴舞로서 處容舞와 合設하고 있는 것도 注目하려 한다. 이 論考는 處容說話의 解釋에 바쳐진 하나의 試圖이고 앞으로 이를 다시 補充할 날이 있기를 바란다.

「處容歌」考

황패강

1. 序 論

三國遺事 卷第二 處容郎 望海寺條에 一然의 說話와 함께 이른바 處容歌라고 부르는 鄕歌가 收錄되어 있다.

東京明期月良夜入伊遊行如可入良沙寢矣見昆脚烏伊四是羅二肹隱吾下於叱
古二肹隱誰支下古本矣吾下是如馬於隱奪叱良乙何如爲理古

또 樂學軌範 卷五에는 驅儺의 儀式에 쓰인 巫歌로서의 또다른 處容歌가 보인다. 이것은 前者를 麗代에 敷衍改作한 것으로 보인다(參考: 金東旭 「時用鄕樂譜歌詞의 背景的硏究」 中 「巫系歌詞의 遡源的 背景考」).

時用鄕樂譜에는 李朝 太宗以後의 制作으로 推定되는 巫歌로서의 「雜處容」이 보인다(參考: 前揭論文).

이外에 處容과 關連되어 나타난 處容舞, 處容戲(參考: 樂學軌範 卷五), 民間巫俗으로 나타난 處容偶(參考: 京都雜誌 卷之二 上元條, 東國歲時記) 等을 볼 수 있다.

本論文의 主要한 目的은 三國遺事에 나타난 處容歌를 中心으로 既往에 여러 스승, 先輩들에 依하여 試圖되어온 여러 가지 考察과 研究의 터전 위에 다시금 새로이 試論을 마련해 보는데 있다. 그러나 語學的考察은 本論의 主旨가 아니다.

八句體의 짧은 이 鄕歌를 中心으로 語學的, 文學的, 周邊說話的인 考察에서 많은 學說과 見解가 展開되었음을 본다. 그中 몇 가지를 보이면 崔南善氏는 三國遺事 解題 「民俗과 說話」에서 處容說話를 處容歌舞의 起源說話로 보았다.

宋錫夏氏는 韓國民俗考에서 處容說話를 僻邪進慶과 花郎道讚揚의 內容으로 보았다.

李秉岐氏는 國文學全史에서 「新羅때의 處容歌가 高麗때에 이르러 얼마큼 巫堂의 한 祝願의 노래인 處容歌로 改作」된 것으로 보았다.

梁濂奎氏는 處容歌를 「民謠의 定着」으로 보았다(參考: 同氏著 「國文學槪說」).

金亨奎氏는 古歌註釋에서 處容의 忍辱을 佛子 羅睺羅의 忍辱으로 보았고, 梁柱東氏도 古歌研究에서 「處容의 超然 灑脫한 態度에 感服된 疫神의 誓約에 依하야 爾後 處容의 畵像이 僻邪進慶의 具로 羅末麗初에 널리 行하여졌고, 이 習俗이 다시 麗代에 와서 宮廷의 〈驅儺〉의 儀와 連結됨으로써 이른바 〈處容舞〉로 發展」되었다고 하고, 處容을 「當初一異樣人物로서 그 出現한 때가 日蝕直後임으로 當時엔 東海龍子, 後世엔 日蝕神 〈羅睺〉로 認定되었는데, 〈羅後〉는 一方 忍辱菩薩의 一人 〈羅後羅〉와 關聯되므로 그의 忍辱密行으로서 例의 遺事所載說話가 成形된 듯」하다고 했다.

張德順氏는 國文學通論에서 鄕歌를 佛敎的인 것과 花郎的인 것으로 二大別하고, 處容歌를 花郎的인 것으로 보고 處容을 花郎(?)으

로 推定해보았다.

池憲英氏 指導의 金容九氏의 論文「處容研究」에서는『惡神의 驅儺에 쓰인 處容舞的인 假面舞는 멀리 三韓時代나 그 以前의 原始時代에 이미 發生한 것이라』고 보고,「佛教的인 教理 乃至는 龍神思想과 結合되어 處容이란 名稱을 띠워 集團的인 假面舞에서 使用되는 그 假面만을 門前에 붙여 辟邪進慶의 具로 하는 專門的 民間信仰이 成立되었으며 이 儀典을 合理化시키기 위한 儀典의 說明說話가 發生한 것」이라고 하였다(參考: 金容九「處容研究」卒業論文集 第一輯 忠南大學校 文理科大學 4289. 9).

安廓氏는 處容舞를 儺儀에서 왔다고 보고, 山臺戲와 處容舞를 異名同一한 것으로 보았다(參考: 安廓「山臺戲と 處容舞と 儺」〈日文〉).

前揭 諸氏의 說과는 달리 多角的 考察과 深奧한 論理性에서 出發한 考證으로 말미암아 많은 問題性을 含蓄한 金東旭氏의 論考「處容歌 研究」를 들 수 있겠다. 金氏는 處容說話를「新羅中世에서 倭寇에 대하여, 또 觀念的으로는 異界에 대하여 新羅의 護國龍神의 京都에의 降跡說話」라고 보고, 處容을 南海龍神詞의 覡으로서 新羅 京城에서의 來訪者視하고, 處容의 駕前御舞를 龍神을 祭祀지내는 神樂으로 보았다. 處容을 覡으로 보는데서 處容의 아내를 女巫(?)로 보는 데까지 發展시켰고, 疫神이 自己妻를 犯하는 것을 보고도 處容이 歌舞而退하였다는 것을 前揭諸氏가 一種의 忍辱密行으로 다루고 있는 것과는 달리 處容의 自己妻에 대한 隸屬과 自虐意識의 所致거나 또는 異客款待說話의 一形態라는 것으로 說明했다.

또「處容」이란 名義를「慈充」과의 關聯에서 認識하여 歌舞而退를 究極的으로 司祭者들의 社會的退行過程이라고 考察했다. 處容이 東

海龍의 七子의 一이라 한 것을 Frazer의 Man god로 보고, 處容이 神으로 扮裝하기 위하여 假面을 썼던 것이 아닌가했다. 또 處容巖을 中心으로 하여 있던 龍神에 대한 巫堂굿이 處容舞의 源流이며, 處容이 그 司祭者라고 推斷하였다. 또 處容을 禁忌(taboo)의 象徵으로서의 門神으로 다루고, 處容說話를 新羅人의 民俗的槪念을 表象한 說話로도 說明하였다.

金東旭氏의 研究는 前人들의 着目한 바와는 全혀 다른 角度에서 全面的이며, 綜合的인 考察이 이루어져 있음이 特異하다. 그런 까닭에 우리 앞에 提示한 問題가 決코 한두 가지에 그치는 것이 아니라고 생각되었다.

本論攷가 主로 金敎授의 論攷上 問題性을 발판으로 하여 出發한 것임을 率直히 自認하면서 많은 叱正을 期待하며 本論으로 들어가는 바이다. 아울러 過去에 여러 스승과 先輩들에 依하여 達成되고 蓄積된 業績이 本論攷의 前進에 한결같이 指標되었을 뿐더러 그 위에서 論據가 마련되고, 論旨가 成長되었음을 밝혀두지 않을 수 없다.

2. 本 論

1) 노래自體로서의 考察

三國遺事에 收錄된 處容歌自體로서는 佛讚이거나 巫歌이거나 驅儺의 노래로 說明될 根據는 거의 없다.

다만 「본딕내해다마룬 아△놀엇디ㅎ릿고」(梁柱東氏解讀에 依함)

의 句節을 이른바 傳統的諦念[1]의 所致로 본다면 道家의 無爲自然思想과의 關聯性에서 考察될 수도 있다. 이를 다시 發展시켜서, 當時 多分히 神仙思想의 影響을 받고 있었다고 믿어지는 「相悅而歌樂 遊娛山水 無遠不至」하던 花郞徒의 生活觀[2]과의 關聯에로까지 延長시킬 수도 있겠다. 이것은 前述한 張德順氏의 見解(參照: 序論)와도 一致한다.

그러나 여기서 問題가 되는 것은 「아ᅀᅡ늘엇디ᄒᆞ릿고」의 解讀自體의 安當性與否이다. 이것은 結局 鄕歌式表記法에 對한 語學的考察의 問題인 바 지금의 段階에서는 上揭 解讀自體에 絶對性을 賦與한다는 것은 거의 不可能에 가깝다.

李基文氏는 國語史槪說에서 上揭 句節中「奪叱良乙何如爲理古」에 暫間 論及한 바가 있다. 氏는 이 句節의 解讀을 「아ᄉᆞ를 엇더ᄒᆞ릿고」로 보고 異見을 내세웠다.[3] 卽 李氏는 「이 處容歌의 解讀에 있

---

1) 梁柱東 「古歌硏究」 p.431에 「<엇디ᄒᆞ릿고·엇디ᄒᆞ리잇고> 等을 노래의 結辭로 함은 現存古歌中에 本歌가 濫觴인데, 麗代 翰林別曲 以下 歌謠에 줄곧 慣用되었다. 이 諦念的이면서도 含蓄이 있는 悠遠한 情緖를 가진 <엇디ᄒᆞ릿고> 調는 羅謠以來의 한 傳統的形式이니 그들의 根柢깊은 人生觀의 一面을 表白한 것이다.」

2) 震檀學會 「韓國史」(古代篇) p.588에 「新羅의 道教傳來 有無에 關하여도 可考할 記事가 없으나 道家 乃至 神仙思想의 影響은 花郞徒와 이 思想과의 密接한 關係에서 알 수 있다. 花郞徒의 生活樣式中 <遊娛山水無遠不至>가 원래 新羅國民의 樂天的·現實主義的·自然主義的인 固有思想에서 由來된 것이지만, 이는 道家의 無爲自然思想과 結合하기 쉬운 것이므로 新羅統一後 太平時代에 있어서는 그 思想의 影響이 濃厚하였던 것 같다. 花郞徒를 一云 國仙 或은 仙郞이라 한 것도 이러한 關係에서 일컫던 것이라 하겠다. 後世에 道教는 獨立一宗으로 뚜렷한 勢力을 가지지 못하고 巫俗이나 기타 祈祝儀式과 習合되고 云云」.

3) 李基文 「國語史槪說」 p.66에 「何如—이 讀法이 文義를 좌우한다. 과거에 이것을 <엇디>로 읽은 것은 큰 잘못이었다. <如>는 <다>로 읽는 것이 原則이므로 <엇다>로 읽을 수 있다(이것은 古代語의 母音調和의 문제를 提起해 준다. 이런 경우 母音對立上의 交替形 <더>로 읽는 것은 許容되므로 <엇더>로 읽을 수도 있다). 이 <엇다/엇더>는 뒤에 오는 <ᄒᆞ->動詞와 結合하여 形容詞를 이루는 것이 아니라 副詞的으로 使用된 것이다. 月印釋譜의 <엇더 시르믈 ᄒᆞ시ᄂᆞ니잇고>(十, 4) 등

어 가장 문제되는 것은 마지막 一行이다. 이 一行은 麗謠에는 나타나지 않기 때문이다. 종래의 解讀은 이 마지막 一行이 處容의 諦念的態度를 表示하였다고 說明하여 왔다. 그러나 原始宗敎에 대한 약간의 造詣를 가지고 있는 이라면 惡疫神을 쫓는 處容에 대하여 諦念云云이 얼마나 당치 않은 것인가를 의당 의심해 봄직하다. 三國遺事의 〈歌舞而退〉는 處容이 물러났다는 과거의 해석과는 反對로 處容이 歌舞하여 물리쳤다고 해석하는 것이 옳을 것이다. 한편 麗謠 處容歌가 前記三行에 뒤이어 〈이런 저긔 處容아비옷 보시면 熱病神이야 膾ㅅ가시로다〉 云云하여 處容이 震怒했음을 말하고 있음을 잊어서는 안될 것이다. 이렇게 方向을 잡고 本文을 검토하면 과거와는 反對로 解讀할 수 있는 可能性을 발견할 수 있다.」

이 說이 確定化되는 날이면 處容歌에 對한 全혀 새로운 方向이 提示될 것이다. 巫歌 乃至는 후전풀이로서의 處容歌의 性格도 判然해질 것이다. 그러나 아직 지금의 段階에서는 하나의 假說에 不過하다. 多幸히 麗代에 巫歌로서 전송되던 處容歌에 羅代의 處容歌가 敷衍되어 우리 글로 傳해짐으로써 羅代 處容歌解讀에 큰 도움을 준 것은 事實이나 麗代 處容歌에는 問題되는 上記의 二句節이 빠져 있음이 크게 아깝다. 이것은 麗代에 巫歌로 改作되면서 그 形便에 따라 빠진 듯 싶다.[4]

어떻든 前揭「奪叱良乙何如爲理古」는 아직도 宿題로 남겨질 性質의 것이다. 그런 까닭에 本歌의 性格을 考察함에 있어서 羅代語法의 全面的再構가 이루어지지 않은 오늘 날, 個別的으로 解讀된 一

참조. 이렇게 보면 이 끝句 <아ᄉ롤 엇더 ᄒ릿고>는 强調를 위하여 倒置法을 使用한 例이다. <빼앗음을 어찌 하릿고.> 즉 <어찌(감히) 빼앗음을 하릿고>로 해석된다.」

4) 李秉岐・白鐵「國文學全史」 p.70.

語一句에 訓詁的인 解釋을 試驗하고, 이에 依하여 論理를 展開한다
는 것은 至極히 冒險的이요, 誤謬를 犯할 可能性이 充分한 方法일
수밖에 없다. 이런 方法은 응당 止揚되어야 하겠다. 그러므로 本歌
考察에 있어 周邊說話의 分析이 必然코 重要한 契機가 됨은 贅言을
要ㅎ지 않을 것이다.

2) 本歌周邊說話에 對한 考察

여기서 本歌周邊說話라 함은 三國遺事 卷第二 處容郎 望海寺條에
記錄된 本文說話를 指稱한다. 卽

第四十九憲康大王之代　自京師至於海內　比屋連墻無一草屋　笙歌不絶道路
風雨調於四時　於是大王遊開雲浦　王將還駕　晝歇於汀邊　忽雲霧冥晴　迷失道路
怪問左右　日官奏云　此東海龍王所變也　宜行勝事以解之　於是勅有司，爲龍刱
佛寺近境，施令已出，雲開霧散，因名開雲浦　東海龍喜　乃率七子現於駕前　讚
德獻舞奏樂　其一子隨駕入京　輔佐王政　名曰處容　王以美女妻之　欲留其意　又
賜級干職　其妻甚美　疫神欽慕之　變爲人・夜至其家　竊與之宿　處容自外至其家
見寢有二人　乃唱歌作舞而退　歌曰云云　時神現形　跪於前曰　吾羨公之妻　今犯
之矣　公不現怒　感而美之　誓今已後　見畵公之形容不入其門矣　因此國人門帖處
容之形　以僻邪進慶　王旣還　乃卜靈鷲山東麓勝地置寺　曰望海寺　亦名新房寺
乃爲龍而置也　又幸鮑石亭　南山神現舞於御前　左右不見　王獨見之　有人現舞於
前　王自作舞　以像示之　神之名　或曰詳審　故至今國人傳此舞　曰御舞祥審　或曰
御舞山神　或云　旣神出舞　審象其貌　命工摹刻　以示後代　故云象審　或云　霜髯
舞　此乃以其形稱之　又幸金剛嶺時　北岳神呈舞　名玉刀鈐　又同禮殿宴時　地神
出舞　名地伯級干　語法集云　于時山神獻舞唱歌云　智理多都波都波等者　蓋言以
智理國者　知而多逃　都邑將破云謂也　乃地神山神　知國將亡　故作舞以驚之　國
人不悟　謂爲現瑞　耽樂滋甚　故國終亡

一般的으로 前記本文中 處容歌와 直接 關連된 前半의 部分 卽「第四十九憲康大王之代 自京師至於海內……(中略)……乃卜靈鷲山東麓勝地置寺 曰望海寺 亦名新房寺 乃爲龍而置也」를 處容說話로 보는 傾向이 있는데 本論에서는 後半의 部分까지도 이에 包含해야 한다는 觀點에서 周邊說話라고 불렀다. 이에 對하여는 後述한다.

說話的인 考察에서 本歌를 巫俗의 이른바「후전풀이」로 본 金東旭敎授의 見解5)에 對하여 筆者는 說話에 나타난 處容自身의 歌舞에는 本人의 驅儺意識이 全혀 介在되지 않았다는 點으로 보아 후전풀이가 될 수 없다고 본다. 前揭 李基文氏의 見解 中「惡疫神을 쫓는 處容에 對하여 諦念云云이 얼마나 당치 않은 것인가 云云」도 같은 理由에서 首肯하기 어려운 論理다(參考: 前述「1. 노래自體로서의 考察」中 李基文氏說).

疫神을 물리친 것은 結果이지 處容自身이 애초에 驅疫할 意識이 있어서의 所致는 아니었다. 그렇다면 이것을 어떻게 說明할 것인가?

客觀化된「노래의 呪力」이라는 것으로 說明하는 것이 어떨까? 이것은 古代의 歌謠나 說話에 보이는 一般的인 主題이기도 하다. 同系의 鄕歌로서 禱千手大悲歌,6) 薯童歌,7) 祭亡妹歌,8) 遇賊歌,9) 怨歌10) 等과 迎神君歌,11) 三國遺事 卷二 水路夫人條에 보이는 노래12) 等은 모두 이런 主題의 이야기를 가지고 있다.

---

5) 金東旭「韓國歌謠의 研究」中「處容歌研究」.
6) 三國遺事 卷第三 塔像第四「芬皇寺千手大悲 盲兒得眼」.
7) 三國遺事 卷第二「武王」.
8) 三國遺事 卷第五「月明師 兜率歌」.
9) 三國遺事 卷第五 避隱第八「永才遇賊」.
10) 三國遺事 卷第五 避隱第八「信忠掛冠」.
11) 三國遺事 卷第二「駕洛國記」條「歌之云 龜何龜何 首其現也 若不現也 燔灼而喫也」.
12) 三國遺事 卷第二「水路夫人」條「衆人唱海歌詞曰 龜何龜何出水路 掠人婦女罪何極

다시 本歌로 돌아와서 論할 때 筆者의 見解로는 處容이 歌舞함으로써 驅疫이란 呪力——本人이 미처 意識못했던——이 노래에서 客觀化되었다고 보고 싶다. 驅儺意識이 없이 歌舞할 수가 있었겠느냐 하는 問題가 남게 될 것인바 古代人의 生活에서 노래가 重要한 位置를 차지함을 생각한다면 容易히 解釋할 수 있지 않을까? 喜怒哀樂의 感情이 그대로 歌化되어 流露되었음을 古代歌謠에서 흔히 볼 수 있다.13)

그러므로 處容의 歌舞가 驅疫한 것은 巫俗의 후전풀이로가 아니라 오히려 古代歌謠나 說話에 보이는 一般的主題로서의 「노래의 呪力」으로 說明됨이 可할 듯 하다.

여기 한 가지 指摘하고 싶은 것은 羅代의 處容歌와 麗代의 處容歌와의 關係이다. 筆者는 이 兩者의 關聯性을 어느 限度 認定하되 一旦 區別되는 別個의 노래로 보려는 立場에 있다. 卽 兩者의 時差的인 限界—前者는 新羅代에 形成되어 高麗代에 定着되었고, 後者는 高麗代에 形成되어 李朝前期에 定着되었다는 事實—를 重視하는 것이다. 이것이 文學的 語學的 內容의 相違를 不可避하게 하는 契機가 됨은 勿論이다.

또 이 두 노래가 記事된 高麗와 李朝의 社會意識上의 問題도 決코 看過되어질 수 없는 問題이다.

汝若悖逆不出獻」.
13) 崔豹 「古今註」.
「箜篌引 朝鮮津卒 霍里子高妻麗玉所作也　子高晨起刺船　而有一白首狂夫　被髮提壺亂流而渡　其妻隨呼止之不及　遂墮河水死　於是援箜篌而鼓之　作公無渡河之歌　聲甚悽愴　曲終自投河而死　子高還以其聲語妻麗玉　麗玉傷之　乃引箜篌而寫其聲　聞者莫不墮淚掩泣焉　麗玉以其聲　傳隣女麗容　名曰箜篌引焉」.「陌上桑者出秦氏女子　秦氏邯鄲人　有女名羅敷爲邑人千乘王仁妻　王仁後爲趙王家令　羅敷出採桑於陌上　趙王登臺　見而悅之　因置酒欲奪焉　羅敷巧彈箏　乃作陌上桑之歌　以自明　趙王乃止」.

그리고 하나는 비록 野史이기는 하나 史籍(三國遺事)에, 다른 하나는 奉命撰인 樂學軌範에 실려 있다는 事實, 하나는 僧籍에 있는 이, 다른 하나는 儒官에 依해서 記錄되었다는 事實 等을 考慮하는 까닭이다.

그런故로 高麗代의 處容歌와 本歌와의 사이에는 스스로 一定한 限界가 그어져서 마땅하다.

高麗代의 處容歌가 巫歌임은 疑義를 揷할 餘地조차 없으나14) 羅代의 處容歌에 關한 限 그런 斷定은 極히 根據가 薄弱한 것일 수밖에 없음은 前述한 바와 같다.

此際에 羅代의 本歌와 麗代의 處容歌와의 關連性을 簡略히 論及해본다면 앞에서 引用한 李秉岐氏의 新羅 때의 處容歌가 高麗 때에 巫歌로 改作되었다고 한 見解를 따르고 싶다.

그런故로 앞에서 筆者가 鄕歌로서의 處容歌(羅代所成)와 巫歌로서의 處容歌(麗代所成)를 嚴格히 區別하여 指稱한 本意가 여기에 있다.

아직 本論攷의 지금 段階에서는 本歌를 巫歌로 斷定지을 아무런 證表도 찾지 못했다.

이와 關連하여 說話에 나타난 僻邪進慶의 問題가 또한 論議되어야 하겠다.

因此國人門帖處容之形以僻邪進慶

이에 對한 筆者의 見解는 이것이 本歌의 巫歌임을 나타내는 證表가 되지 않는다는 것이다. 卽 이 記事는 本歌以後 後代의 羅俗을 말한 것으로 本歌制作의 動機와는 無關한 것으로 보인다.

또 餘談이기는 하나 「門神」思想이 반드시 巫俗에서만 온 것이 아

---

14) 金東旭 「時用鄕樂譜 歌詞의 背景的硏究」 中 「巫系歌詞의 遡源的 背景考」 參考.

닌 듯 한 證表도 찾아볼 수 있다. 卽 釋譜詳節 卷六에

　　…… 뉘으처 도로 오려ㅎ더니 아래 제버디 주거 하놀해 갯다가 ᄂ려와
須達땅일드려 닐오디 須達땅이 뉘웃디말라 내아랫네버디라니 부텻法법
들ᄌ본 德득으로 하놀해 나아 門몬神씬이 ᄃ외야 잇노니　^{門문神씬ᄋᆞ門문} ^{ㅅ神씬靈령이라}
네부텨벼를 가보ᅀᆞᇦ 됴ᄒᆞ이리 그지업스리라 四숭天텬下ᅘᅡᆼ애 ᄀᆞ독ᄒᆞ 보비
ᄅᆞᆯ 어더도 부텨向향ᄒᆞᅀᆞᇦ 한거름 나ᅀᅩ거룸만 몯ᄒᆞ니라……

다음으로 이 說話의 象徵性에 對하여 論及하자.
　먼저 「東海龍」의 「龍」에 對한 槪念이다. 金東旭敎授는 龍神을 巫
祖로, 處容을 巫祖를 祭祀하는 覡으로 보았다(參考: 前揭論文 「處容
歌硏究」). 또 同敎授의 「時用鄕樂譜 歌詞의 背景的硏究」에는 「……東
海龍王의 아들이라고 한 處容의 巫俗的緣起說話가 道敎系統의 龍神
과 結合하여 一聯의 複合說話를 形成云云」하여 龍神의 道敎系統임
을 明白히 示唆하고 있다.

　「龍」에 對하여
　(一)
　飛龍在天利見大人 「易經」 乾卦篇
　鱗蟲之長 能幽能明 能細能巨 能短能長 春分而登天 秋分而潛淵從肉ᇀ肉
飛之形童省聲 「說文」
　舊說謂能興雲雨利萬物 故爲四靈之一 「說文」
　有鱗曰蛟龍 有翼曰應龍 有角曰螭龍 無角曰虯龍 未升千曰蟠龍 「廣雅」
　鱗蟲之長 通也 和也 「大東韻府群玉」

　(二)
　龍王———華嚴經有無量諸大龍王如毗樓博又龍王婆竭羅王等莫不勤力興雲

布雨令諸衆生熱惱消滅云云後　世求雨之祀龍王本此「辭源」
　龍者神靈之物孔雀經及大雲等經列諸龍王名字不一皆言其能護持佛法也
「大藏法數」
　稱佛爲龍者謂世間有愛皆遠離之繫傳解脫諸漏已盡故名爲龍
「佛本行集經」
　大海之下有婆伽羅龍王宮殿縱廣正等八萬由　句又須彌山持變　山中間海內後
有難陀憂婆難陀二龍王宮殿　縱廣正等六千由旬等「瑜伽論記」
　天龍이　誓願ᄒ샤　流通ᄒ시논　배시며「月印釋譜」
　八部는　여듧주비니　天과　龍과　夜叉와　乾闥婆와　阿修羅와　伽樓羅와　緊那
羅와　마睺羅迦왜니「月印釋譜」

위에　依하여　詳考하면「龍」에는　(一)에서　보는　바　北方系와　(二)
에서　보는　佛敎에서　由來한　南方系가　있음을　알겠다. 이로　미루어
龍神思想이　반드시　巫俗이나　道仙思想과만　關連되는　것이　아님이
分明하다.

　佛敎에서　由來한　所謂　南方系「龍(龍神)」은　元來　梵名　那伽
(Naga)로　印度神話에서　왔다고　한다.15)　또　華嚴經에는　龍樹菩薩
이　龍宮에　들어가　六百年　동안　그곳에　있으면서　世上에　아직　傳한
바　없던　華嚴經을　외어가지고　나와서　이를　世上에　流布했다는　記事
가　보인다. 또　佛經에서　八龍王이라　하여　難陀, 跋難陀, 沙伽羅, 和
修吉, 德友迦, 阿那婆達多, 摩那斯, 僧鉢羅　等을　들고　있다.
　이에　本說話上의　東海龍王을　巫祖로　다루는　立場에서　暫時　자리
를　바꾸어　佛敎的인　面에서　考察해보려는　것이다.
　三國遺事를　보면　新羅　文武王이　죽어서　海龍이　되었다는　記事16)

---

15) 藤井宣正「佛敎辭林」明治書院　刊.
16) 三國遺事　卷第二「文武王　法敏」
　「(前略)大王御國二十一年　以永隆二年辛巳崩　遺詔葬於東海中大嚴上　王平時常謂智
　義法師曰　朕身後願爲護國大龍　崇奉佛法　守護邦家　法師曰　龍爲畜報何　王曰　我厭

가 있다. 本說話의 東海龍王과 그것과를 同一視할 수 없음은 金東旭 敎授의 「處容歌研究」에서 論證되었다.

그러나 文虎王 法敏條에 보이는 龍의 性格을 다음과 같은 句節에서 보게 됨은 매우 興味 있는 일이다.

王平時常謂智義法師曰 朕身後願爲護國大龍 崇奉佛法 守護邦家 龍에 對하여 一般的으로 다음과 같은 구실을 하는 것으로 알려져 있다.

1. 天의 宮殿을 守護하는 것.
2. 雲雨를 일으켜 人間을 有益하게 하는 것.
3. 地龍으로서 江을 決하는 것.
4. 轉輪王大福人의 광(藏)을 지키는 것.

本說話에 나오는 龍은 둘째의 것으로 雲雨를 일으켜 人間을 有益하게 하는 龍이다. 여기 龍神은 이른바 善神이며, 新羅人의 信仰으로 善神이 人間事에 干涉함17)으로 볼 수 있겠다.

다음으로 說話本文 中 「宜行勝事以解之」라 한 곳에서 「勝事」란 무엇인가? 卽 「忽雲霧冥曀迷失道路」하게 된 것이 東海龍王의 作爲임을 알고, 이를 解決하는 方法으로서의 勝事이다. 그렇다면 勝事는 東海龍王에게 바쳐지는 것이요, 그가 바라는 것이 아니어서는 안 될 것이다. 그런데 結局 그 勝事는 「爲龍刱佛寺近境」하는 것이

世間榮華久矣 若龐報爲畜 則雅合朕懷矣(後略)」
大東韻府群玉
「(海龍)新羅文武王藏骨於東海邊遂爲海龍云云」
三國遺事 卷第二「萬波息笛」
「第三十一神文大王 諱政明 金氏開耀元年辛巳七月七日卽位 爲聖考文武大王創感恩寺於東海邊 明年壬午五月朔 海官波珍喰朴夙淸奏曰 東海中有小山 浮來向感恩寺 隨波往來 王異之 命日官金春質占之 曰聖考今爲海龍 鎭護三韓(後略)」
17) 宋錫夏「韓國民俗考」.

었다. 即 佛寺建立이 龍을 爲하는 것이었다. 또 「施令已出 雲開霧散」이란 것으로 보아 「刱寺」는 곧 龍이 바라던 或은 기뻐 받을 수 있었던 「勝事」임이 分明하다. 더욱이 다음에 오는 「東海龍喜 乃率七子現於駕前 讚德獻舞奏樂」에 이르러는 그 情을 疑心할 餘地도 없다.

이와 같은 論理에서 本說話 中의 龍을 佛教的인 것으로 解釋하려는 立場의 安當性을 發見할 수 있겠다. 即 「護持佛法」(前揭 大藏法數)하는 龍에게 刱寺는 곧 勝事가 되는 것이다. 그렇게 볼 때에 前揭 文虎王 法敏條의 「崇奉佛法」하는 龍의 性格과도 多分히 相通하는 點을 발견하게 된다.

따라서 「駕前御舞」를 龍神祭祀의 神樂으로 본 金教授의 見解에 對하여도 筆者는 異議를 갖게 된다. 이 「舞」의 性格을 佛教的인 것으로 說明할 可能性이 생겼다.

이 一連의 說話가 正面에서 意圖하고 있는 것은 亦是 望海寺의 緣起說話인 만큼 위의 論據는 더욱 굳어지는 것이다. 處容의 覡視도, 處容女의 女巫視도 모두 이 立場에서는 首肯하기 어렵다.

前揭 金教授의 龍神과 覡과의 直接的 關連性에 關한 說은 筆者의 所見으로는 說話가 內包하는 以上의 것이 아닐까 생각된다.

그렇다고 前記한 「舞」가 佛教的인 解釋으로만 可能하다는 것은 勿論 아니다. 오히려 當時 있을 수 있었던 Animism的인 土俗信仰과 佛信仰과의 安協의 形態로서 解釋되어질 餘地는 아직도 남아 있는 것이다. 宋錫夏氏가 본 것처럼 仙佛融合의 思想으로도 充分히 說明될 수는 있다.

三國遺事所載 本說話와 表裏가 되는 것으로 三國史記 卷第十一 憲康王 五年條 「三月 巡幸國東州郡 有不知所從來四人 詣駕前歌舞 形容可駭 衣巾詭異 時人謂之山海精靈」이 가끔 引用되는데 이것이

반드시 以上의 解釋을 飜覆시킬 뚜렷한 傍證을 提示하지는 못한다고 본다. 「山海精靈」이란 語句에서 古代人의 Animism的 意識을 瞥見할 수 있음은 事實이나, 古代에 있어서 佛仙의 習合이란 너무나도 흔한 일이어서 이 境遇에 佛教的解釋을 不可能하게 할 强한 論據는 거의 찾기 어렵다.

　이제 本說話全般에 걸쳐 나타나 보인 「舞」를 考察해야 할 段階에 이르렀다.

　三國遺事 本條說話는 望海寺緣起說話에 이어 「又幸鮑石亭云云」한 것으로 보아 記事者가 前半 望海寺緣起와 後半의 說話 사이에 그 어떤 關聯性을 意識하고 있었던 듯이 推測된다. 「舞」의 記事를 箇條別로 簡略히 表示하면

前半 {
東海龍王……讚德獻舞奏樂
處容…………唱歌作舞而退
}

又

後半 {
南山神………舞於御前(詳審)
(又)
北岳神………呈舞(玉刀鈐)
地神…………出舞(地伯級干)
}

　前半과 後半 사이에 介入된 「又」를 單純한 接續辭로 본다면 前半과 後半을 全혀 別個視할 수도 있겠으나 前述한바, 記事者가 兩者 사이에 그 어떤 關連性을 意識했다고 한다면 本說話 中에는 다섯 가지의 「舞」가 나타났다고 보겠다. 卽

　　前半——東海龍王의 舞, 處容의 舞

後半——南山神의 舞, 北岳神의 舞, 地神의 舞

그런데 後半의 舞는 「地神山神知國將亡作舞以警之」한 것으로 이른바 護國神으로서의 地神山神과 關連되어 있는가 하면 이 後半에서는 前半에서 取扱된 佛寺에 關한 이야기는 隻語도 비치지 않았다는 點이 注目할 만하다. 記事者는 前揭 「地神山神知國將亡云云」에서 龍神과 地神山神을 意識的으로 區別한 듯도 싶다. 그리고 여기 地神山神은 原始的土俗信仰化한 Animism의 한 類型이다. 그리하여 後半의 舞는 原始的土俗信仰과 結附되어 나타난 舞의 여러 形態이다.

이렇게 본다면, 前半과 後半의 關連性은 거의 薄弱한 것이 되고 만다.

그러나 이 兩者를 全혀 無關連한 것으로 處理하기에는 아직 充分치 않다. 이 一連의 說話가 「舞」의 緣起를 說明하는 것이라고 생각한다면 後半에서는 祥審, 玉刀鈐, 地伯級干이라는 舞의 起源을 말하고 있다고 볼 수 있다. 그렇다면 前半에 關해서도 記事上 그런 目的意識이 없었을까? 處容舞의 起源을 示唆하려는 記事上의 目的意識이 陰陽으로 作用했다고 보는 것이 어느 程度 妥當하리라고 생각된다.

다만 後半이 土俗的인 信仰에서 「舞」의 性格을 說明한 데 對하여 前半은 佛信仰的 또는 佛仙融合的인 思想的背景에서 「舞」를 說明했다고 보고 싶다. 그렇지 않아도 樂學軌範 卷三十五 時用鄕樂 鶴蓮花臺處容舞合設에서는 處容舞가 佛讚과 함께 쓰인 것이 보이는데 이는 上述한 佛信仰的인 性格의 痕迹을 말해주는 것이 안될까?

以上에서 論한 바와 같이 本說話에 對한 佛敎的考察은 充分히 可能한 것이다. 그러나 本說話에 對한 佛敎的考察이 可能하다는 것과

處容을 佛子인 羅睺羅와 直結시키는 것과는 別個의 問題이겠다. 이에 關하여는 이미 本論攷의 序論에서 梁柱東, 金亨奎 兩氏의 見解를 引用했거니와 그분들은 「忽雲霧冥瞹迷失道路」를 日蝕이라고 보고 日蝕 때에 出世한 羅睺에 附會시키고 處容의 歌舞而退를 羅睺의 苦行忍辱으로 본 데서 그러한 듯 하다. 또 麗代의 處容歌18)에 「……天下大平羅睺德……」의 句節이 위의 附會를 補强하고 있거나 또는 附會를 可能하게 한 듯도 싶다.

그러나 이것은 後代에 巫歌로 改作되면서 생긴 要素라고 보는 것이 妥當할 것이다.

　京都雜誌 卷之二 上元條
　十四日夜結草偶號處容中藏銅錢羣兒終夜打門喚處容主人開門擲之羣兒得便捶曳破顱爭錢按文獻備考新羅憲康王遊鶴城東海龍率七子歌舞於駕前其一子隨駕入京名曰處容今掌樂院鄕樂部有處容舞是也俗信盲卜盲言日月及水星直命宮俱有災厄剪紙象日月鉗以木揷屋脊以紙裹飯夜半投井中禳之最忌處容直星作偶棄于道可禳

　東國歲時記
　男女年值羅睺直星者造芻靈方言謂之處容顱銅錢於顱中上元前夜初昏棄于塗以消厄羣童遍向門外呼出處容得便破爭錢徇路而打擊之謂打芻戲處容之稱出於新羅憲康王時東海龍子之名今掌樂院鄕樂部有處容舞是也以芻靈謂處容盖假此也俗信卜說年值日月星者剪紙象日月鉗以木揷屋脊月出時或燃炬迎之水直星者以紙裹飯夜半投井中禳之俗最忌處容直星

---

18) 樂學軌範 卷五「處容歌」
　「前腔 新羅盛代昭盛代 天下大平羅候德 處容아바 以是人生애 相不語ᄒ시란ᄃᆡ 以是人生애 相不語ᄒ시란ᄃᆡ
　附葉 三災八難이 一時消滅ᄒ샷다(後略)」.

앞에 보이는 處容偶가 厄年을 當한 이의 度厄에 利用되었음을 알 수 있다. 이것도 後代에 新羅 處容에 關連시켜서 이루어진 巫俗이 아닌가? 여기 直星者란 星命說에서 이른바 羅睺直星의 運에 該當한 年値의 사람을 가리키는 것이다. 여기 結草偶를 俗에 「제용」이라고 하는데 이것과 「處容」과의 關連은 傍證이 必要하다. 이들은 모두가 後代에 附會하여서 이루어진 巫俗으로 봄이 妥當하다.

本說話에 나타나는 疫神에 關하여 宋錫夏氏는 巫俗上 痘瘍神은 女性이라고 지적하고 本說話上의 疫神에 對해서는 뚜렷한 斷定을 못 내렸다(參考: 宋錫夏 「韓國民俗考」).

그러나 筆者의 見解로는 驅儺를 結論하기 爲한 說話的 要素以上으로는 疫神을 說明하기 어려울 것 같다.

다음으로 問題가 되는 것은 「唱歌作舞而退」한 處容의 態度이다.

前揭 「處容歌研究」에서 金敎授는 이것을 處容의 自虐意識의 所致로 보았고 다시 異客款待說話의 一形態로서 考察하였다. 處容을 司祭者로 보고, 그들의 退行過程 卽 社會的 地位의 弱化에서 온 自虐意識의 所以로 본 것은 前論한바 處容의 覡視를 否認한 以上 退行云云도 아울러 首肯하기 어려운 것이 되겠다. 다만 「退」라는 事實을 自虐의 所致로 볼 것인지 아닌지는 觀點에 따라 各異할 것이다.

또 異客款待說에 對해서 筆者는 明白한 異議를 表示하지 않을 수 없다.

三國遺事 卷第二 文虎王 法敏條에 보이는 文虎王의 庶弟 車得公의 일[19]은 「이것이 民俗的인 成習이 아니고 하나의 逸話라고 하더

---

19) 三國遺事 卷第二 「文虎王 法敏」
　「(前略)王一日召庶弟車得公曰 汝爲冢宰 均理百官 平章四海 公曰 階下若以小臣爲宰 則臣願潛行國內……(中略)……出京師 經由阿瑟羅州 牛首州 北原京 至於武珍州 巡行里閈州吏安吉見是異人 邀致其家 盡情供億 至夜安吉喚妻妾三人曰 今玆侍

라도 이를 露頭로 하여 下庶階級에 있어서는 이러한 風習이 있었다
는 證據」(參考: 金東旭「處容歌硏究」)는 된다고 본다. 이것은 우리
社會의 家族制度變遷을 考察함에 資料가 될 만하다.

異客款待의 風習에 對하여 日本의 林要氏는 그의 著「人間社會」
(靑木文庫) 185面에서 論及한 바가 있다. 그에 依하면 오스트레일
리아 黑人의 社會에서는「(前略)많은 妻를 거느린 者는 客人에게
그의 妻中 한 사람을 하루밤 提供한다. 그러나 不道德과 無規律한
듯 하면서도 實은 嚴格한 法이 行해지고 있다 云云」.

家族制度의 變遷에 있어 集團婚으로부터 對偶婚에로의 趨移過程
에서 旅行者 支配者에 對한 性的款待의 風習이 各民族間에 있었음
은 一般的으로 認定되는 바이다. 우리나라도 前揭한 車得公의 記事
로 이 事情을 充分히 斟酌할 수 있다. 더욱이 그런 性的款待가 上
記 林要氏의 論文 中「많은 妻를 거느린」境遇라고 指摘되고 잇는
點, 上揭「文虎王 法敏」條의「至夜安吉喚妻妾三人云云」과 相應하는
데가 있어 興味 있는 일이다. 新羅代에도 이런 風習이 保存 乃至는
痕迹을 남기고 있었다는 證票가 되겠거니와 處容의 境遇 果然 歌舞
而退를 異客에 對한 性的款待로 볼 수 있을는지는 疑問이다. 處容
의 唱歌에

　　　本矣吾下是如馬於隱 奪叱良乙何如爲理古
　　　(본더내해다마론 아ᅀᅡ놀엇디ᄒ릿고)

의 句意(이미 앞에서 評述한 바 있음)로 보아 到底히 首肯하기도
어렵거니와 李基文氏의 見解를 좇아「아ᅀᆞ를 엇더ᄒ릿고」로 解讀한

宿客居士者 終身偕老 二妻曰 寧不並居 何以於人同宿 其一妻曰 公若許終身並居
則承命矣 從之(後略)」.

다 해도 「빼앗음을 어찌하릿고」 卽 「어찌(감히) 빼앗음을 하릿고」
로 前者(梁柱東氏 解讀)와는 倒置된 意味를 가져오기는 하나, 이
亦是 異客款待와 證票가 되지 못함은 前者와 마찬가지이다.

　더욱이 異客款待와 關連되어 多妻라는 條件으로 본다면 說話에
處容이 多妻를 거느렸다는 示唆가 거의 없다는 點도 注目된다.

　그러면 「唱歌作舞而退」한 處容의 態度는 어떻게 說明되어야 할
것인가?

　이미 앞에서 論述한 「1. 노래自體로서의 考察」에서 말한 東洋的
인 諦念, 停滯性, 佛禪的 達觀 等의 Complex로서 社會心理學的
深層心理學的 考察이 可能하며 또 妥當하리라 생각된다. 梁柱東氏
도 國文學古典讀本에서 「이 諦念的이면서 含蓄이 있는 悠遠한 情緖
를 가진 〈엇디ᄒ릿고〉調는 先民의 根柢깊은 人生觀・生活觀을 表白
한 것」이라고 指摘한 바 있다.

　古代人은 往往 唱歌에서 最後의 逃避口를 찾았다(참고: 註2, 註
5). 解決과 打開에 對한 뚜렷한 目的意識이 없이 唱歌에 逃避口를
찾았다. 이것이 後代에 내려오면서 漸漸 目的意識이 作用하여 多分
히 作爲되면서 巫歌나 驅儺의 노래가 되었을 것이다. 羅代의 處容
歌에서는 아직 그런 目的意識性과 作爲性이 感知되지 않는다.

　다음으로 金敎授가 指摘한 處容巖에 關하여 筆者의 見解를 披攊
하기로 한다. 處容巖에 關한 記事는

在郡南三十七里開雲浦中世傳新羅時有人出其土狀貌奇怪好歌舞時人謂之處
容翁今鄕樂有處容戱 「世宗實錄」 卷第一百五十 地理志 ＜慶尙道 蔚山＞
　在開雲浦海中世傳處容出于岩下 「東國與地勝覽 卷二十二 蔚山郡」
　開雲浦海中有一巖世傳處容出于巖下祥容佔畢齋有處容巖詩＜本集＞ 「大東
韻府群玉」

위의 記事만으로는 處容巖을 中心으로 하여 있던 龍神에 對한 무당굿이 處容舞의 源流가 되었다고 推斷할 根據가 薄弱한 듯이 생각되며 前者 處容偶와 마찬가지로 處容巖說話도 後代人이 處容에 附會하여 驅儺에 곁들여 作爲한 것으로 봄이 妥當할 듯하다.

以上 周邊說話를 中心으로 考察해보았으나, 說話內容은 비록 羅代에서 主題한 것이라고는 하나 記述된 時代는 麗代이고 보니 記事의 時代的 客觀的 背景 및 記術者主體에 關한 考察이 行해져서 비로소 說話解釋에 遺漏됨을 어느 程度나마 冒免할 수 있지 않을까? 旣往에 가진 論斷에 對한 補强 乃至는 修正도 期待할 수 있지 않을까?

3) 說話記述에 對한 客觀的 考察

本說話와 鄕歌가 收錄되어 있는 三國遺事에 對하여 일찍이 六堂은 그의 解題 가운데서

「대저 三國遺事가 國故에 關하야는 三國史記의 古典妄廢와 釋史에 關하야는 海東高僧傳의 原據不實等을 匡補하려하는 一種의 文獻愛護誠에서 動機된 撰述」이라 하고, 記術者의 記述態度에 關하여는 「본대 記述에 淡泊하고 더욱 文字에 等閒한 禪僧의 일인데 그 또한 暇餘의 閒業이매 精嚴과 廣博을 힘쓰려하지 아니하야 引用과 用字에 疎鹵가 甚」하다고 했다. 雪上加霜으로 一然의 原撰外에 비록 적은 部分이나마 門徒의 加筆이 있었다고 한다.

이로써 보더라도 筆者가 앞에서 累述한바 本文의 一字一語句에 過度히 執着하는 것만으로는 決코 正鵠을 찌르는 所以가 되지 못함을 再認하게 되는 것이다. 비록 斷片的인 說話, 寸句의 노래일지라

도 이는 반드시 周邊的인 共時的 通時的(반드시 言語現像만에 局限한 것이 아닌) 硏究考察이 重要하다.

一然은 「沈厚寡言 學無不窺 爲詩文富贍」한 當代의 高僧으로 「於禪悅之餘 再閱藏經 窮究諸家章疏 旁涉儒書 兼貫百家」(引用: 普覺國尊碑銘)할 뿐더러 記事에도 能하여 百餘卷의 著述을 남길 만치 文才도 녹녹하지 않았다. 무엇보다도 一代를 貫穿한 敦篤한 佛信仰과 佛禪的 達觀은 佛弟로서 一大家를 이루어 及其也 國尊으로 優禮를 입은 만치 王室의 敬仰과 恩顧가 두터웠다.

그런故로 三國遺事 記述에 있어서 그의 一代의 佛信仰과 達觀이 該博한 學識과 見聞에 크게 關係했으리라고 推測하는 것은 至極히 當然한 일이 아닐 수 없다.

三國遺事가 쓰여진 忠烈王朝는 元國과 和親을 맺고 所謂 駙馬國으로 元의 內政干涉을 받으면서 큰 나라의 그늘 밑에서 國內가 安定되어 苟安이나마 누리던 時代다. 各種名稱과 服飾 剃髮에 이르기까지 元의 風俗이 行해졌고 元과의 政治的 交流는 가장 密接하였다.

高麗史 卷一百二十五 列傳 吳潛條에 當代의 浮華한 風潮를 示唆하는 다음과 같은 記事가 보인다.

王押昵群小好宴樂潛與金元祥內僚石天補天卿等爲嬖倖務以聲色容悅謂管絃坊大樂才人不足分遣倖臣選諸道妓有色藝者又選京都巫及官婢善歌舞者籍置宮中衣羅綺戴馬尾笠別作一隊稱男粧敎以新聲……(中略)……天補等張幕宮側各私名妓日夜舞藝慢無復君臣之禮供億賜予之費不可勝記

王自身이 伎樂, 雜戲를 좋아하여 各道에서 色藝 있는 妓女와 京都의 巫女 官婢中에서 歌舞에 能한 者를 選拔하여 宮中에 籍置하고 羅綺를 입히고 馬尾笠을 쓰여서 男粧이란 一隊를 만들어 新聲歌舞

를 가르쳐 오직 遊興宴樂만을 일삼고 藝慢함이 지나쳐 紀綱이 풀리고 國庫가 많이 蕩盡되었음을 알 수 있다. 곳마다 侏儒戱, 倡優戱, 儺禮가 버려졌음이 史籍에 散見된다.

儺禮는 高麗初期에 들어와 李朝末까지 行해졌던바 鄭摠의 詩에도 이 情이 나타나 보인다.

驅儺處處鼓如雷 春色遙隨斗柄回 — 除夜 —

大東韻府群玉에도

麗初諸王及宦者等分宮儺爲左右以求勝倡優雜戱遠近坌集旌旗充斥禁中睿宗亦爲之諫官等扣閤 極諫不聽

이로써 미루어 麗代에 儺儀가 자못 盛行하였음을 알 수 있다. 儺禮는 元來 周禮에서 그 來歷을 찾을 수 있다. 呂氏春秋에는 설 前日에 북을 치면서 病鬼神을 쫓는 것을 逐除라고 했고 또 儺라고 했다. 宮中에서는 除夕前日부터 大砲를 놓으니 이것을 年終砲라 하고, 惡鬼를 쫓는다 하여 여러 가지 假面을 쓰고, 제금과 북을 울리면서 宮內를 두루 돌아다녔다한다.

儺禮에 處容舞가 쓰였다는 것은 前人들의 指摘한 바가 있다. 卽 安廓氏도 앞에서 引用한 것처럼 處容舞를 儺儀에서 왔다고 보았다. 前揭 金容九氏도 「惡神의 驅儺에 쓰인 處容舞的인 假面舞는 멀리 三國時代나 그 以前의 原始時代에 이미 發生」했다고까지 했다.

僧一然이 生存했던 忠烈王代에도 이 俗이 盛行했으리라는 것은 以上에서 明白하다. 一然(1206~1289)보다 約半世紀 뒤에 오는 益齊 李齊賢(1287~1367)의 解詩에

新羅昔日處容翁　見說來從碧海中　其齒頹唇歌月夜　鳶肩紫袖舞春風
　　　一「麗史」卷七十一　樂志二　一

　여기 「具齒頹唇云云」은　處容舞에　使用된　處容의　假面을　形容한
듯하다.

　　暎島雲光援連江水脉通人言昔日處容翁生長碧波中草帶羅裙綠花留醉面紅伴
狂玩世意無窮恒舞　度春風 ― 鄭誧　詩 ―
　　地勝仙遊密雲開世路通依俙羅代兩仙翁曾見畵圖中舞月婆娑白簪花爛慢紅欲
尋遺迹香無窮須喚半帆風 ― 李穀　詩 ―
　　滿川月明夜悠悠　東海神人下市樓　路闊可容長袖舞　世平宜掛百錢遊
　　高蹤縹歸紳仙府　遺曲流傳在慶州　巷口春風時一起　依然吹動揷花頭
　　　　　　　　　　　　　　　　　　　　　　　　　　― 李詹　詩―

　이들은 擧皆가 神人 處容의 모습과 자취를 그려내고 있는바 處容
을 考證할 믿음직한 資料는 못되더라도 當時 行하던 處容舞 中에
나타난 處容의 風彩를 어느 程度 暗示해주는 資料들로 보인다.
　以上에서 考察한바 一然은 博學多才하여 記事에 能할 뿐더러 佛
信仰이 敦篤하여 禪德으로 一世를 風靡하였으며 國王의 恩顧에 浴
한 當代 有數한 禪僧으로 그가 記事하던 時代는 國內的으로 伎樂과
雜戲가 盛하여 國家의 紀綱은 極度로 解弛되었던 時代이다.
　이 時代에 儺儀가 處容舞(戲)를 採入하고 있었다면 一然과 같이
內殿에도 出入한 이로서 그것을 몰랐을 理致가 없다. 그러므로 處
容說話에 있어서 「舞」라는 것이 意識的으로 按排되었으리라고 믿어
야 좋을 것이다. 이미 論述한바 處容舞의 起源을 說話하려는 記述
者의 意圖가 陰陽으로 說話記述에 있어서 作用했으리라는 것은 疑

心할 수 없을 듯하다.

다시 問題의 「唱歌作舞而退」를 들어보자. 여기 「歌」에 關해서는 이미 너무 많은 것을 論했거니와 여기 보이는 「歌」와 「舞」는 두 가지다 記述者에 依하여 意識的으로 介入되었으리라는 情이 濃厚하다.

實際로 이 場面은 常識的으로나 論理性으로 보거나 「舞」가 나타날 場面은 아니다. 姦夫에게 아내를 빼앗긴 本夫가 作舞한다는 것은 있을 수 없는 일이다. 그럼에도 不拘하고 記述者가 「作舞」라는 語句를 挿入한 데는 多分히 意識的인 데가 있었다고 본다.

卽 當時 流行한 處容舞에 對한 起源을 說話하려는 志向이 여기에 있었으리라는 것이다. 그렇다면 「唱歌」에 대해서도 마찬가지로 說明할 수 있어야 한다고 할지 모르겠다. 그러나 不幸하고 困窮한 處地에서 唱歌하는 古代人의 모습은 얼마든지 찾아볼 수 있다(前述한 바와 같음).

또 이와 같은 不幸한 境遇 「作舞」했다는 말은 흔히 듣지 못한 바다. 設令 前句를 「唱歌而退」했다. 해서 說話自體로서는 아무런 拘碍 받을 까닭이 없다. 그런 故로 「作舞」가 挿入된 데는 記述者 自身의 그 어떤 意識的 配慮가 있었으리라는 論據는 補强된다. 이에 관하여 前述한 「舞」에 對한 考察에서 指摘한바 處容舞의 起源說話로서 把握할 때 充分히 說明될 수 있으리라고 본다. 다만 處容舞의 性格을 道仙的인 것에서 說明할 것인지, 또는 巫俗에서, 佛敎的인 것에서, 또는 두 가지 이상의 習合된 것으로 解釋할 것인지에 대해서는 觀點에 따라 區區함을 免하지 못하겠다.

이제까지 論考한 바에 依하면 結論을 지어보기로 한다.

3. 結 論

三國遺事에 보이는 處容歌(?)와 그 周邊說話와 그 記事의 客觀的 歷史的 考察에서 뚜렷한 事實은 다음과 같다.

方法論的인 問題이기는 하나 「노래」 自體의 內容은 그 노래의 性格을 究明하는 데 반드시 本質的인 것만을 말해주는 것은 못된다는 것이다. 換言하면 處容歌의 境遇 노래 自體의 內容은 非本質이다(언제나 그렇다는 것은 아니다).

古代에 있어서는 往往 노래와 內容보다 노래부른다는 事實만이 重要視되었던 것이다. 그 例를 三國遺事 卷二 駕洛國記에 보이는 이른바 迎神君歌라는 龜旨歌에서 말할 수 있다.

龜何龜何 首其現也 若不現也 燔灼而喫也

위의 歌詞自體에 迎神君歌로서의 무슨 本質性인 契機를 찾아볼 수 있겠는가? 아무것도 없다. 그들은 九干의 領率 밑에 그냥 불렀을 따름이다. 노래의 內容에는 介意하지 않고, 노래부르는 일 自體에 그 어떤 意義를 느꼈던 것이다(參考: 三國遺事 卷二 「駕洛國記」). 이런 따위 「龜何龜何」式의 노래는 三國遺事 卷二 「水路夫人」條에도 보인다(參考: 前項 「本歌周邊說話에 對한 考察」 中 註8). 이것들은 呪歌라고 指稱할 수도 있겠다. 呪歌의 起源이 되는 것은 不遇한 處地에서 부른 노래, 그 노래가 가져온 呪力, 다음부터 그 노래는 呪力을 불러일으키는 이른바 呪歌로서 불리어지게 되는 것이다. 呪歌는 巫覡에 依하여 巫歌化된다. 그러나 여기에는 다시 後考가 必要하다.

그런故로 「노래」周邊의 考察이란 이 境遇 不可不 重要한 方法으

로 되지 않을 수 없다. 處容歌의 境遇 周邊說話를 分析考察하는 일이 重要한 課題가 되었던 所以다. 또 이것은 通時論的 共時論的으로 이루어 놓아야 했다.

　總括的으로 볼 때 本說話는 題示한 바와 같이 始終 望海寺緣起를 說話하고 있다는 點—이는 곧 佛敎的인 性格을 말해주는 것이다. 筆者는 이것을 本說話의 正面이라고 보고 싶다. 이는 記述者自身이 僧侶이었다는 事實과의 그 어떤 關連性에서 把握되어도 좋을 듯 하다.

　다음으로, 本說話는 記事當時 民俗으로 行하던 處容驅儺의 巫俗을 隱然中 結附시키고 있음이 分明하다.

　셋째로 當時 儺儀에서 表해진 假面舞인 處容舞(戲)의 起源을 說話하려는 側面을 가지고 있다.

　넷째로 古代人의 信仰처럼 되어 있던, 善神이 政治에 關與한다는 思想20)을 鼓吹하고 있다. 前者 東海龍王이나 後者 地神山神이나 다 善神으로서 人間事에 關與하고 있다. 또 이것은 疫神이라는 惡神과의 對比에서 把握될 수도 있다.

　다만 本說話를 羅代 花郞徒의 交契와 相悅以歌樂하는 그들의 生活과의 結附에서 그 어떤 意義를 찾는 데는 아직 論據가 薄弱하다고 본다. 따라서 處容을 花郞視하는 것도 現在로는 確信할 것이 못된다고 생각한다.

　故로 本歌를 包含하여 處容說話는 佛道仙과 巫俗觀念의 多樣한 Complex로 된 作品이다.

---

20) 三國史記 卷第十一「憲康王」
　　「六年九月九日　王與左右登月上樓四望　京都民屋相屬　歌吹連聲顧謂侍中敏恭曰　孤聞今之民　間覆屋以瓦不以茅　炊飯以炭不以薪　有是耶　敏恭對曰　臣亦嘗聞之始此　因奏曰　上卽位以來　陰陽和風雨順　歲有年民足食　邊境謐靜　市井歡娛　此聖德之所致也　王欣然曰　此卿等輔佐之　力也　朕何德焉」.

「處容郞 望海寺」 說話의 構造와 그 解釋

김경수

1.

　필자는 수년 전에 처용가 연구사를 집필할 기회가 있었다. 이것이 계기가 되어 울산 문화원의 도움으로 김동욱·황패강과 함께 「처용연구논총」을 출판하고, 그 부록으로 처용 관계 문헌 자료 95개 항목을 전적에서 찾아내고 정리하여 이를 첨부하였다. 이 자료는 三國遺事를 필두로 각종 史書, 實錄, 그리고 개인 문집에 이르기까지 총 망라한 것이었다. 그 후에 나온 처용가에 대한 논의의 대부분이 이 자료의 한계를 넘지 않은 것을 보면, 처용 연구의 내용은 이 자료를 바탕으로 한 해석이라 말할 수 있다. 물론 여기에는 구전적인 설화나 한글로 표기된 자료는 제외되었다.

　필자가 연구사를 집필하면서 수집했던 논문은 당시 80여 편에 불과하였는데, 처용가에 대한 계속적인 학계의 관심으로 지금은 140편을 헤아리는 논문이 학계에 보고되어 있다. 이것은 그만큼 처용가에 대한 관심이 높음을 입증하는 것이다. 그러므로 기왕 나왔던 연구사를 새로이 점검하는 것을 시작으로 이 글을 진행시키고자 한다. 또 하나 유념할 것은 이 글은 三國遺事에 기술된 문헌을 주된 내용으로 하여 논의를 전개하겠다는 점이다. 이것은 설화 다음에 나타난 고려나 조선초기에 전승되어 나타난 처용가나 그 밖의 내용들과 구분하여 처용 설화를 하나의 문학 작품으로 인식하고 이를 보다 명확히 조명해 보고자 하는 의도 때문이다.

處容歌에 대한 연구의 시작은 1918년 무렵부터이다. 三國遺事에 실려 전하는 향가 14수에 대한 해명이 전무하던 때에 日人학자에 의해 해독이 시도되면서였다. 신라시대의 노래가 그것도 한문이 아닌 향찰로 기술되어 있다는 사실을 발견한 자체만으로도 가히 획기적인 사건이라 할 수 있다. 여기에 참여한 학자로는 金澤庄三郎·小倉進平·前間恭作 등이 있었고, 곧이어 우리나라 학자 權悳奎·申采浩가 있었다. 그러나 보다 본격적인 연구는 1940년대에 梁柱東에 의해서였다. 그 뒤 池憲英·金善琪·徐在克·金俊榮에 의해 꾸준히 연구되어 왔고 최근 金完鎭에 의해 「향가해독법연구」가 발간됨으로로써, 향가 해독의 어학적 해석 기반이 새로이 조성되었다고 할 수 있다.

> 「東京 밝은 달에
> 밤들이 노니다가
> 들어 자리를 보니
> 다리가 넷이러라
> 둘은 내해였고
> 둘은 누구했고
> 본디 내해다마는
> 빼앗은 것을 어찌 하리오」

로까지 읽게 된 시점에 와 있다.

  그러나 아무리 향찰이라는 문자로 기술되어 있다고 하더라도 천 년 전의 언어를 현대어로 완벽하게 재구한다는 것은 쉬운 일이 아니다. 시간을 두고 천착해야 할 과제일 수밖에 없다.

  어학적 해독에서 풀어야 할 가장 중요한 과제 중의 하나가 處容에 대한 해석이다. 이것을 어떻게 인식할 것이며 그 의미 해석을 어떻게 해야 하는가. 해석의 결과에 따라 작품 전체의 내용은 물론이고 배경설화의 내용 해석에도 깊은 영향을 미칠 것은 不問可知이다. 그래서 진작부터 많은 사람들이 여러 각도로 연구해 왔다. 이에 대한 대표적인 견해로는 梁柱東의 치용·제용說, 金東旭의 慈充說, 嚴元大의 '탈(假面)'說, 姜信沆의 龍說, 李龍範의 이슬람상인說, 尹榮玉의 神說 등 다양하다. 이를 근자에 金榮洙가 ① 神으로 보는 견해 ② 역사적 실존 인물로 보는 견해 ③ 신과 인간을 겸한 巫覡으로 보는 견해로 요약 제시한 바 있다. 결국 처용을 神으로 보느냐, 사람으로 보느냐, 무당으로 보느냐 하는 것은 연구자의 처지에 따라 다양하지만, 기록된 문맥으로 보아 가장 합리적으로 해석할 수밖에 없다. 역사적 실존인물로 파악한 것은 이용범에 이어 간쇼에 의해 진행된 이슬람상인說이다. 그러나 그가 제시한 자료만으로는 그 신빙성에 문제가 있어 보인다. 또 神이라는 견해는 東海龍子라는 것과 龍神思想 및 護國佛敎라는 측면과 조화를 이루는 것으로 황패강도 이를 '變身의 모티브'로 수용하여 이를 뒷받침하고 있다. 그러나 가장 널리 인식되고 있는 학설은 巫覡이라는 주장이라고 할 수 있다. 이는 巫俗的 입장에서 나타난 주장들인데, 바다라는 지리적 배경을 염두에 두고 생각할 때, 처용의 성격은 半神半人의 역할 담당자로 보아야 한다는 것이다. 이 半神半人의 역할은 곧 巫였고, 이 巫는 민중의 지도자로 자리매김된 것을 우리는 알고 있다. 엄원대의 '탈'이라는 견해도 이에 포함할 수 있을 듯하다. 탈이라는 견해는 이 지역의 方言을 조사하여 '철룡 → 철용 → 처용 → 처용'으로 이해하고 있는데 '철룡 백힌 놈'이라던가 '개(犬) 철룡 백혔다' 등의 표현은 이 지역에 널리 유포되어 있다. 또한 이 유수가 밝힌 바대로 당시의 울산 지역은 바닷물이 지금의 세죽리로부터 태화강에까지 이르렀고 태화강가에 있는 태화루 쪽에서 용신제가 있었다는 것도 결국 그 주체는 巫라는 주장의 하나가 아닌가 한다.

다음으로 망해사 처용가조의 내용을 설화문학으로 이해하고 해석한 이들이 있다. 이에 참여한 학자로는 孫晋泰, 黃浿江, 張籌根, 金學成, 鄭炳憲 등이 있다. 설화는 그 속에 내재된 민족사상의 추출과 함께 사회변동과 더불어 나타나는 그 사회의 底層文化를 파악해 보는 척도로, 민족문학 연구의 주요한 관심사이다. 손진태는 그의 「處容郞傳說考」에서 처용 설화를 망해사 연기 설화로 파악하여 이 방면의 선편을 잡았다. 연기 설화는 반드시 숭배의 대상이나 어떤 사실이 있고 그에 따라 전설이 후세에 발생하여 형성된다고 했는데 이러한 관점은 김학성이나 정병헌의 설화 해석과도 그 맥이 통하고 있다. 정병헌은 그의 「처용가 연구」에서

> " … 그리고 설화에는 한 사실이 說話化되면서 나타나는 굴절의 양상이 포함된 것으로 인정해야 한다. 이 때 그 굴절 부분과 첨가부분, 삭제부분을 함께 파악해야만 처용 설화라는 복합설화의 성격이 드러나게 된다."

고 하여 설화는 어떤 사실이 굴절, 첨가, 삭제의 과정을 거친다고 하면서 처용 설화가 복합설화임을 주장하였다. 이것은 지금에 와서는 보편적 견해가 되었지만, 설화를 과학적 논리적으로 탐구한 서구이론을 수용하여 새로이 조명해 보려는 시도가 담긴 업적이라 하

겠다.

처용가를 설화문학으로 파악하고 한 걸음 더 나아가 이를 불교설화로 규정한 이가 황패강이다. 그는 처용가를 제외하고 그 설화만을 면밀히 분석한 뒤에 망해사연기를 주된 소재로 하여 짜인 불교적 설화의 성격임을 밝히고 있다.

이 무렵 장주근도 처용 설화를 전반적으로 검토한 뒤에 이 설화의 규명을 위하여 比較神話的 考察과 傳播論的 研究에 대한 중요성을 역설하였다. 門帖의 얘기, 연기 설화의 내용 등은 전래된 설화일 것이라는 가설이 제시된 것이다.

망해사 처용랑조 설화 해석의 또 다른 방법은 일군의 민속학자들에 의해 시도되었다. 이 방면에 참여한 학자로는 金東旭, 孫晋泰, 金烈圭, 金思燁, 張籌根, 金宅圭, 李杜鉉, 趙東一, 徐大錫 등 많은 연구자가 참여하였는데, 괄목할 만한 수확을 거두었다고 할 수 있다.

이들이 논의한 주요 관점은

첫째, 疫神의 존재에 대한 論議와,

둘째, 巫俗的 側面을 강조하여 처용의 의미 추출,

셋째, 傳來 祭儀로서의 굿 또는 가면극, 연극적 요소로서의 해석 등이라 요약할 수 있다.

첫째의 疫神에 대한 論議는 질병으로 파악한 경우와 사회의 병리 현상, 곧 환락에 젖은 사회상이나 병든 도시의 한 모습으로 파악한 내용들이다. 둘째 무속적 측면에서의 處容의 의미는 대체로 巫로의 論議이고, 셋째 祭儀로서의 굿, 가면극, 연극적 가능성의 논의는 이두현, 조동일, 박진태 등에 의해 꾸준히 진행되었다. 이두현은 복합적 신격인 이 처용은 벽사의 呪力과 '제웅'과 같은 進慶의 힘을 가진 것으로 보고 처용무를 종합가무극으로 결론지었다. 이어 趙東

一은 처용 설화에 대하여 무당들이 벌이는 呪術의 基本的인 方法을 통하여 하나의 연극의 형태를 보려 했다. 그는 극적 요소를 주인공인 처용과 상대역인 역신과의 대립으로 파악하고 그 주된 행동은 춤과 노래로 드러났다는 것이다. 박진태는 이를 좀더 확장하여 處容을 주동인물 곧 善神으로, 疫神을 반동인물인 惡神으로 규정하고 善이 惡을 퇴치하는 갈등구조라고 하였다. 이러한 주장들은 처용 설화 연구의 새로운 장을 마련하는 데에 크게 기여한 노작들이다.

다음으로 처용가의 문학적 해석을 살펴보자.

망해사 처용랑조의 설화를 탐구하면서 설화를 제외하고 향가인 처용가만을 따로 떼어 그 자체로만 작품 해석을 하고 그 결과를 평가하는 것은 아직도 한계가 있다. 우선 해독 자체가 완성되지 못한 상태이고, 설령 완성되었다고 하더라도 고려 말에 와서 문자로 정착되었기 때문에 헌강왕 당시의 원형과 거리가 있으리라는 짐작 때문이다. 그러나 지금 상태로는 어쩔 수 없는 일이다. 이러한 어려움이 있음에도 불구하고 처용가를 문학적으로 해석하여 두 갈래의 상반된 연구결과가 나와 있다. 하나는 詩的 metaphor가 결여된 조잡한 작품이라는 것이고 또 다른 견해는 天上的 image와 地上的 現實의 對立이 문학적인 tention을 조성하여 높은 차원으로 止揚된 세계라는 해석이다. 앞은 정병욱의 견해이고 뒤는 황패강의 해석이다. 이제선과 김학성도 문학적 해석을 시도했는데 이제선은 문학적 수사에 관심을 두어 처용가를 검토하면서 특이한 기교는 없으나 다소의 기지와 유희적 요소가 있다고 인정하고 한 편의 詩(문학작품)로 규정하고 있다. 이에 반해 김학성은 처용가 자체의 성격을 "직설적으로 속화된 조어와 표현"이라 하여 정병욱의 견해와 근접해 있다. 어쨌든 문학적으로 해석을 시도한 이러한 견해들은 작품을 해석하는 시각에 따라 얼마든지 다를 수 있을 것이다.

　이상에서 처용 설화와 처용가의 연구 현황을 어학적 해석의 문제, 설화문학으로서의 연구, 민속학적 측면의 연구, 문학적 연구의 순으로 검토하였다. 이 밖에도 정신분석학적 방법이나 사회학적 방법으로 해석을 시도한 논문도 있음을 부기해 둔다.

2.

　그러면 이 처용가를 포함한 처용 설화를 어떻게 볼 것인가. 또 어떻게 해석하는 것이 좋을 것인가에 대한 필자의 논의를 펴기로 하겠다. 앞에서 검토한 여러 선학들의 견해는 매우 뛰어난 결론을 도출했음에도 불구하고, 설화의 전편을 유기적으로 해석하는 데는 미흡했다는 생각이 든다. 다시 말하면 지나치게 부분에 대한 해석에 집착한 나머지 전체적인 구조와 그 의미 파악에 소홀했다는 말이다. 어느 논문에서도 망해사 연기 설화와 산신들이 나타나 춤을 추는 장면과의 연계성에 대한 해명이 미흡하고 語法集에서 인용한 말의 의미에 대한 검토가 미진한 상태다. 하나의 제목하에 진술된 한 토막의 작품은 유기적 관련이 있어야 한다. 각각 개별적으로 존재하는 군더더기가 아닌 것이다. 다음으로 처용의 존재에 관한 문제이다. 처용이 신라 중앙사회에 들어오는 과정에는 헌강왕과의 대결, 역신과의 대결을 거쳐야 했다. 이는 처용이 신라에서는 받아들여지기 힘든 존재였음을 뜻한다. 신라에 이질적이면서도 신라에 들어온 존재, 바로 이는 도래인 유형이 아닌가 한다. 바로 여기서 처용의 존재를 이해하기 위해서는 도래인 일반에 대한 해석이 요청된

다. 그러나 본고에서는 처용을 들어 도래인의 한 유형을 살펴보는
것으로 그치며, 도래인의 일반적인 양상과 그 의미에 대해서는 뒤
의 연구에서 다루기로 한다.

먼저 처용 설화를 포괄한 전체의 설화가 어떠한 양상으로 전개되
었는지를 살피기 위하여 설화 전편을 제시하고 이 설화의 전체 구
조를 새로이 조명하려 한다.

處容郎 望海寺

Ⅰ. 第四十九憲康大王之代 自京師至於海內 比屋連墻 無一草屋 笙歌不絶
道路 風雨調於四時於是大王 遊開雲浦 王將還駕 晝歇於汀邊 忽雲霧冥曀 迷
失道路 怪問左右 日官奏云 此東海龍所變也 宜行勝事以解之 於是勅有司 爲
龍刱佛寺近境 施令已出 雲開霧散 因名開雲浦 東海龍喜 乃率七子 現於駕前
讚德獻舞奏樂 其一子隨駕入京 輔佐王政 名曰處容 王以美女妻之 欲留其意
又賜級干職 其妻甚美 疫神欽慕之 變爲人 夜至其家 竊與之宿 處容自外至其
家 見寢有二人 乃唱歌作舞而退 歌曰

東京明期月良 夜入伊遊行如可 入良沙寢矣見昆 脚烏伊四是良羅 二肹隱
吾下於叱古 二肹隱誰支下焉古 本矣吾下是如馬於隱 奪叱良乙何如爲理古

時神現形跪於前曰 吾羨公之妻 今犯之矣 公不見怒 感而美之 誓今已後 見
畵公之形容 不入其門矣

因此國人門帖處容之形 以僻邪進慶

王旣還 乃卜靈鷲山東麓勝地 置寺曰望海寺 亦名新房寺 乃爲龍而置也

Ⅱ. 又幸鮑石亭 南山神現舞於御前 左右不見 王獨見之 有人現舞於前 王自
作舞 以像示之 神之名或曰祥審 故至今國人傳此舞 曰御舞祥審 或曰御舞山神
或云旣神出舞 審象其貌 命工摹刻 以示後代 故云象審 或云霜髯舞 此乃以其
形稱之 又幸於金剛嶺時 北岳神呈舞 名玉刀鈐 又同禮殿宴時 地神出舞 名地
伯級于

Ⅲ. 語法集云 于時山神獻舞 唱歌云 智理多都波都波等者 盖言以智理國者

知而多逃 都邑將破云謂也乃地神山神知國將亡 故作舞以警之 國人不悟 謂爲
現瑞 耽樂滋甚 故國終亡[1]

　위의 Ⅰ·Ⅱ·Ⅲ은 설화의 내용을 필자가 논의를 진행하기 위하
여 자의적으로 구분한 것이다. 그런데 이 내용은 각기 다른 세 조
각 또는 그 이상의 이야기로 유전되던 것을 일연이 채록하여 三國
遺事를 저술하면서 한 편의 설화로 만든 것이 아닌가 한다. 三國遺
事에 기술된 많은 설화들은 일연의 창작도 있으나 여기저기서 흘러
다니는 것을 채록한 것도 많다. 그러므로 같은 제목 속에 여러 설
화를 혼용하여 한 편의 새로운 설화로 기술할 수도 있었을 것이고,
이 경우 기술자의 판단에 따라 내용이 닮은 설화의 소재를 이용하
여 하나의 작품을 만들기도 했을 것이다. 이것은 이미 처용 설화를
복합 설화로 규정하고 논의를 전개한 여러 선학의 연구가 있으니
별다른 논증을 요하지 않는다. 위의 Ⅰ·Ⅱ·Ⅲ도 그러한 전제하에
구분해 본 것이다.

　이제 위의 Ⅰ·Ⅱ·Ⅲ의 내용을 구체적으로 검토해 보자. 여기에
는 약간의 문학적 해석의 문제를 거론할 필요가 있다. 문학이라는
것은 작품을 창작한 작가가 있고, 그 작가가 생산한 작품이 있게
마련이다. 독자는 이 작품을 통하여 작가의 의도를 파악하는 것이
주임무라 할 수 있다. 이 경우에도 여러 가지 방법론이 거론될 수
있을 것이다. 다만 본고에서는 작품에 담긴 내용파악을 언어에 최
대한 관심을 기울이면서 해석하는 입장을 취하고자 한다.[2] 그런
입장에 서서 문맥의 내용에 주의를 집중하여 설화의 내용을 파악해

---

1) 一然, 『三國遺事』 卷第二, 「處容郎 望海寺」.
2) 이상섭, 『언어와 상상』, 「문학의 언어와 그 해석 문제」, pp.13-15, 문학과 지성사
　　(1987).

보면 우선 Ⅰ은 「헌강왕의 나들이」가 중심이야기이다. Ⅱ는 헌강왕 앞에서 벌어진 신들의 춤 이야기가 그 중심 내용이고, Ⅲ은 일연의 역사인식을 바탕으로 한 당시 왕들에 대한 경계가 주된 내용으로 되어 있다.

　지금까지 연구된 선학들의 작품해석에서는 대부분 Ⅰ의 내용을 망해사와 관련된 연기 설화를 중심 요소로 파악하여 논의를 진행해 온 것이 주류를 이루었다. 물론 망해사 연기 설화도 주요한 이야기이기는 하다. 그러나 내용을 그렇게 파악하면 Ⅰ과 Ⅱ, 또 Ⅰ·Ⅱ·Ⅲ의 유기적 관련이 모호해진다. 하나의 작품은 작가의도를 드러내기 위한 통일된 조직체이다. 그러므로 Ⅰ·Ⅱ·Ⅲ은 공통된 요소를 지닌 구조로 해석해야 한다. Ⅰ이 망해사의 연기 설화가 주된 내용이면 Ⅱ와 Ⅲ의 내용도 이와 관련이 있어야 한다. 필자는 Ⅰ과 Ⅱ, 또는 Ⅰ·Ⅱ·Ⅲ의 유기적 관련을 염두에 두고 작품내용을 검토해 본 결과 이 글의 중심 내용은 「헌강왕」이고 Ⅰ단락의 핵심은 헌강왕의 개운포 나들이로 보아야 한다고 결론지었다. 시대배경은 태평성대이고 날씨는 화창했다. 이런 시점에 헌강왕이 개운포로 나들이한 것이다. 그러면 어째서 개운포로 나들이를 했을까. 그것은 단순한 유흥을 위한 것이었을까 아니면 다른 목적이 있었을까. 필자는 이 나들이가 단순한 유흥적 차원이 아니라 순수의 의미가 깊다고 여겨진다. 또 울산지방의 달천 광산에서 산출되는 쇠붙이와도 관련이 있었을 것으로 보인다. 이 작품에 기술된 내용으로 볼 때 헌강왕은 현명한 통치자다. 그리고 그는 당시 사회를 태평성대로 이끈 大王으로 기술되어 있다. 태평성대일수록 미리미리 국방대비를 해야 한다. 이것이 통치자들의 임무이다. 경주를 중심으로 한 신라는 북부지역이 넓은 들판으로 곡식의 공급처로 알려진 곡창지대이다.

반면에 울산에서 나는 광석은 국방에 필수인 무기 재료가 되었다 한다. 신라가 3국을 통일한 배경에 이러한 요소가 꼽히는 것은 이미 밝혀졌다.3) 이러한 연유와 지방민의 진무를 위하여 헌강왕이 울산지역에 나들이했다고 생각된다. 그런데 뜻밖에 운무를 만나고 이어 망해사를 지을 계기가 이루어졌다. 동시에 동해용자인 처용과의 만남이 실현된다. 그리고 그를 데리고 서울로 오게 되고 급간이라는 벼슬을 주고 그의 마음을 달래기 위해 미녀를 구하여 장가들게 했다. 결혼 후 처용의 밤나들이로 말미암아 역신이 나타나고, 그 유명한 처용가가 나오게 된다. 그리고 헌강왕은 약속대로 승지를 골라 망해사를 짓게 된다. 이것이 이 단락의 요지이다.

그런데 지금까지 헌강왕 시대를 정치불안기로 파악하고 Ⅲ단락의 나라 망한 내용과 결부시켜 헌강왕의 치적을 설화의 문맥대로 평가하지 않았다. 이것은 문학과 역사를 혼동하여 생긴 결과이다. 문학에서는 역사적 사실이 그리 중요하지 않다. 다만 서술자가 어떤 의도로 작품을 서술했는가가 중요하다. 그러나 이 설화의 내용으로 볼 때 헌강왕은 매우 지혜롭고 뛰어난 성군이라 판단된다. 갑자기 위기가 닥쳤을 때의 그 해결 능력(창사)이 돋보이고, 동해용이 나타나 왕을 위해 춤을 춘 것도 헌강왕의 대응 능력이 뛰어났기 때문에 나타난 현상으로 보인다. 또 Ⅱ단락에 신을 볼 수 있는 신통력을 지닌 것도 그의 임금됨을 암시한 장면이라 생각된다. 이와 같이 기술된 Ⅰ의 내용을 구조화하면 다음과 같다.

---

3) 권병탁, 「울주군 달천 철사업의 사적연구」, 『신라가야문화』 2집(1970).
　　문경현, 「진한의 철산과 신라의 강성」, 『대구사학』 7·8합집(1973).

Ⅰ. 헌강왕의 개운포 나들이
  1) 시대배경 ― 태평성대
  2) 지리배경 ― 개운포일대
  3) 절을 세운 경위 ― 운무 만남
  4) 처용을 만남
   ㄱ) 등용과 결혼
   ㄴ) 역신의 범간
   ㄷ) 처용가 부름
   ㄹ) 처용 형상 유래 ― 門帖
  5) 망해사 세움

　다음, Ⅱ단락의 내용은 헌강왕 앞에 나타난 神들의 춤을 중심 내용으로 하고 있다. 그런데 여기 나타나는 남산신, 북악신, 지신들이 모두 헌강왕과 관련이 있으며 공통적인 특징은 춤과 관련이 있다. 그런데 신들의 춤을 함께 있던 신하들은 보지 못하였고, 헌강왕만이 신들의 춤을 볼 수 있었다. 그래서 신의 춤의 모습을 임금이 직접 흉내내기도 했다. 이것은 무엇을 뜻하는가. 필자는 헌강왕이 신통력을 지닌 위대한 통치자였기 때문에 나타난 현상이라고 해석하고 싶다. Ⅰ단락에서 동해룡이 나타나 임금의 수레 앞에서 춤을 춘 것도 헌강왕의 통치력과 관련이 있어 보인다. 동해룡이 일곱 아들과 더불어 나와서 춘 춤은 헌강왕을 위한 것이었다. 이는 다시 말하면, 위대한 헌강왕에 대한 존경의 표시를 나타낸 것이고, 동시에 운무를 일으킨 것에 대한 사죄의 표시이기도 했을 것이다. 동해룡이 아무에게나 춤을 춘다고 해석하기는 어렵다. 존엄자나 위엄이 있는 통치자에게만 할 수 있는 행동일 것이다. 여기에서도 신들이 나와 춤을 추는 것을 볼 수 있었던 것도 헌강왕의 능력을 나타낸 것으로 평범한 사람들은 상상하기 어려운 일이다.

그런데 이 남산신, 북악신, 지신들이 얼핏 보아 Ⅰ의 내용과 하등의 관련이 없는 내용으로서, 전혀 별개의 애기라면 여기에 기술된 이유는 무엇인가. 그것은 한마디로 헌강왕대에 일어난 일로 헌강왕과 관련이 있기 때문에 기술된 것이다. 또, 이러한 문맥 이면에는 헌강왕의 위대함을 드러내려는 작가의 의도가 숨어 있다. Ⅱ단락의 시작부분을 보면 又(또)로 시작되고 있다. 이 又는 어떤 사실의 첨가이거나, 전혀 연관관계가 없는 경우에 사용되는 접속어이다. 그 때문에 이 부분이 항시 문제가 되었던 것이다. 그러나 여기서는 첨가로 보아야 한다. 이 부분이 기술됨으로 해서 헌강왕의 인간적 면모와 위대성이 더욱 부각될 수 있었다. 이 Ⅱ단락을 구조화하면 다음과 같다.

Ⅱ. 헌강왕 앞에 나타난 산신들의 춤
   1) 남산신 — 詳審 — 南
   2) 북악신 — 玉刀鈴 — 北
   3) 지 신 — 地伯級干 — 中央

Ⅲ의 단락은 신라의 운명을 알린 내용이다. 그 이야기를 語法集이라는 책에 기록된 내용을 인용하여 기술하고 있는데 이것은 地神과 山神들이 신라가 장차 망할 것이라는 것을 진술한 내용이다. 語法集이라는 책은 지금 전하지 않지만, 이를 인용한 것은 이 글을 기술한 一然스님이라는 사실을 염두에 둘 필요가 있다. 많은 책 중에서 이 책의 내용을 인용한 것은 작가 나름대로의 의도가 있었을

것이다. 그러므로 이 Ⅲ단락의 내용은 작가의식을 담은 것이라고 해석할 수 있다. 곧 나라가 망할 것이라는 것을 예고한 내용이기는 하나 나라 통치를 제대로 하지 않을 때 망하게 된다는 사실을 알린 내용이라 할 수 있다. 다시 말하면 헌강왕처럼 위대한 聖君이 통치를 한 신라도 결국 망했듯이 나라 사람들이 환락에 젖어 나라 통치를 제대로 하지 않으면 고려도 결국 망할 것이라는 것을 암시적으로 표현한 글이다. 이 설화는 고려 말이라는 시점에 작성된 것이므로, 신라가 망한 것은 사실로 나타났고, 이 부분에서는 그 사실을 확인한 것에 불과하다.

그러면 일연의 서술의도는 무엇인가. 그것은 당시 고려 사회에 대한 경계로 생각된다. 특히 나라를 통치하는 집권층에 대한 불자로서의 간접적 충고이다. 태평성대를 구가하고, 신통력을 발휘한 헌강왕이 다스린 신라도 결국 망하지 않았느냐. 지금 고려도 새로운 각오로 외세에 대한 저항력을 지니고, 나라 통치에 힘쓰지 않으면 고려도 망할 것이라는 내용을 담은 것으로 해석해야 한다. 일연이 살던 당시의 시대상이 외침세력의 발호와 국내 정치의 혼란이 지속된 사실을 감안한다면, 일연의 이러한 역사 인식은 새로운 조명을 해야 한다고 생각된다.

이 내용을 요약하면 다음과 같다.

Ⅲ. 고려 집권층에의 경계
  1) 지신 산신들의 춤 — 불길예고
  2) 환락경계

이상과 같은 내용을 지닌 Ⅰ·Ⅱ·Ⅲ의 내용을 요약하여 구조화하면 다음과 같다.

결국 이 처용 설화는 고려 말의 어지러운 시대 상황을 인식한 승 一然의 현실인식이 드러난 설화이다. 그리고 그 가장 핵심은 헌강 왕의 위대성과 그의 정치적 역량을 나타낸 것으로 생각된다.

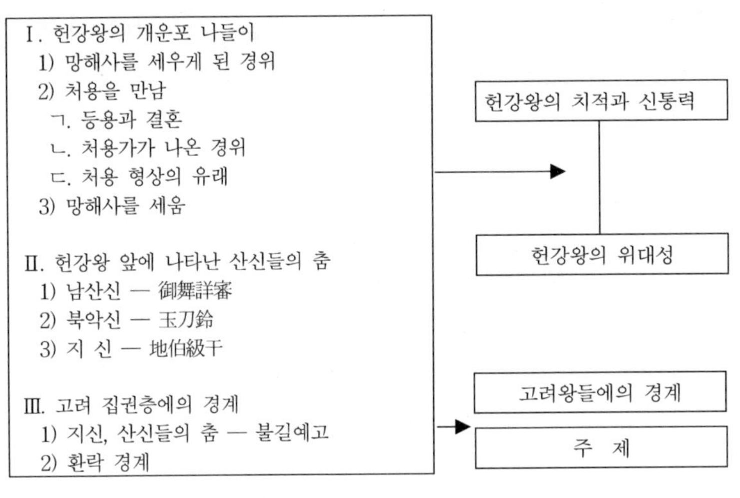

처용 설화의 구조

3.

그러면 이제 이 설화에 담긴 의미를 해석해 보기로 하자. 물론 지금까지 140편에 달하는 많은 연구물이 학계에 보고되어 다양한 의미해석이 있어 왔다. 이러한 선학들의 연구결과를 수용하여 필자 의 견해를 제시해 보고자 한다. 주지하다시피, 처용 설화는 신라 향가인 처용가를 담고 있기 때문에 더욱 큰 관심을 모으게 되었고 그 결과 이 설화는 처용가 유래에 초점이 모아져 망해사 연기 설화를 그 중심 테마로 인식해 왔다. 그리하여 망해사의 창건 유래, 처용이 어떤 존재인가, 역신은 무엇을 뜻하는가 그 담긴 사상은 무엇인가, 처용가면의 정체는 어떤 것인가 등등에 괄목할 연구 성과들이 나타나게 된 것이다. 필자는 이를 설화의 문헌을 바탕으로 하여 문맥 해석에 초점을 맞추어 새로운 해석을 시도하려 한다. 이것은 문학이 상징성을 지닌다는 평범한 사실을 염두에 두고 진행되는 것은 물론이다.

우선 이 설화의 주인공 헌강왕을 보자. 그는 당시를 태평성대로 이끈 임금이었다. 설화의 전반부에 자세히 서술되어 있다. 또 하나 그는 변방을 순시하여 항상 그들의 생활모습을 직접 확인할 정도로 정사에 부지런하였다. 개운포 나들이도 단순한 관광여행은 아니었을 것으로 생각된다. 신라 서울 경주의 가장 가까운 변방이 울산이다. 그런데 왜 이 울산지역에 왔는가. 그것은 울산지역의 정치적 중요성 때문으로 생각된다. 바다와 접해 있어 항상 왜구의 침략이 심한 지역이고, 그보다 중요한 것은 무기의 공급처이기도 했기 때문이었다. 울산 농소에 있는 달천 광산의 중석은 지금도 채굴되고 있거니와, 이 광산은 매우 질 높은 철로서 무기 원료로 적합하였고, 신라가 삼국을 통일하는 데 결정적인 도움을 준 것 중의 하나가 되었다. 현재 남아 있는 울산의 「쇠부리 노래」는 이 당시부터 불려진 노동요로 당시 상황을 알려 주고 있다.4) 그만큼 이 지역의

---

4) 『울산문화』 2집, 울산문화원, 1985, p.263 참조.
　울산문화원의 고증에 의하면, 울산의 철생산은 그 기원이 삼한시대에까지 거슬러 올라 가는데 진한 지방의 철은 특히 유명하여 동예와 왜에서도 무역해 갔고, 화폐와 같은 기능을 지녀 유통되었으며 낙랑과 대방을 거쳐 중국에까지 공급되었다고 한다. 이러한 배경이 「쇠부리 노래」를 지니게 된 유래가 되었다.

정치적 중요성은 컸다 하겠다. 이러한 이유로 그는 개운포에 들른 것이다. 또한 헌강왕은 신통력을 지닌 뛰어난 임금이었다. 포석정에 갔을 때 남산신이 춤을 추었는데, 같이 있던 사람들은 보지 못했으나 헌강왕은 이를 볼 수 있었고, 그들의 춤의 흉내까지도 내었던 것이다. 이것은 무엇을 뜻하는가. 바로 헌강왕의 위대함이고 통치역량의 일면이다. 눈에 보이는 민중들의 다스림만이 아니라 산신, 지신들과의 교감도 지닌 통치자였다. 신통력도 지닌 것이다. 이런 임금 앞에 하나의 사건이 일어났다. "忽雲霧冥曀하야 迷失道路"한 것이다. 그리고 그것은 "東海龍所變"이라는 것이다. 그 해결책으로 創佛寺를 命하였고 운무가 사라짐과 동시에 東海龍이 七子를 거느리고 나와 王을 위하여 讚德獻舞奏樂을 했다는 것이다.

　이 부분을 어떻게 이해할 것인가. 우선 雲霧는 무엇이며 東海龍의 정체는 무엇인가. 그리고 이 龍이 王을 위하여 춤을 춘 것은 무슨 뜻인가. 지금까지의 연구에서 이 운무에 대한 해석에 소홀했던 듯 싶다. 갑자기 운무가 나타났다는 사실을 현실로 받아들이기는 너무 유치하다. 설사 운무가 나타났더라도 길을 잃을 정도는 아니었을 것이다. 그러므로 이 운무는 왕이 움직이기도 어려운 커다란 사건이라 생각된다. 이 사건이 설화의 속성에 따라 입에서 입으로 전해 오면서 신비성을 지닌 모습으로 바뀐 것이다. 그리고 이 신비성은 곧 문학적 상징으로 바뀌어 문헌에 정착했다. 이 사건이 상징적으로 기술되면서 뒤의 내용들도 상징화하여 기술되었던 것이다. 말하자면 雲霧는 돌발적인 사태, 곧 갑작스런 침략행위 같은 실제적 사건을 상징한 것이고, 東海龍은 침략행위를 일으킨 무리의 우두머리이며 王을 위한 춤은 존엄자에 대한 외경의 표시거나 잘못에 대한 사과를 하는 행위로 해석할 수 있다. 그리고 創寺를 命하자

雲霧가 걷히게 되었는데 이것은 來侵者의 항복을 뜻하며 創寺를 命한 것은 외침자에 대한 대비책을 강구한 헌강왕의 대응이라 해석할 수 있다. 이 創寺를 작가 一然과 관련하여 불교적 호국 사상으로 해석한 업적이 많은데, 필자의 견해는 다르게 해석하고 싶다. 이 당시 절이란 단순한 종교적 차원의 역할만이 아니라 사회사적 입장에 볼 때, 국가 수호의 임무도 있는 것으로 생각된다. 실제로 다음과 같은 기록에서 그와 같은 생각을 확인할 수 있다.

> 제31대 신문 대왕의 이름은 정명이요 성은 김씨다. 개요 원년 신사 7월 7일에 즉위하여 훌륭한 아버지였던 문무 대왕을 위하여 동해가에 감은사를 지었다.(절 기록에 이르기를 문무왕이 일본 군사를 진압하기 위하여 일부러 이 절을 처음으로 짓다가 다 끝내지 못하고 죽어 용이 되었으며 그 아들 신문왕이 즉위하여 개요 2년에 금당을 완성했다)[5]

이 기록을 볼 때 감은사는 일본 군사를 진압하기 위하여 지은 절이다. 감은사는 망해사에서 강릉 방향으로 6, 70리쯤 떨어진 바닷가에 자리잡고 있다. 그렇다면 이 동해 쪽에는 일본 군사를 진압할 의도로 사찰을 창건한 것이 오래 전부터 있어 온 사실임을 알 수 있다. 곧 이 당시의 사찰은 불교 본연의 의미와 함께 국가 방어 차원의 성격도 지닌 것이었다. 이로 미루어 보면 삼국유사에 나오는 수로부인조의 용이나 낙산사의 연기 설화에 나오는 용들에도 어떤 공통점이 추출됨직하다.

---

5) 『三國遺事』 卷二 「萬波息笛」.
　　이 감은사는 경상북도 월성군 양남면 소재로 절터만 남아 있다. 이 절의 앞쪽 동해가에 利見臺가 있고, 바닷물 속에 대왕암이 있다. 이 구성이 망해사, 망해대, 처용암의 모습과 흡사하다. 또 감은사 뒷편 산속에 석굴암이 동해로 향해 서있다. 이것이 모두 동해쪽 외침세력의 견제와 관계가 있어 보인다.

이 지역은 포구인 관계로 외침이 잦았던 곳이다. 특히 가까운 왜구의 침입이 빈번했음을 다른 기록에서 확인할 수 있다. 그 사건이 헌강왕의 나들이와 맞물렸을 것으로 생각된다. 이 외래의 침입자들은 누구일까. 이를 위해서는 몇 가지 전제가 필요하다. 우선 필자는 이를 도래인의 한 유형으로 해석하려 한다. 그리고 이 渡來人의 우두머리는 그들의 대장이며 데려온 七子는 그의 아들과 부하들이었을 것이다. 그리하여 현명한 헌강왕은 그들과 대결을 했고, 헌강왕은 이들을 격파한 것이다. 미처 위대한 헌강왕이 거기에 있으리라고 예상치 못한 도래인들은 굴복을 하고 왕 앞에 나타나지 않을 수 없었으며, 왕을 위하여 사죄의 표시와 존경의 표시로 춤을 춘 것이다. 그리고 왕을 위한 항복의 춤만이 이 위기를 극복할 해결 방안이었을 것이다. 그러므로 創寺를 명한 왕의 대응은 나라의 안전을 도모하기 위한 守護寺로서의 성격을 지닌 것이라 보아야 한다.

다음으로 헌강왕은 이 외부 세력의 우두머리 아들인 처용을 서울로 데려오고, 미녀와 짝지어 혼인시키고 급간 벼슬을 주었다. 그런데 그의 아내를 역신이 흠모하여 간음을 한 것이다. 이를 본 처용이 처용가를 부르며 물러나왔고, 그 인품에 감동한 역신이 처용의 존재를 인정하고 그와 타협하는 내용으로 이어진다. 이 부분에서 항상 문제가 되는 것이 처용이 어떤 존재인가 하는 문제다. 필자는 이 처용은 來侵勢力의 核心人物로서 인질의 신분이라고 해석하려 한다.6) 고려 말 우리나라의 왕자들이 원나라에 볼모로 갔던 사실을 기억한다면 쉽게 유추할 수 있는 일이다. 인질로 처용을 경주로

______

6) 이러한 해석은 이미 이우성 교수에 의해 제기된 바 있다. 그는 폭넓은 역사자료를 동원하여 「고려의 其人制度」와 결부시켜 처용을 지방호족의 자제로 보고, 이를 質子로 삼은 것으로 이해하였다.
    李佑成, 「三國遺事 所載 處容說話의 一分析」(金載元 博士 回甲紀念論叢, 1969).

데려옴으로써 계속될지 모르는 外勢의 내침을 예방하였고, 그 대가로 처용에게 미녀를 제공하였다. 그런데 역신이 그 부인을 흠모하여 간음을 한 것이다. 이 때 이 疫神의 존재는 무엇인가. 이를 대부분의 연구자들은 漢字의 뜻에 얽매여 질병과 결부시키고 있다. 그러나 필자는 이 역신을 중앙집권세력의 불량배를 상징한 것으로 해석하고 싶다. 처용은 비록 급간 벼슬을 얻고 王政輔佐하는 위치에 있기는 하였으나 그의 活動은 인질로서의 한계가 있었다. 그런 처용을 바라보는 원주민—중앙집권세력—의 눈에는 하찮은 존재로 보였을 것이고 그런 처용에게 미인의 아내를 두었다는 사실에 일종의 질투심도 생길 수 있었을 것이다. 그 결과 범간에까지 이른 것이요, 저녁 늦게 돌아온 처용은 이를 발견하게 되었지만, 상대가 중앙집권세력임을 알고 맥없이 물러날 수밖에 없었다. 그러나 그냥 물러날 수는 없는 일이다. 그래서 노래 처용가를 부른 것이다. 이 것은 힘으로 상대방을 제압할 수 없을 때 할 수 있는 최선의 방법으로 생각된다. 이 점에서 필자는 노래의 성격을 다시 규명해야 한다고 생각한다. 지금까지 논의된 것처럼 관용과 용서, 또는 불교적 자비정신의 표출보다는 그 이면에 강한 저항적 요소가 함축되어 있을 것이다. 그러나 이것은 처용가의 완벽한 해독이 이루어진 뒤에야 가능할 것이다.

평소 인질로 업신여기던 그 중앙의 권력자는 노래를 듣고 처용의 인품에 감동하게 되고, 노래에 담긴 심오한 의미를 깨닫고 드디어 그에게 사과한다. 그리고 다시는 범접하지 않기로 맹세하게 되었다는 것이다. 다시 정리를 하면 東海의 龍은 渡來人의 우두머리이고, 처용은 인질로 잡아온 그의 아들이며, 역신의 존재는 집권세력 중에 질이 좋지 않은 세력이라는 것이다. 문헌 설화연구에서 가장 중요한 것은 문맥의 정확한 파악이며, 합리적 해석이 따라야 한다. 이렇게 볼 때 이 글의 바탕에 흐르는 사상은 호국불교사상이나, 용신사상으로 해석하기 보다는 일연의 현실인식이 표출되어 나타난 신라인의 우월감과 민족의식의 표출로 해석하는 것이 뒷 단락과 관련지어 생각할 때 더욱 합리적이다.

그러나 더욱 핵심적인 것은 처용의 설화는 외래의 침입세력과 그들과의 대립으로 이루어져 있다는 사실이다. 처용이 신라에 들어오기 위해서는 헌강왕과 같은 위대한 신라의 지도자들과 대립이 있었고, 뒤에 처용이 신라의 중앙 사회에 들어와서는 역신의 형상을 한 세력과도 한 차례 대립이 있었다. 처용이 용왕의 아들로 묘사된 것은 외래의 세력임을 보여 주는 것이지만 그러한 외래의 세력이 신라의 사회에 도래해 습합되는 과정에는 적지 않은 문제가 있었던 것으로 여겨진다.

渡來 모티프를 가지고 문제삼으면, 처용 설화는 도래인의 유형에서 석탈해유형과 대비된다. 이들은 모두 이방인이고, 신라사회에 습합되기 위해서는 몇 차례 시련을 겪어야 했던 인물들이다. 우선 석탈해는 바다를 건너왔으며, 연장자임을 과시하기 위해 한 차례 투쟁을 겪었고, 거처할 곳을 두고 남의 집을 빼앗기 위해 또 한 차례 투쟁을 치러야 했다. 이는 마치 처용이 헌강왕과의 대결을 통해 신라에 들어왔고, 역신을 가장한 어떤 세력집단과의 대결을 겪은 후에 비로소 중앙에 정착할 수 있었던 것과 마찬가지이다. 석탈해 이야기에선 석탈해의 능력을 시험하는 역할이 일반 민중을 대상으로 했으나, 처용의 이야기에서는 그 능력을 시험하는 역할을 헌강왕이 함으로써 처용의 신격을 인정하고 신라의 사회에 받아들이는 시험관의 역을 맡은 헌강왕의 존재를 더욱 부각시킨 것이 다를 뿐

이다.

　도래의 표지는 이 두 편의 이야기에만 해당되지 않는다. 도래의 부정적 표지는 도래되는 것, 곧 移住의 양상이라고 생각된다. 그런 이주의 양상으로 연오랑세오녀의 이야기를 들 수 있다. 이것도 일본에서 받아들여지기 위해서는 어떤 시련을 겪었을 법하다. 그러나 그런 내용이 드러나 있지 않을 뿐이다.

　이렇게 보면 도래와 이주라는 것은 도래의 표지를 통해 변별되는 서로 다른 두 가지 양상인 것으로 여겨진다. 또 석탈해이야기나 처용의 이야기에서처럼 도래한 인물이 신라에 습합되는 과정에는 서로 다른 양태가 있었을 것으로 생각된다. 그래서 본고는 도래를 표지로 해서 도래/이주의 두 가지 양상이 있다는 것과 함께, 도래의 표지 안에도 두가지 유형이 있어서 석탈해처럼 민중에 의해 시련을 받는 유형이 있고, 처용처럼 헌강왕, 역신과 같은 위대한 인물들에 의해 시련을 받는 유형의 인물이 있는 것이다. 그런 내용을 도시하면 다음과 같다

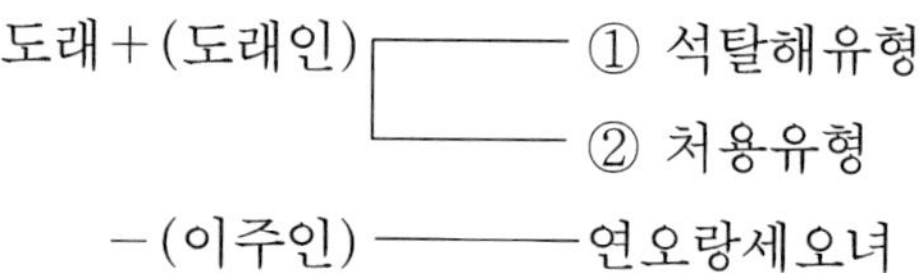

　다음으로 문제가 되는 것이 포석정의 남산신, 금강령의 북악신, 동례전에 나타난 지신의 존재는 무엇이며, 앞의 내용과 어떤 관련이 있는가 하는 점이다. 이것도 앞에서 진술한 바와 같이 헌강왕 시대에 나타난 사건들로서, 이 글이 망해사 연기 설화가 중심이 아니라 헌강왕이 중심이기 때문에 헌강왕과의 관계 때문에 이 부분에

기술된 것으로 해석하고자 한다. 그리고 이 신들은 각각 무엇인가. 이것들도 고도의 문학적 상징으로서 이들은 각각 어떤 특정한 세력들을 대표한다고 보고 싶다.

일연 당시의 고려 사회는 극도로 문란한 상태였다. 왕권이 흔들리고, 외세의 발호는 극에 달하였다. 지방에는 민란이 일어나고 관료는 부패해 있었다. 이런 시대 상황 속에서 일연은 삼국유사를 집필하였고, 처용랑조도 그렇게 하여 기술되었다. 이렇게 볼 때 헌강왕 당시에 나타난 신들도 이런 시대 상황과 관련이 있어 보인다. 이 관련은 이 글에서 드러내고자 한 작자의 의도와도 관련이 있을 것이다. 그러면 이 신들은 각각 무엇을 뜻하는가. 필자의 견해로는 북쪽 금강령의 북악신은 북방에서 내려오는 세력이고, 남방의 남산신의 존재는 남쪽 여러 도서의 외침세력으로 이해하고자 한다. 그리고 지신은 신라의 수호신들이다. 그런데 흥미로운 것은 남방과 북방, 그리고 동방 및 중앙을 관장하는 신들이 모두 나타난 반면에 서방세력을 상징하는 신이 등장하지 않는다는 사실이다. 이것이 필자가 이 신들의 존재가 외부세력이라 해석하는 하나의 단서이기도 하다. 신라의 서방은 같은 민족인 백제의 후예들이 사는 곳이다. 굳이 신이 나타날 이유가 없는 것이다. 이 점이 민족의식을 담은 내용이라는 것을 더 잘 부각시키고 있다. 이 춤이 고려로 조선으로 이어지면서 五方舞로 발전하고 그 속에는 왕에 대한 존경의 표시와 민족정신을 담게 된 것이다.

다음으로 이 북악신, 남산신, 지신들이 춘 춤의 의미는 무엇인가. 이는 두 가지로 해석할 수 있다. 하나는 위대한 헌강왕에 대한 화친의 몸짓이고 또 하나는 신라의 정세를 염탐하는 거짓모습으로서의 춤이다. 그러나 이 부분에서는 분명히 화친의 몸짓으로 이해된다. 왜냐하면 신통력을 지닌 헌강왕이 신라를 통치하고 있기 때문에 서로 사이좋게 지낼 수밖에 없는 처지이다. 그러나 뒤에 나오는 어법집의 내용과 관련할 때 두 번째 해석도 숨겨져 있음을 간파해야 한다.

이제 마지막으로 어법집의 내용을 인용한 작가 일연의 의도를 살펴보자.

지금까지 어법집에서 인용된 부분이 앞 설화와 어떤 관련이 있는가에 대하여 많은 논란이 있었다. 그러나 명쾌하게 그 해답이 나오지 못한 듯하다. 필자는 우선 어법집에서 인용된 부분은 작가 일연의 창작 의도를 드러낸 부분임을 지적하고자 한다. 이는 흔히 삼국유사에 실린 설화의 말미에 "讚曰" 등으로 표시하여 글의 내용을 요약하고 거기 대한 작가의 태도가 드러나는 식의 구조로 써진 것들이 많음에서 볼 수 있듯이 하나의 결론 부분이다. 이 부분도 일연의 그런 의도를 드러낸 것이라 생각된다.

그리고 그 내용 중에 아직 해독되지 않은 부분이 있기는 하지만 그 대강의 내용만은 파악할 수 있을 듯하다. 그 첫째가 山神들이 춤을 추고 노래를 불러 신라의 운명을 예언하고, 경계토록 했다는 것과 신라인이 이를 깨닫지 못하고 耽樂하여 결국 신라가 망했다는 사실이 그것이다. 이 두 내용은 일연이 고려인들에게 말하기 위한 작품의 주제로 해석해도 무리가 없다. 헌강왕 같은 유능한 통치자가 있었던 신라도 결국 망했다는 사실을 말함으로써, 당시 임금과 집권층에 대하여 경계의 마음을 갖도록 촉구한 내용이라는 말이다. 이것이 이 작품의 주제이기도 하다. 고려 말을 살다간 일연스님은 불자이면서도 우리 민족 전래의 설화에 많은 관심을 가져 민족의식을 고취한 분이었다. 그는 삼국유사를 편찬하면서 불교전파의 일면과 민족의식의 고양에 많은 노력을 기울인 분임을 이 글을 통하여 확인할 수 있다. 그리고 그는 고도의 상징적 수법을 동원하여 처용 설화를 기술하고 있다. 망해사 연기 설화를 나타낸 듯하면서도 그 속에는 이런 민족정신을 담고 있었던 것이다.

4.

지금까지 논의한 내용은 기존 연구자들의 관점과 약간 상충되는 내용을 담고 있다. 그 가장 큰 이유는 작품을 어떻게 보는가 하는 시각의 차이 때문이라 할 수 있다. 기존 연구 성과의 대부분이 「처용가 망해사」조의 설화를 처용 중심으로 파악하여 처용의 존재와 역신의 해명에 주력해 왔다. 그리고 그것은 이 설화의 후대에의 영향력을 보아도 쉽게 수긍할 수 있는 일이기도 하다. 향가인 처용가는 뒷날 고려가요인 처용가로 발전했고 또 처용무가 생겨 궁중 의식에서 즐겨 추는 춤이 되었다. 이 과정에서 사방무였던 춤이 오방무로 되어 궁중무의 전형을 제시하였다. 그 결과 오늘에 와서는 처용하면 모르는 이가 없을 정도가 되었다.

그러나 이것은 작품 전체의 해명이 아니다. 문학 작품은 어느 한 부분의 흥미소만 추출하여 연구되어서는 곤란하다. 전체를 하나로 인식하는 자세가 중요하다. 그 결과 II단락의 「신들의 춤」이 앞단락과 어떤 관련을 갖는가에 대하여 해명하지 못하고 있고 작가의 주제가 들어 있는 III단락과의 유기적 관련에 대한 해명도 미흡한 듯하다. 이를 바꾸어 말하면 설화 전체를 처용의 해명에만 집착하게 되어 가장 중요한 문학 작품의 해석을 소홀히 하고 흥미거리인

민속적 현상만을 부각하게 되었다는 말이다. 물론 민속적 현상의 해명도 중요한 일이기는 하다. 그러나 그러한 작업은 작품의 전체적 해석이 이루어진 바탕 위에서 행해지는 것이 어떨까 싶다. 이런 관점에서 이 작품을 해석해 보려는 것이다. 작품 해석에 있어서도 여러 가지 관점이 있겠으나 여기서는 작품 전체를 하나의 덩어리로 보려 한다. 이를 문학의 구조라 해도 무방하다. 문학 작품은 아무렇게나 이루어진 구조가 아니다. 작품 속에는 작가의 치밀한 의도가 내재되어 있다. 불필요한 요소가 첨가된 잡문도 있을 수 있으나 처용 설화에는 그런 요소를 찾을 수 없다. Ⅰ·Ⅱ·Ⅲ단락이 유기적으로 결합되어 있다. 곧 필요한 요소를 잘 갖춘 하나의 문학 작품이란 말이다. 중심 인물이 선명히 부각되어 있고 작가 의도도 잘 드러나 있다. 이 글의 주동 인물은 헌강왕이다. 그리고 모든 조직들이 헌강왕을 중심으로 잘 짜여 있다. 처용도 주요 인물의 하나이기는 하나, 헌강왕에 비하여 부수적 인물이다. 서사적 관점에서 보더라도 그 중심 축에는 항상 헌강왕이 자리하고 있다. 모든 해석도 헌강왕이 중심일 때라야 가능하다. 이런 중심 인물을 배제하고 부수적 인물인 처용에만 초점을 맞추어 해석하는 것은 전체를 파악하는 데에 무리가 있다. Ⅲ단락에 나타난 일연의 작가의식도 그렇다. 작품 전체를 유기적으로 파악하지 않으면 이 설화는 한갖 망해사 연기 설화로 전락하기 쉽다. 그러나 이 설화는 망해사 연기 설화만을 표출한 것은 아닌 듯 싶다. Ⅲ단락의 내용에서 쉽게 이를 파악할 수 있다.

Ⅲ단락에 포함된 내용에는 두 가지 측면에서 검토해 볼 수가 있다. 하나는 시대 배경에 대한 검토이고 또 하나는 고려 말 식자층들의 의식성향이다. 그들은 시대분위기를 비관적으로 인식하고 상

당한 비판의식을 토로하고 있다.

　앞 단락에서 어법집에서 인용한 내용을 담은 Ⅲ단락은 일연의 작가의식을 표출한 것으로 파악했거니와 그 이면에는 고려말이라는 시대 배경이 크게 작용하고 있음을 간과할 수가 없다. 일연이 살던 당시는 13세기로서 우리 역사에서 이른바 무인 집권 시대에 해당한다. 문신들은 무신들에 의해 살육당하거나 제 기능을 하지 못하였으며 왕권은 유명무실한 상태였다. 거기다가 외세의 침입은 나라 전체를 온통 기아와 빈곤에 빠지게 했으며 극심한 혼란에 휩싸이지 않을 수 없었다. 급기야 왕을 중심으로 한 집권층은 나라를 지킨다는 미명 아래 강화도 천도를 하기에 이르렀다. 백성들은 관심 밖이었다. 이러한 역사적 상황을 바라보는 식자층 곧 일연의 내면의식은 무엇이었을까. 그는 평범한 시정인은 아니었다. 모든 물욕을 끊고 구도의 길에 오른 승려였다. 그러나 그는 불도에만 정진할 수 없는 고려인으로서의 자각이 있었던 것이다. 삼국유사의 찬술 자체가 그러한 것을 잘 증명해 준다. 삼국유사를 찬술하되 그는 삼국사기와는 전혀 다른 민족혼을 고취하는 내용들을 수록 정리한 것이다. 삼국유사의 이곳저곳에서 번뜩이는 한국적인 것 우리의 것들이 보석처럼 빛나고 있다. 이 글에서도 헌강왕을 위대한 통치자로 설정하고 그가 누린 태평성대의 모습과 또 모든 외부 세력들이 헌강왕 앞에서 굴복하는 모습으로 나타낸 것은 일연의 이러한 의식의 단면을 표출한 것이다. 헌강왕대의 역사적 실제적 사실은 문학에서 그리 중요하지 않다. 다만 작가가 드러내고자 한 것은 무능하고 비겁한 고려왕들에 대하여 위대했던 헌강왕의 모습을 그려냄으로써 고려왕들의 귀감이 되도록 하고자 했다.

　또 식자층들의 의식이다. 일연은 승려이기는 하면서도 고려 사회의 상층부에 속하는 식자이다. 이러한 식자들로는 당시의 유명한 강좌 칠현 같은 사람들을 꼽을 수 있을 것이다. 특히 필자는 이 무렵의 인물로 이규보에 대하여 관심을 갖고자 한다. 왜냐하면 이규보가 남긴 민족 서사시 「동명왕편」 속에 나타난 작가의식이 이 작품과 상통하는 정신을 담고 있기 때문이다. 이 작품은 인멸된 오세문의 역대가나 이승휴의 제왕운기와 더불어 서사시의 맥을 잇는 정신세계를 드러내고 있다고 판단되어서이다.

결국 이러한 몇 가지 사실만 보아도 「처용랑 망해사」 설화는 단순한 민속적 가치만 지니는 것이 아니고, 보다 본질적인 헌강왕 시대의 서사 문학적 요소를 읽어낼 수 있어 보인다. 그리고 그 속에는 민족을 사랑하는 일연의 숭고한 정신이 흘러 넘치고 있다.

〈處容歌〉와 관련설화의 생성기반과 의미

김학성

1. 머리말

「三國遺事」의 「處容郞 望海寺」條에 전하는 〈處容歌〉와 그 배경 설화에 관한 탐구는 이미 1989년에 151편의 논문목록이 작성될 정도로[1] 가장 활발한 연구분야의 하나로 자리하고 있고, 그 이후로도 주목할 만한 논문이 해마다 지속적으로 수 편씩 보고되고 있다.

이것은 한편으로 바람직한 현상이면서, 다른 한편으로 염려스러운 면을 함께 지니는 이중적 의미를 갖는 것으로 보인다. 즉, 문학 텍스트는 고정불변의 常數로서 우리 앞에 존재하지만 그것을 수용하는 시대와 사회 그리고 연구자라는 새로운 變數에 의해 끝없이 재해석되고 새로운 의미망을 드러내지 않을 수 없다는 생산적 측면에서는 바람직한 현상이라 하겠다. 하지만 그와 달리 접근의 시각이나 논의 방법의 부적절성에서 야기되는 여러 혼란된 견해의 소모적 재생산은 그 결과의 정당성을 획득하기 어렵다는 측면에서 오히려 부정적인 현상이라 아니할 수 없다.

---

1) 김동욱·황패강·김경수 공편, 「처용연구논총」, 울산문화원, 1989 참조.

  필자도 일찍이 이 분야에 관심을 가져 두 편의 논문을 이미 보고한 바 있다. 그 하나는 「處容說話의 形成과 變異過程」(韓國民俗學 10집, 民俗學會, 1977)이고, 다른 하나는 「처용설화의 서술구조와 처용가의 성격」(「문학 한글」 4호, 한글학회, 1990)이 그것이다. 그러나 필자는 이 두 편의 논문을 포함한 기존의 모든 논의들에 아직 만족하지 못하고 있다. 물론 그 중에는 긍정적인 성과도 부분적으로 눈에 띄지만, 대부분의 경우 접근시각이나 논의 방법이 문제점을 많이 안고 있어서 연구 성과가 발전적 지향 쪽으로 축적되었다기보다는 그 반대편의 소모적 재생산 쪽으로 기울어지는 것이 아닌가 하는 회의적인 생각을 더 갖게 되는 것이 솔직한 심정이다.

  필자가 이런 생각을 하게 된 계기는 1989년 부산에서 발견된 필사본 「花郎世紀」[2]의 출현에 연유한다. 이 자료는 史料로서의 신빙성 정도를 떠나서 화랑의 문화적 체질과 특성올 이해하는 데 결정적인 단서를 주는 略號 혹은 기호들을 곳곳에 간직하고 있다. 뿐아니라 이 자료를 바탕으로 하여 볼 때 화랑 관련 문화와 그들의 향유 작품인 향가의 이해에 있어서 전면척인 시각의 전환이 요청됨을 깨닫게 된다.

  이에 필자는 화랑과 그들의 문화활동[3] — 특히 향가와의 관련에

---

2) 이 자료에 대한 진위 여부는 엇갈린 평가가 내려지고 있어 사학계에서는 아직 일부에서만 사료로 인정하여 다루고 있다. 그러나 이 자료가 僞書라고 보기에는 작은 분량의 현존문건(16장) 속에 무려 138명의 인물이 등장하고, 문장이 신라 한문체인 四句體 중심으로 古拙하며, 기존 지식과는 상당히 다른 사항들을 많이 내포하고 있다는 점에서 신빙성을 더하고 있다고 평가되고 있다. 더욱이 李載浩, 「花郎世紀의 史料的 價値」(「정신문화연구」 36호, 1989)에서는 화랑의 후손인 金大問이 아니고는 歷史 화랑의 世系를 이렇게 昭詳히 기술할 수 없다고 보고, 당대의 필사본이 후대에 轉寫되어 내려온 것으로 판정한 바 있다.

3) 필자는 그 결과를 「鄕歌의 장르 體系論」(「大東文化硏究」 27輯, 成均館大大東文化硏究院, 1992)으로 보고한 바 있다.

주목하여, 그 첫 작업으로 향가의 언어적 의미에서의 상관성을 전면적이고 포괄적인 작업에서부터[4] 개별적이고 세부적인 작업에 이르기까지 하나한 해결해 나가려고 한다.

　본고에서 다루고자 하는 〈처용가〉와 그 관련설화의 기호적 의미의 탐색은 이런 관점에서 시도하는 첫 개별적 세부적 작업에 되는 샘이다. 아울러 이전에 발표한 필자의 두 편의 논문을 포함한 기존의 모든 논의들을 발전적으로 지양 극복하고자 하는 의도를 담고 있다.

2. 처용의 정체와 무속적 이해의 문제점

　〈처용가〉와 그 관련설화를 해명하는 데 있어서 핵심이 되는 문제는 처용의 정체를 밝히는 일과 상관된다. 처용의 정체에 대한 기존의 논의는 ① 辟邪假面의 인격화, ② 護國護法龍의 불교적 상관인물, ③ 巫堂 혹은 巫堂의 神主, ④ 역사적 실존인물 등 네 가지로 정리될 수 있다.[5] 이 가운데 ③이 數量面에서 가장 절대적인 지지를 받고 있다. 그러나 ③이 수량면에서 집중적인 지지를 받는다 해서 그것이 곧 정당한 견해라고 인정될 수는 없는 노릇이다.

---

4) 필자는 이러한 작업의 일환으로 「향가와 화랑집단」이란 논문을 한국고전문학연구회 동계학술발표대회(1995. 2. 7. 순천향대)에서 발표한 바 있고(이는 곧 「문학과 사회집단」(집문당 刊)이란 책자에 수록될 예정임), 그 후속작업으로 「향가에 나타난 화랑집단의 문화의미권적 상징」을 준비중에 있다.

5) 자세한 논의는 金鎭英, 「處容의 정체」(「韓國文學史의 爭點」, 集文堂, 1986) 및 朴鎭泰, 「〈處容歌〉의 祭儀的 構造와 機能」「古典詩歌의 理念과 表象」, 林下停年紀念論業刊行委員會, 1991) 참조.

그것이 곧 타당한 견해로서 설득력을 가지려면 다음과 같은 몇 가지 의문들이 선결되어야 할 것이다.

첫째, 처용이 무당 혹은 무당이 모시는 神格(龍神)이라면 관련설화에서는 왜 巫俗 문화권의 약호를 사용하지 않고 處容郎이라는 '화랑'의 신분표시를 알리는 약호를 제목에서 사용했을까? 이에 대한 의문은 ③의 논의 가운데 아직 아무도 언급하거나 해명한 바가 없다. 주지하다시피 '郎'이라는 약호는 화랑의 신분을 알리는 신라시대의 기호로써, 신격 혹은 무당에 사용된 용례는 그 시대에서 찾아볼 수 없다. 무당을 '화랭이'로 부른다든가 하는 것은 화랑의 전통이 완전히 사라진 조선후기 이후에서나 볼 수 있는 현상일 뿐이다.6) 또 神格에 붙여지는 약호로는 軍馬大王, 鎭國公 啓國伯 등에서 볼 수 있듯이 '-대왕' '-公' '-伯' 등이 흔히 보일 뿐 '郎'으로 약호화 되는 경우는 찾아보기 어렵다. 이런 점에서 오히려 우리는 처용의 신분이 무당이라거나 무당이 主神으로 모시는 신격이 아니라, '화랑'임을 짐작할 수 있게 되는데 이런 의문점을 어떻게 해소할 수 있을까?

둘째, 처용이 무당 혹은 신격 그 자체라는 견해는 무엇보다 처용이 東海龍子로 설정되어 있고 疫神을 물리쳤다는 관련설화에 근거를 두고 있다. 그러나 처용이 그러한 주술능력을 갖고 있고 신격화되어 서술되었다 해서 처용의 신분 자체가 애초부터 무당이라거나 龍神의 신격이라는 보증을 해주는 근거로 삼을 수 있을 것인가? 필자는 결코 그럴 수 없다고 본다. 그것은 이를테면 開城 부근의 德物山에 신격으로 모셔진 崔瑩 장군이 무속문화권에서 신격으로

---

6) 명칭의 상관성 때문에 화랑이 변질되어 巫夫 혹은 倡優집단으로 이어진다고 보는 것은 잘못된 견해이다. 이는 丁若鏞이 「雅言覺非」에서 이미 화랑과 무당은 별개라고 한 지적에서 잘 드러나고 있다.

이야기되고 呪能을 행사한다고 해서 최영 장군이 애초부터 무당이라거나 덕물산의 신격적 존재였다고 이해하는 것과 동궤이기 때문이다.7)

셋째, 처용이 신격 혹은 무당이라는 또다른 근거로 처용의 出現處인 울산의 處容島(岩)와 그곳의 神堂인 處容堂을 들고, 거기서 처용맞이 굿이 있었으며 그 굿의 口述相關物이 처용설화라는 관점을 취하는 데서8) 찾을 수 있는데 이 또한 정당한 근거라 하기 어렵다. 이를테면 「삼국유사」의 <萬波息笛說話>에서 보듯이 大王岩 위에서 龍神이 神文王에게 玉帶를 바치고 龍神인 文武大王과 天神인 金庾信이 보낸 대나무를 전하면서 피리를 만들어 천하를 다스리면 和平해질 것이라는 神託을 내리는 이야기의 서술을, 대왕암에서 용신맞이 굿을 하는 祭儀의 구술상관물로 보고 이를 근거로 하여 이 굿의 신격으로 좌정한 문무왕을 역사적 인물이 아니라고 부정하고, 나아가 문무왕을 대왕암에서 행하는 龍神맞이 굿을 주관하는 무당이라거나 그 神主인 龍神으로 이해하는 것과 다르지 않기 때문이다.

넷째, 처용이 역신을 퇴치하는 무당이거나, 처용암에 모셔 놓은 신격인 용신이라면 憲康王이 동해용을 위해 사찰을 지어 주겠노라고 약속하니 왕의 덕을 찬양하고 獻舞했다는 사실은 어떻게 받아들여져야 할까? 巫俗과 寺刹은 <처용설화>에서처럼 그렇게 긴밀

---

7) 최근에도 무속문화권에서는 박정희 장군이나 심지어 맥아더 장군을 主神으로 받들고 영험을 얻으며 呪能을 행사하는 무당이 있다는 이야기를 들은 바 있다. 이처럼 무속사회에 신격으로 이끌리는 인물들이 대체로 非命에 간 武將 계통이거나 異邦人임에 주목할 필요가 있다. 崔瑩 장군, 階伯 장군도 그렇고 어린 나이에 죽은 花郎 官倉(「文獻備考」의 黃昌郎舞 참조)의 先例가 그 점을 잘 보여주고 있다. 따라서 花郎 處容이 무속사회에 신격으로 이끌려 이야기됨은 자연스럽다고 하겠다.

8) 김택규, 「한국 민속문예 이론」(일조각, 1980) 및 박진태, 앞의 논문 참조.

하거나 화합적 관계가 아니기 때문이다. 그래서 ③의 論者들은 처용을 寺刹創建의 관련을 아예 무시하거나, 아니면 이를 인정하더라도 사찰의 성격을 巫佛習合의 것으로 이해한다. 또한 좀더 설득력을 꾀하기 위해 이때 靈鷲山에 건립된 사찰 이름을 일명 新房寺라 한 점에 주목하여 男神인 龍神(東海龍)과 女神인 山神(靈鷲山)을 부부 관계로 결연시켜 화해·동침시킴으로써 토착적인 龍神·山神과 외래적인 佛敎神의 화해, 龍神과 山神의 화해를 통해 인간과 神, 인간과 자연의 화해를 도모하는 것이라 이해하기도 한다.9)

그러나 하필이면 토속신과 불교신의 화해나 巫佛習合이 신라 말기인 憲康王代에 와서야 문제가 되어 사찰건립으로 나타났는가에 대한 설명이 충분한 설득력을 갖기가 어렵고,10) 용신과 산신의 화해도 왜 이 시기에 문제가 되는가를 설명해 주지 못한다.

더구나 靈鷲山의 望海寺(일명 新房寺)가 彌勒道場으로 건립된 것임을 감안한다면 무불습합이나 용신과 산신의 화해로는 설명될 수 없다. 그리하여 동해용과 처용은 사찰의 성격으로 보아 미륵과의 관계에서 풀어내야 할 문제임을 깨닫게 해준다(이런 면에서 처용을 불교적 관점에서 이해하려 한 ②의 견해가 주목된다. 그러나 여기서도 미륵과의 긴밀한 관계에서 해명하려 하지 않고 막연히 護國護法의 용신과 관련시키거나,11) 신라下代의 불교적 특성이 禪佛敎가 풍미한 시대라 하여 그것과 관련시켜 이해함12)으로써 문제의

---

9) 박진태, 앞의 논문, pp. 184~185.
10) 巫佛習合이나 화해는 憲康王代보다 훨씬 이전인 불교전래 직후부터 꾸준히 지속되어 왔다. 따라서 신라 말기의 헌강왕대에는 사찰건립을 통한 화해 기도가 굳이 필요했던 시기로 볼 수 없기 때문이다.
11) 黃浿江, 「鄕歌硏究試論-處容歌의 史的 反省과 試考」-(「古典文學硏究」 2輯, 古典文學硏究會, 1974).
12) 졸고, 「처용설화의 서술구조와 처용가의 성격」.

핵심에 다가서지 못하는 결과를 가져오기는 마찬가지이다).

다섯째, 과연 처용의 歌舞를 무당의 그것으로 보고 〈처용가〉를 疫神 퇴치의 주술가요로 볼 수 있는가? 처용이 부른 〈처용가〉가 疫神驅逐의 주술력을 갖고 있다면, 처용 사건 이후에 驅儺儀式에서 〈처용가〉를 계속 재연함으로써 足할텐데 처용가면은 왜 생겨났으며 〈고려 처용가〉는 왜 필요했을까? 신라 말기 이후 고려시대에 와서 역신을 구축할 때에 처용가면이 소용되거나 〈고려 처용가〉로 새로 개작되어야 했던 까닭은 신라의 〈처용가〉가 그러한 주술력을 애초에 갖지 못했던 때문이 아닐까?

실제로 〈처용가〉의 관련설화에 나타나 있는 서사문맥을 꼼꼼히 따져보면 〈처용가〉가 주술적 기능이 있어서 그 결과로 역신을 물리친 것이 아니라, 자신의 아내를 범했음에도 怒함을 나타내지 않고 가무를 하며 점잖게 물러나는 처용의 인격적 관용의 德에 감동하여 역신이 스스로 물러난 것으로 되어 있다. 그리고 보다 중요한 대목은 역신이 맹서하길 앞으로 그런 내용의 노래와 춤을 추면 그 앞에 얼씬도 않겠다는 것이 아니라, 그러한 德을 갖춘 처용이라는 인물의 畵像 혹은 形容만 보아도 그 문전에 근접하지 않겠다는 것이다. 이로 인해(因此) 처용의 形容을 이용한 辟邪進慶의 巫俗이 생겨났다는 것이다. 여기서 우리는 〈처용가〉가 역신을 물리치는 주술적 기능을 가진 것이 아니라 처용의 畵像이 주술적 기능을 행하게 되었음을—그것도 처용사건 이후에—분명히 알 수 있게 된다.13) 뿐 아니라 처용사건 이후 역신을 물리치는 데 〈처용가〉가

---

13) 이러한 견해는 민긍기, 「처용가의 생성적 의미에 관한 일고찰」(「고전문학연구」 8집, 한국고전문학연구회, 1993)에서도 보이고 있으나. 여기서도 〈처용가〉를 처용이 역신에게 '축원'한 노래로 보아 역시 巫俗的 관점에서 이해하는 테두리를 벗어나지 않고 있어 필자가 생각하는 〈처용가〉의 성격과는 거리가 멀다. 그리고 〈고

쓰이지 않고 처용의 화상 곧 처용가면이 쓰이고, <고려 처용가>의 노랫말의 중심이 처용의 형용과 그 德을 찬양하는 것으로 대부분 할당되고 있는지에 대한 의문을 풀 수 있게 된다. 즉 <처용가> 자체에는 주술력이 없으며 처용의 형상(화상)에 주술력이 있다는 반증이라는 것이다(주술력을 갖고 있는 <고려 처용가>는 대부분 처용의 이러한 얼굴모습에서부터 발끝까지의 형용과 그 인격적 德을 기리는 것으로 되어 있음).

이러한 다섯 가지 의문점에 대한 명쾌한 해명이 없는 한 우리는 ③의 견해를 더 이상 수용할 수 없다. 또한 ③과 불가분의 관련을 맺는 ①의 견해 역시 같은 이유로 받아들이기 어렵다. 특히 위의 다섯 번째 의문점에서 드러난 바와 같이 처용의 벽사가면은 처용 사건 이후 후대에 처용이 무속에 이끌려 그 畵像이 주술력을 갖게 되면서 생겨난 것이기 때문이다. 더구나 관련 서사문맥에서 "因此國人帖處容之形 以僻邪進慶"이라 하여 처용이 무속에 견인된 계기와 시간서술을 분명히 하고 있음에 유의한다면 처용을 단지 벽사가면의 인격화로 보는 것은 순리가 아닐 것이다. ①의 견해가 타당성을 확보하려면 무엇보다 헌강왕대 훨씬 이전에 벽사가면으로서 처용가면이 존재하고 있었음이 고증되어야 할 것이다.

위의 다섯 가지 외에 한 가지 더 추가할 것은 역신이 감동을 받을 때 행한 처용의 가무를 무당의 그것으로 볼 수 있는가 하는 문제이다. 이의 해결을 위해서는 처용가무의 성격을 이해하는 것이 관건이 된다. 우선 처용의 가무는 ㉠ 헌강왕이 開雲浦에 出遊했을 때 동해용이 나타나 춤을 춘 것, ㉡ 헌강왕이 鮑石亭에 행차했을

려 처용가>와의 관련을 언급하면서도 그 노랫말의 상당부분이 처용의 형용을 그리고 있는 이유가 무엇인지에 대한 설명이 없다

때 南山神이 나타나 춤을 춘 것, ㉢ 헌강왕이 金剛嶺에 행차했을 때 北岳神이 나타나 춤을 춘 것, ㉣ 헌강왕이 同禮殿에서 연회할 때 地神이 나타나 춤을 춘 것과 동궤의 성격을 갖는 것임을 관련설화의 서술구조에서 파악할 수 있다.14) 뿐 아니라 「增補文獻備考」에 "處容舞一名霜髯舞"15)라 하여 처용무를 상염무와 동일시하고 있다. 상염무는 바로 ㉡의 춤이름이고 그 춤은 남산신의 춤을 따라 헌강왕이 직접 춘 것이어서 御舞祥審 또는 御舞山神이라 했으며, 상염무라는 별칭을 가진 것은 그것이 서릿발같이 희고 긴 수염을 한 山神의 춤이므로 그 형상에서 따온 것이라 한다. 이로써 보면 처용무는 포석정 에서 남산신을 모시는 祭儀를 주재하면서 헌강왕이 춘 춤(霜髯舞)과 혼동될 정도로 같은 성격의 歌舞임을 알 수 있다.

그렇다면 헌강왕이 춘 霜髯舞(御舞祥審, 御舞山神)는 무속제의에서 무당이 추는 가무란 말인가? 그렇다고 해야 이와 혼동되는 처용의 가무도 무당의 그것으로 인정할 수 있기 때문이다. 그러나 헌강왕이 포석정에서 제의를 주관하면서 춘 춤은 무속제의에서 무당이 추는 것과는 근본적으로 다른 성격의 춤이다(이는 다음 章에서 상론하기로 한다). 요컨대 헌강왕 시대에 巫俗祭儀가 필요하거나 무당춤이 소용되었다면 國巫를 시켜서 행할 일이지 왕이 직접 무당이 되어 무속의 가무를 행한다는 것은 납득할 수 없으며, 그러한 사례도 없다.

신라시대에 祭政이 분리되기는 이미 초기 2代 南海王 때에 始祖廟를 세워 親妹인 阿老로 하여금 親祭하게 한 데서 시사받을 수 있는데,16) 이후로는 巫俗祭儀가 아닌 국가차원의 祭典에도 왕이 親

---

14) 이에 대한 상론은 김문태, 「삼국유사에 나타난 일연의 설화편찬의식」(성균관대 석사논문, 1986) 및 졸고, 「처용설화의 서술구조와 처용가의 성격」 참조.

15) 「增補文獻備考」 樂考 新羅樂 處容舞條.

祀하는 일은 거국적인 중대사 혹은 변란이 아닌 한 없었던 것으로 보인다. 이로써 볼 때 처용과 헌강왕의 歌舞를 무당의 그것으로 이해하는 것은 무속제의와 국가적 제전을 구분하지 않았던 오류임을 알 수 있다.

지금까지의 논의를 종합해 볼 때 처용의 존재는 ① 辟邪假面의 인격화, ② 護國護法龍의 불교적 상관인물, ③ 巫堂 혹은 巫堂의 神主 중 그 어떤 것도 아님을 확인할 수 있었다. 다만 '一郞'이라는 약호로 보아 화랑과 관련된 역사적 인물임을 추정할 수 있다. 그렇다면 화랑은 王京의 중앙귀족 子弟 중에서 선발되는 것이 상식인데 관련설화에서 처용의 出處가 開雲浦(蔚州→蔚山)로 설정된 것은 어떠한 의미를 갖는가? 그리고 처용 이외에 화랑이 무속문화에 견인되어 무속적 주술력을 행사하는 존재로 변질되는 사례를 찾아볼 수 있는가? 이에 대한 마땅한 해답이 있어야 처용을 화랑으로 파악할 수 있는 근거가 마련된다 할 것이다.

먼저 처용의 신분이 화랑임에도 불구하고 그의 출현지를 동해안의 울산(울주) 혹은 그곳의 처용암으로 한 이유는 무엇일까? 이 문제의 解法은 오늘날 화랑의 이름이 남아있는 유적지가 화랑의 출생지나 세력기반의 근거지가 아니라 그들의 遊娛地가 중심이 됨을

---

16) 물론 「三國史記」의 新羅本紀와 志의 祭祀條에 의하면 南海王 다음인 儒理王 이후로도 왕에 따라서는 '親祀祭始祖廟' 혹은 '親祀神宮'했다는 기록이 신라 말기(55代 景哀王)까지 지속적 혹은 간헐적으로 나타나고 있다. 이에 대해서는 다음 章에서 상론하겠지만 여기서 王이 직접 시조묘 혹은 신궁에 제사 올리는 것은 무속제의가 아니라 뒤에 風月主, 原花 혹은 花郞의 무리인 仙徒가 전담하던 國仙 중심의 國家祭典을 가리킨다. 즉 2代 남해왕 이래로는 제정이 분리되어 평상시에 왕은 政事를 전담하고, 시조묘 혹은 신궁에 제사 올리는 일은 阿老 계열 혹은 그 후예인 仙徒계열에서 전담하게 되었다고 사료된다. 그래서 왕이 親祀하는 일은 「三國史記」 등 史書에 특별히 기록될 정도로 국가적 차원의 커다란 변동이 있을 때에 국한되었던 것이다.

참고로 할 필요가 있다. 즉 화랑들은 "道義를 닦고 歌樂을 즐기며 山水를 찾아 遊娛하면서 먼 곳까지 이르지 않은 곳이 없다."는 「三國史記」의 기록대로17) 名山大川에 散在한 聖地를 찾아 修心成道하면서 여러 足蹟을 남기고 있는데, 永郎湖, 四仙峰, 三日浦, 安詳汀 등이 그것이고, 薛原郎碑, 四仙遊蹟碑, 鸞郎碑 등이 세워진 곳도 중심 遊娛地와 관련될 것이다. 또 울산지방이 화랑의 遊娛地였던 것은 蔚州郡 斗東面 川前里의 深山幽溪의 絕景에서 발견된 岩刻畵에서 확인할 수 있다. 그 刻銘에 화랑들의 書石과 題銘이 있고, 거기에 成美郎, 聖林郎, 天郎, 仙郎, 法民郎, 林元眼, 永郎, 金郎 등 수많은 화랑들의 이름이 새겨져 있음에서 확인된다.18) 이로 미루어 볼 때 개운포 혹은 처용암은 처용의 出現處나 세력기반의 근거지라기보다는 그의 중심 遊娛地 혹은 死亡地가 아니었을까 추정된다.19)

다음, 화랑의 신분으로 무속에 견인되어 주술력을 발휘한 예로서는 「三國史記」의 〈鼻荊郎說話〉를 들 수 있다. 이 설화에 따르면 비형랑은 眞智王의 죽은 혼령이 나타나 미모의 桃花女를 임신시켜 낳은 아들이다. 그를 眞平王이 거두어 길러 15세에 執事職을 주었다. 비형랑은 밤마다 귀신의 무리를 거느리고 놀았으며 귀신을 시켜 하룻밤 사이에 石橋를 놓는 등 신이함을 보였는데, 그가 추천하여 관직을 맡은 귀신 吉達이 도망치는 것을 잡아 죽인 이후로 귀신의 무리들이 그의 이름만 들어도 도망쳤다고 한다. 그 후로 사람들이 '鼻荊郎呪詞'를 문에 써붙여 귀신을 물리치는 습속이 생겨나

---

17) 「三國史記」 卷4, 新羅本紀 眞興王 37年條.
18) 李殷昌 「신라인의 전통적인 신앙·사상과 화랑도」(「花郎文化의 再照明」, 신라문화선양회, 1989).
19) 필사본 「花郎世紀」에 의하면 진흥왕 17년에 3代 風月主인 毛郎이란 화랑이 比斯伐(지금의 昌寧)을 유오하다가 병이 나서 그곳에서 죽은 것으로 되어 있어 유오지가 사망지가 될 수도 있음을 알 수 있다(서울신문, 1989년 2월 20일자 참조).

게 되었다는 것이다.

여기서 비형랑이 郎이라는 약호로 기호화되어 있는 점, 執事職을 맡아 王政을 보좌한 점, 귀신을 부리거나 쫓는 주술력을 갖게 된 점 등이 처용랑과 너무나 흡사함을 알 수 있는데, 이로써 본다면 비형랑의 경우도 무속적 관점에서 이해할 경우 역사적 실존인물이 아니라 무속의 신격 혹은 그 신격을 모시는 무당으로 규정될 것이다. 그러나 비형랑은 필사본 「花郎世紀」에 의하면 화랑인 龍春, 務捨郎과 더불어 秘寶郎을 섬겨 文弩派를 형성한 화랑으로[20] 분명히 실존인물이다. 따라서 處容郎의 경우도 화랑으로서 무속사회에 이끌린 비형랑의 경우와 동궤의 인물일 가능성은 충분 하다고 하겠다.

3. 〈처용설화〉의 생성기반과 의미

이상에서 우리는 〈처용가〉와 그 관련설화가 무속문화권에서 이해하기에는 너무나 많은 문제점을 안고 있으며, 오히려 화랑문화권과 관련될 개연성을 내비친 바 있다. 그런데 崔正如[21]에 의해 이미 화랑과의 관련성이 제기된 바 있다. 즉 그는 처용을 郎으로 불렀던 것으로 보아 신라시대의 화랑임이 분명하다 했으며, 나아가 동해용은 彌勒佛이 용으로 현신한 것이며 七龍子는 그 지역에 있는 彌勒仙花들이라 할 수 있다고 했다. 그런데 그는 〈처용설화〉가 〈비형랑설화〉와 흡사함에 너무 집착하여 두 인물이 밤에 행동하는 陰物로 보고, 나아가 처용이 東海王子로 호칭된 것에 주목하여 처용의

---

20) 서울신문 1989년 3월 9일자 참조.
21) 崔正如, 「處容前後 驅儺의 樣相」(「新羅民俗의 新研究」, 신라문화선양희, 1983) 참조.

존재를 龍神과 교접을 가진 인간 곧 무당의 신분으로 보았다.

결국 〈처용가〉나 그 관련설화를 화랑문화권에서 의미를 규명하지 않고 疫病과 관련한 驅儺의 지능을 갖는 것으로 귀결지음으로써 끝내 무속문화권적 의미영역에서 벗어나지 않고 있다. 그러나 이 견해는 처용의 신분이 화랑 혹은 미륵선화라고 했다가 전후관계의 설명 없이 곧바로 처용을 무당으로 봄으로써 자신의 견해를 뒤집는 것처럼 서술되었지만, 이것은 〈처용설화〉가 화랑과 무속이라는 두 문화권에 관련됨을 직관적으로 이해한 주목할 만한 견해로 받아들여진다.

그렇지만 여기서도 〈처용가〉와 그 관련설화를 화랑과 무속이라는 두 문화권의 공유물로 이해하거나 두 문화권의 습합 현상으로 이해하는 것이 사태를 바르게 투시하는 지의 여부를 따져볼 필요가 있다. 또한 처용의 정체를 화랑 혹은 미륵선화이면서 동시에 무당 혹은 國巫라고 파악한다거나, 신라말기인 처용의 시대에는 화랑의 기능이나 역할이 무당의 그것으로 변질되었다고 보는 견해도 마찬가지로 재검토되어야 할 대상이다. 이러한 문제는 〈처용설화〉의 서술문맥을 그것을 생성한 문화권의 사유체계와 밀착시켜 이해함으로써 풀어나갈 수 있다고 본다.

그러면 〈처용설화〉의 생성기반은 어떤 문화권의 사유체계와 상관성을 가지며 그 설화의 서술문맥은 어떤 의미를 갖는가? (여기서 〈처용설화〉라 함은 처용과 역신이 중심이 되는, 敍事 부분만을 지칭하는 것이 아니라 「三國遺事」의 〈處容郞 望海寺〉條에 서술되어 있는 서사문맥 전체를 대상으로 함은 물론이다. 그것은 무엇보다 처용이 중심이 되는 이야기 부분이 독립적으로 존재하지 않고 〈處容郞 望海寺〉條라는 전체 서사 문맥 가운데 유기적인 일부로 존재하기 때문이다. 따라서 <처용설화>라는 용어는 전체 서사문맥을 지칭하기에는 부적절하나, 그동안의 관례를 따르되 <處容郞 望海寺>條의 전체 텍스트를 의미하는 것으로 사용키로 한다.)

이 설화에서 우선 주목할 것은 이야기의 서술주체가 처용이 아니라 처용이 존재했던 당대의 국왕인 憲康王이라는 점이다. 그리고 이야기의 서두는 "憲康王代에 서울로부터 해변내륙에 이르기까지 草家가 없고 風樂과 노래가 끊이지 않았다."고 하여 태평성대이되 '耽樂'의 조짐을 보여주는 시대상황으로 시작한다. 그리고 중간의 여러 상황을 거친 뒤 맨 끝에 가서 "山神이 춤을 추고 노래를 불러 도읍이 장차 破한다는 뜻을 알렸으며, 山神과 地神이 나라가 망할 것을 춤으로 경계했으나 國人이 깨닫지 못하고 탐락을 더욱 심히 한 까닭에 나라가 끝내 망했다 한다."라고 맺는다.

이처럼 '耽樂' 때문에 나라가 망하는 사태까지 이르렀음을 말하는 것으로 마무리함으로써, 이 이야기가 처용이 역신을 물리치는 데 초점이 있는 것이 아니라, 태평성대였던 신라가 '탐락'의 추구 때문에 나라가 망했음을 보여주는 '亡國說話'의 일종임[22]을 유의해야 한다는 것이다. 또한 이야기의 서사구조가 ① 헌강왕이 開雲浦에 出遊했을 때 동해용이 나타나 춤을 춘 것, ② 疫神이 處容의 妻와 동침하고 있을 때 처용이 나타나 춤을 춘 것, ③ 헌강왕이 鮑石亭에 행차했을 때 南山神이 나타나 춤을 춘 것, ④ 헌강왕이 金剛嶺에 행차했을 때 北岳神이 나타나 춤을 춘 것, ⑤ 헌강왕이 同禮殿에서 연회를 벌일 때 地神이 나타나 춤을 춘 것 등 다섯 가지 공통화소를 담은 내용이 반복적으로 구성되어 있다는 점과 이것들이 모두 이야기의 말미에 있는 '國終亡(나라가 마침내 망했다)'이라

---

22) 이 이야기를 亡國說話로 보는 관점은 김문태, 앞의 논문에서 이미 지적된 바 있다.

는 결말에 연결되어 있다는 점23)도 이 설화의 생성기반을 이해하는데 중요한 지침이 된다. 그리고 이야기의 서술시점이 신라하대인 헌강왕대를 중심으로 하면서도 처용이 역신을 驅逐하는 門神이 되고 신라사람들이 耽樂으로 인하여 나라가 망하는 지경까지 가는 후일담을 포함하고 있음도 주의해야 할 대목이다.

이러한 사실을 종합해 보면 <처용설화>는 이야기의 주체가 국왕인 헌강왕으로 설정되어 있고, 중심 서사내용은 탐락으로 인하여 나라가 망하게 된 경위와 관련되며, 中心話素도 국가의 존망과 관련된 여러 춤들로 짜여 있어서 이 이야기가 疫病을 퇴치하는 무당이나 門神, 즉 개인이나 사회차원의 문제를 담고 있는 것이 아니라 나라의 존망과 관련된 국가차원의 문제를 담고 있음을 분명히 해야 한다는 것이다. 아울러 49代 헌강왕대를 고비로 신라는 태평성대(?)를 마감하고 본격적으로 붕괴하기 시작하여 51代 진성여왕대부터는 탐락으로 인한 패망의 길로 가속화되어 갔음에서 이 이야기의 서술시점과 서술내용이 실제 역사적 사실과 깊이 관련됨을 인지할 수 있다.

그리고 <처용설화>에 등장하는 각종 인물들의 성격을 살펴보면 세 가지로 계열화할 수 있다. 우선 49대 憲康王과 화랑으로 신분표시가 되어 있으면서 龍子로 설정된, 그러나 王京에서 헌강왕의 王政을 보좌하는 역할을 하고 있는 처용이 하나의 계열을 이루고, 東海龍·南山神·北岳神·地神 등 善神 계열이 다른 하나이고, 여인의 미모에 惑하여 탐락에 빠지는 疫神 곧 惡神 계열을 또 다른 계열로 차별화할 수 있다. 그런데 이 세 계열의 인물들은 이미 지적한 바와 같이 개인 혹은 사회 차원의 문제에 연루되기보다는 국가

---

23) 이에 대한 상론은 김문태, 앞의 논문 참조.

차원의 문제와 깊이 상관된다. 그것도 국가의 存亡과 직결되고 있다는 접에 유의하면서 계열별로 각 인물의 성격과 기능을 점검해 보기로 하자.

우선 여기서 주목되는 것은 동해용을 비롯한 善神 계열이다. 그 가운데 남산신이나 북악신, 혹은 지신은 왕 앞에 출현하여 "智理多都波"란 노래와 춤으로써 나라가 망할 것을 경계하는 神格으로 설정되어 있다. 그러니 이들은 단순한 巫俗의 神이 아니라 국가를 수호하는 護國神임을 알 수 있다. 물론 산신이나 지신은 무속에서도 중요한 신격으로 숭앙의 대상이 되고 巫俗祭儀의 主神이 될 수 있어서 양면성을 갖고 있다 그러나 무격이 주관하는 무속제의에서 산신과 지신은 개인이나 가정 혹은 촌락 공동체라는 범위 내에서 그들의 祈福對象이 되고 마을의 守護神으로서의 기능을 담당한다. 이런 점에서 국왕이나 그의 대리자가 주관하는 國家祭典에서 護國神으로 기능하는 산신 및 지신과는 근본적으로 차이가 있는 것이다.

이런 관점에서 <처용설화>에 등장하는 남산신이나 북악신 혹은 지신은 헌강왕이 주관하는 행사에 출현하는 것으로 보아 무속의 신이 아니라 국가를 수호하는 호국신임을 다시 한 번 확인할 수 있다. 특히 남산신이나 북악신은 신라국을 수호하는 호국신으로서 주요한 신격이며, 그들이 출현한 鮑石亭이나 金剛嶺은 山神祭儀를 올리는 중요한 국가적 祭場임을 어렵지 않게 추정할 수 있다.24) 또한 同禮殿에 출현한 地神은 왕이 政事를 돌보는 宮城內 殿閣의 守護神이라는 점에서 그 의미가 더욱 심중한 국가적 祭典의 神格이라

---

24) 신라의 산신숭배는 건국 초기부터 중요한 국가적 祭典이었으며, 그것이 뒤에 보다 체계화 되어 三山・五嶽을 비롯한 전국 각지의 명산을 三祀(大・中・小祀)로 받드는 데까지 이르렀다. 남산은 三山五嶽에 들지는 않았지만 神宮을 모시는 등 다른 어느 산보다 중요시 되었다고 한다.

할 것이다.

그런데 동해용의 경우는 그 성격을 가늠하기가 쉽지 않은 듯하다. 우선 헌강왕이 開雲浦에 出遊했을 때, 동해용은 雲霧로써 왕의 진로를 방해하는 존재로 나타나고 있다. 이 점을 중시하여 중앙의 왕권에 저항하는 지방 호족세력의 상징으로 보는 견해가 나오기도 했다.25) 그러나 그가 왕의 행차를 방해한 것은 사찰을 지어주기로 약속함으로써 해소된다. 이를 계기로 지어준 사찰은 彌勒道場인 '望海寺'이다. 따라서 동해용은 미륵사찰과 긴밀한 관계를 가진 상징이나 존재임이 확실해진다. 그렇다면 미륵사찰을 약속한다고 해서 지방호족세력이 저항을 푼다는 논리는 쉽게 수긍하기 어렵다.

뿐 아니라 東海龍子로 설정된 처용을 蔚山灣으로 漂着 혹은 入國한 이슬람 상인으로 추정하는 것26)은 이슬람과 미륵사찰이 전혀 무관한 관계이기에 더욱 납득하기 어렵다. 따라서 이러한 견해들보다는 동해용을 護國護法의 龍神으로 이해하는 것이 보다 설득력을 갖는다. 그러나 이 또한 미륵사찰과 긴밀한 관계에서 설명되지 않는다면 의문점을 해소했다고 보기 어렵다.

그러면 헌강왕대에 창건된 彌勒寺刹인 望海寺는 어떤 성격과 의미를 갖는 것일까? 동해용은 이 문제를 해소하는 과정에서 자동적으로 그 성격이 드러날 것이다. 사실 동해용 같은 龍神으로서의 신격은 巫俗祭典에서도 흔히 모셔지는 신격임은 말할 것도 없다. 龍神은 바다에서는 풍랑을 관장하며 豊漁와 직결되는 主神으로, 육지

---

25) 李佑成, 「三國遺事 所載 處容說話의 一分析」(「김재원박사회갑기념논총」, 을유문화사, 1969) 참조.
26) 이용범, 「처용설화의 일고찰」(「대동문화연구」 별집, 성균관대 대동문화연구원, 1972) 및 M. 칸소, 「아랍-무슬림들의 신라 내왕과 처용」(「중동·아프리카연구」 제3호, 중동·아프리카연구원, 1988) 참조.

에서는 비와 구름을 관장하며 豐農과 직결되는 主神으로 기능하기 때문이다.

여기서 망해사의 창건은 동해용을 모시는 무속과 관련된 사찰을 건립한 것으로 이해될 개연성을 갖는다. 더구나 龍은 '미르'라 했으므로 '미륵'과 '미르'가 音似關係에 있기에 '미르寺刹'인 망해사가 '미륵寺刹'의 성격을 가졌으리라는 견해가 나올 수도 있다. 그러나 역사적으로 볼 때 헌강왕대에는 무속신으로서의 용신을 모시는 사찰을 창건할 만한 여건을 갖추지 못한 시점이라는 데 문제가 있다. 즉 佛寺 창건은 수많은 財力과 인력을 투입해야 하는 엄청난 役事이므로 국력의 지나친 소모를 막기 위해 신라에서는 제40代 哀莊王 7년(806)에 교서를 내려 새로운 사찰의 창건을 금지하고 오직 수리하는 것만을 허락하였다. 그 이후 왕실의 국가수호(왕권강화)를 위한 願堂으로서의 해인사 창건27)을 제외하고는 망해사 창건이 처음으로 이루어진다. 때문에 이렇게 법으로 엄격히 금하는 상황에서 무속의 신격을 모시는 사찰이 건립된다는 것은 상상하기 어려운 것이다. 더욱이 망해사의 창건 역시 왕명에 의해 이루어진 것으로 보아 국가수호(왕권강화)를 위한 願堂으로서의 의미를 갖고 있으며, 사찰의 이름인 '望海寺'의 말뜻으로 보아 동해용에게 왕실의 소망을 비는 원당으로서의 사찰임을 확신하게 된다. 그리고 <처용설화>에서 동해용이 무속에서의 豊漁나 豐農과 관련한 기능을 하기보다 龍子 처용을 국가에 바쳐 王政을 보좌하는 역할을 하는 것으로 서술되어 있어 巫俗祭典의 신격으로서가 아니라 국가적 제전의 신격임을 분명히 하고 있다.

---

27) 김두진, 「통일신라의 역사와 사상」(「전통과 사상」 II, 한국정신문화연구원, 1986), pp. 59~60.

다음으로 惡神 계열인 '疫神'은 어떤 성격의 존재인가? <처용설화>에서 역신은 그 이름이 지시하는 略號인 疫病을 가져다 주는 무속적 존재로서가 아니라 미모의 여인을 탐하는, 그래서 남의 부인까지도 마다하지 않는 '耽樂'의 극치를 보이는 존재로 기능하고 있다. 즉 역신은 <처용설화>의 주제인 '亡國'의 이야기에서 가장 핵심요인이 되었던 '탐락'을 실천적으로 보여주는 상징적 존재로 등장하고 있다. 바로 이 역신과 같은 탐락을 추구하는 존재들 때문에 山神과 地神의 경계에도 불구하고 나라가 병들어 마침내 亡國의 결과를 가져왔다는 것이다. 이로써 볼 때 疫神은 산신이나 지신 같은 善神 계열과는 대립적 기능을 하고 있는 惡神의 성격을 갖고 있음을 알 수 있다.

이들 善神이나 惡神 계열과는 달리 <처용설화>에서 인간적 존재로 등장하는 것은 전체 이야기의 주체인 憲康王과 탐락 현장에서의 갈등의 주체인 處容을 들 수 있다. 이 가운데 헌강왕은 善神과 연속적으로 관련을 맺고, 처용은 惡神과 관련을 맺는 것이 기능상의 차이점이라 하겠다. 이는 역사적 존재로서 이 두 인물의 역할이 다름을 의미한다. 이를테면 헌강왕은 그가 出遊하는 곳마다 善神 계열인 護國神들이 출현하는 것으로 되어 있다. 먼저 그가 開雲浦에 出遊했을 때 동해용이 등장하는데 그에 앞서 구름과 안개로 왕의 진로를 막아 길을 잃게 했으므로, 이 둘 사이는 적대관계나 대립관계로 이해하기 십상이다.

그러나 이미 살핀 바와 같이 동해용은 미륵사찰과 직결되는 신격으로 왕실수호 혹은 국가수호의 기능을 갖는다. 따라서 미륵사찰을 약속하자 동해용은 왕 앞에 모습을 드러내어 왕의 덕을 찬양하고 그의 아들 處容으로 하여금 왕정을 보좌하도록 했다. 이렇게 동해용은 護國神의 역할을 보임으로써, 우리는 왕과 동해용이 우호적 관계에 있었음을 추단할 수 있다.

헌강왕은 또 개운포의 출유를 계기로 동해용을 맞아 사찰을 창건하는 것으로 끝내지 않고, 포석정에 나아가 남산신을 맞게 된다. 이때 남산신이 御前에서 춤을 추었다. 그런데 왕 주변의 측근들은 그것을 보지 못함에 반해 왕이 홀로 보고 산신의 춤을 추어 그 형상을 보였으니 그 춤을 御舞祥審(御舞山神, 霜髥舞)이라 했다고 한다. 이 때 산신의 춤은 '智理多都波'라는 나라가 장차 망할 것에 대한 경계의 춤이 분명할 것이다. 그렇다면 이러한 경계의 춤이 왕에게만 홀로 보이고, 좌우의 귀족들은 눈치 채지 못했다는 것은 무슨 의미일까? 호국신의 加護와 경계에 힘입어 나라를 태평성대로 유지하려던 왕의 노력과는 달리, 그 주변의 귀족들은 그러한 경계에 아랑곳하지 않고 탐락만을 일삼다가 뒤에 나라가 망하는 지경까지 가게 된 역사적 사실의 설화적 표현으로 보아야 할 것이다.28)

헌강왕은 또 金剛嶺으로 나아가 북악신이 추는 '玉刀鈴'이라는 춤을 받게 되고, 同禮殿에서 연회를 할 때는 지신이 추는 地伯級干이란 춤을 받게 된다. 여기서 '옥도령'이나 '지백급간'이란 산신과 지신의 춤은 앞의 御舞祥審과 마찬가지로 신라귀족들 이 탐락에 빠져 나라가 망할 것을 경계한 춤임은 말할 것도 없다. 이로써 보면 헌강왕은 부패와 탐락에 빠진 귀족들과는 달리 각종 호국신을 모신 祭場에 나아가 국가의 수호와 태평성대의 지속을 위해 끊임없이 노력한 왕으로 보인다. 그가 창건하고 창안 해낸 망해사나 각종 산신과 지신의 춤은 그러한 노력의 결과물이라 할 것이다.29)

---

28) 이러한 의미해석은 이미 졸고, 「처용설화의 서술구조와 처용가의 성격」에서 지적한 바 있다.

29) 崔正如, 앞의 논문에서는 헌강왕의 개운포 출유에서부터 남산·북악·동례전 행

  처용은 미륵사찰과 직접 관련을 갖는 동해용의 七子 중 하나로 설정되어 있다. 그러면서도 헌강왕을 따라 王京으로 와 級干職을 받고 왕정을 보좌하는 존재로 되어 있다. 즉 처용은 신격과 관련되어 있으면서도 실제로는 政事에 참여하는 인간적 존재이다. 게다가 處容郎이라 하여 화랑으로 略號化되어 있다.

  처용의 신분과 존재의 특성은 이러한 모든 점을 충분히 설명할 수 있어야 설득력을 가질 것이다. 그런데 앞 章에서 우리는 이미 처용의 정체를 화랑과 관련된 인물로 추정한 바 있다. 그러나 동해용과의 관련성이나 보좌왕정의 문제, 나아가 역신과의 관련이 어떤 의미를 갖는지에 대해서는 아직 未解決로 남겨 두었다. 여기서는 이 문제와 관련하여 처용의 정체를 좀더 분명히 해 보고자 한다.

  우선 처용이 인간(특히 화랑)이면서 神格인 동해용의 子로 설정된 것은 어떤 의미를 갖는 것일까? 필사본 「花郎世紀」에 의하면 화랑은 仙徒로서 神宮을 모시고 신을 받드는 것만을 주로 하였는데, 國公例行 이후에는 道義로서 열심히 수련하여 국정을 어질게 보좌하는 忠臣과 훌륭하고 용기 있는 將卒들이 여기서 많이 배출되었다고 한다.30) 다시 말하면 화랑은 애초에 神宮에서 신을 받들어 모시는 국가적 祭典을 주관하는 존재였으나, 법흥왕 이후에 화랑으로 개편·창설되면서 신을 받드는 임무 외에 道義로써 인격을 연마하여 국정을 보좌하고 나라를 수호하는 충신과 장졸들로 성장하게 되었다는 것이다.

  각은 왕이 舞樂 놀이에 빠져 政事를 돌보지 않은 당시의 부패상을 고발한 것이라 보았으나, 이렇게 보면 산신과 지신의 경계의 춤을 알아본 헌강왕과 그것을 알아보지 못하고 오히려 좋은 조짐이 나타났다고 하여 더욱 탐락에 빠진 좌우측근과의 차별상이 드러나지 않아 문제가 된다.

30) 서울신문, 1989년 2월 19일자 참조.

이때 仙徒 곧 화랑도들이 모신 신격은 名山大川의 聖所에 모셔져 있는 각종 호국신이 될 것이다. 그러므로 화랑 처용이 東海龍子로 설정된 것은 그가 신라의 호국신인 동해용을 모시는 仙徒임을 말해주는 것이다. 더구나 동해용이 미륵사찰을 창건해 주겠다는 왕의 약속에 그 덕을 찬양한 것은 화랑 세력과 미륵신앙의 긴밀한 관계에서 볼 때 더욱 심증이 간다. 즉 화랑문화권에서는 불교 쪽에서처럼 彌勒을 아득히 먼 훗날에 중생을 濟度하기 위해 龍華樹下에 내려온다는 未來佛로서 관념하는 것이 아니다. 未尸郞의 例에서 보듯이 彌勒佛이 현세의 화랑으로 환생하여 彌勒仙花가 되어 국가를 수호한다는 화랑 특유의 風月道的 미륵신앙을 갖고 있는 것이다. 더 적극적으로 말하면 풍월도에서는 화랑을 미륵과 동일시하는 (화랑인 미시랑을 미륵선화라 하고, 김유신의 화랑집단을 龍華香徒라 하여 미륵과 동일시하며, <도솔가>에서 風月主(화랑의 우두머리)를 '미륵좌주'로 호칭한 사례가 그것임) 독특한 미륵신앙을 갖고 있음을 감안할 때, 화랑 처용랑이 동해용 子로 설정되고 그 동해용이 화랑의 사찰인 미륵사찰과 얼마나 긴밀한 관계에 있는지를 알 수 있다. 따라서 동해용이라는 호국신을 보시는 聖所에 화랑과 직결되는 미륵사찰인 望海寺를 건립하는 것은 왕이 화랑세력을 등에 업고 그들의 지지하에 왕권의 강화와 국가수호의 의지를 보임에 다름 아닌 것이다.

나라가 위기에 처했을 때, 혹은 왕권의 강화를 위하여 왕이 화랑세력의 힘을 입는 例는 통일 전후기의 화랑의 활약상에서 잘 드러나지만 신라하대에 와서도 찾아볼 수 있다. 이를테면 憲德王 14년(822)에 熊川州 都督 金憲昌은 그의 부친 金周元이 왕이 되지 못한 불만을 품고 반란을 일으킨 바 있는데, 화랑인 明基와 安樂의 무리가 그 진압에 나선 것31)이 이에 해당한다. 물론 신라 국왕들은 나라가 위기에 처했을 때 그 대처방법으로 불교신앙에 의지하여 곧잘 佛敎儀禮에 따라 나라의 안녕을 빌기도 한다. 憲康王代에도 예외는 아니어서 즉위 2년 2월에 皇龍寺에서 齋僧을 하고 百高座를 설치하여 講經을 했는데 왕이 친히 가서 들었다는 기록과, 12년 6월에 왕이 병들자 국내에 獄囚를 赦하고 또 황룡사에 百高座를 설치하여 講經을 했다는 기록32)을 찾아 볼 수 있다.

그러나 불교의례로 국가의 재난이나 위기에 대처하기도 하지만 그것으로 별 효험을 얻지 못하거나 부족하다고 생각될 경우는 신라 고유의 신앙에 기초한 화랑(선도)의 風月道的 사유에 기대어 국가의 안녕을 빈다. 그리고 더 나아가 화랑에서 인재를 발탁하여 왕정을 보좌하고 국가의 위난을 해소하고자 한 예를 화랑의 초창기인 眞興王代 이래로 얼마든지 찾을 수 있다. 이와 더불어 국왕이 국가의 안녕과 위기 해소를 빌기 위해 始祖廟나 神宮을 배알하거나 제의를 주관하는 사례는 신라초기부터 지속되어 온 전통적 관례였음을 상기할 필요가 있다.

이러한 입장에서 볼 때, 헌강왕이 화랑의 고유한 신격이자 국가 守護神인 동해용을 위해 미륵사찰을 건립하여 왕실과 국가의 안녕을 빌고 東海龍神의 정기를 받은 화랑 처용을 발탁하여 왕정을 보좌케 한 것은 쉽게 상상할 수 있는 일이다. 요컨대 처용이 미륵사찰과 관련한 東海龍子로 설정된 것은 화랑 고유의 미륵사상에 기초한 것으로, 처용은 미륵이 화랑으로 化顯한 彌勒仙花였던 것이며 未尸郎의 맥을 잇는 존재라 할 것이다.

---

31) 「三國史記」 卷10, 憲德王 14年條.
32) 「三國史記」 卷11, 憲康王 條.

여기서 우리는 <처용설화>의 생성기반과 의미를 등장인물들의 역할과 기능을 통하여 이해하게 된다. 즉 <처용설화>에 등장하는 모든 인물은 국가를 수호하려는 善神 계통의 호국신들과 국가를 패망으로 이끄는 惡神 계통의 疫神, 그리고 이 두 대립적인 神들의 틈바구니에서 자칫 패망의 길로 접어들려 하는 국가를 구제하고자 노력하는 국왕(헌강왕)과 화랑(처용)으로 각기 계열화할 수 있다

이것은 모두 화랑문화권에서 第一義的인 것으로 삼고 있는 '興邦國'이라는 '國家主義'를 사유의 기반으로 하고 있다는 것이다.[33] 뿐만 아니라 국가의 수호와 태평성대의 지속이라는 현실의 문제를 국가수호신인 산신과 지신에게서 해법을 구하여 해소해 나가려는 시도 또한 화랑의 風月道的 사유체계의 하나인 '神仙主義'에 뿌리를 두고 있음을 이해하게 된다. 그리고 미륵선화이자 화랑인 처용의 존재를 굳이 東海龍子로 설정하고, 탐락에 빠져 나라를 병들게 하는 귀족들의 무리를 '疫神'으로 기호화한 것도 기본적으로 풍월도의 '신선주의'에 기반을 두고 있음을 아울러 깨닫게 된다.[34]

그렇게 보면 <처용설화>에서 가장 중요한 화소로 주목되는 각종 신들의 춤도 화랑집단의 풍월도적 사유체계를 기반으로 하고

---

33) 신라 고유의 토착신앙에 뿌리를 두고 있는 화랑집단의 신앙체계를 風月道라 부르고, 이 풍월도가 나라를 일으키고(興邦國) 수호하고자 하는 '國家主義'와 현실의 문제를 천지신명에게서 해법을 구하는 '神仙主義(신비주의)'라는 두 가지 이데올로기를 기본축으로 하고 있음을 필자는 「향가와 화랑집단」(한국고전문학연구회 동계학술발표회, 1995. 2. 7.)에서 발표함. 이 글은 곧 한국고전문학연구회 편, 「문학과 사회집단」이란 단행본에 수록됨)에서 밝힌 바 있다.

34) 여기서 탐락에 빠진 당시의 신라귀족층이 '역신'으로 기호화된 것은 애초에 화랑문화권에서 생성된 처용의 사건과 이야기가 <비형랑설화>처럼 무속사회로 일단 견인되어 처용의 형상이 門神이 되는 呪力을 발휘하게 되는 과정에서 그러한 기호로 변형되었을 가능성을 생각해 볼 수는 있다. 그러나 <처용설화>의 전체 서술체계가 화랑문화권의 사유체계를 그대로 반영하고 있으므로 원칙적으로 그 생성기반을 존중하는 입장에서 설화의 의미를 이해하고자 한다.

있을 터이다. 그 중에서 가장 핵심이 되는 처용의 가무에 대해서는 다음 場에서 상론하기로 하고 그 밖의 다른 춤을 살펴보자. 우선 남산신이 추었다는 '御舞詳審'이나 북악신이 추었다는 '옥도령', 그리고 同禮殿의 지신이 추었다는 '地伯級干'이란 춤은 일개인의 治病을 위한 것이라거나 한 부락의 안녕을 지켜주는 춤이 아니다. 한 나라의 亡國을 경계하여 알려주는 의미심장하면서도 신비스러운 춤인 것이다. 즉 국가의 존망과 가무의 신비로운 의미가 직결된다는 사유체계가 이미 풍월도의 '국가주의'와 '신선주의'에 기반하고 있음을 짐작게 한다.

여기서 춤의 이름이 갖는 기호적 의미도 예사롭지 않다. 즉 '御舞詳審(御舞山神)'이 나 '地伯級干'은 국왕이 추는 山神춤과 級干職의 화랑이 추는 地神춤이란 의미가 담겨 있는 것으로 보이며, '옥도령'은 '옥도'라는 신비스러운 칼을 가지고 추는 山神춤으로 추정된다. 여기서 '옥도'는 인박산에서 산신의 정기를 받은 신비스러운 보검(화랑 김유신의 칼)에 비견되는 것으로 화랑집단에서 神體로 관념하는 칼일 터이므로, '옥도령'도 화랑이 추는 산신춤으로 이해된다(즉 「문헌비고」에 보이는 화랑 官昌과 관련한 칼춤인 黃昌郎舞 혹은 劍器舞와 유사한 계열의 춤일 것이다).

그리고 헌강왕이 개운포에 출유했을 때, 미륵사찰의 건립을 약속하자 왕 앞에 나타나 보인 동해용의 춤은 미륵사찰과 화랑과의 관련을 통해 보면 미륵선화 곧 화랑집단의 龍神춤으로 추정된다. 여기서 「三國史記」 憲康王 5年 3月에 동쪽의 州郡을 순행할 때 모양이 해괴하고 衣冠이 괴이한 네 사람이 왕 앞에 나타나 가무했다는 기록과 이것이 상관성을 갖는다면 그 때 사람들이 山神의 精靈이라 했다는 것은 화랑인 처용을 東海龍子의 하나로 관념한 것과 같은 맥락으로 보인다. 결국 山海精靈은 산신과 용신으로 분장하여 山神춤과 龍神춤을 추는 미륵선화들 곧 화랑집단으로 이해된다.

4. 〈처용가〉의 감동과 의미

　〈처용가〉의 성격과 의미 및 그것이 주는 감동의 실체는 관련설화의 서사문맥과 노래의 상호관련 속에서 해명될 수 있다. 그럼에도 불구하고 기존의 논의들은 둘 사이의 긴밀한 관련, 즉 상호 교섭적 관계를 소홀히 한 감이 없지 않다. 관련 서사문맥인 〈처용설화〉에는 〈처용가〉가 어떠한 상황에서 어떻게 불려졌으며 그 결과가 어떻게 되었는지에 대해 서술되어 있다. 따라서 〈처용가〉의 성격이나 의미해석이 바로 이와 같은 상황이나 결과에 어긋난다면 그것은 타당한 것으로 받아들이기 어려운 것이다. 그런 점에서 관련문맥을 좀더 면밀하게 천착해 보기로 하자.

　잘 알려진 바와 같이 〈처용가〉가 불리워진 서사적 상황은 처용이 동해안으로부터 王京에 들어와서 級干職을 받고 또 王政을 보좌하면서 美女인 아내와 살던 중, 그 아내의 미모를 흠모하던 역신이 밤에 몰래 그의 집에 들어와 그녀와 동침하는 데서 발단이 된다. 그런데 이러한 정황에서 밖에서 돌아온 처용이 보인 반응은 의외였다. 역신과 아내의 동침현장을 보고는 〈처용가〉를 부르며 춤을 추고 물러났던 것이다. 그러자 역신이 모습을 드러내어 처용 앞에 무릎을 꿇고 말하기를 "내가 公의 아내를 사모하여 지금 과오를 범했는데 公이 怒하지 아니하니 감동하여 아름다이 여기는 바이다. 금후로는 맹세코 公의 형용을 그린 것만 보아도 그 門에 들어가지 않겠다." 했다. 이로 인해 國人들은 처용의 형용을 문에 붙여서 邪鬼를 물리치고 慶事를 맞아들이게 되었다는 것이다.

여기서 우리는 다음과 같은 몇 가지 사실을 얻어낼 수 있다.

첫째, 처용의 아내를 범한 역신이 처용 앞에 무릎을 끓고 사죄하면서 맹세를 하게 된 계기는 처용이 그 아내와의 동침현장을 보고서도 怒함을 나타내지 않고 〈처용가〉를 부르고 춤추며 물러나는 그 인격적인 德에 있는 것이다. 그 덕망의 행위가 역신을 감동시켜 마침내 처용은 역신이 가장 두려워하는 존재가 되었다는 것이다. 따라서 역신으로 하여금 감동을 받도록 한 처용의 인격적 덕망의 행위는 〈처용가〉 자체의 의미 내용은 물론이고, 그 노래를 부르면서 춤추고 물러나는 행위 전반을 포함한 것이 라 할 것이다.

역신과 아내의 간통현장을 보고서도 전혀 怒함을 띠지 않고 노래와 춤을 추며 물러날 수 있는 처용의 그 감동적인 행위는 道義相磨하고 遊娛山水하며 歌樂相悅하는 화랑집단의 風月道 수행을 통한 인격수련이 아니고서는 도달하기 어려운 경지이다. 이는 결국 화랑의 理想的 인간형인 셈이다. 〈고려 처용가〉에서 羅侯(신라 귀족 화랑)인 처용의 덕을 기린 것도 단순히 처용이란 신격을 의례적으로 사설치레한 것이 아니라, 인격적 덕망을 갖춘 화랑 처용에 대한 숭앙의 예찬이라 할 것이다.

여기서 필사본 「화랑세기」에 보이는 제5대 風月主인 斯多숨이란 화랑을 상기할 필요가 있다. 사다함은 미모인 美實娘主와 서로 사랑하는 사이였는데, 戰場에서 돌아왔을 때는 이미 남의 아내가 되어 있었다. 그래도 사다함은 怒하지 않고 〈靑鳥歌〉를 지어 부르고 슬픔을 삭이며 "내가 죽어 神兵이 되어 부부를 보호해 주리라."라고 했다는 것이다.35) 물론 처용과는 서사적 정황이 상당히 다르지만 미모의 여인을 두고 보여주는 인격적 덕망은 道義와 歌樂을 닦은 화랑적 인간상으로서 상통하는 것이라 하겠다.

둘째, 이러한 화랑의 인격적 덕망이 배어 있는 〈처용가〉에는 怒함을 드러내는 대목이란 있을 수 없다는 것이다. 그것은 역신이 "내가 지금 과오를 범했는데 公이 怒하지 아니하니…"라고 사죄하는 말에서 명백히 확인되는 바이다. 이러한 이유 때문에 〈처용가〉의 맨 끝부분을, "빼앗음을 어찌 하릿고"로 풀이하여 감히 빼앗을 수 없다는 진노의 표백으로 보는 견해36)나, "(본디 내 것인데) 어찌 감히 빼앗느냐? 물러가거라"라고 풀이하여 의문법 속에 呪歌의 특징인 강제적이고 위협적인 명령법을 잠복시키고 있다고 본 견해37)들은 수긍할 수 없게 된다. 그렇다고 하여 그 부분을 "빼앗은 것을 어찌 하리오"로 보아 단순히 체념하거나 관용의 뜻이 포함되어 있다고 보는 견해38)도 처용의 인격직 덕망이 내포된 노래로 보는 것과는 거리가 있다.

또한 〈처용가〉 전체 문맥에서는 주술의 원리를 찾아내기 위해 '야기되기를 바라고 있는바 결과의 반대상황을 진술한 것, 역신이 불러날 결과와는 반대인 역신이 들어 있는 상태를 그린 것'이라 본 견해39)는 〈처용가〉의 노래 속에서 화자가 취한 태도가 드러나 있는 끝부분(7~8句)에 대한 의미를 전혀 고려하지 않는 것이어서 문제가 된다. 한편 '역신의 疫은 분명히 무서운 존재인데 처용은 그 존재를 향하여 "너는 간통을 하고 있다"라고 행위를 들추어내고

---

35) 서울신문 1989년 2월 25일자 게재분 참조.
36) 이기문, 『국어사 개설』(탑출판사, 1986), p. 83.
37) 박진태, 앞의 논문, p. 191.
38) 梁柱東, 『古歌研究』(박문출판사, 1942) 이래 대부분의 견해가 이를 따르고 있다.
39) 金烈圭, 『鄕歌의 文學的 研究一斑』(『鄕歌의 語文學的 研究』, 서강대 인문과학연구소, 1972), pp. 24-25.

만다.…이로써 不明이었던 것을 분명한 정체로서 파악하여 수용해 버린다. 그러면 무서움(魔力)도 사라지고 만다'라고 〈처용가〉의 의미를 해석한 견해40) 역시 앞의 이유와 같은 점에서 문제를 안고 있다. 즉 이들 두 견해는 〈처용가〉의 전체 문맥(8句) 가운데 사건의 정황을 진술한 1~6句까지만을 문제삼고 있다. 그러나 정작 사건의 정황에 대한 화자의 대응이 드러나 있는 7~8句가 이 노래의 핵심이며, 이러한 처용의 대응태도 때문에 역신이 무릎을 꿇고 사죄하고 있음을 위의 두 견해는 간과하고 있는 것이다. 또 혹자는 〈처용가〉를 '노래를 불러 惡神을 달래는 것'이라 하여 역신을 달래는 노래로 이해41)한다. 그러나 疫神이 감동을 하고 무릎을 꿇은 것은 처용이 노함을 드러내지 않은 인격적 덕망 때문이지 자신을 달래주었기 때문은 아니라는 점에서 이 역시 수긍하기 어렵다. 요컨대 역신이 처용의 행위에 감동하여 사죄를 빈 것은 처용의 체념적인 태도나 분노 때문이 아니며, 자신을 달래거나 자신의 행위 혹은 정체를 알아맞췄기 때문도 아니다. 간통현장을 보고도 노함을 전혀 드러내지 않은 그 인격적 덕망 때문이었음을 관련 서사문맥은 분명히 하고 있는 것이다.

셋째, 역신과 아내의 간통 현장에서 부른 〈처용가〉는 결과적으로 역신을 감동시켜 무릎을 꿇게 한 향가이므로, 이 노래 또한 一然이 〈도솔가〉와 그로 말미암아 일어난 異蹟들을 서술하는 자리에서 지적한 바 있는 '能感動天地鬼神'한 향가의 예에 해당한다고 할 수 있다. 다만 〈도솔가〉는 두 개의 해가 나타나는(二日竝現) 하늘의 변괴를 없애는 데 효험을 보였으므로 鬼神을 감동시킨 향

---

40) 崔珍源, 「動動考(V)」(「대동문화연구」 제15집, 성균관대 대동문화연구원, 1982), p. 25.
41) 장진호, 「신라향가의 연구」(형설출판사, 1993), pp. 161~162.

가라면, <처용가>는 탐락에 눈이 어두워 미모의 남의 아내를 범하는 역신의 과오를 깨닫게 하여 무릎을 꿇리는 효험을 보임으로써, 鬼神을 감동시킨 향가에 해당한다는 점에서 다소의 차이를 보인다.

그런데 一然은 이러한 향가를 詩頌과 같은 類라고 비유하고 있다. 이 때문에 「詩經」의 '頌'과 직결시켜 종묘제사의 樂歌로서 '신명에게 고한다'는 告神明의 제의적 의미를 갖는 것으로 이해하거나,42) 혹은 일연이 제시한 향가의 感動論이 기본적으로는 '毛詩序'나 '詩品序'에 뿌리를 두면서도 그러한 전통적 儒家의 관습을 넘어서는 '불교적 초월성'을 본질적 조건으로 하고 있다고 이해하는43) 경우 모두 이런 類의 향가의 본질을 드러내는데 있어서 상당한 거리를 갖는다.

이 문제는 뒤에서 상론할 터이지만 <도솔가>나 <처용가> 같은 천지귀신을 감동시키는 향가는 「詩經」의 頌과 같은 祭儀歌로서, 혹은 불교적 초월성으로서는 만족스럽게 설명할 수 없는 화랑집단 특유의 사유체계인 風月道的 신비주의에 기반을 두고 있기 때문이다. 즉 이들 작품은 종묘의 樂歌로서의 '詩頌'이나 불교적 초월성의 영험을 보여주는 '偈頌(gatha)'과는 본질을 달리하는 風月道的 신비성을 보여주는 '향가'일 뿐이다. 一然이 향가를 詩頌에 비유한 것은 이러한 본질을 깊이 있게 이해하지 못한 때문이 아니라 비근한 예로서 詩頌을 끌어왔을 뿐인 것이다. 그것은 一然이 「三國遺事」에 채록해 놓은 향가가 반드시 불교적 신이성이나 초월성에 연루되거나 제의적 주술성에 관련하는 것만이 아니라는 데서 단적으로 드러난다.

---

42) 崔珍源, 「鄕歌 感動天地鬼神考」(「陶南學報」12輯 , 陶南學會, 1990), p. 7.
43) 성기옥, 「感動天地鬼神의 논리와 향가의 주술성 문제」(「古典詩歌의 理念과 表象」, 1991)

넷째, <처용 이야기>에서 사건의 발단은 처용의 아내가 미인이라는 데서 연유한다 만약 그녀가 미인이 아니었다면 역신이 접근할 리 없다. 여인의 아름다움을 탐하는 일은 時空을 초월한 범인류적 보편현상이라 할 수 있는 것이어서 어느 특정문화권과 연결시킬 수 없는 노릇이다. 우리나라의 경우도 미인을 보면 부처도 미소를 짓고, 산신령도 꽃을 바치고, 龍神도 납치해 가고, 산돼지도 업어 간다는 화소를 담은 이야기는 民譚에서 그 사례를 상당히 찾아볼 수 있다. 그러나 미인에 대한 탐욕이나 욕구가 어떤 의미를 가지며 어떤 문제를 야기하는가는 구체적인 역사 현실 속에서 그 존재 의의를 갖게 된다.

이미 살펴본 바와 같이 <처용설화>의 경우 미인에 대한 역신의 탐욕은 한 개인이나 가정의 문제, 혹은 사회의 문제로 끝나는 것이 아니라 국가의 존망과 관계되는 역사적 의미를 갖고 있다. 즉 나라가 기울기 시작하는 신라下代의 중대한 고비에서 탐락의 추구는 나라를 병들게 하여 마침내 패망에 이르게 하는 직접적인 동인으로 작용 한다는 특별한 의미를 갖는다.

이제 이러한 몇 가지 사실들을 염두에 두고 <처용가> 자체를 분석해 보기로 하자. 흔히 이 작품을 8句體로 이해하는 관례가 있으므로 편의상 그것에 따라 현대어로 해독하여 번호를 붙이면 다음과 같다.

① 서울 밝은 달 밤에
② 밤새도록 놀며 다니다가
③ 들어와 잠자리를 보니
④ 다리가 넷이로구나.

⑤ 둘은 내 것인데
⑥ 둘은 누구 것인가?
⑦ 본래 내 것이지마는
⑧ 빼앗은 것을 어찌하리오?

이 작품은 '처용'이란 특정의 작자(화자)가 자신이 처한 극적 상황에서 그것에 대응하는 심정을 1인칭 劇的 獨白體의 형식으로 노래한 향가이다. 여기서 ①-④까지는 話者가 처해 있는 敍事的 상황을 객관적으로 서술한 대목이고, ⑤-⑧까지는 그러한 정황 속에 처한 話者가 보이는 대응의 태도이자 심경을 토로한 대목이다. 물론 ①-④는 ⑤-⑧까지의 긴장된 정서를 토로하게 되는 빌미이자 조건이 되므로 後者에 종속되고, 그리하여 작품의 무게 중심이나 미학적 긴장은 後者에서 집중적으로 드러난다. 하지만, 前者에 대한 타당하고도 깊이 있는 통찰은 후자에 나타나는 정서의 지향을 이해하는 데 필수적인 요건이 되므로 먼저 이 부분부터 검토해 보기로 한다.

언뜻 보아 話者가 처해 있는 敍事的 정황이 객관적으로 담담하게 서술되어 있는 듯한 ①-④의 대목을 자세히 살펴보면, 다시 두 가지 대립적 지향의 충돌이 계기적이지만 병렬적으로 드러나 있음이 주목된다. 그것은 ①과 ②에 보이는 처용의 행각과 ③과 ④에 보이는 역신의 행각이 상충되는 현장이라 요약할 수 있다. 즉, ①-②에서 보듯 처용은 서울의 밝은 달밤에 밤새도록 遊行 행각을 하고 있음에 반해, ③-④에서 보듯 역신은 그 사이 처용의 잠자리에서 탐락의 행각을 벌이고 있었던 것이다. 이 둘의 행각은 대립적 의미를 가지며 계기적으로 병렬되어 있는 것이다. 그렇다면 이 둘이 대립·충돌하는 의미는 무엇인가?

①-②에 보이는 처용의 행각은 王京에서 '달'이 환하게 비춰 주는 상황하에 이루어진다는 점, 그리고 그의 행각을 遊行이라 표현한 점은 처용의 신분이 '화랑'이라는 것과 연결해 볼 때 그 의미가 선명히 드러난다. 처용이 王京에서 밤새도록 노니는 것은 글자 그대로 놀러 다니는 것이 아니라 왕으로부터 級干이란 벼슬을 받고 王政을 보좌하는 임무를 수행하러 다닌 것을 말한다. 그럼에도 遊行이라 표현한 것은 화랑의 직무가 遊行과 관련되기 때문일 것이며, 그의 임무수행에 '달'이 환하게 비추는 것도 화랑문화권에서는 특별한 상징적 의미를 갖는 것이다.

우선 화랑집단이 山水를 찾아 心身을 수련하고 제의를 올리는 성스러운 행위를 '유오산수'라고 한 표현에서 遊行의 의미를 이해할 수 있고, 또 48代 景文王으로 즉위한 金膺廉이 화랑이었을 때, 그로 하여금 國仙을 삼아 四方을 優遊하게 했다는 것44)도 왕정보좌의 일환이었음이 분명한데도 '노니는' 것으로 표현한 것에서 그 예를 찾을 수 있다.

그리고 처용의 직무 수행에 있어서 '달'이 환하게 비추는 것은 風月道를 수행하는 화랑집단의 신비주의가 빚어낸 독특한 의미를 띠는 것으로 이해된다. 그러한 사례는 여러 곳에서 발견된다. 우선 國仙之道라 하여 스스로 仙徒 곧 화랑집단의 소속임을 밝힌 月明師는 화랑들이 歌樂相悅할 때 가장 즐겨 사용하는 젓대45)로 달을

---

44) 「三國遺事」 卷2, 景文王條 참조.

45) 팔사본 「花郎世紀」에 의하면 화랑 가운데 향가를 잘하고 淸遊를 좋아한 雲上人 계열의 화랑들은 젓대에 능했으며, 노래와 젓대에 능하지 못할 경우 검술을 배워 護國仙 계열의 화랑이 되었다. 이는 秘寶郎의 예에서 잘 드러난다(서울신문, 1989년 2월 26일자 이후 참조).

멈추게 했다는 일화를 남기고 있고, <彗星歌>에서는 세 화랑의 遊嶽에 달이 그 앞길을 환하게 비춰주며, <讚耆婆郞歌>에서는 화랑인 기파랑의 신비로운 인격의 고매함을 '흰 구름 따라 떠간 달'로 환유하고 있음에서 화랑과 달의 긴밀한 관계를 찾아볼 수 있다. 따라서 처용이 노니는 거리를 비춰주는 달은 바로 이러한 풍월도적 사유체계를 바탕으로 한 것이며, 월명사가 교감한 달처럼 어두움과 악을 몰아내는 성스러운 직무를 수행하는 자를 비춰주는 달인 것이다.

이에 반해 역신은 어두움을 틈타 몰래 남의 침실에 틈입하여 불륜을 저지르고 탐락에 빠지는, 그래서 마침내 나라를 병들게 하는 어두움과 악의 화신이다. 따라서 이런 존재는 처용같은 호국이념에 불타는 화랑에 발견되어 풍월도의 환한 달빛의 세례를 받아 잘못을 스스로 깨닫고 무릎을 꿇어 과오를 뉘우쳐야 할, 처용과는 대립적인 존재인 것이다. 이 두 대립적인 지향의 존재가 맞부딪힌 현장이 바로 ①-④이며, 단순한 맞부딪힘이 아니라 풍월도의 달을 등에 환하게 업은 처용이 침실의 캄캄한 어둠 속에서 탐락의 구렁텅이에 빠져 있는 역신을 발견해 내는 현장이 바로 이 대목인 것이다.

다음 대목인 ⑤-⑧은 풍월도의 존재인 화랑 처용의 인격적 덕망이 배어있는 논리적 설득과 관대한 대응 태도에 의해 역신 스스로 과오를 깨닫고 참회하도록 유도한다. 그리하여 어두움과 악의 존재이던 역신으로 하여금 風月道의 感化를 받아 불륜과 탐락에서 벗어날 수 있도록 引導하는 부분이다. 이 부분은 ⑤-⑥의 질문과 ⑦-⑧의 호소 형식으로 되어 있다. 이렇게 던져진 질문과 호소는 역신을 감동시키는 결정적인 역할을 한다.

우선 ⑤-⑥은 논리적이고 합리적인 질문으로 되어 있다. 처용이 역신으로 하여금 과오를 뉘우치게 한 간명하고도 논리적으로 가장 설득력 있는 질문이 바로 이 대목이다. ⑤-⑥의 질문에 대한 답은 오직 하나이며 변명이나 회피란 있을 수 없다. 즉 역신의 과오를 가장 명쾌하게 드러내어 정곡을 찌르는 합리적인 질문인 것이다. 그런데 여기서 "둘은 내 것인데 둘은 누구 것인가?'라는 질문의 밑바닥엔 역신의 불륜을 여지 없이 고발·폭로하는 추상같은 윤리적 당위성의 기준이 깔려 있다. 이것은 道義相磨하는 화랑의 인격적 덕망을 갖춘 처용이 윤리적으로 부패타락한 역신(신라 왕실주변의 귀족세력)에게 당당하게 추궁할 수 있는 질문인 것이다.

이러한 윤리적 당위성을 바탕으로 한 합리적 추궁은 <수로부인 이야기>에 나오는 <해가>에서도 발견된다. <해가>는 <구지가>를 패러디化한 것으로 알려져 있지만 둘 사이에는 상당한 간극이 있다. <구지가>가 아무런 논리적 근거 없이 주술 대상에게 직접 강제명령하고 위협하는 구조로 되어 있음에 반해, <해가>는 명령과 위협 사이에 "남의 부인 앗아간 죄 얼마나 크냐?" 라고 윤리적 당위성을 내걸어 합리적으로 추궁하고 있는 것이다. 이것은 풍월도의 합리주의가 주술가요에도 영향을 미친 것으로 생각 되는데, 우리는 그러한 사례를 풍월계 향가에서 찾아볼 수 있다.

즉 眞平王代의 <彗星歌>는 기존 문화권에서 흉조로 보는 혜성의 출현도 풍월도의 상징인 달을 보조하는 '길 쓸 별'로 합리적·논리적 근거를 들어 무력화시키고 있다. 월명사의 <도솔가>에서는 散花儀式 때 뿌려진 꽃이 彌勒佛을 모시듯이 反王權 세력이 왕권세력 곧 국가수호세력을 모셔야 한다는 당위론적 논리를 내세워 독특한 합리적 주술을 펴고 있는 것이다.46)

---

46) 이에 대한 상론은 졸고, 「향가와 화랑집단」 참조.

사실 仙徒인 화랑집단은 天地神明과 龍神, 五嶽山神을 숭상하고 그들의 이상적 영웅상도 이들 神格을 지향하는 것이어서 신선주의 혹은 그 연장으로서의 신비주의적 지향성을 강하게 보이지만, 儒·佛·道 등을 수용·습합하면서 다분히 합리적 신비주의로 전개되고 있음을 보게 된다. 그 단적인 예를 善德女王 末年의 사건에서 찾을 수 있다. 즉, 귀족 비담이 반란을 일으켰을 때, 마침 월성에 큰 별이 떨어지므로 여왕이 패망할 흉조로 받아들여졌다. 이에 화랑 출신 김유신은 허수아비에 불을 당겨 종이연에 달아 하늘로 띄워 올리고는 어젯밤에 떨어졌던 별이 다시 하늘로 올라갔다고 합리적으로 대응했던 것이다.[47]

⑤-⑥句의 추상같은 합리적 질문에 이어 <처용가>는 ⑦-⑧의 호소적이면서 설득적인 목소리로 마무리된다. 이 마지막 ⑦-⑧句는 <처용가>의 핵심이 되는 부분이다. 또한 화랑 처용의 인격적 덕망이 물씬 배어 있으며 그 때문에 역신으로 하여금 '감동'케 한 부분이기도 하다.

그런데 이를 두고 종래에는 체념의 진술이나 진노의 목소리로 이해하는 경우가 대부분이었다. 하지만 이 부분이 체념적 진술이라면 처용이 그러한 긴장된 상황에 처하여 자포기함으로써 나약성을 드러내는 것이 되므로 역신은 그 앞에 무릎을 꿇을 리 없다. 또한 관대하다고 감동하여 아름다이 여길 리도 없다. 오히려 나약한 처용 앞에 역신의 기고만장한 오만이 있을 것이다. 반대로 이 부분을 진노의 목소리로 이해한다면 역신은 그와 같은 처용의 진노에 대해 관대하다고 무릎을 꿇을 리 없을 뿐더러 오히려 역신도 처용에 맞서 대항했을 것이다.

---

47) 「三國史記」 列傳, 金庾信條 참조.

처용은 이러한 긴장된 극적 상황에서 체념이나 진노의 양극단이 아닌 설득적인 호소의 목소리를 택했다. 여기에 풍월도의 수양으로 다듬어진 처용의 지혜가 있고, 인격적 덕망의 관대함이 있는 것이다. 즉 이러한 긴장된 상황에서 처용은 역신을 향하여 ⑤-⑥句에서 추상같은 합리적이고 논리적인 질문으로 역신의 과오를 스스로 깨닫게 한 다음, 과오를 질타하거나 묻어두는 방법을 택하지 않고, 역신을 어느 쪽으로도 자극하지 않으면서 자신의 과오를 스스로 뉘우칠 수 있도록 호소의 목소리로 설득했던 것이다.

그렇다면 언뜻 보아 아내를 역신에게 빼앗긴 話者 처용의 체념적이고 자탄적인 목소리 같은 ⑦-⑧句가 어떻게 호소력을 발휘하여 역신을 감동시킬 수 있었나? 그것은 이미 말한 대로 처용의 관용과 인격적 덕망이 배어있는 진술로 되어 있기 때문이다. 즉 ⑤-⑥句를 통하여 이미 역신의 過誤는 백일하에 논리적으로 드러났다. 그러나 그 과오를 처리하는 방식은 의외로 관용의 태도를 보였다. 그것이 바로 ⑦-⑧句에 압축되어 나타난다. ⑤-⑥句의 過誤 지적에 이어서 그 잘못에 대한 통렬한 질타가 나올 법 한데, 화랑의 덕을 갖춘 처용은 탐락에 빠져 있는 역신의 잘못을 질타하기는커녕 오히려 그 반대로 역신의 탐락행위를 자신의 탓으로 돌리고, 아내를 빼앗긴 상황에서 "빼앗긴 것을 어찌하리오"라고 하여 자신의 不德과 무능력의 소치로 자책한다. 이는 역신에게는 관대함이 되고, 나아가 과오를 뉘우치게 하는 호소력을 가질 수 있었던 것이다. 결국 <처용가>가 역신을 감동시킬 수 있었던 비밀은 바로 이 마지막 句의 호소력에 있었던 것이다.

5. 맺는말

  지금까지 필자는 <처용가>와 관련 서사문맥인 <처용설화> 무속문화권에서 산출된 것이 아니라 화랑문화권에서 생성되었으며, 처용의 정체도 무당이나 巫神이 아니라 화랑임을 논증해 내고 <처용가>의 감동의 실체가 무엇인지를 밝혀 보려 했다. 이런 작업을 통해서 필자가 「鄕歌의 장르體系論」(「大東文化硏究」 27집, 성균관대 大東文化硏究院, 1992)에서 유보했던 <처용가>의 장르문제를 風月系 鄕歌로 확정지을 수 있었다.

  이 과정에서 필자가 주요 논지로 삼은 자료는 아직 史學界에서 그 眞僞가 의심되는 구석이 있다 하여 별로 활용하지 않고 있는 필사본 「花郎世紀」였다. 그래서 혹자는 이 사실을 구실로 필자의 논지에 회의적인 입장을 취할지 모르겠다.

  그러나 필자는 필사본 「화랑세기」의 가치를 「삼국사기」나 「삼국유사」에 버금가는 것으로 여기고 있고, 화랑의 문제를 해결하는 자료로서는 오히려 「삼국사기」가 안고 있는 중대한 결함을 보완하여 주는 것으로 소중히 평가한다. 그 이유는 이렇다.

  화랑문제에 관한 한 「삼국사기」는 편벽된 시각을 갖고 편찬된 자료임을 환기하고 싶다. 필사본 「화랑세기」에 의하면 화랑에는 무예와 협기를 좋아하는 護國神 계열과 향가와 淸遊를 좋아하는 雲上人 계열이 있었다. 「삼국사기」의 편자 金富軾은 이 가운데 雲上人 계열의 화랑활동을 고의적으로 무시하고 이를 기록에서 일체 제외시키는 한편, 다만, 忠孝面에서 일화를 남긴 호국선 계열만을 列傳 등에서 소중하게 다루는 편중성을 보였다. 「삼국사기」에 향가가 단한 首도 수록되어 있지 않고 雲上人 계통 화랑(四仙 등)의 행적을 찾아 볼 수 없는 것은 김부식의 이러한 편찬태도 때문이다. 그가 화랑에 대해 편벽된 편찬태도를 보인 이유는 그와 相剋관계에 있던 妙淸과의 대립·투쟁 때문이었다. 즉 묘청은 雲上人 계열 화랑의 전통을 이어받은 仙風을 주요한 사상적 기반으로 삼아 西京遷都運動과 반란을 일으키고 중국이나 異邦에 대해 자주노선을 추구하고자 했다. 한편 중국에 대해 事大主義 노선을 견지하고 儒家的 기반을 갖고 있는 김부식은 마침내 妙淸의 亂을 평정하면서 雲上人 계열의 화랑사상을 혐오하고 기피했던 것으로 보인다.

따라서 이런 편벽된 사대적 관점에서 이루어진 「三國史記」는 正史라 하여 소중하게 다루고, 자주노선을 보이는 仙徒 계열 화랑의 활동이 담긴 필사본 「花郞世紀」의 자료적 가치를 부인하는 것은 그 저의가 무엇인지 심히 의심스럽다. 「三國遺事」를 편찬한 一然은 仙徒系 화랑집단의 활동을 편견 없이 받아들였기 때문에 향가를 비롯한 그들의 활동을 일부나마 싣고 있었던 것이다.

다만 필사본 「화랑세기」에 향가가 단 한 首도 수록되지 않은 것은(아직 공개되지 않은 母本 「화랑세기」에는 한 수가 실렸다 함) 그것이 화랑의 행적을 傳 형식으로 담은 것이어서 화랑들의 家系와 행적이 관심의 표적이었고, 그 문학 활동은 관심권 밖이었기 때문이다. 여하튼 필사본 「화랑세기」는 화랑문제를 해명하는 데 소중한 지침이 되는 자료로 앞으로도 더욱 긴요히 활용해야 할 것이고, 향가문제를 풀어나가는 데도 상당히 기여할 것으로 생각된다.

處容歌의 巫俗的 考察

서대석

1. 序 論

處容歌나 處容說話에 대한 研究는 다른 어느 分野보다도 活潑했다. 그리하여 十數篇의 論文이 發表되었고[1] 學術討論會의 主題로 採擇되어 韓國學 方法論의 檢討의 對象이 되기도 하였다.[2] 이처럼 處容歌 및 處容說話가 國學者들의 많은 關心을 끌었던 理由는 그만큼 處容歌가 우리의 古代詩歌로서 많은 問題點을 가진 歌謠이며 處容說話가 여러 가지 해석이 可能한 含蓄된 面貌를 具有하고 있기

---

1) 그 중 重要한 業績을 들면 다음과 같다.

  金東旭, "處容歌研究"(韓國歌謠研究, 서울: 乙酉文化社) 1961.

  黃浿江, "處容歌 考"(국어국문학 26), 1963.

  張籌根, "處容說話의 研究"(국어교육 6), 1963.

  金烈圭, "處容傳承試攷"(駱山語文 1), 1966.

  玄容駿, "處容說話攷"(국어국문학 39, 40), 1968.

  李佑成, "三國遺事所載 處容說話의 一分析"-高麗其人制度의 起源과의 關聯에서-(金載元博士回甲紀念論叢), 1969.

  黃浿江, "鄕歌研究試論" -處容歌研究의 史的 反省과 試考-(古典文學研究 2), 1974.

2) 成均館大學校 大東文化研究院 第一回 學術 심포지움 "處容說話의 綜合的考察", 1972년 6월 3일.

때문이라고 생각된다.

處容에 관한 지금까지의 重要한 業績을 그 方法論的 範疇로 大別하면 다음과 같은 세 가지로 要約되리라고 본다.

첫째는 民俗學的 觀點에서 處容을 巫儀의 司祭者나 巫로 보고, 處容歌를 驅疫神의 巫歌로 보는 見解로서 張籌根, 金烈圭, 玄容駿 등의 研究가 그것이다.

둘째는 史學的인 觀點에서 憲康王代라는 時代背景과 開雲浦(蔚山地方)라는 地理的 背景을 重視하여 處容說話를 歷史的 現實의 寓意的 表現이라고 보고, 說話에 反影된 歷史的 事實을 밝히고자 한 研究가 있다. 李佑成은 處容을 地方豪族의 子弟로 보고 高麗 其人制度와 關聯지어 해석을 試圖했고, 李龍範은 이슬람 商人이 新羅時代 蔚山灣에 進入하였을 可能性을 立證하고 處容을 이슬람 商人으로 보았다.3)

셋째는 佛教的 立場에서 處容을 佛教的 護國護法의 龍으로 보고 處容의 歌舞를 佛教的 教化歌舞로 解釋한 黃浿江의 研究이다.4)

以上의 研究 結果를 檢討할 때 우리는 다음과 같은 점에서 당황하게 된다. 즉 三國遺事에 記錄된 하나의 說話를 對象으로 한 研究 結果가 이처럼 判異할 수가 있는가 하는 點이다. 研究의 觀點이 다르면 解釋이 달라지는 것은 事實이다. 그러나 處容說話의 경우는 研究者의 觀點에 差異로서 나타난 並存 可能한 見解라고 보기는 어렵다. 同一한 事實에 相異한 側面이 아니기 때문이다. 處容의 正體에 대한 見解만 하더라도 〈驅疫의 巫〉이면서5) 동시에 〈人質인 地方豪族 子弟〉6)일 可能性은 없으며, 〈이슬람商人〉7)이면서 〈佛教的

---

3) 大東文化研究別輯 1 "處容說話의 一考察" 〈唐代 이스람商人과 新羅〉, 1972. 6.
4) 黃浿江, "鄕歌研究試論".
5) 金烈圭 · 張籌根, 玄容駿 諸氏의 見解.

護國龍〉8)일수는 없는 것이다. 이 같은 點은 疫神에 대한 處容의 行爲를 해석하는데 있어서도 同一하게 나타난다. 〈病魔退治의 巫로서의 呪能〉과 〈地方豪族이 中央貴族에게 느끼는 葛藤을 表現한 것〉과 〈佛敎的 敎化歌舞〉는 全然 意味가 다른 것이다.

이러한 判異한 見解 差異를 方法論 自體가 잘못 선택됐기 때문에 나타난 結果라고는 볼 수 없다. 史學的 方法과 民俗硏的 方法, 佛敎的 方法은 서로 相補的 役割을 담당할 수 있으며, 어느 한 事實에 대한 多面的인 接近은 그 事實을 보다 立體的으로 把握할수 있는 長點이 있다. 따라서 方法論 自體의 是非를 따지는 것은 論議의 爭點으로서 적합하지 못하다고 본다.

문제는 分析過程上의 誤謬이다. 어떤 方法을 使用하더라도 分析 證明이 올바르게 이루어졌다면 處容說話의 경우와 같은 동떨어진 諸說이 亂立될 수는 없다고 본다.

이러한 點에서 方法論이 다른 見解라도 批判은 可能하다고 보며 本稿의 執筆意圖의 一端이 여기에 있음을 말해 둔다.

本稿는 民俗學的 觀點에서의 硏究를 補完하고자 하는 意圖에서 試圖된다. 民俗學的 方法에서의 硏究는 硏究者에 따라 硏究焦點이 다르고 細部的인 差異는 있었으나, 대체로 處容을 巫 또는 巫儀의 司祭者로 보고 處容歌를 疫神驅逐의 巫(呪)歌로 보는데 見解의 一致를 본 셈이었다. 그러나 한 걸음 더나가 處容歌 自體에 대한 巫歌的 해석이 소홀히 되었고 處容說話의 해석에서도 많은 未解決의 부분을 남겨 두었다고 볼 수 있다. 本稿에서는 現行 巫俗의 觀點에서 좀더 具體的인 해석을 해보고자 한다. 그리고 旣往의 見解에 대

---

6) 李佑成, 前揭論文.
7) 李龍範, 前揭論文.
8) 黃浿江, 鄕歌硏究試論.

해서는 이미 批判이 빈번히 이루어졌으므로 最近의 業績 몇편만을 對象으로 檢討해 보겠다. 따라서 歷史學的 接近으로서 李佑成의 硏究와 佛敎的 觀點에서의 黃浿江의 硏究를 主로 檢討하게 될 것이다. 民俗學的 硏究는 筆者의 見解를 展開하면서 必要에 따라 言及하기로 한다.

2. 旣存 硏究의 檢討

먼저 歷史學的 觀點에서의 硏究부터 檢討하기로 한다.

李佑成은 處容說話를 新羅 末期의 歷史的 現實과 結付시켜서 다음과 같이 해석하였다. 즉 處容은 地方豪族의 子弟이며, 憲康王의 開雲浦 出遊는 地方豪族의 撫摩策이고, 東海龍의 雲霧溟曀은 地方豪族이 中央王權에 대한 挑戰의 표시이며, 處容의 入京은 高麗의 其人制度와 같은 豪族子弟의 人質이라는 것이다. 또한 疫神은 中央 貴族子弟의 放蕩한 모습이며, 處容과 疫神과의 관계는 地方豪族이 中央 貴族에게 느꼈던 葛藤의 表現이라는 것이다.9)

이러한 論理整然한 解釋은 적절한 論據의 提示에 依하여 빈틈없이 論證되고 있다. 그러나 너무나 論理에 치중하여 비약된 부분도 없지 않다.

첫째, 三國遺事 所載 한 편의 說話를 이처럼 論理를 갖춘 現實에 寓意(Allegory)的 表現으로 볼 수 있을까 하는 點이다. 處容說話는 가장 論理的 矛盾이 많은 說話의 하나이며, 그 理由는 說話가

---

9) 李佑成, 前揭論文 筆者 要約.

傳承되면서 많은 雜多한 異質的 要素가 添加되었기 때문일 것이다. 그 중에서 歷史意識의 反映일 것으로 생각되는 部分을 抽出해서 해석한다면 無理가 없겠으나 說話全篇을 一貫된 論理로 處理한 데서 오히려 비약이 나타났다고 본다. 적어도 疫神과 處容과의 관계는 民俗的 事實의 反映으로 보아야 할 것이다. 이 點은 뒤에 다시 言及될 것이다.

둘째, 地方 豪族이 龍으로 象徵된다는 點이다. 龍은 그 自體가 象徵的 存在이기에 많은 象徵性을 가진다. 王이 龍으로 象徵되기도 하고 그에 따라 勢力이나 能力이 出衆하면 龍으로 상징될 가능성은 있다. 그러나 東海龍이 蔚山의 豪族이라는 것은 쉽게 納得되지 않는다. 龍은 海神이며 民間에서 信仰視되는 靈物이다. 東海龍은 구태여 상징으로 해석하지 않아도 理解가 되며, 豪族의 상징으로 제시한 論據는 너무나 궁벽하여 說得力이 薄弱한 것이 사실이다.10)

셋째, 蔚山地方의 豪族이 과연 中央政權에 대해서 露骨的인 挑戰이나 反撥을 할 수 있었을까 하는 點이다. 憲康王 死後 불과 五年만에 四方에서 蜂起가 나타난 것을 보아 憲康王 때에 이미 蜂起 勢力이 胎動되고 있었다고는 할 수 있다. 그러나 蜂起의 地域은 沙伐州(尙州-元宗, 哀奴), 北原(原州-梁吉, 弓裔), 完山(全州-甁萱) 等 地로서11) 王權이 强力히 미치지 못했던 高句麗 百濟의 古地였다.

---

10) 高麗世系의 作帝健說話에 보이는 龍女가 「平州人豆恩砧 角干之女子也」라는 聖源錄 記錄이 있다고 해서 豪族이 龍으로 象徵되었다는 主張은 說得力이 적다. 作帝健說話는 三國遺事 居陁知說話와 同軌이며 王建先代를 神聖化하기 위하여 借用한 說話 모티브로 본다. 따라서 龍女라고 되어있는 것이 실제는 平州人 豆恩砧角干의 딸이라는 말이지, 豪族을 龍으로 象徵했기 때문에 角干의 딸이 龍女로 表現되었다는 말로 볼 수 없다. 또한 九人의 土豪를 九龍이라고 했다는 根據도 문제가 있다. 九人이 함께 죽어서 山名을 九龍으로 고쳤다는 것은 豪族이라는 身分과 반드시 龍이라는 것이 같은 개념이기 때문이라고는 볼 수 없다. 豪族이 아닌 個人的 英雄도 얼마든지 龍으로 表現할 수 있기 때문이다.

그러나 蔚山은 慶州 首都圈에 所屬된 新羅의 門戶로서 가장 來往이 잦았던 곳으로 생각된다. 이러한 地域에서 王의 행차를 훼방하는 豪族의 反撥이 있었으리라고는 생각하기 곤란하다.

넷째, 處容의 畵形을 門에 붙임으로써 國人이 辟邪進慶하였다는 것에 대한 言及이 없다는 點이다.

民俗學的인 關心을 가진 사람은 이 部分이 가장 處容說話 해석에서 문제가 되는 것으로 硏究에 焦點을 여기에 두고 있는 것이다. 處容畵形의 門帖 事實이 民俗的이라고 해서 處容說話의 歷史的 性格이 除去될 理由는 없다. 李佑成의 論理를 그대로 展開시킨다면 다음과 같은 矛盾이 나타난다. 즉 中央貴族의 子弟(疫神)를 쫓기 위하여 地方豪族 子弟(處容)의 畵形을 붙였다는 것이다. 여기에 畵形을 붙인 國人은 新羅의 國民이며 그 由來地域으로 보아 慶州 市民들에서 시작되었을 것이다. 그렇다면 中央貴族이 자기들의 子弟를 꺼리어서 지방 豪族 子弟의 畵形을 부쳤다는 이상한 結果에 到達하게 된다.

또한 疫神은 處容에게 屈服하고 물러난 것으로 되어 있는데, 中央 貴族의 放蕩한 子弟가 시골 豪族 子弟에게 그렇게 쉽게 屈服할 수 있겠는가 하는 點이다. 中央貴族이라는 傲慢과 肯志, 그리고 그들의 耽樂이 나라를 망친 理由가 되겠는데, 疫神의 屈服은 이것과 어떠한 論理的 連結을 가질 것인가 궁금하다.12)

處容과 疫神의 關係는 處容說話에 核心이 되는 部分이다. 그리고 이것은 分明한 民俗的 事實이다. 民俗的 傳說에 歷史的 潤色이 加해진 資料를 歷史的 事實에 民俗的 潤色이 된 것으로 해석했기 때

---

11) 三國史記 新羅本紀 第十一 眞聖王條.
12) 處容이 人質이라면 人質의 立場에서 中央貴族의 子弟를 屈服시켰다는 意味가 되겠는데, 이에 대한 歷史的 解明이 必要하리라 본다.

문에 나타나는 비약이 아닌가 한다.

傳說은 歷史化하는 傾向이 있다. 그리하여 民譚도 歷史的 人物에 결부되면 傳說이 된다. 處容說話는 民俗說話가 憲康王이라는 歷史的 人物에게 결부되고 開雲浦라는 具體的 地名에 연결되어 定着된 것으로 본다. 지금도 姜邯贊, 四溟堂과 같은 人物의 傳說은 많으며, 이 이야기는 결코 歷史的 事實만은 아니다. 또한 全國的으로 분포된 〈장자못 由來〉 傳說은 證據物과 결부된 傳說의 例가 된다.

處容說話는 開雲浦라는 地名과 望海寺라는 寺院의 空間的 證據物을 借用하고, 憲康王代라는 歷史的 時間을 背景으로 하여 形成된 說話라고 본다. 三國遺事에는 많은 引用書가 나타나나 處容說話에서는 〈語法集〉밖에는 典據가 없다. 또한 說話의 文脈에 不統一的 展開를 보더라도 非歷史的 事實임은 立證된다고 본다.

다음은 佛敎的인 接近으로 試圖된 黃浿江의 硏究를 檢討해 보자.

黃浿江은 어떤 理論的 背景에 先入見이 없이 資料에 直面할 것과 說話가 生成된 자리에서 檢討되어야 한다는 硏究 立場을 밝히었다. 그리고 이러한 觀點에서 旣往의 諸說을 批判하고 佛敎的 解釋을 試圖하였다. 그리하여 處容은 護國護法의 龍이며, 歌舞로서 衆生을 敎化하여 王政을 補佐하였으며, 處容歌는 佛敎에서 말하는 〈執〉을 버린 狀態, 즉 無碍自在의 깨달음의 境地를 노래한 것이라고 하였다.13)

그러나 處容歌 生成 當時의 背景을 重視하고 資料 自體에 直面한다 해도 이러한 解釋에는 다음과 같은 無理한 點이 指摘될 수 있다.

첫째, 麗謠 處容歌와의 關係이다.

麗謠 處容歌는 巫俗 乃至 呪術的 民俗이 背景이고 新羅 處容歌는 佛敎的인 動機에서 製作된 것이기 때문에 兩者의 內容이 다른 것은

---

13) 黃浿江, 鄕歌硏究試論.

當然하다는 見解는 納得될 수 없다. 이 같은 見解는 新羅 處容歌가 佛敎的 노래라는 斷定을 前提로 하여 成立된다. 그러나 硏究의 目標는 斷定된 事實에 대한 合理化가 아니고 어떻게 斷定할 것인가에 있는 것이다. 그렇다면 新羅 處容歌가 佛敎的 背景과 動機에서 形成된 노래라고 立證할 만한 必然的 根據의 提示가 先行되어야 할 것이다.

新羅에서는 佛敎가 思想背景의 中樞를 이루었고 高麗에서는 巫俗이나 呪術的 民俗이 中心되는 思想背景이라면 문제는 달라진다. 그러나 이러한 假說은 成立될 수 없는 것이다. 護佛·護國的인 性格도 新羅보다 高麗에서 더욱 强烈했으며, 呪術的 民俗이나 巫俗은 古代로 遡及할수록 盛行했다는 것은 論證할 必要도 없는 一般的 通說이다. 이처럼 時代背景과 相反되는 論理를 展開한 것은 處容歌를 生成한 자리에 놓고 考察하는 立場과는 거리가 먼 것이라고 본다.

또한 新羅 處容歌와 高麗 處容歌가 背景이나 製作動機面에서 無關하다는 것은 語不成說이다. 新羅 處容歌의 一部가 麗謠 處容歌에 揷入되어 있으며, 이 揷入된 部分이 疫神驅逐의 共通된 性格을 가지고 있음을 볼 때, 이것은 兩者가 같은 系列의 노래라는 것을 端的으로 證明하고 있다고 본다.

둘째, 處容의 歌舞를 佛敎的 敎化歌舞로 보는 點이다.

處容은 疫神을 보고 唱歌·作舞하였다. 이것이 輔政으로서의 敎化歌舞라는 것이다. 그러나 이러한 見解도 佛敎的 背景을 前提로 해서 合理化시킨 說明이다.

歌舞는 佛敎的 儀式에서 주로 쓰이는 것이라기보다는 巫儀의 特徵이다. 무당의 굿은 歌舞가 없이는 進行이 不可能하다. 歌舞로 시작하여 歌舞로 끝나는 것이 巫堂의 굿이다. 巫儀 중에는 歌舞가 별로 없이 經文을 讀誦하는 형태도 있다. 그러나 이것은 오히려 巫俗 固有의 形態라기보다는 佛敎儀式에서 借用되었다고 볼 수 있다.

反面에 佛敎儀式에서는 念佛 誦經이 中心이지, 歌舞가 重要한 役割을 하는 것은 아니다. 佛僧들의 念佛·誦經은 巫堂의 巫歌와는 다른 性格의 것이다. 이런 點에서 處容의 歌舞를 佛敎的 敎化歌舞로 보는 點은 妥當性을 인정받기 어렵다고 본다.

元曉의 歌舞와 處容의 歌舞는 性格을 달리한다. 元曉는 優人을 만나서 大瓠를 舞弄하는 것을 배웠다.14) 그렇다면 元曉의 춤은 佛敎의 屬性이 아니고 優人의 것을 借用한 것이다. 또한 元曉의 노래를 듣고 가난하고 무지몽매한 무리(桑樞瓮牖㺌猴之輩)까지 모두 佛陀의 이름을 알게 되었다고 하니15) 元曉의 노래는 佛陀의 이름을 부르는 念佛이었음을 알 수 있다. 그러나 處容의 歌舞는 東海龍의 獻舞와 관련이 있는 것으로 누구에게 借用한 것이 아니고 自己 本有의 歌舞이고 疫神을 屈服시킨 呪力이 있는 歌舞인 것이다. 또한 處容歌도 佛號를 부르는 念佛의 性格과는 判異한 것이다.

셋째, 新羅 佛敎의 性格이다. 新羅가 佛國土 建設의 理想을 實現하려 했고 護佛 護國의 民族宗敎를 이룩하려고 했다는 點은 특히 三國遺事에서 찾을 수 있는 主張이다. 三國遺事의 編者는 僧侶이고 三國遺事는 佛敎的으로 强하게 潤色된 資料이다. 이미 一然에 依해서 佛敎的 潤色이 이루어진 資料를 다시 佛敎的으로 再潤色하여 해석한다는 것은 公正을 期하기 어려운 點이다.

新羅의 時代思想을 佛敎一邊到로 說明하는 것은 無理가 있으며, 新羅 佛敎 自體가 얼마만큼의 純粹性을 가졌느냐 하는 것도 問題가

---

14) 三國遺事 卷四 「元曉不羈」 「偶得優人舞弄大瓠 其狀瑰奇 因其形製爲道具」.

15) 上揭書 「千村萬落 且歌且舞 化詠而歸 使桑樞瓮牖㺌猴之輩 皆識佛陀之號 咸作南無之稱 曉之化大矣哉」.

있다. 또한 불교가 新羅의 國民 全體의 呼應을 받은 것인가 아니면 一部階層에서 특히 强烈했던 것인가 하는 것도 考慮할 必要가 있다고 본다.

新羅의 佛教는 土俗信仰과 習合한 現實的인 宗教로서 特徵을 갖는다.16) 護國的인 性格이나 彌陀思想, 觀音思想 등은 모두 당시의 現實的 福利를 祈願하기 위해서 나타난 것으로 본다.

護國信仰은 國民의 現世的 安寧을 目標로 한 것이며 佛教 傳來 以前부터 있었던 部落守護神 信仰의 佛教的 變貌라고 본다. 部落의 共同 神格으로 崇仰되는 서낭신, 堂神 골매기神 등은 部落守護의 기능을 갖는 것으로서 오늘날 볼 수 있는 部落祭는 古代부터 傳承된 民俗의 遺産이다. 部落의 守護神과 氏族의 祖上神은 古代國家에 있어서 國家守護의 二大神格으로 계승되었으며 그것이 佛教傳來와 더불어 佛教의 神格으로 바뀌어진 것으로 본다.

護國信仰은 現實的 福利 推求의 思想이다. 그리고 이러한 思想은 佛教 本然의 眞理와는 다르다. 佛教는 現世의 人間生活을 否定한다. 그리하여 現世를 苦海라고 한다. 現世에서 人生의 意義는 오직 來世에서 佛陀가 되고자 努力하는 一面에서만 찾을 수 있는 것이다. 이처럼 現世否定의 佛教思想이 現世肯定의 護國 思想으로 發展된 理由는 무엇인가? 이것은 從來부터 있어 온 國家守護神에 대한 信仰과 佛教에서 말하는 佛國土思想의 習合에서 나타난 것이다. 佛國土는 國民 모두가 成佛함으로써 國家 전체가 極樂淨土가 된다는 佛教의 理想이다. 그러나 成佛을 위해서는 現實的 집착에서 超脫하여야 되기에 이것만으로 護國信仰이 나타나기는 어렵다. 佛教의 理想國을 建設하고자 하는 思想은 곧 愛國과 연결되고 이것은 從來부

---

16) 李基白, "三國時代佛教傳來와 그 社會的 性格"(歷史學報 第六輯), 1954.

터 있었던 國家守護神仰과 연결되어 護佛護國의 思想이 形成될 수 있었던 것이라고 본다.

그리하여 國家의 安保를 佛力에 호소했고 個人的 苦難을 觀音에게 하소연했으며, 極樂이라는 理想境을 憧憬하면서 現實의 苦難을 克服하려 한 것이다. 이와 같은 新羅 佛敎의 性格은 모두 民衆의 現世生活의 福利安寧에 관계되는 것으로서 現實的 特性을 갖는다. 이것은 佛敎가 土俗信仰과 習合되어 나타난 現象으로서 徽神이나 天神, 堂神 등의 土俗信仰의 對象이 佛陀로, 彌勒으로, 觀音으로 달라졌을 뿐, 根本的인 民衆의 祈願의 內容은 持續되고 있었다고 볼 수 있다.

現實에 執着했을 때, 「나」에 愛着을 가질 때 護國思想은 나타날 수 있다. 「나」를 超脫하면 家庭이나 國家에 대한 愛着도 동시에 超脫되는 것이다.

이런 點에서 護國龍이 自己 아내와 疫神과의 交接을 超脫한 境地에서 노래했다는 것은 撞着된 論理가 된다.

넷째, 處容을 護國龍으로 보는 見解이다. 三國遺事의 文脈대로 보아서 處容은 東海龍子로서 龍種임은 分明하다. 그러나 龍이 모두 護國龍이라고 할 수는 없다. 護國龍은 國家를 守護하고 國家 利益에 功獻함이 있어야 한다. 그런데 處容의 父龍인 東海龍은 國家를 代表하는 王의 行次를 雲霧로써 길을 잃게 하여 괴롭혔다. 王을 괴롭힌 것이 忠諫의 意味가 있다면 모르되 佛寺를 지어달라는 報償을 받기 위해서라면 分明히 護國精神과는 어긋나는 行爲이다.

三國遺事에는 良民을 괴롭히는 惡龍·毒龍도 많이 登場한다. 水路夫人을 拉致해 간 海龍이나,[17] 惠通에게 感化를 받은 毒龍은 모

---

17) 三國遺事 卷第二 「水路夫人」.

두 良民을 괴롭히던 惡龍이다.[18]

處容說話에 나타난 東海龍은 雲霧를 管掌하는 在來 龍神의 모습을 가지며, 佛寺를 지어서 龍을 즐겁게 했다는 것은 이러한 龍을 佛力으로써 感化시킨 것이라고 보는 편이 文脈대로의 해석에 接近된 見解일 것이다.

다섯째, 國人이 門帖한 處容之形의 해석이다.

國人이 門帖한 處容之形은 處容의 敎化歌舞가 疫神을 心服케 한 一回的 事實을 紀念再現하는 祭儀的인 것이라고 보는 點이다. 그리고 僻邪는 邪를 避하는 것으로써 處容이 自退한 行爲와 相符한다는 것이다.

이러한 主張 역시 處容歌를 佛敎的으로 해석하기 위해서 附會된 論理의 飛躍이다.

處容의 畵形으로써 疫神의 侵犯을 防止했다는 것은 志鬼 鼻荊의 說話에서 呪詞로서 防火 辟鬼한 事實과 相通하는 呪術民俗의 反映으로 보는 것이 妥當한 見解가 된다. 僻邪進慶의 呪符는 畵形이거나 呪詞이거나, 다같이 呪術性을 가진 것이며 요즈음에도 부적 등과 같은 防厄의 民俗에서 찾을 수 있는 現象이다.

僻邪가 邪를 避하는 것이라고 하더라도 邪는 人間에게 有害한 것이기에 僻邪를 함으로써 害로운 것을 없애고 慶事를 맞이하자는 뜻에는 변함이 없다. 僻邪를 處容이 佛敎的 超脫의 境地에서 自退한 것과 결부시키는 것은 너무나 甚한 論理의 飛躍이 아닐 수 없다.

以上의 몇 가지 문제에서 處容歌를 佛敎的으로 해석한 黃浿江의 硏究는 상당한 無理가 있음을 살펴보았다. 이러한 無理는 佛敎라는 새로운 先入見이 作用했기 때문이라고 보며 當初의 主張과는 어긋

---

18) 三國遺事 卷第五 「惠通降龍」.

나는 결과라고 본다. 先入見이 전혀 없이는 學問이 成立될 수 없다. 그러나 先入見이 잘못 이루어졌을 때는 이에 대한 執着과 附會는 飛躍를 招來한다.

3. 處容說話의 分析

1) 核心說話의 抽出

處容說話가 가지는 意味를 分析하기 전에 먼저 遺事 所載 〈處容郞・望海寺〉의 全文을 檢討하여 보자.

[A] 第四十九憲康大王之代~風雨調於四時
[B] 於是大王遊開雲浦~雲開霧散
[C] 因名開雲浦
[D] 東海龍喜~護德獻舞奏樂
[E] 其一子隨駕入京~以僻邪進慶
[F] 王旣還~乃爲龍而置也
[G] 又幸鮑石亭~名地伯級于
[H] 語法集云~故國終亡

〔A〕는 說話의 背景說明이다. 구체적인 年代와 歷史的 事實을 根據로 해서 說話의 信憑性을 높이는 手法은 특히 傳說의 특징이다. 그러나 이 부분은 說話의 줄거리 展開와는 有機的 必然性이 있는 것은 아니다.

〔B〕는 〔C〕를 말하기 위하여 說明한 것처럼 되어 있다. 그러나

이야기는 〔C〕에서 完結되지 않고 〔D〕로 계속된다. 반면에 〔C〕는 省略되어도 이야기 展開에 아무런 支障을 주지 않는다. 여기서 우리는 〔C〕가 揷入된 部分임을 알 수 있다.

〔D〕는 〔B〕에서 계속되는 說話의 內容으로서, 處容의 來歷을 말하여 준다. 즉 處容父의 偉力과 行爲를 記述함으로써 處容의 出身을 神聖化하려는 意圖를 볼 수 있다.

〔E〕는 處容의 活動에 관한 이야기로서 이 說話의 가장 核心을 이룬다.

〔F〕는 〔B〕와 연결되는 것으로서 佛寺緣起에 〔B〕의 이야기를 附會한 것이다. 이것 역시 揷入部分으로서 줄거리 展開와는 有機的 관련성이 없다.

〔G〕는 處容의 이야기가 아니라 憲康王의 또 다른 이야기다. 따라서 앞의 부분과는 전혀 다른 이야기다.

〔H〕는 語法集에서 引用한 것이라고 본다. 따라서 一然의 記述은 아닐 것이다. 만약 一然의 一貫된 記述이라면 〔A〕의 太平盛代의 모습과 너무나 다르다. 〔A〕에서는 分明히 太平盛代의 肯定的 意圖가 表現되어 있고 〔H〕에서는 耽樂滋甚의 否定的 意圖가 나타난다. 同一한 筆者라면 이렇게 다른 意圖가 並現될 리가 없다고 본다.

以上 檢討한 바에 依하여 다음과 같은 結論을 얻을 수 있으리라고 본다.

處容說話는 〔B〕・〔D〕・〔E〕가 가장 核心되는 부분이며, 〔C〕・〔F〕는 揷入 附加한 部分이고 〔G〕・〔H〕는 處容說話와는 아무 有機性이 없는 다른 이야기인 것이다.

一然이 僧侶라는 點에서 〔F〕는 佛敎意識에서 附加된 部分이라 할 수 있고 三國遺事가 하나의 史書라는 點에서 〔A〕와 〔H〕는 歷

史意識이 反映되어 添附된 것으로 본다.

그러면 문제가 되는 處容說話는 處容의 由來를 說明하는 東海龍의 이야기와 處容之形을 門帖하게 된 事實을 說明하는 疫神驅逐의 이야기의 두 부분으로 이루어져 있음을 알 수 있다.

이러한 處容說話의 核心構造의 抽出은 說話가 內包하고 있는 裏面의 意味를 分析하기에 앞서 先行되어야 할 作業이라고 본다. 만약 說話의 核心部分을 把握하지 못하고 그 寓意的 意味를 따진다면 附加된 部分에 力點을 두게 되어 曲解할 위험성이 있기 때문이다.

2) 處容說話의 解釋

處容의 正體를 무엇으로 볼 것이냐 하는 문제는 處容歌 및 處容說話의 해석에 出發點이 된다. 三國遺事 文面에 依하면 東海龍子로 되어 있다. 龍子는 龍이지 사람이 아니다. 그런데 隨駕入京하여 王政을 輔佐한다. 뿐만 아니라 美女를 아내로 삼고 級干의 벼슬을 받는다. 處容歌에 있는 것처럼 밤늦게 놀러 다닌다. 이 같은 處容의 活動은 龍이 할 수 있는 生活은 아니다.

龍이 人間社會에 進出하는 이야기는 三國遺事의 다른 說話에서도 찾아 볼 수 있다. 居陁知의 龍女娶妻說話와[19] 寶壞梨木의 西海龍子 璃目의 이야기가[20] 그것이다. 그러나 여기에 登場되는 龍의 모습은 處容과는 상격이 다르다. 居陁知說話에서는 龍女를 아내로 삼았다는 事實 以外에 龍女의 人間社會의 活動은 전혀 나타나지 않는다. 寶壞梨木에서도 마찬가지다. 祖師 知識을 따라 人間界에 나온

---

19) 三國遺事 卷第二「眞聖女大王 居陁知」.
20) 三國遺事 卷第四「寶壞梨木」.

西海龍子 璃目은 寺院 곁에 있는 小潭에 居하면서 行雨나 했지 그 어떤 人間的인 活動도 한 것이 없다.

그런데 處容은 人間社會의 一員으로서 人間과 다름없는 活動을 하는 것이다. 三國遺事에 「處容郎·望海寺」라는 小題만 보아도 處容이 人格化되고 있음을 알 수 있다. 處容郎이란 花郎式의 名稱이 龍에게 附與된 것은 處容을 人間으로 생각했기 때문일 것이다.

이처럼 處容은 龍이면서 人間이라는 兩面性을 가진다. 그리고 이 事實을 合理的으로 說明하는 것이 處容의 正體를 올바르게 把握하는 길이 된다고 본다.

民俗的인 接近에서 이러한 處容의 兩面性을 說明할 수 있는 論理는 處容을 巫로 보았을 때 可能하다. 즉 處容은 巫이면서 동시에 巫가 몸주(主神)로 모시는 神이라는 것이다. 巫에게는 섬기는 神의 名稱에 따라서 巫의 呼稱도 결정된다. 三神을 主神으로 모신 巫嫗를 〈삼신할머니〉(三神嫗)로, 七星神을 모신 巫嫗를 〈칠성할머니〉(七星嫗)로 부르는 것을 巫俗에서 볼 수 있다.21) 龍神을 모신 巫의 呼稱은 龍과 관계될 것임에 틀림없다. 따라서 處容은 龍의 意味를 갖는 名稱이며, 神名이기도 하고 동시에 巫의 呼稱이기도 한 것이다.

이와 같이 볼 때 處容의 龍으로서 一面과 人間的인 一面이 아울러 해결된다. 다만 處容을 어떻게 발음하였으며 그 뜻이 무엇인가 하는 문제는 國語學에서 해결할 문제로서 더 이상 言及은 하지 않기로 한다.

그러면 處容이 어떠한 巫인가 하는 點은 自明해진다. 즉 處容은 神을 모시고 있으니 降神巫이며 處容의 主神은 東海龍神이라는 것

---

21) 赤松智城·秋葉隆 共編, 朝鮮巫俗の硏究下(서울 1937)「巫の呼稱よ種類」, p. 36.

이다.

이와 같이 說話의 主人公이 神과 人間의 兩面性을 가지고 있는 點22)은 降神巫의 一般的 特徵이다.

그러면 憲康王 出游와 東海龍의 雲霧所變은 어떤 意味를 가지는 가? 이 部分은 前節에서 檢討한 바와 같이 處容의 出身을 說明하 는 이야기다. 즉 處容神이 東海龍神의 後繼이며, 東海龍神은 國王 의 行次까지 雲霧로서 沮止한 靈能이 있는 偉大한 神이라는 것이 다. 이것은 處容의 出身을 美化하기 위한 手法으로서 國祖神話나 叙事巫歌에서 흔히 나타나는 神話의 一般的 特性이다. 壇君이 桓因 의 孫으로, 朱夢이 天帝의 孫으로 設定된 것이나, 바리공주나 당금 애기가 高貴한 身分으로 되어 있는 것은 모두 血統을 重視하고 系 譜를 神聖化하려는 神話의 특징인 것이다.

處容의 系譜가 東海龍인 海神으로 設定된 것은 龍神信仰의 反映 이며, 이는 그만큼 바다에 대한 관심이 높아졌다는 것을 意味한다. 바다가 日本이나 中國을 來往하는 航路로 이용되고, 漁業이 盛하여 바다가 産業場으로 될 때, 住民의 바다에 대한 관심은 커지고 또한 바다의 神인 龍에 대한 信仰도 高潮될 것으로 보인다.23)

다음에 處容과 疫神과의 관계를 檢討하여 보자.

處容이 밤늦도록 市井에서 歌舞하며 다녔다는 것은 무당으로서 巫儀를 하러 다닌 것으로 풀이된다. 歌舞는 巫儀의 特徵이다. 處容 은 巫이기에 巫로서 할 수 있는 職能을 가지고 王政을 輔佐했다고 볼 수 있다.

---

22) 玄容駿氏는 이것을 神人同性同態觀이라고 하였다. 그러나 筆者의 생각과는 差異 가 있다. 즉 神을 人格化한다든지, 人間을 神格化하는 단순한 同一視의 見解가 아 니라 神과 人間의 二重의 意味라는 점이 필자의 見解이다.

23) 民俗의 一例로 漁村에서는 部落祭인 豊漁굿이 農村의 부락제보다 훨씬 활발하다.

그러면 과연 新羅에서 巫가 王政을 輔佐할 수 있느냐 하는 문제가 提起된다고 본다. 新羅 初期에는 南海 次次雄이 巫를 意味하는 稱號라는 點을 보아24) 巫風이 中心되었다고 본다면 이 時期는 문제가 없을 것이다. 문제는 法興王 以後 佛敎가 公認되고 極盛해지면서 巫·佛의 交替가 宮中에서부터 이루어졌다고 보는 時期 以後이다. 이때에도 巫의 身分으로서 國政에 參加하는 일이 있었겠느냐 하는 것이 문제이다.

그러나 巫가 王政을 輔佐한다는 것은 新羅後代라도 可能했었으리라고 본다. 그 근거로 南海 王時에 시작된 始祖廟에 대한 祭享이 炤知王 九年에 奈乙 神宮으로 옮겨지고 新羅 末期까지 持續된 점을 들 수 있다.25) 佛敎公認 以前에 建立된 神宮의 構造나 이에 대한 祭儀 形態는 巫俗的 色彩가 짙었을 것으로 推定할 수 있으며 이러한 祭享이 계속되었다는 것은 宮中에서 巫儀의 殘滓가 完全히 除去되지 않았음을 말해 주는 點이 될 것이다.

또 하나의 근거는 「國統」이란 僧職 속에 끼어 있는 〈都唯那娘〉〈阿尼大都唯那〉의 存在이다.26) 이들은 女性의 號稱이 分明하며 阿尼는 阿老(南海王 親妹) 阿婁(南海王妃) 阿尼(脫解王妃)와 같은 系列의 稱號로서 巫女의 呼稱일 것으로 추측된다. 이것이 眞興王時의 일로서 記錄된 것을 보면 巫俗이 佛敎와 習合되어 政治에 參與하고 있었다고 보아야 할 것이다.

---

24) 三國史記 新羅本紀 第一.
　　南海次次雄(次次雄 或云慈充 金大問云 方稱謂巫也 世人以巫事鬼神 尙祭祀 故畏敬之 遂稱尊長者 爲慈充).
25) 四八代 景文王 十二年까지도 神宮에 祭祀는 계속되었다. 三國史記 新羅本紀 참조.
26) 三國史記 雜志第九 職官下.
　　國統一人(一云寺主) 眞興王十二年 以高句麗惠亮法師爲寺主 都唯那娘一人 阿尼大都唯那一人).

다음에 處容의 妻가 巫女인가 아닌가 하는 點을 檢討하여 보자. 處容의 妻가 巫女라면 疫神과의 交接을 神의 憑依나 應神으로 解釋할 수 있으며, 이에 대한 處容의 歌舞는 性格이 달라진다. 그러나 處容의 妻가 巫女라는 根據는 說話文脈에서 찾아지지 않는다. 處容이 巫라고 해서 處容妻가 巫女라는 論理는 成立되지 않는다. 世襲巫의 경우는 거의 夫婦가 모두 巫로서 協同하여 巫業에 從事한다. 그러나 處容은 降神巫이다. 降神巫의 경우는 夫婦가 함께 巫이어야 된다는 必然性이 成立되지 않는다. 그렇다면 處容의 아내는 보통 사람이라고 보아야 한다.

處容妻를 疫神이 欽慕하고 몰래 同寢했다는 것은 무엇을 意味하는가? 疫神은 疫病을 사람에게 주는 鬼神이다. 사람의 病은 鬼神이 붙어서 나타나는 것이라고 認識하는 것은 巫俗뿐만 아니라 現代醫學의 知識이 없는 民衆들의 一般的 觀念이다. 疫神이 處容의 妻를 欽慕하고 同寢한 것은 處容의 妻가 疫病에 걸렸다고 해석할 수밖에 없다.

處容의 妻를 處容神에게 받혀진 犧牲으로 보거나 神妻로 본다면 疫神과의 交媾를 神事로 해석할 소지가 나타난다.27) 그러나 處容의 唱歌作舞의 行爲는 迎神이나 奉神의 行爲가 아닌 逐邪行爲이며 疫神의 屈服은 處容의 呪能을 認定하는 것이 되기에 神事로 해석하는 경우에는 撞着이 생긴다. 巫女의 神事는 몸주(主神)와 이루어지며, 이때에 處容의 굿은 내림굿이나 마지굿(迎神儀禮)의 성격이 되어야 타당해지는 것이다.28)

---

27) 金烈圭, "處容傳承試攷".
28) 降神巫의 入巫過程에서 神과 巫의 交接은 나타날 수 있다. 그리고 이때 旣成巫의 굿은 成巫儀式의 '내림굿'이나 迎神儀禮인 '마지굿'이 된다. 그리고 이때에 神은 歡迎되고 奉安된다. 그러나 處容의 行爲는 疫神을 驅逐하고 있기에 이러한 巫儀

處容의 妻는 巫的인 呪能이나 靈力이 없었기에 疫神의 侵犯을 認知할 수 없었다고 본다. 疫神이 形體를 감추고 있었음은 뒤에 〈時神現形〉이란 語句로서 證明된다.

그러나 處容은 보통 사람과는 다른 龍神을 모신 巫이므로 疫神의 存在를 단번에 알 수 있었다고 본다. 밤늦게 歸家한 處容은 자기 아내가 疫病을 앓고 있는 것을 본다. 그리고 疫神이 함께 누워 있음을 알고 이를 驅逐하기 위하여 唱歌作舞를 하는 것이다. 巫의 呪力은 歌舞에 있다. 따라서 歌舞를 함으로써 疫神을 쫓으려는 處容의 行爲는 바로 무당의 治病굿인 것이다.

만약 處容의 唱歌作舞의 行爲를 疫神驅逐의 呪力行事로 보지 않고 宥和나 寬待29) 또는 超脫의 境地30) 등으로 본다면 다음에 疫神의 屈服과 연결이 되지 않는다.

여기서 문제가 되는 것은 〈唱歌作舞而退〉의 〈退〉字의 해석과, 〈公不見怒 感而美之〉와 結付된 處容歌 終句「奪叱良乙何如爲理古」의 해석이다.

處容歌 終句를 諦念으로 볼 경우, 處容의 唱歌作舞 行爲를 驅疫神의 呪力行事라고 할 수는 없다. 그렇다고 〈退之〉가 아닌 自動詞 〈退〉를 물리쳤다고 해석하는 것도 無理가 있다. 原典을 修正하면서 自己 主張을 貫徹하는 것은 安當性을 認定받을 수 없는 見解인 것이다.

筆者는 處容歌 終句를 威脅으로 보는 見解에 贊同한다. 그리고 나머지 문제를 檢討해보겠다.

〈退〉는 물러났다라고 본다. 그러나 諦念이나 讓步의 意味는 아니

와는 性格이 다르다고 본다.
29) 金東旭, "處容歌硏究".
30) 黃浿江, "鄕歌硏究試論".

다. 끝마쳤다는 意味이다. 呪力을 行事하고 물러나서 결과를 기다
린다는 말이다. 〈물리쳤다〉라고 본다면 그것으로서 疫神과의 관계
는 끝나는 것이다. 따라서 疫神이 꿇어 앉아서 빌고 맹세한다는 敷
衍이 必要가 없다.

다음에 〈公不見怒 感而美之〉는 文字 그대로의 意味로 볼 것이 아
니라 相對的 槪念으로 把握하여야 할 것이라고 본다. 巫의 呪力 行
事의 段階로 보아 處容의 行爲가 점잖았다는 意味라는 말이다.

巫의 治病方法은 두 가지가 있다. 하나는 病因이 神의 怒를 샀기
때문이라고 보고 神을 즐겁게 하는 儀禮를 行하여 神이 노여움을
풀어줌으로써 病을 고치는 방법이다. 이때의 巫歌는 謝罪와 讚揚
遊興 등이 主가 된다. 오늘날 巫女의 굿은 대부분이 이러한 形態가
많다. 그러나 處容歌의 경우는 이러한 形態라고 볼 수 없다.

다음은 病의 原因을 惡鬼의 侵犯 때문이라고 보고 神의 힘을 빌
어 惡鬼를 쫓아버림으로써 病을 치료하는 方法이다.[31]

이때에 巫들이 생각하는 神과 鬼는 완전히 區分되는 槪念으로서
神은 善神이요 法力이 높은 高次元의 存在이며 鬼는 惡靈으로서 나
쁜 짓을 하는 下層部類를 意味한다.

이러한 惡鬼驅逐의 巫儀는 「讀經」이 代表的인 例가 된다. 巫女의
굿도 治病이 主目的일 경우는 降神巫에 依한 惡鬼 退治의 儀禮가
行해지며 이것은 定期的 巫儀와는 性格이 다르다.

惡鬼驅逐의 方法에는 다음의 몇 단계가 있다.

첫째는 符籍이나 간단한 呪文으로써 惡鬼를 事理로 타이르고 꾸
짖어 물리치는 方法이다. 民俗에서 행하는 〈동투잡이〉는 이러한 간단
한 巫俗의 方法이 一般大衆化 한 것이다. 巫가 직접 참여하지 않더라

---

31) 拙稿, “經巫攷”(文化人類學 創刊號), 1968.

도 巫의 지시에 依하여 일반사람이 代行 可能한 간단한 儀禮이다.

둘째는 惡鬼를 威脅하여 쫓아버리는 方法이다. 이때는 呪力이 强한 經文을 朗誦할 뿐 아니라 三枝槍, 七星刀 等의 神刀를 使用하여 위협도 하고 吐火의 方法을 쓰기도 한다.

셋째는 惡鬼를 잡아서 가두는 方法이다. 神將의 힘을 빌어 病因이 되는 鬼神을 잡아 가둠으로써 惡鬼를 除去하는 것이다.32)

둘째나 셋째의 方法을 積極的 逐鬼方式이라고 한다면 첫째의 方法은 消極的인 逐鬼方式이다. 消極的 方式은 逐鬼를 힘으로써 除去하는 것이 아니라, 事理로 타이르고 利害로써 달래어 스스로 물러나도록 하는 方法이다. 勿論 이 方法이 失敗하면 다음에는 積極的인 驅逐方法을 써서 强制로 除去하게 된다. 이러한 惡鬼驅逐의 性格은 鬼神을 人間과 同一視한 데서 形成된 方式으로서 對人關係와도 相通하는 性格을 가진다.

그렇다면 鬼神의 立場에서는 제1단계의 消極的 方法은 積極的 驅逐方法에 比하여 〈不見怒 感而美之〉로 느껴질 수 있으리라 본다.

그런데 여기서 문제가 되는 것은 疫鬼라고 하지 않고 疫神으로 表現했다는 點이다. 또한 現行巫俗에서 疫神은 驅逐의 對象이 아니라 崇仰되는 神格으로 定立되어 있다는 것이다.

現行 巫俗에 굿거리 중에는 〈손님굿〉이 포함되어 있다. 손님은 疫神이다. 그리고 疫神은 驅逐되지 않고 崇仰된다. 즉 惡鬼가 아니고 神格으로 받들어지는 것이다. 이것은 處容說話에서 보여주는 疫神驅逐과는 相異한 精神이다.

그러나 疫神을 惡鬼로 취급하고 驅逐하는 精神도 巫俗에는 있다. 經巫의 〈讀經〉이 바로 이 경우이다. 巫經 중에는 疫殺經이 있고 그

---

32) 上揭書.

內容은 疫鬼殺神을 奉請하여 諸鬼消滅을 祈願하는 것이다.[33]

이처럼 病因인 精靈에 대하여 奉安으로써 祈願하는 方法과 驅逐으로써 除去하는 方法은 現行巫儀의 二大根幹이 되는 精神이다.

이러한 두 가지 精神은 世襲巫와 降神巫에 의하여 繼承되었고 治病·治災 등의 呪術的 巫儀와, 재수굿·풍어굿 등의 自慰的 巫儀에 依하여 分化 發展되었다고 본다.[34] 그리하여 降神巫에 依한 呪術的 巫儀는 惡鬼驅逐을 中心으로 하게 되었고 世襲巫에 依한 自慰的 巫儀에서는 讚神德談과 娛神行爲가 中樞를 이루게 되었다고 본다.

이러한 性格은 古代로 遡及한다면 未分化의 狀態에서 複合된 樣相으로 存在했을 可能性을 보인다. 그러나 그 分化의 萌芽는 潛在된 것으로서 巫의 性格이나 巫儀의 종류에 따라서 다소의 특징은 나타날 것으로 본다.

이런 點에서 處容의 巫로서의 性格과 處容說話에서 抽出되는 巫儀의 性格을 檢討해본다면, 處容은 東海龍神을 主神으로 섬기는 降神巫이며, 處容이 行한 巫儀는 疫病을 고치는 治病儀禮이며 呪術的 性格을 가진다. 그러면 惡鬼驅逐의 行爲가 巫儀에 隨伴될 可能性은 좀더 分明해진다고 보겠다.

다음에 處容畵像의 門帖에 대해서 檢討해 보자.

處容의 形容을 門에 붙임으로써 疫神의 侵入을 막았다는 것은 畵形自體의 呪能을 認定한 것이 된다. 畵形이 呪力을 가지는 것은 假面, 장승, 符籍 등과 같은 性格의 것이며 神格으로 定立되었다는 意味이다.

巫俗에서 神位의 象徵은 畵形 및 符籍으로 나타난다. 國師堂의

---

33) 赤松知城·秋葉隆, 朝鮮巫俗의 硏究下 附錄 巫經 參照.

34) 張德順外 3人共著, 口碑文學槪說(서울 一潮閣 1971)「巫歌의 呪術性과 文學性」, pp. 136 ~141.

巫神圖나, 巫들의 個人 神堂의 神位의 形態로 奉安된 畵形이나 符籍 등을 보면 이러한 점은 확인된다.

이런 點에서 處容이 驅疫神의 神格으로 崇仰되었음을 알 수 있으며, 이에 대한 由來譚의 性格을 가지는 것이 處容說話라고 본다. 그러면 處容說話는 處容神 즉 驅疫神의 神話가 된다. 門에 붙였다고 해서 門神이라고 할 수도 있다. 그러나 僻邪進慶의 呪符는 거의가 모두 門에 붙이므로 門神의 性格은 多樣하다. 장승은 마을의 守護神으로서 洞口에 세워진다. 洞口는 마을의 門이다. 寺院의 門에는 四天王像이 있다. 그러나 處容은 個人 家庭의 守護神으로서 門神이다. 이 點은 巫俗이 國家的 信仰에서 個人 信仰으로 變轉한 樣相을 보여준다고 하겠다. 部落이나 國家의 守護神이 아닌 個人 家庭의 守護神은 個人의 個別的 巫儀에서 崇仰될 수밖에는 없는 것이다. 處容이 王政을 輔佐한 點은 國政 參與라고 할 수 있으나 處容은 國家守護神으로 崇仰되지는 못하였다. 巫俗은 이미 國家의 精神的 支柱로서의 位置를 喪失해 가고 있었던 것이다.

處容說話는 叙事巫歌 즉 巫俗神話의 構造를 가진다.35)

處容이 東海龍子로 되어 있는 것은 血統과 系譜의 强調이다. 이 點은 이미 言及한 바와같이 神話의 一般的 特徵이다. 處容은 卓越한 人物이다. 王政을 輔佐했고 疫神을 屈服시켰다. 이러한 處容의 偉大한 活動은 神話 主人公의 行爲와 일치한다. 處容이 疫神을 물리치고 門神(또는 驅疫神)으로 崇仰받게 되었다는 것은 神話의 終結로서 國祖神話나 巫俗神話의 一般的 特徵이다. 朱夢이 高句麗를 創建하고 松讓을 屈服시킨 點이나 바리공주가 靈藥을 얻어다가 죽은 父母를 살려내고 巫祖가 된 點과 같은 性格이다.

---

35) 이 點은 金東旭, 玄容駿, 金烈圭 諸氏의 言及이 있다.

以上에서 處容은 東海龍神의 一傍係의 하나인 神이며, 또한 降神巫이고, 處容說話는 處容이 家庭守護神으로 定立되기까지의 過程을 記述한 巫俗神話(叙事巫歌)라는 點을 指摘했다.

處容說話에서 보여주는 望海寺緣起는 佛教的 添加이며 憲康王代의 歷史的 背景叙述은 歷史的 潤色이다. 處容說話의 核心은 巫祖傳說이며, 동시에 驅疫神 神話임이 分明하리라 본다.

4. 處容歌의 解釋

處容說話가 叙事巫歌라면 處容歌는 叙事巫歌 중에 揷入된 短篇巫歌라고 할 수 있다. 叙事巫歌에는 많은 揷入歌謠가 있다. 孫晋泰 採錄의 「成造푸리」에는 〈새타령〉〈배타령〉〈瀟湘八景〉 등이 있고,36) 筆者가 採錄한 京畿道의 「帝釋本풀이」에는 〈비탄타령〉〈千手經〉〈二十八宿〉〈周易擊辭〉 등이 있고,37) 東海岸地域 「바리데기」에는 〈사랑가〉〈십자공덕염불〉〈고개타령〉〈나물타령〉〈四十八願念佛〉〈법성게〉〈진언〉〈상여소리〉 등이 있다.38)

이들 揷入歌謠의 性格을 보면 遊興을 돋우기 위한 世俗歌謠와 呪力을 나타내기 위한 經文 및 진언 등으로 나뉘어짐을 알 수 있다. 〈새타령〉〈배타령〉〈瀟湘八景〉〈비탄타령〉〈사랑가〉〈고개타령〉〈나물타령〉〈상여소리〉 등은 民衆들이 즐겨 부르는 俗謠로서 遊興을 高潮시키기 위하여 揷入된 것이다. 그러나 〈千手經〉〈二十八宿〉

---

36) 孫晋泰, 朝鮮神歌遺篇(東京 1930).
37) 帝釋本풀이, (東亞文化 9집 1970).
38) 崔正如, 徐大錫, 東海岸巫歌(대구 螢雪出版社) 1974.

〈周易擊辭〉〈十字功德〉〈四十八願〉〈法性偈〉〈眞言〉 등은 意味를 알 수 없는 漢文句나 梵語의 나열로서 神秘性과 더불어 呪力을 나타내는 데 쓰인 것이다.39) 〈千手經〉은 잠긴 문을 열기 위해서, 〈二十八宿〉는 도깨비를 쫓으려고, 〈周易擊辭〉는 鬼神을 쫓으려고, 〈十字功德〉은 검은 빨래를 씻으려고, 〈四十八願〉은 약수삼천리를 가기 위해서, 〈法性偈〉는 藥水를 가지고 無事히 오기위해, 〈眞言〉은 藥水를 빼앗으려는 삼천군사를 물리치기 위하여 각각 使用된 것이다.

이러한 呪歌는 실제로 呪力을 나타낸다는 데 더욱 관심을 가질 必要가 있다. 千手經을 외우면 잠겼던 문이 저절로 열리고, 眞言을 치면 삼천군사가 「나무둥시」가 되어버린다.

이처럼 叙事巫歌 중에 挿入된 短篇巫歌가 遊興과 呪力의 두 가지 機能을 하고 있다는 點은 處容歌를 理解하는 데 많은 도움이 된다. 處容歌는 遊興的인 世俗歌謠는 아니다. 處容歌를 唱한 뒤에 疫神이 屈服한 것은 處容歌의 呪力이 效果를 나타낸 것이다.

이런 點에서 處容歌를 呪術的 挿入巫歌로 보고 그 歌詞가 表現하고 있는 意味를 해석해 보기로 한다.40)

第1·2句 「東京 볼긔 드라 밤드리 노니다가」(東京 밝은 달에 밤 지도록 노니다가)는 處容이 巫로서의 自己 身分과 偉業을 誇示한 것이다.

「달」이 있다고 해서 天上의 이미지를 나타냈다고 보는 견해는 無理한 飛躍이다.41) 여기서는 「달」 그 自體를 노래한 것이 아니다.

---

39) 拙稿, 巫歌의 世俗化過程 試論(啓明 5집, 1971).

40) 處容歌의 語學的 解釋은 徐在克說을 따르기로 한다. 鄕歌 해석의 가장 最近의 業績이라는 點에서 旣往의 諸說이 批判되었다고 보기 때문이다. 徐在克,. 新羅鄕歌의 語彙研究 -慶尙道方言의 觀點에서-(韓國學研究叢書 3 1975), p. 22.

달이 비취는 地上世界, 즉 달 아래의 人間世界를 나타낸 것이다.
處容이 놀면서 다닌 거리는 낮이 아닌 밤의 세계이며, 天上이 아닌
地上에 人間世界임을 말한다. 따라서 處容歌의 「달」의 이미지는 願
往生歌의 「달」과는 다른 性格의 것이다.[42]

處容은 人間世界의 여러 가지 苦難을 해결해 주기 위하여 巫儀를
行하며 밤 늦도록 다닌 것이다. 巫儀는 歌舞가 따르고 밤에 많이
行하여진다. 處容이 놀러다닌 것이 巫儀를 行하고 다녔다는 見解는
「논다」라는 말에서 한층 더 分明한 根據를 찾을 수 있다. 오늘날
傳承되는 巫歌에서 「논다」는 말은 巫儀自體를 意味한다.

　　진을 늘여 오신 군웅 대활례로 놀으소사[43] 〈군웅청배〉
　　밀물선왕에 썰물선왕 화의 바더 놀으소사, 선왕님네 놀으신 자최에는
　……[44] 〈뒷전〉
　　성주님네가 한번 놀고 씨고 가는데……[45] 〈성주굿〉

以上에서 〈논다〉는 意味는 神이 巫儀에 참석하였다는 意味와 巫
儀에서 神의 行爲를 가리키는 것임을 알 수 있다.

　　이만신 놀고간뒤 선삼일 명을 주고 후삼을 복을 주어 친비동산의 만만
　수……[46] 〈京城指頭書〉
　　청류리라 황류리라 룡왕각씨가 대활례로 놀으소사[47] 〈황제푸리〉

<hr>

41) 黃浿江, 前揭論文.
42) 願往生歌에 「月下伊底赤 西方念丁玄賜里遺」(둘하 이젹 西方ス녕 가시리겨)에서의
　　달의 이미지는 달 그 자체가 된다.
43) 赤松智城·秋葉隆, 朝鮮巫俗의 硏究 上, p. 98.
44) 上揭書 p. 118.
45) 崔正如, 徐大錫, 東海岸巫歌, p. 157.
46) 赤松智城, 前揭書, p. 270.
47) 上揭書, p. 244.

여기에서는 「논다」는 말이 巫儀를 意味함을 알 수 있다. 神이 노는 것이나 만신(巫女)이 노는 것이나 마찬가지다. 巫女는 神의 형세를 하기 때문이다. 處容歌에서도 處容神이 놀은 것이거나 處容巫가 놀은 것이나 모두 巫儀를 했다는 意味로 해석된다.

그러면 處容이 巫儀를 行하고 다녔다고 한 것은 어떤 效果를 위해서인가?

이것은 處容이 自己 身分을 疫神에게 알림으로써 疫神으로 하여금 威脅을 느끼도록 하는, 呪力이 潛在된 間接表現이라고 본다.

第3·4句 「드라사 자리 보곤 갈외 너히아라」(들어서 자리에 보니, 가랑이가 넷이어라)는 處容의 巫的인 靈能을 나타낸 말이다.

疫神은 鬼神이기에 凡俗한 사람의 눈으로는 그 實相을 포착할 수 없다. 그러나 靈能이 있는 巫인 處容은 疫神의 樣態를 把握할 수 있었고 自己가 把握한 疫神의 樣態를 疫神에게 말함으로써 自己 靈能을 誇示한 것이다. 處容의 靈能誇示 역시 疫神에 대한 間接的 威脅이다.

第5·6句 「두블혼 나하엇고 두블혼 누히 하언고 (둘은 내 해이고 둘은 뉘핸고?)는 疫神에게 正體를 드러내라는 命令이다.

다리 둘은 내 안해의 것인데 또 다른 두 개의 다리는 누구의 것이냐는 물음이다. 즉 다리 둘은 主體가 누구인가 어서 正體를 밝히라는 意味이다. 이 句節은 뒤에 「時神現形跪於前曰」과 연결된다. 巫의 呪力은 巫歌에 있고 呪力의 效果는 巫歌 內容에서 결정된다. 〈時神現形〉은 疫神이 正體를 드러낸 것이며 이는 이 句節의 呪術的 效果로 볼 수 있다.

第7·8句 「아리 나 하이다마는 아사롤 엇다ᄒ리고」(본디 내해이다마는 앗은걸 어찌하리요)

　이것은 事理로서 疫神을 타이름과 동시에 준엄한 問責이다. 본래 임자가 있는 내 안해를 네가 어찌 감히 빼앗을 수가 있겠느냐 하는 뜻이다. 從來에 〈빼앗긴 것을 어떻게 할 수 없다〉의 뜻으로 마지막 句를 해석한 것은 妥當치 못하다고 본다. 이러한 해석은 〈唱歌作舞而退〉와 〈公不見怒〉를 의식해서 이루어진 견해이나 疫神의 屈服과는 전혀 연결되지 않는 해석이다.

　이 句節은 疫神에게 잘못을 스스로 깨닫고 물러나라는 책망이 포함된 것이며, 疫神의 잘못을 事理를 따져 지적한 것이다.

　이처럼 해석할 때 麗謠 處容歌와의 관련성은 分明해진다. 麗謠 處容歌에서 新羅 處容歌가 揷入된 부분을 引用해 보자.

　　아니옷 미시면 나리어다 머즌말 東京 불근ᄃᆞ래 새도록 노니다가 드러
내자리롤 보니 가르리네히로세라
　　아으 둘흔 내해어니와 둘흔 뉘해어니오
　　이런저긔 處容아비옷 보시면
　　熱病神이아 膾ㅅ가시로다[48]

　여기서 보는 바와 같이 新羅 處容歌는 分明히 「머즌말」로 나타난다. 머즌말은 험한 말의 意味로서 꾸짖는 말이거나 神聖한 呪力을 내포한 말의 뜻이다. 또한 新羅 處容歌가 揷入된 뒤에 「이런저긔……」는 한층더 新羅 處容歌의 呪術的 性格을 明白히 해준다. 「이런저긔」는 新羅 處容歌가 歌唱될 때를 말한다. 그리고 新羅 處容歌를 듣고 處容아비를 본 熱病神은 「膾ㅅ가시」와 같이 아무 위력을 나타낼 수 없는 無氣力한 存在가 되어 버린다는 것이다.

　麗謠에 揷入된 新羅 處容歌는 熱病神을 항복받는 呪歌임이 分明

---

48) 梁柱東, 麗謠箋註(서울, 乙酉文化社, 1954), p. 142.

하다. 이처럼 明確히 규정된 新羅 處容歌의 性格을 오늘의 觀點에서 否定하고 다르게 해석하는 것은 無理다.

5. 結 論

處容은 巫이면서 동시에 巫의 神이기도 하다. 즉 東海龍子인 神을 主神으로 하는 巫라는 말이다.

處容說話는 處容의 出身說明과 疫神을 屈服시킨 處容의 偉業을 이야기 한 것이다. 그리고 이러한 두 개의 이야기는 處容이 驅疫神으로서 國人의 崇仰을 받기까지의 過程을 詳述한 것이다. 이런 點에서 處容說話는 巫神이며 驅疫神이고 또한 門神인 處容神의 본풀이로 性格을 規定할 수 있다.

處容歌는 處容神의 由來를 說明한 叙事巫歌에 揷入된 呪術巫歌라고 본다. 그리고 處容歌의 內容은 疫神을 屈服시키기 위한 것 以外에 다른 意味를 부여하기 곤란하다. 處容 自身의 身分과 行蹟을 誇示하고 靈能을 보여주고 疫神을 問責한 意味밖에 없다. 處容歌가 이러한 呪歌이기 때문에 呪術的 表現에서 오는 文學性의 缺如는 당연한 결과라고 본다.

三國遺事所載 處容說話의 一分析

— 高麗 其人制度의 起源과의 關聯에서 —

이우성

1. 緒 言

1) 民俗學的 解說

三國遺事 紀異第二에 실려있는 處容郎 望海寺條의 處容說話는 說話 그 自體의 劇的要素와 說話中에 나오는 鄕歌一首—處容歌 때문에 여러 先學들에게 진작부터 關心을 끌게 되었고 最近 國文學에 있어서의 民俗學的 方法의 導入은 處容說話에 대해서도 많은 새로운 見解들을 낳게 하였다.

處容說話에 있어 특히 問題가 되는 것은 다음 세 가지 점으로 要約될 수가 있다.

(一) 開雲浦에서 龍의 七子中의 其一로 나타난 處容이 그 正體가 무엇이냐는 것.

(二) 處容의「隨駕入京」과 「輔佐王政」은 무슨 意味로 봐야 하느냐는 것.

(三) 處容妻와 疫神과의 交媾, 그것을 본 處容이 怒하지 않고 「唱歌作舞而退」한 것은 무슨 까닭이냐는 것이다.

이에 關한 最近의 民俗學的 解釋들을 살펴보면 대체로 處容說話를 巫祖傳說 내지 巫夫의 呪術傳承이라는 前提下에 (一)과 (二)에 대하여 處容은 龍神祠의 覡, 卽 龍神의 司祭者로서 新羅 서울에의 來訪者일 것이라는 說(金東旭)[1]과, 이 說을 좀더 具體化시켜 處容의 出現은 龍子出現의 祭儀的 再演이며 龍神의 子를 再演한 男巫는 處容으로 命名되어 處容 그 自體가 된 뒤 慶州로 歸還하고 接神한 巫婦와 맺어 當代 第 1 級의 國巫노릇을 하게 된 것이라는 說(金烈圭)[2]이 나오게 되었고, (三)에 대하여 處容妻와 疫神과의 姦通은 巫女社會에 흔히 볼수 있는 賣淫的 行爲이며 處容의 이에 대한 宥恕는 異客款待의 民俗과 結付된 逐厄說話에서 惡神을 正面으로 威嚇하여 逐出시키는 것이 아니라 巫堂거리에서 胡鬼拜送과 같이 이러한 惡鬼를 마음으로 和樂하게하여 보내려는 後餞풀이와 같은 意趣일 것이라는 說(金東旭)[3]과 巫堂의 家庭構造가 女權的이었으므로 女權社會的 眼目으로 볼 때, 處容妻와 疫神으로 代表되는 外方男性과의 交媾는 絶對로 異常이 아니라 蓋然에 屬한 것이며 나아가 그 交媾를 嫁神하는 神事로 보게 될 때, 蓋然性이 있는 일을 넘어서 오히려 巫事에 必要한 過程의 하나일 것이므로 이를 보는 處容에게는 생길 것이 생겼다는 諦念과 斷念이 있을 뿐이라는 說(金烈圭)[4]이 나오기도 하였다.

이러한 解釋들은 過去에 漠然히 處容을 一異樣人物로서 「當時엔

---

1) <處容歌研究> ≪韓國歌謠의 研究≫ pp. 123~155.
2) <處容傳承試攷> ≪駱山語文≫ 第1輯 pp. 7~10.
3) 同 上.
4) 同 上.

東海龍子, 後世엔 日蝕神」(梁柱東)5)이라고 생각하고 疫神에 대한 處容의 態度를 「超然灑脫한 態度」(同上) 또는 「藝術家의 偉大한 本領」(文一平)6)이라고 謳歌해 왔던 종래 先學들의 見解에 비하여 매우 斬新한 着想이며 그 說明도 매우 合理的으로 되어 있다고 여겨진다.

2) 分析의 視角

그러나 이러한 民俗學的 解釋들을 가지고 處容說話를 다시 읽어보면 說話 그 自體의 構成面에 關한 것은 우선 合理的으로 풀려나오면서도 무엇인가 아직 그대로 남아있는 것이 있음을 느낀다. 그것은 이 說話 속에 들어있는, 說話가 發生하게 된 根據—根元的 事實이 조금도 解明되어 있지 않았기 때문이다.

處容說話는 新羅 憲康王代를 그 時代로 하고 東海岸의 蔚山地方을 그 場所로 하고 있다. 설사 이 說話가 巫祖傳說 내지 巫夫의 呪術傳承이라고 하더라도 그것이 이러한 특정된 時代와 場所에 어떠한 關係가 있는 것일까. 그리고 이 時代와 場所는 그 스스로 어떠한 意味를 가지고 있는 것일까. 한걸음 나아가, 龍神에의 致祭에 依하여 龍神의 司祭者 또는 祭儀의 主演者가 登場한다고 말했을 경우에 이 龍神에 致祭가 지니고 있는 意義는 무엇이었을까. 이 致祭를 爲한 憲康王의 開雲浦出遊가 뜻하는 것은 무엇이었을까. 원래 中國 및 우리나라의 歷代帝王들의 巡狩封禪등 地方行次는 外觀上으로는 무슨 宗敎的 行事와 같았지만 實은 보다 地方에 대한 鎭撫統

---

5) ≪朝鮮古歌研究≫ p. 381.
6) ≪朝鮮文化藝術≫ p. 121.

制를 强化하려는 高次元的 政治性이 숨어 있었던 것이다. 憲康王의 開雲浦出遊 — 國東巡幸7)에 설사 龍神祭의 行事가 있었다고 하더라도 이 「巡幸」이 결코 단순한 民俗信仰에서 나온 宗敎的 行事를 爲한 것이 아니었음을 쉽게 짐작될 수는 있을 것이다.

우리는 일단 處容說話에 關한 모든 旣成觀念에서 떠나, 自由로운 立場에서 三國遺事의 處容郎 望海寺條를 檢討해 볼 必要가 있다. 얼핏 보아 이 處容郎 望海寺條는 內容에 있어서 前半部와 後半部로 나누어지는 것 같다. 前半部는 處容에 關한 이야기이고 後半部 卽 「又幸鮑石亭」 以下는 處容과는 직접 關係가 없이 다만 南山神·北岳神·地神 등의 이야기로 얽어져 있다. 그러나 又幸鮑石亭의 「又」字는 前半部와 後半部를 緊密히 連結시키는 것이다. 따라서 前半部에 있어서의 龍의 出現과 後半部에 있어서의 山神 地神 등의 出現은 어떤 共通된 問題點을 가지고 있음을 보여주는 것이며, 마지막에 이르러 「國人不悟, 謂爲現瑞 耽樂滋甚 故 國終亡」이라고 끝맺은 것은 이 龍과 諸神들이 新羅國家의 運命에 어떤 重要한 關係가 있는 것임을 알려 주기도 하는 것이다.

新羅 서울의 繁華와 太平氣象을 歌頌한 「比屋連墻 無一草屋 笙歌不絶道路 風雨調於四時」에서 시작된 이 說話가 地方의 龍變과 서울 周圍의 諸神舞를 列擧한 뒤에 「國終亡」으로 結句를 삼아둔 것은, 一見 이 說話 속에 들어있는, 說話가 發生하게 된 根據—根元的 事實이 新羅下代의 政治的 事情과 結付되어 있는 것임을 깨닫게 한다.

우리는 이제 處容說話를 政治史的 感覺으로 다루어가면서 이 說話가 內包하고 있는 本質的 意味를 把握하기 爲하여 新羅下代의 政

---

7) 三國遺事에는 年條의 表示도 없이 그저 「於是 大王遊開雲浦」라고만 되어 있으나, 三國史記에는 憲康王 5年條에 五年春……三月 「巡幸國東州郡」이라고 되어 있다.

治的 事情을 먼저 念頭에 두어야 할 것 같다. 新羅下代의 政治的 事情—慶州 中央 骨品制 貴族政權의 無力化와 地方豪族의 擡頭로서 특징지워진 그러한 對立關係는 이 說話의 分析에 있어서 우리에게 하나의 새로운 視角을 提供해 줄 수 있을 것이다.

여기에서 우리는 우선 處容說話를「新羅下代의 慶州中央骨品制度 貴族政權에 依한 地方豪族에의 政治的 包攝牽制工作과 그 包攝牽制 工作의 失敗 過程에서 빚어진 歷史的 事實」들의 說話化라는 것을 暫定的으로 定立시키고 그러한 方向에서 이 說話의 本質을 追求해 보기로 한다.

2. 新羅東邊에 있어서의 反中央的 地方勢力과 그 象徵的 說話

1)「邊境의 龍」으로의 東海龍

處容의 正體는 東海龍의 正體를 앎으로써 밝혀진다.

三國遺事에 收錄된 많은 說話들을 훑어 보면 대체로 新羅에는 두 가지 型態의 龍이 있었다고 보여진다. 하나는 新羅의 中央에 있어서 新羅國家·新羅國教(佛教)를 護佑하는 護國護法의 龍이고 다른 하나는 新羅의 邊境에 있으면서, 우선은 新羅의 治化에 服從하고 있으나 자칫하면 反中央的 反新羅的인 態勢로 나오고 있는 크고 작은 龍들이다.

前者에 屬한 것으로 먼저 皇龍寺의 龍을 들 수 있다. 皇龍寺의

緣起說話라고 생각되는 一記錄으로

> 按國史, 眞興王卽位十四開國三年癸酉二月, 築新宮於月城東, 有皇龍 現其
> 地王疑之, 改爲皇龍寺(三國遺事 塔像第四 迦葉佛宴坐石)

라는 것이 있어, 皇龍寺의 이름부터 이 龍에서 나온 것임을 알 수
있거니와 이 龍은 뒤에 慈藏法師와 牽連된 說話에서 그 存在가 대
단히 重要한 것임을 말해준다.

> 善德王卽位五年 貞觀十年丙申, 慈藏法師西學……經由中國太和池邊, 忽有
> 神人出問胡爲至此, 藏答曰求菩提故, 神人禮拜, 又問汝國有何留難, 藏曰我國
> 北連靺鞨, 南接倭人, 麗濟二國, 迭犯封陲, 隣寇縱橫, 是爲民梗, 神人云 今汝
> 國 以女爲王, 有德而無威, 故隣國謀之, 宜速歸本國, 藏問歸鄕將何爲利益乎,
> 神曰 皇龍寺護法龍, 是吾長子, 受梵王之命, 來護是寺 歸本國 成九層塔於寺
> 中, 隣國降伏, 九韓來貢, 王祚永安矣, 建塔之後, 設八關會 赦罪人, 則外敵不
> 能爲害(同上 皇龍寺九層塔)

卽 皇龍寺의 龍은 護法의 龍일 뿐 아니라 九層塔의 建造를 통하
여 隣國의 降服, 九韓의 來貢, 外賊의 防禦로써 新羅國家를 泰山盤
石처럼 安固케 한다는 것이다. 이러한 護國龍은 皇龍寺 뿐 아니라
다른 여러 곳에서도 볼 수 있다. 그러나 이 善德王代의 皇龍寺 龍
이 三國統一의 偉業을 앞두고 한창 躍進하던 新羅의 國運과도 같이
雄渾한 抱負와 力量을 가지고 있었음에 反하여, 新羅下代로 접어들
면서 護國龍들은 매우 弱化된 듯이 보인다. 元聖王代의 護國龍의
說話가 그 例이다.

　　王卽位十一年乙亥, 唐使來京, 留一朔而還, 後一日 有二女子, 進內庭奏曰
妾等 乃東池靑池二龍之妻也 唐使 將河西國二人而來, 呪我夫二龍及芬皇寺井
三龍, 變爲小魚 筒貯而歸 願陛下 勅二人 留我夫等 護國龍也, 王追至河陽館,
親賜宴享, 勅河西人曰 爾輩何得取我三龍至此, 若不以實告, 必加極刑, 於是,
出三魚獻之, 使放於三處, 各湧水丈餘, 喜躍而逝 (同上 紀異第二 元聖王代)

　이 說話는 東池·靑池와 芬皇寺에 있는 세 곳의 護國龍이 唐의
使臣의 從者인 河西國人의 呪術로, 小魚로 變해져서 筒속에 담겨
國外로 搬出되게 된 것을 王이 河陽館까지 追及하여 享宴가 威脅으
로 겨우 奪還하여 옛자리에 도로 넣었다는 것이다. 적어도 國家를
鎭護하는 護國龍이 一個 外國人의 呪術로 小魚로 變해지고 또 筒속
에 담겨 國外로 搬出될 지경이라면 新羅의 國家權能은 실로 寒心하
기 짝이 없는 것이다.

　이 中央의 護國龍들과는 反對로 新羅의 邊境에 있는 龍들은 新羅
의 上代 中代로부터 항상 그 存在가 問題視되어 왔을 뿐 아니라,
下代로 내려올수록 더욱 움직이기 시작하여 新羅의 큰 苦悶거리가
되고 있었던 것 같다. 원래부터 機會가 있을 적마다 反撥을 試圖해
왔고 그때마다 新羅의 끈덕진 撫摩로 일단 주저앉기는 하지만 地方
군데 군데 도사리고 있는 潛龍 伏龍들은 언제 어느 곳에서 飛龍으
로 輩起할지 모르기 때문이다.

　그런데 여기 注意해 볼 것은 新羅의 邊境의 龍들에 關한 三國遺
事의 說話들이 主로 新羅의 東邊—東海岸 一帶의 그것으로 集中되
어 있는 것이다. 이 東海龍에 關한 三國遺事의 最初의 說話로서는
延烏郎細烏女를 들 수 있다.

第八阿達羅王卽位四年丁酉, 東海濱, 有延烏郎細烏女夫婦而居, 一日 延烏
婦海採藻 忽有一巖(二云一魚), 負歸日本, 國人見之 曰此非常人也, 乃立爲王, 細
烏 怪夫不來, 歸尋之, 見夫脫鞋, 亦上其巖, 巖亦負歸如前……是時, 新羅日月
無光, 日者奏云 日月之精, 降在我國 今去日本故, 致斯怪(同上 紀異第二 延烏
郎細烏女)

이 說話는 古代 우리겨레의 日本列島로 進出을 알려주는 有名한
說話이거니와, 說話自體로 본다면 新羅에 있는 日月之精을 東海濱
의 한 비위가 日本으로 엎고갔다는 反新羅的 行爲인 것이다. 그런
데 原註에 依하면 延烏郎 細烏女를 엎고간 것을 一說에 바위가 이
니고 魚라고 하였다. 魚는 곧 龍이다8). 東海龍의 이와같은 反新羅
的 行爲에 대하여 新羅가 迎日祭를 베풀어 日月의 빛을 되찾았다고
한 것은 一定한 安協의 成立을 뜻하는 것으로 보여지기도 한다.
　新羅의 治化에 反撥하고 있는 이러한 化外의 龍들에 대하여 新羅
는 傳統的인 呪術을 가지고 다스리거나, 그렇지 않으면 佛敎의 法
力을 利用하여 그것을 敎化시켜 났다. 傳統的인 呪術에 關한 것으
로는 水路夫人의 說話가 있다.

聖德王代, 純貞公 赴江陵太守(今溟州)…… 又有臨海亭, 晝饍次 海龍 忽攬
夫人入海, 公顚倒躃地, 計無所出, 又有一老人告曰 古人有吉 衆口鑠金, 今海
中傍生, 何不畏衆口乎 宜進界內民, 作歌唱之, 以杖打岸, 則可見夫人矣, 公從
之, 龍奉夫人出海獻之 (同上 水路夫人)

---

8) 魚와 龍은 서로 넘나드는 것으로, 龍이, 變하여 魚가 된다는 것은 앞에서 이미 보
　아 왔거니와 後述할 萬魚寺 說話에도 萬魚의 魚가 實은 龍이었던 것으로 보아 여
　기의 魚도 龍이었음에 틀림없을 것이다.

　　新羅의 中央貴族으로 江陵太守에 赴任하는 純貞公의 夫人을 白晝에 掠取하여 바다로 들어간 東海龍은 夫人의 美貌를 탐내어 그랬는지 몰라도, 新羅王의 命令으로 地方을 統治하러 가는 太守의 行次에 公公然히 挑戰했던 것이다. 이에 대하여 「作歌唱之 以杖打岸」하는 太守側의 呪術이 奏效하여 龍은 바다로부터 夫人을 出獻했다고 하나, 여기서도 太守는 處에게 龍罰한 일도 없고 도리어 夫人에게 海中事를 물었던바, 夫人은 「七寶宮殿 所饍甘滑香潔 非人間烟火」라고 하여 龍의 生活을 羨美한 것을 보면 呪術의 效果는 다만 夫人을 찾아오는 데 그쳤을 뿐, 積極的으로 龍을 制壓할 수는 없었던 것 같다.

　　傳統的 呪術보다 佛敎의 法力이 좀더 큰 效能을 가졌던 것은 萬魚山의 東海魚龍化石의 說話에서 具體的인 例를 볼 수 있다.

　　　萬魚寺者 古之慈成山也 傍有呵囉國 昔天卵, 下于海邊, 作人御國, 卽首露王, 當此時 境內有玉池, 池有毒龍焉, 萬魚山有五羅刹女, 往來交通, 故, 時降電雨歷四年 五穀不成, 王呪禁不能, 稽首請佛說法, 然後 羅刹女受五戒而無後害, 故, 東海魚龍, 遂化爲滿洞之石 (同上 塔像第四, 魚山佛影)

　　境內 玉池에 있는 毒龍의 害를 呪術로써 禁止할 수 없었던 王은 佛의 說法을 請하여 毒龍과 交通하던 五羅刹女에게 五戒를 받게 함으로써 드디어 後患이 없어지고 毒龍(東海魚龍)은 萬魚山의 돌(石)들로 化했다는 것이다9). 여기서는 毒龍의 所在地가 막연히 境內에 있는 玉池라고 했지만 이 說話의 後段에 玉池가 梁山界에 있다고

---

9) 여기의 王은 新羅王이 아니도 首露王으로 되어 있으나, 그것은 萬魚山이 金海에 가깝다는 地理的 理由 때문에 首露王의 이름을 붙였을 뿐이고 기실은 新羅王이나 다를 바 없는 것이다.

한 것10)을 보면 毒龍의 東海龍의 하나이었음을 알 수 있다. 그러기에 萬魚山의 化石이 된 것을 말하는 데서 그대로 「東海魚龍」으로 稱했던 것이다. 梁山과 隣接한 東海岸의 機張에도 毒龍이 있었다. 孝昭王때에 釋惠通과 鄭恭에게 쫓겨온 毒龍이다.

> 龍旣報怨於恭, 往機張山 爲態神 慘毒滋甚, 民多梗之, 通到山中 諭龍授不殺戒 神害乃息 (同上 神呪第六 惠通降龍)

이라 하여 이 毒龍에게도 釋惠通이 잘 說諭하고 不殺戒를 줌으로써 住民들에의 作害가 止息되었다는 것이다.

襄陽 洛山寺의 緣起說話에 義湘法師가 海邊窟內에서 七日의 齋戒를 한 끝에 龍天八部侍從이 水精念珠一貫을 出給하고 뒤이어 東海龍이 如意寶珠一顆를 바쳤다11)고 한 것을 보면 洛山寺가 現地에 있는 東海龍의 歸依를 얻은 것으로 보여지거니와 東海龍을 보다 新羅化시키기 爲해서는 東海龍이 직접 新羅 서울에 往來하면서 佛法을 듣게 되어야 하였다. 아래의 東泉寺 記錄이 그것이다.

> 靑池, 卽東泉寺之泉也 寺記云 泉乃東海龍往來聽法之地, 寺乃眞平王所造, 五百聖衆, 五層塔, 並納田民焉 (同上 紀異第二 元聖大王條 靑池小註)

新羅 서울에 있는 東泉寺의 靑池12)는 곧 東海龍이 往來하면서 佛法을 듣는 곳으로 되어 있다. 이 東泉寺는 眞平王이 세운 것으

---

10) 同上 魚山佛影에 「山之側近地 梁州界 玉池, 亦毒龍所蟄, 是也」라고 하였다.
11) 同上 塔像第四 洛山二大聖.
12) 이 靑池에는 원래부터 護國龍이 있었는데, 여기 다시 東海龍이 往來하고 있다는 것은 흥미있는 일이다. 이 경우에 원래의 護國龍과 이 東海龍은 賓主의 關係를 가지게 될 것이며 이 護國龍은 東海龍의 館主 구실을 할 것이다.

로, 五百聖衆 五層塔에다가 土地와 奴隷를 아울러 寄進했다는 것을
보면 東海龍에 대한 新羅王國의 配慮가 상당히 深切했음을 알 수
있다. 이러한 配慮는 三國統一의 偉業을 達成한 文武王이 이르러
그 絶頂을 이루고 있다. 文武王은 자신이 직접 東海로 가서「護國
大龍」이 되기 爲하여 臨終의 遺詔로「東海中 大巖上」에 자기를 葬
할 것을 命했던 것이다13). 이것은 자기 자신의 東海에서「護國大
龍」이 됨으로써 直接으로 東海龍들을 鎭撫하기에 容易하다고 생각
했기 때문이리라. 文武王의 이 護國의 悲願은 적어도 어느 時期까
지는 成就되고 있었던 것 같다. 그의 아들 神文王이 卽位하던 해에
아버지를 爲하여 東海邊에 感恩寺를 創建하고 그 明年에 海邊으로
駕幸했을 때 어느 龍이 黑玉帶를 받들고 나와서

今王考 爲海中大龍, 庾信 復爲天神, 二聖同心, 出此無價大寶, 令我獻之(同
上 紀異第二 萬波息笛)

라고 한 것을 보면 이때의 東海龍들은 이「海中大龍」의 權威아래
그 指使대로 움직이고 있었음을 짐작하겠다.
　그러나 이「海中大龍」의 權威도 天地와 더불어 無窮할 수 있었던
것은 아니었다. 앞서 水路夫人의 說話에서 본 바와 같이 聖德王代
로부터 벌써 東海龍들은 다시 성가시기 시작했던 것이었다.
　지금껏 기다려온 處容說話속의 東海龍에 대한 說明은 이러한 背
景을 살펴온 데서 어느 정도 그 성격이 理解될 수 있을 것이다. 여
기 處容郎 望海寺條의 原文의 몇 句節을 옮겨놓고 다시 吟味해 보
기로 하자. 憲康王이 開雲浦에 놀다가 돌아오는 길에

---

13) 同上 紀異第二 文武王法敏.

> ……王將還駕, 晝歇於汀邊, 忽雲霧冥曀, 迷失道路, 怪問左右, 日宮奏云 此
> 東海所變也, 宜行勝事以解之

라고 하여 東海龍의 장난으로 갑자기 雲霧가 캄캄해지고 道路를 분별할 수 없게 되었다는 것이다. 이것은 보통 일이 아니다. 地方 太守에게 挑戰하거나 地方住民들에게 作害함으로써 間接的으로 新羅의 治化에 反撥해 왔던 東海龍은 이제 御駕의 咫尺에서 新羅王에게 正面으로 부딪쳐 본 것이다. 실로 王에 대한 慢侮이며 無嚴하기 짝이 없는 것이었다.

> 於是, 勅有司, 爲龍創佛寺近境, 施令已出, 雲開霧散, 因名開雲浦, 東海龍
> 喜, 乃率七子, 現於駕前, 讚德獻舞奏樂

이라 하여, 憲康王은 龍에게 數罪할 생각을 가지지 못했던 것은 물론이고 卽時 近境에 佛寺를 創建케 함으로써 龍과의 安協을 圖謀했던 것이며, 龍은 일단 자기의 所望이 이루어짐으로써 만족하게 應했던 것이다. 「讚德獻舞奏樂」은 雙方의 意思가 어느정도 接近된 線에서 安協이 成立된 것을 意味함일 것이다.

2) 豪族의 아들 ― 處容

以上으로 東海龍에 대하여 우리는 번거로울만치 그 說話들을 보아왔거니와 이제 東海龍의 正體를 들어내야 할 단계에 온 것 같다. 說話는 모두 荒唐無稽에 가까운 것들이다. 이 荒唐無稽한 說話의 줄거리를 그대로 가지고 合理的으로 解釋할 것이 아니라, 우리는 一定한 距離에서, 그 說話들이 어떠한 現實의 反映인 것으로 보아야 하며, 따라서 現實의 反映인 現在의 影像으로서의 說話속에 나오는 神物 내지 어떠한 物體도 歷史的 實在 그것이 아니라 歷史的 現實의 一象徵으로 理解하여야 할 것이다.

우리는 이제 위의 說話들 가운데에 나타나는 두 가지 型態의 龍들에 대하여 다음과 같이 판단한다. 卽 中央의 龍은 新羅國家—新羅王을 頂點으로 하는 慶州中央骨品制貴族政權의 象徵이며, 邊境의 龍들은 新羅一代를 通한 地方의 潛在勢力—豪族·族團의 象徵이라고.

中央의 龍을 國家 또는 王의 象徵으로 보는데엔 아무도 異議가 없을 것이다. 구태어 例證을 드노라면 三國史記 新羅本紀 景文王 15年 條의

春二月 京都及國東地震, 星孛于東, 二十日乃滅, 夏五月 龍見王宮井, 須臾 雲霧四合飛去, 秋七月八日 王薨

이라는 記錄도 있다. 憲康王의 父 景文王이 죽던 해에 天變地異와 더불어 王宮井의 龍이 雲霧속으로 날아갔다고한 것이다. 龍이 날아간 것이 곧 王의 죽음의 前兆로 되었던 것은 龍이 王을 象徵하고 있는 까닭이었다.

그러나 邊境의 龍과 地方豪族과의 사이에 어떠한 연관이 있었던가에 對해서는 一般的으로 알려져 있지 않다. 여기 몇 個의 資料를 提示하겠다. 高麗王室世系를 적어 놓은 金寬毅의 編年通錄에

有名虎景者 自號聖骨將軍, 自白頭山 遊歷至扶蘇山左谷, 娶妻家焉, 富而無子, 善射以獵爲事, 一日 與同里九一, 捕鷹平那山, 會日暮, 就宿巖竇, 有虎當竇口大吼,……虎忽不見而竇崩, 九人皆不得出 虎景還告平那那, 來葬九人, 先祀山神, 其神見曰 予以寡婦主此山, 幸遇聖骨將軍, 欲與爲夫婦, 共理神政, 請

封爲此山大王, 言訖, 與虎景俱隱不見 郡人, 因封虎景爲大王, 立祠祭之, 以九
人同亡, 改山名曰九龍(高麗史 卷首 高麗世系)

이라 한 오랜 이야기가 있다14). 聖骨將軍 虎景은 年代的으로 대략
新羅下代 初期(7世紀末~8世紀初)15)에 屬한 開城地方의 人物일 것
이다. 그가 富者라는 것과 射獵을 잘했다는 것으로 보아 開城地方
의 豪族이었음을 짐작하겠거니와 그와 함께 사냥을 나갔던 同里九
人도 地方土豪이었다고 생각된다. 郡人들이 이 九人을 爲하여 平那
山(聖居山長湍北쪽에 있다)에 葬事를 지내고 九人이 同亡한 것을
理由로 山名을 九龍으로 고쳤다는 것이다. 編年通錄에는 다시 作帝
建이 西海龍女에게 장가를 들어 歸國한 것과 松嶽山南麓 新第에서
의 龍女의 生活을 다음과 같이 적어 놓았다.

　……作帝建 齋七寶將還 龍女曰父有楊杖與豚 勝七寶 盍請之……於是, 乘
漆船載七寶與豚, 泛海倏到岸, 卽昌陵窟前江也, 白州正朝劉相晞曰 作帝建 娶
西海龍女來, 實大慶也 率開貞鹽白四州 江華喬桐河陰三縣人 爲築永安城 營
宮室, 龍女初來 卽往開州東北山麓, 以銀盂掘地 取水用之, 今開城大井是
也……龍女嘗於松嶽新第寢室窓外鑿井, 從井中徃還西海龍宮, 卽廣明寺東上房
北井也(同上)

虎景의 子孫이며 王建의 曾祖父인 作帝建의 西海龍으로부터 많은
寶物을 얻어가지고 龍女와 함께 배를 타고 昌陵窟 前江에 到着했을

---

14) 金寬毅는 고려 毅宗朝(1147~1170)의 사람이다. 그가 編年通錄을 만들 때, 諸家의
　　私藏文書들을 採集하였다고 한 것을 보면 이 說話는 매우 오래된 것이다. 高麗史
　　의 撰者도 그「荒怪」를 批判하면서도「世傳之久」임으로해서 高麗世系에 수록한다
　　고 하였다.
15) 虎景은 王建의 7代朝로 되어 있다. 王建의 出生이 877年이니까 그 祖上 6代를 1
　　世代 평균 30년으로 치면 虎景의 활동시기는 대략 이 시기에 해당된다고 보겠다.

대 그를 歡迎하는 白州正朝 劉相晞 등이 開城·貞州(禮成江下流)·鹽州(延安)·白州(白川)·江華·喬桐 등 西海岸一帶의 地方民들을 動員하여 永安城과 宮室을 지어주었으며(이에 關해서는 뒤에 다시 言及하겠다), 龍女는 松嶽山南麓 新第에 살면서 寢室 窓밖에 우물을 파고 우물 속으로 西海龍宮에 드나들었다고 한 것이다. 그런데 李齊賢이 引用한 聖源錄에서는

昕康大王之妻 龍女者, 平州人豆坫 角干之女子也(同上)

라고 하여 作帝建의 妻인 이 龍女는 平州(平山)사람 人豆坫角干의 딸이라는 것이다. 角干은 앞에서 본 聖骨將軍이나, 正朝란 것과 마찬가지로 당시 地方豪族들이 身分을 粧飾하기 爲하여 사용한 호칭이었던 것이다16).

平那山의 九人의 土豪를 「九龍」이라고 한 것이라던지, 平州 豪族의 딸을 「龍女」라고 한 것은 무도 地方豪族을 龍으로 象徵시켰던 종래의 表現法에서 나온 것이다.

---

16) 角干은 官階上의 伊餐을 말하는 것이 아니고 族長의 意味로 쓰여진 것이며, 惠恭王代의 九十六角干의 大亂은 九十六族長의 內爭이라고 한다(金哲埈 <新羅貴族勢力의 基盤>, ≪人文科學≫ 第 7 輯 p. 291). 그런데 新羅中代의 地方貴族들(六徒眞骨을 위시한 中央으로부터의 移住者)이 角干으로 稱했던 것이 종종 나오는 것으로 보아 위의 九十角干 中에는 地方貴族들의 中央貴族에 대한 抗爭이라는 面이 크게 보여지기도 한다. 그러나 下代에 들어와서 地方貴族이 沒落하고 그것에 뒤이어 擡頭하는 豪族들이 종전 地方貴族의 用例를 답습하여 角干라고 稱하게 되었던 것으로 여겨진다. 角干이 新羅貴族들의 殘存物임에 대하여 正朝는 新興한 地方豪族에 依하여 創出된 것이며, 高麗時代에 鄕職七品으로 되어졌다. 聖骨將軍의 聖骨은 新羅骨品의 最上位──上代의 王族을 가리키는 말인데, 거기에 將軍(地方 豪族──城主)을 붙여놓은 것은 羅·麗의 過渡相을 反映한 高麗王室系譜의 修飾일 것이다. 角干이나 正朝와 달라 聖骨將軍이 虎景의 自號이었다는 것은 믿기 어려운 점도 있다.

그런데 三國遺事에 있어서의 邊境의 龍에 關한 說話들이 主로 東海龍을 다루게 되었던 것은 무슨 까닭이었을까. 우리는 여기에서 新羅時代의 國家的 關心이 바로 그 東邊—東海岸一帶에 不斷히 傾注되고 있었던 것을 想像할 수가 있다. 위의 說話 속에 東海龍이 出沒했던 地點은 江陵으로부터 蔚山·梁山·機張等地에 뻗쳐 있다. 이 東海岸一帶는 首郡 慶州에 密邇할 뿐아니라 地理的으로 新羅國家의 脊髓가 되어 있는 것이다. 이 一帶에 대하여 新羅가 항상 神經을 써야 했던 또 하나의 理由는 바다 저쪽 日本의 窺覗이다. 頻煩한 日本國使의 來朝나 日本敵兵의 侵入은 그때마다 이 一帶를 着陸地點으로 삼고 있었기 때문이었다.

東海岸一帶가 이와같은 地理的 軍事的 重要性을 지니고 있었기 때문에 이 沿邊의 地方豪族·族團의 政治的 向背는 新羅에게 있어서 가장 큰 問題의 하나로 될 수밖에 없었다. 이리하여 新羅의 歷代政策은 이 地方의 鎭撫 統制에 특별한 노력을 기울이게 되었고 이 鎭撫 統制의 精神的 機能으로 雄大한 伽藍들이 東海岸 곳곳마다 자리잡고 있었다.17)

그러나 이러한 新羅政策도 限界를 벗어날 수 없었다. 斯盧를 中核으로 小新羅(慶州一圓)의 閉鎖的 世界 속에 잔뼈가 굵어졌던 中央骨品制貴族政權의 特殊體質은 바로 등덜미에 붙어있는 東海岸一帶를 完全히 자기의 生活世界로 吸收해 들이지 못하였다. 聖德王 21年(722)에 構築한 毛伐郡의 城塞와 같은 것은 그 限界의 表示이다.

---

17) 襄陽洛山寺, 梁山通度寺 등이 東海岸에 있어서 北·南의 代表的 巨刹이라고 하겠거니와 그 中間一帶에 이름있는 寺院들이 無數히 있다. 蔚山의 경우에도 太和寺가 있고 處容說話를 緣起로 하는 望海寺 등이 있다. 이들 寺院에는 대개 東海龍의 說話가 얽혀 있음이 특색이다.

開元十年壬戌, 始築關門於毛火郡, 今毛火村, 屬慶州東南境 乃防日本塞垣
也周廻 六千七白九十二步五尺, 役徒三萬九千二百六十二人(三國遺事 紀異第
二 孝成王)

많은 役夫를 動員하여 日本에 대한 防衛線을 構築했다는 이 城塞
가 고작 慶州東南境을 境界로 남았던 만큼, 東海岸一帶는 防衛線
밖에 놓여졌던 것이다. 이것은 新羅가 東海岸地方勢力의 新羅에의
奉仕에 絶對的 信賴를 두기가 어려웠다는 데에 基因되기도 했겠지
만 慶州中心・慶州至上의 新羅自體의 閉鎖性에서 온 것이리라.

이러한 狀態에서 東海岸地方의 豪族・族團의 마음으로부터의 新
羅에의 歸依가 期待될 수 없었다. 그들의 態度는 新羅下代末期에
이르러 如實히 나타났다. 新羅가 아직 慶尙道 一方을 保有하고 있
었던 敬順王 4年, 高麗太祖 13年(930)에

是時 新羅以東 沿海州郡部落, 皆來降, 自溟州 至興禮府 總百餘城 (高麗史
卷一 太祖世家)

이라 하여, 江陵(溟州)에서 蔚山(興禮府)에 이르기까지의 東海岸一
帶의 州郡・部落 總 百餘城이 新羅를 버리고 高麗로 合流했다는 것
이다. 이 時期에 全國 各州郡에서 部落―村에는 大監・弟監, 城에
는 城主將軍으로 稱하는 豪族・族團의 代表者들이 제각기의 割據
勢力을 이루고 있었거니와[18] 東海岸一帶의 豪族・族團들도 자기의
部落과 城을 들어 진작부터 反中央的・反新羅的 旗幟를 올렸던 것
이다[19].

---

[18] 旗田巍 <高麗王朝成立期의 府와 豪族> ≪法制史研究≫ 10. p. 4 參照
[19] 이 때에 東海岸一帶가 高麗로 돌아간 것은 新羅에게 決定的 打擊이었던 反面, 高

東海岸一帶의 豪族·族團의 潛在勢力은 新羅의 全期間에 걸쳐 있
어왔고 東海龍의 說話들은 이러한 現實을 反映해 왔던 것이다.

우리는 이제 한 걸음 더 다가서서, 處容은 蔚山(興禮府) 地方 豪
族의 아들이라고 판단한다. 平州豪族의 딸이 西海龍女로 나타나듯
이 處容은 東海龍子로 나올 수 있었던 것이다.

3. 新羅下代의 對地方 包攝·牽制策과 그 失敗

1) 處容의 「隨駕入京」과 「輔佐王政」

處容은 東海龍의 七子中의 한 아들로 되어 있다. 앞서 본 바와
같이 東海龍이 七子를 거느리고 憲康王의 御駕앞에 나타나 獻舞奏
樂을 한 뒤에

其一子 隨駕入京 輔佐王政 名曰處容, 王以美女妻之 欲留其意 又賜級干職

이라 하였다. 處容郎 望海寺條에서 여기 引用한 이 部分은 가장 事
實性이 있는 것이며, 또한 이 기록은 그대로 史料로서 處理되어도
좋다고 본다. 이것은 憲康王이 國東의 州郡을 巡幸하면서 어느 地
方勢力과 一定한 妥協을 이룬 뒤에 그 一子를 서울로 데리고 와서
王政을 輔佐케 하면서 結婚을 시키고 또 級干의 位階까지 주어, 서

麗의 統一建國途上에 있어서는 크게 紀念될 일로 여겨졌던 것 같다 成宗元年의
有名한 崔承老 上書에 太祖王建의 功德을 讚揚하는 말가운데 「東自溟州 至興禮
府 其間百餘城 莫不懷于有仁 應時來服」이라고도 하였다.

울에 오래 머물러 있게 했다는 것이다. 그러면 憲康王이 處容을 서울에 데려다가 이와 같은 待遇를 하면서 오래 머물러 있게 한 것은 어떠한 意圖에서 였을까. 이 問題는 新羅下代 내지 高麗建國期의 中央 對 地方의 政治的 關係─中央統治者의 對地方 包攝·牽制策을 살펴 봄으로써 解決의 실마리를 얻게 될 것이 아닌가 한다. 우리는 여기에서 新羅下代의 地方情形을 一瞥하면서, 慶州中央骨品制 貴族政權이 地方의 潛在勢力─豪族들의 움직임에 얼마만치 配慮를 하고 있었던가를 살펴 보기로 한다.

　우리는 新羅下代─第37代 宣德王으로부터 마지막 임금인 56代 敬順王에 이르기까지 156年間(780~935)을 여기에서 便宜上 세 時期로 區分하고 各時期의 특징을 잡아본다.

初期：宣德王에서 神康王까지 約 60年間. 이 期間은 王位繼承을 둘러싸
　　　고 中央貴族相互間의 分裂 抗爭, 피비린내 나는 簒弑가 反覆되어
　　　新羅의 國運을 結定的으로 비탈지게 하였다.
中期：文聖王에서 憲康王까지 約 50年間(憲康王의 子 定康王의 在位 1
　　　年동안은 다만 憲康王代의 延長으로 보고 此에 包含시킨다). 中
　　　央貴族들 사이에 새로운 結合이 이루어지고 比較的 正常的인 王
　　　位繼承과 더불어 政情이 相對的으로 安定된 듯 하였다.
末期：眞聖王에서 敬順王까지 約 50年間. 中央政情의 相對的 安定과는
　　　反對로 地方의 騷擾暴動이 漸次로 擴大되고 그 가운데서 組織的
　　　인 叛亂勢力이 登場하여 後三國으로 發展되는 同時에 新羅의 支
　　　配圈은 날로 縮少되어 드디어 滅亡하게 되었다.

　여기에서 注目할 것은 文聖王에서 憲康王까지의 中期의 現象이다. 初期 期間에 그처럼 分裂 抗爭을 일삼아 왔던 中央貴族들이 中期에 들어오면서 새로운 結合을 통하여 中央政情의 相對的 安定을

維持하고 있었다는 事實이다. 이와 같이 中央貴族들이 相互間의 矛盾을 內包한채 聯立的 結合을 이루게 된 것은 地方勢力의 威脅에 對處하려는 自己防禦의 意識이 作用했기 때문이다. 神武王 같은 이는 淸海鎭大使 張保皐의 힘을 빌어 王位에 오르기에 成功했으나 그의 子 文聖王은 張保皐의 勢力을 打倒하였다. 이것이 骨品制度를 支柱로 한 그들의 特權을 옹호하려는 中央貴族들의 主張에 依한 것임은 周知의 事實이다20). 그러나 初期 期間의 分裂 抗爭에서 齎來된 中央貴族層의 支配力의 弱化는 地方豪族들의 擡頭에 有利한 與件이 되어 주었다. 新羅 서울에서 멀리 떨어진 邊境일수록 더욱 그러하였다. 앞서 高麗王氏의 祖上인 虎景과 作帝建의 關하여 말한 바 있었거니와 虎景의 아들 康忠(王建의 五代祖)은 西江永安村 富人의 딸 具置義와 혼인하여 五冠山 摩訶岬에 살고 있었는데, 「扶蘇郡을 扶蘇山 北쪽으로부터 山 南쪽으로 옮기고 솔을 두루 심어두면 거기서 三韓을 統合할 者가 나온다」는 風水의 說에 따라 그는 郡人들과 더불어 郡을 옮긴 뒤에 扶蘇山에 솔을 심어 郡의 이름을 松嶽郡으로 고치고 자기는 郡의 上沙粲이 되었다. 그는 또한 摩訶岬의 옛집을 世業으로 가지고 往來하면서 살았는대 財産은 累千金이라고 하였다21). 康忠은 自意로 郡의 位置를 옮기고 郡의 이름을 고칠 수 있을 만큼 地方에서 勢力을 가진 者로 郡의 上沙粲22)이 되었거니와 또 作帝建의 경우에 있어서는 앞서 본 바와 같이 西海龍女를 娶하여 돌아 온 뒤에 白州正朝 劉相晞등이 西海岸一帶 여러 州郡의

---

20) 李基白 〈上大等考〉 ≪歷史學報≫ 19輯 p. 48 參照
21) ≪高麗史≫卷首 高麗世系
22) 新羅下代에 村主들이 沙粲으로 稱했던 例가 종종 보이는데 (원래 新羅의 17官階의 第8等) 여기 上沙粲이라 한 것은 上村主를 意味하는 것 같다. 上村主는 郡內에 있는 村主들을 代表하여 郡政을 處理하는 者였다. 李佑成 〈高麗百姓考〉 ≪歷史學報≫ 14輯 pp. 30~31 參照

百姓들은 動員하여 城과 宮室을 지어 주기도 했다는 것이다. 여러 州郡의 百姓들을 動員할 수 있을 만큼 이미 豪族의 勢力이 커져가고 있었던 것이다23).

　西海龍의 說話로 얽혀진 西海岸一帶의 豪族의 動態가 또한 진작부터 新羅 사람들의 思慮 속에 投影되고 있었던 것 같다. 新羅 殊異傳逸文에

> 金庾信, 自西州還京, 距有異客先行, 頭上有非常氣, 憇于樹下, 庾信, 亦憇　佯寢客伺絶行人, 探懷間, 出一竹筒拂之, 二美女從竹筒出 共坐語, 還入竹筒中 藏懷間起行 庾信追訊之, 言語溫雅, 同行入京 庾信 與客携至南山松下設宴 二美女亦出參 客曰 我在西海, 娶女於東海, 與妻歸寧父母, 己而風雲冥暗 忽失不見 (大東韻府群玉 卷九 竹筒美女條 所引)

　이라 한 것이 있다. 여기 金庾信의 西州에서 서울(慶州)로 돌아오던 길에 만났다는 異客은 곧 西海龍이다. 이 西海龍은 東海龍女를 娶하였는데, 지금 그의 妻(竹筒속의 二美女)와 함께 妻의 父母를 歸省하기 爲하여 東海로 가는 길이라는 것이다. 竹筒 속에 二美女를 담아 품에 넣고 다니는 神通한 術法에다가 言語마저 溫雅하였고 金庾信의 南山招待를 받은 후에 「風雲宴暗」과 더불어 忽然이 行方을 감추어서 新羅 사람들을 惝惑하게 했던 것이다. 이 說話에 있어서 金庾信은 별로 意味가 없는 것이며 다만 이 說話의 흥미를 돋구기 위하여 金庾信을 끌어넣었을 뿐이다24). 따라서 이 說話는 벌

---

23) 이러한 記錄들을 물론 그대로 믿을 수는 없다. 거기에는 적지않은 誇張이있다. 그러나 新羅下代 中末期에 이르러 中部西海岸一帶에 이와 비슷한 豪族의 勢力이 成長되고 있었던 것은 의심할 수 없다고 본다.

24) 新羅에 關한 說話속에 金庾信이 援入된 例는 三國遺事에 여러 차례 나오고 있거니와 殊異傳 逸文中에서 또다른 例가 있다. 「老翁化狗」가 그것이다.(大東韻府群玉卷十二同條). 이런 경우에 金庾信은 아무런 重要한 役割도 하는 것이 없으면서

써 金庾信이 傳說的 人物이 되어 있는 後代의 것, 即 新羅下代의 것으로 여겨지며 說話의 內容은 新羅下代의 먼 邊境의 豪族들의 消息을 傳하여 주고 있음이 아닌가 한다25).

그런데 이 說話에서 우리가 看過치 못할 점은 西海龍과 東海龍의 사이에 婚姻關係가 생기고 西海龍이 東海로 찾아간다는 것이다. 이 것은 重要한 示唆를 주는 것 같다. 지나친 穿鑿일지도 모르지만 西海岸과 東海岸의 地方豪族들이 새로운 歷史的 動向 속에 相互間의 脉膊의 感觸과 意識의 連結을 통하여 앞으로의 豪族의 世界를 이루어가고 있음을 말해 주는 것으로 볼 수도 있겠기 때문이다.

新羅下代中期에 西海岸 특히 中部 西海岸一帶에 있어서의 豪族勢力의 成長은 그것이 高麗王室世界에 關聯된 것이므로 그 정도의 記錄을 남길 수 있었지만 東海岸의 豪族에 關해서는 그 象徵的 說話를 더듬어 볼 수 있을 뿐, 具體的인 記錄은 좀체로 發見되지 않는다. 그러나 中期에서 末期로 접어들면서 뚜렷이 나타나고 있음을 볼 수 있으며 따라서 그 記錄의 年條는 末期에 屬하고 있지만 그 史實의 本末로 보아 中期에 溯及하여 理解되어야 할 性質의 것들이

단지 事件속에서 한 사람의 臨席者 노릇을 할 뿐이다. 그러나 단순한 臨席者라 하더라도 金庾信을 그 속에 나오게 한다는 것이 그만치 效果的이었기 때문이다.

25) 崔南善氏의 말에 依하면 「殊異傳의 作者에 대하여는 sP에 傳하는 바 없으며, 權文海의 大東韻玉에 崔致遠으로 擬하기도 하였으나 高麗覺訓의 海東高僧傳에 朴寅亮의 殊異傳을 引用한 것이 있으니 어느 것이 옳을지 모르며 설사 朴氏의 作이라 할지라도 그 本한 바가 新羅에 있음은 의심없을 바이다 (增補 三國遺事附錄 新羅殊異傳逸文 解題)라고 한다. 三國遺事에는 古本殊異傳이란 것이 나오는데, 이 「古本」은 板本으로서의 古本이란 뜻은 아닌 것 같다. 따라서 內容이 얼마쯤 서로 다른 殊異傳이라는 이름의 說話集들이 아마 몇종이나 있어서 오랜 옛적부터 傳해오고 있었던 것 같다. 그것이 비록 朴寅亮과 같은 高麗前期의 文人의 손에서 蒐集整理된 것이라 하더라도 崔氏의 말한 바와 같아 ―「殊異傳의 世界」― 說話의 世界는 新羅의 것을 그대로 담아 가진 것이며, 時代關係로 해서 主로 新羅下代의 그것이 많은 成分으로 되어졌을 것 같다.

있다.

　우리는 여기에서 處容說話의 본 고장인 蔚山地方의 豪族에 關하여 알아 본다. 蔚山에는 9個의 土着氏族(朴·金·李·全·睦·吳·尹·林·文)이 있어 왔는데26) 이 중에서 首位를 차지한 朴氏族은 新羅下代에 들어오면서 地方豪族으로 成長해왔던 것 같다. 그러다가 中期에서 末期로 접어들면서 朴允雄이라는 人物이 나와 대단히 威勢를 떨쳤다. 慶尙道地理志27) 蔚山郡條에 依하면

　　高麗時　神鶴城將軍朴允雄, 精曉變通之術, 專提討伐之權, 補佐太祖, 克成王業

이라 하여 「神鶴城將軍」으로 불리워지는 朴允雄은 變通之術에 精通했던 人物로서 一方에서 獨自的 軍事力을 行使했다는 것이다. 그가 이 地方에 있어서 얼마나 큰 存在가 되어 있었던가는 同 蔚山郡條의 다음의 記錄에서 알 수 있다.

　　在高麗時　郡人朴允雄, 佐太祖興高麗國, 以其功, 合東津縣·河曲縣·洞安縣·虞豐縣·臨關郡, 賜號興麗府

　蔚山地方은 원래 東津縣 河曲縣 등의 分散된 郡縣이었던 것을 朴允雄의 功績으로 統合시켜 「興麗府」로 삼았다는 것이다. 「興麗府」

---

26) ≪慶尙道地理志≫ 土姓條. 新羅時代의 地方 土着氏族들에게 姓이 있었던가는 분명치 않다. 그런데 姓은 비록 뒤에 와서 使用되었다 하더라도이 姓을 붙일 氏族들은 新羅時代에 이미 存在하고 있는 것이다.

27) 慶尙道地理志는 李朝初期의 것으로 高麗史地理志·世宗實錄地理志나 東國輿地勝覽보다도 먼저 만들어졌다. 그 속에 수록된 史實·說話들은 모두 古色이 濃厚하여 典據를 삼기에 가장 信賴될 만한 것들이 많다.

라는 것은 그가 王建을 도와 高麗國을 興起시켰다는 뜻이라 한
다28). 그런데 朴允雄의 時代를 「興麗時」라고 한 것은 그가 高麗太
祖를 도와 高麗國을 興起시킨 功績때문이다. 實際에 있어 그의 活
動期는 新羅下代末期에 屬할 것이며 그의 生長期는 中期의 마지막—
憲康王時代에 該當될 것이다. 그는 「神鶴城將軍」으로 불리워졌거니
와 神鶴城에 關해서는 역시 同 蔚山郡條에 이러한 이야기가 있다.

本戒邊城, 在新羅時, 改稱神鶴城, 其稱鶴聲者, 天復元年辛酉, 有雙鶴, 咬
全金神像, 鳴於戒邊城神頭山, 郡人異之, 因以神鶴名之

원래의 戒邊城이 神鶴城으로 改稱된 것은 新羅 孝恭王5年(天復
元年 901)에 雙鶴이 全金의 神像을 물고 戒邊城神頭山에 나타났기
때문이란것이다. 이것은 이 時期의 이미 「神鶴城將軍」의 勢力이 確
立된 것을 意味하는 것 같다. 「郡人異之 以神鶴名之」는 地方民으로
부터 이 將軍의 權威에 대한 崇仰이 一般化된 것을 意味하는 것 같
기도 하다.

그러나 朴允雄은 결코 平地에서 突出한 것은 아닐 것이며 이 地
方의 朴이란 氏族이 族的 紐帶를 基盤으로 한 土着勢力으로 오랫동
안 成長해온 결과일 것이다. 다시 말하면 이 地方의 朴氏族은 朴允
雄의 父·祖의 代 卽 新羅下代 中期로부터 이미 豪族으로 그 頭角
을 나타내고 있었으리라는 것이다.

張保皐는 海商勢力의 集結體였기 때문에 그 勢力의 成立도 빨랐

---

28) 蔚山의 古號로서 「興禮府」·「興麗府」가 錯出하고 있다. 어느 쪽이 옳은 것인지
　　모르지만, 어쨌든 蔚山은 新羅下代末期로부터 豪族勢力이 유달리컸던 곳으로, 高
　　麗建國期에 高鬱府(永川)·京山府(星州)·安東府 등과 함께 新興한 「府」의 成立
　　을 보았던 곳이다. 前揭 旗田巍 <高麗王祖 成立期의 府와 豪族> 參照

지 만 그 勢力의 消散도 容易하였다. 그러나 地方豪族의 族的 紐帶
를 基盤으로 한 土着勢力은 一擧에 뿌리 뽑힐 性質의 것이 아니었
다. 이에 대하여 新羅下代의 中央貴族들은 그 中期에 이르러 종래
相互間에 얽혀 있었던 敵對關係의 系譜를 超越하여 聯立的 結合을
이루는 한편 花郎들의 地方巡遊를 통하여 豪族의 動態를 探問도 하
고29) 경우에 다라 王 自身의 직접으로 地方을 巡行하면서 鎭撫統
制를 强化할 것을 試圖해 보기도 하였다. 憲康王 5年의 開雲浦出遊
—國東巡行은 바로 이러한 趣旨에서였던 것이다.

憲康王이 處容을 데리고 서울로 온 것은 地方勢力에 대한 一定한
安協의 成立과 더불어 이 安協을 保障하기 爲한 措置이다. 處容이
豪族의 아들로서 「隨駕入京」한 것은 우선 人質—質子의 意味를 갖
는 것이며 王이 處容에게 美女로서 妻를 삼아 주고 級干의 位階까
지 주면서 오래 머물러 있게 한 것은 地方勢力에 대한 包攝策 牽制
策—羈縻政策인 것이다. 여기 留意할 것이 있다. 원래 質子라는 것
은 一傍的으로 拉致돼온 者가 아니며, 많은 경우에 보내는 쪽에서
自進派遣의 形式을 取한다. 處容의 경우도 마찬가지일 것이다. 新
羅의 이러한 手法이 下代末期에 이르러서는 反新羅的 諸勢力間에
있어서도 널리 襲用되었다. 여기 王建에 關한 것 만을 추려보아도
많은 例가 나온다.

(ㄱ) 王順式 溟州人, 爲本州將軍 久不服 太祖患之, 侍郎權說 奏曰 父而詔
　　　子, 兄而訓弟, 天理地, 順式父許越, 今爲僧在內院, 宜遣往諭之 太祖

---

29) 例를 들면 憲安王이 膺廉(景文王)에게 「郎爲國仙, 優遊四方, 見何異事」라고 물었
　　을 때, 膺廉이 地方의 「豪富」·「貴勢」들의 生活態度를 報告한 것 (三國遺事 紀異
　　第二 景文大王)과 같은 것이다. 前揭 李基白 <上大等考> ≪歷史學報≫ 19輯 p.
　　48 參照

從之 順式遂遣長子守元歸欵, 賜姓王, 仍賜田宅(高麗史卷九十二 列傳
王順式)

(ㄴ) 二年春正月……康州將軍閏雄, 遣其子一康爲質 拜一康阿粲 以卿行訓
之妹, 妻之, 遣郎中春讓於康州 慰諭歸附(同上 卷一 太祖世家)

(ㄷ) 李悤言 史失世系, 新羅季, 保碧珍郡, 時群盜充斥, 悤言堅城固守 民賴
以安, 太祖遣人 諭以共戮力定禍亂, 悤言得書甚喜 遣其子永 率兵從太
祖征討 永時年十八 太祖以大匡思道貴女妻之 拜悤言本邑將軍 加賜傍
邑丁戶二百二十九, 又與忠原廣竹堤州倉穀二千二百石 鹽一千七百八
十五石 且致手札示以金石之信曰至于子孫, 此心不改(同上 王順式附
傳)

(ㄹ) 龔直 燕山昧谷人 自幼有勇略, 新羅末, 爲本邑將軍, 時方亂離, 遂事百
濟 爲甄萱腹心 以長子直達 次子金舒及一女, 質于百濟, 直嘗朝百濟
見其無道 遂決意來附 太祖十五年 直與其子英舒來朝……太祖喜, 拜
大相 賜白城郡祿 廐馬三匹 彩帛, 拜其子咸舒爲佐尹, 又以貴戚正朝俊
行女 妻英舒, ……萱聞直降, 怒甚, 因直達金舒及其女, 烙斷股筋, 直
達死……百濟滅……金舒還於父母(同上 列傳 龔直)

(ㄱ)은 東海岸의 豪族의 하나인 溟州(江陵) 將軍 順式이 王建에
게 歸附하기 爲하여 그의 長子인 守元을 高麗에 보냈는데 王建은
守元에게 王이란 姓을 주고 인하여 田土와 第宅을 주어다는 것이
다. 이 守元에게는 姓과 田土와 第宅을 준 것 외에는 달리 記錄이
없으나 守元과 같이 地方豪族의 아들로서 高麗에 온 (ㄴ)의 康州將
軍 閏雄의 子 一康과 (ㄷ)의 碧珍郡將軍 李悤言의 子 永과 (ㄹ)의
燕山將軍 龔直의 子 咸舒와 英舒에게는 모두 一定한 벼슬을 주었거
나, 王建의 親戚 高官의 딸과 結婚을 시켰다고 되어 있다. 卽 康州
(晋州)에서 質子로 온 一康에는 阿粲이란 位階를 주고 卿 行訓의
妹로 妻를 삼아 주었으며, 碧珍郡(星州)에서 온 永에게는 大匡 思
道의 貴女로 妻를 삼아 주었고, 燕山(文義)에서 온 英舒와 咸舒에

게 英舒는 貴族인 正朝 俊行의 딸과 結婚시키고 咸舒는 佐尹으로
任命한 것이다.

　위의 것들은 모두 新羅憲康王 當時에 蔚山에서 온 處容에게 美女
로 妻를 삼아주고 級干의 位階를 주었던 것과 同一한 手法, 同一한
意味를 가지고 있는 것이다. 바꾸어 말하면 處容은 守元(溟州)·一
康(康州)·永(碧珍郡)·英舒 咸舒(燕山)와 꼭같은, 자기 地方(蔚
山)의 政治的 擔保物—質子로서 新羅 서울에 와 있었던 것이다30).

　이러한 方式은 高麗王朝에 들어와서 其人制度를 法制化되었다.
高麗史 選擧志에서 널리 引用되고 있는

　　國初 選鄕吏子弟, 爲質於京, 且備顧問其鄕之事 謂之其人(高麗史 卷二十九
　　選擧三 銓注 其人)

이 그것이다. 鄕吏(當時의 地方豪族)의 子弟들을 뽑아, 서울에
와서 質子가 되게 했다는 高麗의 其人制度는 王建의 豪族包攝手段
에 由來된 것이지만 따져 올라가면 바로 이 憲康王代의 處容에게서
原型을 찾아볼 수 있는 것이다. 그런데 其人의 구실이 「其鄕之事」
即 그의 본고장의 事情에 關한 政府의 咨問에 對備하게 되기도 했
다는 것을 보면 新羅 서울에 있어서의 處容의 任務도 단순히 質子
노릇을 하는 것 외에 自己地方의 事情에 대해서도 新羅爲政者에게
도움될 意見을 提供해야 했던 것이다. 이것이 處容의 「輔佐王政」인

---

30) 朴允雄의 生長期가 憲康王代에 해당되리라고 말했거니와 그렇다면 處容은 朴允
　　雄과 거의 同時代——혹은 조금 앞선 時期의 사람이 되는 셈이다. 당시의 蔚山地
　　方의 代表的 豪族이 朴氏族이었으니까, 그렇다면 處容은 朴允雄과 함께 憲康王代
　　의 蔚山地方 朴氏族의 젊은 子弟였다고 생각될 수가 있다. 處容은 원래 七子中의
　　한 아들이라고 했으니까 혹시 朴允雄의 兄弟系列이거나, 그렇지 않으면 조금 윗
　　世代인 諸叔·諸祖系列에 屬했던 사람이었는지도 모른다.

것이다.

2) 「疫神」과 處容
-病든 都市와 健康한 地方農村-

新羅서울에 온 處容에게 맨먼저 눈에 뜨이는 것은 慶州의 都市的 繁榮일 것이다. 이 時期의 慶州는 唐의 長安, 日本의 京都(平安京)와 더불어 東洋의 政治的 經濟的 中心地의 하나이며 春花가 滿開한 듯한 무르익은 藝術의 都市였다. 一個 地方豪族의 아들에 不過했던 處容에게 있어서 慶州는 宛然히 하나의 別世界로 보여졌을 것이다.

處容이 慶州로 온 그 翌年에 該當되는 憲康王 6年 9月 9日에 關하여 三國史記에는 이러한 記事가 있다.

九月九日 王與左右, 登月上樓 四望, 京都民屋相屬 歌吹連聲, 王顧謂侍中 敏恭曰 孤聞今之民間, 覆屋以瓦 不以茅, 炊飯以炭 不以薪, 有是耶 敏恭對曰 臣亦嘗聞之如此 因奏曰 上卽位以來, 陰陽和 風雨順 歲有年 民足食, 邊境謐 靜 市井歡娛, 此聖德之所致也 王欣然曰 此卿等輔佐之力也 朕何德焉(三國史 記 新羅本紀 第十一 同條)

月上樓에서 서울의 全景을 바라본 憲康王은 「民室相屬 歌吹連聲」인 太平風月에 흐뭇했으며 壯大優美한 宮城·池苑·寺宇는 말할 것도 없고 民間에 있어서도 「覆屋以瓦 不以茅, 炊飯以炭 不以薪」의 윤택한 生活을 하고 있다는 이야기에 欣然한 態度로써 君臣間에 서로의 공로를 推讓하는 美德을 보이기도 하였다. 이 時期의 慶州의 繁榮에 關한 이러한 記事는 處容郎 望海寺條의 처음 몇 句節과 相通하고 있거니와 三國遺事는 또 다시 辰韓條에서 이와 비슷한 記錄

을 붙여 놓았다.

　　第四十九憲康大王代, 城中無一草屋 接角連墻 歌吹滿路 晝夜不絶(三國遺
事 紀異第二 同條)

그리고 同 辰韓條에는

　　新羅全盛之時,　京中十七萬八千九百三十六戶・一千三百六十坊・五十五
里,　三十五金入宅 言富潤大宅也……又四節遊宅, 春 東野宅・夏 谷良宅・
秋 仇池宅・冬 加伊宅

이라는 記錄도 있다. 이 戶・坊의 數字는 다소 誇張된 것이겠지만
그것으로 慶州의 都市規模를 想像할 수는 있으며 三十五金入宅—
「富潤大宅」과 春夏秋冬 四節遊宅의 大邸宅 및 遊園地는 中央貴族의
豪華로운 相을 그대로 보여주는 것이다.

　新羅下代는 벌써 新羅王朝의 衰運으로 들어간 時代였다. 그러나
慶州를 中心으로 한 政治權力의 基礎構造에는 별로 動搖가 없었다.
그것은 이때까지 中央政權이 行政과 軍事面에서 國民에 대한 統治
機能을 대체로 제대로 確保하고 있었으며, 國內의 많은 富가 王室
과 中央貴族들의 手中에 現實的으로 集中되고 있었기 때문이다. 지
금 대체로 憲康王代의 것으로 推定되고 있는 新羅帳籍에는[31] 地方

---

31) 이 帳籍의 作成年代에 關하여 대체로 두 가지의 說이 있다. (A)景德王 14年이라
　　는 說(旗田巍)과 (B)憲德王 8年과 憲康王 2年이 다 比定될 수 있는데 그 중에서
　　憲康王 2年이 더 可能性이 많다는 說(朴某)이다. 兩說이 모두 新羅時代의 帳籍作
　　成의 式年에 根據를 둔 것인데, (A)說은 이 式年을 帳籍 속에 나오는 「乙未年」
　　그것으로 잡았으나, 帳籍 속에 乙未年 뿐 아니라 「甲午年」도 나온다. 式年은 3年
　　만에 한번씩 돌아오는 것이니까. 여기 甲午 乙未가 함께 나오는 것을 보면 이 乙
　　未年이 式年이 아닌 것은 分明하며 따라서 여기 甲午 乙未는 前式年인 癸巳 以後

各村落의 戶數·男女老少丁口·田畓結卜, 至於 牛馬 果樹가지 整然히 記載되어 있다. 中央政權은 이러한 帳籍을 통하여 全國農村으로부터 租稅·力役·貢物 등을 吸取할 수 있었다. 거기에다가 下代中期에 있어서의 中央政情의 相對的 安定은 中期의 마지막인 憲康王代에 이르러 慶州의 저와 같은 繁榮의 現象을 나타낼 수 있었다. 慶州는 全國農村에 대한 吸盤으로써 都市로서의 繁榮을 누리게 되었던 것이다.

慶州의 都市的 繁榮은 中央骨品制貴族들을 都市貴族化시켰다. 都市貴族의 社會는 地方社會로부터의 孤立과 分離를 特徵으로 하였다. 원래부터 骨品制貴族은 小新羅(慶州一圓)의 閉鎖的 世界를 이루어 왔지만 中代의 貴族과 下代의 貴族은 比較해 보면 兩者의 사이에는 적지 않은 差異가 있음을 發見한다. 武烈王系를 主軸으로 한 中代의 貴族들은 우리나라 歷史上 最初의 統一國家를 建設한 主導勢力으로 그들의 强烈한 國家意識은 國土全城에 대한 小新羅의 同心圓的 擴大를 指向하였다. 六徒眞骨을 九州五京으로 分散住居케 하였고 中央의 貴族子弟들은 地方으로 往來하면서 地方에 住居하는 貴族들을 訪問交歡케 함으로써[32] 中央에 依한 地方의 同化 또는 地方과 中央과의 連繫을 積極化하려 하였다. 그러나 京位에 대한 外位를 따로 制定함으로써 中央과 地方을 一貫한 政治·社會的 秩序體系의 一元化에 障礙를 주어 놓았고, 世代의 降下에 따른 遠心

2年間을 말하는 것인 同時에 現 式年은 丙申年일 것이라는 (B)說의 主張이 하나의 妥當性을 갖는다. 한편 崔南善氏와 李弘稙敎授는 一定한 年代로 確定짓지는 않았으나, 대체로 憲德王 7年 또는 憲康王 元年의 것이라고 하였다.

32) 例를 들면 神文王代에 「淨神大王太子寶川孝明二昆弟, 到河西府世獻角干之家, 留一宿」(三國遺事 塔像第四 臺山五萬眞身)과 같은 것이다. 王子인 寶川의 兄弟가 江陵(河西)의 貴族인 角干世獻의 집에 들려서 一宿했다는 것이다. 그들은 五臺山으로 慈藏을 찾아가던 길이었다.

的 傾向과 中央으로부터의 疎外感에 대한 地方貴族의 不滿은 갈수록 危機를 釀成하였다. 이러한 危機는 中央貴族의 內部軋轢과 結付되어 中代의 마직막에 드디어 爆發되고 말았다. 惠恭王 4年(768)의 九十六角干의 大動亂이 그것이다. 이러한 事情속에 政權을 물려받은 下代의 貴族—奈勿王系 貴族들은 그 初期에 있어서 中央貴族의 自體의 內紛과 地方貴族의 反抗을 克服해야 할 二重的 鎭痛을 치러야 하였다. 金憲昌과 梵文의 叛亂을 鎭壓하는 過程에서 假借없는 殺戮으로 地方貴族의 再起를 不能케 했으나, 그 다음에 다시 頭角을 들기 시작한 것이 地方貴族과는 다른 地方의 潛在勢力—土着豪族이었으며, 이에 대한 警戒心이 貴族自體의 內紛을 停止시킨 主要原因이 되게 된 同時에 이로부터 항상 地方을 敬遠하게 되었다.

이리하여 奈勿王系를 中心으로 한 下代의 貴族들은 그 中期에 이르러 中央에 있어서의 結合과 地方에 대한 敬遠으로 종래의 慶州中心·慶州至上의 小新羅主義에 되돌아갔으며, 이와 아울러 慶州의 都市的繁榮은 그들로 하여금 더욱 더 地方社會—農村으로부터 孤立分離된 都市貴族으로 특정짓게 하였다.

中代의 貴族에 있어서는 都市意識, 卽 都市와 農村과의 對立意識이 거의 싹트지 않았던 것 같다. 그것은 慶州가 아직 都市로서 成熟되지 못했던 까닭도 있겠지만 보다도 生活上으로 都市意識을 確立시킬 만한 理由가 缺해져 있었던 때문이다. 이들에게 있어서 都市와 農村은 並列的 存在가 아니며 農村은 단지 都市의 支配를 받는 對象으로 밖에 여겨지지 않았다. 農村이 都市와 다른 獨自의 世界임을 이들 貴族이 意識하지 못한 것처럼 貴族社會의 文化와 風習도 都市의 것으로 限定시켜 생각할 수는 없었다. 그러나 下代의 貴族들은 地方에 대한 敬遠에서 地方—農村을 都市에 대한 異質의 世

界로 생각하고 地方은 氣質的으로 野性的이며 文化的으로 未開粗樸한 百姓들의 世界임에 대하여 서울은 傳統的인 文化와 高尙·華麗한 官人의 世界로 여기게 되었다. 이러한 對立感은 그들로 하여금 都市와 農村을 幷列的으로 意識하게 하였고 거기에서 오는 都市意識은 그들로 하여금 도리어 高踏的이며 自己陶醉的인 方向으로 흐르게 하였다. 奢侈와 歡樂이 거기에 뒤딸게 되기도 하였다. 農村世界를 並列的으로 意識한 그들은 農村世界에 대한 未知와 不安 때문에 一定한 配慮를 잊지 못하고 있으면서도 어느덧 都市的 雰圍氣속에 자기를 沒却시키고 만다. 憲康王이 國東을 巡幸하고 處容을 데리고 와서 質子로 두고 있으면서도 月上樓에 있어서의 君臣間은 酬酌的에서 全國地方農村들의 生活에는 아무런 關心의 表明도 없이 오직 慶州一圓의 都市的 繁榮에 滿足하고 있었던 것은 바로 이러한 理由에서다.

太平의 꿈에 젖은 都市貴族은 中央統治者로서의 政治的彈力을 漸次喪失해갔다. 勇敢해던 花郞의 後裔들은 오직 風流를 즐기는 遊閒公子로 墮落되어가고 崇高한 護國의 宗敎였던 佛敎는 雜術과 迷信으로 支離滅裂해 가는 한편 個人的 解悟를 主旨로 하는 禪宗으로 新趨向을 보였다. 이러한 가운데에 憲康王은 文學을 좋아했던 그의 父 景文王33)의 뒤를 이어 漢文의 儷語를 能事로 삼으면서34) 群臣들과 더불어 臨海殿 三郞寺 等地의 宴遊를 일삼고 있다35). 處容說話의 後半部에 王이 鮑石亭과 金剛嶺으로 놀러갔을 때 南山神 北岳

---

33) 景文王은 朗慧和尙을 대하여 「小子 少好屬文」이라 하고 劉勰의 文心雕龍을 가지고 問答하기도 하였다. 「聖住寺朗慧和尙碑」, ≪朝鮮金石總覽≫ 上 p. 78

34) 崔致遠은 憲康王의 關하여 「雅善華言, 金玉其音, 不患衆咻聒 而能出口成儷語, 如宿構云」이라고 하여 그의 文才를 칭도하였다. 前揭≪朝鮮金石總覽≫ 上 p. 80. 儷語는 당시의 漢文 文體인 四六騈儷文을 말한 것이다.

35) ≪三國史記≫ 新羅本紀 第11 憲康王 7年條와 9年條

神이 出舞하였고 同禮殿 宴席에서는「地伯級干」이라는 地神이 出舞했다고 한다. 이 諸神의 出舞는 서울 周圍에 있는 護國神(護國龍과는 다르다 서울 周圍에 있는 이 護國神들의 正體는 뒤에 말한다)들의 國家將來에 대한 警告였다.

　　于時 山神獻舞 唱歌云「智理多都波都波」等者, 盖言 以智理國者, 知而多逃, 都邑將破云謂也

　山神의 唱歌의 내용은「智慧로써 나라를 보살필 者는 時勢를 알아서 많이 逃去해버리고, 都市는 장차 破滅이 된다」는 것이다. 이 노래의 뜻을 理解하지 못했던 都市貴族들은「耽樂滋甚」으로 始終하면서 亡國의 徵候를 보여줄 따름이었다.

　무르익은 藝術의 都市—慶州는 이제 이러한 消費的인 氣風, 頹廢的인 文化로 病들게 되었다. 病든 都市, 그것은 新羅王朝의 暮氣를 한층 더 짙게 한 것이었다.

　이러한 都市와는 反對로 당시의 地方 農村에서는 新時代의 歷史를 準備하는 變革的 에네르기가 蓄積되고 있었다. 이 歷史的 에네르기의 物質的인 面은 生産力이다. 新羅下代에 접어들면서 戰爭과 災荒으로 農村은 그때마다 被害가 많았고「穀貴民飢」라는 記錄을 몇 차례이고 歷史 속에 남기기도 했으나, 農村의 生産力은 그런대로 꾸준히 持續해 왔으며 또한 서서히 上昇해온 것 같다. 近代와는 달라 中世 및 古代의 生産力의 發展을 一般的으로 具體的 說明이 어렵게 되어 있거니와 우리는 新羅下代의 農村의 生産力에 대해서도 具體的 資料를 가진 것은 없다. 그러나 이 時期의 新羅帳籍은 우리에게 당시 農村에 있어서의 生産力 發展의 無限한 可能性을 보여주고 있으며, 또한 그것은 이 時期 조금 뒤에 全國的으로 活潑해진 政治的 行動의 主體—豪族들이 이 農村을 基盤으로 歷史舞臺에 進出했다는 事實과 結付된다고 생각됨으로 해서 우리는 이 時期의 農村의 生産力에 一定한 意義를 賦與해보려 한다.

新羅帳籍에 나오는 4個 村落을 가지고 數字的 統計를 통하여 當時의 農村實態를 調査해 보노라면 우리는 거기에서 곧 세 가지의 특색을 發見하기에 이르게 된다.

첫째, 人口는 적고 耕地面積은 대단히 넓다. 村落의 戶數는 最高 15戶 最下 8戶이고 人口는 最高 147名 最下 72名임에 대하여 耕地面積(民有地인 烟受有田畓에 限하여)은 最高 179結 最下 102結이며, 1戶當 耕地面積은 最高 15結 84負, 最下 10結이고 1人當 耕地面積은 最高 1結 76負, 最下 86負이다. 우리가 比較的 잘 알 수 있는 李朝時代의 農村에 비하여 보면 結 그것의 面積이 多少다르다고 하더라고 1戶當 또는 1人當의 耕地面積이 대단히 많은 것이다.

둘째, 農家가 保有하고 있는 牛馬 등 家畜의 頭數가 상당히 많다. 1戶當 牛馬頭數는 最高 4頭가 넘고 平均 2·3頭가 된다. 後世의 農村에 비하여 畜産이 훨씬 장려되었던 편이다. 그리고 前 式年에서 現 式年에 이르는 3年동안에 牛馬頭數가 줄곧 불어지면서 있다.

셋째, 村落마다 園藝作物 특히 果樹栽培가 盛行되고 있다. 母個의 村에 麻田이 平均 1結5負로 되어 있고 桑·栢子木·秋子木(호두나무)등이 많은 株樹를 이루고 있다. 薩下知村의 例를 들면 桑이 1,280株, 栢子木 60株, 秋子木 71株로 되어 있다. 나머지 3個村도 數의 加減은 약간 있으나 대체로 비슷하다. 이것은 後世의 農村에서도 흔하게 볼 수 있는 것이 아니다. 이 村落들이 10戶內外에 不過한 것임을 생각하면 더욱 그러하다. 그리고 이 桑과 果樹들은 역시 3年동안에 상당한 數의 加植을 보여준다.

　이와같은 牛馬 등 畜産이 줄곳 繁殖되고 麻·桑에서 나오는 麻布·絹布와 잣·호두 등 果實들이 줄곳 增産되고 있었던 狀況과 아울러, 이 村落들이 모두 대단히 넓은 耕地面積을 가지고 있었던 것을 생각해볼 때, 비록 그 當時의 農業이 後世에 비하여 粗放農業이었다고 하더라도 生産器具의 改善, 勞動生産性의 向上 및 擴大可能性은 얼마든지 保障되어 있었던 것이다. 물론 이러한 土地耕作이나 畜産·園藝作物들은 모두 新羅의 律令體制에 依한 農民에게의 義務的 賦課에서 나왔던 것이며 이러한 産物의 많은 量이 新羅國家─都市로 吸取되었다. 그러나 農民의 에네르기는 이러한 條件에서도 生産의 增大를 爲하여 努力하였고 國家의 收奪이 加重해감에 따라 끊임없는 鬪爭을 展開하였다. 新羅下代末期로 들어 가면서 農民들은 곧 國家로부터 지워준 義務를 拒否하였다. 眞聖王 3年으로부터「國內諸州郡 不輸貢賦」36)라고 했음이 곧 그것이다. 農村은 이제 病든 都市에 대하여 正面으로 叛旗를 들었던 것이다. 이러한 農民의 叛亂의 指導者들은 두말할 것도 없이 당시의 地方豪族으로 그 대부분을 이루고 있으며, 豪族은 系譜的으로 또한 대부분의 新羅帳籍 속의「村主」에 屬했던 것으로 보인다. 村主는 帳籍 속에서 보는 바와 같이 상당한 存在였다. 官謨畓 內視令畓 등 各村의 官有地에 비하여 村主가 가진 位畓은 越等 많은 結이다. 몇 개의 村落을 一單位로 하는 地域村37)의 支配者인 이 村主들은 族的 紐帶를 土臺로 農民의 叛亂勢力을 集結하여 豪族으로 掘起하면서 城主 將軍으로 進出했던 것이다. 野性的이고 未開地라고 보여 졌던 地方農村은 歷史

---

36) 《三國史記》 新羅本紀 第11 同條.
37) 前揭 李佑成 〈高麗百姓考〉《歷史學報》 14輯 p. 33 參照.

의 創造를 爲한 健康한 地盤이 되고 있었던 것이다.

處容이 나타난 時期는 아직 地方 農村이 正面으로 都市에 叛旗를 들었던 時期는 아니다. 때문에 處容은 慶州로 온 것이다. 그러나 處容은 氣質的으로 都市貴族과 맞을 리 없었다. 보다도 處容이 都市貴族에의 同化를 拒否할 수 밖에 없었던 重要한 理由는 貴族自體의 骨品制的 制約이 있었다. 骨品制度의 閉鎖性은 政治的 必要에서 머물러 있게 한 處容이지만 地方出身인 그에게 門戶가 開放될 수 없었다. 三國遺事에는 젊은 處容에게 郎을 붙여 處容郎이라 했지만 實은 處容에게는 花郎이 될 資格이 없었다. 그에게 「高門華胄」의 系譜가 없었기 때문이다38). 그리고 花郎이 될 수 있는 敎養도 그게에는 갖추어 있지 않았을 것이다. 都市貴族의 젊은 子弟들은 그를 同僚로 認定치도 않았을 것이며 그를 따라줄 郎徒도 없었을 것이다.

處容에게 주어진 벼슬을 級干이었다. 新羅17官階에서 第 9等에 屬한 級干(級伐湌・級湌)은 第6等 阿湌에 이르기까지 主로 六頭品出身들이 하는 벼슬이었다. 다 아는 바와 같이 骨品制度에 있어서 絶對的 位置를 차지한 것은 眞骨들이며, 六頭品 出身들은 阿湌으로 上限線이 劃定되어 그 以上의 出世가 抑制되어 있었다. 이에 대한 六頭品의 鬱悒은 下代의 中末期에 이르러 그들로 하여금 차차 都市貴族으로부터 離脫케 하였다. 處容과 同時代인 六頭品 出身의 崔致遠과 郎慧和尙이 그 좋은 例이다. 崔致遠은 憲康王에게 「國士의 禮待」를 받았음에도 不拘하고 마침내 「不遇」의 感傷에서 慶州를

---

38) 花郎制度에 있어서 郎과 郎徒는 身分이 달랐던 것 같다. 郎徒는 六頭品以下 一般民庶出身들이 많았으나 花郎은 대체로 一流貴族——眞骨出身이었다고 생각된다. 여기 「高門華胄」라는 말은 花郎 斯多含의 家系를 두고 한말(三國史記 列傳第四)이지만 一般 花郎들의 共通點이었다고 볼 것이다.

떠나 南方 海濱으로 放浪하다가 伽倻山에 들어가 餘生을 마쳤고[39]
郎慧和尙은 원래 그 祖上이 眞骨이었으나 父親때 六頭品으로 降等
되었는데 郎慧는 일찍부터 仕窀을 斷念하고 禪門에 들어가 뒤에 같
은 族派인 山中宰相 金陽의 勸誘로 公州에 가서 禪宗九山의 하나인
聖住寺의 開山者가 되고 말았다[40]. 이들은 新羅下代에 있어서 新
羅의 知性을 代表하는 者였다. 누구보다 나라를 사랑하고 걱정도
하였다. 郎慧는 山으로 돌아가면서 政治의 要諦로 「能官人」의 三言
을 憲康王에게 留獻하였고[41] 崔致遠은 海外에서 歸國한 뒤에 자기
의 뜻을 實行하려고 애썼으며 마지막에는 時務十餘條를 내어놓기도
하였다. 이것은 모두 新羅의 積幣에 대한 指摘이며 都市貴族社會에
대한 警鍾이었다. 그러나 王과 貴族은 儀禮的으로 嘉納의 形式을
取했을 뿐, 實質的으로 받아들이지 않았다. 앞서 서울 周圍의 護國

---

39) 崔致遠은 그의 個人的才質로 因하여 「文考 選國子 命學之, 康王 視國士禮待之」
(前揭 ≪朝鮮金石總覽≫ 上 p. 73)라고 한 바와 같이 景文王의 選拔로 國學에 入
學하였고 憲康王으로부터 國士의 待遇를 받기까지 하였다. 그러나 그는 六頭品出
身이었기 때문에 결국 政治要路에 參與될 수 없었고 다만 文翰의 職責이나 맡고
있다가 마침내 放浪隱遯의 生活로 들어갔던 것이다. 三國史記의 그의 列傳에 「自
傷不遇 無復仕進意」라고 했는데, 이 「不遇」는 主로 그의 身分 때문이었다. 그
가 11歲少年으로 遊學次 唐으로 간것이라든지 그를 보내는 父親(이름은 肩逸)이
「十年不第 非吾子也」라고 한 것은 國內에 있어서의 그들의 制限된 身分을 海外
에서의 遊學과 出世로 克服해 보려던 六頭品 階層의 苦悶의 證左인 것이다.

40) 郎慧和尙의 聖住寺 開山과 그의 社會的處地에 대하여, 前揭 金哲埈 <新羅貴族勢
力의 基盤> ≪人文科學≫ 7輯 pp. 293~294; 同 <韓國古代國家發達史> ≪韓國文
化史大系 I ≫ pp. 539~540 參照

41) 景文王의 臨終時에 朗慧는 서울로 불려와서 王에게 마지막 說法을 해주는 곧 憲
康王의 卽位를 보게 되었는데 王은 그를 서울 周邊에 住在케 하려 했으나, 朗慧
는 「今之輔, 則三卿在, 老山僧 何爲者」라고 한 뒤에 「能官人」 三字를 써서 바치고
그 다음날로 束裝 歸山하였다(前揭 ≪金石總覽≫ 上 p. 78). 王을 輔弼하는 것은
三卿 卽 貴族高位層이며, 늙은 山僧은 必要가 없다고 하면서도 能히 人材를 잘
골라서 벼슬시키면 무든 일이 해결될 것이라는 뜻을 남기고 떠나간 것은 朗慧의
胸中을 알만하다. 한마디로 말하여 骨品制度의 積幣에 대한 六頭品 階層의 뿌리
깊은 批判인 것이다.

神들의 警告가 나타났음을 보아왔거니와, 神의 하나인 東禮殿의 地神의 地伯級干이었다고 한 것으로 미루어 그리고 山神의 唱歌에 「智慧로써 나라를 보살필 者는 知而多逃」라고 한 것으로 보아서 이 神들은 新羅의 知性인 六頭品 階層의 象徵이었는지도 모른다. 그러나 이 神들은 결국 新羅에 아무 도움도 줄 수 없었다. 朗慧도 崔致遠도 모두 慶州를 떠나고 말았다. 「智慧로써 나라를 보살필 者」들이 이와같이 「知而多逃」하고 만 것이다. 같은 骨品族의 內에서 이와같이 六頭品出身들이 차차 都市貴族으로부터 離脫되어가는 형편인데, 處容이 外來 地方豪族의 아들로서, 六頭品의 待遇에서 그나마도 級干밖에 안되었던 地位에서, 新羅에 窮極的으로 歸依할 생각이 없었을 것이다.

處容에게 「輔佐王政」이란 원래 대단한 의미를 가진 것도 아니겠지만 處容은 王政輔佐에 忠誠心을 가지게 되어있지 않다. 「東京 달 밝은 밤」, 歌吹滿路 晝夜不絶하는 이 歡樂의 都市에서 「밤늦도록 노닐며 다녔다」(後述한 處容歌)고 하는 處容은 新羅社會에 대한 하나의 「아웃 사이더」였으며 비록 消極的이긴 하지만 現實에 대한 하나의 抵抗者였다고도 보인다.

處容이게는 美女가 주어졌다 있었다. 新羅의 依한 政略結婚이다. 많은 質子의 경우에 政治的 關係가 달라질 때 婚姻關係도 破綻된다. 新羅에 窮極的으로 歸依할 생각이 없었던 處容―都市貴族의 社會에 同化되기를 拒否할 수 밖에 없는 處容의 氣質이 이 新羅의 都市의 美女에게 과연 正常的인 夫婦關係로 始終될 수 있을까. 處容의 妻인 이 女人은 심히 아름다웠다고 한다. 都市貴族의 젊은 子弟들 중에는 그를 일찍부터 戀慕하는 者가 있었을 수도 있다. 그들 중에는 그 美女가 政略의 희생으로 한 개의 시골 녀석인 處容에게

시집을 갔다고 懊惱하는 者가 나올 수도 있었을 것이다. 處容의 不在를 틈타서 이 美女와 奸通했다는 「疫神」은 바로 이러한 遊閑公子—墮落된 花郎의 後裔들이 아니었을까. 그것은 시골 녀석인 處容을 무시하는 그들의 傲慢한 行爲이다. 그러나 그것은 不道德한 짓이며 淫亂한 風俗이다. 病든 都市의 生理의 一表現이다.

　밤 늦도록 遊行하다가 자기 寢所에 돌아와서 「疫神」과 美女의 同寢을 본 處容은 「唱歌作舞」를 하고 문을 나섰다고 한다. 이 노래가 有名한 處容歌이다. 이 노래는 누구나 잘 알고 있는 터이지만 處容의 氣質을 알아볼 수 있는 唯一의 資料라고 생각되기 때문에 여기 原歌를 알기 쉽게 바꾸어 옮겨 놓는다.

　　東京 밝은 달에
　　밤 늦도록 노닐다가
　　들어와 자리에 보니
　　가랑이(脚)가 넷이로다
　　둘은 내 것(내 妻의 것)이지만
　　둘은 누구(어느 男子)의 것일까.
　　본래 내 것이지만 (나의 妻였지만)
　　빼앗아 간 것을 어찌하리[42].

---

42) 處容歌의 解讀에 가장 問題가 되는 것은 이 마지막 句節이다. 民俗學的 解釋은 대체로 이것을 處容의 諦念的 態度라고 하였다. 그런데 國語學쪽에서 이것과는 아주 反對로 原歌의 이 句節의 解讀을 달리하여 諦念이 아니고 震怒의 表白이라고 하는 새로운 見解도 있다. 即 「빼앗아간 것을 어찌하리」가 아니고 「빼앗음을 어찌 敢行하는고」라고 解讀하는 同時에 「唱歌作舞而退」의 「退」는 處容이 물러간 것이 아니고 處容이 歌舞하여 疫神을 물리쳤다는 뜻이라고 한다(李基文 ≪國語史槪說≫. p. 65). 그러나 本稿의 論理로서는 이 句節이 諦念도 震怒도 아닌 것임이 自明해진다. 특히 「退」의 뜻은 原文에 「之」字가 붙어서 唱歌作舞而退之라고 되어 있지 않는 限 漢文의 文理로 보아 處容자신이 물러난 것이지 疫神을 물리쳤다라고는 읽어질 수가 없을 것 같다.

「가랑이 (脚)가 넷」이라고 부른 이 노래는 너무나 大膽 率直의 그대로 이다. 눈앞에 버러진 光景을 그대로 소리내어 노래로 부른 것이고 文學的 形象化라고는 조금도 없다. 이 노래는 물론 鄕歌의 하나로 보아야 하겠지만 鄕歌史에 있어서 이 노래는 異色的인 것이다. 종래 新羅의 鄕歌文學은 忠膽師의 讚耆婆郎歌, 月明師의 祭亡妹歌와 같은 作品以來로 이미 高度로 洗練된 文學의 境地에 到達해 있었고 處容의 時代에는 不遠間 大矩和尙에 依하여 決散期로서의 作業인 三代目의 編纂이 必要할 만큼 한 文學의 장르로서 完熟을 지나 沒落으로 기울어지던 時期이다. 그런데 處容歌라는 것이 저와 같이 生硬하고 穉拙하고 그리고 麤率한 것으로 나타난 것은 무슨 영문일까. 그것은 종래의 傳統的 鄕歌文學이 洗練된 都市의 文學이었음에 대하여 處容歌는 邊境的 野生地帶에서 온 素朴한 氣質로써 불렀던 노래이기 때문일 것이다. 病든 都市, 腐朽해가는 貴族社會의 風俗에 대하여 邊境的인 素朴한 氣質의 노래는 어쩌면 健康한 地方 農村의 體臭를 풍기고 있는 것인지도 모른다.

「疫神」은 病든 都市의 象徵이다. 「疫神」과 同寢하는 美女란 것도 원래의 意味에 있어서는 역시 處容에게 對立된 世界의 存在物이다. 處容에게 있어서 그것들은 이미 相對를 삼을 미련조차 가질 것이 못된다. 여기에 「唱歌作舞」하면서 물러났던 處容의 風致가 나올 수 있었으며43) 또한 여기에서 자기의 초라함을 느끼게 된 「疫神」의 感服과 謝過가 나오게 되었던 것이다.

「疫神」과 處容의 對決, 그것은 그 背後에 있는 「病든 都市와 健康한 地方 農村」의 對立相이며 이에 대한 處容의 勝利는 한걸음 나

---

43) 이런 점에서 볼 때, 處容의 態度를 「超然灑脫한 態度」라고 한 讚詞 (前揭 ≪朝鮮古歌研究≫ p. 381)가 一面의 近似値를 지니고 있기도 하다.

가 新羅下代의 對地方 包攝·牽制策의 失敗를 말해주기도 했던 것
이다.

4. 結 語

지금까지의 論述로써 本稿는 處容說話에 대한 우리의 見解를 일
단 綜合的으로 整理해본 셈이다.

本稿의 一次的 目的은 處容說話 그 自體에 보다 科學的인 解釋을
주어보려는 것이고 다음의 目的은 이 說話의 分析을 통하여 그 속
에 들어 있는 歷史的 事實들을 採掘해내려는 것이다.

우리는 一次的 目的을 爲하여 우선 民俗學的 方法論을 摘用한 國
文學의 最近의 成果들을 參考하면서 그러나 民俗學과는 完全히 方
向을 달리하는 政治史的 視角에서 이 說話를 풀이해왔다. 우리는
說話 그것을 그대로 가지고 合理主義的 解釋을 붙이는 것을 反對한
다. 이를테면 龍이 나왔다고 하여 龍神祭, 龍子가 나타났다고 하여
龍神司祭者 또는 龍子出現의 祭儀的 主演者의 登場으로 보려는 것
을 찬성하지 않는다. 說話를 現實의 反映이라고 보고 있는 우리로
서는 說話에 나오는 뭇 存在들이 歷史的 實在 그것이 아니고 「그것」
의 象徵일 뿐임을 믿는다. 龍과 龍子는 實地의 龍과는 직접 關係가
없다. 어떤 그것의 象徵일 따름이다. 우리는 處容說話에서 憲康王
의 開雲浦行次에 雲霧로 作變한 東海龍을 新羅東邊에 있는 反中央
的 豪族의 象徵으로 보았으며 新羅의 亡國을 미리 警告한 서울 周
圍의 諸神들을 新羅下代의 知性을 代表하는 六頭品階層의 象徵으로
보았고 處容의 妻를 奸通한 「疫神」은 墮落된 花郎들의 行爲로 「病

든 都市」의 象徵이라고도 하였다.

　우리는 다시 그 다음의 目的을 위하여 處容說話 중에서 특히 處容이「隨駕入京, 輔佐王政……王以美女妻之, 欲留其意, 又賜級干職」이라는 句節에 力點을 두고 追求였다. 이 句節은 新羅下代의 對地方包攝 牽制策의 一端을 記錄한 것으로, 三國史記나 三國遺事의 다른 곳에서 볼 수 없는 매우 貴重한 史料的 價値를 지닌 것이다. 우리는 이 句節을 통하여 高麗建國期의 王建의 豪族包攝手段이 新羅下代의 對地方 包攝・牽制策을 襲用한 것이라는 事實과 高麗 其人制度의 起源을 新羅下代로 溯及할 수 있음을 알게 되었다44). 그러나 新羅의 이 政策은 失敗로 돌아갔다.45) 處容이 그 妻의 姦淫行爲를 보고 아무런 미련도 없이 歌舞하며 물러난 것은 어쩌면 新羅의 政略에 대하여 보내지는 揶揄이다. 우리는 이것을 손잡이로 하여 新羅의 失敗原因을 中央骨品制貴族의 傳統的 閉鎖性과 그들의

---

44) 其人制度의 起源을 新羅에까지 溯及할 수 있느냐로 한 때 論難이 된 바 있었다. 文武王弟 車得公의 記事에서「外州之吏一人 上守京中諸曹」를 今之其人也라고 注를 달아둔 三國遺事 撰者의 見解를 그대로 이어받아 新羅起源說이 나왔고 (金成俊 <其人의 性格에 대한 考察> ≪歷史學報≫ 10輯 p. 193), 한편「그것은 高麗太祖時 投降服屬者에 대한 包攝措置에서 緣由된 것」이라는 麗初起源設이 主張되었다(韓㳵劤 <古代國家成長過程에 있어서의 對服屬民施策> 同上 13輯 p. 74). 그런데 其人制度의 特色이 鄕吏의 子弟(鄕吏自身이 아니고)들을 서울에 올라와 머물게 한 것에 있다고 생각해볼 때, 前記 外州吏 上守制를 嚴格한 意味에서 其人制度로 볼 수가 없다. 그러나 麗初起源說에 根據가 되는 王建의 投降服屬者에 대한 包攝措置가 實은 新羅下代의 對地方 包攝・牽制策을 襲用한 것이었다는 事實이 이 處容說話에서 밝혀짐으로써, 새로운 意味에서 其人制度의 新羅起源說이 肯定될 基礎를 얻게 된 셈이다.

45) 新羅의 이 政策이 失敗한 것과 反對로 高麗는 이 政策으로 着着 成功하여 마침내 統一國家를 이룩해 놓았다. 그 理由는 那邊에 있을까? 그것은 新羅가 骨品制的 制約때문에 地方豪族을 자기의 政治構造 속에 옳게 包攝해들일 수 없었음에 대하여 高麗는 王建自身이 地方豪族出身으로서 自己體質을 바꾸지 않고도 그대로 자기를 中心으로 全國의 豪族을 團合시켜 새로운 政治構造를 創出해나갈 수 있었기 때문이다.

都市貴族化에 따른 自己陶醉的 生活에서 찾아보았고 處容의 氣質을 抽出하기 爲하여 당시 地方農村에 있어서의 새로운 變革的 에네르기의 蓄積과 豪族의 指導的 位置의 構築 樣相을 浮彫시켜 놓았다.

우리는 이것으로 本稿의 目的이 제대로 達成되었다고는 생각하지 않는다. 긴 時代에 걸친 變遷과 廣汎한 政治·社會의 動向을 包括的으로 다루어온 本稿에 있어서, 무엇보다 史料의 不在는 앞의 事實과 뒤의 事實과의 사이의 聯關을 困難케 하였다. 그럴적마다 우리는 수없이 「假設」의 架橋를 넘어왔다. 이것이 全體的 論理構造에 적지 않은 弱點이 되었음을 自認한다.

本稿는 題目에서 明示한 바와 같이 處容說話를 오직 三國遺事의 處容郎 望海寺條에 局限시켜 理解하려 하였다. 一般的으로 處容說話의 解釋에 高麗以後의 處容歌·處容舞를 끌어다가 混合 說明하고 있지만, 그것은 方法的으로 큰 잘못이다. 新羅의 處容이 高麗에 들어가서 얼마든지 變해질 수 있기 때문이다. 高麗時代의 이미 變해진 處容을 가지고는 新羅의 處容의 本面目을 復原시켜 볼 수가 없다. 高麗以後의 處容歌·處容舞라는 것은 古代로부터 내려오는 呪術的 舞踊劇에 依하여 원래의 處容說話 속에 나오는 「疫神과 處容과의 關係」를 그 한 面만으로 發展기켜 놓은 것으로 處容은 드디어 熱病神을 몰아내는 一巫夫로 轉落되고 말았거니와, 기실 高麗以後의 儺禮 속에 나오는 處容아비나, 李齊賢을 爲始한 詩人들이 즐겨 題材를 삼아왔던 處容翁은 新羅의 地方豪族의 아들이었던 젊은 處容과는 本質的으로 아무런 關係가 없었다고 본다. 處容說話 속에 「因此, 國人, 門帖處容之形, 以僻邪進慶」이라는 一然의 挿入記事는 同說話의 詳審舞에 關한 「至今 國人, 傳此舞」라는 記事에서와 같이 이 경우의 「國人」이란 本朝人—高麗朝人이라는 뜻이며, 따라서 處

容이 「僻邪進慶」의 機能을 가지게 된 것은 高麗朝以後부터였다는 것을 一然 자신이 벌써 말하고 있는 것이다. 高麗以後의 處容이 巫夫로 되어 있다고 하여 新羅의 處容을 巫夫 내지 巫祖로 解釋하려는 것은 妥當치 못하다. 지금 恭愍王이 安東地方의 城隍神이 되어 있다고 하여, 崔瑩이 開城德積山의 巫神이 되어 있다고 하여 高麗史上의 恭愍王과 崔瑩을 巫와 神道에 結付시켜 解釋할 사람은 아무도 없을 것이다.

우리는 이제 處容說話에 대한 本稿의 結論으로, 다시금 處容을 自己時代에 還元시키고 그의 位置를 歷史 위에서 보아둔다.

處容은 新羅에서 高麗로 나아가는 歷史의 方向 속에 地方豪族의 아들로서 現實的 力關係의 調整으로 新羅 서울에 오게 되었고, 장차 地方豪族에 依한 政治的 行動이 全國的으로 活潑해지려는 前夜, 都市貴族의 墮落된 裏面을 目擊하고 歌舞하며 물러난 處容은 新羅 骨品制 政治原理를 否定한 地平 위에 서 있었던 것이다.

아랍-무슬림들의 新羅來往과 處容

정수일

1. 序 言

異民族, 異文化의 만남이란 그것이 自律的이건 他律的이건 간에 一定한 歷史的 背景 속에서 이루어진 후 不斷히 變化發展하고 相互作用하면서 人類歷史發展에 共同으로 寄與한다. 아직은 硏究의 未洽으로 그 路程이 迷宮마냥 밝혀지지 않고 있으나 韓民族과 무슬림들의 만남의 歷史는 먼옛날로 거슬러 올라갈 수 있다.

오늘날 韓民族과 무슬림들의 種族的 起源을 追跡해 보면 그 一部가 우랄-알타이에 始祖를 함께 한 것이 엿보이며, 韓民族文化의 初期 形成에 決定的 役割을 한 4大要因中 鐵器文化를 除外한 新石器文化와 靑銅器文化, 佛敎文化는 그 源流가 일찍 무슬림 祖上들이 活動하던 그곳, 그 文化와 直·間接的으로 연결되어 있었음을 發見하게 된다. 이러한 歷史的 聯關性을 말해주듯 韓半島에서는 數百點의 上古-中世時代의 西域遺物이 속속 선을 보이고 있다. 크게는 빗살무늬의 土器와 縷金工藝技法으로부터 작게는 사자놀이, 장대던지기 등 民俗놀이에 이르기까지 만남과 交流는 여러 分野에 걸쳐

골고루 펼쳐져 있다.

요컨대 韓民族과 무슬림들의 만남과 交流는 上古時代에서 그 歷史的 뿌리를 찾아볼 수 있다. 바로 이러한 뿌리가 일찍 마련되었기에 7世紀中葉 이슬람敎의 出現과 더불어 무슬림과 韓民族, 이슬람 文化와 韓文化와의 만남이 自然스럽게 이루어지게 되었고 그것이 오늘로 繼承되어 왔다.

이와 같은 歷史的 脈絡에서 筆者는 本文에서 韓民族과 무슬림들의 만남이 첫 段階에 있었던 아랍-무슬림1)들의 新羅來往과 그 代表的 實例로 代를 두고 많은 屈折과 潤色을 거듭해온 說話의 主人公 處容의 正體를 밝혀보려고 한다.

지금까지 아랍-무슬림들의 對韓關係에 관해서는 西歐 무스타쉬리끄(Mustashriq)2)들이 주로 中世에 있어서의 아랍과 中國間의 관계를 硏究할 때 附隨的으로 몇마디 指摘한 데 不過했다. 韓國의 경우 筆者의 寡聞으로는 高柄翊敎授3)와 李龍範敎授4)가 幾件의 論文에서 上記한 西歐學者들의 斷片的인 指摘을 援引하여 例證으로나 삼은 바 있다. 다만 金定慰敎授가 「中世中東文獻에 비친 韓國像」5)이란 論文에서 처음으로(그 후에는 論者가 더 없음) 中世 아랍-무슬림들의 史書나 地理書, 旅行記 속에서 散在해 있는 韓國關係資料들을 簡評을 곁들여 紹介하였다. 비록 引用한 譯文內容이 아랍語

---

1) 本文에 言及되는 "아랍-무슬림"이란 하나의 複合的인 用語로서 中世아랍帝國(一名 우마위야朝, A.D. 661~750)과 그를 계승한 이슬람帝國(一名 압바스朝, A.D. 750~1258)의 主役을 담당한 아랍人들과 비아랍人무슬림(이슬람敎 信奉者)들에 대한 統稱이다.
2) Mustashriq란 本來 東洋學硏究家란 뜻인데 아랍學界에서는 主로 아랍學이나 이슬람學을 硏究하는 西歐學者를 指稱한다.
3) 高柄翊, 「아시아史上의 韓國」, 『아시아의 歷史像』, 서울大學校出版部, 1969.
4) 李龍範, 「處容說話의 一考察」, 『震檀學報』 第32號.
5) 金定慰, 「中世中東文獻에 비친 韓國像」, 『韓國史硏究』 16號, 1977.

原典과 多少 差異點이 있고 또 考證과 補完을 要한다고 論者 自身이 밝혔지만 金敎授의 當論文은 韓國과 아랍-이슬람世界間의 交流史硏究에서 行한 값진 試圖라고 平價하지 않을 수 없다.

2. 아랍-무슬림들의 新羅來往

이때까지 學界에서는 1260年代 元朝에 波遣된 프랑스人 루브룩크가 그의 旅行記에서 "섬의 정부 카우레"6)라고 한마디 한 것이 西歐에 알려진 첫 韓國消食이고, 1653年 1月 濟州島에 漂着한 네딜란드人 헨릭 하멜 一行이 韓國에 온 첫 西歐人으로 알려지고 있다. 그러다가 最近에는 스페인宣敎師 그레꼬리오 데 세스페데스가 하멜보다 약 60年 앞서 1593年 12月 29日 韓國 南海岸 웅천항에 到着한 것이 西歐人의 最初 韓國行이라 하여 學界에 一大 波紋을 던졌으며 韓國과 西歐와의 關係史는 그만큼 上限線을 더 높이 그을 수 있다고 한다.7) 그러나 그보다 6∼7百年 앞서 新羅라는 正確한 國名을 밝힘은 勿論 新羅에 많은 아랍-무슬림들이 來往하였다는 事實과 더불어 新羅에 관한 여러 가지 貴重한 記錄이 아랍文獻에 그대로 保存되어 있음을 想起할 때 韓國과 저 멀리 아랍世界와의 그토록 유구한 交涉關係의 歷程을 한낮 迷宮으로만 치부해왔던 斯界로 말하면 一大 異變이라 하지 않을 수 없다.

韓國이나 中國의 古代史料에서는 아랍-무슬림들의 韓國 來往에

---

6) 見塚茂樹著, 李龍範 編譯, 『中國의 歷史』, 中央新書81, 中央日報, 東洋放送, 1980, p. 239에서 引用함.
7) 朝鮮日報 1986年 2月 22日과 1987年 7月 3日자 報道를 참조함.

관한 事實을 밝혀주는 資料는 아직 찾아볼 수 없다. 그러나 中世 아랍文獻中에서는 아랍-무슬림들이 新羅에 많이 來往하였을 뿐만 아니라 거기에 定着하였다는 記述을 여러 件 發見할 수 있다. 本文에서는 中世 아랍史學者, 地理學者, 旅行家들이 남긴 이 方面의 史料를 原文 그대로 轉載(譯文)하고 著者나 記述家의 經歷, 그리고 記述 唐時의 歷史的 背景을 곁들여 說明함으로써 可及的으로 論旨의 考證에 接近하려고 한다. 그런데 本文에서는 論旨와 관련해 몇 가지 아랍-무슬림들의 新羅 來往에 관한 內容만이 取扱될 뿐이며 中世 아랍文獻에는 그 밖에도 新羅에 관한 多方面的인 知見이 言及되어 있음을 아울러 附言한다.

1) 아랍-무슬림들의 新羅 來往에 관한 아랍文獻記述

아랍-무슬림들의 韓國 來往에 관한 첫 記述은 中世 아랍地理學者인 이븐 쿠르다지바(Ibn khurdazibah, 820~912)의 著書 『諸道路 및 諸三國志』의 다음과 같은 말에서 찾게 된다.

"中國의 맨끝 깐수의 맞은편에는 많은 山과 王들이 있는데 그곳이 바로 신라國이다. 이 나라에는 金이 많으며, 무슬림들이 들어가면 그곳의 훌륭함 때문에 定着하고야 만다. 이 나라 다음에는 무엇이 있는지 알지못한다."8)

이븐 쿠르다지바는 A.D. 820年에 쿠르다지바(압바스朝의 페르시아地方)에서 出生하였는데 그의 本名은 아블 까심 아비둘 라흐 븐 아브둘 라흐(Abul Qasim Abidul' llah Ibn Abdul' llah)이

---

8) Ibn Khurdazibah(Abul Qasim Abid'l llah-ah Ibn Abdu'l llah), "Kitabu'l Masalik Wa-'l Mamalik"(諸道路 및 諸王國志), Bibliotheca Geographorum Arabicorum, M.J. De Goeje, 1967, p. 70.

며 이븐 쿠르다지바는 그의 出生地 쿠르다지바의 아들이란 雅號이다. 그는 어려서 故鄉을 떠나 바그다드에 가서 當代 有名한 音樂家인 이스하끌 무스리(Ishaqul' Musel)의 門下에서 音樂工夫를 하였다. 그러다가 티그리스(Tigris)江변의 싸마라(Samarra)라는 山間都市에서 郵便官(一名 驛傳官)으로 4年間(844~48) 奉職하였다. 압바스이슬람帝國의 全盛期였던 當時에는 바그다드를 中心으로 하여 帝國境內는 勿論, 外國과도 四通五達하였으므로 郵便官은 情報蒐集이나 徵稅에서 큰 役割을 遂行하였으며 道路事情을 비롯하여 內外의 地理에도 밝았다. 이븐 쿠르다지바는 驛傳官生活을 하던 845年에 主로 各地域의 道路와 交通關係를 集大成한 地理志『Kitabul' Masalik Wál Mamalik』(帝道路와 諸王國志)를 刊行하였다. 그는 이 著書에서 아랍-이슬람世界의 交通路와 貿易路에 관해 詳述하였을 뿐만 아니라 멀리 中國이나 韓國, 日本에로의 旅程까지도 言及하였다.

　當書의 原本은 亡佚되어 오늘날 우리의 手中에 있는 것은 그 略本이다. 原本에는 新羅까지의 航海路程이 具體的으로 明示되었으나 現行略本에는 上述한 內容과 類似한 內容의 記載가 또 한 군데 있을 뿐이다. 즉, "中國의 맨끝에 있는 金이 많은 신라라고 하는 나라에 들어간 무슬림은 이 나라의 훌륭함 때문에 定着하였으며 절대로 떠나지 않았다."9)

　前文에서 이븐 쿠르다지바는 新羅를 "中國의 맨끝 간수의 맞은편"에 位置하고 있다고 하였다. 그러면 "간수"란 어느 地方인가? 지금까지 모든 學者들은 "간수"(Qansu)를 "Qantu"(江都)로 誤認하여 왔다. 韓國의 金定慰10), 李龍範11) 두 敎授는 "Qansu"를 "Qantu"의

---

9) Ibn Khurdazibah, 前揭書, p. 170.

"다른 綴字法"으로 간주하였는데 이것은 아마 桑原隲藏[12]을 비롯한 日本學者들과 Barbier de Meynald[13], M. J. DE Goeje[14] 等 西歐學者들의 見解를 따른 것으로 思料된다. 桑原은 이븐 쿠르다지바의 『諸道路 및 諸王國志』 一書에 敍述된 中國 4代 國際貿易港 中의 하나인 "칸투"(Qantu, Kantou)의 地名과 位置를 比定하면서 아랍語 文字中 "T"와 "C"(Č)는 字形이 類似하기 때문에 "깐수"와 "칸투"는 同一綴字라고 主張하고, 新羅의 位置와 관련, "깐수의 맞은편"이라고 한 "깐수"는 곧 "칸투" 즉 江都라는 語不成說을 폈다. 우선 아랍語 文字에서 當書에 나오는 "T"(ﻁ)字와 "C"(ﺹ)字는 子形이 完全히 相異하며, 둘째로는 當書에서 "칸투"와 "깐수"는 전혀 다른 狀況을 記述하는 가운데 言及된 것으로 兩者間에는 어떠한 相關性도 없으며, 셋째로는 當書 原文에 依하면 "칸투"를 江都(揚洲)에 比定할 수 없다.[15] 本文 論旨와의 無關性을 考慮해 "깐수"와 "칸투"의 比定 問題는 展開를 줄이고 추후 別文에서 論議하려고 한다.

이븐 쿠르다지바는 當書에서 當時 中國의 4代國際貿易港을 南으로부터 北으로의 順으로 "루긴"(Lukin), "칸푸"(Khanfu), "칸주"(Khanju), "깐투"(Qantu)라고 指摘하면서 이들 港口間의 相互 航行日程과 每港口에서의 出産品을 列擧하였는데 그 內容이 相當히 正確함을 엿볼 수 있다. 이러한 點은 무슬림들의 新羅 來往에 관한

---

10) 金定慰, 前揭書, p. 35.

11) 李龍範, 前揭書, p. 30.

12) 桑原隲藏, 楊鍊譯, 『唐宋貿易港研究』, 商務印書舘發行, 中華民國52年, pp. 78~79.

13) Barbier de Meynald. "Ibn Khordâdbeh"中 : "En face de kantou sélèvent de hautes montagnee, c'est le pays de Si'a(si'la) où l'or abonde", J. A. 1865, p. 264.

14) M.J. De Goeje, 前揭書, p. 69의 註.

15) "칸투"(Qantou)의 位置比定說에는 膠州說, 萊州說, 江州說, 抗州說, 永平說, 楊洲說 等 6說이 있다.

그의 記述의 信憑性을 傍證하는 것이라고 해도 無理는 아닐 것이다.

다음으로 이슬람帝國의 全盛期에 活躍한 著名한 史學者들이며 地理學者인 마스오우디(Al-masaudi, ~965)는 그의 世界歷史書『黃金草原과 寶石鑛』에서 아랍人들의 新羅 來往에 대하여 다음과 같이 쓰고 있다.

"바다를 따라서 中國 다음에는 신라國과 그에 속한 島嶼를 除外하고는 알려졌거나 記述된 王國이란 없다. 그곳에 간 이락사람이나 다른 나라 사람은 공기가 맑고 물이 좋고 土地가 肥沃하고 또 資源이 豊富하고 寶石이 일품이기 때문에 극히 少數의 사람을 제외하고는 그곳을 떠나지 않았다."16)

前文에서 마스오우디는 當時 韓半島(統一新羅)에로의 來往者들을 指名하고 있다. 이슬람帝國 中央政府 所在地이며 全體 이슬람世界의 本據地인 이락으로부터의 아랍人 來往者 外에도 外國人들이 있었다고 한다. 그가 말하는 外國人이란 구체적으로 누구를 指稱하는가는 不分明하나 그가 이슬람帝國을 中心으로 하여 東西南北 各地를 跋涉하였기 때문에 여기에서의 外國人이란 그가 直接 만났거나 傳聞한 非아랍-무슬림들일 것이다.

마스오우디는 이슬람帝國 首都 바그다드에서 出生하여 靑年時節에 地理學과 旅行에 각별한 趣味를 가지고 大部分의 靑, 壯年期를 旅行으로 보냈다. 그는 바그다드를 떠나 페르시아灣을 經由해 印度各地(特히 싸나드, 팡저프 칸칸, 멜바르 地方)를 遍遊한 다음 中國南海岸에까지 到着하여 여러 가지 風物을 目擊하였다. 歸路에는 印度洋을 橫斷해 東部아프리카의 잔지바르와 마다가스카르까지 南下

---

16) Al-masaud (Ab'l Hassan Ali Ibn'l Hossain), "Marwaju'l Zahab Wa Maadinu'l Jauhar"(黃金草原과 寶石鑛), 第1卷, Al-Raja 出版社, p. 131.

하였다가 다시 北上하여 오만을 거쳐 數年後에 바그다드로 돌아왔
다. 그러다가 그는 얼마 지나지 않아 다시 旅程에 올라 가스피海
南岸과 小亞細亞地方을 에돌아 샴(現 시리아), 팔레스티나를 거쳐
이집트에 이르렀다. 그는 이집트에서 餘生을 보냈다가 A.D. 965
年(回曆 345年)에 他界하였다.

마스오우디는 平生을 通해 수많은 地域을 歷訪하면서 蒐集한 資料
와 알 캔드(Al-kandi)17), 앗 싸르카시(Ad sarkhasi)18) 등 先賢들
의 著書를 參照하여 長長 30卷에 達하는 世界 歷史全書『Marwaju'l
Zahab wa Maadiun'a Jauhar』(黃金草原과 寶石鑛)을 著述하였
다. 이 冊은 旅行과 地理, 人間生活과 科學, 見聞과 神話 등 多樣
한 素材로 엮어졌고 이 方面에 관한 폭넓은 知識이 收錄되어 있으
며 研究方法論에서도 事實主義를 强調하여 無根據한 憶側이나 窃取
를 極力 排除함으로써 最大의 事實接近을 期하였다.19) 마스오우디
는 그 밖에도 『Al-Istizkar』(默誦), 『Ad-Tarikhy Fi Akhbari'l
Fi Umami Mina'l Arab Wa'l Ajem』(아랍 및 異民族史), 「Akhbaru'l
Zaman」(時代見聞), 『Al-Maqalatu Fi Usuli'd Diyanat』(宗敎根
源說) 등 많은 著書들을 남겨놓았다.20)

마스오우디로부터 近 400年이 지난 후에 出現한 有名한 아랍 天
地學者(Cosmographer) 다마쉬끼(Dimashqi, 1327年 卒)는 著
書『Nukhbatu'd Dahr Fi Ajaibi'l Baar Wa'l Bahr』(大陸과 大

---

17) Al-Kandi(Abu'l Yussof Yaaqub, 873年卒)는 有名한 哲學者이며 『Rasemu'l
    Mamur Mina'l Ardi』(地球構成像)이란 著書를 남긴 地理學者이다.
18) Ad-Sarkhasi(Ahmad Ibn Mohammad Ibn Ad-Taib, 899年卒)는 Al-Kandi의
    弟子로『R-issalah Mina'l Bihar Wa'l Miyah Wa'l Jibar』(海, 江, 山 諸志)를
    저술한 地理學者이다.
19) Nikola Ziyadah, 『Rahalatu'l Al-Arab』(아랍旅行家들), p. 47.
20) Rafayi, 『Muajemu'l Udabai』(作家辭典), 第13卷, pp. 90~94.

洋의 驚異에 관한 現代的 精選)에서 韓半島에 관한 여러 가지 새로운 知見을 披瀝하면서 異例的으로 무슬림들의 對韓移住에 대해 다음과 같이 言及하였다.

"알리派들은 우마이야朝에 쫓겨 이곳(신라群島 – 筆者註)으로 逃亡했다. (西方에서 온 사람들 中에는 – 筆者註) 이곳에 上陸하면 비록 어려운 生活에 빠지게 될지라도 이곳을 떠나고 싶어하는 사람은 아무도 없다."

알리(Ali)派란 이슬람敎祖 무함매드 死後 第4代 할리파(Khaliphah, 繼位者)인 알리(656~61)의 追從者들인데 政敵 무아위야가 이 派를 制壓하고 우마위야朝(661~80)를 建立하였다. 이 朝下에서 알리派는 迫害를 받아 到處로 避難했는데 그 一部가 韓半島(新羅)에까지 왔다는 것은 마다쉬끼에 依해 처음으로 提示되었다.

디미쉬끼(本名은 Abu Abdu'l llah Mohammad Ibn Abi Talibi'l Ansari)는 시리아의 디마쉬끄에서 出生하여 篤實한 信仰生活을 하면서 天地學에 뜻을 두고 先行學者들의 地理, 旅行에 관한 書籍들을 耽讀하였다. 그는 1325年傾에 前記한 地理書『大陸과 大洋의 驚異에 관한 時代的 精選』을 發表했는데 이 冊에 담겨진 資料들을 先行한 地理學者들인 마스오우디와 이븐 하우깔21), 야꾸트22)의 著書들에서 많이 參考한 것으로 보여진다. 그러나 그는 나름대로의 主見을 가지고 先行한 各種 書籍들의 內容을 取捨選擇하여 受容하였다.

---

21) 이븐 하우깔(Ibn hauqal)의 本名은 Abu'l Qasim Mohammad Ibn Hauqal(943年生)로서 그는 30餘年間 아랍-이슬람世界 各地를 두루 旅行하면서 많은 地理學著書를 남겼다.

22) 야꾸트(Yaqut)의 本名은 Abu Abdu'l llah Yaqut(1179~1229)로서 그는 東아랍諸國을 多年間 旅行한 후 1224年 著名한 地理叢書『Majemu'l Buldan』(諸國辭典)을 刊行하였다.

이집트의 文豪였던 아프매둘 누와이리(Ahmadu'l Nuwayri, 1332年 卒)는 디마쉬끼의 前揭 記事를 다음과 같이 具體化하였다.

"中國 東쪽에 6개의 다른 섬들이 있는데 신라섬이라고 한다. 그 곳 住民들은 우마위야인들을 피하여 그곳에 寄居한 알라위(알리의 家門 - 筆者註)인들이라고 한다. 신라섬에 들어간 外國人들은 비록 어려운 生活處地에 있다 하더라도 空氣 좋고 물 맑기 때문에 아무도 그곳을 떠나려하지 않았다."23)

이상과 같은 類似한 處容의 記述은 餘他 中世 아랍文獻들에서도 찾아볼 수 있다. 上述한 몇 가지 記述內容을 綜合해 보면 첫째로 일찍이 아랍帝國(우마위야朝)이나 이슬람帝國(압바스朝) 時期부터 아라비아半島나 이락, 그리고 其他 地域으로부터 무슬림들이 中國을 經由하여 新羅에 到着하였으며, 둘째로 무슬림들이 新羅에 잠시 來往하거나 旅行하였을 뿐만 아니라 長時間 定着 寄居하였으며, 셋째로 그들이 新羅에 進出하고 居住하게 된 動機와 理由는 新羅에 空氣가 말고 물이 좋고 農土가 肥沃하며 金을 비롯한 資源이 豊富한 등 여러 가지 利點이 있었다는 데 있다.

勿論 누와이리와 같이 新羅의 住民들, 혹은 그 一部는 이슬람 할리파인 알리의 孫子들이라고 한 것은 無根據한 憶側임이 分明하다. 그러나 그렇다고 하더라도 아랍-무슬림들이 新羅 땅에 발을 들여놓았다는 史實에 대한 一種의 暗示로는 받아들일 수 있지 않을까 생각해 본다.

---

23) Ahmadu'l Nuwayri, 『Nihayetu'l Arab Fi Fununu'l Adab』(文學藝術의 最終目的) 第1卷, p. 230.

2) 아랍-무슬림들의 新羅 來往의 可能性

韓國이나 中國의 文獻 혹은 遺物에서 三國時代 特히 統一新羅時期 아랍-무슬림들의 來往에 관한 資料를 아직 발견하지 못하고 있다. 이러한 狀況에서 前述한 中世 아랍文獻 內容의 信憑性과 正確性을 어느 程度 認定할 수 있는가가 問題로 된다. 一方面인 아랍文獻이라도 그 記述內容이 보다 豊富하고 具體的이라면 몰라도 大體로 斷片的이어서 그 信憑性이 多少의 疑惑을 던져주는 것은 否定할 수 없다. 바로 이 때문에 지금까지 斯界에서는 中世 아랍文獻 속에 나타난 新羅에 관한 敍述은 어떻게 우연하게 傳해져서 潤色 誇張된 "童話的인 敍述"이나 "傳承"에 不過하며 아랍-무슬림들의 新羅 進出은 無爲인 것으로 擧論되어 왔다.

高柄翊敎授는 論文 「아시아史上의 韓國」에서 이븐 쿠르다지바, 술래이만(Sulayman), 마스오우디, 카즈위니(Kazwini), 이븐 루쉬타(Ibn Rushtah) 등 中世 아랍學者나 旅行家들의 新羅에 관한 幾件의 敍述을 實例로 들면서 다음과 같이 結論을 내렸다.

"新羅에 관한 동화적인 서술은 時代가 내려와서도 되풀이될 뿐 아니라 더욱 美化되는 경우도 있다.……아랍商人들이 中國까지는 수없이 많이 건너왔고…… 그런데 中國 東쪽으로는 進出하지 않았던 것 같다. 신라에 관해서 여러 사람이 言及했지마는 모두 本質的으로는 地理的 知識이라기보다 동화적인 傳承의 域을 벗어나지 못하고 있다. 다만 山紫水明하고 풍광이 아름답다는 事實은 어떻게 전해져서 아마 그것이 潤色 誇張된 것 같다."24)

---

24) 高柄翊, 「아시아史上의 韓國」, 『아시아歷史像』, 서울대학교出版部, 1969, pp. 99~100.

그러면서 高教授는 아랍-무슬림들과 韓國과의 첫 接觸을 高麗初 (11世紀初) 大食商人들이 몇 차례 商易次 開京에 來舶한 것으로 보았다. 그러나 筆者는 問題의 視角부터 高敎授와 달리하고자 한다. 漢文化圈 以外에서 韓國을 처음으로 알고 나름대로의 見解를 披瀝한 사람들은 다름아닌 아랍-무슬림들이라는 事實에 應分의 歷史的 意義를 부여하고 싶다. 한편 韓國史의 見地에서 볼 때에도 新羅가 1000餘年 前에 아랍-무슬림들에 依해 山紫水明하고 豊饒한 나라로 萬邦에 紹介되었다는 事實 自體를 民族史的 긍지나 자부로 看做하지 않을 수 없을진대 敍述에서 나타나는 若干의 誇張이나 美化를 全面에 내세워 "童話的인 傳承"으로 速斷할 것이 아니라 公正한 歷史主意的 立場에서 記述內容과 그 時代的 背景들을 냉철하게 分析 檢討하여 事實 그대로의 歷史償으로 復元하여야 할 것이다. 더욱이 비록 斷片的이기는 하나 時代를 두고 여러 著名한 學者들에 依해 그것이 거듭 記述되고 傳해졌다고 할 때 이러한 學究的 態度는 더 切實히 要望될 것이다.

아랍-무슬림들의 新羅 來往, 내지는 定着에 관한 事實은 비록 具體的 論證은 缺如되지만 中世 아랍文獻 研究家들에 依해 이미 肯定된 바 있다. 日本의 桑原隲藏은 唐, 宋代 中國貿易港에 관한 이븐 쿠르다지바의 記述을 考證하면서 "唐, 宋時代 大食商人들의 朝鮮 (統一新羅 – 筆者註) 行商은 東西記錄에 이미 明示된 바와 같이 추호의 疑心도 없다."라고 못박았다.[25]

中國 이슬람學者 바드룻딘(Badru'd Din)은 著書 『Al-Alaq—AI-Alaqat at Baina'l Arab Wa'd Sin』(아랍과 中國의 關係)에서 무슬림들의 東方行 狀況을 詳述하고 前述한 무슬림들의 新羅 來

---

25) 桑原隲藏, 前揭書, p. 123.

往에 관한 이븐 쿠르다지바의 記述을 援引한 후 다음과 같이 指摘하였다.

"疑心할 바 없이 貿易과 利得을 爲해 이 나라(新羅-筆者註)에 들어간 무슬림들은 땅이 肥沃하고 空氣가 좋아 그곳에 定着하고 家庭을 이루었으며 可能한 모든 利點을 取得하였다. 때문에 '旅行志'(Alaqatu'l Asfar)의 著者는 新羅國은 大端히 富裕한(特히 金이 많은) 나라이므로 무슬림들이 들어가기만 하면 아름다움에 眩惑되어 定着하고야 말며 종시 떠나려하지 않았다고 말하였다. 西曆 9世紀에 산 이븐 쿠르다지바가 이 나라에 무슬림들이 살고 있다고 記述한 것은 그 以前 時期에 무슬림들이 이미 이 나라에 到着하였었다는 證據인 것이다. 만일 우리가 8世紀初에 무슬림들이 이미 그곳에 到着하였다고 말하여도 敍述과 評價에서 결코 誇張이라고는 간주되지 않는다."26)

前述한 先行者들의 論述은 再三 吟味해보면서 筆者는 다음과 같은 세 가지 側面에서 아랍-무슬림들의 新羅 來往의 可能性을 提起해보려고 한다.

우선 아랍-무슬림들의 新羅 來往에 관한 記述을 펴낸 著者들은 모두가 該搏한 學識을 지닌 中世 아랍史學家나 地理學者들이므로 그들의 所見을 學的으로 믿고자 한다. 勿論 그들의 歷史觀 地理觀이 中世紀的인 限界性을 벗어나지 못하여 未洽과 誤謬를 避할 수는 없다. 그러나 위에서 中世 아랍-이슬람 歷史學의 泰斗로 불리는 마스오우디의 事實主義的 歷史意識이 높이 評價된 바와 같이 이들의 著述 內容을 全般的으로 살펴보면 간혹 先行者들의 記述을 無批判

---

26) 바드룻딘(Badru'd Din, 漢字名 未詳), 『Al-Al-aqat Baina'l Arab Wa'd sin』(아랍과 中國關係), 이집트 Nahdah社, 1950, 아랍語, pp. 178~79.

的으로 踏襲하는 弊端을 犯하기는 했으나 無根據한 自作이나 附會 같은 것은 찾아볼 수 없다. 이것은 아마 唯一神 알라에 依한 萬物의 創造와 支配를 絶對的인 世界觀, 宇宙觀으로 受容하고 一切 偶像과 迷信을 排擊하는 이슬람 固有의 歷史認識이나 歷史敍述方法에 起因된다고 볼 수 있다.

다음으로 아랍-무슬림들의 直接的인 來韓의 可能性도 推論할 수 있다. 來韓한 이들을 通해 생생한 新羅 現地見聞이 著述家들의 資料로 活用되었을 것이다. 新羅에 올 수 있었던 사람들은 註로 中國을 발판으로 하여 東西交易에 從事하던 商人들이었을 것이다.

『高麗史』에는 麗初에 大食國(아랍) 商人들의 來麗狀況에 관한 다음과 같은 記事가 실려있다.

1024年 顯宗15年 9月條 : "是月大食國 悅漢羅慈等一百人來 獻方物"
1025年 顯宗16年 9月條 : "九月辛己 大食蠻夏詵羅慈等 百人來獻方物"27)
1037年 靖宗6年 11月條 : "十一月丙寅 大食國客商 保那盍等來獻水銀龍
齒占城香沒藥蘇木等物 命有司館得優厚及還厚賜金帛"28)

이 記事는 高麗初期에 大食國 商人들이 商易을 爲해 여러 가지 交易品을 가지고 高麗에와 "獻方物"하고 "得優厚"한 內容인데 한꺼번에 100餘名씩이나 무리지어 왔다는 事實이 注目된다. 100餘名이나 集團的으로 많은 交易品과 方物을 가지고 왔다는 것은 이들 商人들이 事前에 高麗 貿易에 관한 相當한 情報를 알고 있을 뿐만 아니라 그것이 初行이 아니고 그 以前에 벌서 個別的이건 集團的이건 여러 가지 形態의 來往이 先行되었음을 示唆해준다. 설혹 活潑

---

27) 『高麗史』 卷5, 世家卷第5.
28) 『高麗史』 卷6, 世家卷第6.

했던 麗 - 宋貿易의 물결을 타고 넘나들었다 해도 利害打算에 밝은 大食商人들로서는 先例 없는 冒險은 결코 하지 않았을 것이다. 그렇다면 時期가 高麗初期임을 勘案할 때 그 以前時代인 統一新羅時代에 이미 벌써 類似한 商易來往이 持續되어 왔다고 推理해도 無理가 아닐 것이다.

더욱이 新羅는 黃金의 나라로 알려지고 新羅와 唐, 宋間의 貿易이 활발히 展開되고, 또한 人蔘, 磁器, 비단을 비롯한 新羅文物이 아랍이나 페르시아에 輸出29)되고 있던 時期에 不遠萬里 中國에까지 大擧 浸透하여 貿易에 沒頭하던 아랍-무슬림商人들에게 있어서 新羅는 直接的인 貿易의 對象이 되지 않을 수 없었던 것이다. 따라서 商易을 爲해 아랍-무슬림들이 新羅에 오갔을 것이다.

끝으로 中世에 있어서 아랍-무슬림들이 印度洋과 西太平洋의 制海權을 掌握하고 獨舞臺로 縱橫無盡 活躍한 事實은 그들의 新羅 來往에 客觀的 可能性을 提供해준다. 周知하는 바와 같이 8世紀부터 14世紀 西歐人들이 出現하기까지의 數百年 동안 아랍-무슬림들은 印度洋은 勿論 南中國海를 包含한 西太平洋 一帶에까지 海上貿易 活動의 幅을 넓히고 있었다. 西쪽으로는 지브랄타 海峽에서 南쪽은 마다가스카르나 印度洋 南端, 그리고 東쪽으로는 인도네시아, 말레이시아, 필리핀, 인도지나, 中國까지 이르는 廣闊할 海上과 接海帝國에는 그들의 발자취가 남아 있지 않는 곳이 없다. 商慾에 넘쳐 1年이나 2年을 마다하지 않고 中國大陸의 東端에까지 航船을 몰고 온 아랍-무슬림들이 4~5日30)이면 손길이 닿을 "黃金의 牧揚"이며

---

29) 楊家駱 主編 『中西交通史料編』 三, 「古代中國興阿拉伯之交通」, 世界書局印行, 中華民國 72年, p. 146.

30) 『宋史』 「高麗傳」이나 『續資治通鑑長篇』 「高麗國經」에 依하면 新羅의 國際貿易港이던 蔚山灣으로부터 閑麗水道를 돌아 黑山島附近에서 中國의 中南部에 位置한

“寶石鑛”인 新羅를 疎外할 수는 없었을 것이며 따라서 그들은 新羅 땅에 발을 들여놓았을 것이다.

이상과 같이 아랍-무슬림들의 新羅 來往에 관하여 그 可能性을 세 가지 側面에서 가늠해 봤다. 이러한 可能性은 今後 史料의 不斷한 發掘과 考證으로 더욱 確實視될 것이다.

3. 處容의 正體

說話는 一定한 歷史的 背景 속에서 生成하여 該當 社會의 生活과 現實을 間接的으로, 屈折的으로 反映하고 있다. 이것은 說話自體가 그 文面을 包含하여 內容의 하나하나가 現實의 徹底한 對應的 反映物이나 象徵物은 아님을 意味한다. 說話 속에는 現實을 그대로 反映한 部分도 있으나 경우에 따라서는 甚한 屈折에 依해 現實을 架空的으로, 虛構的으로 심지어 逆的으로 反映하기도 한다. 說話의 이와 같은 兩面性에 焦點을 올바르게 맞추어놓고 接近方法을 設定할 때만이 비로소 說話研究에서의 편향 없는 成果를 期待할 수 있는 것이다.

處容說話와 그에 곁들인 處容歌와 處容舞에 관한 研究는 韓國 國文學研究에 있어서 單一對象으로는 다른 어느 部面보다도 가장 많이 展開되었음은 周知의 事實이다.[31] 處容說話 內容自體가 複雜多

唐, 宋代 最大國際貿易港인 明州, 楊州까지 航海하는 데는 4~5日밖에 걸리지 않았다.

31) 1984년 檀國大學校出版部가 刊行한 『鄕歌, 古典小說關係論著目錄』(1890~1982年)에 따르면 1923년 5월 權應奎가 『朝鮮語文經緯』에 「處容歌介讀」을 發表한 以來 1982年까지 處容說話(處容歌, 處容舞 포함)에 관한 論文이 都合 83篇이나 發表되

岐한 複合說話이고 異色的인 要素가 多分하기 때문에 多面的인 接
近(Multi-dimentional approach)試圖는 不可避하다. 研究方法論
만 보더라도 가장 많은 民俗學的 研究方法을 비롯하여 어문학적 研
究方法, 宗敎(佛敎)學的 研究方法, 歷史學的 研究方法 等이 研究者
의 所見에 따라 利用됨으로써 오늘에 이르러 說話의 主人公인 處容
의 正體와 說話內容은 대부분 立體的으로 照明되고 있다.

그러나 이와 같은 60餘年間의 考察과 照明에도 不拘하고 아직까
지도 "各人各說의 亂舞場化"한 것이 바로 處容의 研究이며 따라서
處容은 花郎이었다가 豪族의 子弟가 되기도 하고, 巫堂이었다가 護
國護法의 龍이 되는가 하면 이슬람商人으로까지 飛躍되어 同一人物
을 놓고 "千의 얼굴"을 가진 것으로 論議되어 오고 있다.[32]

1) 處容의 語義

우선 處容의 正體 解明과 一定한 연관성이 있다고 볼 수 있는 處
容의 語義에 대하여 考察한다는 것이 必要할 것이다. 處容의 語義
에 대해서도 10餘說이나 있어 아직까지도 定說은 없다. 이러한 諸
說을 內容面에서 大別해보면 다음과 같다.

첫째 龍說, 龍의 古語와 관련해 여러 가지 語源的 解釋을 하는
說이다.

1)「處」의 訓은「곧」이고「容」의 訓은「즛」이므로「處容」은「곧
즛」이다. 그런데「곧」은「龍, 花」의 고어「구, 구스, 굳」(Ku,
kus, kut)과 同一하고「즛」은「容」즉「顔」이므로「處容」의 語義

었다.

32) 金學成,「處容說話의 形成과 變異過程」,『韓國古典詩歌의 研究』, 圓光大學校出版
　　局, 1980, p. 351.

는 「龍顔」의 訓讀이며 處容郞은 「龍顔」의 假面을 쓰고 熱病神(疫神)을 驅逐하는 사나이다.33)

2) 『鷄林類事』의 「龍曰稱」(民國販 說郛에는 「龍曰珍」)을 根據 있는 表記로 보고 "古代國語의 同一語가 一字 또는 二字의 漢字로 寫音한 例가 많으므로 古代國語에서 龍을 뜻하는 單語로서 '치용' 또는 이와 類似한 一音節의 單語가 있었던 것으로 假定"할 수 있으므로 龍→稱→處容으로 表記되었다.34) 이 變化過程은 「처용」의 半切은 "총"이며, 도 이 "총"은 「칭」과 代替될 수 있으므로 「處容」은 「칭」 즉 「龍」이다.35)

3) 「處」는 「龍」인데 「容」은 "龍을 길이길이 잊지 않고 記念하겠다는 衷情이 상당히 作用하여 붙어진 것"으로서 處容은 新羅의 花郞 男覡이다.36)

둘째 巫說. 巫의 古語나 音訓과 관련해서 여러 가지 語源的 解釋을 가하는 說이다.

1) 處容의 語源은 巫의 뜻을 지녔던 「次次雄」(或云 慈充)에서 비롯한 것이며 오늘날 액막이로 使用되는 제웅系와 같은 語源을 갖는다. 따라서 處容은 語源上으로는 샤먼이며 스승, 박수, 당골과 같이 샤먼의 호칭이며 귀신을 쫓는데 부르는 고래, 소위 處容歌는 巫歌에 屬한다.37)

2) 「處容」은 新羅以前時代부터 내려오던 巫俗信仰의 司祭者(오

---

33) 金思燁, 『鄕歌의 文學的 硏究』, 啓明大學校出版部, 1979, p. 267.

34) 姜信抗, 「"處容"의 語義」; 金烈圭 編 『國文學論文選』(1); 『處容說話의 綜合的考察』, 民衆書館, pp. 284~286.

35) 金容九, 「處容硏究」, 『卒業論文集』 第一集, 忠南大學校 文理科文學, 1956, pp. 94~105.

36) 金鍾雨, 『鄕歌文學硏究』, 二友出版社, 1978. pp. 192~93.

37) 徐廷範, 『巫女의 사랑이야기』, 汎潮社, 1979, pp. 411~18.

늘의 處容)를 意味하는 固有國語를 漢字의 訓을 빌어 表記한 巫俗語彙이다. 즉 알타이民族들간에 있는 巫俗信仰의 司祭者를 意味하는 固有國語가 漢字의 訓을 빌어 나타난것이 「處容」이다. 「處」는 「곧, 굳」으로 巫를 뜻하고 「容」은 「kuts」(巫)의 末音 ㅈ, ㅅ의 廳取印象의 表記이다. 「굿」이란 말은 퉁구스, 만주, 몽고語에 共通으로 있는 말로서 韓國語로는 Kuthi, 통구스語로는 Kutnči, 몽고語로는 Gutug, 만주語로는 Xutu로 表記된다.[38]

셋째 人名設. 處容을 普通人의 固有名詞로 看做하는 說이다.

1) 新羅 憲康王 때 東海龍의 아들이라 하고 나왔다는 사람 이름이다.[39]

2) 보통사람 이름, 또는 춤 이름이다.[40]

넷째, 音借說. 漢字의 類似音을 表記한 것이라는 說이다.

1) 「異次頓」을 「異次, 伊處, 處道」 등으로 表記한 점으로 미루어 봐 處容은 「중, 츙」의 漢字音일 수 있다.[41]

2) 處容은 「치용, 제용」의 借字이다.[42]

다섯째 不可知說. 各種 附會的인 解釋을 批判하면서 未詳論과 신중論을 提起하고 있다.

1) 處容의 語義는 "姑未詳"이며 "그 語義를 풀지 못함은 遺憾이다." 處容의 語義를 漢字어 "芻靈"[43]이나 "草俑"에 擬하여 說明하는 것은 "모두 漢字者流의 附會謬說에 不過하다."[44]

---

38) 姜憲圭, 「"處容"의 語意考」, 『韓國言語文學』 20, 1981, pp. 121~30.

39) 정희준, 『조선고어사전』, 동방문화사, 1949, 처용조.

40) 南廣祐, 『古語辭典』, 처용條.

41) 金東旭, 「處容研究」, 『韓國歌謠의 研究』.

42) 梁柱東, 「處容歌」, 『古歌研究』(訂補版), 一潮閣, 1965, p. 384.

43) 『東國歲時記』에 "男女年直羅睺直星者, 造芻靈, 方言, 謂之處容.…處容之稱, 出於新羅.…以芻靈謂處容, 蓋假此世."라고 함.

44) 梁柱東, 前揭書, p. 384.

2) 處容의 漢字의 音과 釋의 어느 것을 빌어 表記한 것인가가 不分明하고 處容과 같은 固有名詞의 語彙論은 매우 어렵고 모험적이므로 경계해야 한다.45)

여섯째 外來人說. 좀 異色的인 說이기는 하나 「處」字(살처, 곳처, 정할처…)와 「容」字(용납할용, 용서할용, 안존할용, 얼굴용, 모양용…의 字意에 따라 “入住가 許容된 사람”이라는 뜻의 소박한 漢字表示일 것이다.46)

이상의 諸說을 綜合해보면 「處容」-語가 借字임은 認定되나 訓借인가 아니면 音借인가가 問題로 되며 바로 이 兩大問題에서 各設의 相差를 보이고 있는바 筆者의 淺識으로서는 아직 主見을 披瀝할 수 없고 다만 本文의 主題와 관련해 處容이 自然人이며 外人이라는 正體解明에 傍證으로 되는 諸說에는 相當히 受肯이 간다.

2) 處容의 外人像

處容과 處容說話 및 處容歌, 處容舞에 관한 記述은 『三國史記』, 『三國遺事』, 『樂學軌範』을 비롯하여 麗, 朝 兩代의 여러 文獻에서 찾아볼 수 있다. 이들 文獻에 所載된 內容이나 敍述方法에서는 다소 相差를 보이고 있는바 이것은 총체적으로 보아 處容說話의 變異過程의 反映으로써 問題解明에 混同을 惹起시킨다기보다는 오히려 比較 對照를 通한 多角的인 研究의 深化를 招來한다고 보아야 옳을 것이다.

우선 處容의 正體를 해명하기 爲해서는 綜合的인 源泉的 史料라

---

45) 李基文의 主張, 姜信抗의 前揭文, pp. 287~88 참조.
46) 李龍範, 「韓國史에 나타난 中東人은 어떠한가」, 『新東亞』 12호, 1980, p. 192.

고 할 수 있는 『三國遺事』에서 記載된 處容說話의 內容을 內面 그대로 옮겨보기로 한다.

第四十九, 憲康大王之代, 自京師至於海內, 比屋連墙, 無一草屋. 笙歌不絶道路. 風雨調於四是. 於是大王遊開雲浦(在鶴城西南　今蔚州). 王將還駕. 晝歇於汀邊. 忽雲霧冥曀. 迷失道路. 怪問左右. 日官奏云. 此東海龍王所變也. 宜行勝事以解之. 於是勅有司. 爲龍刱不寺近境. 於令己出. 雲開霧散. 因名開雲浦. 東海龍喜. 乃率七子現於駕前. 讚德獻舞奏樂. 其一子隨駕入京. 輔佐王政. 名曰處容. 王以美女妻之. 欲留其意. 又賜級干職. 其妻甚美. 疫神欽慕之. 變爲人. 夜至其家. 竊與之宿. 處容自外至其家. 見寢有二人. 乃唱歌作舞而退. 歌曰. 東京明期月良夜人. 伊遊行如可入良沙寢矣見昆脚烏伊四是良羅. 二肹隱吾下於叱古　二肹隱誰支下焉古本矣吾下是如馬於隱奪叱良乙何如爲理古. 時神現形, 跪於前曰 吾羨公之妻. 今犯之矣. 公不見怒. 感而美之. 誓今已後. 見畫公之形容. 不入其門矣. 因此. 國人門帖處容之形. 以僻邪進慶. 王旣還. 乃卜露鷲山東麓勝地. 置寺. 曰望海寺. 亦名新方寺. 乃爲龍而置也.[47]

前文의 內容을 간추려보면,

1) 新羅 第49代 憲康王時에 서울(慶州)로부터 海內(地方)에 이르기까지 집과 담이 連이어 있고 草家가 없으며 風樂과 노래가 끊이지 않았으며 날씨는 순조로웠다.

2) 왕이 開雲浦(現 蔚山)에 出遊하다가 구름과 안개로 길을 잃었다.

3) 日官이 말하기를 이것은 東海龍의 造化이므로 좋은 일을 行해 풀어야 한다.

---

47) 一然 『三國遺事』 卷2, 紀異第2, 處容郎, 望海寺.

4) 王이 龍을 爲해 近處에 절을 세우도록 命하니 구름과 안개가 걷혀 이곳을 開雲浦라 이름지었다.

5) 東海龍이 기뻐하여 이들 일곱명(7子)을 데리고 王 앞에 나타나 德을 讚揚하고 춤과 音樂을 演奏했다.

6) 그 中 一子인 處容이 王을 따라서 서울에 와서 政事를 輔佐(輔佐王政)케하니 그의 이름이 處容이라 했다.

7) 王은 그를 서울에 머물게 하고자(欲留其意) 妻女로 아내를 삼게 하고 級干職을 주었다.

8) 妻의 美貌를 疫神이 흠모하던 나머지 사람으로 變해 몰래 同寢했다.

9) 處容이 同寢 現場을 보고 노래(處容歌)를 부르면 춤을 추고 물러났다.

10) 그 노래 歌詞는[48]

東京 밝은 달에, 밤들어 노닐다가.(시ㅂ올 볼기 드래 밤드리노니다가)

들어와 자리를 보니 다리가랑이 넷일러라.(드러사 자리보곤 가르리 네히어라)

둘은 내해이고, 둘은 뉘해인고.(둘흔 내해있고 둘흔 뉘해인고)

본디 내해지만, 빼앗겼으니 어찌 할소.(본더 내해다마른 아사늘 엇디ㅎ릿고)[49]

11) 疫神이 處容의 寬容에 感動되어 現形하여 무릎을 꿇고 謝罪하였다.

12) 疫神이 앞으로는 處容의 形像만 보아도 그 門 안에 들어가

---

48) 處容歌는 879年(憲康王 5年) 處容郎이 지은 8句體의 鄕歌이다.
49) 歌詞의 古代 한글가사는 梁柱東의 『古歌研究』 一潮閣, 1965, p. 378에 준함.

지 않겠다고 맹세했다.

13) 이 일로 因해 國人은 處容의 形像을 門에 붙여 邪鬼를 물리치고 慶事를 맞아들였다.(僻邪進慶)

14) 王이 서울에 돌아와 靈鷲山(現 蔚山의 한 山)에 龍을 爲해 約束대로 절을 세우고 그 이름을 望海寺 또는 新房寺라 했다.

以上 說話의 全體 門脈을 綜合해 보고 보면 크게 세 가지 主題(Motif)로 大別할 수 있다. 그 첫째는 "興味素"가 多分한 處容一妻一疫神(姦夫)間의 愛情的 갈등을 內容으로 한 民譚的 性格의 主題이고8)~11) 둘째는 龍과 處容의 神異한 힘과 巫俗的 效驗을 誇示하는 神話的 性格의 主題이며3), 12), 13) 셋째는 寺刹의 靈驗을 擴散하는 "佛寺緣起"의 傳說的 成格의 主題이다.4), 14) 이와 같이 處容說話는 民譚, 神話, 傳說의 세 가지 各異한 主題에 依해 融合된 複合說話로 일단 規定지을 수 있다. 이러한 複合性은 新羅社會가 巫佛習合社會였다는 데 起因된다. 바로 이와 같은 複合的 性格으로 하여 處容說話는 노래와 춤, 呪術과 假面 등 多岐的인 機能을 가지고 長期間 傳承되어 왔으며, 또한 바로 이로 因해 多角的인 論議의 所地를 包含하게 되었다.

勿論 說話이니만큼 處容의 出現이 神秘的이고 鄕歌로서의 處容歌가 읊어지는 經緯 또한 獵奇的이 될 수 있을 것이다. 그러나 往往 說話에서의 傳說的인 神秘나 巫俗的인 效驗을 現實의 屈折的인 反映이며 寓意的인 記述이기도 한 것이다. 이것은 說話의 內包的(外廷的이 아닌)이며 象徵的(事實的이 아닌)인 屬性을 無視해도 된다는 이야기는 아니다.

筆者는 說話 固有의 內面的 特性을 窺視하고, 歷史學的 接近方法에 立脚하여 "千의 얼굴"의 所有者인 處容의 實體를 照明해본 結果

그는 超人間的인 "神"(龍子)이나 "內人"이 아니라 自然人이며 外人(外來人)이라는 나름대로의 所信을 갖게 되었다.

우선 『三國史記』를 비롯한 諸典據에서 나오는 記事들을 點檢해보면 說話의 素材는 虛構的인 架空이 아니라 實在의 事件과, 그에 대한 說話的 潤色 임을 肯定할 수 있다.

『三國史記』에는 處容의 出現에 관하여 (五年春)三月. (憲康王)巡幸國東州郡. 有不知所從來四人. 詣駕前歌舞. 形容可駭. 衣巾詭異. 時人謂之山海精靈. (古記謂王卽位元年事)50)이라고 記述하고 있다.

즉 新羅 第49代 憲康王 5年(879年) 3月에 王이 國東地方의 州, 郡으로 巡行하였는데 알지 못하는 從者 4名이 御前에 나타나서 노래하고 춤을 추는데 그 모양이 跪異하고(形容可駭) 또 依冠도 다르므로(衣巾詭異) 이 때 사람들은 말하기를 "山海精靈"이라 하였다.

이렇게 『三國遺事』보다 약 140年이나 앞선 撰修된 『三國史記』에는 說話가 아니라 하나의 歷史的 事實로서 容貌와 着衣가 有別난 4名의 自然人이 느닷없이 憲康王의 駕前에 나타나 歌舞하였는데 사람들은 그들을 일컬어 "山海精靈"이라고 하였다는 것이다. 이 記事의 小註에 "古記謂王卽位元年"라는 말이 있는데 이것은 이들 4名의 出現年代에 대한 異說이 『古記』(어떤 書籍인지 末詳)에 이미 있었다고 하는 것이다. 이 점으로 보아 本記事는 단순히 傳聞만을 근거로 收錄한 것이 아니라 著者가 이미 典據에 所載된 確實性 있는 記事를 引用한 것으로 記事의 信憑性은 認定되어야 할 것이다.

이 記事와 前述한 『三國遺事』의 處容說話를 그 素材的 內容面에서 比較해보면 다음과 가은 共通點과 相異點을 發見하게 된다. 共通點은

---

50) 金富軾, 『三國史記』 卷11, 新羅紀, 憲康王5年春3月條.

1) 憲康王의 巡遊地點이 國東(開雲浦를 包含)이며,

2) 駕前에 나타난 人物(自然人과 龍子)들이 歌舞한 것이며,

3) "山海精靈"이나 "東海龍의 子"나 모두가 新羅人들이 이때까지 目擊하지 못한 神秘로운 象徵的 靈物이라는 것이며,

4) 『三國史記』에서의 處容의 容貌와 衣巾, 그리고 『三國遺事』에서의 處容說話의 內容이 모두가 異色的이고 外來的이라는 것이다.

그 相異點은,

1) 『三國史記』에는 處容이라는 이름이, 『三國遺事』에는 處容의 出現年代가 不記돼 있으며,

2) 『三國史記』에는 疫神이나 處容歌, "輔佐王政"之事가 없으며,

3) 出現者數가 『三國史記』에는 4名이나 『三國遺事』에는 7名으로 不同하다.

以上과 같이 두 文獻에 收錄된 處容 記事와 說話의 內容을 比較하는 過程에 處容의 外邦人으로서의 面貌가 輪廓으로나마 들어났다고 본다. 다만 두 文獻의 內容上 差異點은 記述者의 採錄目的과 態度의 相異에 따른 것이라고 認知된다.

處容의 自然人이며 外人이라는 推定을 보다 肯定케 하는 一連의 資料들을 우리는 高麗와 朝鮮朝時代의 文獻들에서 찾아볼 수 있다. 『益齊亂藁』에는

新羅昔日處容翁 見說來從碧海中 貝齒頰唇歌夜月 鳶肩紫袖舞春風[51]이라는 記事가 있다.

이 記事에서 新羅 때 處容이 푸른 바다(碧海)에서 왔다고 하는 것은 『三國遺事』에서 處容이 東海龍子로 開雲浦에서 出現하였다는 內容과 다같이 處容의 來源志가 바다라는 點에서 一致하며, 이 記

---

51) 李齊賢, 『益齊亂藁』 4, 小樂府, 張12, 益齊集.

事에서의 出現者(處容)의 "貝齒頳脣"의 容貌(顏面)와 "鳶肩紫袖"의 衣裳은 『三國史記』에서 描寫된 "形容可駭表示衣巾詭異"와 다를 바 없이 그 所有者는 新羅人이 아닌 어떤 異邦人임을 示唆해 준다.

高麗 第28代 忠惠王時 司諫大夫였다가 一時 蔚州에서 謫居生活을 보내며 開雲浦(蔚山) 現地에서의 傳聞을 收錄한 鄭誧의 『東國輿地勝覽』에는

……人言昔日處容翁 生長碧海中 草帶羅裙綠 花留醉面紅 佯狂玩世意無窮恒無度春風52)

이라고 씌어있다.

鄭誧의 이 記事는 現地見聞이라는 데서 그 信憑性이 높은 것으로 認定된다. 여기에서 處容의 出現場所가 開雲浦(蔚山)라는 것은 『三國遺事』와 一致하며, 碧海中에서 나왔다는 點도 『三國史記』, 『三國遺事』, 『益齊亂藁』와 異意가 없다. 또한 "草帶羅裙綠…恒無度春風"도 前揭 諸文獻中에서의 歌舞姿態와 大同小異하다.

韓國의 地理書로는 가장 오래된 『慶尙道地理志』에는 處容의 出現地인 開雲浦의 地理的 位置와 處容의 怪異狀에 관해 다음과 같이 傳하였다.

(蔚山)郡之南三十七里 有浦曰開雲 中有一巖 曰處容巖 新羅時有人出其上 狀貌奇怪 時人之處容翁53)

李朝 『世宗實錄』 「地理志」에도 거의 같은 內容으로 "處容巖在(蔚山)郡南三十七里開雲浦中 世傳新羅時有人出其上 狀貌奇怪 好歌舞 時人謂之處容翁 今鄕樂有處容戲54)라고 記述되어 있다. 이 記事에서 新羅時 處容의 出現地가 開雲浦라는 것과 그 容貌가 奇怪한다는

---

52) 鄭誧, 『東國輿地勝覽』 卷22, 蔚山郡山川.
53) 『慶尙道地理志』 蔚山郡, 『大東輿地圖』에도 處容巖은 處容의 出現地라고 함.
54) 『世宗莊憲大王實錄』 卷150, 「地理志」, 慶尙道蔚山郡條.

것도 上述한 諸文獻內容과 一致된다.

以上의 諸文獻들보다는 後出한 鮮初(弘治 6年, 1493年)의 『樂學軌範』의 處容歌와 處容冠服에서는 處容을 "深目高鼻"한 異邦人像으로 描寫하고 있다. 周知하는 바와 같이 『樂學軌範』은 祭享, 朝會, 宴享 때의 奏樂에 必要한 樂理에서부터 冠服에 이르기까지, 그리고 雅樂, 唐樂, 鄕樂 등에 관해 실로 "無不備載"하게 音樂 全般을 集大成한 大樂典으로서 그 內容이 緻密하고 正確하게 記述되어 있다. 이 樂典에 採錄된 處容歌는 新羅 處容歌의 原型을 傳承하면서 거기에 여러 가지 音樂的 要素와 歌詞를 添加하여 構成한 高麗 處容歌인 것이다. 이 歌詞에서 處容舞用 冠服圖에 그려진 舞士 處容의 容貌를 그대로 描述한 內容을 찾아볼 수 있다. 歌詞에서 "山象 비슷이 무성한 눈썹"(山象이슷 깅어신눈섭), "우그러진 귀"(우글어신귀), "붉은 모양"(붉어신모야-낯색), "우뚝 솟은 코"(웅긔어신코), "밀어나온 턱"(미나거신특), "슥어진 어깨"(숙거신엇게)에 "滿頭揷花"한 處容의 모습55)은 어느모로 보아 韓國人란 印象은 없고 "深目高鼻"한 外國人을 연상케 한다. 一般的으로 "深目高鼻"는 中國 史書에서 西域人(아리아人種이나 터키種族)에 대한 統括的인 外形 描寫에 使用되고 있는 述語인 것이다.

그 밖에도 李擔, 成俔, 李瀷(海東樂府), 李福休(海東樂府), 李學逵(嶺南樂府), 姜瑋 등 麗, 朝時代의 여러 文臣, 學者들이 남긴 詩句에서도 處容의 外人像을 읽을 수 있다.56)

以上에서 우리는 『三國史記』와 『三國遺事』를 비롯한 麗, 朝時代의 諸文獻中에서 處容說話, 特히 處容의 正體를 解明할 수 있는 資

---

55) 『樂學軌範』 卷5, 鶴·蓮花臺·處容舞 合設中處容歌.
56) 『蔚山, 蔚州 鄕土史』, 蔚山文化院, 1978, pp. 747~50.

料들을 抽出하여 檢討, 考證하여 보았다. 그 結果 處容의 正體에 관하여 다음과 같은 共通點을 찾아볼 수 있다.

첫째로, 處容의 出現時代는 新羅 憲康王時代(憲康王5年, 879年)이고 出現地는 東海의 開雲浦(蔚山)이며,

둘째로, 處容은 歌舞를 즐겼다는 것이며

셋째로, 處容은 容貌와 着衣가 怪異한 自然人이라는 것이다.

요컨대 處容은 異邦에서 東海를 거쳐 新羅에 來到한 外人이라는 것이다.

다음으로 處容의 外人像을 말해주는 證據의 하나로는 그의 小作인 處容歌의 內容이 異色的이라는 點을 들 수 있다. 鄕歌의 研究家들에 依하면 新羅鄕歌는 一般的으로 그 表現手段과 方法에서 屈折的이고 內面的이며, 形狀性이 强한 것이 特徵이다. 그러나 處容歌는 그 感情表現이 아주 솔직하고 대담하며 直線的이다. 이것은 新羅鄕歌가 지니고 있는 一般的 特性과 不相容한 點이며, 反面에 中世 페르시아나 아랍文學에 나타나고 있는 傾向과 相通한 것이다. 勿論 異城間의 文學作品에서 어떤 共通的인 傾向이 偶發하였다고 하여 이것이 無條件 相互間에 있는 연계의 所産이라고 斷定하는 것은 無理이며 論理의 飛躍이다. 그러나 이러한 共通傾向은 어떤 媒體를 通해 이루어 질 수 있음을 否認할 수는 없다.

處容은 自然人이며 外人으로 推論하는 데서 看過할 수 없는 問題는 그를 神格化한 龍子로 取扱한 問題이다. 漢文化圈에 있어서 龍이라는 想像上의 靈物이 지니고 있는 象徵的인 意味는 실로 多種多樣한 것이다. 餘他의 경우는 且置하고 處容說話에 登場하는 龍의 象徵的 意味에 대해서도 그것은 護國護法의 象徵[57], 司祭의 主宰

---

57) 黃浿江,「鄕歌研究試論－處容歌의 史的 反省과 試考」,『古典文學研究』2.

者58), 統治層의 象徵59)이라는 등 異見을 보이고 있다.

筆者는 處容說話의 論旨와 結付하여 東海에서 나타난 이 龍의 象徵的 意味를 考察해보고자 한다. 一般的으로 神話라는 것은 自然과 社會에서 일어나는 諸現象에 대한 認識能力이 不足하여 그것은 超自然的이며 超人間的인 힘에 依한 不可思議의 造化로 치부할 때나, 또는 그러한 現象에 대해 意圖的인 美化나 潤色이 必要할 때 生成되는 것이다. 이러한 理解에 基礎하여 處容說話中의 東海龍과 그 一子인 處容의 正體를 窺視해 보면 當時 國際貿易港이던 開雲浦 앞 碧海中에 出現한 形容可駭한 珍客들, 게다가 그들에게는 初見의 財物도 있었을 것이고, 또한 航海나 商術의 재간도 가지고 있을진대 그들을 본 新羅人들은 이것이야말로 "不可思議한 天神의 造化"라고 믿지 않을 수 없을 것이다. 따라서 그들은 自古로 傳承된 龍信仰을 빌어 海上 出現者(處容과 그 一行)들을 "水之物"답게 風雨雷霆을 主宰하는 龍神으로 치부하였을 것이다. 이와 같은 筆者의 推論은 新羅 說話中에 나오는 龍이 많은 경우 물이나 바다와 연관을 맺고 그 多岐化한 神秘力을 發揮하고 있다는 點을 勘案한 데서 導出된 것이다.

몇 가지 海龍傳說의 代表的인 實例를 들어보면 朴赫居世의 出自를 說明하여 '初王生於雞井 故或云雞林國 以其雞龍現瑞也'60)라 하였고, 脫解王傳說에는 昔脫解가 들어 있는 櫃를 赤龍이 阿珍浦까지 "護紅至此矣"61)했다고 하였다. 蔚山一帶에도 處容說話外에 海龍傳說이 多數 傳承되어 오고 있는바 그 代表的인 例가 黃龍淵傳說이다. 新羅 第27年 善德女王 때 慈藏 律師(金善宗)가 唐나라에 들어

---

58) 金東旭, 前揭書.
59) 李佑成, 前揭書.
60) 『三國遺事』 卷1, 紀異第2, 新羅始祖 赫居世王.
61) 『三國遺事』 卷1, 紀異第2, 脫解王.

가 8年間 佛經을 研究하고 唐나라 太和池에 이르니 文殊보살(龍神)
이 나타나 석가모니의 眞舍利 百粒과 佛牙, 紅架裟를 주면서 "海東
國에 돌아가거든 이것으로 佛事를 일으키도록 하라"하였다. 그는
新羅에 돌아온 후 慶州 皇龍寺塔과 梁山 通度寺, 그리고 蔚山, 太
和江 黃龍淵의 절벽 위에 太和寺를 짓고 舍利 白粒을 이 세 곳에
고루나눠 奉安하였다. 이 黃龍淵은 龍의 植福을 빌기 위해 設해진
것이라고 한다.62)

處容說話와 관련해 海龍의 象徵的 意味를 吟味해 보는 좋은 例로
는 水路夫人說話가 있는데 이에 관해『三國遺事』에는 다음과 같은
記述이 있다.

(純貞公)使行二日程. 又有臨海亭. 畫食善次海龍勿攬夫人(水路夫
人)入海. 公顚例躄地. 計無所出. 又有一老人. 告曰. 故人有言. 象口
鑠金. 今海中傍生. 何不畏象呼. 宜進界內民. 作家唱之. 以杖打岸.
則可見夫人矣. 公從之. 龍奉夫人出海獻之. 公問夫人海中事. 曰, 七
寶宮殿. 所饌甘滑香潔. 非人間煙火. 此夫人衣襲異香. 非世所聞. 水
路姿容絶代. 每經過深山大澤. 屢被神物掠攬.63)

즉 新羅 聖德王 때 純貞公이 慶州에 江陵太守(現 溟州)로 赴任하
는 途中 臨海亭에서 점심을 먹는데 海龍이 忽然 나타나 美貌인 夫
人 水路를 끌고 바다속으로 들어갔으나 束手無策이었다. 입을 모으
면 쇠도 녹일 수 있다(衆口鑠金)은 한 老人의 권유를 듣고 公이 境
內의 百姓을 모아서 노래를 지어 부르고 막대로 언덕을 치니(作歌
唱之 以杖打岸) 龍이 夫人을 받들고 나와 바치었다(奉夫人出海獻
之). 夫人은 海中七寶宮殿에 있는 맛있고 향기롭고 깨끗한 飮食은

---

62)『蔚山, 蔚州 鄕土史』, p. 763.
63)『三國遺事』卷1, 紀異第2.

人間料理가 아니라고 말하였다. 그의 옷에서는 人間世上에서는 맡아보지 못한 異香이 풍기었다. 원래 水路夫人은 絶世의 美人이라 매양 깊은 山과 큰못을 지날 때마다 神物에게 掠奪당하곤 하였다.

이 說話에서 海龍이나 神物은 水路夫人의 美貌에 흠모하여 그를 겁탈한 후에는 人間의 團結된 힘과 智慧에 못이겨 返還하고 하였는데 이것은 處容說話에서 其妻의 美貌에 반한 疫神이 處容의 雅量 있는 노래에 感動되어 물러가고 말았다는 內容과 신통히도 一脈相通한 것이다. 李丙燾는 이것은 羅人의 審美慾의 共通된 反映이라고 指摘한 바 있다.64) 이 두 說話 사이에는 이와 같은 審美觀的 側面에서의 共通性이 있을 뿐만 아니라 現實의 屈折的 反映側面에서의 共通點도 있는바 이것이 바로 處容의 正體(自然人)一端을 보여주는 것이라 하겠다.

歷史的으로 蔚山이나 江陵一隊의 東海岸은 對馬島나 北九州로부터 襲來한 倭賊의 掠奪을 받아왔다. 江陵으로 가는 길에서 太子 純貞公의 행차를 急襲하고 水路夫人을 海上으로 掠去한 "海龍"은 다름 아닌 當時 東海岸一帶에 出沒하여 人口와 財物掠奪을 일삼던 倭海賊이었을 것이다. 이와 같은 現實을 原始宗敎的인 思維錐方式과 太平洋沿岸民族에게 널리 分布되어 있는 龍宮說話를 添加하여 說話化한 것이 바로 水路夫人說話인 것이다.

水路夫人說話의 이와 같은 現實反映性에 對比해 볼 때 處容說話中의 東海龍도 결코 어떤 神物이 아니라 當時 東海를 通해 新羅에 上陸한 奇異한 自然人, 外人이라고 看做해도 거의 틀림없을 것이다. 金東旭敎授는 處容이 龍神의 아들이라는 說話的 側面에서 處容을 龍과 結付해 考察하는 것은 無理하고 批判하면서 "處容의 假面이나 職

---

64) 李丙燾,「新羅人의 肉體美」,『李相佰博士回甲記念論叢』, 1964, pp. 174~178.

能에서 '龍的'인 것이 殘存하지도 않을 뿐만 아니라 處容이 龍의 生理的인 아들이 될 수도 없다."고 處容의 神物性을 否認하였다.65)

이상에서 考察한 바와 같이 處容은 결코 神格化된 龍子나 內人이 아니며 東海로부터 蔚山港에 上陸한 初見의 珍奇한 外人으로 思料된다.

3) 處容의 무슬림像

處容이 內人이 아니라 外人이라면 어디에서 온 外來人인가 하는 問題가 自然 提起된다. 이 問題를 解明하기 爲해서는 處容의 出現地인 開雲浦가 어떠한 곳이었으며, 이러한 곳에 나타날 수 있는 外人들은 또 어떠한 사람들이었겠는가 하는 問題를 考察해야 할 것이다. 그 밖에 新羅에 관한 外國文獻 중에서 外人의 對新羅進出이 立證되면 그것은 所期의 究明에 錦上添花가 될 것이다.

우선 處容의 出現地인 開雲浦의 當時 地理的 및 經濟的 環境부터 살펴보려고 한다.

開雲浦의 位置에 관해서 前記한 바와 같이 『慶尙道地理志』와 『世宗莊憲大王實錄』「地理志」에는 "(蔚山)郡南三十七里"로 記錄되고 있으나 『東國輿地勝覽』에는 "郡南二十五里"로 되어 있다.66) 이렇게 地理書들에서 相隔한 거리가 좀 엇갈리는 바는 있으나 그 方位는 蔚山의 治所로부터 南이라고 하는 點에서는 모두 一致되고 있다. 其他 『三國遺事』와 『大東輿地圖』 등을 參考해보면 開雲浦는 蔚山灣

---

65) 金東旭, 「處容研究」, 『東方學志』 五, pp. 132~136.

66) 『東國輿地勝覽』 卷22, 蔚山郡山川條 : "開雲浦在郡南二十五里 新羅憲康王 遊鶴城
　　至海 浦忽雲霧 晦冥迷失道 禱于海神開霧因名焉." 開雲浦는 現 城岩洞 一帶(『蔚山,
　　蔚州 鄕土史』, p. 62.

의 東海入口로서 現 蔚州郡 溫山面 處容里 一帶인 것이 確實하다.

蔚山(市), 蔚州(郡)는 韓半島의 東南端 蔚山灣 주변 일대에 자리잡고 있는데 東은 바다에 切迫해 있고 西는 太白山脈이 南北으로 縱走하여 병풍을 이루고 그 사이에 兄山江地溝帶가 뻗어 있어 南北交通이 便利하다. 또한 이곳은 隆起海岸인 南海岸에서 隆起海岸인 東海岸을 연결하는 漸移地帶로서 海岸線이 發達되고 年中 暖寒流가 交替하는 등 有利한 立地條件을 가지고 있어 옛날부터 好適의 良港(方魚津, 唐月, 亭子 등)과 漁場을 갖고 있었다. 特히 處容里가 자리잡고 있는 溫山面 海岸인 回夜江口에서 外煌江口까지의 海岸線이 發達하여 凡月岬과 黃城洞 사이의 外隍江口는 天然的인 良港이다. 바로 이 外煌江何口 일대(現 溫山工團의 工業港)는 옛날의 開雲浦로서 당시 여기에는 左水營(李朝), 水軍萬戶가 자리 잡고 있던 큰 軍事港이었다. 氣候도 大韓暖流의 영향으로 溫暖하고 寒曙의 交替도 크지 않다. 바로 이와 같은 地理的 位置 때문에 古代로부터 오늘날에 이르기까지 이 地帶는 日本을 비롯해 世界 5大州 6大洋으로 雄飛하는 飛躍臺의 役割을 하여왔다.

本來 蔚山은 三韓時代 辰韓의 屈阿火村이었으나 新羅 第5代 婆娑王(A.D. 80~111)이 이곳을 取해서 屈阿火縣을 두었다. 第35代 景德王 16年(757)에 阿曲(一名 阿西)으로 改名하여 臨關郡의 領縣으로 삼다가 高麗 太祖때 阿西縣과 虞風縣을 합쳐 興麗府(一名 興禮府)로 올렸다가 후에 恭化縣으로 낮추었으며 第6代 成宗(979~95)때에 別號로 鶴城이라 하다가 第8代 顯宗9年(1014)에 蔚州로 改稱하여 防禦使를 두었다. 李朝 太祖6年(1397)에 처음으로 鎭을 두고 兵馬使로 하여금 州知事를 겸하게 하다가 第3代 太宗3年(1413)에 鎭을 罷하고 蔚山이라 改稱하여 知郡事를 두었다. 그

후 世宗8年(1426)에 鎭을 다시 두어 兵馬僉節制使로 하여금 知郡事를 겸임하게 하였다. 壬辰倭亂 때에 蔚山義兵들의 戰功이 컸기 때문에 宣祖31年(1598)에 蔚山郡護府로 昇格시키고 左道兵馬節度使로 하여금 都護府使를 겸하게 하다가 光海君8年(1616)에 겸임제를 폐지하고 傳任 都護府使를 두었다. 高宗32年(1895)에 都護府를 郡으로 改稱하여 郡守를 두었으며 1962年 6月 1日 蔚山市와 蔚州郡으로 改編하였다.67)

蔚山, 蔚州地方은 新羅初期부터 줄곧 慶州의 管轄下에 있으면서 新羅의 成長發展과 三國統一 偉業 達成에 一貫하여 核心的인 役割을 담당 수행하였다. 예로부터 蔚山灣은 天然的 良港으로 內陸交通의 中心地였을 뿐만 아니라 繁昌한 國際貿易港이었다. 蔚山에서 新羅 首都 慶州까지는 徒步로 1日路程(약 40km)밖에 안 되며 南北으로 뻗은 兄山江地溝帶를 따라 交通이 發達하였다. 北쪽으로는 大邱(80km), 永川 浦項과 연결되고 南쪽으로는 釜山(64km), 梁山과 直通되어 있으며 日本과는 大韓海峽을 넘어 不過 100마일의 거리로 相隔하고 있다.

蔚山이 新羅 興盛의 支柱的 役割을 담당할 수 있었던 것은 이곳의 有利한 地理的 與件과 함께 豊富한 物産과 이에 따르는 國際貿易의 繁盛에 起因되었다. 이것은 바로 新羅에로의 中世 아랍-무슬림들의 誘致를 可能케 한 要因인 것이다. 換言하면 金을 비롯한 豊富한 新羅의 産物이 東西를 누비고 있던 아랍-무슬림들의 理財慾을 자극하여 마침내 處容과 같은 珍客으로 新羅의 最大 國際貿易港이던 蔚山에 모습을 나타나게 하였던 것이다. 그러므로 蔚山에서 生産된 物産을 點檢해보는 것은 必要할 것이다.

---

67) 『蔚山, 蔚州 鄕土史』, pp. 2~3.

『世宗莊獻大王實錄』「地理志」에 따르면 土地가 肥沃하고 風氣가 溫和하며 墾田은 6482結인데 그 중 水田이 9分之4强이라 하였다. 土地에 알맞은 物産으로는 稻, 票, 麻이고 土貢物로는 蜂蜜, 黃蠟, 添紙, 篠, 蕩, 狐皮, 狸皮, 獐皮, 魚皮, 古察皮, 芝草, 雀舌茶, 乾竹笋, 簞藁, 吾海藻, 藿細毛, 海衣, 靑角, 全鰒. 乾蛤, 洪魚, 黑白碁子 등이며, 藥材로는 防風, 烏魚骨, 麥門冬, 天門冬, 鹽梅, 烏梅 등을 들고 있다. 또 "鹽所三 皆在郡南", "鹽倉在邑城內場官鹽守"라고 하였으니 鹽이 많이 産出되었음을 시사했다. 그리고 鐵場은 郡北 達川里(現 蔚山郡農所面)에 있는데 白銅鐵, 水鐵, 生鐵을 生産하여 歲貢量만도 12,500斤이나 된다고 하였으며 郡面 遠浦里에서는 瑪瑙石이, 郡北 齊餘畓里에서는 磁器와 陶器(各一所)가 生産된다고 하였다.68)

特히 여기에서 注目되는 것은 全國鐵場 中에서 鐵供納量이 가장 많은 곳이 蔚山 達川里 鐵場이라는 點이다. 記錄에 依하면 蔚山, 慶州, 安東, 草溪 等地의 鐵生産은 일찍이 三韓時代부터 始作되어 三韓에는 勿論 東濊와 日本, 그리고 樂浪과 帶方을 거쳐 中國에까지 供納되어 古代東方國際貿易品 中 가장 重要한 一品으로 認定되어왔다.

그후, 英祖代의 蔚山邑誌나 李朝初에 慶尙道地理志 中에 採錄된 蔚山地方에 産物을 綜合해보면 餘他地方에 比해 그 品種이 多樣함을 알 수 있다. 勿論 이러한 書籍들에 記錄된 産物品目은 新羅當時의 記錄이 아니고 後世의 것이기 때문에 羅代 蔚山地方의 産物 그대로라고는 믿기 어려우나 그 大宗에는 큰 誤差가 없으리라고 생각한다. 그런데 注目을 끄는 것은 이러한 産物 中에는 이븐 쿠르다지

---

68) 『世宗莊憲大王實錄』 卷150, 「地理志」, 慶尙道蔚山郡條.

바가 著書『帝道路 및 諸王國志』에서 指摘한 新羅 輸出品인 人蔘, 劍, 絹布, 陶磁器 등이 包含되어 있다69)는 事實이다. 이것은 當時 新羅와 아랍-이슬람世界間에 進行되었던 貿易像, 特히 蔚山地帶와의 商易의 一端을 보여주고 있다.

아랍-이슬람世界에로의 新羅輸出品의 一種인 劍(Firind)은 蔚山地方의 特産品으로서 옛날부터 蔚山의 銀粧刀는 "天下一品君子寶刀 蔚山兵營工藝名品"이라 하여 有名하다. 本來 邊防守備의 要塞로 일찍이 慶尙左道兵馬節度使 軍營이 蔚山에 設置되어 軍需用 搶, 軍刀, 활촉 등 무기를 여러 곳 풀무간에서 生産하였는데 이런 武器와 함께 銀粧刀를 만들어 이 고장 女人들에게 護身用으로 한 자루씩 나누어 주었다. 그 後 武器生産은 끊어졌으나 銀粧刀는 裝飾用으로 命脈을 이어왔다. 刀劍으로는 그 밖에 鳥銅粧刀, 몽개장도, 철병도 등이 있다.70) 劍을 戰爭의 主武器로 使用하고 佩劍을 尊嚴과 護身의 必需品으로 역기고 있는 아랍-무슬림商人들에게 있어서 質좋은 新羅의 劍은 好奇心을 불러일으키지 않을 수 없었을 것이며 따라서 商易의 對象品으로 選定되었을 것이다.

그 밖에 한 가지 興味 있는 것은 蔚山地方의 國際貿易地로서의 樣相이 이 地方住民의 性格에 그대로 反映되었다는 事實이다. 한 地域住民의 性格은 그 地域의 風土와 政治, 社會, 經濟, 文化 등 各 方面에 거쳐 이루어진 歷史的 傳統에 따라 形成, 發展되는 것이다. 우선 新羅人의 性格을 代表하는 慶尙道人의 性格을 살펴보면 世宗6~7年에 撰修된 『慶尙道地理志』의 「民俗所尙」에는 "重禮讓 崇質儉崇文好武"라 했고, 李朝 英祖 때 地理學者인 李重煥의 『八域誌』

---

69) 이븐 쿠르다지바, 前揭書, p. 70.
70) 『蔚山, 蔚州 鄕土史』, p. 464.

(一名 『擇里誌』)에는 "質實"이라 했으며, 星湖 李瀷은 "上道(大邱, 安東地方)尙仁, 下道(晋州地方)主義"하고 했으며, 李朝中期 正祖大王이 奎章閣學者 尹行恁과 閑談하는 자리에서 한 四字評에는 "泰山高嶽 雪中孤松"이라 하였다. 이상의 네 가지 評文에서 共通的인 것은 意志的이라는 것이다. 요컨대 慶州一帶의 6村에서 걸음마를 뗀 新羅가 東南의 一隔에서 가장 弱하고 後進的이었으나 300年의 지리하고도 끈질긴 血鬪 끝에 마침내 強者인 高句麗와 百濟를 滅亡시키고 三國統一의 偉業을 達成한 그러한 鬪志와 忍耐가 바로 慶尙道人의 獨特한 性格이라고 말할 수 있다.

　이러한 性格을 가진 慶尙道의 바탕에서 그 主役을 맡아 한 蔚山人들의 性格을 살펴보면 이 根本 바탕에서는 떠나지 않으면서도 자기나름대로의 特有한 性格을 所有하고 있었음을 찾아보게 된다. 『慶尙道地理志』「民俗所尙」에는 道內 66개 고을의 性格을 일일이 記述하였는데 蔚山人의 性格은 "尙武藝 好商賈"라 하였다. 古來로부터 地理的 環境 때문에 倭寇의 不斷한 侵攻에 시달려왔으며 高麗 때에도 王京과 遠隔하여 邊防에 盡力하지 않을 수 없었던 蔚山으로서는 自衛自存의 手段으로 武를 崇尙하고 練磨하지 않을 수 없었다. 그런데 "好商賈"는 道內 어느 고을의 性格에도 없는 唯一無二한 特性으로 評價되었는데 이것은 蔚山地方이 그 豊富한 物産으로 일찍부터 對內外 經商과 貿易을 興起시켜왔음을 意味한다. 이러한 蔚山의 "好商賈"에 대해서는 『蔚山邑誌』의 「風俗篇」에도 "好商賈 見人必詭"라 하여 장사를 좋아하고 禮節이 바르다고 하였으며 『新增 東國興地勝覽』 「蔚山郡風俗」條에도 "尙武藝 好商賈立觀風案 禀性剛毅 可以興文物易化立河演記" 즉 "무예를 숭상하고 장사를 좋아하고 성품이 강하고 굳세서 可히 文治를 일으켜 쉽게 敎化할 수 있다 했는데 모두 河演의 觀風이라는 記文에 있다."라고 하였다.

　이상에서 考證한 바와 같이 蔚山은 新羅의 政治中心地인 慶州를 背後에 가까이 둔 産業, 商業心臟部로서, 거기에다 天然的인 良港과 內陸交通要地로서의 條件까지 합침으로써 當時 國際貿易港으로서는 손색없는 適地였다. 따라서 當時 新羅와 交易을 進行하고 來往을 자주하던 日本이나 唐은 이 國際的인 良港을 많이 利用하였음은 當然한 일이었다. 日本이나 中國뿐만 아니라 當時 東西交易의 主役으로 新羅에 來往했던 아랍-무슬림들도 例外없이 이 國際港을 利用하였을 것이다.

　新羅 第24代 眞興王30年(695)에 新羅人으로는 最初로 日本에 간 天日槍이 蔚山에서 出發하였으며, 新羅의 萬古忠臣 朴堤上이 倭寇에 30年間 억류되어 있는 第17代 奈勿王(那密王)의 셋째 아들 美海(一名 未斯欣)를 救出하기 爲해 渡日한 곳도 바로 蔚山灣內의 栗浦(現 蔚州郡江東面)이었다. 이에 관해 『三國史記』에는 "抵栗浦 汎海向倭"[71]라 하였고 『三國遺事』에는 "不入家而行 直至於栗浦之濱"[72]이라 하였다. 堤上의 夫人 金氏가 蔚州郡斗洞面萬和里鵄述嶺에서 倭國으로 떠난 男便의 無事還國을 빌다가 郞君의 死亡消息을 듣고 哀切히 殉節하여 "鵄述神母"라는 史話를 남겨 놓았다는 점으로 보아도 堤上의 出發地는 蔚山灣內에 있었음을 짐작할 수 있다. 堤上이 목숨을 걸고 救出한 美海의 還地도 역시 蔚山灣이었다.[73]

　天日槍이 日本으로 떠난 같은 해에 西天竺國(印度)의 阿育王이 佛像을 배에 실어 바다에 띄우면서 인연 있는 곳에 가서 佛像이 이뤄지기를 바랐는데 그 배가 絲浦(蔚山灣內)에 닿아서 그것으로 新

---

71) 『三國史記』 卷45, 朴堤上傳.
72) 『三國遺事』 卷1, 紀異第1, 金堤上.
73) 『東國輿地勝覽』 卷22, 蔚山郡驛院.

羅 三寶의 하나인 慶州 皇龍寺의 丈六尊佛을 주조하였다고 傳하면서 『三國遺事』는 "海南有一巨舫 來泊於阿曲縣之絲浦 今蔚州 谷浦也"라고 하였다.74) 佛敎의 緣起論으로 丈六의 神秘를 鼓吹하려고 하였지만 아무튼 그 "神船"이 絲浦에 到着하였고 慈藏 또한 그곳으로 歸還하였다. 異國의 "一巨舫"(大型船)이 蔚山灣內의 絲浦에 停泊하고 있다고 하니 蔚山灣은 名實相符한 큰 國際港이었음이 分明하다. 高麗 高宗 때 老峯 金克己의 太和樓詩序에도 "慈藏國師新羅人也 貞觀十二年戊戌 浮舶而西求法於中土 十七年 東還泊于絲浦之地 因卜此地立此寺焉"75)이라고 慈藏의 唐으로부터의 歸着地가 바로 絲浦이라고 밝히고 있다.

이상과 같이 新羅人들의 國際來往地가 다름아닌 蔚山灣이었다는 點을 勘案할 때 異國人이 "碧海"를 通해 新羅에 들어왔다면 當時 으뜸가는 國際港인 蔚山으로 들어왔다고 믿어도 무방할 것이다.

다음으로 處容이 開雲浦에 出現할 當時(新羅 憲康王5年, 879) 唐人이나 日本人을 除外한 世人들 中 어떤 사람들이 이 地帶에 나타날 수 있었겠는가 하는 問題를 考證해야 할 것이다.

中世紀 東西 交涉史를 追跡해보면 地中海로부터 印度洋를 橫斷하여 太平洋西岸까지의 茫茫大海는 아랍-무슬림들의 活舞臺였다. 8世紀中葉부터 13世紀中葉까지 存在한 압바스이슬람帝國은 人類文化의 三大發祥地를 包含, 유럽, 아프리카, 아시아 三大陸의 광활한 地域을 망라한 世界的인 强國으로서 發展된 物質文明과 技術로 東西海上交易을 制覇하고 있었다.

아랍-무슬림商人들은 季節風을 利用하여 南端海路를 通해 印度와

---

74) 『三國遺事』 卷3, 塔像第4, 皇龍寺丈 六.
75) 『東國輿地勝覽』 卷22, 蔚山郡樓亭, 太和樓條.

東南亞를 거쳐 中國 南部에 이르렀다. 그들 中 一部는 直接 中國에 오지 않고 말레이시아半島의 말라카海峽이나 참파76) 等 東南亞 一帶를 前哨基地로 삼고 中國이나 東南亞諸國과 交易을 進行하였다. 또한 一部는 中國에 오는 航路途中에 참파나 越南中央部나 東部에서 現地人과 通商도 하고 거기에 定着하기도 하였다.

中世紀 特히 이슬람文化의 黃金時代인 10世紀를 前後하여 印度洋이나 太平洋西岸에서 무슬림商人들의 活動이란 실로 縱橫無盡하였다. 이러한 狀況은 포루투갈商人들을 비롯한 西歐商人들이 이 地域에 出現할 때까지 계속되었다. 그러므로 處容이 新羅에 出現한 9世紀末頃에 "深目高鼻"의 異邦人으로서 韓半島에 선을 보였다면 아직 西歐人은 아니었을 것이고 십중팔구는 무슬림商人이었을 것이다.

아직은 資料의 未洽으로 處容이 무슬림 中 어느 나라, 어느 民族에 속한 사람인가 하는 것까지는 立證할 수 없으나 當時의 歷史的 背景으로 보아 그가 이슬람나라에서 온 무슬림이라고 推定하는 데는 큰 異意가 없을 것이다. 『蔚山 蔚州 鄕土史』에서는 羅代 蔚山의 國際的 貿易港으로서의 重要性을 强調하면서 그 根據는 具體的으로 밝히고는 있지 않으나 處容을 아라비아商人이라고 指摘하였다.77) 處容의 具體的 身分關係에 대하여 『三國遺事』나 其他 文獻에 밝혀진 바는 없으나 當時 東方 來往者들의 絶對 大部分이 通商을 目的한 商人들이라는 점에서 그들 商人으로 간주할 수 있는 것이다. 그러나 그가 "輔佐王政"할 수 있는 智와 德을 지니고 있고, 또 그가 相當한 文學的 價値가 있고 後世에 길이 傳承되기까지 한 處容歌란 鄕歌까지 지었다는 事實에 비추어볼 때 普通 商人은 아니었다고 보

---

76) 참파(Champa, 占城國)는 17世紀 後半에 安南國의 南進擴張政策으로 滅亡한 나라인데 당시 越南의 南部全域을 차지하고 있었다.
77) 『蔚山, 蔚州 鄕土史』, p. 84.

아야 할 것이다.

　處容의 "輔佐王政"은 『三國遺事』에만 보이는데 이에 따르면 處容에게 級干의 官階를 주고 王政을 輔佐케 하였다고 하였다. 處容이 "輔佐王政"을 爲해 蔚山으로부터 "隨駕入京"한 憲康王 初期는 바로 新羅가 社會, 經濟變革의 陣痛을 겪고 있던 時期였다. 憲康王 時代는 外觀上에는 "民屋相屬 歌吹連聲"하는 繁榮으로 보였지만 이는 한낱 落照의 美에 不過하여 大饑, 群盜, 離鄉에서 濟州郡의 貢賦杜絶로 府庫가 虛竭하고 生產的 首都가 消費的 首都로 변모한 慶州의 經濟的 孤立의 危機가 漸高에 이르기까지 실로 一大 激動期에 處해 있었다. 이러한 때에 蔚山灣에 出現한 處容에게 級干의 官職을 주어 王政을 輔佐케 한 것은 결코 그 容貌에 대한 好奇心이나, 또는 歌舞讚德에 대하여 베풀어진 賞典이나 辟邪拔魔의 效用을 믿고서의 優待만은 아니었으며 그의 理財術에 대한 期待에서였을 것이다.[78]

　이와 같은 아랍-무슬림들의 登用事例는 當時 新羅와 密接한 關係에 있던 이웃 나라 中國(唐末)에서 적지 않게 찾아볼 수 있다. 錢易의 『南部新書』에는 "大中(847～859) 以來, 禮部放牓, 勢取三二人 姓氏稀僻者, 謂之色目人, 亦謂曰牓花"라고 하였다. 此文에 依하면 唐末 大中 以來 每年 禮部登科合格者 中 2～3名은 異色姓氏를 가진 色目人(즉 아랍-무슬림을 비롯한 西域人)이었다. 그 代表的 例로 廣州에 居住하고 있던 大食人(아랍人) 李彦昇을 들 수 있다. 그는 847年 宣武軍節度使 盧鈞의 추천으로 京師에 薦擧되어 唐 宣宗의 直接 認准下에 禮部에 應試하여 다음해(849)에 進士로 任命되었다.[79] 孫光憲의 『北夢瑣言』의 記述에 依하면 唐 大中부터 咸

---

78) 李龍範, 前揭書, pp. 34～5.

79) (沈福偉, 『中西文化交流史』, 上海人民出版社, 1985, p. 137.

通(847~73)其間에 藩人(주로 西域人, 그들이 무슬림 如否는 未詳)으로 宰相職에 있는 者로서는 白中令, 畢相減, 曹相確, 羅相劼 등 4名이나 있었다.[80) 이에 앞서 755年 唐 玄宗은 安祿山(父는 栗特人, 母는 突厥人)의 建議를 받아들여 32名의 藩將으로 漢將을 代替하여 "滿朝異族將"의 局面이 나타나기까지 한 바 있다.

이와 같은 唐朝에 있어서의 藩人이나 大食人의 大擧 官職登用을 살펴보면 대개가 社會的 激動期에 直面하여 才人의 必要에 應酬코자 發生한 것이었다. 比較類推의 見地에서 보아 羅代에 있어서의 處容과 같은 外人의 起用은 그 可能性을 推測케 한다.

끝으로 前述한 바와 같이 中世 아랍文獻所載에 依하면 아랍-무슬림들은 여러 가지 利點때문에 新羅에 來往하였을 뿐만 아니라 長期 定着하기까지 하였다. 이것은 上述한 諸要因과 더불어 新羅에 온 處容이 무슬림이었을 可能性을 더 雄辯的으로 實證해준다고 말 할 수 있다.

4. 結 論

筆者는 拙文에서 中世 아랍文獻 속에 나타난 아랍-무슬림들의 新羅 來往에 관한 代表的 記述 몇 가지를 抽出하여 일찍이 統一新羅 時代에 벌써 韓半島와 이슬람諸國間에 人的來往이 있었다는 史實을 確認하였다. 아울러 이와 같은 脈絡에서 主로 歷史學的 接近方法에 立脚하여 處容의 正體를 解明코자 시도하였다.

---

80) (孫光憲, 『北夢瑣言』 卷5.

  그러나 問題 自體가 複雜多岐하고, 게다가 史料마저 短篇的이고
一方的이어서 所期의 接近에 未達한 感 없지 않다. 다만 이때까지
斯界에도 度外視되었거나 歪曲되었던 問題에 대한 나름대로 發意하
고 照明을 加하여 是正해보려는 意圖는 어느 程度 實現되었다고 自
負한다.

  돌이켜보면 世界 속의 韓國, 世界 속의 아랍, 世界 속의 이슬람
이란 이 嚴然한 事實은 비단 오늘날의 일만은 아니고 어젯날의 일
이고도 하였다. 따라서 韓國과 아랍-이슬람世界와 接觸과 交流는
서로의 빛나는 歷史로 하여 間斷 없이 줄기차게 이어져 왔다. 이제
우리 앞에 나선 課題는 진지한 學究的 態度를 가지고 點在한 資料
들을 線으로 꿰어 韓國과 아랍-이슬람世界 사이에 있었던 값진 關
係史를 原像대로 復元하는 데 盡力한다는 것이다.

處容郎 望海寺의 社會史的 性格

김경수

본고는 문학적 관점에서 작성했던 望海寺, 處容郎 설화에 대한 필자의 견해[1]를 보다 실증적으로 살피기 위해 시도된 것이다.

필자는《삼국유사》소재 〈望海寺 處容郎〉조의 Text를 면밀히 분석하고 해석한 것을 토대로 몇 가지 의견을 개진한 바 있다. 그러한 논의 중에서 望海寺의 창건 유래를 사회사적으로 이해하여, 望海寺가 불교 신앙을 위해 창사되었을 뿐만 아니라 거기에 덧붙여 국토 방어사적 성격이 짙게 깔려 있음도 밝혔다. 이와 아울러 이 때 나타난 용과 處容에 대하여도 그 성격을 '渡來人' 신분으로 규정한 바 있다.

여기서는 그러한 필자의 주장을 뒷받침하기 위하여, 동해안 지역의 답사를 통하여 얻은 실증적 결과를 바탕으로 그러한 주장을 보완하는 근거를 제시하고자 한다. 다시 말하면 지난 번 연구 결과가 문헌 중심이었다면 이번은 실증적 고증이라 할 수 있다.[2]

---

1) 필자는 처용 설화에 대하여 몇 차례 검토할 기회가 있었다. 그 처음이 《처용연구 논총》(김동욱·황패강·김경수 편, 울산 문화원, 1989)이고 처용 문화제의 처용 학술 세미나에 수차 참가하였고 〈처용 설화의 구조와 그 해석〉, 《고전문학 어떻게 가르칠 것인가》(집문당, 1994)을 발표한 바 있다. 그 내용에서 이 설화는 헌강 왕 당시의 서사적 기술로 처용은 하나의 작은 이야기 요소에 불과하며 또 망해사 의 창건도 불교적 연기 설화 요소에다 국토 수호적 의미가 있음을 밝히려 하였다.

그러면, 망해사는 왜 세워졌으며, 그 역할이 무엇이었을까 이를
확인하려면 우선 문제가 될 만한 원전의 일부를 살피는 것이 그 순
서겠다.

> …於是大王遊開雲浦. 王將還駕, 晝歇於汀邊. 忽雲霧冥曀, 迷失道路. 怪問
> 左右 日官奏云 '此東海龍所變也, 宜行勝事以解之' 於是勅有司 爲龍刱佛寺
> 近境. 施令已出雲開霧散 因名開雲浦. 東海龍喜 乃 率七子 現於駕前 讚德獻
> 舞奏樂. 其一子隨駕入京 補佐王政, 名曰處容…3)

이때에 대왕이 개운포를 구경하고 돌아오는 길에 바닷가에서 점심참으
로 쉬고 있었는데 갑자기 구름과 안개가 자욱하게 뒤덮이어 길을 잃어버렸
다. 왕이 괴상하게 여겨 측근에게 까닭을 물었더니 천문 맡은 관리가 말하
기를 "이는 동해용의 변란이니 좋은 일을 하여 풀어 주어야 하겠습니다."
하였다. 이에 관원에게 명령하여 용을 위하여 근방에 절을 세우라고 하였
더니 이 명령이 떨어지자 구름이 걷히고 안개가 흩어졌다. 이 때문에 이곳
을 개운포(구름이 걷힌 포구)라고 이름을 지었다. 동해용이 기뻐하여 곧 아
들 일곱을 데리고 임금이 탄 수레 앞에 나타나 왕의 덕을 찬미하면서 춤을
추고 노래를 불렀다. 그의 아들 하나가 임금을 따라 서울로 들어와서 왕
의 정치를 보좌하였는데 이름을 處容이라고 하였다.

이 글은 삼국유사의 망해사조의 일부이거니와 望海寺 창건 연기
설화와 운무가 왜 나타났는가, 또 용과 處容이 과연 누구인가 하는
것들을 암시하는 부분이다.

---

2) 이를 위하여 필자는 동해안을 여러 차례 답사하였다. 이 답사는 중앙대 사학과의
   진성규(불교사학), 일문학과의 박전렬(민속학) 교수와 함께 하였는데 특히 필자는
   동해안 바닷가에 있었던 고찰들은 방어적 기능을 지녔을 것이라는 가설을 확인하
   고자 했다. 이 때 분외의 소득으로 이승휴 선생의 은거지도 확인하는 기쁨을 얻기
   도 했다.
3) <처용랑 망해사>, ≪三國遺事≫권2, (민족문화추진회, 1982).

결론부터 말하자면 필자는 望海寺의 창건 배경을 국토 수호를 위한 방어사적 기능 때문에 창건한 것으로 이해하려 한다. 여기에 대하여 지금 까지 학계의 주장들은 대체로 불교 포교를 위한 일연 스님의 의도가 드러난 것으로 생각해 왔다.4) 이러한 해석 때문에 처용을 불자로 이해하려 했다.

필자는 망해사의 창건이 불교 포교는 물론 이보다 적극적인 의미를 찾고자 한다. 곧 호국불교를 포괄하는 국방의 의무를 당시의 사찰들이 지녔다고 판단된다. 이를 증명하기 위하여 수차례 동해안 지역을 답사하였다. 동해안 지역에 있거나, 있었던 신라의 고찰들이 대부분 바다에 접해 있었다. 모두 望海寺와 같은 위치에 건립되어 있음도 확인되었다. 이러한 위치 확인만으로도 국방상 필요로 창사되지 않았을까 하는 기대를 갖게 해 준다. 필자가 찾은 동해안의 신라 고찰은 양양의 陳田寺지, 낙산사, 燈明 落伽寺, 感恩寺, 기림사, 석굴암, 望海寺 등이다. 문헌을 통해서만 유추했던 사실들을 실제적인 답사를 통해 확인한 셈이다.

양양의 陳田寺5)를 답사하고 그 구조와 지세가 感恩寺와 흡사한 형태라는 사실을 알게 되었고, 이곳도 여러 가지 정황으로 보아 바다를 지키는 역할을 했을 가능성이 있다는 심증을 얻었다. 그 아래쪽으로 이어지는 洛伽寺, 感恩寺, 望海寺 등도 모두 비슷한 지세와 구조로 되어 있어 더욱 확고하게 되었다. 이는 뒤에도 언급되겠거니와 이들 사찰들은 불교 진흥을 위한 목적은 물론이고, 국가의 위급시에는 국토 수호를 위한 기능도 수행했을 것이라는 필자의 견해를 뒷받침해 주는 현장들이었다. 더 구체적으로 말하면 이 신라의

---

4) 황패강, 〈향가연구시론〉 1, 《고전문학연구 2》(고전문학연구회, 1974).
5) 《한국민족문화대백과사전》 21집, "진전사"항목 참조.

고찰들은 고려, 조선으로 이어지면서 국가 위급시에 봉기하여 나라를 수호했던 승병양성소의 초기 형태의 역할을 했다는 말이다. 역사적으로 승병이 국가수호를 위해 많은 기여를 했음은 누구나 아는 일이다. 임진란을 통하여 적의 간담을 서늘하게 했던 휴정·유정의 활약은 너무나 유명하거니와 그 승병의 모태를 우리는 여기에서 찾을 수 있어 보인다. 이를 방증하기 위하여 승병과 관련 있는 몇몇 사찰을 살펴보자.

(1) 의곡사6)

비봉산 동쪽 골짜기를 찾아들면 옛날 신라의 고승 혜통 조사가 세웠다는 고색창연한 사찰이 있다. 이 사찰은 신라 제30대 문무왕 15년(서기675) 건축물로 조선 5백 년 동안 성민의 대소법사에 쓰였다. 승병을 양성하여 왜적들의 침입을 막아내려는 데 큰 공헌을 남긴 이 사찰은 임진란 때 많은 남녀노소들이 피난했는데 왜적에 굴복하지 않고 모두 죽어 의곡사라는 이름이 붙여졌다고 한다.

(2) 호국사7)

고려시대에 창건된 것으로 전하는 이 절은 원래의 이름이 내성사였다고 한다. 고려 말기에 왜구를 막기 위해 진주성을 고쳐 쌓고, 승병을 기르기 위해 창건된 것으로 생각되는 이 절은 임진왜란 때는 승군의 근거지가 되었다. 제2차 진주성 싸움에서 함께 운명을

---

6) 이동술 편, 전게서, p.359 참조.
7) 이동술 편, 전게서, p.453 참조.

같이한 승병들의 넋을 기리기 위하여 숙종임금께서 호국사란 이름
으로 재건하였다고 한다. 최근에 진주성을 정화면서 일주문 자리가
마련되어 새로 세웠으며, 사찰의 건물들은 모두 근년에 새로 이룩
된 것이다.

(3) 골굴사8)

이곳 골굴사는 선무도9)의 수련장이다. 禪武道는 스님들의 정신
적 수행의 한 방법이다. 과거 사찰에서 수행방법으로 내려오다 갑
오경장 때 승병제도가 폐지되면서 선무도도 사라지고 말았다. 그
수련법을 다시 이어가고 있는 곳이 바로 골굴사이다. 계곡 안쪽에
위치한 기림사의 진남루 또한 이와 무관치 않다.

우리 역사에서 승병의 활약은 위기에 처할 때 나라를 위해 중요
한 역할을 해왔다. 불교에서 이런 선무도 수련법으로 훈련된 승려
들이 승병으로 참가하게 되었다. 바로 기림사는 승병의 훈련중심지
(군사적 요충지)였다고 한다. 그 예가 지금도 진남루라는 군사적
성격의 건물이 남아 있다.(성벽, 성문) 선무도 수행을 통해 익힌
수련법이 군사적 목적(무기화)으로 변해버린 우리 역사의 현장이
다. 승병의 양성 흔적은 지금도 기림사 진남루나, 송광사에 남아
있고, 표충사 유물전시관에도 그 당시 승병들이 사용했던 무기들이
전시되어 있다.

우리가 가본 골굴사는 선무도의 수련장소로 유명하며 기림사의
진남루와 연결하여 그 당시 이 계곡에서 승병들이 많이 양성되었던

---

8) 이동술 편, 전개서, p.31 참조.
9) 禪武道: 동적 수련법을 통하여 심신을 안정을 구하고 해탈의 경지를 얻고자 하는
   것. 선무도 → 무술화 → 승병.

곳이 아닌가 생각한다. 지금도 골굴사는 스님들이 선무도에 힘쓰고 있으며 일반인들도 많이 참가하고 있다.

(4) 안국사10)

본래 적정산 분지에 위치했던 이 사찰은 충렬왕 3년(1277), 월인화상이 창건한 것이라고도 하고, 조선 초 무학대사가 국가의 앞날을 위해 성을 쌓고 절을 지었다고 전한다. 광해 5년(1613) 사찰을 중수하고 그 다음해에 창건된 적상산사고를 지키기 위해 승병들의 숙소로 사용해 왔다. 이 때까지만 하더라도 보경사 또는 사원사 등으로 중창하고 안국사라 했다. 더러는 산성 안에 있는 절이라 하여 산성사라고도 불렀다. 현재의 안국사는 본래의 위치가 양수발전소 상부댐(적상호)에 잠기게 되어 1992년에 옮겨 세운 것이다.

(5) 甲寺11)

계룡산 서쪽에 위치한 갑사는 백제 이래 풍부한 불교문화의 본산이 되어 왔던 계룡산의 여러 사찰 중에서도 가장 풍부한 문화유적을 간직한 천년 고찰로서, 백제 구이신왕 원년(420)에 아도화상이 창건하였고, 갑사가 전국적으로 알려진 거찰로 발전한 것은 백제 멸망 후의 통일신라기의 일이었다.

위덕왕 3년(556)에 혜명대사가 천불전 및 진광명전, 대광명전을 중건하였고 후에 의상대사는 당우 천여 칸을 중수하고 화엄대학 지

---

10) 이동술 편, 전게서, p.275 참조.
11) 이동술 편, 전게서, p.12 참조.

소를 창건하여 갑사는 이 때 신라 화엄종 10대 사찰의 하나로 번창하였다.

임진왜란이 일어나자 갑사는 왜군에 대항하는 승병궐기의 거점이 되어 당시 갑사 청련암에 주석하시던 영규대사는 왜병이 북상하자 800여 승려들을 이끌고 궐기, 충청도 의병장 조헌 선생의 의병과 연합하여 청주성을 수복하고 충청도를 왜군으로부터 지켜내는 큰 공을 세웠으나 금산전투에서 800여 승병과 함께 장렬히 순절하셨고, 영조 14년(1738)에 건립된 경내의 표충원에 임진란의 대표적인 승병장 서산, 사명, 영규대사의 영정을 모셨다. 갑사는 조선 선조 30년(1597) 정유재란시 침입한 왜구들에 의하여 한꺼번에 소실되어 수년이 지난 선조 37년(1604) 대웅전과 진해당 중건을 시작으로 재건되기 시작하여 오늘에 이르렀다.

지금까지 다섯 절의 승병에 대한 기록들을 살펴보았거니와, 어쨌든 이 절들은 모두 천혜의 요새로, 수십에서 수천 명이 매복할 수 있는 지형적 특징을 지니고 있다. 이 승병제도는 조선시대만이 아니라 신라 중기부터 면면히 있어 온 것임을 확인할 수 있다. 이렇게 사찰이 국토 방위를 위한 역할을 한 것은 사찰의 사회사적 임무 하나를 보여 준 예이다.

여기서는 이러한 방어사적 기능의 초기 형태로 망해사를 지목하려는 것이다. 그러면 앞에서 논의한 신라의 고찰 중에서 망해사와 맥을 같이하는 고찰들을 간략히 살펴보자.

陳田寺趾는 강원도 양양군 강현면 둔전리에 있었던 사찰로 신라 禪門九山의 효시가 되었던 迦智山派의 初祖 道義國師가 창건한 사찰이다.12) 도의는 선덕왕 5년(784)에 당나라에 가서 지장의 선법을 이어받고 현덕 13년(821)에 귀국하여 이곳에서 수도하다가 입적한 큰스님이다.

고려 중기의 一然 스님이 이 절의 長老였던 大雄의 제자가 되었던 것으로 보아 절의 규모를 알 수 있다. 지금도 국보 122호로 지정된 삼층석탑과 보물 439호인 부도가 있다. 그런데 필자의 관심은 절의 위치이다. 양양의 북방 바닷가에 위치해 있으면서도, 천연의 요새처럼 절터는 산자락에 가려져 있다. 그러나 조금만 뒷동산으로 오르면 바다가 한눈에 보인다. 그리고 그 바다는 포구처럼 외래객이 접근하기 쉽게 된 지형이다. 어딘가에 바다를 내려다보는 망대가 있을 법하다. 그 망대에서 바라보면 바다의 모든 움직임을 파악할 수 있는 지형이다. 망해사보다 산의 높이가 낮을 뿐 그 구도가 흡사하다.

낙산사는 널리 알려진 절이다.13) 이 절은 관음보살이 머무는 절로, 문무왕 11년(671)에 義湘이 창건했다. 양양군 강현면 전진리에 있는 이 절에는 많은 고승들의 설화가 있다. 바닷가 바위 위에 우뚝 솟아 있는 이 절은 중생들의 고통을 덜어주려는 관음신앙이 중심이다. 관음신앙 역시 갖가지 재왕과 침탈에 시달리던 민중을 구하려는 의도가 짙음은 물론이다. 이 절의 위치도 바닷가 언덕 위에 세워져 바다가 한눈에 조망되는 곳이다.

燈明 洛伽寺는 명주군 강동명 정동리 괘방산 중턱에 있는 사찰이다.14) 신라 선덕여왕(780-784) 때 자장이 창건하였다. 신라 말에 병화로 소실되었는데 고려 초기에 중창하였다. 이 절에는 세 개의

---

12) 강원도 양양군 설악산에 있던 절로서 폐사가 된 지 오래다. 지금은 사찰 복원 준비 중이다. 이동술 편 ≪한국사찰보감≫, p.403 참조.
13) 이동술 편, ≪한국사찰보감≫(우리 출판사, 1997). pp.59~61 참조.
14) 이동술 편, 전게서, p.59의 낙가사 참조.

석탑이 있다고 전한다. 이 수중탑을 찾기 위하여 여러 번 수중 탐사를 시도했으나 아직 찾지 못했다고 한다. 더욱 관심을 끄는 것은 이 산 속에 있는 절이 병화로 신라 말에 소실되었다는 사실이다. 오늘날 보아도 외진 이 깊은 산 속에 병화가 있었다는 것은 이 절의 성격과 관련이 있어 보인다. 곧 승병이 있었다는 징표다. 현재 이 절을 오르면 좋은 약수가 흐르고 그 약수터의 바로 왼편에 고탑이 있다. 이곳이 바다를 바라보는 망루가 아닌가 한다. 실제로 포구의 바다가 절경을 이루며 한눈에 조망된다. 약수의 왼편으로 한 오백 미터쯤 떨어져 절이 있다. 이 절도 진전사나, 망해사 감은사처럼 산에 가려 있어 쉽게 보이지 않는다.

다음으로 望海寺와 함께 동해안에서 주목을 받을 만한 절이 感恩寺이다.15)

월성군 양북면 용당리에 있었던 이 절은 매우 중요한 위치에 건립되었다. 이 절의 주변에 석굴암, 기림사, 골굴사 같은 고찰들과 유기적 관계도 있었다. 이 절은 신문왕(681)이 문무왕의 뜻을 이어, 창건한 절로 왜구 격퇴가 주목적이었다. 지금은 폐사가 되었으나 국보 112호로 지정된 삼층석탑 2기는 남아 있는 신라 석탑 중 가장 큰 것이다.

1960년과 1979-1980년에 걸친 발굴로, 절의 전모는 밝혀졌거니와, 삼국유사의 기록대로, 금당 바로 밑에까지 바닷물이 들어오도록 설계되어 있어, 용이 되어 나라를 수호하는 부왕 문무의 넋이 들어오도록 구조되어 있다.

이것으로 볼 때 천 년 이전의 당시에는 이곳의 바다 수면이 현재보다 훨씬 높았으며, 지형의 변화가 일어났다는 주장도 설득력이

---

15) 이동술 편, 전게서. p.11 참조.

있어 보인다.

感恩寺에서 바닷가로 약 1km 떨어진 곳에 利見臺가 있어, 바다가 내려다보이며 그 바로 앞 바다 속에 문무왕의 수중릉인 대왕암이 있다. 이 대왕암은 문무왕의 무덤이라고도 하고 산골처라고도 하는데 죽어서도 용이 되어 나라를 지키겠다는 왕의 넋이 서린 곳이다. 그만큼 이 절은 호국을 위해 창건한 것임을 알 수 있다.

望海寺는 處容郎조에 나오는 절로, 청량면 율리 영취산에 있는 절이다.16) 헌강왕(875-885)의 명령으로 짓게 된 이 절은 신방사라고도 했다. 옛 신라의 절은 잦은 전란으로 불타 없어지고 옛터를 중심하여 현재 대웅전, 요사채 등이 복원되어 있다. 그것도 모두 근자에 중건된 것이라 옛모습은 석조부도 귀면와 등 기와 조각 등에서만 엿볼 수 있다. 특이한 것은 옛절터에서 500m 가량 떨어진 곳에 望海臺가 있었다는 사실이다. 지금은 황무지가 되어 어렴풋이 짐작할 뿐이지만 이는 감은사의 利見臺만큼 중요한 누대가 아닐 수 없다.17) 이 망해대의 존재로 말미암아 감은사와의 구도가 같음을 확연히 알 수 있기 때문이다. 그 규모가 커 보이지는 않으나 바다를 조명하기에 좋은 위치이다. 여기에서 내려다보이는 바다 쪽 포구의 물 속에 處容巖이 있다. 이 처용암은 포구로 바다로부터 외래객이 들어오기 좋은 지형이다. 또 당시의 정황을 보아도 도래인의 빈번한 왕래가 있었던 곳이다. 이곳을 진호하는 것은 통치자로서 당연히 해야 할 긴급조치다. 여기에 절을 짓고 바다를 내려다보는 망해대를 만들어 이곳을 지키려는 의도가 망해사의 창건 동기에 들어 있다고 생각된다.

---

16) 이동술 편, 전게서, p.111 참조.

17) 이 망해대는 울산의 향토 사학자 이유수 선생이 발견하였다고 전한다. 그는 ≪울산향토사연구≫라는 저서도 있고 울산지역 향토사 연구회 회장을 지낸 분이다.

　지금까지 동해안에 있는 신라 절터들, 곧 陳田寺址 洛山寺, 燈明 洛伽寺, 感恩寺, 望海寺 등에 대하여 그 위치와 창사 배경을 살펴봤거니와, 이제 이들의 성격에 대해서 좀더 의견을 제시하고자 한다.

　앞에서 설명했듯이, 望海寺는 望海臺와 處容巖으로 구성되어 있고, 感恩寺는 利見臺와 대왕암으로 이루어져 있다. 이 두 절의 위치를 눈여겨보면 이곳은 각각 동해의 요충지로서 각종 물산의 집산처임을 알 수 있다. 이와 같은 요충지는 이를 수호할 필요도 있었을 것이다.

　더구나 감은사의 뒤편으로 기림사라는 대사찰이 있다. 이 기림사는 조계종의 본사로 불국사를 말사로 거느렸던 절이다. 신라 시대에는 이 사찰도 승병 양성과 관련이 깊었다. 더구나 가까이 석굴암이 동해를 굽어보고 있는 터다. 또 하나 봉덕사종의 명문에 감은사의 '檢校使肅政臺令兼修城府令檢校感恩寺使角干' 金良相 이름이 발견된다. 이는 感恩寺가 동해를 지키는 수군의 중심지라는 사실을 알려주는 단서이다. 왜냐하면 봉덕사종 소리는 당시 군사들을 소집하는 역할을 했기 때문이다. 갑작스런 변란이 발생할 때 비상용으로 이 종소리가 사용된 것이다. 그런 종을 주조하는 관리로 김양상이 관여했다는 것은 시사하는 바가 크다. 결국 이러한 사실들을 종합할 때, 헌강왕의 개운포 나들이는 이 지역의 민심을 안무하려는 순행이었을 것이고, 망해사 창건은 감은사의 연장선상에서 동해 개운포 지역을 관할하는 방어사를 구축한 것으로 이해된다. 이는 望海寺-望海臺-處容巖이 삼각 구성으로 된 것도

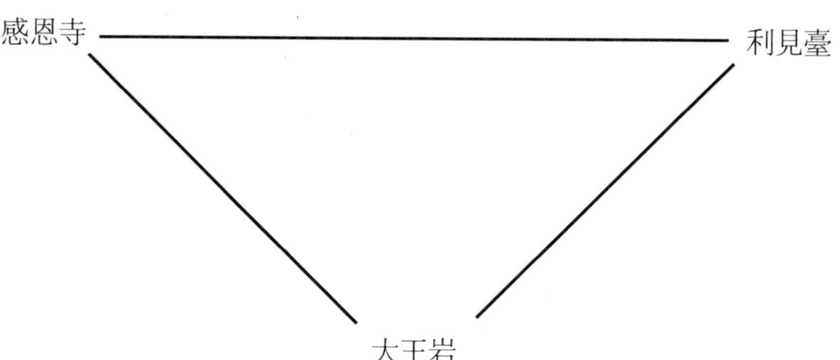

의 구도와 일치되고, 좀 넓은 시야로 바라보면

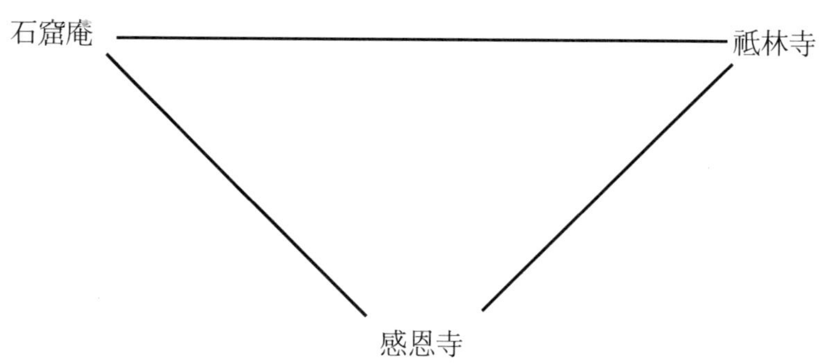

도 같은 삼각 벨트로 묶여진다.

이 같은 구도는 우연의 일치로 볼 수도 있으나 어떤 목적하에 배치한 의도적 구도로 해석할 수도 있다.

이를 유추하면 燈明 洛伽寺도, 陳田寺도 이러한 삼각 벨트 구도로 설명할 수 있다. 이에 대하여 울산 향토 사학의 리더인 이유수 님도 같은 견해를 제시한 바 있다.[18]

"망해사는 위와 같은 신령스러운 산에 자리를 잡았으며 처용 설화에서 동해용을 위하여 건치한 것이라 하였다. 그렇다면 이때 용을 위하여 절을 지어주고 신라는 그 반대 급부로 무엇을 얻으려고 하였는지 알아볼 필요가 있다. 이것은 감은사의 창건 동기에서 찾아볼 수 있을 것이다.

文武王欲鎭倭兵 故始創此寺

문무왕이 왜병을 진압하려 하여 감은사를 짓기 시작하였다 하였으니, 이러한 것을 본다면 필경 망해사도 문무왕의 기도처럼 왜구의 진압과 동해 뱃길의 안전을 얻으려 하였을 것이다. 실은 성덕왕 21년 토벌군성을 쌓아 일본군 침입의 길을 막았고, 동왕 30년에는 일본국의 병선 3백 척이 바다를 건너 우리의 동변을 침습하므로 왕이 정병을 출동시켜 대파하기도 하였던 것이다."

이와 같은 관점으로 볼 때 망해사라는 절을 세우라는 명령이 있자마자 운무가 걷혔다는 것은 방어적 성격과 상통한다.

그러면 운무가 걷히고 나타난 동해용의 정체는 무엇이며, 處容은 누구인가가 문제가 된다.

필자는 이미 용과 처용의 성격을 도래인으로 규정한 바 있다.[19]

---

18) 이유수, ≪헌강왕순행과 망해사・처용랑≫(울산문화원, 1996).
19) 졸고, 전게논문, pp.221~222 참조.

갑자기 생긴 일기의 변화는 외래인과 헌강왕 일행의 대결로 해석된다. 이곳에 헌강왕의 순행이 있는 줄 모르고 상륙한 이 도래인 무리는 헌강왕 일행과 대결을 피할 수 없었다. 소규모 도래인으로서는 왕의 대규모 부대와 대적할 수 없음은 물론이다. 그리하여 아들의 하나를 왕에게 바치며 화해의 동작을 취한 것이다. 이 아들이 처용이다. 외지에서 도래하여 습합, 동화가 되기 위해서는 크든 작든 간에 갈등과 화해의 과정을 거치게 마련이다. 그것을 운무가 뒤엎어 길을 잃은 것으로, 상징적 표현을 했을 뿐이다.

역사적으로 볼 때, 도래인은 處容만이 아니다. 석탈해, 허황후, 혁거세, 김알지 등등 모두가 渡來人 또는 天降人들이다. 시대적 차이로 인해, 좀더 현실화하여 등장한 것이 處容이라 할 수 있다. 이용범님의 아라비아 상인설도 결국 도래인의 성격이다.

결론적으로, 望海寺는 불교 신앙을 기본으로 하고, 개운포 부근을 구호하는 방어사적 성격이 짙다고 할 수 있다. 또 동해용과 處容은 도래인 성격으로 신라에 습합한 인물로 보아야 한다.

그리고, 이 글은 신라 헌강왕 시대의 서사시이며, 주인공은 헌강왕이다. 處容은 헌강왕 주연의 드라마에 등장하는 한 단역배우에 불과함을 거듭 밝혀 두고자 한다.

處容說話의 綜合的 考察

대동문화연구원

〈進行 ： 崔珍源〉

 本 學術 심포지엄을 開催한 目的을 말씀드리겠습니다. 學問研究에 있어서 方法論이 얼마나 중요한가 하는 것은 새삼스럽게 말씀드릴 필요조차 없습니다. 우리는 方法論의 停滯 속에서 動搖없는 平安에 만족하기보다는 차라리 方法論의 檢討 속에서 動搖있는 不安을 취하고자 합니다. 學問은 그래야만 發展할 수 있습니다. 우리 韓國學의 現實은 發展을 위한 動搖있는 不安, 즉 方法論의 檢討를 지금 절실히 요구하고 있습니다. 그런 의미에서 本 심포지엄이 열리게 된 것입니다.

 論題는 「處容說話의 綜合的 檢討」인데, 處容說話의 素材를 두고 文學的・語學的・演劇學的・民俗學的・歷史學的의 각각 다른 方法論, 이것을 어떻게 approach해 나갈 것인가, 그리고 그 結果를 어떻게 하면 方法論的으로 效果있게 綜合을 해나갈 수 있을 것인가를 5명의 發表者와 13명의 討論者가 각 分野에 걸쳐 각각 發表해 주시고 討論해 주실 것입니다. 그리고, 참석자 여러분께서 필요한 질문이 계시면 書面으로 적어서 각 討論前에 進行에게 提出하여 주시기 바랍니다. 그러면, 發表에 들어가서 第一發表로서 鄭炳昱敎授는 文學的인 方法으로, 姜信沆敎授는 語學的인 方法으로 발표해 주시 겠습니다.

第一發表 語文學的 接近

[發表]

文學으로 본 處容歌

鄭炳昱

本稿에서 말하려는 「文學으로 본 處容歌」란 一切의 附帶說話나 歷史的인 現實性 與否 또는 民俗學인 要素를 排除한 獨立된 詩歌로 서의 「處容歌」를 살펴보겠다는 뜻이다. 따라서 巫俗이니 龍神이니 山神이니 하는 民間信仰을 念頭에 두지 않을 것임은 勿論, 아라비 아 商人이니 花郎이니 하는 作家의 出身이나 階層도 論外로 할 것 이다. 本稿에서의 主要한 關心事는 「處容歌」의 形態와 修辭와 美意 識 등 本質的이고 構造的인 面에서 「處容歌」의 價値를 評價해 보려 는 데 있다고 하겠다.

우선 筆者는 「處容歌」의 意義를 解明하는 데 있어서 形態的인 面 에서 接近하는 것으로 出發點으로 삼으려 하는 바이다. 누구나 잘 아는 바와 같이 「處容歌」는 이른바 四句體 八句體 十句體 鄕歌 中 八句體 鄕歌의 하나이다. 그리고 이 八句體는 所謂 後句니 落句니 하는 十句體 鄕歌의 終章이 脫落된 것이 아니라, 처음부터 八句體

로 된 鄕歌인 것도 異議가 없는 줄로 알고 있다. 그러기 때문에 이 八句體 鄕歌란 十句體 鄕歌와는 全然 別個의 系列에 屬하는 形態로 보자는 것이 筆者의 見解임을 우선 밝혀두는 바이다.

筆者는 이미 十句體 鄕歌의 原來의 名稱이 詞腦歌였을 것이라는 見解를 披瀝한 바 있었다. 그리고 그 詞腦歌란 慶州地方 즉 詞腦野 地方에 流布했던 十句로 된 定型詩였을 것임을 밝힌 바 있었다. 따라서 詞腦歌란 首都文化의 하나로서 新羅詩歌를 代表하는 「其意甚高」하고 「詞淸句麗」한 新羅의 貴族文學의 하나였을 것임은 疑心할 餘地가 없다고 본다.

이에 比하여 八句體 鄕歌는 詞腦歌가 아닌, 말하자면 首都文學圈外의 어느 地方文學의 하나라고 보고자 한다. 따라서 「處容歌」도 地方文學일 可能性을 想定할 수 있다고 본다. 같은 八句體 鄕歌의 또 다른 作品 得烏의 「慕竹旨郎歌」도 그런 뜻에서 地方文學으로 看做할 수 있다고 본다. 이 「慕竹旨郎歌」도 十句體 詞腦歌의 終章이 脫落한 것이 아니고 分明히 처음부터 八句體로 된 作品임에는 어느 누구도 異議가 없었기 때문에 「處容歌」와 「慕竹旨郎歌」는 꼭 같은 詩歌形態에 歸屬시킬 수 있다고 본다. 따라서 이 두 作品은 꼭 같이 地方文學의 所産으로 看做될 수 있다고 보는 바이다.

그러면 이제 한 걸음 더 나아가서 이 두 作品이 十句體 鄕歌인 詞腦歌, 즉 首都圈文學과는 달리 왜 地方文學인가를 좀더 다른 角度에서 살펴보기로 하겠다. 첫째로, 우리는 이 두 作品에서 共通的으로 찾을 수 있는 特徵으로서 metaphor의 缺如를 들 수 있다. 바꾸어 말해서 이 두 作品에는 主旨(tenor)도 媒體(vehicle)도 없는 非詩的인 共通性을 찾을 수 있다는 뜻이다. 이런 種類의 作品을 論者에 따라서는 tension의 缺如라고도 表現한다. 大體로 tension

이 없는 詩란 粗雜하게 마련이다. 오늘날 우리가 물려 받은 鄕歌 中에서 「處容歌」만큼 粗雜한 作品이 또 달리 있을 것 같지 않다. 「慕 竹旨郎歌」에서는 더욱 그런 것이다. 「處容歌」에서는 그런대로 一抹 의 humor나 eroticism이라도 發見할 수 있지마는, 「慕竹旨郎歌」에 서는 匹夫匹婦들이 늘어 놓는 喪廳에서의 넋두리를 넘어서지 못한 粗雜밖에 없기 때문이다.

이제 여기서 「處容歌」가 얼마만큼 tension이 缺如되었는가를 살 펴보기로 한다. 第一行의 "서울" "밝은 달", 第二行의 "밤" "노니다", 第三行의 "들다" "자리" "보다", 第四行의 "다리" "넷", 第五行의 "둘" "내해", 第六行의 "둘" "뉘해", 第七行의 "본대" "내해", 第八行의 "앗 다" "어찌할꼬" 등의 語彙들은 辭典的인 意味 以外의 어떠한 含蓄된 意味를 갖지 않고 있음을 볼 수 있다. 따라서 이 作品이 지니고 있 는 意味內容을 外延的인 것(denotation) 以上으로 發展시켜 演繹 할 方途가 없다는 것을 알 수 있을 것이다. 이렇게 詩의 言語가 갖 는 內包(connotation)의 豊富한 可能性을 利用하려 하지 않고 外 延에만 限定시켰을 때에 우리가 지니고 있는 洞察力을 背反하게 되 기 때문에 tension이 없는 詩가 되고 마는 것이다.(cf. Allen Tatei; Tension in poetry)

이와는 달리 十句體 詞腦歌인 月明師의 「祭亡妹歌」에서 "가을 바 람"과 "落葉"은 누이의 夭折을, "나무가지"와 "나뭇잎"은 血緣을 比喩 함으로써 內包의 可能性을 充分히 살리고 있음을 본다. 이렇게 首 都文化圈에서 洗鍊되고 陶冶된 詞腦歌의 높은 格調에 比하여 그렇 지 못한 「處容歌의 粗雜性」은 곧 首都文學이 아닌 地方文學일 可能 性을 充分히 證明해 주고 있는 것이라 하겠다.

十句體 詞腦歌와 八句體인 「處容歌」가 tension의 差異에서 首都

文學과 地方文學의 差異를 보여 주었듯이, 美意識構造에서 보았을 때에 八句體인 「處容歌」는 十句體 詞腦歌와 뚜렷한 差異를 보여준다. 대체로 十句體 詞腦歌의 美意識構造는 이른바 "崇高美"와 "優雅美"가 支配的이라 함은 널리 알려져 온 事實이다. 그러나 이 「處容歌」에서는 "崇高美" 즉 偉大하고 莊重하고 卓越하고 高遠하고 完全하고 神秘로운 印象도 찾을 수 없고, 同時에 "優雅美" 즉 端雅하고 端正하고 淸楚하고 純粹한 印象도 찾을 수 없다.

　우리는 首都文學인 十句體 詞腦歌에서 위에 든 資料로 된 崇高하고도 優雅한 美的體系를 얼마라도 찾아낼 수 있다. 그러나 八句體 「處容歌」에서는 首都文學이 지니고 있는 崇高하고도 優雅한 것에 대한 抵抗이 뚜렷이 나타난다. 오히려 崇高하고 優雅한 것이 虛無하고 粗野한 것으로, "轉落"된 모습으로 나타나 우리에게 이른바 "喜劇美"를 보여주고 있다. 그런데 이 "喜劇美"란 "崇高美"나 "優雅美"에 對立되는 美意識構造이다. 따라서 首都文學이 지닌 美意識構造에 對立되는 또 다른 美意識構造를 지닌 「處容歌」는 分明히 地方文學일 수밖에 없을 것이다. 바꾸어 말하여 首都文學의 崇高하고도 優雅한 것의 "轉落"한 모습을 「處容歌」는 "喜劇美"로써 나타냄으로 地方文學의 特徵을 들어내었다고 하겠다.(cf. N. Hartmann: Ästhetik)

　이렇게 崇高하고도 優雅한 것의 "轉落"을 詩의 題材로 採擇한 것은 바로 詩人의 態度(attitude)를 限定하는 것으로 이른바 irony와도 連結된다. 勿論 여기서 말하는 irony란 "偏狹하고도 峻嚴한 諷刺"라는 뜻이 아니라, 表現 以前의 次元으로서 事物을 보는 눈 또는 다루려는 題材에 대한 생각을 뜻한다.(cf. K. Brooks: The Well Wrought Urn)

　「處容歌」가 지니고 있는 "喜劇美"란 그러한 過程을 밟아서 이루어졌기 때문에 偉大하고 莊嚴하고 優雅한 것이 可笑로운 것으로 轉落한 모습을 나타냄으로써 首都文學에 抵抗하는 地方文學의 性格을 잘 보여주고 있다고 하겠다. 여기서 우리는 首都文學의 限界性을 찾아볼 수 있으며, 아울러 地方文學의 可能性을 찾을 수 있으리라고 본다. 즉 首都文學이 崇高하고 優雅한 것에 定着되고 있는 동안 地方文學은 喜劇美와 irony의 새로운 世界를 開拓하여 다음 時代인 高麗에 와서는 오히려 「處容歌」的인 要素를 물려줌으로써 別曲文學의 性格을 形成시켰던 것이 아닌가 생각한다. 그러기 때문에 唯獨 「處容歌」만이 高麗時代에까지 傳承되어 高麗의 文學으로 發展했던 것이라고도 볼 수 있겠다.

이상에서 筆者는 「處容歌」를 單純한 文學作品으로, 즉 모든 背景的인 要素를 排除하고 이른바 "自己目的的"(autotelic)으로서의 「處容歌」가 지닌 몇 가지 意義를 밝혀 보려고 하였다. 勿論 文學을 이렇게 보는 方法上의 缺陷에 눈을 감으려는 것은 아니다. 더구나 古典文學硏究의 窮極의 目的이 文學史를 記述하는 資料採取의 한 過程이라고 볼 때에 歷史, 社會, 文化, 宗敎를 超越할 수 없을을 筆者는 잘 알고 있다. 그러나 지난날의 國文學硏究가 지나치게 背景論에 置重되었음을 勘案하여 autotelic으로서의 作品硏究가 優先的으로 試圖되어야 한다는 뜻에서 이 발표의 意義를 찾으려는 것이다. 따라서 이 발표를 對象으로 하는 모든 論議는 一切의 背景的인 連關性을 排除한 데서 出發點을 잡아주기를 바라마지 않는다.

「處容」의 語義

姜信沆

1. 「處」字의 中古音은 tçʲioʲ (董同龢氏 推定音, 以下同, karlgren: tśʲioʲ), 「容」字의 中古音은 juoŋ(董氏것 K氏는 jïong)이므로 新羅의 漢字音이 中古音 그대로라고 한다면 「處容」은 「tçʲu·juoŋ」이라고 할 수 있다.

2.1. 그런데 處容歌를 巫歌라고 하고 處容이 「제융」 나아가서는 「즁」「츙」을 寫音한 것이라고 보는 見解가 있다. 이러한 見解는 次次雄＝慈充＝處容과 같은 見地에 서고 있다.

2.2. 위와 같은 見解는 근자의 硏究에 의하여 뒷받침될 수 있다. 兪昌均교수와 朴炳采교수는 三國時代의 固有名詞表記(三國遺事 및 三國史記所載 地名, 官名, 人名 등)에서의 對置音관계를 고찰하고 漢字音을 利用한 寫音體系를 정리한 결과 古代국어의 子音體系에는 無氣子音과 有氣子音의 대립이 없었을 것이라는 推定을 하고 있다. 그 증거로 提示된 例의 몇 가지는 다음과 같다. (齒音系만 例示함)

毘處王 : 炤智王	處 : 智	tçʻ- : tç-
味鄒 : 味照	鄒 : 照	tʃ- : tç-
官狀 : 官昌	狀 : 昌	tʃ- : tçʻ-
未雛 : 未祖	雛 : 祖	ʤʻ- : ts-

이와 같이 無氣音과 有氣音의 對立이 無視된다면 다음과 같은 公式도 成立될 수 있다.

次次雄 ＝ 慈充

ts'jei(次—七四切, 七類, 止開三去至淸)＝

dz'jei(慈—疾之切, 疾類, 止開三平之從)

中古音에서 全濁音의 帶氣與否가 論難의 對象이 되고도 있고, 從
母에 속하는 漢字들의 一部는 朝鮮漢字音에서 : 泉(쳔)·憯(참)·
樵(쵸)·層(층)·叢(총) 등과 같이 有氣音化한 것도 있으나 大多數
가 朝鮮漢字音에서는 無氣音化하였으므로 新羅時代의 慈字도 無氣
音이었을 것으로 추측할 수 있다. 따라서 聲母만 가지고는

慈充 ＝ 處容 ＝ 즁

의 公式을 인정할 수도 있다.

2.3. 河野六郎 : 朝鮮漢字音의 硏究에서는 다음과 같이 말하고
있다. 朝鮮漢字音에서는 中國原音의 無氣音과 有氣音의 對立을 그
대로 反映하고 있는 것이 原則인데, 이를 제대로 反映하고 있지 않
은 例도 許多한 것으로 보아서 元來 우리 國語에는 無氣音과 有氣
音의 對立이 없었던 時期가 있었던 것으로 假定할 수 있다. 그리고
有氣音의 發生은 中國音의 導入에 의하여 일어난 것으로 여길 수
있다고 하였다. 이러한 說明도 위의 公式을 뒷받침해 주는 것의 하
나다. 왜냐하면 우리가 中國音을 가장 활발히 받아들인 시기가 바
로 新羅 때이므로 아직 有氣音이 發生되기 以前으로 볼 수 있기 때
문이다.

3.1. 朝鮮館譯語는 相當히 後代의 文獻이지만 국어의 無氣音과
有氣音의 對立이 中國字音에 의한 寫音面에서도 反映되지 않고 있

는 경우가 많다.(숫자는 역어의 어휘번호)

　　　例,　225　赤馬　　尺馬　　尺의 추정음　tɕi
　　　　　　　　　(陸志韋氏의 추정음 下同)
　　　　　383　精通　　逞通　　逞의 추정음　tɕiŋ
　　　　　426　슬지다　色尺大
　　　　　563　坎(감)　堪　　　堪의 추정음　k'am
　　　　　299　피리　　必刺　　必의 추정음　pi
　　　　　358　賤　　　展　　　展의 추정음　tɕiɛn

　이러한 例는 中國字音에 의한 寫音이 해당 국어의 原音을 反映하
기가 얼마나 힘든 일인가 하는 것을 증명하는 것인데 위에서 說明
한 慈充 = 處容 = 중 등 순전히 漢字音만 가지고 국어의 古代音
推定이 可能한 것인지 의심이 가는 것이다.
　3.2. 또 李基文교수 등 국어의 音韻史를 다루어 온 학자들은 고
대국어에서의 無氣音과 有氣音과의 對立을 인정하고 있으므로 漢字
音만 가지고서의 推測은 斷定을 내리기가 어려운 것이다. 다만 處
容歌를 巫歌로 보고 處容을 「중」의 寫音으로 보았을 때 그 可能性
도 있음을 說明한 것이다.
　4.1. 鄕歌 處容歌의 解讀은 小倉進平·梁柱東·洪某·金善琪氏
등 여러 학자에 의하여 試圖되었는데 金善琪氏의 解讀을 除外하고
는 모두 大同小異하다. 다만 △音의 인정 여부에 대해서 두 가지
見解가 있다. 金氏의 解讀은 獨特한데 특히 初聲字의 各自並書로
많이 表記하고 있다는 것과 「處容」을 「곳, 얼골」로 보고 있는 것이
特異하다.

4.2. 鄕歌는 비록 漢字로 表記되고 있다고 하더라도 音借만 한 것이 아니므로 앞으로 더욱 新羅語에 대한 再構가 試圖된 然後가 아니고서는 그에 대한 비슷한 解讀도 完全을 期하기는 힘들 것이다.

5. 以上 여러 說을 紹介하였는데 筆者의 생각으로는 三國遺事의 記錄을 그대로 믿고 鷄林類事의 「龍曰稱」(民國版說郛에는 龍曰珍)을 根據있는 表記로 보고 싶다. 즉 龍 = 處容 = 稱(tɕˈjəŋ, 處陵切, 曾開, 三平蒸昌)인데 古代국어의 同一語를 一字 또는 二字의 漢字로 寫音한 例가 많으므로 古代國語에서 「龍」을 뜻하는 단어로서 「치용」 또는 이와 類似한 一音節의 단어가 있었던 것으로 假定하고 싶다. 다만 이 경우에도 오늘날 巫覡社會에서 「제용」이라는 이름을 쓰고 있으므로 古代국어에서의 無氣音의 대립문제가 숙제로 남는다.

〈進行 : 崔珍源〉

成大의 李明九敎授께서 第一發表의 討論會를 司會해 주시겠습니다.

[討　論]

〈司會 : 李明九〉

鄭炳昱敎授와 姜信沆敎授 두분의 發表에 대하여 서울大의 金完鎭敎授, 李基文敎授, 張德順敎授와 成大의 崔珍源敎授, 檀大의 黃浿江敎授를 모시고 討論會를 갖겠습니다. 語學, 文學 順으로 각 先生님께서 질문·批判의 말씀을 해 주시기 바랍니다.

〈金完鎭〉 姜교수의 발표 내용에 대하여 세 가지 面에서 反對 意

見을 가지고 있습니다. 첫째, 處容의 뜻이 「중」이라는데 샤마니즘에서 司祭者를 「중」이라고 부르고 있다는 確實한 근거가 없는 이상 處容 ＝ 중으로 볼 수 없다고 여깁니다. 다음에 위의 假說, 곧 處容 ＝ 중이라는 것이 成立되려면 당시의 국어에서 有氣子音과 無氣子音의 구별이 없었다는 것이 前提가 되어야 할 터인데, 有氣音과 無氣音의 對立이 없었다면 漢字音의 有氣音을 어떻게 받아들일 수 있었는지 의심스럽습니다. 또 漢字音이 導入된 然後에 우리 국어의 有氣音이 發達하였다고 하는데 믈(水) 블(火) 플(草)과 같은 대립은 어떻게 存在할 수 있었던 것인지 의심이 갑니다. 다음에 「處容」을 「稱」으로 보았는데 우리 文獻에 이와 비슷한 語彙가 나타난 일이 없고, 古文獻에 龍을 「미르」라고 한 것으로 보아 「称」은 「弥」字의 誤記로 보아집니다. 왜냐하면 民國版 說郛에서도 「称」을 「珎」으로 誤記했는데 이 세 글자는 「称 弥 珎」와 같이 서로 비슷하기 때문입니다.

　〈李基文〉本人의 意見도 대체로 金完鎭교수의 意見과 같습니다. 다만 몇 가지 더 意見을 添加한다면 첫째로, 固有名詞의 語源論은 매우 어렵고 모험적이라는 점입니다. 특히 處容을 龍으로 볼 수 있을지 의심스럽습니다. 우리는 먼저 固有名詞의 表記方法을 고려해야 되는데 늘 漢字의 音을 빌어 表記한 것인가, 아니면 漢字의 釋을 빌어 表記한 것인가를 살펴야 됩니다. 「金川」 或은 「素那」라고 한 것을 前者가 釋을 가지고 記錄한 데 대하여 後者는 音만 가지고 記錄한 것입니다. 그런 의미에서 處容은 두 方法 가운데 어느 쪽에 속하는지 알 수가 없습니다. 그러므로 處容을 音讀만으로 해석한다는 것은 매우 위험한 일이라고 여깁니다. 例를 들면 「處」字는 訓蒙字會에서 「살쳐」로 되어 있으나 千字文에는 「바라쳐, 곧쳐」라고 되어 있으므로 이런 여러 面을 살펴서 處容의 뜻을 생각해 봐야 되리라고 봅니다. 그리고 有氣音 문제도 漢字音이 導入된 뒤에 우리 국어에서 有氣音이 發達하였다는 것은 의심스럽습니다. 왜냐하면 같은 漢字音 중에서도 全濁音系列은 全然 우리 국어에 反映이 안 되었는데 有氣音만이 영향을 주었을 理가 없습니다.

〈崔珍源〉 鄭敎授 發表에 대해 두 가지 질문을 하겠습니다. 첫째는, 八句體 鄕歌를 粗雜하다고 規定하셨는데, 그 粗雜性의 基準을 tension에 두었습니다. tension이 없으므로 그 內容이 粗雜하다는 견해인데, 處容歌는 그런 면에서 볼 때 首肯이 갑니다.

그러나, 慕竹旨郞歌는 그와 반대되는 것이 아닌가 생각됩니다. 慕竹旨郞歌의 첫귀 「간봄 그리매」의 봄은 季節的인 봄의 뜻만 나타내는 것이 아니라, 이 봄은 外延的으로 「竹旨郞의 젊은 시절」 혹은 「竹旨郞을 모시고 郞徒들이 心身을 鍊磨하던 과거 어느 때의 追憶어린 시절」, 혹은 「三國統一의 聖業」, 혹은 「作者 得烏의 靑春시절」 등을 뜻하는 것이 아닌가 생각합니다. 이런 外延的인 뜻은 곧 鄭敎授가 지적한 tension的인 것입니다. 이 봄 하나만 든다 하더라도 慕竹旨郞歌는 處容歌와는 달리 tension이 豊富합니다. 그렇다면, 形式이 八句體라 해서 慕竹旨郞歌를 處容歌와 함께 粗雜하다고 規定하는 것은 方法的 approach의 再考가 필요하지 않은가 생각합니다.

둘째, 轉落이란 말을 사용하셨는데, 즉 "十句體 詞腦歌는 崇高 優雅한 것이고, 八句體는 虛無 粗雜한 것으로 轉落되었다"라고 하셨는데, 그러면 八句體의 粗雜性은 詞腦歌의 洗鍊性에서 後退하였다는 뜻에서 이런 말을 사용했는지 어떤지 그 뜻을 잘 모르겠습니다. 보통 轉落이라 하면, 그 뜻은 이미 存在한 것이 반대 價値로 굴러

떨어진다든지, 後退한다든지의 뜻입니다. 그런데 鄭教授의 발표를 들으면 "地方文學의 八句體는 十句體에서 나온 것이 아니고, 十句體와 並立的으로 存在한다"는 견해인 것 같은데, 그렇다면 八句體의 粗雜性을 어찌 "崇高 優雅의 轉落된 모습"이라고 轉落이라는 用語를 사용했는지 모르겠습니다. 단적으로 말하면, 轉落의 概念이 무엇인지 알고자 합니다.

〈黃淏江〉「處容歌」에 대한 美意識論議에서 論者는「東洋的인 美意識」을 提起한 바 있었습니다. 그러나 이것을 몇마디로 定義化할 수 있다고는 생각지 않습니다. 「東洋的인 美意識이 무엇인가?」를 究明하기보다는 「處容歌」에 관해서 그것이 歌謠로서, 또 文學으로서 주는 感動의 根源—構造에 東洋人의 意識이 支配的인 契機로서 관여하고 있다는 看過할 수 없는 하나의 可能性을 提示하는데 그치려 합니다.

이것은 「處容歌」를 生成한 자리에 놓고서 考察함으로써 理解할 수 있습니다.

佛國土의 理想을 가진 新羅가 佛教라는 異民族의 文化를 受容하되 獨特한 民族的 形式으로 實現한 這間의 事情을 度外視하고 好佛的 龍子인 處容에 관한 어떠한 論議도 本格的인 究明일 수는 없는 것입니다.

佛教思想의 新羅的展開의 하나로 護佛護國的인 龍神信仰을 들 수 있는데, 處容의 경우 創寺를 勝事로서 嘉納한 東海龍은 疑心없는 護佛의 龍神입니다.

新羅에 있어서 護佛 即 護國, 護國 即 護佛이라는 觀念은 佛教의 土着化過程에서 歷歷히 나타나고 있습니다. 이에 관하여 論者는 別考를 마련할 豫定입니다.

文武王의 「大王岩」 說話에서 海龍은 新羅라는 佛國土를 바다에서 外護하는 護佛護國的 龍神으로 나타나고 있습니다.

故로 護國龍이 佛國의 王政을 輔佐하기 위해 龍子를 入京하게 하는 일은 생각할 수 있습니다.

龍子入國의 모티브는 「寶壤」(『三國遺事』 卷四 「寶壤梨木」)에서도 볼 수 있습니다. 大國傳法을 마치고 來還中 西海龍宮에서 데리고 나온 璃目은 西海龍子였습니다. 璃目은 寶壤이 住錫한 雲門寺의 小潭에 있으면서 寶壤의 法化를 陰助하였습니다. 가물이 들었을 때 甘雨를 내리게 하여 一境의 人民을 苦境에서 救出하기도 했습니다.

處容은 東海龍子로 入京하여 輔政하였고, 璃目은 西海龍子로 入國하여 法化를 도왔습니다. 璃目은 呪術로써 法化를 陰助하였습니다. 說話上 雨師(rain maker)의 呪能을 가지고 있습니다.

處容의 輔政도 直接 議政에 관계하는 實職으로서가 아니라 龍子로서의 輔政이었을 것입니다. 說話上 處容은 歌舞의 能이 있는 것으로 나타났고 處容은 「讚德獻舞奏樂」한 東海龍의 七子 中의 하나이었습니다. 處容의 輔政은 歌舞에 의하였음직 합니다. 護佛的인 龍子의 歌舞는 佛敎的인 敎化의 方便이었을 것입니다.

菩薩欲淨佛土 故求好音聲 欲使國土中衆生 聞好音聲 其心柔軟 心柔軟 欲受化易 是故以音聲因緣 供養佛 (『智度論』 卷13)

衆生弘化의 佛敎的 歌舞는 一句의 노래, 一曲의 旋舞도 深妙한 佛事가 아님이 없습니다. 法性無盡의 德을 具備한, 그럼으로써 一切悉地가 成就를 얻게 하는 佛性의 歌舞라고 합니다.

이와 같은 衆生弘化의 佛性歌舞는 元曉・大安・惠空 등 諸師의 行跡에서 볼 수 있습니다. 月輪을 멈추게 한 月明師의 「笛吹」까지도 衆生敎化의 歌樂類의 方便이 아니었던가?

「每月夜 歌舞於市」한 處容의 歌舞도 佛敎敎化의 歌舞요, 이야말로 「輔佐王政」이 아니었던가? 「每月夜」「歌舞處 月明巷」등의 記事로 보아 그의 歌舞敎化는 月明한 밤, 一定한 市巷에서 定例的으로 開催되었던 것임을 알 수 있습니다.

月夜歌舞한 處容이 「級干」職을 받은 것과 비슷하게 同禮殿의 宴會에 出舞한 地神에게 「地伯級干」의 이름을 주고 있습니다. 處容의 級干도 議政의 實職이 아닌 「地伯級干」과 類似한 것일 듯합니다.

歌中의 「셔울 발ᄀ 달애 밤드리 노니다가」도 月明巷에서의 歌舞, 卽 輔政으로서의 敎化歌舞에 늦도록 從事하다가 돌아왔음을 示唆합니다.

犯妻한 疫神에 대한 處容의 態度에 대해서도 佛敎的인 把握이 可能합니다. 「布施太子」의 成道譚에서 二子를 要求하고, 다시 妃를 要求하는 婆羅門에게 最愛의 妃마저 未練없이 내주는 布施太子와 相通하는 데가 있습니다. 卽, 處容自身의 捨心의 成就로 보아야 할 것입니다. 衆生弘化에 나선 護法의 龍子인 處容은 이미 離欲無私의 心境에 들어 서 있었고, 따라서 愛慾의 世界를 通過한 彼岸에 있었던 것입니다.

「歌舞而退」한 處容의 歌舞는 月夜巷에서 부르던 것과 本質에 있어 다를 바 없는 「敎化」의 性格을 띤 것으로 생각됩니다.

淸淨金剛不壞의 佛果를 얻기 위해서는 煩惱不淨無常垢穢의 身體를 棄捨하는 것을 바람직하게 생각합니다. 處容은 「皮膚的인 性格」의 彼岸에서 그것을 觀照하고 잇는 것입니다. 그런 까닭에 그에게는 노여움보다는 憐憫이, 憐憫보다는 不卽無貪의 平淸이 자리하고 있습니다. 그의 歌舞는 世俗的인 感情處理의 僞裝도 아니며, 自虐

的인 代償行爲는 더구나 아닙니다.

그에게 悲哀가 있었다면 그것은 「빼앗긴」 그것에가 아닌, 「빼앗고 빼앗기는」 人間存在의 根源的인 虛無에 향해져 있는 것입니다. 그의 아내에 대한 사랑은 그런 까닭에 根源的인 것입니다. 아내가 疫神에게 몸을 내맡겼다고 잃어지는 것은 아닙니다. 人間의 愛憎의 感情 彼岸에서 觀照하는 處容에게 있어 「犯妻」가 무슨 特別한 意味를 갖겠습니까? 「본디 내것이언만 빼앗음을 어찌하리꼬」는 「내 것」이라는 「執」을 버린 狀態, 卽 본디 내것이라도 앗아가면 앗길 수 있다는 無碍自在의 깨달음이 있을 뿐 별다른 執着을 發見할 수 없습니다.

處容은 歌舞로써, 疫神을 물리친 것이 아니라, 歌舞自退함으로써 捨心을 成就하려했던 것입니다. 그의 歌舞는 바로 그런 까닭에 敎化的인 것입니다. 결국 犯妻한 疫神에게 敎化의 影響이 나타났습니다. 疫神은 非違를 뉘우치고 處容에게 무릎을 꿇었습니다. 이것은 俗網을 捨離하고 智異山에 가는 길에 도둑의 칼날 앞에서 오히려 無常垢穢의 身體를 棄捨하려는 毅然한 信心을 노래함으로써 그들을 悔改케 하여 入信케 한 永才의 「遇賊歌」의 그것(敎化)과 對比될 만합니다.

處容의 歌舞를 다만 呪術的인 것으로, 다만 自卑的인 것으로 다루는 것은 결코 正鵠을 마친 것이 아닙니다.

「處容歌」의 美意識을 「喜劇美」라고 할 때 이것은 어디까지나 愛憎의 葛藤을 包含한 人間的인 感情의 次元 以上의 것이 아닙니다.

「處容歌」의 美意識은 皮膚的인 人間愛慾을 止揚한 「捨心」의 成就 바로 그것에 契機하고 있다는 點에서 전혀 東洋的이며, 또 그것이 「處容」이라는 龍子의 形象으로 實現됐다는 點에서 新羅的이라고 말할 수 있는 것입니다.

다음으로 「處容歌」의 構造를 考察하겠습니다.

第1·2句 「서울 밝은 달 아래 밤들도록 놀고 다니다가」는 天上的인 이미지를 動員하고 있습니다.

「달」은 佛經(『金剛頂經』「五相成就」·『大般涅槃經』·『末生寃經』)에서 흔히 佛身이나 「覺」의 境地를 象徵합니다.

盧舍那本身 譬如淨滿月 普現一切水 影像雖無量 本月不曾二 <雲默『釋迦如來行迹頌』>

佛法弘化의 覺月 아래에서 衆生教化의 歌舞로 밤이 깊었다는 것으로 彼岸思想과 아울러 菩薩行의 喜悅이 엿보입니다.

第3·4句 「들어와 자리를 보니 다리가 넷이러라」는 煩惱·不淨·無常·垢穢의 現實에 대한 直觀인 것입니다.

釋迦 八相 中 「踰城出家」에서 出城에 임하여, 자는 사람들의 淺薄한 모습에서 人間愚疾의 眞相을 보는 釋迦의 경우와 對比되는 것입니다.

第5·6句 「둘은 내 것이고 둘은 뉘것인고」는 現世的 葛藤으로 一種의 危機라고 看做될 만한 것입니다.

第7·8句 「본디 내 것이언만 빼앗음을 어찌하리꼬」는 危機를 넘어서 人間의 愚痴를 超脫한 彼岸에의 志向이 展開된 것입니다. 가장 醜한 報復으로 바뀌어질 수 있었던 人間的 感情을 止揚하고, 垢穢遠離의 眞如로 昇華된 天上的 이미지를 實現했습니다. 第1·2句의 覺月의 이미지와 首尾를 이루고, 第5·6句의 危機를 마침내 止揚한 次元 높은 解決을 提示한 것입니다.

要컨대 이것이 「處容歌」의 美意識의 構造로서 把握됩니다. 그리

고 이것은 오로지 「處容歌」를 그 生成된 자리에 놓고서만 理解할
수 있는 것입니다.

　處容의 門神化, 「處容歌」의 呪歌視, 處容에 대한 巫俗的·呪術的
理解는 鄕歌 「處容歌」의 生成 以後의 事實로서 本來的이기보다는
後來的인 要素로 把握되는데, 處容의 이슬람商人視의 論議는 原典
說話와는 無關한, 論據가 薄弱한 所說로 보입니다.

〈司會 ： 李明九〉

　討論에 參加하신 여러 先生님들께서 여러 가지 좋은 말씀을 해주
셨습니다. 발표하신 先生님으로부터 응당 이에 대한 答辯의 말씀이
있어야 하겠고, 또 일반 傍聽客 여러분들의 질문도 받아야 하겠지
만, 時間관계상 지금은 할 수 없고, 다음 綜合討論 때 해주시는 걸
로 하겠습니다. 司會者가 너무 獨斷的으로 司會를 보아서 대단히
죄송합니다.

第二發表 民俗學的 接近

[發　表]

處 容 歌 舞

李杜鉉

　첫째로, 處容說話는 다른 나라의 例와 마찬가지로 原初 人類가 가졌던 辟邪假面의 人格神化와 그에 따른 解釋說明에서 形成되었으리라는 意見은 處容說話의 解明을 爲하여 有力한 示唆의 하나가 된다고 생각한다.

　辟邪假面의 民俗은 新羅의 鬼瓦의 例를 비롯하여 門樓나 橋脚 防牌 등의 鬼面에서도 볼 수 있었고 또 黃海道와 京畿道 楊洲郡의 例로는 鬼面形의 탈을 門에 걸어서 雜鬼나 疫神의 침범을 방지하였었다.

　希臘의 Gorgoneion이나 中國의 方相氏 그리고 우리의 新羅壺杅塚 出土의 魁頭面이나 장승처럼 原初 處容面도 부릅뜬 눈에 들어난 이를 가진 「可畏怖之貌」의 鬼面이다. 그것은 雜鬼·疫神을 쫓기에 충분한 무섭고 괴이한 表情으로 恐怖의 具象化된 이미지이다. 그러나 宗敎에서 恐怖와 震怒를 除去하고 平和와 사랑의 宗敎에로 志向하고 詩的 美化를 가져온 希臘精神처럼 우리의 경우도 疫神의 辟邪 儀禮에서 歌舞賽神의 굿으로 發展시키면서 呪術에서 宗敎로 深化시키고 詩的으로 美化시켜 「有德하신 處容아바」의 假面精神과 「辟邪進慶」의 處容說話를 形成하여갔다.

　高麗의 僧 一然이 記錄한 三國遺事 卷二 處容郎 望海寺條의 處容

說話는 그 플롯에서 中國의 鍾道說話나 佛敎緣起說話 등의 影響을 볼 수 있으나 그 基層에는 여전히 新羅 以前부터의 呪術宗敎的 土着信仰이 核心을 이루고 있다고 생각한다. 漢字의 借字表記인 「處容」이란 語意는 未祥하나 現行音은 「제웅」이다. 제웅은 짚으로 사람의 形相을 만들고 제웅직성이 된 사람이나 앓는 사람을 위하여 길가에 대신 버려져서 厄을 막거나 산 永葬을 지내는데 쓰여지는 代贖의 scape goat와 같은 呪術人形이다. 處容은 「門帖處容之形」으로 邪惡을 물리치는 「辟邪」의 呪力을 가질 뿐더러 一面 「제웅」으로서 邪惡을 짊어지고 대신 버려짐으로써 善을 맞이하게 하는 「進慶」의 힘을 갖는 複合的인 神格이며, 이 兩面性은 現傳하는 門神信仰과 제웅信仰의 民間傳承의 共存에서도 볼 수 있겠다. 그리고 驅儺假面은 疫鬼를 쫓는 主體가 되는 同時에 客體로서 쫓기는 疫鬼가 되는 兩面性을 갖는 경우도 있으며, 濟州道의 「영감놀이」 굿은 이와 관련되는 民間傳承이라고 할 수 있겠다. 處容歌의 마지막 一行과 地文의 處容이 歌舞而退함으로써 疫神을 慴伏시켰다는 대문의 解釋은 以上의 處容說話가 갖는 處容神格의 複合性에서 이해되어야 할 것이다.

　三國遺事 處容郎, 望海寺條에는 前半의 處容說話와 함께 그 後半에 南山神, 北岳神 그리고 地神 등의 神舞說話가 記錄되어 있다. 「南山神舞」는 一名 「御舞祥審」 「御舞山神」 또 「霜髥舞」라고도 하여 모두 同一한 舞로서 憲康王이 鮑石亭에 나갔을 때 「南山神現舞御前」한 것을 「左右不見, 王獨見之, 有人現舞御前, 王自作舞, 以像示之」하였다고 한다. 鮑石亭은 護國神을 祭祀지내던 곳이며, 지금도 洞祭를 지내는 山神祭處이다. 이 記錄에서 우리는 南解次次雄 以來로 祭政의 長이던 新羅王의 職能을 살필 수도 있으나 「王自作舞」하였

고, 「審象其貌 命工摹刻」하였다는 것은 이 南山神舞가 假面舞였으며 王自身이 山神面을 쓰고 祭舞賽神하던 事實을 짐작케 한다. 또 이와 같은 山神祭 地神祭와 함께 記錄된 處容說話는 海(水)神祭 즉 龍神祭를 反映한 說話이기도 하다. 三國史記에는 「巡幸國東州郡 有不知所從來四人 詣駕前歌舞, 形容可駭, 衣巾詭異 時人謂之山海精靈」이라고 하여 「山海精靈」을 함께 말하고 있다. 山神 地神祭와 짝을 이룬 龍神祭터로서 開雲浦에 남아오는 處容巖은 龍바위이며 龍神祭의 祭祀處이자 龍神體를 兼하였음을 말하여 준다 하겠다. 世宗實錄 地理志에도 이와 유사한 「處容巖」에 대한 說明이 있고, 東國輿地勝覽에 의하면 全羅道 長城에도 處容巖이란 곳이 있음을 記錄하고 있다. 여기 參考로 民俗의 例를 몇 가지 들어보면 江原道 溟洲郡 墨港邑 望祥里 앞 바닷가에는 하래비바위와 할미바위라는 「노구바위」가 있어 龍王祭는 이 바위 앞에서 正月 대보름 밤에 지내고 祈雨祭도 이 바위에 지낸다. 莞島邑 堂祭에는 뒷山 중턱에 있는 남서낭이 바닷가에 있는 여서낭을 찾아 하룻밤을 지내는 交婚의 節次가 있으며, 이것은 다른 地方의 여러 서낭제에서도 볼 수 있는바, 山神과 水神이 한 雙을 이루는 結合 내지는 複合을 보여주는 例이다. 또 慶北 蔚珍郡 所在 聖留窟 隣近의 「구리재서낭」은 이 窟 속에서 나왔다고 믿어졌고 해마다 봄에 굿을 올렸는데 이때 巫女가 五色으로 물들인 龍頭 모양의 紙假面을 쓰고 춤을 추었다고 한다. 구리재서낭은 주로 行商人들이 섬기고 그들이 굿을 마련하며 치성을 잘 들이면 이 고개에서의 虎患을 면한다고 하였다. 여기서도 山神인 호랑이와 水神인 龍이 연관되어 있다. 이로써 江陵의 滄海力士御馬將軍說話나 脫解王說話, 그리고 處容說話가 모두 東海岸 一帶에 分布된 龍神信仰에서 由來된 水神童子說話와 一聯의 聯關性을 가진 說話들임을 알 수 있다. 더욱이 脫解의 경우 그는 바다로부터 온 龍神이자 東海를 바라보는 吐含山神으로 祭祀되었으며, 그는 樂神이며 龍神인 乾達婆의 아들로 되어 있어 바다로부터 來臨하여 歌舞하는 童神인 處容郎과 그 本質을 같이한다 하겠다.

以上에서 考察한 바와 같이 霜髥舞가 護國神인 南山神을 祭祀지내는 山神假面舞인 것처럼 處容舞도 護國神인 龍神을 祭祀지내는 龍神假面舞에서 영향되었을 것이며, 더구나 文獻備考 補註에 處容舞를 一名 霜髥舞라고 한데서 볼 수 있듯이 處容舞는 山水神祭舞를 複合한 母體였다고도 할 수 있겠다. 이같이 新羅 以前부터의 韓國 土着의 古代傳承인 辟邪假面과 山神祭舞와 龍(水)神祭舞 등의 複合에서 출발한 處容歌舞는 점차 大陸系 假面舞(中國과 西域樂舞)의 影響을 받아 二次的 三次的인 變容을 거듭하여 갔다.

처음 一人舞에서 출발한 處容舞는 二人舞로 되고 樂學軌範(1493年)의 時期에 이르러서는 「鶴蓮花臺處容舞合設」로 五方處容의 一大 綜合歌舞劇으로 集成되기에 이르렀다. 處容舞는 高麗와 朝鮮朝까지 傳承되면서 驅儺舞로서 뿐만 아니라, 宮中의 宴樂舞와 士大夫들의 公私席 宴樂에도 자주 추어졌다. 또 高麗의 處容舞는 山臺雜劇의 중요한 레퍼터리의 하나일 뿐더러 新羅鄕歌 處容歌를 敷衍시킨 麗謠 處容歌는 우리나라 최초의 劇詩的 形式을 보여준다고 하겠다. 現傳하는 韓國假面劇의 歌舞的 部分과 더불어 演劇的 部分이 構成된 연원의 一端을 이 處容歌舞劇構成에서 찾을 수도 있겠다.

處 容 傳 承 考
〈民俗學的인 立場에서〉

金烈圭

　三國遺事 所載의 「處容郞望海寺」傳承은 ① 處容郞의 由來, ② 그가 官職에 오른 動機와 取妻하게 된 動機, ③ 그가 그의 아내를 犯한 疫神을 물리친 經過, ④ 그가 門神이 된 動機, ⑤ 處容의 由來와 關係있는 佛刹의 創建 등의 모티브를 지니고 있다. 이 다섯 가운데 世俗的인 것은 둘째項 뿐이다. 나머지 넷은 모두 宗敎的인 行事 및 呪術行爲와 關係되어 있다. 뿐만 아니라 處容郞에 關한 얘기가 一但 끝나고 이에 繼續되는 「又幸鮑石亭……」 以下의 記錄도 徹底하게 宗敎的이다. 處容傳承을 다룸에 있어서는 무엇보다도 이 事實이 먼저 또 重要하게 考慮되어야 한다. 말하자면 處容傳承은 이른바 神聖傳說로써 다루어져야 하는 것이다. 그것은 創刹의 緣起傳說이고 疫神退治技能을 지닌 門神의 由源에 關한 傳說인 것이다. 樂學軌範 所載의 處容歌까지를 아울러 考慮한다고 하면 熱病大神을 驅逐하는 醫巫呪述의 起源에 關한 傳說인 것이다. 그런 點에서 處容傳承을 「本풀이」로 본 一部 見解는 妥當한 것이다.

　處容傳承은 複合的인 神聖傳說이다. 龍神의 아들로서 表象되는 神異로운 出現에서 비롯된 處容의 生이 마침내 疫神을 退治하는 醫巫呪術師 및 門神에까지 이르게 되는 過程에 關한 얘기(1)가 佛刹緣起說話(2)와 交錯되어 있음에 複合性의 正體가 있는 것이다. 여기서 (1)은 〈Hero-story〉의 類型을 聯想시켜 주고 있다. 이 類型은 神異롭게 誕生한 한 主人公이 異積을 보이는 冒險을 遂行한 끝에 王位에 오르거나 아니면 그가 이룩한 業績에 값질 地位, 名聲을 얻게 된다는 줄거리를 지닌 脫解, 朱蒙, 瑠璃 등의 얘기를 支撑하고 있는 바로 그 類型이다.

이들 類型의 얘기에 있어서 그 絶頂은 卽位하거나 地位·名聲을 얻게 되는 部分 및 이에 先行하는 冒險 또는 試鍊에 있음과 마찬가지로 處容傳承의 絶頂은 處容이 醫巫와 門神이 되는 部分 및 그 前提인 驅疫에 있다. 敍事的인 民談의 構造로 보았을 때는 前提部分이 事件發展의 클라이막스에 該當하고 卽位하거나 地位·名聲을 얻게 되는 部分은 그 大團圓에 該當될 것이다. 그런 點에서 絶頂의 絶頂은 試鍊이나 冒險에 있을 것이니, 處容傳承에서 驅疫의 모티브는 그만큼 意義가 커지는 것이다. 따라서 處容傳承을 神聖傳說로 다룰 때 宜當이 驅疫部分이 中心이 되어야 하는 것이다. 卽 疫神에 犯해진 아내에게서 疫神을 멀리하여야 할 試鍊을 그가 克服하는 過程이 中心이 되어야 하는 것이다.

試鍊을 克服코자 하는 努力 곧 疫神을 물리치고자 하는 努力이 歌舞로써 나타난 것이다. 따라서 이 歌舞는 呪術이라야 한다. 그것도 醫巫的인 呪術이라야 한다. 歌舞가 呪術일진대 處容歌는 마땅히 呪歌라야 한다. 實際로 處容歌는 舞와 함께 疫神을 물리치는 機能을 하고 있는 것이다. 그러나 現傳 羅謠인 處容歌를 不幸히 文面上으로 直接 呪歌라고 斷定하기는 힘들다. 그러나 文面背後에는 呪術原理가 潛伏해 있다.

處容歌는 一但 疫神에 犯해진 現況을 記述하고 있다고 보여진다. 그러나 그것은 疫疾의 原因에 因한 記述이다. 疫神에 의해 犯해지는 것은 疫疾을 그 結果로 낳게 될 原因이 發生한 것을 意味한다. 疫神에 들림으로써 疫疾에 걸리게 되는 것이다. 原因에 作用함으로써 結果에 影響을 끼치자는 呪術原理가 處容歌를 支配하고 있다.

아니면 原因은 疫疾이라야 全體의 部分임을 考慮할 수도 있다. 이 考慮下에서라면 處容歌는 感染法則의 呪術原理가 作用하고 있는 呪歌로 看做될 수 있다. 어느 쪽으로 보든지 간에 거기에는 呪詞가 지닐 隱喩의 原理가 存在하고 있게 된다.

이 處容歌와 그것에 隨伴된 蹈舞야말로 龍神의 아들로서 處容이 지닌 神異의 힘이다. 〈Hero-story〉의 主人公이 試鍊을 물리칠 때 나타내게 되는 그 神力이다. Hero-story의 主人公이 그를 둘러 惹起된 敍事的인 葛藤을 神力에 의해 克服하고 드디어는 그에 어울릴 地位, 名聲을 얻었듯이 處容은 處容歌와 蹈舞가 지닌 呪力으로 葛藤을 이김으로써 醫巫呪術師가 되고 門神이 된 것이다.

〈進行 : 崔珍源 〉

두 분 발표에 대해 參考의 말씀을 드리겠습니다. 李杜鉉先生의 발표는 高麗大學「韓國文化史大系 風俗藝術史」篇의 韓國演劇史에서 발표한 것을 補充한 것이고, 金烈圭先生의 발표는「韓國民俗과 文學研究」에 收錄되어 있는「巫夫로서의 處容傳承」을 補充한 것입니다.

[討 論]

〈司會 : 金東旭〉

지금 다섯 분의 의견을 듣고, 討論은 나중에 綜合討論 때 했으면 좋겠습니다. 그리고, 여기에 참석한 사람은 모두 民俗學을 연구하신 분들이니까, 補充한다는 면에서 발언을 해주시기 바랍니다. 處容說話는 三國遺事에서「處容郎 望海寺條」가 있습니다만, 거기엔

處容說話와 四神에 관한 것이 있어, 處容說話와 四神이 하나로 되어있고, 望海寺의 緣起와 說話로도 되어 있는데, 이것을 가지고 하나만을 꼭 집어내어 文學的인 연구다 뭐다 하는 것이 가능한 것인가는 民俗學的인 面에서는 의문이 가는 것입니다. 그래서 이제까지 발표하신 것을 보면 日本사람인 高橋亨으로부터 安廓 金映逐 또 저도 발표했습니다만, 張籌根 黃浿江 金烈圭 여러분들이 여기에 대해 발표하여서 處容說話의 研究는 마치 韓國民俗學의 系譜, 韓國民俗學의 발전단계를 提示한 것 같습니다. 處容說話가 갖고 있는 하나의 意味는 韓國民俗學의 發展과 더불어 있은 것인데 그 가운데서 현재까지 놓이고 있는 것이 무엇이냐? 우선 거기에서 大王岩-感恩寺-石窟庵과 같은 類型을 갖고 있는 處容岩-望海寺-靈鷲山, 이러한 것은 岩石信仰과 관계가 있고, 四神과 관계가 있다고 봅니다. 四神의 한 형태로 處容說話가 소개되었으니까, 四神 가운데서 西쪽神-西方神이 결여되어 있는 것이 하나의 特徵입니다. 그리고 또 處容說話에서 얘기하고 있는 門神, (현재는 門神은 도저히 볼 수 없습니다만, 과거 李朝時代에는 陳叔寶라든가 蔚遲敬德 같은 것을 門에다 그렸습니다만) 이것은 處容을 그렸다 하는 것으로 되어 있습니다. 또 處容說話가 가지고 있는 것이 결국은 說話가 먼저냐? 處容假面이 먼저냐? 이런 것이 문제가 되겠는데, 즉 說話라고 하는 것은 處容假面을 설명하기 위한 것이라고 본다면 지금 李杜鉉 教授가 말한 하나의 假面舞的인 것에서의 接近이 문제가 되겠고, 또 處容歌를 儺禮로써 연구한다면 그것은 계절적인 來訪者인데(儺禮 때에 處容을 불러 辟邪進慶을 한다. 그것은 계절적인 來訪者이다), 來訪者는 요즘에도 각설이패가 있습니다. 그의 하나로써 또 處容歌가 있고 이런 것을 여러 가지를 본다면 이 문제는 전체적인 구조로 봐서는 韓國民俗學 전체에 걸쳐야 되겠다는 얘기가 되겠습니다. 그래서, 여기서 제가 사회자로서 별로 말씀드릴 것은 없고, 또 두 분의 말씀도 요약하지 않겠습니다. 다만 다른 분께서 말씀하실 때 우리가 현재 갖고 있는 하나의 民俗學의 수준, 그런 것을 여러분들에게 들려준다는 의미에서 되도록 보충적인 의미에서 말씀해 주셨으면 좋겠습니다. 우선 延大의 文相熙 敎授의 말씀을 듣겠습니다.

〈文相熙〉處容說話는 宗敎史的인 측면에서도 볼 수 있지 않을까 생각됩니다. 處容文學 處容說話 處容歌舞 處容假面 등의 여러 가지 表象의 밑바닥에 處容信仰이 깔려 있다고 봅니다. 處容信仰은 辟邪의 呪術的 信仰입니다. 엄밀한 의미에서 呪術과 宗敎는 다릅니다만 넓은 의미에서는 呪術도 일종의 原始的인 信仰 行爲라고 볼 수 있겠습니다.

그러니까 處容信仰을 해명하는 것이 處容에 관한 表現現象들을 이해하는데 기본적인 작업이 되지 않을까 생각합니다. 어떠한 宗敎 信仰이든 그 기본적인 현상은 크게 나누어서 體驗과 表現으로 나타납니다. 신앙적 체험은 表現을 통하여 구체적으로 드러납니다. 대개 宗敎的 표현은 사상적, 행위적, 사회적인 양식을 빌어서 나타납니다. 이러한 표현들은 그 뿌리가 되는 신앙체험으로 환원될 때에 바로 이해가 됩니다. 신앙현상은 단편적인 표현의 분석만으로는 바로 이해될 수 없는 것입니다. 종교적인 일체의 표현은 信仰的인 體驗의 표현이기 때문입니다.

신앙체험은 개인이나 집단이 초자연적인 神格에 대해서 일으키는 응답입니다. 이런 神聖에 대한 체험은 두려움과 신비와 애착의 감정을 불러 일으킵니다. 이러한 신성에 대한 체험은 체험자의 생각과 행동을 180도로 변화시킵니다. 그래서 이런 체험을 有限自我가

絶對他者를 만남으로 이룩되는 「自己克越의 體驗」이라고 합니다. 處容信仰은 비록 원시적이긴 하지만 處容의 靈感을 빌어서 疫神을 물리치는 呪術的 信仰의 體驗이라고 봅니다. 자기의 힘으로써는 도저히 제어할 수 없는 惡鬼를 處容의 능력으로 내어 쫓는 놀라운 결과가 온다고 믿고 행하는 呪術입니다. 그러니까 處容信仰은 處容이란 신격의 힘으로 사람을 괴롭히는 病魔를 물리치는 원시적 呪術信仰이라고 보겠습니다. 그러므로 이 處容信仰이 歷史化한 것이 處容說話라고 할 수 있습니다. 處容說話에는 傳說的인 要素도 있고 神話的인 요소도 있습니다. 그리고 處容信仰이 行爲的으로 곧 祭儀(cult)의 양식으로 표현된 것이 이른바 處容歌과 處容舞입니다. 그러니까 處容說話를 단순하게 歷史的 次元에서 따지는 일이나, 處容歌를 文學的으로 分析하는 일은 너무나 平面的인 思考가 아닐까 생각됩니다. 처용의 노래와 춤은 단순한 문학적 관심이나 오락적 흥미 때문에 되어진 것이 아니고, 무서운 疫神을 몰아내는 呪術的 信仰行爲에서 나온 것이기 때문입니다. 宗敎의 表現現象에서 보면 祭儀는 드라마化되기 마련입니다. 그래서 祭儀의 미디어로서 음악이나 假面 등이 나오게 되는 것입니다.

이렇듯 處容에 관한 說話 歌舞 假面 제웅 같은 表現現象은 處容信仰에서 일어난 것임을 알 수 있는 것입니다. 이와 같은 表現은 긴 歷史過程에서 여러 가지 外的인 영향을 자연 입게 마련입니다.

앞서도 말씀드렸습니다만 時間의 흐름에 따라서 處容의 表現現象이 어떻게 변화했는지 규명하여야 할 것으로 생각됩니다. 處容說話만 하더라도 歷史過程에서 많은 변화를 입은 것 같습니다. 處容說話는 新羅 이전부터 전하여 온 것이 아닌가 생각됩니다. 만일 그렇다면 신라 이전에는 口傳으로만 전하던 것이 신라 때에 비로소 文

書化가 되었을 것으로 생각됩니다. 앞서 지적한 바와 같이 이 설화 속에는 傳說的인 要素도 있고 神話的인 요소도 있습니다. 그런데 이 說話는 歷史가 神話化하였다기보다는 오히려 神話가 歷史化한 것 같이 보입니다. 이 설화에 있어서 新羅 憲康王 때 云云은 記者의 編輯的 作爲라고 보입니다. 그러므로 處容說話는 處容信仰을 歷史化한 緣起說話라고 보겠습니다. 오랜 信仰體驗이 歷史化하는 일은 宗敎史에서 흔히 볼 수 있는 일입니다. 반대로 역사가 神話化하는 일도 숫한 일입니다. 일반 역사기술에 있어서도 위대한 人物이나 위대한 역사적 事件이 그 지닌 意味 때문에 神話化하는 일이 적지 않습니다. 이렇듯 역사가 神話化하면 다시 歷史化가 됩니다. 그렇게 되면 신화는 역사를 規制하고 意味化하게 됩니다.

　李杜鉉 敎授님께 한마디 질문의 말씀을 드리겠습니다. 잘못 들었는지는 모르겠습니다만 교수님은 處容은 假面의 人格化에서 나왔다고 하셨는데, 만일 그렇다면 어떤 과정을 통하여 가면이 人格化되었는지요, 그리고 說話와 노래는 어떻게 나왔는지 말씀하여 주시기 바랍니다. 꼭 그렇게만 생각해야 할 것인지요, 그럴 가능성이 있다 손치더라도 꼭 그렇다고 단정할 수 있을지요, 가능성이 곧 사실이 아닐 수도 있기 때문입니다.

　金烈圭 敎授님께 묻고 싶은 것도 있습니다. 교수님은 주로 설화만 다루신 것 같습니다. 저는 處容信仰은 說話(神話)와 儀禮(노래와 춤)를 archetype으로 하여 전승된 呪術信仰이라고 봅니다. 이 原型의 反覆을 통하여 저들은 그 疫神의 不安을 해소하였던 것입니다. 原型의 반복이란 神聖劇을 연출함으로써 저들은 神話的 空間과 時間 속에 들어갈 수가 있었습니다. 그런데 교수님은 이것을 言語的 原型인 설화에만 국한시켜서 말씀하신 것 같습니다. 김교수님게

서 주술에 대해서 말씀하셨습니다만 이 설화를 呪術에서 神話의 次
元으로 끌어올려서 다루어 주셨으면 합니다.

〈司會 : 金東旭 〉

張籌根教授께서 處容岩도 踏査하시고 望海寺도 踏査하셨으니까
그런 실지적인 면에서 말씀해 주시면 감사하겠습니다.

〈張籌根〉 지금 司會者께서 處容岩 踏査 얘기를 하라고 하셨는데
제 자신 이 자리에서 드리고 싶은 말씀이 있어서 부득이 司會者 명
령을 거역하겠습니다. (笑聲) 그리고 발표해 주신 두 분 선생님의
의견과 견해를 대체로 같이하기 때문에 저로서는 지금 이 자리에서
處容歌 부문에 대해서만 초점을 좁혀서 말씀드리겠습니다. 그리고
제 말씀에 대해서 나중에 두 분 선생님의 말씀과 그 밖의 여러 선
생님의 가르치심을 듣고자 합니다. 첫째, 제가 處容歌 부문에 초점
을 좁히고자 하는 것은 아까 文學部門에서도 말씀이 계셨고 해서
綜合的인 考察을 갖는다는 의미에서입니다.

이 處容歌 부문에서 특히 제가 주목하는 것은 그 노래가 一人稱
으로 되어 있다는 것입니다. 處容歌 노래 자체가 "내가 밝은 달밤
에 나가서 노니다 들어오니까 어떻게 되어있고" 그 다음에 가령 "네
개의 가랑이 중에서 두 개는 내 것이다"라고 하는 "나"라는 一人稱
으로 일관되어 있습니다. 그래서 이것을 저로서는 현재 巫俗의 巫
堂노래의 「공수」로 즉 신탁으로 보고자 합니다. 공수란 것은 대개
알고 계시겠습니다만, 굿에서 가령 不淨풀이 뒷전, 이런 것을 除하
고 나서 각 거리마다 신장거리면 신장거리, 거리에서마다 맨처음
神名을 羅列해서 神을 모시고 그 다음에 그 神에 대한 찬양을 하고

그 다음에, 특히 중부지방의 경우를 말씀드리자면 上, 下로 세찬 跳舞를 해서 무당이 엑스타스 상태에 들어가서 神이 된다는 것입니다. 上·下의 세찬 跳舞를 계기로 해서 一人稱으로 노래를 부릅니다. 신장거리에서는 신장 자신이 되고 山거리에서는 山神 자신이 돼서 흔히 하는 소리는 가령, "내가 너의 재산을 그렇게 많이 늘려 주었는데 내게 대한 대접이 고작 이것뿐이냐! 괘씸하다! 제상이 왜 이렇게 초라하냐" 하는 것이겠습니다마는, 그것이 가령 신장거리 같으면 "이렇게 雜鬼가 많이 인간을 침범하는데 너희들이 말을 안 듣고 자꾸만 이렇게 침범을 하면 모두 간날 간時 모르게 없애 버리 겠다"고 공갈 협박을 해서 쫓아버립니다. 處容歌의 마지막 구절을 李基文 선생이 해석해 주신 것을 보면 "어떻게 내가 감히 침범을 하겠느냐, 할 수 없다" 하는 체념에서 물러가는 것이 아니라, 공갈 협박해서 鬼神, 疫神을 쫓아버리는 그런 해석을 내려주신 데 힘이 된 제 소견입니다만, 그런 공수의 一人稱에 대한 것으로 저는 해석 을 해보고 싶습니다. 지금 新羅時代의 노래와 현대 巫俗을 제가 비 교했습니다만, 시간적인 간격이 너무 떨어지지 않느냐는 생각을 선 생님들께서 가지실지 모르겠습니다만, 우리의 民俗은 아시다시피 이미 李朝初期부터 가령 經國大典 같은 데서도 士大夫의 女子로써 서낭祠나 山川에 祭祀지내면 杖一百이라는 規定을 내려서 탄압을 해왔습니다. 그래서 우리 民俗이 韓國民族文化의 중심체로서 民族 文化와 더불어 발전해오지 못하고 한결같이 밟혀왔기 때문에 아직 도 原初狀況을 그대로 답습하고 있습니다. 그래서 現在民俗을 가지 고 三國史記나 遺事에 나와 있는 原初的인 해석을 할 수 있는 경우 가 허다했습니다. 그래서 가령 현재의 문화는 어떻게 보면 新羅時 代나 高麗時代보다 原初的인 생활을 아직도 가지고 있습니다. 그리고 그것이 그대로 新羅時代의 鄕歌의 공갈 협박으로 疫神을 쫓는 역시 그런 狀況인 것으로 간주하고 싶습니다. 그래서 이러한 狀況이 우리 韓國 民族文化 전체의 性格的인 파악 위에서 그 考察이 시도되어야 할 것으로 생각이 듭니다. 다시 現在狀況을 좀더 보충해서 말씀드리자면, 지금 서울의 경우 神將거리를 들으셨습니다마는 가령 제주도 같으면 영감 本풀이의 狀況을 處容說話와 대응해서 설명할 수 있겠습니다.

영감이란 도깨비를 말하는 것입니다만, 本土의 도깨비와는 조금 달라서 漁夫들에게 많은 寶貨를 갖다 주는 것으로 信仰됩니다. 本土에서도 그런 觀念이 조금은 있습니다. 잘 崇尙하면 富를 갖다 주고 잘 모시지 않으면 금방 그 집을 망하게 한다는 것입니다. 특히 漁業관계에서 이 神이 많이 모셔집니다마는, 이 鬼神은 어여쁜 海女들에게 잘 붙는다는 것입니다. 憑依하면 결국 그 海女가 狂症을 일으키는 것입니다. 그런 경우에 도깨비가 兄弟도깨비들이 假面을 쓰고 와서 巫堂의 請에 의해서 들어오고 海女에게 붙은 자기 兄弟를 데리고 감으로써 그 精神的인 疾患이 낫는다는 것입니다. 이런 角度에서의 處容說話研究는 玄容駿氏가 이미 들고 있습니다마는 그러한 濟州道의 社會, 그리고 서울 굿의 社會, 이런 것들이 處容歌를 巫歌로 볼 수 있게 하는 충분한 증거가 되리라 생각합니다. 이런 處容歌가 神話요, 공수라는 제 所見을 좀더 敷衍한다면, 이 處容歌의 경우 巫堂은 司祭者인 동시에 辟邪神 處容일 수도 있다는 말씀이 되겠습니다. 나중에 제 견해에 대해 다른 先生님들의 말씀을 듣고자 합니다.

〈司會 : 金東旭〉

　먼저, 제일 첫번에 말씀해주신 文相熙 敎授께서는 處容信仰이 대개 原始時代부터 존재했다고 해주셨고, 이것은 大田의 池憲永敎授의 그런 論文도 나와 있습니다. 그리고 지금 張籌根 敎授께서도 그것을 舞歌의 공수로 풀이한다는 말씀이 계셨는데, 거기에서 문제되는 것은 歌舞而退의 漢文으로서의 해석을 어떻게 할 수 있느냐, 歌舞하고 물러섰다든지, 歌舞하고 물리쳤다든지 하는 문제가 남을 것으로 믿습니다. 여러 가지 문제가 많이 제기됐습니다. 綜合討論에서 말씀이 있기 바랍니다. 그러면 成大의 李相日 敎授와 圓光大의 金泰坤 敎授께서 말씀해 주시겠습니다.

　〈李相日〉 저는 國文學을 전공한 사람이 아니기 때문에 비교民俗學的인 입장에서 본 演劇發生史的인 면에서 말씀드리겠습니다. 그 때문에 李杜鉉 박사께서 말씀하신 문제에 대해서 많은 관심을 가지고 들었고, 여기에 나온 油印文도 읽었습니다. 歌舞로서 본 處容舞가 演劇發生史的으로 어떻게 고찰될 것인가 하는 문제가 假面탈의 原初發生的, 그리고 假面人格化說話, 이런 식으로 되어, 先生님이 말씀하시다시피 歷史民俗學的 입장이 중심이 되었습니다. 그렇기 때문에 제가 기대하고 있었던 演劇機能 및 效果的인 면보다 오히려 處容歌舞의 由來的인 면이 강조되고, 거기에서 信仰 傳說的인 면이 강조되어서, 演劇學的인 해명이 미처 나오지 못했습니다. 물론 시간적으로 제한을 받아 그런 것이었습니다마는, 특히 疫神退治 문제 같은 것은 그것이 原始祭儀的인 면에서 模倣이든 再現이든 그것이 實現이 되었을 때, 그것이 新羅 이전, 만일 나중에 그것이 原初랄까—原型이란 얘기가 나왔습니다만, 原型까지 올라가자면 긴 究明

이 있어야겠고 적어도 處容說話가 歷史時代의 産物이기 때문에 저는 아직까지 原型이라고 생각하고 싶지 않습니다.—그러한 그 당시의 共同體 集團의 어떤 공감적인 해방, 어떤 心的인 해방에 기여할 수 있었던가 하는 것이 만일 밝혀진다면 演戲藝術로서의 근원적인 기능이라든지 또한 이 드라마적인 기교, 즉 이것은 李박사께서 이 發表概要에서도 가령 處容歌舞가 처음에는 一人舞에서 出發해서 二人舞가 되고 그 다음 다시 五方處容의 綜合歌舞劇으로 集成되었다고 말씀하시는데 어떻게 돼서 一人舞가 다시 二人舞가 됐느냐? 이러한 면에서 드라마의 對立的 要素라고 하는 것이 구체적으로 지적이 되겠고, 그럴 것 같으면 韓國演劇發生史的인 면에서 유럽적인 演劇史와 어떤 意味에서 서로 比較檢討가 될 수 있는 가능성이 크게 앞으로 나타날 수 있으리라 생각됩니다. 다음 處容歌의 傳承, 이것이 展開되어 나올 수 있었던 원인은 韓國의 가장 本質的인 것이 그 속에 포함되어 있기 때문에 가장 문제가 되고 있지 않은 것인가, 특히 國文學系統에서 문제가 되고 있지 않은가 그렇게 생각이 되는데, 저는 그런 면에서 볼 때에는 原初的이라고까지는 하지는 않는다 하더라도 古代에 있어서의 그러한 超自然的 存在에 대한 思惟, 이것이 상당히 문제가 되리라고 생각을 합니다. 아까 金烈圭先生님께서도 잠깐 말씀하셨지만, 超自然的 存在에 대한 古代人들의 思惟라고 하는 것이 어떻게 變遷해 나가느냐 하는 것을 우리가 파악을 한다면 거기에서 龍子라고 하는 處容에 대한 윤곽도 어느 意味에서는 밝혀질 수 있으리라 생각합니다. 우리가 알고 있는 超自然的 存在라고 하는 것이 그 다음 단계로서는 動物의 形態(theriomorph)를 취한다 하는 것은 소위 Dobler의 神體顯現이라든지 그런데서 이야기 되고 있는 것입니다. 그런 觀念이 發展되어

나가는 過程에 있어서 超自然的 精靈이 처음 動物形態를 취하게 되
는 것은 어떤 意味에서는 超自然을 그대로 反映하는 것이기 때문에
그때의 動物形態라고 하는 것은 怪奇한 것도 될 수가 있고 또 恐怖
의 대상이 될 수도 있습니다. 그것이 차차로 時間이 흐름에 따라서
人間的인 形態를 취합니다. 이것은 人間化(anthropomorph) 過程
으로서 그것은 神話的인 입장에선 모두가 얘기되고 있습니다마는,
動物形態에서 人間形態로 넘어가는 그 過程에는 상당히 많은 變形
이 일어나고 있습니다. 예를 들면, 몸은 사람인데 머리는 動物인
半人半獸型이라든지, 혹은 動物의 形態를 그 몸 가운데 一部 남기
는 型態 같은 것입니다. 이러한 中間段階는 韓國의 神話에서도 가
장 단적인 예가 閼英의 닭부리(입술)라는 型態이며 그것은 動物形
態에서 人間形態로 넘어가는 過程으로 볼 수 있습니다. 소위 處容
의 龍子라고 하는 것도 神體顯現이 人間化되어 가는 그 過程에 있
어서의 龍으로 나타나는 現象이 아닌가 보고 싶습니다. 그러니까
假面에 있어서 아까 李杜鉉敎授께서 말씀하신 受容면의 兩面 가운
데 한 가지는 鬼面化, 또 한 가지는 鬼面化보다 辟邪進慶으로 발전
되는 면이 있다면 超自然的 경지가 가지고 있는 恐怖的인 要素가
鬼面이 되어 나가는 한편, 나중에 그것이 또 한편에서는 超自然 가
운데서 人間을 도와주고 있는 소위 善靈이라고 할까 그러한 聖的인
要素, 이런 두 가지가 分離되어 나가다가 나중에 그것이 時代와 더
불어 일반적인 인간적 현상을 취해서 '處容아바'의 厚德한 모습이
되어 가는 과정을 우리가 處容說話에서 볼 수 있을 것 같습니다.
제가 말씀드리고 있는 것은 소위 이때까지의 太初의 事件을 神話化
시켜 나가는 形態와 아울러 또 한편에서 소위 脫神話學的 方法이라
고 하는 神話的인 要素를 歷史化시키는 方法論的인 面에서 이 두

가지 解釋이 암시적인 것이 될 수 있으리라고 생각합니다. 저는 그런 意味에서 특히 歷史學派에서 얘기하는 邊境의 龍이라 하는 그러한 것들은 脫神話學的인 면에서 볼 수 있는 가능성이 있다고 지적합니다. 이 處容문제는 處容이 龍子라고 하는 그 자체만 하더라도 벌써 動物形態的인 精靈觀의 發展이라고 할 것이며, 차차로 人間化되가는 過程으로서 觀點의 종합적 검토가 가능하지 않을까 생각합니다.

〈金泰坤〉處容에 關한 文獻資料를 가지고 部分的인 問題를 論하기 前에, 이에 對한 全體的인 性格 把握과 그 構成體系부터 檢討되어야 하겠다고 생각됩니다. 우선 이 자리만 하더라도 處容說話, 處容傳承…… 이렇게 用語上의 統一性이 없는데 이것이 바로 性格 把握이 되지 않은 채 部分的인 問題를 特定한 하나의 立場에서만 보고 있다는 證據가 됩니다. 處容에 關한 三國遺事의 文獻資料는 龍神信仰을 中心으로 한 神話의 文獻定着이라 보아지고, 이 定着過程에서 많은 潤色과 添加, 削除, 訛傳되었을 것을 豫測치 않을 수 없을 것이며, 이러한 理由로 해서 望海寺의 由來譚이 挿入調和된 것이라 보아집니다. 이렇게 多樣한 複合體를 놓고 文學이나 史學의 部分的 立場에서만 본다는 見解보다는, 따지고 보면 어느 立場도 問題될 것이 없겠습니다만 問題는 그 立場이라는 것이 얼마나 폭넓게 補助科學을 活用한 그 土臺 위에 서 있는 것이냐 하는 것이 問題이겠죠. 處容의 問題는 여기서 보고 있는 國語學, 國文學, 歷史學 다 좋습니다만 그 前에 神話, 心理, 宗敎, 民俗을 專門으로 다루는 分野의 學問과 나아가서는 未開文化를 다루는 民族學(Ethnology)까지도 그 補助科學으로 한 然後에 論議되어야 하리라 봅니다. 이와 같은 觀點에서 發題를 하신 先生님의 見解에 대한

疑問點 몇 가지를 여쭈어 보겠습니다. 李杜鉉 박사께서 「處容說話」
란 用語를 쓰고 이 「處容說話」는 處容假面을 人格化시키는 過程에
서 形成되었고, 그 理由로서는 이 假面이 呪術的 偉力을 지녔기 때
문에 이런 假面에 의해 惡鬼나 雜神을 쫓아내려는 意圖라 하였습니
다. 이 發題의 要旨를 分析해 보면 神話, 宗敎, 心理의 領域에서
論議되어야 할 問題로 登場합니다. 李 박사의 發題 要旨를 다시 壓
縮시켜 본다면 먼저 것은 神話發生論에 해당하는 것으로서 儀禮先
行說 곧 Retualism이 되겠고, 뒤의 것은 宗敎發生論의 恐怖說이
되겠습니다. 19世紀 後半 G. Grote가 Retualism을 樹立한 以來
이 說은 20世紀初로 넘어오면서 V. Gennep, W. Wundt 등의
Mythism派에 의해 批判 修正되면서 C.G. Jung, M. Eliade 등
에 依해 現在까지도 繼承되어 오고 있습니다. 특히 W. Wundt에
依하면 神話는 言語가 發達하기 以前 그리고 神이 槪念이 形成되기
그 以前부터 神話의 motif가 있다고 보았던 것입니다. 神話發生에
대해 이런 原始思惟, 나아가서는 深層心理의 立場에서 볼 때 李 박
사님의 儀禮先行說에 해당하는, 處容假面을 說明하기 위해 「處容說
話」가 形成되었다는 見解를 어떻게 받아들어야할지 難處하게 느껴
집니다. 다음은 恐怖說의 立場에서 處容假面의 登場을 說明하고 계
신데 宗敎의 發生根據가 그렇게 單純할 수 있을 것인가, 偉力을 가
진 善神에 대한 人間의 態度도 恐怖說의 立場에서 處理될 수 있을
것인지, 또 Totemism이나 原始思惟의 立場에서도 이 恐怖說의 立
場이 通用될 수 있을 것인지, 이 點 궁금하게 느껴집니다.

〈司會 : 金東旭〉

演劇的인 면에서의 處容歌의 문제는 鶴蓮花臺處容舞合說이라는 것이 世祖 때에 다시 크게 확대됐다고 보여지는데, 오늘날 高麗歌詞에서 남아있는 것이 그 당시에 이루어진 것이 아닌가 생각합니다. 그런 것을 演劇的인 면에서 앞으로 많은 업적이 있어서 그런 문제가 韓國演劇史에 어떠한 寄與가 될 수 있으리라 믿습니다. 그러면 마지막으로 慶熙大의 金光日 敎授께서 굳이 가능하시다면 精神分析學的인 면에서 말씀하시기 바랍니다.

〈金光日〉處容說話도 여러 가지 입장에서 볼 수 있을 것 같습니다. 제가 精神科 醫師이기 때문에 精神分析學的인 입장에서 分析해 보려고 합니다. 說話를 해석하는 方法이 여러 가지가 있는데 歷史的인 事實이라고 보는 方法과, 象徵, 혹은 比喩라고 보는 방법, 대개 크게 나누어서 두 가지가 있지만 精神分析學에서는 어떠한 입장도 괜찮습니다. 단지 그것이 歷史的인 事實이라 하더라도 거기에는 心理的인 要素가 많이 있다고 하는 여러 가지 입장에 서 있습니다. 제가 處容說話에 대해 말씀드리고 싶은 것은 두 가지입니다. 하나는 個人心理의 입장, 또 하나는 그것이 社會化 됐을 때에 나타나는 樣相의 두 가지로 나누어 보았습니다. 첫째의 個人深層心理의 입장에서 보면 이 說話의 내용은 아무리 보아도 에디프스(Oedipus)的인 모티브(motif)가 있는 說話입니다. 그런데 이것이 상당히 단편적이고 또 遁甲된 것이 많습니다. 그러나 우리가 몇 가지 찾아 보게 된 그 에디프스(Oedipus)的이라고 하는 말을 이해할 수 있을 것 같습니다. 첫째로, 龍王과 아들이라고 하는데 이것은 대개 英雄神話에서 나오는 形態와 마찬가지로, 또 워낙 자기의 親아버지가 불만스러울 때, 나는 그 아버지의 아들이 아니라는 그런 생각을 갖는 意識의 경향이 있습니다. 이 龍王이 진짜 龍王인지는 모르겠는데 자기 아버지에 대한 敵愾心을 갖고 있다고 생각합니다. 둘째로, 이 處容은 부인을 神에게 빼앗겼습니다. 그것은 疫神입니다. 이 時代에 있어 神, 王, 아버지는 同一視됩니다. 자기의 부인을 아버지에게 빼앗겼다고 하는 그러한 하나의 모티브(motif)가 됩니다. 셋째로는, 殺父의 陰謀가 있는데, 그 疫神을 죽여야 하는 것인데, 자기를 괴롭히므로 죽여야 하지만 그것은 美德이 아니므로 관대하다는 소위 그런 表現으로써 平和를 누립니다. 그러나, 表現 그 자체는 平和이지만 그 잠재한 感情은 굉장히 격렬한 조직을 갖고 있습니다. 춤과 노래로 이 疫神을 쫓아내는 그러한 motif가 있는 이것은 殺父의 motif입니다. 만약에 金烈圭先生께서 神과 接해서 呪術者가 神의 能力을 얻는다고 생각할 때에는 제 생각과 다릅니다. 여기의 疫神은 惡神입니다. 이것은 쫓아야 합니다. 이런 면에서, 個人的인 측면에서 볼 때 이런 것은 殺父欽慕의 그런 Oedipus的인 motif가 굉장히 있다고 생각합니다. 그것이 부분적으로 遁甲이 됐다고 생각합니다. 둘째로, 社會的인 表現을 빌리자면 그것은 Oedipus complex의 昇華입니다. 이것은 Oedipus complex의 社會的인 表現方法이라 볼 수 있습니다. 여기에 나오는 疫神은 惡神인데 惡한 父의 모습이고, 惡한 王의 모습입니다. 어떻게 보면 社會의 不義에 대한 抗拒精神이 여기에 있습니다. 또 개인을 혹은 百姓을 掠奪하고 또 逼迫하고 못살게 구는 그런 怨恨의 대상, 그것은 어떤 것이든지 좋습니다. 자기 아버지의 image에서부터 나온 것으로는, 어쨌든 그것이 어떤 王이건 또 나아가서는 外部에서 들어오는 敵일 수도 있습니다. 그러므로 그 逼迫者에 대한 抗拒, 어떻게 보면 正

義를 위한 투쟁정신, 殺父의욕이 昇華됐다고 생각해야 될 것입니다. 이런 면에서 보면 이 韓國的인 Oedipus complex의 해결방법이 여기에도 나와 있습니다. 워낙 그 아버지에 대한 敵愾心 그것은 희랍神話일 경우는 父를 죽입니다. 그러나 우리의 경우는 우리의 說話나 여러 傳承되어온, 文化的으로 보면, 父를 죽이지 않습니다. 아버지에 대한 敵愾心이 社會의 不義에 대한 敵愾心으로 발견됩니다. 그래서 아버지를 죽이는 대신에 폭군을 죽입니다. 이런 것도 어떻게 보면 社會的으로 Oedipus complex에 의해 그가 동화되었다고 볼 수 있습니다. 결국 이 說話의 기원은, 이 說話는 모든 사람이 가지고 있는 그 原初的인 Oedipus complex의 表現인데 그 속에 이 Oedipus complex를 해결하고 방법적인 양상을 찾아 볼 수가 있습니다. 그래서 이 處容說話의 기록은 하나의 그 Oedipus complex의 表現한 것이지만, 이 내용이 代代로 傳承되어 내려 오면서 Oedipus complex의 해결 양상을 전해주고, 그래서 後世人들이 그런 양상으로 자기들의 갈등을 해소해 나갈 수 있게끔 해준 그러한 기능을 갖고 있다고 생각합니다. 제 생각은 精神分析學적 입장에서 본 것이기 때문에 또 다른 입장에서는 여러 가지 견해가 나올 것으로 생각합니다.

〈司會 ： 金東旭〉

　감사합니다. 處容說話가 Oedipus complex까지 비약해서, 앞으로 많은 문제가 얘기될 줄 압니다. 지금까지 處容說話에 밝혀진 논문이 千페이지 정도 되리라 생각합니다. 그런 千페이지를 한시간 동안에 한다는 것은 무리가 있는 것이고 또 이때껏 討論을 하신 분

들이 좀 일방적으로 치우친 것 같고 자기의 學說에 치우친 것 같은
느낌이 듭니다마는, 이것이 綜合的으로 民俗學的으로 硏究되기를
바라겠습니다. 그런데 지금 시간이 10분 남았으니까 5분 동안에
그 발표자에게 넘겨 지금까지 발표한 것 중에서 자기에게 흥미 있
는 것을 택해서 5분씩 말씀해주셨으면 감사하겠습니다.

　〈李杜鉉〉 20장 정도의 요약입니다만, 제딴엔 제 생각을 비치느
라 했는데도 이것이 그러한 설명이 제시되지 않아서 그런가 봅니
다. 여기 나로서는 언급했는데도 불구하고 거기에 대해서 또 질문
이 나오는 것이 더러 있습니다. 그런 것은 그렇게 큰 문제가 안 된
다는 생각이 드는 것이 대부분이고, 특히 假面에 관한 문제, 또 演
劇史的인 approach가 좀더 예리하고 적절하게 되야겠다는 문제,
이런 것은 사실 그 지적한 대로인데 결국 그 假面에 관한 문제가
두 분한테서 나왔는데 현재로서는, 가령 여러 사람들의 의견이 惡
神, 善神 양쪽 다 假面이 있을 수 있지 않겠는가 하는 문제도 있다
고 얘기하시는데, 그 原初的인 假面에서는 역시 그 辟邪的인 假面,
그것도 특히 方相氏假面과 같이 埋葬 葬禮에 쓰이는 그러한 假面의
例가 考古學的인 발굴에서도 많이 나온 것 같습니다. 일종의 呪術
宗敎的인 그러한 目的物로서라 할까, 主體로서 쓰이는 material的
인 假面이 역시 初期的인 段階로서 제일 많이 문제가 되는 것 같습
니다. 그러한 것을 좇아서 處容假面의 경우도 이제 생각해 보건대,
그리고 歌舞而退 문제도 여러 사람이 여러 의견을 말했습니다만,
저로서도 具體的인 설명을 제시하지 않으면서 언급을 했습니다. 그
래서 張籌根 敎授가 든 濟州道의 영감놀이굿의 경우야말로 이 處容
說話의 巫俗的인 면으로서의 하나의 形態的인, 지금까지 傳承의 直
結한 例라 생각하고, 그것은 영감神들이 스스로 물러나는 그러한

순서로 돼있습니다. 그리고 이러한 韓國의 巫俗과 관련시켜 얘기가 나왔으니 말이지 결국은 과거의 기록을 보나, 적어도 高麗, 李朝까지도 내려오면서 또 巫堂들이 하는 것을 보면 결국 우리나라 것은 原初 시베리아·샤먼 하고도 다르고 또, 오늘날의 보다 달라진 日本의 샤머니즘과 달리 韓國的인 샤머니즘은 歌舞賽神입니다. 歌舞로서 엑스터시(Extasy)를 가져오고 그것이 pretend할 것이라고도 할 수 있겠지만은 南道文學의 경우, 여기 우리나라의 演劇史와 관련시켜서 제일 중요한 문제의 motif, thema가 이것입니다. 이 歌舞로서 神들려서 賽神한다, 굿한다 하는 것은 여기에 이번에 演劇史와 관련문제, 여기 이번에 또 擴大시켜서 다뤄지지 않았습니다만 저로서는 간접적인 제시만 하였습니다. 그러니까 오늘날의 대감거리, 제삿거리, 성조거리라든가 天地神의 合一이라든가, 거기에 중심이 되는 것, 거기서 문제가 좀더 풀려나올 수 있습니다. 저는 그런 것을 가능성으로 보고 있습니다.

〈金烈圭〉 저로서는 아까 제1부에 발표하신 분들보다 무척 多幸한 입장에 있다고 생각합니다. 一部 發表過程을 보니까 발표하는 者는 그저 獨立軍인 듯 했는데 저희들에게는 다시 되칠 수 있는 기회가 있어서 다행입니다. 여기에 의견을 말씀해주신 분들 가운데 文相熙先生 金光日先生 李相日先生께서는 제 의견에 있어 高次的인 補完이라 생각하는데 그런 점에서 별로 제기될 문제가 없겠고, 金泰坤先生께서는 不幸히 마이크 사정이 나빠서 통 듣지를 못했습니다. 그것은 個人的인 문제가 되겠고, 金光日先生께서 제 아픈 점을 많이 꼬집어 주셨는데, 惡神도 어떻게 믿겠는가? 그런 말씀도 해주셨지만 이것은 呪術原理에 있어서 한 呪術師가 가지고 있는 效力은 무서운 惡神과 代置함으로써 강해진다는 사실을 例만 말씀드리겠습니다. 그리고 또 하나 Oedipus complex에 대해 말씀하셨는데 金先生께서 누차 우리의 說話를 그 입장에 의거해서 分析하신 걸 보았습니다. 그래서 이번에도, 또 그 입장에서 說話를 分析하셨는데, 저는 불행히도 마르노브스키가 그 자신의 現地踏査를 통해서 女權意識이 강한 社會에 있어서는 Oedipus complex가 存在할 수 없다는 것을 밝힌 한 文獻을 例로 들지 않을 수 없습니다. 만일 이 업적이 헛된 일이 아니라면, 또 우리의 巫俗社會가 傳統的으로 女權社會라는 再認識이 잘못된 것이 아니라면, 이 Oedipus complex의 추측이 좀 문제가 될 만한 연구태도가 아니겠는가? 이렇게 제 생각을 말씀드리고 싶습니다. 감사합니다.

〈進行 : 崔珍源〉

宗敎學, 精神分析學, 神話學, 演劇學에 입각한 討論이었습니다. 아까 司會하신 金敎授께서 "處容說話에 對한 民俗學的 方法의 適用, 이것은 곧 韓國民俗學의 系譜인 동시에 그 展開過程이 아닌가"라는 말씀을 하셨는데, 20편 가까운 處容說話 연구 논문에 있어서 반 이상이 民俗學的인 方法의 approach입니다.

第三發表 歷史學的 接近

處容說話의 一考察
〈唐代 이슬람商人과 新羅〉

[發表]

李龍範

處容說話는 三國遺事에 新羅 憲康王時 龍의 아들로서 蔚山灣에 나타났다가 그와 結婚한 美女의 疫鬼와의 不貞行爲를 보고 極東의 文學史에서는 찾아 볼 수 없는 怪奇한 表現의 處容歌를 남겼을 뿐 아니라, 다시 處容舞는 그 후 길이 辟邪祓魔에 效驗있는 舞樂으로 되어 있는 까닭에 民俗, 宗敎, 文學의 여러 分野에서 많은 硏究가 이루어졌던 것은 周知의 事實이다.

그러나 이 處容의 新羅出現을 傳하는 것은 三國遺事에 그치는 것이 아니고 이에 앞서 三國史記 卷11에는 바로 「處容」으로 이름을 밝히지 않았으나 憲康王의 東巡時 어디서인지 모르지만은 容貌와 衣巾이 怪常한 四人이 駕前에 나타나 歌舞하였기에 당시 사람들이 이들을 「山海精靈」이라 하였다는 記事가 있다. 그 出現이 突發事였고 거기에 容貌衣巾이 怪常하며 「山海精靈」이라고 불리워졌다는 것으로 이 事件은 說話化될 條件을 가지고 있었던 것이나, 益齋亂藁를 비롯하여 忠惠王時에 蔚州로 流配되어 處容이 出現하였다고 傳하여지는 處容岩을 찾았다는 鄭誧의 詩와 慶尙道地理志 世宗實錄地理志, 麗末文人의 詩文에는 모두 碧海에서의 處容으로 비록 그 容

貌着衣가 怪常한 것은 밝히고 있으나 自然人으로서의 處容이었으며
거기에는 결코 神秘的인 要素는 보이지 않는다.

　三國遺事에 보이는 處容說話를 歷史的 事件의 說話化인 것으로
把握하려고 試圖한 것도 處容에 關한 이와 같은 여러 資料內容에
힘입었던 것은 말할 것도 없다.

　이제 處容을 蔚州海上에 突然出現한 容貌着衣가 怪常한 自然人으
로 보는데 있어서 三國遺事에서 이를 龍子로 神秘한 것부터 풀어
나가야 하겠다.

　「龍」이라는 想像上의 動物은 그 長短色彩 및 鱗, 翼, 角, 昇天
의 有無에 따라 中國에서는 古代부터 여러 가지 種類로 區分되어
불리어져 모두 제 각기의 能力을 지니고 있는 것으로 믿어지고 있
으나 「水之物」이라는 觀念은 共通的이며 水底 深淵 沼澤 河川 海中
의 精靈으로 믿어지고 있다.

　風雨를 主宰하는 造福者인 同時에 反對로 때로는 暴風駭浪을 일
으켜 人類를 괴롭히는 것으로 믿어지고 있어 古代人에게는 尊敬과
恐怖의 相反되는 對象이 되어 있는 多面的인 能力을 가지고 있다.

　人類의 造福者로서 皇帝를 龍으로서 象徵하는 것이나 그 反面 風
雨를 自在로 일으키는 까닭에 祈雨의 對象이 되고 航海의 守護神이
되는 것이 普通이며 때로는 船舶을 龍에 比喩한 例를 中國의 古文
獻에 찾아볼 수 있다.

　「龍」에 대한 古代 中國人의 이와 같은 觀念은 古代의 우리 社會
와도 共通되며 三國史記에 있어서 龍의 出現에 관한 記事 十條가
거의 모두 風雨와 關聯되어 있고, 三國遺事에 있어서는 普耀禪師의
大藏經搬來에 얽힌 航海說話와 居陀知說話는 모두 龍의 保護를 받
으며 航海한 것으로 되어 있다.

따라서 三國遺事에 보이는 處容이 「龍子」라고 하는 것도 航海와 關聯시켜 說明될 뿐아니라 處容이 出現한 蔚山灣은 당시 首都 全域에 通하는 國際港일 뿐 아니라 內陸交通의 心臟部를 이루고 있었다.

즉 國際港으로서는 朴堤上의 倭國往來는 이 港路가 利用되었을 뿐 아니라 八世紀에 이룩된 日本의 筑前風土記 逸文에 보이는 意呂山은 바로 이 蔚山灣이었다.

특히 三國遺事에 皇龍寺丈六에 渡來傳說이 이 蔚山灣에서 이루어졌을 뿐 아니라, 李肇의 唐國史補에도 蔚山灣에 唐國의 船舶出入을 엿볼 수 있는 記事가 있다.

따라서 當時의 蔚山灣은 風雨激浪을 自在로 하며 航海의 保護神이고 때로는 그 自身이 船舶 變身하는 種類의 龍이 頻繁히 出入할 수 있는 곳이었다.

한편 이 蔚山灣에서 閑麗水道를 돌아 黑山島 附近에서 中國의 中南部에 있는 最大國際港인 明州 楊州는 宋史高麗傳이나 續資治通鑑長編 高麗國經등에는 모두 四~五日의 海路로 잡고 있다. 新羅의 高僧 圓光, 義湘이 渡唐時에 利用한 것도 이 航路였다.

羅末의 國內政治와 經濟의 混亂期에 新羅難民이 唐의 이들 國際港과 그 附近에 集團生活을 하고 있었던 것은 日本僧 圓仁의 紀行文으로 널리 알려져 있는 事實이나, 이곳은 唐末에 이미 자바, 馬來半島, 暹邏, 버마 등 東南亞地方에서 貿易의 主導權을 掌握한 이슬람商人들이 붐비어 繁榮을 이룩한 地域으로 中國史上에서 著聞되고 있다. 짓궂은 唐末詩人이 楊州의 이들 商胡의 混血兒를 비웃는 詩를 읊은 것에서도 國際港의 모습이 그대로 나타난 것이라고 하겠으나, 明州 楊州까지 進出한 이슬람商人들은 당시 그곳의 新羅難民들과의 接觸에서 東海에의 進出欲 같은 것도 일어날 만 하였다.

三國史記 卷三三 雜志에 이란語에서 寶石「에메랄드」를 말하는 Se・Se를 寫音한 琴瑟을 비롯하여「氍毹」「毾毛氀」 등 中世페르시아語의 語原을 가진 紋樣있는 페르시아産 高級毛織物과, 아라비아의 有香木인 沈香, 安息香, 東南亞細亞의 特産品인 翡翠毛 孔雀尾 玳瑁 紫檀 등이 高級奢侈品으로 들어와 그 使用을 制限하고 있는 記事로 보아 古代부터 中國人에 그 商術이 높이 評價되어 왔던 이들 이슬람商人을 通하여 輸入될 物品名이 많이 보이고 있다.

勿論 이러한 物品의 輸入은 唐商 또는 新羅難民의 仲介貿易이라는 見解도 있을 수 있는 것이나 九世紀 中葉에 쓰여진 이른바「Suleiman의 書」가 비록 架空的인 內容으로 一顧의 價値조차 없는 것으로 알려져 있음에도, 당시 新羅에서 輸入하여 唐에서 愛玩되던 海東靑鶻의 飼育이 新羅에서 있었던 것을 밝히고, 이어 東西交流史에서 論爭의 씨를 뿌리는 有名한 Ibn Khurdadhbah의「道里 및 郡國志」에는 新羅가「金이 많고」「이슬람敎徒는 이곳이 대단히 利益이 많은 곳이어서 흔히 定住하게 된다」는데 이어 그 輸出物品名까지 밝히고 있다.

이슬람敎徒에 비추어진 樂土로서의 新羅는 이 Ibn Khurdadhbah에 그치지 않는다. 九世紀末의 Mausdi의「黃金의 牧場」에는 商利와는 달리「空氣가 健康에 좋고 透明하며 土地가 기름져 모든 것이 충족한 까닭」에 한번 그곳에 간 이슬람敎徒는 되돌아 올 줄 모르는 그들에게는 理想鄕 그대로였다.

九世紀에 엮어진 이슬람敎徒의 이와 같은 記事로 곧 이슬람敎徒가 新羅에 永住하였다고는 斷定할 수 없으나「金이 많은」新羅는 그 뒤 十二世紀에 이르러 Edrisi는 金이 너무 많아 개의 쇠사슬에까지 金을 쓴다는 誇張된 것만 보더라도 撤底한 商人生活에 젖어있던 明州, 楊州附近의 이슬람商人들에게는 貿易相對로서의 新羅는 그들의 視野에서는 놓쳐서 안 될 存在였던 것만은 틀림없으며 蔚山灣에는 이슬람商人의 出入이 있었다고 보아야 하겠다.

이제 三國史記를 보면 憲康王時에 出現한 容貌衣巾이 怪常한 人物은 一人이 아니고 四人이며 三國遺事에는 龍子가 七人이며 그 한 사람이 處容으로 되어 있는 것으로 보아 이것은 新羅로 向한 이슬람商人의 一團이 蔚山에서 憲康王의 要請으로 入京하게 되었으며 處容郎은 그 中의 한 사람이었다고 보아야 하겠다.

이와 같이 處容을 蔚山에 上陸한 이슬람商人의 한 사람으로 보는 데 있어서 正體不明의 이 異邦人에게 級干이라는 벼슬을 주고 國政에 輔佐케 하였다는 데 대하여 疑問을 가질 수 있을 것이다. 이 事實을 理解하기 위하여 당시의 新羅의 內情을 살펴보면 三國 統一 이후에도 이 政治的 統一에 隨伴되어야 하는 全國을 對象으로 하는 經濟體系를 그대로 둔 채 겨우 神文王代에 小五京制의 局部的인 行政改革에 그치고 여전히 慶州 蔚山中心의 經濟體制를 固守한 矛盾이 각 方面에 걸쳐 나타나고 있는 時期였다.

먼저 慶州는 統一前에 있어서는 政治中心地인 동시에 그 自體가 蔚山을 통해진 生産과 統一以前인 小新羅時代의 物産集散地였으나 統一後의 大新羅國이 되어서는 그 立地條件으로 보아 政治中心地가 될 수 없을 뿐 아니라, 그 急激한 人口膨張과 高度의 奢侈生活은 慶州가 生産性 都市에서 莫大한 營養을 吸收하여야 하는 消費性 都市로 變貌케 하고 있었다.

政治力을 背景으로한 이 消費都市를 維持하기 위하여 地方에서 多量의 物資가 吸收되어감에 따라 이 政權을 받치고 있던 地方民의 苦痛이 컸던 것이며, 憲康王 이후 자주 보이게 되는 饑餓와 地方民

의　烽起　또는　海外逃避의　現象은　이와　같은　新羅政治의　慶州至上主義가　빚어낸　矛盾의　一端이었다.

　處容이　蔚山灣에　出現한　憲康王時에는　三國史記나　三國遺事에　모두　慶州生活의　極盛期를　謳歌하는　記事로　엮어지고　있으나　新羅社會經濟面에　根本的인　改革이　없는　한　數三年의　豊作으로　이와　같은　矛盾이　根本的으로　解決할　수　없는　것은　그로부터　얼마되지　않아　眞聖王　三年에　「國內諸州縣의　貢賦를　바치지　않아　國用이　窮乏하기에　督促하였더니　盜賊이　烽起하였다」는　全國經濟에서　孤立化되어가는　首都慶州의　모습과　慶州圈經濟에　대한　地方民의　反撥이　이를　立證한다.

　憲康王代는　바로　이　孤立되어가는　首都圈經濟의　破綻과　全國을　對象으로하는　經濟體系의　改編放置로　인한　經濟的　矛盾이　爆發하는　直前이었다.

　이슬람商人의　理財術은　일찍부터　中國에서　著聞되고　있었으며　이러한　時期에는　이와　같은　異邦人의　意見을　政策에　反映시켜　볼　만한　일이었다.

　그러나　쓰러져가는　新羅經濟는　이미　數三人의　卓越한　手腕으로　바로잡을　수는　없었을　것이다.　失意에　悶悶하던　이　異邦人의　그　뒷消息은　傳하여지지　않으나　그　深目高鼻의　怪異한　容貌는　그　뒤도　處容舞에　假面이　되어　雜鬼를　몰아내는　것으로　믿어져　내려　오게　되었으리라.

[討　論]

〈司會 : 金哲埈〉

　李龍範 敎授께서 震檀學報 32호에 발표하시기 전에 李佑成 敎授께서 「金載元博士의 還甲 紀念 論文集」에서 「三國遺事 所載 處容說話에 대한 一分析」을 발표했습니다. 그래서 이 둘을 比較할 적에 討論이 가능하지 않을까 해서 李佑成 敎授의 발표의 槪要를 먼저 말씀드리겠습니다. 三國遺事에 나오는 動物이라든가 鬼神이라든가와 人間의 關係는 대단히 親密한 것이 특징입니다. 산 사람인지 죽은 사람인지도 모르고, 동물인지도 인간인지도 區分하지 못할 그런 가까운 관계에 있는데, 그 중에서 龍은 대개 두 가지로 나누어서 中央政權에 反抗하는 地方豪族의 象徵으로서의 邊境의 龍과, 王과 貴族을 象徵하는 中央의 護國龍으로 볼 수 있다는 것으로, 處容說話는 慶州中央政權에 의한 地方豪族의 包攝工作을 說話化한 것이라고 합니다. 龍의 아들 하나가 處容인데, 그 아들이 新羅에 質子로 와서 新羅에 벼슬을 받고 新羅王室의 周旋으로 結婚을 했다 하는 事實은, 高麗 王建太祖가 地方豪族들을 包攝할 적에 地方豪族에게 自己自身이 政略結婚을 하는 同時에 地方豪族의 子弟들을 데려다가 婚姻시켰던 것과 같은 手法으로 되어진 것이라고 합니다. 그러한 面에서 處容은 新羅末 憲康王 때의 蔚山地方豪族의 아들이라는 것입니다. 그 뒤에 와서 處容이 妻의 姦通을 보고 「歌舞而退」한 것은 그 당시 腐敗와 享樂에 젖은 新羅 貴族子弟가 處容의 아내를 범했고, 그런 것을 處容이 내버리고 간다는 것으로 理解하는 그런 見解, 즉 社會 分析的인 側面에서 新羅 下代社會의 한 斷面을 考察하

였습니다. 그런데 李龍範 敎授는 處容을 이슬람商人으로 보아서 이 두 見解가 歷史學的 方法에서 문제가 되겠습니다. 다음은 李基白 先生님께서 말씀해 주십시오.

〈李基白〉李佑成, 李龍範 두 분의 論文을 아울러서 제 見解를 말씀드리겠습니다.

첫째, 方法論的인 문제로서, 제가 漠然하게 알기로는 이런 會議가 있게된 동기는 李佑成, 李龍範 두 분이 論文을 쓴 뒤에 民俗學 하시는 분들 사이에서 여기에 대한 反撥 비슷한 것이 있어서, 특히 아까 金烈圭先生님이 남의 分野에 대한 歷史學이나 그런 分野로부터의 侵掠인 것처럼 말씀하셨습니다만, 그런데서 이 會議가 企劃되는 始作이 있지 않았나 하는 생각이 되기 때문에, 그 문제에 있어서 이 두분의 歷史學的인 接近方法에 대해서 찬성의 뜻을 가짐을 분명히 해둡니다. 學問에 있어서는 같은 한 가지 事實을 硏究하는 方法이 여러 가지가 있을 수 있습니다. 이것이 반드시 民俗學的인 方法과 歷史學的인 方法이 背馳되어야 할 이유는 없는 것 같고, 그것을 調和시킬 수 있는 方法도 있을 것 같습니다. 方法論的으로 말하면, 그렇기 때문에, 處容說話가 현재 남아있는 것이 說話 혹은 傳說的인 要素가 있다 해서, 歷史家들이 歷史學的인 面에서 여기에 接近해서는 안 된다 하는 그런 理致는 成立되지 않는다고 생각합니다. 아까 張德順先生께서 말씀하셨습니다만 가령 處容 같은 것은 분명히 歷史的인 人物이고, 處容뿐만 아니라 巫堂에서 취급하는 林慶業·思悼世子 등 모두 억울하게 죽은 사람들이 巫堂들이 推戴하는 人物 中에 들어가는데, 그렇다고 그런 現象을 歷史學的으로 解明할 수 없다고는 생각되지 않고, 그렇게 한다고 해서 民俗學에 대한 歷史側의 侵犯이라는 생각은 들지 않으므로, 이러한 歷史的인

接近도 說話 傳說에 대해 가능하다는 것을 제 자신이 믿고 있어서 이 두 분의 方法論에 대해서 찬성합니다. 그 說話의 내용을 客觀的으로 잘 설명해 주실 수만 있다면 그러한 接近方法을 취할 수도 있다는 前提를 말씀드리고 싶습니다.

다음으로, 특히 李龍範 先生의 論文에서 느끼는 것은 아라비아 交易과의 관계인데, 과거에 이 점은 歷史學에서 거의 잊어버린 分野였다고 생각합니다. 이 점을 깨우쳐준 면에서 有益한 論文이었다고 생각하는데, 말하자면 未開拓의 分野를 밝혀주는 貢獻을 했다고 믿습니다. 그런데 아까 말씀해 주신 國政參與를 아라비아商人들이 갖는 理財術, 여기에 結付시키는 것은 너무 지나친 해석이 아닌가? 조금도 그러한 可能性을 보여주는 대목은 찾아 볼 수 없는 것 같고, 만일 어떤 形態로든지 아라비아人이 와서 新羅의 政治라든가 혹은 中央 무대에 발을 디뎠다 하더라도, 이것이 차라리 宗敎的일 可能性이 다분히 있는 게 아닌가 합니다. 따라서 춤이나 노래와 같은 아라비아人들이 원래 갖고있는 宗敎的인 의식을 新羅사람들이 受容하는 樣相을 통해서 外國文化를 新羅사람들이 어떻게 受容했나, 그것을 어떻게 變形시켰나 하는 점이 오히려 더 究明이 되어야 하지 않을까 생각합니다.

그런 점에서는 文學하는 분들한테 比較文學的인 입장에서 硏究를 하여 주셨으면 하고 李龍範先生도 부탁해 주셨습니다만, 아마 그런 데에까지 나아가야만 좀더 論理가 설 수 있다고 생각합니다.

그런데 이러한 硏究가 갖는 하나의 洽足치 못하다 할까 하는 점은 處容說話가 갖는 社會史的인 意味가 퍽 看過되었다고 할까, 또는 過小評價되는 느낌이 있어서 이런 점에서는 李佑成先生의 豪族과 연결시키는 것이 우리에게는 매력을 준다고 생각합니다. 그러나 거기에 대해서 懷疑를 느끼는 것은, 新羅末期時代에 있어서 新羅의 中央貴族들이 과연 地方豪族과 安協할 수 있는 雅量을 갖고 있었을까 하는 것에 대해서 疑問을 갖게 됩니다.

그리고 文獻에서 龍에 비유된 것을 어떻게 해석하느냐, 歷史的인 事實과 具體的으로 어떻게 연결시키느냐 하는 문제에 이 두 분의 硏究는 歸着된다고도 할 수 있겠습니다.

新羅史에 나오는 記錄을 보면 여기저기 龍의 얘기가 나오는데, 李龍範先生의 얘기처럼 바다를 象徵하는 것이 제일 많은 것 같고, 그 다음이 佛敎的인 面에서 善과 惡을 象徵하는 그러한 것으로 나오고 있어, 이런 점에 있어서는 두 분의 그러한 비유가 다 可能할 것 같습니다. 아직도 제가 자신이 없는 것은, 가령 憲康王 때이면 新羅 末期인데 특히 이 時期에 있어서 바다에 대한, 龍에 대한 생각이 어떠했는가 하는 점을 특히 細密히 考察할 필요가 있지 않느냐 라고 생각됩니다.

마지막으로 蛇足을 붙이고 싶은 것은, 두 분의 歷史的인 硏究는 處容說話에 대한 해석 自體가 잘됐다 못됐다 하는 데에 의미가 있는 것보다는, 역시 新羅 末期의 豪族에 대한 解明, 그리고 아라비아 貿易에 대한 解明에 의미가 있는 것 같습니다.

그런 점에 있어선 두 분께서 다 論文의 題目을 處容說話라고 사람의 耳目을 끄는 그런 題目을 내기보다는, 그 분들이 硏究하는 理論의 本來의 내용을 우선 큰 題目으로 내세우고, 處容說話는 그 중에서 한 章이라든가, 한 節이라든가, 또는 조그마한 脚註라든가 그런 것으로 하였더라면 民俗學을 하는 사람의 신경을 지나치게 刺戟하지 않았을 것 같은 느낌이 듭니다.

〈司會 : 金哲埈〉

　지금 말씀하신 것을 잠깐 要約하여 보겠습니다. 어떤 歷史的 事
實이 그 뒤에 繼承될 적에 다른 要素들과, 民俗學的 또는 神話的인
要素들과 結合되어서, 傳承할 수 있다는 것을 충분히 말씀드린 것
같고, 그 다음에 李龍範先生의 발표에 대해 아라비아商人이 와 있
다는 것은 물론 승인을 하겠지마는, 그것이 三國遺事에서 輔佐王政
이라 한 것을 너무 지나치게 해석을 해서 直接的으로 連結시키는
것이 아니냐 하는 妥當한 지적을 했습니다. 그 句節에 너무 拘礙되
어서 解釋하는 것은 좀 곤란하지 않느냐 하는 지적이 있었고, 그
다음 그것보다는 아라비아의 文化受容 태도를 李龍範敎授의 論文에
서 알 수 있는 것을 고맙게 생각하신다는 말씀이었습니다.
　다음 高柄翊敎授에게 부탁하겠습니다.
　〈高柄翊〉處容歌란 名稱은 일찍부터 듣고 있었습니다. 특히 「東
京 달밝은 밤에 다리가 넷이더라」하는 그러한 赤裸裸한 表現 때문
인지 그 句節만이 어떻게 머리에 남아, 鄕歌라고 부르는지 詞腦歌
라고 부르는지는 모르겠습니다마는, 우리 조상들의 그러한 솔직한
노래가 남아 있었다 하는 것만 알고 있다가, 討論者로 지적이 되어
서야 비로소 몇 개의 論文을 읽어보았습니다. 먼저 李龍範先生이
발표했지만 李龍範先生의 발표도 李佑成先生의 論文이 機緣이 되어
발표한 것이 아닌가 생각되어, 李佑成敎授의 論文을 읽어보았습니
다. 읽어보신 분들은 잘 알고 계시겠습니다마는, 워낙 李敎授의 論
文이 體系一貫되어서 이것을 읽고나면 도저히 反駁이 不可能하다
할 정도로 體系가 꽉 짜여 있습니다. 龍에 대한 觀念의 分類, 龍의
實體에 대한 中央과 地方의 代表相의 차이에서부터 시작이 되어,
中央貴族과 地方豪族의 대립이라는 점에서, 이 處容說話의 전부가

解明이 된 것 같습니다. 거기다가 王을 따라 入京했다는 것도 質子, 이런 면으로 볼 수 있고, 輔佐王政을 했다는 것도 풀이가 될 수 있고, 三國遺事의 說話가 처음부터 끝까지 比較的 선명하게 一貫的으로 解明이 된 것 같은 느낌이어서, 이렇게 되면 다른 문제는 없지 않겠나하는 느낌을 가졌습니다. 그러다가 李龍範 教授의 論文을 읽어보면, 역시 전연 다른 角度에서 李佑成教授의 觀點과는 전연 다른 分野에 着眼을 가지고 그 背景的인 說明을 廣範하게 해서 해박하게 引用을 해나가면서 지금까지 李基白 教授가 말한 바처럼 비교적 疏忽視되어 오던 이는 歷史부문이나 文化傳統부문들이 클로즈업되어서 그것을 많이 發展化시켜 가지고, 그 뒷부분을 모두 설명해 가지고 결국은, 이 處容이란 것이 전체적인, 背景的인 環境으로 봐가지고 아라비아商人이 國際港인 蔚山灣을 통해서 올라온 것을 노래한 것이다. 이렇게 여기에 대한 反駁의 餘地가 적은 듯한 印象을 받고 끝났습니다. 그럼, 이렇게 전연 다른 둘을 갖고 우리는 어떻게 되겠느냐 하고 한참 망설이게 됩니다. 여기에서 생각되는 것은 가령, 이 說話를 우리가 現代的인 立場에서 해석할 때에 너무 분명하게 하나도 빠짐없이 설명이 되는 것이 과연 옳은 것인가, 설명이 조금 덜된 部分이 있어야 옳은 해석이 아니냐 하는 생각이 듭니다.

(笑聲) 李佑成教授의 퍽 現代的 감각에 넘치는 概念設定이 있었습니다. 병든 都市文化, 新羅의 文化를 그렇게 말하였습니다. 아마 敍述上에는 역시 黑白으로 해서 분명히 敍述하는 目標가 있기는 하겠으나, 가령 新羅의 文化에 대해서, 오늘날 우리가 생각하더라도, 이 表現이 額面 그대로 받아들여져서 좋은 것인가 하는 느낌을 갖습니다. 가령, 어떠한 성격이나 어떤 焦點을 두어 강조한다는 것은

필요하겠습니다마는, 그를 너무 강조하면 도리어 把握에 있어서 조금 잘못된 점이 있지 않은가 하는 느낌입니다. 거기다가 그 疫神이 處容의 부인을 탐내어서 寢席을 같이했다는 이 疫神은 "병든 貴族文化의 主體者인 墮落한 富裕한 公子들이다"라고 되어 있는 것으로 알고 있습니다. 그런데 오늘날 우리가 볼 경우에는 가령 富裕層 내지 支配層의 子弟들이 하는 일없이 道德的으로 墮落한 행위를 할 경우에 이것이 병든 文化의 主人役인 公子라는 槪念이 되겠습니다마는, 이것이 가령 新羅時代부터 내려오는 노래로서 과거사람들이 그런 部類의 公子들을 병든 疫神에 比較할 수 있었겠느냐, 疫神이라고 할 적에는 누구에게나 呼訴가 될 것 같습니다. 나쁜 神, 나쁜 病을 가져온다든지, 해친다든지, 이런 神은 어느 原始社會든지, 現代社會에도 適應이 되겠지만 비교적 이런 것을 받아들일 수가 있습니다. 그러나 그것을 한 抽象的인 階層이라고나 할까, 社會學的인 개념에서 抽象的인 개념에서 設定한 어떠한 層, 이것을 代表하는 것이라고 각각 對應시킬 적에 과연 首肯이 잘 될 것이냐, 등등의 의문이 생깁니다. 말하자면 이 理論이 너무나 秩序整然하게 다 해석이 된 바람에 도리어 거기에 몇 가지의 의문이 생깁니다. 그렇게 될 경우에는 잘못하면 다시 정리해야 한다는 소리가 나오게 될 수 있지 않나하는 생각이 듭니다. 지금 여기서 느끼는 것은 李佑成教授의 論文이 近來에 보기드문 力作이지만 여기서는, 다만 너무나 合理主義的인 입장을 취했기 때문에 모든 要素 要素를 자꾸 分析해서 해석하고야 말겠다는 생각이 너무 강하지 않았나 하는 느낌이고, 오히려 잘 안 되는 것 같은 것은 그대로 남겨두는 것이 도리어 낫지 않나 하는 印象을 받았습니다.

　李龍範教授의 論文은 저도 역시 多少 관심을 가지고 있던 部門이기 때문에 여러 가지로 裨益된 바가 많았습니다. 李基白敎授도 방금 말씀하셨습니다마는, 이런 것이 비교적 언급이 안 되지마는 사실상 中國에 있어서의 狀況이나 아랍상인들의 活動면을 갖다가 東部아시아 면에서 볼 때에 우리 新羅에도 充分히 이 사람들이 와서 거주까지도 했을 가능성이 있다고 봅니다. 記錄에는 분명히 그런 것이 없지만, 그런 可能性은 背景的인 여러 가지 狀況으로 봐서 充分히 있다고 생각합니다. 게다가 李敎授는 三國史記에 나오는 中東地方, 또는 南海地方의 特産物의 名稱 같은 것을 여러 가지로 밝혀 내가지고 그 起源도 밝혀내고 語源도 밝혀내고 해서 이런 것들이 新羅社會에서 비단 富裕層뿐만 아니라 상당한 庶民層에까지도 사용되었음에 틀림이 없다. 따라서 三國史記 같은 데서 그런 奢侈品을 사용하지 말라는 禁令이 실려 있는 게 아니냐라는 것을 밝혀 냈습니다. 이런 점은 우리가 장차 閉鎖的인 듯한 觀念에 싸여 있던 것을 깨우치는 데 중요한 역할을 하지 않나 생각합니다. 다만 李敎授의 論文 全體를 읽어서 느끼는 것은 그 背景的인 說明에 치우쳐, 그러한 可能性은 누구나 認定이 되어집니다마는, 그럼 왜 그것이 하필 處容이 되어야 하겠느냐는 점을 직접 連結하는 면에서는 증거가 극히 稀薄하다고 할 수밖에 없습니다. 즉 그 論據가 微弱하지 않은가 하는 생각을 갖게 합니다.

李基白敎授께서 지적하신 것, 특히 그 중에서도 가령 "아랍商人들의 理財術이 大體로는 萬能하다고 볼 수 있기 때문에 그런 사람을 國政에다 參與시켜 가지고 智慧를 빌린 것이 아니냐 하는 점"에서는 역시 李龍範 敎授도 此後에 그렇게 고집하시리라고는 생각지 않습니다. (笑聲)

中國社會 같은 데서는 그런 實例가 얼마든지 있습니다. 實地로

아랍계통 回敎徒, 이슬람교 계통의 사람들을 갖다가 아주 財利面에 높이 등용해 가지고 거의 財政面에 國政을 맡기다시피 하는 實例가 非一非再합니다마는, 가령 新羅에서 그 對應하는 현상이 그대로 나타났으리라고 말하기는 어렵습니다.

이 新羅社會에 있어서 가령 네스토리안이즘(景敎) 같은 것이 확실히 들어와서 퍼져있었다고 주장하는 분도 있었고, 李龍範敎授가 지금 지역과도 같은 蔚山 근방에서 나는 물건이라든가, 그림이라든가 등등을 통해서 접촉면에 있어서 우리가 종래 생각하던 것보다는 더 넓은 접촉을 가졌다는 점을 깨우쳐주는 점에서, 이 論文은 큰 가치가 있다고 생각합니다. 저로서도 아까 말씀드린 바와 같이 이것이 반드시 處容으로 連結되겠는가 하는 점에 있어서 連結性의 論據가 역시 이 다음에 쉽사리 나타나리라고 생각할 수는 없습니다. 하지만 저는 그 점이 무언가 좀더 있어야 首肯이 되는 것이 아닌가 생각합니다. 특히 李龍範敎授가 이번에 여기에서 발표해 주신 것은 三國遺事에 실려 있는 그 說話 내용에 너무 重點이 두어진 데에 대해서 三國史記에 憲康王 時代에 怪奇한 容貌의 四人이 王 앞에 나타나 뭐 어떻게 했다 하는 점, 이것이 오히려 歷史的 事實이고 그 후의 것은 여러 가지로 民俗學的이라든지, 기타 여러 가지 면에서 潤色되어 있는 면이 많이 있는 것이 아닌가 짐작이 되는데 그런 점에서 三國史記의 기록에 力點을 상당히 두시고, 또 아랍 페르시아 中東 南海지방의 産物에 대해서도 역시 三國史記의 記載에 대해 상당히 力點을 두신 점은 또한 종래 소홀히 되는 점을 이 점에서 밝혀 주신 것이 아니냐고 생각합니다. 그래서 저는 全般的으로 두 분의 論文이 너무 黑白的이다. 딱 단정해 가지고 그 선에서 맞추어 들어갔다 하는 인상을 약간 받았습니다. 그런 면에서 아주 體系가 있었다고 봅니다. 이런 것은 장차 어떤 문제를 考察하는 것에 있어서 아주 큰 참고가 될 뿐 아니라 이 문제 解決에 있어서도 장차에 많은 참고가 되리라고 생각합니다. 한 가지 제가 때로 느끼는 것은 가령, 지금 處容說話 같은 것을 하나의 說話로 봐야 할 것이냐 하는 점입니다. 말하자면, 거기서 맨 처음에 가령 憲康王이 巡幸 國東州郡해 가지고 나라 東쪽의 여러 州郡을 살핀다 하는 歷史, 거기에 開雲浦에서 안개가 나타나서 어떻게 해서, 佛寺를 세워야 한다, 절을 세워준다는 約束을 했더니, 그렇게 되었다 하는 경우, 그럼 佛寺의 創建에 대한 어떤 欲望이라든가 또는 佛敎의 弘通에 대한 어떤 欲望이라든가 그런 것이 또 거기에 있고, 그 다음에 또 龍이 나타나고 龍의 아들이 王 앞에 나타나고 해서, 그 다음에 또 서울로 데려가고 國政을 맡기고, 그러다가 處容에게 여자를 주고 그래서 또 男女間에 관계가 생기고 거기서 또 目前에 보고서 어떤 態度를 취하고, 어떤 노래를 했느냐 등등의 要因이 비록 대목은 짧지마는 여러 가지 複合的인 要因이 時代가 다르길래 이렇게 追加가 될 수 있는 게 아니냐, 이 걸 또 하나로 갖고 해석을 하려고 하니까 좀 이상해지는 것이 아니냐, 그래서 이걸 그 中의 몇 가지가 다 地域的으로 空間的으로 時間的으로 이렇게 複合된 게 아닌가, 이런 점에서 이것은 동시에 전부를 해석하려 드는 데 무리가 있지 않는가 이런 생각이 듭니다.

　處容에 관련되는 것에서 생각나는 것은 高麗의 雙花店의 노래가 있다고 기억하는데, 忠烈王 때 男女相悅之詞라고 해서 거기도 역시 回回아비가 떡을 사러 가는 女子의 손목을 쥔다 하는 것이 開城에서의 노래로 나옵니다. 이게 處容 하고는 그 점에서는 상당히 비슷한 점이 있어 참고가 되지 않을까 생각되는데, 그때 回回아비의 存

在란 것은 다만 아랍 상인의 존재보다는 훨씬 더 歷史的으로 首肯하기 쉬운 점입니다. 따라서 연관은 되고 참고는 되나 우리가 받아들이는 데에 있어서는 高麗時代의 雙花店보다는 處容이 아랍상인이라고 하는 데에는 아직도 論議할 점이 많이 있겠다 생각합니다.

〈司會 : 金哲埈〉

論文의 전부가 맞는 경우란 대개 적고 論文의 一部만 맞아도 대단히 도움이 있는 것이니까 오늘 두 분의 발표에 나타나는 缺陷이 지적되었다 해서 흑백이 가려진다는 그러한 식은 別로 없을 것입니다. 高柄翊教授께서 그러한 점을 말씀하신 것 같습니다. 그리고 新羅末에 있어서의 아라비아商人과의 往來의 관계를 좀더 부연하시고, 나아가서 處容이 아라비아商人이냐, 아니냐는 그리 주요한 것이 아니어서 그것의 해석이 너무 汲汲하게 할 필요가 없지 않느냐, 이런 말씀을 하셨는데 동감입니다. 여기에 하나 문제되는 것은 그러면 午前에 발표한 國語學, 國文學, 民俗學, 神話學 등에서 언급한 문제가 歷史學者로서는 어떻게 理解하느냐는 문제가 남아 있습니다. 말하자면, 어떤 歷史的인 事實이 먼저 있고 그 事實이 傳承되는 過程에 있어서 그때 그때마다의 文化的인 분위기에서 나오는 潤色을 받으면서 또는 民俗學的 要素와 結合되면서 지금까지 傳承되어 왔다고 우리가 해석할 수 있으나, 지금 狀態로 봐서는 오히려 이 두 분께서 이러한 說話의 範疇에 속하는 듯한 資料를 끄집어 내서 歷史的 史料로써 밝힌 것은 대단히 중요한 것이라고 생각되고, 나아가서 그 당시에는 歷史的 史實을 그러한 民俗的 思惟方式이라고 가로 表現하는 것이라는 理解에까지 到達할 수 있는 것이라고 생각합니다. 李佑成先生께서도 이미 論文을 發表하셨으니까 한 말씀 하시길 바랍니다.

〈李佑成〉 저는 李龍範敎授의 발표에 대한 討論者의 한 사람으로서 나와 있었는데 난데없이 제 論文의 이야기가 나와서 李龍範敎授의 論文과 같이 論評의 대상이 되고보니 제 위치가 이상해졌습니다. 그런데 그 이유는 대강 짐작을 할 수 있습니다. 왜냐하면, 午前의 文學분야와 民俗學 분야의 압도적인 우세에 대해서 歷史學 관계는 李龍範敎授 한 분이 발표하시니까 외로운 느낌이 있는 모양입니다. 그래서 司會者께서 공연히 오늘 심포지엄에 나타나지도 않는 제 論文을 끄집어내서 보강을 하신 것 같은데, 실은 보강이 아니고 도리어 역효과가 난 것이 아닌가 생각됩니다. 원래 崔珍源 敎授께서 심포지엄을 計劃하실 때 저한테 발표해 보지 않겠느냐는 말씀이 계셨습니다만, 저는 主催者의 한 사람으로서, 제 의견을 낸다는 것이 예의가 아닌 것 같고 또 제 자신이 생각해 봐서 高柄翊敎授께서 이야기하신 바와 같이 나 역시 스스로 論文에 대한 自信이 별로 없기 때문에 구태여 제 것을 갖고 나와 말씀드리려 하지 않았던 것입니다.

그래서 저는 순전히 客觀的 입장에서 午後의 綜合討論을 司會하려고 그렇게만 생각했습니다만, 被告人이 되고 보니까 이 綜合討論에서도 공정한 입장이 지켜질 수 없지 않겠는가라는 여러분의 念慮의 대상이 될는지 모르겠고, 綜合討論의 司會의 資格까지도 再檢討해야 되겠습니다. 달리 드릴 말씀은 없습니다. (笑聲)

〈司會 ： 金哲埈〉

지금까지 발표하신 過程을 볼 때 무용에 대해, 三國遺事에 실려 있는 處容의 무용에 대해서, 全體的인 분위기를 把握하지 않은 점,

또는 그 比重을 어느 한곳에다 너무 지나치게 두고 考察치 않았는가 하는 등이 느껴집니다.

一然이 處容說話를 실은 動機가 맨 마지막까지도 連結이 된다고 봅니다. 나라가 망했다 일어서야겠다 하는 그것이 마지막에 나오는데, 그 處容歌를 처음에 실을 적에 독자적인 단편 說話겠지마는 그것을 실은 중요한 목적이 處容의 경우도 실패했지만 마지막에 다른 실패한 이유가 그와 비슷한 것들이 있어서 결국은 나라가 망했다 하는 거기에 초점을 두고 내려 쓴 것이니까, 그 점에 대해서 公平하게 생각해서 여러 가지로 고찰해야 하지 않겠는가 하는 점에서 角度와 포인트를 바로잡은 것은 오히려 그 점에서 李佑成敎授가 더 정확하지 않았나 생각됩니다. 대개 저도 討論者의 一人으로서 주제넘은 말씀을 드렸습니다. 오늘 이 문제에 대해서는 綜合討論에서 직접 질문해 주십시오.

[綜 合 討 論]

〈進行 : 崔珍源〉

본 綜合討論은 장소관계로 5時 20分까지 끝을 맺어야겠습니다. 그리고 이 심포지엄을 주최한 大東文化硏究院의 院長 李佑成敎授께서 다섯 분의 發表者, 그리고 열여덟 분의 討論者, 합쳐서 스물세 名 委員들을 모시고 綜合討論의 사회를 맡아 주시겠습니다.

〈司會 : 李佑成〉

시간이 항상 부족함을 느끼는 것이 이런 모임의 共通된 事情입니다마는, 오늘 이 모임에도 역시 시간의 부족함은 어떻게 할 수 없을 것 같습니다. 게다가 成均館大學校 사정에 의해서 현재 우리가 사용하고 있는 이 장소가 5時 30分부터 貿易大學院 講義室로 사용될 예정이기 때문에, 부득이 10分을 당겨서 5時 20分에 綜合討論을 완료해야겠습니다. 討論하실 분이나 質問하실 분이나를 막론하고 내용을 극히 要約해서 말씀해 주시기를 부탁드리겠습니다. 이렇게 짧은 시간에 이 방대한 내용을 가지고 어떻게 整理하여 效果있게 토론해 나갈 것인가에 대해 司會者로서 책임이 무거움을 느낍니다. 그리고 이 방이 무척 더워서 여러분들에게 불편을 드리는 것 같아서 주최자로서 더욱 미안합니다마는, 다행히 아까 處容舞를 통해서 熱病神을 다 몰아내었기 때문에 별로 여러분의 건강에 지장이 없지 않을까 하는 말씀을 아울러 드리겠습니다. (笑聲)

먼저 午前에 발표한 분들에게 기회를 드리겠습니다. 午前에 발표하신 분들은 대체로 質問과 批判을 당하기만 하시고 答辯하실 기회를 안 가졌기 때문에 마음속으로 상당히 울증이 있으리라 믿습니다. 그러면 午前의 발표순서에 따라서, 姜信沆敎授, 鄭炳昱敎授 두 분께 차례로 답변하실 기회를 드리겠습니다. 대체로 午前에 토론자 여러분으로부터 받은 批判에 대한 答辯이 되겠습니다. 먼저 姜敎授께서 간단하게 답변해 주시면 좋겠습니다.

〈姜信沆〉 다른 여러 선생님께서 모든 분야에 대해서 일가견을 가지고 계시고 깊이들 연구하셨는데 저는 아직 이 鄕歌에 대해서 깊이 연구한 바가 없습니다. 그만치 제 견해는 없고 지금까지 다른 분들의 발표를 요약해서 그런 가능성도 있을 것이다라는 그런 말씀을 드렸더니, 金完鎭教授가 첫째로 "漢字音이 도입된 이후에만 국어에서 有氣音이 발달했겠느냐"라고 하시고 李基文教授도 똑같은 말씀을 했습니다. "中國原音의 全濁音은 전연 우리 국어에 나타나 있지 않은데 어째서 有氣音만은 우리 국어에 나타나 있느냐"라고 李교수는 말씀했습니다. 이에 대하여 답변을 한다면 漢字音이 도입된 이후에 처음으로 우리 국어에서 有氣音이 발달했느냐 하는 것이 문제가 됩니다만, 漢字音은 中國語이지만 워낙 우리 국어와 섞여 쓰여진 지가 오래고, 또 日本語의 예를 보면 日本語의 소위 "라"行音이라든지 또 소위 "拗音"의 발달이 전부 한자음이 日本에 건너간 이후로 발달된 것으로 인정하는 사실로 보아서 우리 국어에서도 앞으로 이런 문제에 대해서 연구하면 漢字音이 우리 音韻體系에 미친 영향 같은 것을 밝힐 수 있는 어떤 결과가 나타나지 않을까 생각됩니다. 지금 漢陽大學校에 계시는 南豊鉉教授가, 우리 민족이 漢文을 사용하게 된 이후로 漢文의 文法구조가 우리 국어에 미친 文法的 영향에 대해서 연구 중에 있으니까 어떤 좋은 결과가 있으리라고 믿습니다. 두 번째는, 處容이 「중」일 것이라는 문제에 대해서 金完鎭教授가 "그런 문제는 인정할 수 없다"는 말씀을 하셨는데, 저도 거기에 대해서는 매우 회의적입니다만, 지금까지 民俗學을 하신 분들이 「중」이라는 말이다라고 하셨는데, 「중」으로 볼 때는 지금까지 朴炳采教授라든지 兪昌均教授가 연구한 결과를 가지고 그 가능성은 있다는 얘기입니다. 두 분은 新羅時代의 固有名詞를 기록한 것을 가지고 비교 연구하여 당시의 우리 국어에는 有氣音과 無氣音의 구별이 분명치 않았다고 했습니다. 그렇다면 「중」音과 「충」音은 통할 수 있는 것이며, 處容이 「중」을 기록한 것으로 볼 수 있는 가능성은 있을 수 있을 것이라고 제가 말씀한 것입니다. 그러니까 만일에 여러분들이 오늘 토론하는 마당에 있어서 處容이라고 하는 것이 「龍」만을 말하는 것이 아니라 龍神을 모시는 司祭者를 의미하는 「중」이다라고 낙착이 된다면 處容이 곧 「중」이라고 하는 것도 성립될 수 있는 이야기라는 것입니다. 다만 憲康王時代는 벌써 9世紀이고 우리나라에 漢字音이 들어온 지 훨씬 뒤이기 때문에 과연 憲康王時代에도 有氣音과 無氣音의 구별이 없었던가 하는 점에 대해서는 단정할 수가 없습니다. 따라서 憲康王시대에는 有氣音과 無氣音의 구별이 있었다면 「중」이 즉 處容이다 하는 문제는 점점 그 근거가 희박해진다고 하겠습니다. 세 번째로, 제일 타당성이 있어 보여서 저는 鷄林類事의 기록을 가지고서, 處容이라는 것은 다른 것이 아니라 「龍」을 기록한 「稱」일 것으로 보아서 바로 「龍」 自體의 명칭이다라고 말씀 드렸더니, 역시 金完鎭敎授가 "그것은 「彌」字의 誤字일 것이다"라고 말씀하셨습니다. 그런데 金完鎭敎授가 말씀하신 것은 어떤 책인지 몰라도 제가 본 것은 지금 鷄林類事 중에서 가장 오래된 順治版 속에 분명히 「稱」字로 나타나 있으니까, 그리고 제가 말씀드린 民國版설부의 「珍」字도 훨씬 후대의 책이니까 저는 「称」을 「弥」의 誤字라고만 단정을 내리기는 지나친 생각이 아닐까 생각합니다. 아침의 세 가지 질문에 대해서만 해명합니다. 李基文敎授는 질문자라기보다는 저희들이 鄕歌를 연구하는 데 취해야 될 여러 가지 方法論에 대해서 좋은 교시를 해 주신 것으로 믿습니다. 그 방면으로 앞으로 우리가 鄕歌를 연구하면 여러 가지 좋은 결과를 맺으리라고 생각합니다.

〈司會 : 李佑成〉

다음은 鄭炳昱敎授께서 답변하시겠습니다.

〈鄭炳昱〉제가 처음 원고 작성에 착수할 적에 오늘 午前에 있었던 질문을 예상하였습니다. 그래서 油印物 맨 처음에 전제를 했었고, 또 제일 마지막에도 일체 背景論的인 요소는 배제한 論議이기 때문에 모든 질의의 출발점을 이러한 데서 잡아 주시라고 한 것을 못을 박고서 시작을 했던 것입니다. 그런데 제 발표에 대한 질의의 대부분이 역시 아직은 背景문제에서 출발한 것이 상당히 많았던 것으로 생각합니다. 이러한 질문의 樣相은 질문하신 분들의 책임이라기보다는 현재 國文學硏究의 風土를 그대로 나타내 준 것이라고 생각되어, 어떠한 내용의 질문을 하셨던 간에 저로서는 별로 개의하지도 않고 또 거기에 대해서 여러분께서 혹시 "흥분한 것이 아닌가" 이러한 오해를 하실지 모르겠습니다마는 전연 管域이 다른 질문과 비판이었기에 저로서는 하등 느낀 바 없었습니다. 좀 구체적인 말씀으로 들어가서 첫째, 張德順敎授가 "도대체 鄕歌解讀이 제대로 되지 않았는데 그러한 것을 바탕으로 해서 무슨 文學的인 분석이 가능 하겠는가" 이러한 비판을 해주셨는데, 만약 그러한 생각을 전제로 한다면 「鄕歌의 文學的인 연구는 포기를 해라」 이러한 뜻이 되겠습니다. 그렇다면 鄕歌의 연구는 영원히 수수께끼로 남을 수밖에 없습니다. (笑聲)

그러나 그럴 수는 없기 때문에 농담으로 듣겠습니다. 다음에 詞腦歌 十句體와 地方文學 八句體의 구분에 대해서 崔珍源敎授, 黃浿江敎授, 張德順敎授가 똑같이 "과연 그 八句體歌를 地方文學으로 인정할 수 있겠느냐", 또 黃浿江敎授의 경우, "十句體歌와 八句體歌를 대립시킬 필요가 있겠느냐"라는 말씀이 계셨는데, 분명히 詞腦歌라고 하는 어휘의 用例로 보아서 十句體로 된 鄕歌가 아닌 것을 詞腦歌라고 적은 例를 저는 아직 찾지를 못했습니다. 반드시 詞腦

歌라 했을 때는 十句體에 한해서 詞腦歌라는 칭호를 붙인 것으로
알고 있기 때문에, 그렇다면 이 詞腦歌라는 名稱이 붙게 된 그 自
體가 역시 慶州를 중심으로 한 首都에서 발달된 文學, 즉 十句體,
이것을 首都文學이라고 한다면, 詞腦野를 除外한, 즉 首都를 제외
한 地方文學이 전혀 없으란 법은 없겠다는 前提입니다. 아까 金烈
圭敎授의 발표 가운데 民俗文學이란 말씀이 나왔는데, 그 民俗文學
이란 語彙를 쓸 수 있는지 몰라도, 대체로 개념은, 이것을 地方文
學이라 하든 民俗文學이라 하든, 이 十句體로 整齊된, 이러한 定型
詩인 詞腦歌 이외에 地方에 文學이 있을 수 있다고 하는 것, 그 地
方文學의 한 종류로서 八句體 鄕歌를 들 수가 있다고 하겠습니다.
張德順敎授는 "그 地方이 공간적으로 어느 地方으로 제한을 하느냐"
고 말씀하셨는데, 處容歌에 한해서는 이것을 蔚山 지방의 地方文學
이라고 뚜렷이 말씀 드릴 수가 있겠습니다. 그리고 慕竹旨郞歌의
경우에는 물론 竹旨郞이란 花郞은 金庾信과 더불어 三國統一을 할
때에 크게 공을 세운 사람입니다마는, 그 竹旨郞歌의 作者인 得烏
란 사람은 한 사람의 郞徒에 지나지 않았고, 따라서 得烏의 출신이
어디인지 오늘날 밝혀낼 수 없기 때문에 慕竹旨郞歌의 空間的인 地
方은 뚜렷이 말씀드릴 수 없겠습니다만, 어쨌든 이 八句體歌는 詞
腦歌에 대립되는 地方的인 文學이라는 말씀을 드렸던 것입니다.

　그리고 黃浿江敎授, 崔珍源敎授가 꼭 같이, 이 處容歌를 粗雜한
작품이라고 제가 규정한 데 대해서 "그러한 조잡성이 왜 地方文學
일 수 있느냐, 꼭 지방文學이 粗雜하여야 하느냐"는 질문을 해 주
셨는데, 이것은 어디까지나 「八句體歌를 詞腦歌에 대립하는 地方文
學이다」라는 것을 전제로 해서 말씀드린 것이고, 구체적으로 處容
歌나 慕竹旨郞歌에 나타난 文學的인 수준이 비슷하게 粗雜하게 되

어 있기 때문에 그렇게 정리했던 것입니다. 이것을 좀더 구체적으로 말씀드려서 가령 慕竹旨郎歌의 경우, 그 主題가 같은 十句體로 된 月明師의 祭亡妹歌라든지 忠談師의 讚耆婆郎歌라든지 하는 이러한 노래가 慕竹旨郎歌와 마찬가지로 죽은 사람을 추모하는 노래입니다. 그런데 讚耆婆郎歌나 祭亡妹歌가 지니고 있는 文學性과 慕竹旨郎歌를 비교했을 때, 상대적으로 次元이 다른 특징을 지니고 있습니다. 그런 뜻에서 慕竹旨郎歌는 八句體로 되어 있고 또 地方的 文學으로 볼 수밖에 없다는, 이러한 생각을 했던 것입니다. 祭亡妹歌의 경우, 자기보다 앞서 죽은 누이동생과 다시 만나는 장소를 彌陀刹로 표현한 것에 반해서 慕竹旨郎歌의 경우에는 그저 쑥밭으로 표현하고 있습니다. 이것이 아까 崔珍源教授가 말씀해 주신 "轉落이라는 것이 어떠한 뜻이냐"는 질문이 있었는데, 이것과도 연결시켜서 말씀드리자면 轉落이라는 것은 崇高한 것의 그 變容된 모습을 말하는 것입니다. 본시 있었던 그 崇高한 것이 卑俗한 것으로 轉落한 것이 아니라, 반대된 槪念으로서의 轉落이라는 뜻을 쓴 것입니다. 바꾸어 말해서 가령 위대한 것이 卑俗한 것과, 신성한 것이 일상적인 것과, 莊重한 것이 경박한 것과, 卓越한 것이 愚劣한 것과, 完全한 것이 不完全한 것과 對立된다는, 그런 反對槪念을 轉落이라는 말로써 표현한 것에 지나지 않습니다. 따라서 이미 있어 온 旣存秩序에 대한 抵抗이라는 것이 아니라, 그 반대되는 개념으로서의 轉落의 뜻이라는 것을 밝혀 드리고 싶습니다. 따라서 이러한 粗雜性이라는 것은 이제 말씀드린 몇 가지의 素材, 卑俗한 것이라든지 또는 日常的이라든지 輕薄, 愚劣, 不完全 이러한 것이 地方文學의 特性으로서 이끌어 낼 수 있지 않는가, 특히 極樂世界의 神性한 것과 맞서는 것으로서 쑥밭이라고 하는 日常的인 것을 빌어서 저승을

나타낸다고 하는 것, 이런데서 十句體 詞腦歌와 八句體 詞腦歌와의
차이를 찾아 낼 수 있는 것이 아닌가 생각을 해 본 것입니다.

黃浿江敎授의 질문에서 제일 초점이 된다고 할 수 있는 것이 제
가 말씀 드린 文學의 方法, "모든 背景的인 또 環境的인 것과 絕緣
을 시켜 놓은 眞空狀態에서 과연 文學作品을 어느 정도 正確하게
이해할 수가 있겠느냐", 그러한 批判에 대해서는 저로서는 무어라
고 답변을 할 도리가 있을 것 같지 않습니다. 저는 곧 文學을 理解
하는 방법이나 態度에 있어서 異質的인 얘기가 될 수밖에는 없기
때문에 眞空狀態에서는 作品을 理解할 수가 없다고 하면 그것으로
끝나는 것입니다. 그리고 저는 美意識으로서의 喜劇美를 들었는데,
黃浿江敎授의 말씀이 "이것이 西歐的인 理論을 直輸入한 것에 지나
지 않고 東洋으로서의 美意識構造가 따로 있을 수 있다"고만 말씀
하여 주셨고, 거기 대한 代案은 提示가 되지 않았기 때문에 그 代
案이 어떤 것인지 하는 것에 대해서는 그저 궁금할 뿐입니다. 끝으
로 제가 한 말씀 드리고 싶은 것은 오늘 處容說話에 대한 심포지엄
이 열렸다 하는 것은 제가 金烈圭敎授의 표현으로서는 "民俗學的인
角度에서 오토텔릭(autotelic)을 지켜야겠다"는 發言이 계셨는데
역시 文學을 硏究하는 사람으로서는 저는 그렇게 생각하고 싶은 것
입니다. 오늘 이와 같은 심포지엄이 있게 된 가장 根本的인 動機가
역시 處容歌가 있어서 處容說話가 있을 수 있는 것이지 處容說話가
있어서 處容歌가 있다, 이렇게는 생각하고 싶지 않습니다. 또 하나
卑近한 例를 들어서, 鄭松江 하면 어떤 사람이라는 것을 얼른 누구
나 연상을 하고 알고 있습니다. 우리가 이와 같이 鄭松江을 알게
된 根本的인 원인이나 動機 理由가 鄭松江의 文學作品이 있기 때문
에 알게 된 거지, 만약에 鄭松江에게서 文學的인 것을 떼고 나면

歷史的인 人物로 과연 어느 정도 論議가 될 수 있겠느냐, 作品이 항상 앞서는 것이고 거기 따르는 作家는 後次的인 문제입니다.

이것이 本質的인 文學研究의 方法입니다. 이것으로써 午前 중에 해 주신 질문에 대한 답변을 대신하겠습니다.

〈司會 : 李佑成〉

이제 午前 중에 답변을 가지지 못했던 文學分野에 관해서 두 분의 답변이 계셨습니다. 지금 綜合討論의 性格부터 말씀드리겠습니다. 그것은 午前 中에 討論者로부터 받은 批判을 지금 具體的으로 細密히 討論할 수 있는 시간이 도저히 허용되지 않는 것 같습니다. 이 심포지엄의 性格이 具體的인 그 내용 하나하나의 문제도 중요하지만 韓國學을 어떻게 다루어야 하는가의 方法論의 문제가 중요한 것이기 때문에, 오늘 이 處容說話를 두고 綜合討論 시간에서는 가령 民俗學 하는 분들은 民俗學的인 方法을 가지고 歷史學하는 분들의 方法論에 대한 문제, 또는 文學을 다루는 方法에 대한 方法論의 문제를 주로 해서, 發表內容의 하나하나의 具體的인 部分的인 문제는 일단 省略하시고 좀더 높은 次元에서 얘기해 주셨으면 고맙겠습니다. 그럼, 午前 발표에서 제일 많은 문제가 제기된 것이 第二發表의 民俗學的인 것이라고 생각됩니다. 民俗學이라고 얘기했습니다만, 精神分析學적 입장에서 얘기하신 분도 계셨고, 宗敎學, 神話學, 갖은 學問方法이 동원된 것으로 생각되어 퍽 복잡한 것 같습니다. 午前에 이 分野를 司會하셨던 金東旭敎授께서 극히 간단히 문제가 提起됐던 점을 요약해서 말씀해 주시고, 그 다음에 民俗學에 관한 발표를 하신 두 분께서 補完說明이 있겠습니다.

〈金東旭〉 오늘의 주 目的은 處容說話에 대한 歷史學과 民俗學과

의 槪念의 차이를 줍힐 수 없는가 하는 문제에 들어 있다고 봅니다. 그래서 아까 발표해 주신 두 분, 金烈圭敎授와 李杜鉉敎授의 것은 油印物도 있고 자세히 발표하셨으니까 且置하고, 그 다음에 문제가 된 것은 處容說話 全體의 構造라든가, 그것은 별로 提起가 되지 않았고 또 處容說話의 文獻的인 批判도 나오지 않았습니다. 지금 鄭炳昱敎授의 "處容歌가 있고 處容說話가 있다"는 말씀도, 사실은 民俗學에서 본다면 假面이 있고 그 다음 假面을 설명하기 위한 어떤 얘기가 있지 않는가, 이런 얘기로부터 시작되지만, 그것도 且置하고, 우선 文相熙敎授께서 處容信仰이 있었다고 하는 문제, 그리고 張籌根先生께서 處容歌를 巫歌로 보았는데, 巫歌 가운데는 청대와 공수와 노랫가락 세 개가 巫歌를 形成합니다. 제일 처음에 巫堂을 부르고, 다음에 공수는 神托을 하고, 다음에 노랫가락을 불러 즐겁게 합니다. 張籌根敎授는 處容歌를 공수라 規定하셨습니다. 李相日敎授께서는 주로 演劇發生史的인 面에서 언급을 하셨는데 發生史的인 考察에 있어서는 演劇, 機能, 效果, 構成面에 대한 approach가 필요하다는 전제조건을 내시고, "龍子가 處容으로 變身한다는 것을 古代思惟의 하나의 發展段階에 있어서 中間段階다" 이런 말씀을 하셨습니다. 그리고 金泰坤敎授는 神話學的인 입장에서 본다면 儀禮先行說, 아까 제가 말한 바와 같이 假面 얘기라든가 Festival, 그런 얘기가 되겠습니다. 그리고 "處容說話는 複合的인 構成體系를 갖고 있다"는 견해인 것 같은데, 그 複合的인 構成體系가 무엇인가에 대해서는 앞으로 좀더 연구되어야겠습니다. 그리고 "處容說話의 形成은 龍神信仰을 모티브로 해서, 龍神의 人格化의 象徵的 神話의 한 조각이다"라는 말씀을 하셨는데, 여기 대해서 金泰坤敎授는 "處容歌는 處容說話 전체에 있어서 조그마한 바늘구멍에 지나지 않는다"는 表現으로 處容說話가 있은 후에 處容歌가 있을 수 있다고 말씀하셨습니다.

〈司會 : 李佑成〉

民俗學 관계를 발표하신 두 분이 補充說明을 하시겠습니다. 특히 歷史學쪽의 發表가 나온 뒤에 民俗學的 입장에서 誤解라 할까, 意見이 더욱 많으신 것 같은데 그런 점에 대해서 좀더 보충설명이 계실 것 같습니다.

〈李杜鉉〉지금 學術方法論上의 檢討를 위한 第一回의 大會를 가지게 됐는데, 兼해서 구체적인 여러 가지 얘기가 나와 저희들에게 퍽 도움이 되는 것 같습니다. 人員數가 많다고 해서 民俗學을 가운데 앉힌 것 같은데 아주 位置가 시니컬하게 잘 됐습니다. 그래서 결국 民俗學이란 것이 學問으로 成立되느냐는 질문까지 받는데, 民俗學이라는 것은 文學 쪽으로 더 비중을 두고 기울어지는 경향과, 또 人類學的으로 기울어지는 경향과의 中間에 있고, 그래서 그 比重이 기울어진 데 따라서 여러 가지 傾向도 나타나고, 또 民俗學的 方法을 쓴다는 사람에게도 各者 고민이 있다는 것은 사실입니다. 오늘날까지도 美國 등 다른 나라에서도 그런 문제가 方法論上 계속 討論이 되고 있는 것으로 알고 있습니다. 여기서도 바로 그런 자리가 되어졌습니다. 여기서는 文學的인 쪽과 民俗學的인 것을 딱 갈랐습니다만, 보다 더 人類學的인 그런 比重을 두는 것 하고 둘로 方法論上의 座標랄까, 接近이랄까, 이런 것의 比重이 여기서 문제가 되고 있는 것 같습니다. 가령 예를 들면, 鄭炳昱教授는 地方文學, 首都文學, 이런 用語로써 提議했습니다만, 우리 民俗學的 立場에서, 말을 다시 바꾸면 가령 이것을 第二回 심포지엄의 테마로 해

주셔도 좋겠는데, 결국 오늘날에 와서는 Oral literature, 즉 아까 民俗文學이란 말로 그것을 썼습니다만, 또는 口碑傳承, 또는 口碑文學이라고 말할 수도 있습니다만, 그것하고 在來의 藝術文學이라고 하는 Written literature, 記錄된 것만으로 文學의 硏究對象으로 삼는 그런 것에 대한 反對 立場이랄까, 맞선 立場이랄까, 補充하는 立場으로, 더구나 요사이 와서는 民俗文學 또는 口碑傳承文學이라고 하는 것 하고가 서로 맞선다고나 할까, 어떻게 이 문제를 해결해 나갈 것인가 하는 것이 심각한 문제로 대두되고 있습니다. 그건 우리나라의 경우도 과거에 있어서는, 물론 우리사회는 literate society로서 전혀 文字를 안 가졌던 아프리카나 大洋州의 여러 未開民族과는 다른 complete society이지만, 대부분의 사람은 文字를 갖지 못하고 결국 口傳에 의해서 口頭로만 그러한 文學的인 行爲를 해 왔던 것이 事實이고, 高麗 때까지의 歌謠만 하더라도, 노래나 여러 가지 이야기 등도 李朝에 와서 한글이 創制된 뒤로 漢字와 섞어서 또는 한글만으로 記錄化되었던 것은 事實입니다. 近來에 와서 1920年代 30年代에 들어서 假面劇이나 人形劇에 대한 것 등, 여러 가지 것이 記錄化된 것은 事實입니다. 그래서 우리 文學史 자체의 내용을 들여다 보더라도 이런 문제들은 여기서 일단의 하나의 문제로서 提起되어야 하는 것입니다. 즉 Oral literature를 literature로 보느냐, 안 보느냐, 이런 것으로부터 여기서 하나의 근본문제로 提起된다는 것이 民俗學的인 分野와, 文學을 文學自體로서 봐야겠다는 分野와의 문제로써 커다랗게 부각되는 것입니다.

 그 다음에 民俗과 歷史, 물론 다른 나라의 경우는, 在來式 方法은 民俗學이란 것은 歷史學의 한 補助科學的인 分野로 다루어, 지금도 우리가 알기로는 共産圈, 소비에트 쪽에서는 그런 方法에 많은 比重을 두고 있는 것 같습니다. 그러나 이쪽, 美國이랄까, 이쪽의 영향을 많이 받는 쪽에서는 人類學의 한 分野처럼, 특히 文化人類學처럼 다루어 가는 것이 더 뚜렷해지는 것 같은데, 아까 歷史쪽에서 具體的인 사례로 결국 蔚山地方의 豪族出身의 處容에서부터, 사라센 商人으로, 이것이 昇格된 건지 擴大된 건지, 이런 國際性을 띄게까지 處容이 이르렀습니다. 그럴 것 같으면 方法論이 問題가 되는데, 三國遺事가 Bible이 아니라 一種의 Guide Book처럼 되어 가지고 大王岩도 발견하고, 뭣도 발견하고 處容洞도 부각되고 하는 式으로 歷史 쪽에서 많이들 approach되고 있는데 과연, 이런 것이 이렇게까지 나아갈 수 있는 건가 하는 것이 民俗學 쪽의 우리로서의 하나의 의문입니다. 이러한 점에 第一回 學術方法檢討를 위한 심포지엄이 큰 意義가 있는 것 같고, 그래서 주최자 측이 앞으로도 方法論上의 檢討를 위한 심포지엄을 해 주시길 부탁하며 제 얘기의 바통을 金烈圭敎授에게 넘기겠습니다.

〈金烈圭〉 저는 이런 기회가 진작 있기를 마음 속으로 바라왔던 사람입니다만 이 자리에서 歷史學과 民俗學의 原論問題를 提起하게 된 것을 一面 대단히 서글프게도 생각합니다. 歷史와 民俗이, 가령 구라파 쪽의 例를 들자면 中世紀까지 民俗的인 口述傳承이 歷史記錄의 담당자 노릇을 해 왔었고, 그리고 中世紀 이후의 歷史, 가령 近代에 가까이 와서 歷史와 民俗學이 갈라지고 난 이후에도 여전히 歷史와 民俗은 서로 接觸을 하고 있습니다. 가령 現代에 있어서도, 가장 現代에 살았다가 간 사람들의 歷史의 경우에 있어서도 民俗的인 事實은 여전히 첨가되고 있습니다. 그래서 저는 이러한 事實에 立脚해서 그 兩者가 對立만 하는 것이고 서로 共存할 수 없고 調和될 수도 없는 것이라고는 생각하지 않습니다.

아까 李基白先生께서 적절히 지적해 주셨습니다만, 전 歷史 쪽에서 제게 대한 試鍊이나 挑戰이 있다고 表現했지 侵害라던가 侵掠이라고는 表現한 적이 없었습니다. 그때의 挑戰이란 뜻은 民俗傳承을 解體해서 그것이 완전히 歷史的인 記錄인 것처럼 하게 된 그 意圖, 그것을 가지고 저는 제게 가해지는 試鍊이라 불렀던 것입니다. 그래서 이제 전 아까 말씀드렸지만 不幸히도 그 原論을 되풀이하지 않을 수 없습니다. —民俗과 歷史가 어떻게 다른 것인가를. 民俗과 歷史는 분명히, 어는 事實을 서로 基盤으로 할 수가 있습니다. 그러나 그 事實의 뜻이 달라져야겠습니다. 歷史에 있어서의 事實은, 社會學的 事實이고 政治的인 事實이어야겠습니다. 그러나 民俗學에 있어서, 혹은 民俗傳承에 있어서의 事實은 宗敎的 事實입니다. 바꿔 말하면 傳承 속에 나오는 혹은 口述傳承 속에 나오는 어떠한 대상이 實際 있었는가가 문제가 아니고, 그러한 대상이 있다고 믿는 것입니다. 그 傳承을 傳해가는 사람들이 그런 事實이 過去에 있었다고 그렇게 信仰하고 있는가, 그것이 民俗 쪽에서 말하는 事實인 것입니다. 그런 점에서 歷史學에서 말하는 事實과 民俗傳承에서 말하는 사실은 確然한 區分의 差를 보입니다. 그러니까 民俗傳承에 있어서의 事實은 時代가 經過해감에 따라 變化해가야 한다는 것입니다. 이 變化야말로 民俗傳承의 生命입니다. 그러나 歷史的인 事實에 있어서는 일단 그것이 歷史的인 事實로 定立된 이상, 決定的인 修正이 加해지지 않는 이상, 그것은 그냥 그대로 持續되는 게 原則인 줄로 알고 있습니다. 그렇게 해서 民俗的 傳承의 경우에는 그것이 時代에 따라서 어떻게 變해야 하느냐 하는 것조차 考慮에 넣으면서, 그것을 우리들 民俗傳承의 本質로 삼아야하는 것입니다. 가령, 좋은 例가, 金首露王의 夫人, 許妃가 도착했다는 땅이, 지금도 그 傳承을 간직하고 있는 마을이 鎭海에 있는데, 그 마을에 가서 노인들에게 許妃가 타고 내렸다는 바위에 대해서 調査를 해 보면, "金首露와 許妃가 壬辰倭亂 때 어디선가 亂을 避해 오다가 倭將들에게 쫓기게 되자, 거기서 그만 배가 뒤집혀져서 죽었는데, 그 두 사람은 억울하게 죽었으니 모시고 있다"라는, 그런 式으로 해서 首露와 許妃의 傳承이 壬辰倭亂을 骨子로 해서 지금 커다란 變形을 보이고 있습니다. 또 하나 중요한 差는 民俗傳承에서는, 歷史學에서 排除되어야 할 主觀性이 端的인 生命입니다. 다시 말하자면, 民間傳承을 傳達해 나가는 擔當者의 主觀性이 創造性으로 해서 民間傳承을 비로소 持續시켜 나갈 수 있는 것입니다. 그러므로 歷史學에 있어서는, 正反對로 民間傳承은 이러한 個人的인 主觀性에 의해서 高度로 變形이 可能하다는 事實을 잊어서는 안 되겠습니다.

　다음에, 마지막으로 네 번째의 差는 아까 누차 말씀드린 것처럼, 이 處容傳承은 神聖傳說입니다. 이러한 神聖傳說은 한 社會를 根原的으로 神聖化하기 위한 機能을 가지고 있습니다. 왜 神聖化하느냐? 하면 神의 作用을, 或은 神의 介入을 거듭거듭 받으므로 해서 그 民族과 國家가 요구하는 繁榮이라든가 혹은 生産力이라든가 그런 것을 持續시켜 나가자는 것입니다. 이렇게 하게 되자면 神聖原理에 의해서 形成되어 나가는 神聖傳說들은 高度로 抽象的이고 高度로 象徵的입니다. 왜 그런고하니 그것은 神이나 宗敎的인 것에 관한 것이니까 理性을 超越한 것, 合理性을 超越한 것, 혹은 槪念化되기를 拒否하는 對象者입니다. 이처럼 槪念化되기를 拒否하고 理性을 超越할 때 그것은 道理없이 直觀的인, 一時的인 直觀에 의해서 象徵化될 수밖에 없습니다. 이런 象徵化된 神聖傳說 내지 神話들은, 그것이 高度로 抽象化되기 때문에 어떠한 해석의 可能性도

가지고 있습니다. 그러한 多樣한 해석의 可能性을 아까, 歷史學 하신 두 분 敎授께서 端的으로 저희들에게 보여주는 것이라고 믿고 싶습니다.

말하자면, 하나의 資料를 놓고 그렇게 달라질 수가 있을까라고 驚歎에 가까운 感情을 가졌습니다마는, 이러한 驚歎에 가까울, 完全히 史料化된 것의 可能性을 神話傳承의 高度의 抽象的인 象徵性이 保障해 주는 것입니다. 이러한 根本的인 差를 생각했을 경우에 아까 高先生께서 充分히 지적해서 말씀하셨습니다마는 두 분의 해석이 體系的이기는 하나 너무 合理的이다라는 문제가 提起될 것이라고 믿습니다마는, 이러한 점은 조금 더 具體化하기 위해서 몇 가지 問題點을 提起해 보겠습니다.

우선, 處容을 바닷속에서 나왔으니까 아라비아人이라고 하셨습니다. 그러면 우리나라 神話的인 人物 가운데서, 하늘에서 온 사람은 어디서 왔으며 땅속에서 솟아난 사람은 또 어느 나라에서 왔느냐 하는 문제입니다. 그 다음에 假面의 描寫에 있어서 코가 높고 눈이 들어가고 거기다가 얼굴이 붉어서 아라비아人族이라고 그랬습니다마는, 대단히 외람된 얘기입니다만, 우리나라 民俗 假面 中에서 怪奇하게 보이지 않는 民俗 假面은 단 한 件도 보지 못했습니다. 이건 어제 제가 實驗 삼아서 한 일인데, 「신천말뚝이」라는 假面이, 李杜鉉先生책에 收錄되어 있는데, 그 假面의 形狀인 즉 어떠한고 하니, 전부 얼굴이 빨갛고 頭部에는 무려 혹이 자그만치 세 개나 있습니다. 그리고 코는 완전히 주먹을 두 개 얹어 놓은 形狀입니다. 그리고 머리카락은 요사이 고바우 漫畵의 主人公처럼 머리카락이 단 세 개입니다. 이것을 우리 學校 학생들에게 어디서 온 사람 같으냐고 물어보았더니, 한결같이 火星에서 온 사람이라고 하였습니다. (笑聲) 그런가하면, 屛山탈 가운데 屛山선비와 屛山兩班이 있습니다만, 이들의 形狀은 어떻게나 怪奇한고 하니, 눈꼬리가 거의 귀 있는 데까지 찢어져 올라갔고, 눈 테두리 속의 瞳子는 좀 誇張된 表現인지 모르지만 어떻게 보면 두꺼비 같고 어떻게 보면 밤에 보는 自動車의 서치라이트 같습니다. 그리고 얼굴빛은 까맣고 코는 무시무시할 만큼 큽니다. 다시 이것을 學生들에게 물었더니 아프리카 니그로들 같다고 합니다. 그러면 이러한 나머지 假面들이 가지고 있는 이런 怪奇함은 무엇으로 설명이 될 것인가? 말하자면 그들의 國籍을 어디다 둘 것인지 저는 심히 궁금합니다.

다음에 또 하나는, 우리나라 處容歌의 場面이 淫蕩함은 事實입니다. 그런데 그 淫蕩한 것이 우리 傳承에 없다고 말씀하셨습니다만 우리 民間 巫堂 呪術에 있어서는 이 Sex motive라고 하는 것은 얼굴이 憫惘하리만큼 그 祭典의 中間 中間에 露呈됩니다. 이것은 우리나라 사람들로서는 차마 입에 담을 수 없을 만큼 노골적입니다. 그래서 이 Sex motive를 굳이 말하자면 멀리 印度까지 혹은 아랍까지 가지고 갈 필요는 없다고 생각합니다. 그 다음에, 長城의 處容岩을 말씀하셨지만 장성은 제가 알기로는 全羅道 하고도 엄청난 산골입니다. 거기 處容바위가 있다는 것을 제가 發見을 해서 五‧六年 前에 그것을 文獻에다 발표한 적이 있습니다마는, 지금 處容바위는 현재 어떻게 變貌해 갔냐 하니까, 그 地方에 있어서 딸들이 태어나면 바람기가 많다고 생각했는데, 그 원인이 어디 있는가 하면, 處容바위가 너무 잘생겨서 동리 處女들이 바람이 난다고 해서 현재는 그 바위를 한 쪽을 쪼아가지고 동리 處女들의 바람기를 막았다고 합니다. 그러니까 말하자면 지금 處容바위가 가지고 있는 얘기는 전혀 다른 얘기입니다. 그런 의미에서 우리들은 그 산

골의 어마어마한 거기까지 정말 외국 貿易의 通路가 있었는지 심히 疑心쩍어 하는 것입니다.

그 다음은, 아까 四方神들이 나타나되 넷이 나타나고 혹은 일곱이 나타난다는 것을, 아랍人들이 集團的으로 나타났다고 말씀하셨는데, secret number, 이른바 聖數의 體系를 아직은 저로서는 不幸히도 밝히고 있지를 못합니다. 이것은, 우리 民俗이나 神話傳承을 糾明함에 있어서 매우 중요한 事實의 하나임에도 불구하고 力不足으로 밝히지 못하고 있습니다. 各 民族마다 그들의 方位 設定에 있어서 四·六·八·十 때로는 二十일 때도 있어서 반드시 一定하지 않습니다.

그래서 만일 이렇게 그 民族 固有의 오리엔테임이 四方일 때는 神의 出現은 四字로 되기 마련이고, 다음에 七이란 數字는 駕洛을 제외했을 때는 高句麗와 같은 北方社會에 있어서 基本的인 聖數 secret number입니다. 그래서 三을 基數로 해서 三의 倍數가 五이고 五의 倍數가 七입니다. 그렇게 해서 그것이 聖數임을 생각한다면 이 七人의 神이 나타난다는 것도 굳이 아라비아人의 集團出現과 關聯시킬 것 없다고 생각합니다. 그리고 "이 新羅도 比較的 末期인데, 어떻게 그런때, 巫堂의 原理가 朝廷에 나타날 수 있었겠는가"라고 말씀하시면서, 그래서 그것이 마치 祭政一致 時代의 復活처럼 말씀하시고 問題를 提起하셨는데 그러나 지금 현재 三國遺事가 가지고 있는 그 文面에는 아까 제가 발표해 말씀드렸다시피 憲康王 自體가 神의 모습을 본따서 神의 態度를 實演해 볼 수 있을만큼 적어도 샤머니즘的 原理를 가지고 있던 王입니다. 그 原理를 여기서 거듭 喚起시키고 싶습니다. 아까 司會를 보시던 李佑成先生님께서 세부적인 문제를 관여치 말라고 하셨는 데도 불구하고 이렇게 具體的으로 細部的으로 말씀드리는 것은 아까 제가 말씀드린 것처럼 民俗的인 資料 내지 神話的인 資料는 그것이 聖스러운 原理에 依據해 있는데도 그것을 完全히 世俗化해서 世俗社會의 얘기인 것처럼 했을 경우에 어떤 誤謬가 생기는가를 指摘해 보이고 싶어서 말씀드리는 것뿐입니다. 바꾸어 말하면 이런 神聖原理에 立脚한 神話나 民間傳承들은 歷史的인 事實을 위한 傍證으로까지는 삼을 수 있을지라도 그것을 完全히 世俗化된 이야기로 還元시킬 수 없다는 것을 거듭 强調하고 싶습니다.

〈司會 : 李佑成〉

다음으로 歷史學과 民俗學의 方法論的인 문제에 관해서 金哲埈先生께서 좀 말씀해주십시요.

〈金哲埈〉 지금 말씀하신 데 대해서 얘기하겠습니다. 아까 그 "神聖에 의해서 再創造해 나가는 民俗·說話의 性格" 그 神聖이란 말을 各 時代의 文化的 傳統이란 말로 代置해도 좋겠지요. 즉 "傳統을 다시 再發見하고 再創造해 나가는 어떤 文學活動의 欲求에 의해서 그러한 說話가 나온다"는 것이겠습니다. 그러한 경우에 歷史學에 있어서는 어떠한 조그마한 하나의 事實을 考證하려고 하는 것도 있겠고, 그 背景을 얘기할 적엔 그 傳統의 性格이 문제가 되는 것입니다. 그러면 지금, 여기에 있어서 李龍範敎授나 李佑成敎授가 그 史料를 취급할 적에 그 傳統의 高麗 또는 朝鮮時代에 일어나는 傳統繼承의 變遷 可能性을 전혀 否認하고 얘기하는 것이 아닙니다. 그 事實을, 그것이 언제부터 시작했느냐, 正確히 아랍商人이다 또는 蔚山豪族이다 라고 決定을 내리는 것이 可能하냐 아니하냐는 둘째 문제로 치고, 그 背景의 傳統을 考慮하고 지금 이야기하고 있습니다. 단지, 그 하나의 限界點은, 그 傳統이란 것을 오늘날의 國史學이 아직 그 分野에까지 취급이 안 되는 관계로 그 理解度의 넓이가, 지금 民俗學 하는 분이나 딴 분들이 하는 거기에서 볼 적에는 대단히 不滿足스러운 데가 있겠지만, 本質的으로는 그러한 境地를 追求하는 데 있습니다. 단지, 그러한 歷史的 事實을 考證하고나서 그 뒤의 展開는 딴 문제입니다. 말하자면 이 處容說話의 歷史的 起源을 "아랍商人이 여기까지 왔다" 하는 것이겠고, 그 다음에 그 記憶이 다시 後世에까지 繼承 發展하는 것임으로 高麗時代의 處容을 研究한 사람은 高麗時代의 傳統을 애기하는 것이고, 오늘날에까지 온 것은 오늘날에 와서 그러한 文化面을 애기하는 것이 되겠습니다. 그러니까 相互流通이 잘 안 되는 관계에 있는 것이지, 지나치게 對立的이라든가 方法的인 커다란 差異가 있다고는 생각지 않습니다. 다음에, 아까의 그 性 문제입니다. 그것은 "네 다리" 때문에 문제가 났는데, "四肢"관계의 位置라는 건 印度文學에 있는지 없는지는 모르나, 이 三國遺事를 비롯해서 考古學的인 遺物에 있어서 性에 대해서 淡朴하게 表現됩니다. 一然 自體가 佛僧으로서도 그러한 類의 傳承을 淡朴하게 記錄할 수 있고, 古代人은 性관계를 어떤 生命創造의 象徵으로 생각한다든가, 그 外의 性格으로 생각한다든가 간에, 그 당시의 歷史的 表現 方法이 그러했다고 理解할 수 있습니다. 그러니까 그런 문제는 基本的인 입장에 있어서는 지금 서로 거리가 멀어서 그런 거지 큰 對立的인데 있다든가 文獻 考證學者의 主張처럼 그것만을 꼭 고집한다는 것은 아닙니다.

　그 다음에, 處容說話의 研究에 있어서 歷史學者 쪽에서 두 가지 業績이 있습니다. 하나는 處容說話가 어떻든 간에, 그것을 계기로 해서 豪族들의 生理를 하나 밝혀냈다는 점과, 또 西域과 우리나라,

즉 아랍商人과 우리나라와의 文化交流, 新羅時代의 文化 體質의 문제를 理解했다는 두 가지의 進展이 있습니다. 그러니까 高柄翊敎授께서 아까 말씀하신 "그 이상의 꼭 들어맞는 結論을 追求한다"는 것은 우리가 目的하는 바가 아닙니다. 그것을 계기로 어떤 成果에 到達했느냐 하는 것이 문제가 됩니다. 그러한 점에 있어서 誤解가 계신 것 같아서 辨明했습니다.

〈李基白〉 歷史學에 있어서는 물론 여러 가지 補助科學들 중에 民俗學이 하나로 들어갑니다만, 아까 李杜鉉선생께서 지금 共産圈 內에서는 그렇게 취급하고 있다고 말씀하셨는데, 그렇다면 여기 있는 歷史學者들이 전부 그쪽에 물들었다는 얘기가 되겠지만, 그렇지는 않겠고, 베르하임의 古典的인 歷史入門書에서부터 시작해서 考古學이나 人類學이나 모든 科學과 마찬가지로 民俗學도 심지어는 政治學 經濟學이 다 歷史學의 補助科學입니다. 반대로 얘기하면 民俗學을 주로 할 때는 歷史學이 補助科學이 됩니다. 그러니까 根本的으로는 얘기가 안 될 것 같습니다. 단지, 歷史學에서 民俗을 어떻게 취급해야 하는가가 문제인데, 時代的으로 變化가 있으니까, 가령 新羅時代에 行해진 民俗 自體가 新羅社會를 糾明하는 하나의 材料가 되는 것입니다. 그러니까 그 점에서는 저도 의견을 물론 같이합니다. 그러나 마지막으로 質問을 하고 싶은 것은 歷史的 事實이 전혀 民俗에 들어가 영향을 주거나, 그걸 素材로 해서 어떤 民俗이 發生하는 혹은 傳說이나 說話가 發生하는 그런 것이 전혀 排除되는 것인가, 그 점을 물어보고 싶습니다.

〈司會 : 李佑成〉

方法論的 論議가 漸入佳境이라서, 司會者로서 司會하기가 매우

힘겹습니다. 發言하시는 분에게 꼭 부탁드릴 얘기입니다만, 要點만 추려서 다른 분들에게도 發言의 機會가 돌아갈 수 있도록 해 주시기를 바랍니다. 다음 金泰坤先生께 차례를 드립니다.

〈金泰坤〉 저는 民俗學의 立場에 선다는 것을 前提로 해서 말씀드리겠습니다. 歷史學者들이 中世 以後의 古代史 文獻資料를 다루고 있는 方法을 보면 우선 답답한 느낌이 듭니다. 앞으로 달라질 可能性이 있습니다만 民俗學에서는 主로 傳承文化 또는 殘存文化를 硏究의 對象으로 取扱해 왔습니다. 지금 여기서 問題로 삼고 있는 處容問題만 하더라도 이것은 그 當時의 民俗的인 現象인 것입니다. 그렇기 때문에 三國遺事의 資料를 史實의 額面 그대로 받아들인다는 것이 困難한 問題로 登場하지 않는가. 一然이 三國遺事를 쓸 때 臺本을 가지고 썼던 아니면 前부터 口傳되던 口碑資料를 記錄化했던 間에 三國遺事는 틀림없이 漢字로 記錄된 것이기 때문에 그 記錄化 過程에서 一但 순수한 우리의 말이 漢文式의 思考에 의해 飜譯이 되었다는 事實을 먼저 念頭에 두어야 할 것입니다. 또 飜譯뿐만이 아닌 取音이나 借音도 考慮해야 할 것입니다. 그렇기 때문에 三國遺事의 資料는 두 번이고 세 번이고 그 本質과는 달리 歪曲 訛傳 變貌했다는 것을 計算에 넣지 않을 수 없는 것입니다.

다음의 問題는 記錄 當時의 文化環境과 現在 우리가 그 記錄을 눈으로 보고 있는 지금의 文化環境은 그 論理的 次元이 다르다는 것을 考慮하지 않을 수 없습니다. 古代史의 文獻資料를 解釋하는 데 있어서 왜 이런 두 가지의 問題를 無視하고 있는가. 이와 같은 論理的 時間的 次元이 計算에 들어가지 않을 때 處容의 問題는 풀려나가지도 않을 것이며, 隣接學과의 對話도 無意味해질 것입니다. 지금까지 걸어온 歷史學의 方法이 主로 過去 事件의 通時的 記述에

主力해 왔기 때문에 普遍的인 文化의 一般的 共時態를 外面해 왔습니다. 民俗學은 이 普遍的인 文化의 共時態를 現象學的인 立場에서 있는 그대로 아무런 先入觀이 없이 發掘 體系化作業에 主力해 오고 있습니다. 또한 過去의 文化的 共時態가 現在에도 民俗의 領域 속에 殘存해오고 있습니다. 古代의 文獻資料 解釋에는 위로 올라가 歪曲 訛傳된 漢字 解釋의 誤譯보다는 우선 記錄 當時 文化의 共時的 情況부터 파악하기 爲해 그 現象을 눈으로 볼 수 있는 民俗의 領域과 對話부터 가져보는 것이 어떠한가.

處容의 問題는 고사하고 國祖神話인 檀君神話 하나의 例만 하더라도 解放이 된 지 4半世紀, 우리나라 大學에 거의 다 史學科를 두고 있으면서도 아직껏 解決을 보지 못한 채 여러 異說을 내세우며 國史敎育上에도 一括된 方向 하나 提示하지 못하고 있지 않습니까? 記錄만을 가지고 處容이 이슬람商人이라 말씀하는데 어째서 處容만이 그 國籍이 밝혀지지 않았습니까? 駕洛의 許皇后도 「아비타국」에서 왔다고 그 國籍을 밝혔고 脫解도 龍城國에서 왔다고 三國遺事에 분명히 國籍을 밝혔습니다. 왜 處容만이 國籍이 밝혀지지 않았습니까. 金首露王과 脫解가 참새가 되고 매가 되어 싸운 記錄이 있는데, 과연 人間이 새가 됐었던 것입니까. 이 記錄은 歷史的 事實입니까. 여기에 古代人의 原始思惟와 象徵性의 問題가 따르는 것입니다. 물론 民俗學만이 다는 아니겠습니다만, 오늘과 같은 이런 問題의 解決을 위해 歷史學에서 普遍文化의 共時現象을 추구하는 民俗學과 基礎補助科學的인 眼目으로 對話를 나누어야 할 아량은 없겠는가, 質問하고 싶습니다.

〈司會 : 李佑成〉

金泰坤 선생께서 대단히 오해가 계신 것 같은데 지금 歷史學者들이 그렇게까지 모든 記錄을 그런 式으로 해석하지는 않습니다. 뿐만 아니라 檀君 애기가 계셨습니다마는, 그것도 일단 六堂 崔南善氏에 의해서 民俗學的인 方法 내지 神話學的인 方法의 적용으로 연구된 것이 오래됐습니다. 다음 李相日 교수께서 말씀이 계시겠습니다.

〈李相日〉 저는 民俗學的인 立場에서 나왔습니다마는, 民俗學의 과거 指向的인 面에 대해 대단히 批判的입니다. 西歐民俗學이 오히려 脫神話學的인 그러한 方法으로 나아가는 趨勢下에서는 우리 民俗學이 여태까지 過去 指向的인 데 대해 더욱 상당히 批判받아야 한다는 立場이기 때문에, 歷史學的 立場과 民俗學的 立場에 있어서 가장 對立되는 要素가 무엇이겠는가 생각하게 됩니다. 그것은 兩者가 가지고 있는 現實槪念의 差異일 수도 있습니다. 歷史學的인 立場에서 보는 現實槪念 그것하고, 그 다음 民俗學的인 立場에서 보는 現實槪念 하고의 差異가 문제되겠습니다. 겉으로 보기에 非合理的인 原初的思惟, 그것에서 民間傳承이라는 것이 이루어지는데 거기에 있어서는 모든 現實이라는 것은 하나의 象徵의 實體가 될 수 있을 것입니다.

그러나 合理主義的인 歷史的인 方法에서 볼 것 같으면, 그것이 反對로 實體의 象徵이 되는 것이 아니겠느냐, 그런 意味에서 만약에 時代가 발전해 갈 것 같으면 지금까지 民俗學的인 立場에 있는 지나친 神話學的인 혹은 浪漫性 같은 것은 어느 意味에서 배격하면서, 거기에 있는 어떤 神話的인 要素는 떼어 버리는 것이 學問하는 立場이다 하는 것을 말하고 싶습니다.

오늘의 處容說話에 있어서만 하더라도 여기에서 보면 두 面이 分

明히 있습니다. 龍子出現이라는 說話的인 要素가 특히 강조되고 있는가 하면, 그 說話的인 要素 외에 그 다음 處容이 入京하여 벼슬한다 하는 것은 분명히 歷史的인 要素입니다. 그런 경우에 우리는 그것을 區別하는 것과 對立되는 要素를 發見한다는 것이 중요한 문제가 되리라 생각합니다. 그래서 특히 龍子 같은 것은 일종의 메타모르포지스(transformation)이기 때문에 그런 경우에 있어서 그것을 만약에 歷史的인 立場에서만 해석을 하려고 할 것 같으면 合理性으로서는 도저히 해석이 되지 않는단 말입니다. 그럴 경우에는 原初思惟的인, 內在的 合理性에 바탕을 둔 그러한 民間傳承的인 要素를 도입하지 않는다고 할 것 같으면, 그것이 어떻게 타당한 論理로서 展開될 수 있는가 하는 것을 歷史學 立場에서 생각해야 할 것이고, 同時에 民俗學的 立場에서도 그러한 非合理的 要素가 앞으로 時代가 發展함에 따라서 合理主義的인 要素가 지배하는 경우에 그것이 과연 傳承될 수 있느냐 하는 것도 생각해 볼 문제이기 때문에, 그런 面에서 非合理的인 原初思惟가 갖는 現實槪念, 그것 하고 合理的인 歷史的 立場에서 보는 現實槪念이라는 것을 우리가 좀더 유의하여야 되겠다는 것을 말씀드리고 싶습니다.

〈司會 : 李佑成〉

李相日敎授의 새로운 意見—歷史學 方法과 民俗學 方法의 相互補完을 試圖하는 것, 이것이 妥當한가 아닌가를 저로서는 잘 모르겠습니다마는, 그러한 意見에 대해서 歷史學 쪽에서는 어떻게 생각하시는지 말씀해 주십시오.

〈金哲埈〉 지금 두 분 先生의 말씀을 우선은 대단히 創造的이랄까 새 寄與라는 의미에서 좋은 提案이라 생각하고 그러한 意味에서는 받아들이겠습니다. 그런데 먼저 韓國의 國史學 水準이 어느 정도에 갔느냐 하는 것을 이해하고 있는지 아닌지가 좀 곤란한 것 같아요. (笑聲) 왜냐하면, 우선 오늘의 발표에서 例를 들면 李佑成教授의 論文의 龍이 문제가 됩니다. 그것은 高麗世系에서는 王氏 조상이 龍王의 딸을 얻어왔다는 애기가 있는데, 그런 記事가 하나 있는가 하면, 또 한편 三國遺事에는 白川의 劉氏네 딸을 얻어왔으며 그랬기 때문에 거기에 城을 쌓았다는 記事가 있습니다. 하나의 歷史的인 事實에 두 가지 表現의 記錄이 있습니다. 그걸 가지고 이것은 그 "豪族의 어떠한 面을 說話化한 것이다" "歷史的 事實의 記錄이 있으니까 한 다른 面의 龍의 애기는 그걸 후세에 다시 說話化한 것이다" 이러한 式으로 검토해 나간 것이지 그냥 추측해서 과거 文獻考證學만 하던 사람이 갑자기 잘못 그 방면을 건드려서 실수하는 그런 단계는 아니라고 생각합니다.

그래서 또 하나 檀君神話의 경우에 있어서 곰의 崇拜의 起源은 네안달탈렌시스時代부터 나옵니다. 이러한 totem的 思想은 요사이 天主敎나 新敎에서 復活節인가에서 예수의 살과 피를 마신다는 傳統으로서 계속해 내려오는 것인데, 이 사실을 기억해둘 必要가 있습니다. 곰의 崇拜는 舊石器 中紀라고 생각되는 바르샤바 南方 실레지아 지방의 舊石器遺蹟에서 實證되었고, 그리고 시베리아 系統의 古代아시아族 系統의 민족과 연관이 있었고 오늘날 아이누族까지도 연결이 되어 있습니다. 그러면 곰 토템 思想이 氏族社會의 新石器社會 단계에서 어떠한 機能을 가졌겠느냐, 그 다음 古朝鮮이 어떤 政治力이 상당했을 그 다음 단계에는 어떻게 발전했겠느냐, 그 다음에 또 내려가서 開國神話와 民族의 起源을 설명하는 高麗와 李朝에 와서는 어떻게 發展하였는가를 생각하게 됩니다. 여러분이 아시다시피 檀君神話의 三國遺事의 說과 또는 帝王韻紀의 說이 世宗實錄地理志 등에서 取捨選擇이 돼가지고 動物하고 떠난 것이 후에 李朝에서 採擇이 되었다는 說도 나오게 됩니다. 그러면 社會條件에 의해서 그 機能이 어떻게 變遷해 나가느냐를 검토하는 것은 當然한 것입니다.

대부분의 歷史學者들이 人員이 많지 않아 그런 것까지 取扱하지 못하여 民俗學에서 不滿이라고 생각하는 "각 時代의 文化體質과 그 基本的인 호흡을 도무지 무시하지 않았느냐"하는 批判을 들어도 괜찮겠는데, 거기에 대해서는 그러한 공격을 받아도 우리가 答辯할 도리가 없습니다. 우리가 그 단계까지 돼 있지 않습니다. 그러니까 그런 것을 方法的으로 유치하다고 한다면 곤란하게 됩니다. (笑聲) 특별히 고려하겠습니다.

〈司會 : 李佑成〉

具體的인 문제가 나오기 전에, 좀더 方法論的인 얘기가 있었으면 좋겠습니다.

〈高柄翊〉 李相日敎授께서 말씀하신 것과 대략 비슷합니다마는, 가령 이번 處容 같은 것도 전적으로 歷史的인 사실 면에서만 풀이를 다 할 수는 없지 않은가, 상당히 複合이라고 말씀드렸는데, 가령 龍子出現이라든가 하는 것은 어떠한 歷史的 사실의 象徵으로서 해석이 가능은 하겠지만, 역시 民俗學의 도움을 받을 때에 분명히 되는 면이 많이 있겠습니다. 民俗學이라 할지라도 이 說話 全體를 民俗學의 면에서만 볼 게 아니라, 歷史的 사실로 보아 어떤 時代, 어떤 地方, 어떤 狀況 아래서의 産物이며, 어떠한 歷史的 産物 속에서 나왔다는 점을 고려하여 참고해야 될 것이기에 양쪽에서 그런

式으로 할 적에 자연적으로 接近이 되어서 綜合的인 해석이 나오지 않나 생각합니다.

아까 金烈圭教授 말씀 가운데, 歷史的 事實과 民俗學的 事實이 판연히 다르다 하는 말씀에 약간 異見이 하나 있습니다. 뭐냐하면, 가령 民俗學에서는 "어떤 說話의 내용이 사실이냐 아니냐보다도, 시대에 따라서 사람들이 그것이 있었다고 믿어왔느냐, 아니냐가 중요한 사실입니다"라는 말씀을 하셨는데, 그것은 民俗學에서만 아니라 歷史學에서도 중요한 사실로 생각한다고 하는 말씀을 드리고 싶습니다. 가령 檀君이다, 箕子다, 衛滿이다 할 적에 이런 것을 어느 時代 사람들이 믿어 왔느냐, 어느 시대에 와서 믿음이 적어졌느냐, 어느 시대에 와서 다시 說話가 더 믿어져 왔느냐, 특히 歷史에 있어서는 대체로 어느 王朝의 始祖라든가, 建國說話라든가, 이런 合理的 해석이 어려운 이런 要素를 대개가 內包하고 있습니다. 李朝에 와서는 이것이 적겠지마는, 그런 경우에 그것들을 다시 歷史 記錄으로 묶어서 쓰는 때가 어느 時代이며, 다시 復活運動을 하는 때가 어느 때이냐, 말하자면 그 사실이 실제로 歷史的 사실이냐 아니냐가 문제겠지만, 그것은 歷史的 사실로 뒤에 와서 믿고 있었느냐 안 믿었느냐, 하는 것이 또한 그 시대의 精神史的인 位置를 보는 데 있어서도 마찬가지로 중요한 사실로 생각됩니다. 그 점에서 民俗學이나 歷史學에 있어서 接近의 차이가 있다는 얘기는 하기 어렵다는 것입니다.

〈司會 : 李佑成〉

지금 歷史學과 民俗學이 方法論的으로 상당히 接近되는 感이 있어서, 한층 흐뭇한 기분을 느낍니다마는, 여기 李基白教授의 아까 질문에 대한 金烈圭教授의 답변요청이 들어왔습니다. 金烈圭教授는 年歲가 젊으시고, 재기가 아주 발랄하신 민속학의 翹楚的 存在입니다. 여러 가지 의문이 많겠습니다만, 모처럼 두 分野의 和氣靄靄한 분위기를 파괴하지 않는 쪽으로(笑聲) 우선 구체적인 문제는 且置하시고, 좀더 높은 次元에서 共同의 廣場이라는 입장에서 문제를 말씀해 주셨으면 감사하겠습니다.

〈金烈圭〉 하긴 學問에 있어서 흥분은 禁物이겠습니다만, 흥분의 도취 없이는 學問이 이뤄지지 않는 것으로 알고 있습니다. (笑聲) 아까 李基白教授께서 제게 주신 질문은 "民俗學의 資料라 해서 歷史學 쪽에서 터치하지 말라는 말이냐"고 하셨는데, 제가 아까 原論을 말씀 드리면서 序頭에서 이미 그렇지 않다는 말씀을 드렸습니다. 거기 관련해서 중대한 문제는 우리 民間傳承은 앞으로 그 槪念이 變動될 시련을 겪고 있는 중입니다만 二·三十年 전까지를 基準으로 한다고 할 것 같으면, 確固하게 몇 개의 장르가 갈라져 있습니다. 三大別해서 神話, 傳說, 童謠로 나누었습니다만, 그런 傳說 가운데 오늘 다룬 이 處容은 神聖傳說이라서 神話와 傳說의 複合입니다만, 나머지 說話의 장르 가운데는 歷史的 傳說의 장르가 있습니다. 그것은 되도록이면 民間傳說을 듣는 사람들에게 그것이 歷史的 信憑性이 있다는 것을 보장하기 위해서 되도록 歷史說話하고 관련시키는 傾向을 가지고 있는 傳說을 歷史傳說이라고 합니다만, 그런 歷史傳說의 경우에는 歷史學에서 대할 때의 態度하고 아까 말씀드린 것처럼 神聖原理에 의해서 형성되어 있는 神話的인 장르 내지는 거기에 가까운 장르의 傳說을 대할 때는 저절로 接近의 差가 있어야 될 줄로 압니다. 말하자면, 오늘 歷史學 하신 분들께서 處容傳承에 대해서 손을 대지 말라는 얘기가 아니라 神聖傳承이라는 原

理를 看過하지 마시고 그 原理의 範疇 안에서 接近해 주셨으면 좋
겠다는 것입니다. (笑聲)

〈李佑成〉 오늘, 문제가 철저하게 그리고 완전하게 綜合되리라고
는 생각지 않습니다. 그러나 여러 先生님들의 處容說話에 대한 各
自의 입장이 선명히 들어났으므로, 문제가 되던 것도 어느 정도 解
決될 것으로 생각합니다. 한 걸음 더 나아가서 韓國學의 方法論이
진지하게 부각되었다고 생각합니다. 그런 의미에서 오늘 이 심포지
엄에 만족합니다. 꼭 질문이 있으신 분은 書面으로 大東文化硏究院
에 提出하여 주시기 바랍니다.

長時間 대단히 감사합니다.

저자 소개

김경수(金慶洙)

경남 울산 출생

서울대학교 사범대학 국어과 졸
단국대학교 대학원 동 문학박사
성신여자대학교 한문학과 교수역임
현 중앙대학교 문과대학 국문학과 교수

저서 『李奎報 詩文學 硏究』
　　 『李奎報 詩語 索引』
　　 『動安居士集』(공저)
　　 『한국 고전 비평』(공저)
　　 『제왕운기』 외 다수

처용은 누구인가

인쇄 2005년　9월 28일
발행 2005년 10월 10일

　저　　자　金慶洙 外 著
　발 행 인　이대현
　책임편집　이태곤
　편　　집　권분옥 · 박윤정 · 김보라
　제　　작　안현진
　표　　지　OM디자인 장재호
　펴 낸 곳　**도서출판 역 락**

　　　133－835　서울 성동구 성수2가3동 (주)지시코별관3층
　　　등　　록　1999. 4. 19. 제 2-2803호
　　　전　　화　(02)3409-2058/60 팩스(02)3409-2059
　　　전자우편　youkrack@hanmail.net
　　　홈페이지　www.youkrack.com

　　　　정가 23,000원
　　　　ISBN 89-5556-424-4-93810

* 잘못된 책은 교환해 드립니다.